外教社新编外国文学史丛书

U0745336

◎ 虞建华 著

新西兰文学史
（修订版）

A History of New Zealand Literature
Revised Edition

上海外语教育出版社
外教社 SHANGHAI FOREIGN LANGUAGE EDUCATION PRESS

图书在版编目（CIP）数据

新西兰文学史/虞建华著. —修订本.
—上海：上海外语教育出版社，2014（2018重印）
（外教社新编外国文学史丛书）
ISBN 978-7-5446-3786-2

Ⅰ. ①新… Ⅱ. ①虞… Ⅲ. ①文学史—新西兰 Ⅳ. ①I612.09

中国版本图书馆CIP数据核字（2014）第164379号

出版发行：**上海外语教育出版社**
　　　　　（上海外国语大学内）　邮编：200083
电　　话：021-65425300（总机）
电子邮箱：bookinfo@sflep.com.cn
网　　址：http://www.sflep.com.cn　　http://www.sflep.com
责任编辑：蔡一鸣

印　　刷：江苏凤凰数码印务有限公司
开　　本：787×1092　1/16　印张24.25　字数465千字
版　　次：2015年1月第1版　2018年4月第2次印刷

书　　号：ISBN 978-7-5446-3786-2 / I·0273
定　　价：58.00元

本版图书如有印装质量问题，可向本社调换

　　修订这本文学史的时候，我想起了最初与新西兰文学牵上关系的时刻。那是30多年前"文革"刚结束不久，全国上下拨乱反正，高校开始了研究生培养，大学中为数不多的教授、副教授们对此十分陌生。最早几批任教和指导研究生的老师以外籍教师为主。很荣幸，新西兰华裔教授谢元作博士（Jock Hoe）成了我的导师。我做的是外国文学研究，自己选定的方向是美国文学。谢先生提议说："如有100个人在做美国文学研究，你可以成为101个；但你可以研究新西兰文学，成为中国的第一个和唯一的一个。新西兰不是文学大国，但也是一个选择，决定你自己做。"虽说让我做决定，他的意图显而易见。他说他可以提供所有资料。我觉得言之有理，选了有"新西兰民族文学之父"美誉的弗兰克·萨吉森（Frank Sargeson）为硕士论文研究对象，在硕士学习的三年时间及其后，也阅读和收集了不少新西兰文学的书籍，写了也译了一些与新西兰文学相关的东西。

　　1988年我获得"中英友好奖学金"到英国的东英格兰大学攻读博士，调转方向又回到了美国文学，因此心中不免有一些"辜负期望"的内疚，决定在读博期间收集资料，规划提纲，开始写一本《新西兰文学史》，聊以弥补。好在英国和新西兰曾有一层宗主国和殖民地的关系，有关新西兰文化和文学的书籍资料在英国大学的图书馆还相对比较丰富。当时没有互联网的便利，没有相关的数据库，就连新西兰本国也没有一本像样的文学史。我充分利用在英国读博士的几年时间，利用东英格兰大学图书馆和校际互借系统，查找资料，大量阅读和做笔记。仗着年轻力壮，两头并进，一边做有关美国移民文学的博士论文，一边编写新西兰文学史。

　　编写《新西兰文学史》的工作是悄悄进行的，就像做坏事一样偷偷摸摸，因为没有导师会喜欢一个博士生"不务正业"，分出大块时间和精力去做博士研究之外的事情。但这事还是被我导师知道了，第一次，我记得也是唯一的一次，他一本正经地对我表示了不满。他说他不喜欢这种自虐式的工作狂态度。我不自虐，也不是工作狂，只是工作比较高效而已。他的意思是，做博士研究必须心无旁骛，集中所有精力，保证论文质量。此时他已经看过我论文的前言和第一章，并公开称赞过，所以把柄不多，只是提醒式地警告一下，并未深究。一切顺利。1992年初，我拿着博士学位回国时，行李箱里装着这本《新西兰文学史》的手稿，回国后稍做修改，就交到出版社去了。同年，特里·斯特姆（Terry Sturm）先生向我赠送了他主编的《牛津新西兰文学史》(*The Oxford History of New Zealand Literature*,1991),这是新西兰本国第一本真正意义上的文学史著作,让我获益匪浅,我也将一些最新信息补充进了书稿之中。

《新西兰文学史》1994 年出版后,次年获得由国家教育委员会组织的"第二届全国高等学校出版社优秀学术著作"评选的优秀奖。新西兰驻华大使馆和驻上海总领馆批量购买了此书,用作"赠送礼品"——也算作是一种肯定。1996 年上海外语教育出版社推出"外国文学史丛书",《新西兰文学史》被收入其中,更换封面后重印。这套外国文学史系列受到了国内读者的广泛欢迎,也让拙著借着东风被推向更大的层面。1998 年,牛津大学出版社推出了厚重且详实的《牛津新西兰文学指南》(*The Oxford Companion of New Zealand Literature*),不仅成为迄今为止最为详实的新西兰文学工具书,而且将各方面的资料追踪和更新到 20 世纪末。

自初版问世,一晃 20 年过去了。这是时代巨变、观念巨变的 20 年,也是阅读、传播、查检、考证、著述方式巨变的 20 年。当时书稿完成后,我在 500 方格稿纸上誊抄一遍清稿,花了整整一个月的时间,每天写得手指发麻。现在听起来,这像发生在远古时代的故事。如今,中国与新西兰的文化交流更加频繁,当代几位著名新西兰作家如史蒂文·埃尔德雷德-格里格(Stevan Eldred-Grigg)、伊丽莎白·诺克斯(Elizabeth Knox)、艾米丽·帕金斯(Emily Perkins)等,都在近年来过上海外国语大学,或任教,或与我校的教师和博士生座谈新西兰文学。我们有了互联网和相关的数据库,突然之间与新西兰文学拉近了距离。资料之丰富,让人欣喜无比,又让人难以适从。

上海外语教育出版社适时地提出了更新再版的要求,与时俱进,推出新版本。更新版《新西兰文学史》做了以下几方面的工作:1. 从现在的视角出发对初版全书进行审校、修正;2. 对内容进行更新,信息追踪到 2013 年;3. 增加了一些现在认为重要的 20 世纪 80 年代前的作家和诗人的专节介绍与评述,如艾尔弗雷德·多迈特、巴西尔·道林、鲁思·达拉斯、凯斯·辛克莱尔、路易·艾黎、戴维·巴兰坦、埃罗尔·布拉思韦特、鲁思·帕克等;4. 第十四章"毛利作家的崛起"增加艾伦·达夫的专节介绍和评述;5. 将原来的第十六章改为第十五章:"当代新西兰文学:现状与走向"更名为"走向多元:20 世纪 70、80 年代的文学",增加了诗人罗丽思·埃德蒙德的专节介绍和评述,并更新和调整该章的内容;6. 增设第十六章"莫里斯·谢德博特和莫里斯·吉";7. 增设第十七章"21 世纪前后:当代新西兰文学",聚焦 20 世纪、21 世纪之交的 20 年,专节介绍和评述 17 位当代作家和诗人;8. 第十八章"多姿多彩的戏剧文学"增设默文·汤普森的专节介绍和评述。更新版总共增加了 8 万字左右的内容。

上海外语教育出版社,尤其是梁晓莉和蔡一鸣女士,为本更新版的编写提供了很多帮助和便利,付出了辛勤的劳动;新西兰驻上海总领馆不断为我校的新西兰研究中心提供新出版的相关书籍。我在此对他们表示由衷的感谢。我也要感谢张廷佺和殷书林两位博士,他们同意我使用我们三人共同编写的澳大利亚/新西兰文学辞典中新西兰部分几名当代作家的文字资料;感谢梅丽和徐谊律两位博士不辞辛劳,帮助我查找和收集近 20 年新西兰文学新发展的资料。

虞建华

上海外国语大学文学研究院

2013 年夏

前　言

　　近年来,我国同新西兰在经济文化方面的交往越来越密切。1987 年,在新西兰政府的支持和资助下,"新西兰研究中心"在上海外国语学院成立。当时,新西兰副总理、后出任总理的帕尔默先生亲自前来为中心揭幕,并祝愿新中之间文化交流不断发展。这一本《新西兰文学史》正是本着加深了解、互相学习的宗旨,将新西兰文化介绍给中国读者的诸多研究项目之一。

　　诚然,有记载的新西兰历史不长,文学史更短。自 1796 年詹姆斯·库克重新发现这两个南太平洋岛屿时,新西兰方为世人所知;而真正大规模的殖民是 1840 年之后才开始的。然而,历史的短暂并不等于文化的贫乏。新西兰山水如绣,是个具有诗情画意的地方。那里,古老的毛利文化、移植的欧洲文化、新生的乡土文化交相辉映。一个半世纪来,新西兰文学已走过了漫漫长路,从早期殖民文学开始,经过民族文学的兴起与发展,至今已形成作家队伍浩大、流派纷呈的繁荣局面。今天的新西兰文学已为世人瞩目,成为英语文学中一个重要组成部分。

　　但在我国至今仍没有一部新西兰文史著作。安徽大学的大洋洲文学研究室在他们的《大洋洲文学》丛刊中经常介绍、评析新西兰作家与作品;我研究中心也翻译出版了诸如凯塞琳·曼斯菲尔德和约翰·马尔根等主要作家的著作,并有论文在不同杂志上发表。这些无疑都是十分有益的工作,但总使人感到零敲碎打,不见全豹,缺少一幅相对完整的全景图。

　　即使在新西兰,情况亦是如此。长期以来,麦考密克(E. H. McCormick) 1959 年的《新西兰文学概论》(*New Zealand Literature, A Survey*)是最有权威的文学史著作。《概论》其实是作者对 1940 年的小册子《新西兰的文学与艺术》(*Letters and Art in New Zealand*)进行增补扩充的产物,增补扩充后也仅 100 余页。新西兰的文学大潮是 20 世纪 30 年代末 40 年代初开始的。该著作及其修订本,都因缺少时间检验而对近期作家与作品难下定论。再者,1959 年之后的几十年,是新西兰文学迅速向纵深发展的时期,缺之不可。1970 年美国宾夕法尼亚州立大学出版的《英联邦文学:澳大利亚和新西兰》(*Literatures of the British Commonwealth: Australia and New Zealand*),资料主要来自麦氏的《概论》,分小说、诗歌、戏剧三部分。虽然该书提及了《概论》发表后十年中所出现的一些新作家和新作品,但只是蜻蜓点水,一笔带过而已。这本文学史中的新西兰部分,篇幅比《概论》更小,很多方面浅尝辄止,也就在所难免了。

　　自《概论》之后,新西兰本国和国外各书刊上对新西兰文学研究的文章层出不穷;各专门领域的文学批评著作也不断出现。最可喜的是,在本书成稿之际,由特里·斯特姆(Terry Sturm)主编的洋洋大卷《牛津新西兰文学史》(*The Oxford History of New Zealand Literature*, 1991)终于出版。该书覆盖广泛,并附有详尽的作家与作品参考,为新西兰文学研究提供了最新的权威依据。但《牛津新西兰文学史》也是以文学体裁分类的,除了诗歌、小说和戏剧外,也包括了一般文史著作不包括的纪实作品(如报导、传记等)、儿童文学、通俗读物等几大类。这些方面占去了大量篇幅,但很多批评家不以为然。另外,该论著不以编年为序,由多名作者各写一大门类,自成体系,缺少横向串联,读者很难看到文学发展的全貌。但牛津的文学史博大精深,仍可作为迄今为止最丰富翔实的新西兰文史专著。本书也从中得益不少,在最后几章当代文学部分增补了该著作提供的一些最新信息。

本书为中国读者和研究者设计撰写,因此与其他文史著作有所不同。不同之处主要有三方面。其一,书用中文写成,以便为更多的读者所接受。作家作品名附有英文原文,可供参考对照。其二,对于新西兰的文化历史,我国读者可能不像对英、美等大国那样熟悉。因此,本书的第一章对该国的历史与文化作一粗线条的综合交待,以便读者能将新西兰文学置于该国历史、文化的框架之中去理解赏阅。其三,本书的编排按照我国读者习惯的编年顺序,由远及近。这样,文学的盛衰起落与历史、社会的发展演变同步进行,从而,我们可在寒来暑往的大气候中看文学园的春景秋色。虽然通俗文学、儿童文学等毫无疑问也是文学的一部分,但它们从来不作为文学的主体。本书所涉及的只是常规定义上的严肃文学。

西方的新西兰文史书籍,往往不恰当地把白人的殖民史与新西兰文学史在时间上等同起来,忽视了毛利人的丰富文化传统,或只对毛利文化轻描淡写,一笔带过。毋庸讳言,新西兰文学主体产生于欧洲移民文化,但新西兰毕竟是两种语言、两种文化合一的国家。欧洲与毛利文化传统互相影响渗透,才使新西兰文学获得与任何其他国家所不同的鲜明特征。本书设计安排了第二章"源远流长的毛利口头文学传统",希望将毛利文化传统置入新西兰文学中她应有的位置。

其后几章按殖民开拓期、发展期……依次推进。但新西兰文学历史较短,而不少作家创作生平跨度大,按文学发展阶段讨论有其内在的困难。本书编排中,将作家放入他的创作盛期,同时提及前后不同时期的文学活动,既考虑阶段性,又顾及其一生创作的延续性。也有些作家在某一章节重点讨论后,其他章节仍有所论及。一些对文学发展做出重大贡献的作家和诗人,如曼斯菲尔德、萨吉森、巴克斯特和弗雷姆等,本书设专章详述。

文学史从来不是超乎价值观念的信息综合。譬如,作家的取舍选择、叙述的详略安排、背景的评述交待,都不可避免地带上主观侧重和个人观点。本书力求尊重史实,但不求不偏不倚。近20来年的文学,众家见智见仁,各有高论。本书在交待上求实求简,因为作家与作品在文学史中有否地位,毕竟需要经过相当一段时间的检验方能定论,我们不应操之过急。当代文坛上作家诗人熙熙攘攘,本书只能提及已有公论的少数,难免挂一漏万。

除了注明的以外,本书中所引用的评论、片段、诗歌等,均由笔者自己根据原文译出,不当之处理当由作者本人负责。作者名、书刊名、人物名等,凡国内书刊上已有发表或论及的,本书尽可能保持统一,以免不必要的误解。作家名和作品名第一次出现时括号中附有英文原名。书后的附录中列出所有作家、作品和一些专用术语名的英汉对照表。

本书最初设想是在我的导师、新西兰籍的谢元作博士的帮助下形成的。此后在宏观设计和材料选定方面,谢先生也曾为我作了很好的指导。借此,我谨向远在南太平洋麦西大学的谢元作先生致以崇高的敬礼和真诚的谢意。我也感谢新西兰政府向我研究中心捐赠的大量书籍资料。没有这样的资料,任何撰写这类著作的勇气只能是一种冲动。我衷心感谢上海外国语学院学术专著出版基金为本书出版提供的财力支持。

做了大量资料准备工作后,本书着手撰写是在英国东英格兰大学的三年时间里进行的。在这里,我真诚地感谢中英友好奖学金及英国文化委员会为我提供的时间、资料和经济上的保证;感谢英国图书租借网、东英格兰大学图书馆、利兹大学图书馆和曼彻斯特大学图书馆为我提供的诸多便利与帮助。本书成稿之后,侯维瑞教授、王长荣教授在百忙之中抽出时间对全稿进行了仔细审阅,提出了宝贵的、建设性的修改意见。在这里我特别应该对他们的指导表示衷心的感谢。另外,本书的责任编辑,上海外语教育出版社的张以文先生对书稿进行了仔细的校阅,认真的编辑,并提出了宝贵的建议;周养权先生协助完成了本书的附录部分并做了一些其他工作;王效宁先生从新西兰一回国,便向我提供了带回的最新资料,对他们的热心帮助在此也一并致以谢忱。

作　者
上海外国语学院新西兰研究中心
1992 年 10 月

目 录

第一章

新西兰历史与文化概述

悠久神秘的历史

"大海的礼物"

> 玛乌伊之鱼
> 从深海跃起，
> 在粼波碧水间
> 婷婷玉立。
>
> 活的海浪，拥抱着
> 这一片活的土地。

　　这是诗人布兰奇·鲍恩（Blanche Baughan）在《新西兰》一诗中对祖国的赞美。毛利人把新西兰视为"大海的礼物"，而"玛乌伊之鱼"（Te Ika a Maui）是毛利人赐予这个岛国的美丽别名。根据毛利人的传说，他们的民族英雄半神人玛乌伊，用其祖母下巴骨为钩，钩住海底深处沉睡的一片陆地，像钓鱼一样将它拖出洋面，于是就有了"玛乌伊之鱼"的说法。而根据现代地质学家们的推论，目前的新西兰三亿年前确实深藏在一片汪洋之下，由于地壳运动逐渐上升，并在这三亿年中几次升沉，好像巨鱼挣扎着不愿被拖出水面一样。今天，在怀卡华近处离英弗卡吉尔海滨几英里远的丘利奥海湾，每当海潮退落，人们仍可以看到平时被海水吞没的化石森林，千百万年前的树干和枝条依然清晰可辨。刻写着悠远历史的丘利奥海湾，现在是新西兰旅游胜景之一。

　　这是记载在岩石上的漫长历史，而新西兰的人类史则短暂得多。史学家 A. H. 里德（A. H. Reed）做了个有趣的比喻：假若一本书每页 40 行，每行 40 字，每个字代表 600 年，那么，新西兰的人类史是从这部 300 余页的史册的最后一页的最后一行的最后一个字开始的。照此推算，有文字记载的新西兰史从最后半个字开始，而新西兰文学史则写在最后一个字的最后一个笔划中。当然，从同一层意义上讲，地球上的人类，本身只是个坠地不久、胎毛未干的婴孩。在历史长河中，人类是后来者。这批后来者又在很晚的时刻，才来到新西兰南北两岛。与埃及、中国数千年有记载的文明相比，新西兰可追溯的文明史不长，但近 200 年的文化和文学,却记载和反映了人类文明史上许多重大的方面:从口头文学流传下来的毛利人的航海和远征,生存斗争和部落战争,欧洲殖民开发以及白人与毛利人的战争与妥协,民族意识的生成和本土文化的产生,政治独立和后殖民时代的多元文化等。历史的共性使新西兰文学具有代表性,历史的特殊性又使她的文学充满个性。

欧洲人通常认为,新西兰是由英国航海家詹姆斯·库克船长(James Cook)于1769年10月7日"发现"的。这一说法在任何意义上都有悖于事实。即使从欧洲人的眼光出发,库克也不是最早发现新西兰的人。荷兰探险家艾贝尔·塔斯曼(Abel Tasman)曾南下太平洋探寻传说中神秘的"南大陆",航途中于1642年12月13日驶近霍基蒂卡,看到"一望无边白云般的陆地"。"白云"是远远望去的一脉雪峰。新西兰另一个充满诗意的别名"白云之乡",便来自塔斯曼航海日志上的描述。

最早的居民

塔斯曼也不是最早发现新西兰的人。在他之前几百年,一批毛利人远渡重洋迁来此地安家落户,繁衍后代。在毛利人之前新西兰南北两岛上是否已有居民?对此史学家持不同见解。但越来越多的考古发现似乎提出了这样的假说:远在毛利人到达之前,新西兰岛上已有另一民族生活。他们也是太平洋某岛屿部落的分支,尚处于石器时代,以猎食恐鸟①为生,文化上与毛利人十分不同。在奥克兰省的小山上,他们古老的防御沟壑栅墙遗痕仍然依稀可辨。专门从事毛利人研究的学者詹姆斯·考温(James Cowan)坚信,这些工事修筑于库克船长到达之前1000年左右。1874年在奥克兰某条街上,建筑工人挖地25英尺,在火山岩下又发现了泥土和树桩。无疑,在火山喷发前该树曾在此生长,而树桩明显是由工具砍伐而成。自1350年前后毛利人到达以来,此地从未发生过火山爆发。

随后,人们又发现了与毛利风俗截然不同的墓葬。考古学家运用现代科技手段对出土物进行分析。经放射性碳年代测定,至少在公元8世纪,新西兰两岛均有人类居住。他们可能是肤色较毛利人更黑的西南太平洋群岛的美拉尼西亚人。墓葬中发现,他们以恐鸟骨做装饰,以恐鸟蛋壳做盛水器皿。最初的毛利人可能曾与他们共同生活过一段时期,叫他们坦嘎塔—怀努阿(tangata whenua),意即"本地土人"。此后不久,"本地土人"在新西兰销声匿迹了。他们或许被新来的毛利人同化吸收,或许被赶尽杀绝。他们在历史中沉默了。由于没有文字记载,也由于考古发现不足以串联和拼凑成完整的历史,答案也许永远只能存在于推理和想象中。

毛利人的祖先

今天的毛利人是14世纪中叶随毛利船队登岸的移民后代。这些移民来自太

---

① 恐鸟是已知最大鸟类,为新西兰所特有,成年鸟高三米,不会飞行,现已灭绝。

平洋北方的波利尼西亚群岛。这点无须人类学家的分析和考古学家的证明。18世纪库克船长在波利尼西亚群岛的塔西堤登陆后，一个叫突皮阿（Tupea）的酋长希望随船远征。"努力号"到达新西兰，酋长发现他能与当地毛利人用同一种语言互相交谈。毛利人的种族特征与文化传统进一步证实了他们就是来自波利尼西亚群岛的移民。

以塔西堤岛和赖阿特阿岛为大本营的波利尼西亚人，本身也是移民。他们又来自何方？有的人类学家根据种种迹象推论——也许应该说猜测——波利尼西亚人原居住在位于亚欧交界地的里海东岸。公元前1000年，那里生活着一个现已不复存在的阿伊安（Aryan）民族。一度兴盛之后，该民族走向衰弱，八个部落被迫分头徒迁，另谋生路。其中一个部落向东南进发，经过波斯进入印度，再进入马来半岛。接着，他们开始了一系列"跳岛"，即经过短途航行，踩着这一带遍布太平洋的岛屿，逐渐向东迁移，从苏门答腊到爪哇到婆罗洲，再经菲律宾群岛到新几内亚。往南不远，便是辽阔无垠的澳洲大陆，但他们并未察觉，继续向太阳升起的方向进发，经斐济、汤加，最后在波利尼西亚的塔西堤和赖阿特阿等岛上安营扎寨。"跳岛"过程历时几百年，大部分人在沿途各地落户，繁衍后代。勇敢无畏者则继续向深海探索。在波利尼西亚安家后，又有一股继续东进，到达复活节岛。另一股向北，穿过赤道，到达夏威夷群岛。

语言学家试图从另一个角度证明毛利人的祖先与欧亚大陆的联系及他们的徒迁路线。他们发现毛利语和马来语有许多相似的基本词汇，如"死"、"鱼"、"二"、"五"的毛利语和马来语分别为 mate/mati、ika/ikan、rua/dua、rima/lima。这种类似可能暗示了史前的关联。

几百年的"跳岛"，使波利尼西亚人成为富有经验且勇敢无畏的航海民族。他们用坚固的原木制造独木舟，在舷侧镶上硬板，发明了可以防止翻船的舷外支翼。他们也常常将两条独木舟固定在一起，制成更耐风浪的双体船，配以亚麻织成的三角风帆。不仅如此，独木舟还经过精美的雕刻和彩绘，融实用与艺术为一体，在当时达到了相当高的水平。

库佩和托伊的传说

根据代代相传的毛利口头历史，现今的新西兰岛并不是14世纪来自波利尼西亚的船队的一次意外发现，而是一次有意识的移民，因为在此之前400年，他们已经发现了新西兰岛。第39代以前，约公元900年前后，一个叫库佩（Kupe）的酋长率领一批健壮青年男女划手，从塔西堤岛出发向西航行1 500英里，到达汤加落户。一日，梦中有人告诉他西南远方有一片陆地，他因此决定前去探访。但更可靠的一种说法是，每当寒冬逼临，一种新西兰长尾杜鹃便向地处赤道附近的汤加迁栖，直到春暖花开时节，再飞回水草丰盛的新西兰。库佩和他的部属们发现，这种候鸟每年定期从西南无边的水际上空飞来，数月后又朝同一方向飞去，因此断定,该方向必有陆地。

他们以日月星辰为方向指示,航行千余英里,终于在新西兰北角登陆。他们踏探了南北两岛,发现内陆遍山野果飞禽,沿岸到处鱼虾蟹贝,于是决定在此安家落户。他们猎杀恐鸟,作为肉食。这种世界上最大的鸟类高达三米,也许比澳大利亚的袋鼠更能代表一个国家的特征,可惜恐鸟在欧洲人到达之前绝迹了。后来新西兰人选择了另一种不能飞行的几维鸟(kiwi),又叫鹬鸵,作为该民族的象征。人们也常把新西兰或新西兰人称作"几维"。

库佩的故事在毛利口头文学中代代相传,但年长日久,史实与传奇的界线逐渐模糊不清。又过了200年,即1100年前后,波利尼西亚人再一次发起向新西兰的远征,事情的起因是老酋长托伊(Toi)的孙子瓦通嘎(Whatonga)行船时在雾中失踪。老酋长久盼不归,率60族人执意下西洋寻找,并在汤加遇见瓦通嘎同船划手,但他已同瓦通嘎失散。托伊重新装备了独木舟后,一路南下,错过了新西兰,但却意外发现了新西兰以东的查塔姆群岛。托伊从查塔姆群岛再次出发,终于从豪拉基湾驶入新西兰。老酋长此时已精力衰竭,而库佩部落的后代又热忱相待,于是他们也在新西兰落户。孙子瓦通嘎返回塔西堤,探得祖父去踪,也率60名健壮男女,踏过险风恶浪,从汤嘎波鲁吐河口进入新西兰,找到祖父,并与众人在此定居。据传,他们与故乡之间偶有来往。

大迁移船队

库佩和托伊发现新西兰是否确有其事,史学家尚有争议。最确切无疑的是,在毛利人历史上最具有重大意义的是第22代,即约1350年前后的移民。重重大洋包围之中的波利尼西亚群岛人口渐增,但资源有限——其中最大的塔西堤岛的面积仅为新西兰最小的塔拉纳基省的六分之一。可能是饥饿引起了部落间的掠夺和残杀,一些明智的酋长决定率部落从波利尼西亚迁出。经过长时间建船储粮的准备工作,船队出发西行,同他们的先辈一样历经千难万险,九死一生,到达新西兰。库佩和托伊的子孙们渐渐融入这支新来的主体队伍。

今天的毛利人都记得那些独木舟的名字:阿拉瓦、泰奴依、阿奥堤、塔基堤姆等等,并能清楚地追忆他们的祖先是随哪条独木舟到达的。至少在哥伦布远航美洲前一个世纪,毛利人已写下了人类航海史上辉煌的一页。但也有史学家对"有意图的移民船队"之说嗤之以鼻。他们认为波利尼西亚人发现新西兰后又曾返回老家,令人难以置信。这至少需要清楚的地理方位知识,而直至19世纪,毛利人对自己在太平洋上的位置仍模糊不清。但若是迷航后的偶然发现,为何会有足够的粮食淡水储备?为何有妇女同往?为何不同毛利部落的口头历史都清楚地追溯到同一时间,以船名为部落名,以船队的到达为新西兰历史的开始?由于毛利人没有文字,缺少流传至今的确切记载,部落历史只能基于传说和一般推定。

几百年后白人来到时,新西兰两岛上大约有十万毛利人。如果没有那些无谓的部落战争,毛利人口将远不止这个数字。新西兰食源丰富,生存空间辽阔,毛利人之间为何进行战争,人们感到大惑不解。也许这两个岛上生活太平静了,连威胁他们生命的食肉动物也没有,这个历来具有冒险精神的民族需要寻找使人亢奋的刺激,寻找表达勇武强悍的民族性的机会,任何微小的事件都可能成为部落间开战的借口。此外,毛利人有类似"有仇不报非君子"的道德准则。你袭击过我的村寨,我必须以牙还牙,不然便是懦夫。恩恩怨怨,世代相传,后辈会突然向父辈过去的敌人发起袭击,杀死敌人,并在宗教庆典中将敌人煮熟吃掉,才算最后的了结。

由于这一习俗,欧洲殖民者来到新西兰后,最早期的文学记录中免不了要对令人毛骨悚然的"食人生番"的故事做一番渲染。毋庸讳言,毛利人过去确有此陋俗,但他们的文明表现在其他方面:他们恪守自己的道德准则,口承文学十分丰富,崇尚艺术——他们的雕刻和装饰艺术风格独特,为世界艺术宝库之中优秀的遗产。而且,毛利人实际上并不野蛮凶狠,而是禀性纯厚和善,与冒险和战争历史所表现的恰恰相反,以至西方人普遍认为,世界各蒙昧民族中毛利人是最优秀的种族。

二

从殖民到自治

塔斯曼和库克的造访

欧洲人的到达,标志了毛利历史上的第二个转折点。欧洲的先进技术和文化,使毛利人的传统与文化突然之间陷入了严重的危机。他们的生活格局被打破,他们的认识和信仰受到挑战,他们的前途和未来很快被别人把控。

17世纪中叶,澳大利亚已被欧洲人划入他们的版图,当时叫作新荷兰,并已有荷兰船队往来。但澳大利亚东南的神秘海区还从未与欧洲文明接触过。荷兰人为了寻找新的市场,用布匹、铁器换回金银宝石,决定派遣船队,寻找新大陆。由航海家艾贝尔·塔斯曼率领的"西姆斯哥克号"和"齐哈恩号"于1642年12月18日驶进了南岛西北端的戈登湾。

在海滩拾贝的毛利孩子,看到两只巨大的怪物从海面徐徐漂来,慌忙跑回村子报告。毛利人认为来者不善,派出20余条独木舟,上百名斗士,严阵以待。塔斯曼取出布匹向土人展示,表示友好和进行贸易的意向,但毛利人不解其意。相持良久后,毛利战船突然向白人大帆船上放下的小划子扑去,杀死三名水手。塔斯曼见无法接近土人,只得扬帆起锚,怏怏离去。他沿着西部海岸航行,绘制了第一张很不精确的新西兰地图。他认为所到之地是一片大陆西部伸出的半岛,并将新发现地命名为"斯戴顿大陆"(Staten Land)。次年,塔斯曼的错误被发现纠正,该地以荷兰的西兰省重新命名,改称新西兰。

欧洲人一别就是120余年,直至1769年,英国著名航海家库克率"努力号"再次造访。库克在北岛东岸的首日登陆被毛利人击退。第二天,库克带着从塔西堤同船前来的年轻酋长突皮阿再次登岸,消除了敌意,并惊异地发现突皮阿能与当地人交谈。这些人称自己为"毛利",意即"本地人"。说明来意并呈上礼物后,隔阂有所消除。库克以英王乔治三世的名义,宣布对新西兰的主权。与毛利人进行少量接触后,库克进行了环岛航行,绘制了第一张比较精确的新西兰地图。库克于1773年和1777年两次率船队重访新西兰,两年后在夏威夷海滩上被土人杀害。1769年与1827年间,法国人为了自己的目的,也曾三次远航到达新西兰。

探险家、商人和传教士

新西兰的殖民史就这样开始了。自18世纪末起,零星的欧洲人开始来到新西兰落脚。此间,澳大利亚已有小小的欧洲殖民区。杰克逊港,即今日的悉尼,是欧洲流放犯人的地方。新西兰最初的白人居民是来自澳大利亚的逃犯和海豹皮商人。新西兰水域海豹众多,在澳大利亚建立了据点的商人,派人前来捕杀海豹或收购海豹皮。接着,人们发现新西兰海域生活着成群的抹香鲸。为了获取鲸油和珍贵的龙涎香,捕鲸船接踵而至。一个叫加德的捕海豹人发现,冬季六个月中,鲸群从南方游入狭窄的托利海峡产仔,于是发明了守株待兔式的岸上捕鲸。不少人效法而行,离开甲板踏上了新西兰的土地。他们首先建立了小居住区,在那里储存、加工海豹皮和鲸油。从事这些行业的大多为单身男子,其中有些娶了毛利妻子,并成为两个种族间最初贸易和交往的重要中间人。

接着,商人带来了布匹和铁制工具,也带来了滑膛枪、酒和烟叶,同毛利人交换亚麻和新西兰特产的制桅杆用的优质木材。另一项买卖是人头。毛利人在脸上纹饰复杂的脸谱图案,这是美的一种表达。当亲友逝世,他们便取下人头进行蒸、晾、涂油后保存纪念——就像我们保存已故者的肖像一样。欧洲人收购这种纹花人头,到澳大利亚出售。口味变态的收藏者居然不少,生意兴隆。由于人头价格上升,以致有的毛利首长在战俘脸上纹花,然后砍头加工出售。这一买卖后被澳大利亚殖民当局严令禁止。

金属工具和炊具大大改变了毛利人的传统生产方式和生活方式,而滑膛枪从整体上打破了部落间原有的均势。拥有新式武器的部落占尽优势,对其他部落发起袭击,进行掠夺,部落战争变得更加残酷和血腥。与此同时,来到新西兰的欧洲人越来越多。到了19世纪初期,英国圣公会、卫理公会和罗马天主教会派遣的传教士相继到达,向毛利族传播基督教,毛利人的传统信仰开始被瓦解。

殖民地与宗主国

1840年2月,英国代理总督霍布森(Hobson)带着维多利亚女王的特别指令,前来与毛利人签约。根据条约,新西兰正式纳入大英帝国的权辖之下,毛利人放弃领土主权,但仍拥有土地、森林、鱼类及其他财产权。在怀唐依经过两天激烈争论,40余名毛利酋长首先"签字"——他们在条约后画上自己的固定脸谱图案,或画十字、圆圈或任何当时想到的东西。然后其他各地共500多名酋长陆续"签字"。次年,原属于澳大利亚新南威尔士管辖的新西兰正式成为英国的直辖殖民地。

在怀唐依条约签订前15年,有组织的殖民活动已经开始。1826年,50名英国人随"罗萨那号"前来新西兰安家落户,但当时正遇毛利人之间的部落战争,不少人转而去澳大利亚悉尼定居。1838年,捕鲸人乔尼·琼斯见鲸日渐稀少,在奥塔戈海岸向毛利人买下土地,建起以农业为主的殖民区,但因炼鲸油锅起火,整个殖民村付之一炬。

怀唐依条约之后,各种各样的移民者怀着各种各样的目的从遥远的英国前来落户。这批英国人有的为了逃避宗教迫害,有的迫于生活压力,有的出于对社会、家庭或婚姻的不满,有的怀着创建理想社会的宏愿,陆续来到南半球的"毛利国"。虽然因土地问题引发矛盾,他们与毛利人时有误解冲突,甚至发生血案,但这里风调雨顺,水草丰盛,是个上帝偏袒的地方。新居民花几镑钱就可以买到大片肥沃的土地。他们种植庄稼,放牧牛羊,自给自足,同旧大陆相比,生活别具一番田园野趣。一排排新居民自建的木房中,渐渐出现了商业街道、教堂和学校,新西兰第一个市镇的雏形逐渐在奥克兰形成。

另一批人以价值360镑的毛毯、铁铲、布匹、烟叶和步枪,在库克海峡边买下一片土地,与邻近的毛利部落和睦相处,发展了又一个欧洲殖民中心区。八艘移民船接踵而至,从英伦三岛运来了千余名新移民。这是新西兰历史中可与500年前从波利尼西亚来的毛利船队相提并论的白人移民船队。移民中一个叫亚瑟·博洽姆(Arthur Beauchamp)的人肯定不会料想到,他的孙女将会成为新西兰文学中享誉世界的作家——凯塞琳·曼斯菲尔德(Katherine Mansfield)。移民组织者韦克菲尔德(E. G. Wakefield)以他的朋友、滑铁卢英雄惠灵顿为这个新殖民中心命名。这便是今日新西兰首都的由来。

1847年,为摆脱国家对宗教的控制,苏格兰自由教堂的大批教徒离乡背井,来到新西兰,在南岛最南部的奥塔戈用2 400英镑买下400 000公顷土地,建立殖民区。毛利人已开始采用现金交易,不再像八年前出让惠灵顿时那样以货易货。1850年,又有四船移民到坎特伯雷落户。从此,新西兰的欧洲人口与日俱增。

继1848年美国西部和1851年澳大利亚发现金矿后,1860年前后新西兰奥塔戈发现金矿,出现了第三个淘金热。淘金者从欧洲和澳大利亚赶来,奥塔戈的人口在短时间内增长了一倍以上。发现金矿后的十年中,新西兰白人人口从75 000猛增至300 000人。政府课以金税,获得大量资金用来筑路、建港、修桥以及创办医院、学校和图书馆。生活和文化环境的改善，使新西兰更具吸引力。欧洲移民纷至沓来，大部分来自英伦三岛，也有一部分来自北欧的丹麦、挪威等国。

这是一片人口寥寥的处女地，等待着开发和建设；这里是一张白纸，激发了各种具有想象力的大胆的构图和设计。乌托邦理想社会的概念，从一开始就渗入了新西兰的整个社会文化背景中。早期殖民社会没有腰缠万贯的阔佬，也没有囊空如洗的穷鬼，人人都有谋生机会。旧大陆严酷的生存竞争尚未在此开演，不少人对人人平等的理想主义社会期望甚高。早期殖民区的生活，在杰宁汉·韦克菲尔德(Jerningham Wakefield)的《新西兰历险》(*Adventure in New Zealand*)和欧内斯特·迪芬巴切(Ernest Dieffenbach)的《新西兰漫游》(*Travels in New Zealand*)中均有生动记载。

自治的历程

19世纪中叶，新西兰人向宗主国提出请愿，要求自治。虽然当时大部分移民仍把自己看做大英帝国的臣民，但根据当时的交通水平，新西兰确实可谓"远在天边"。任何大事向伦敦请示，回复需要长达一年时间，英国权力集团也自感鞭长莫及。1852年英国批准新西兰选举议会，实行自治。

1861年，淘金人出身的朱利叶斯·沃格尔(Julius Vogel)创办了新西兰第一份日报——《奥塔戈每日时报》。这位雄心勃勃的办报人后来又成为新西兰总理，任期内功绩卓著，受到英国皇家封爵。接着，从1863年开始，由于土地纷争，白人与毛利人之间在各地断断续续进行了十年战争。战争规模不大，但种族之间的冲突表面化了。与此同时，移民人口继续增加，两岛之间敷设了通讯电缆，蒸汽船取代了旧式帆船。

19世纪80年代，受西方经济危机影响，新西兰出现经济萧条。可幸的是，第一条冷冻船在此时驶进了新西兰港。新西兰有千里草场，百万牛羊。在此之前，成千上万头羊只用来剪取羊毛，提炼制皂的油脂。而现在，除了出口羊毛和油脂，新西兰还能向欧洲出口牛羊肉和奶制品。冷冻船为这个在牛羊身上创造财富的国家带来了极大福利。90年代经济复苏，公路铁路已连片成网，免费医疗、养老金等社会福利制度也逐渐建立。出现在曼斯菲尔德笔下的90年代的惠灵顿，物质生活、社会生活和文化生活都逐步接近欧洲，已达到了相当的水平。

进入20世纪以后，英国决定不再称新西兰为殖民地（Colony），改称"自治领"（Dominion），理论上拥有同宗主国平起并坐的地位。从条文上讲，新西兰自1947年起才成为主权国家，但事实上在众多对内对外政策上，她自1901年开始就已获得自决权。但新西兰政府对英国的忠诚是无可非议的。第一次世界大战中，英国向德宣战，新西兰派出九万士兵参加英军，其中一万七千人战死在异国疆场。紧接着瘟疫流行，几星期内又有六千人丧生。20世纪20年代末美国纽约股市暴跌，引起了西方世界的经济危机。以出口农牧产品为经济命脉的新西兰，也被拖入长达十年的大萧条。当新西兰庆祝从 1840 年怀唐依条约算起的百年生日时,经济终于复苏抬头。随即,政府又马上募集人员财资,为英国出兵参加第二次世界大战。

1949 年,新西兰国民党和工党在大选中各以 38 票持平,毛利人的四票一度成了该国执政党选择的决定因素。但是从怀唐依条约直至第二次世界大战以后,毛利人的总体处境每况愈下,在洋枪、欧洲带来的疾病、陌生的经济体系和日益庞大的白人人口面前步步退却。如今新西兰人口已逾 300 万,其中毛利人只占一成。新西兰的历史越来越成为白人主宰的历史。

三
新西兰文化与文学的形成

母国的召唤

新西兰的历史不仅充满故事性和传奇色彩,而且充满各种矛盾冲突:人与自然之间的冲突,两个民族、两种文化之间的冲突,欧洲人中各种信仰、阶层、利益间的冲突,新环境与旧传统之间的冲突,理想与现实之间的冲突等等。在冲突中,人与自然,人与社会,人与人之间又互相适应,互相协调,在不长的历史中逐渐形成了不同于其他国家的社会模式和独特的文化构架。

第一批移民带来了波利尼西亚文化,第二批移民继承的是英国传统。称新西兰为"新生国家"无可厚非,但冠之以"新生文化"则不甚妥切。因为她是英国历史之树某一段枝干的移植,而后又与毛利文化进行嫁接,落地生根,最后长成与母体不尽相同的文化实体。新西兰文化不是土生土长的文化,而是移植嫁接的文化,这是个重要的史实。

新移民对故国的怀旧感和归属感依然十分强烈,家乡的一切至少在无意识中提供了现成的样板。而对本地出生的后代来说,殖民开拓也只不过一两代人以前的事情。在很长一段时间内,舶来文化主导着新环境中的殖民地生活。他们对英国的习俗、情趣和信仰记忆犹新,因袭维多利亚时代的道德和行为准则。就连 1912 至 1925 年间出任新西兰总理的威廉・梅西(William Massey)也视他的管辖地为"大英帝国遥远的牧场"。但是,新西兰的社会结构与生存环境和欧洲有天壤之别。旧大陆的文化传统与生活模式在此地难免方枘圆凿,非改变而不能适应。因此,新西兰文化与宗主国文化事实上是一种若即若离的微妙关系。史学家奥利弗(W. H. Oliver)在《新西兰史话》(*Story of New Zealand*)一书中指出:"漂洋过海后,政治体系、社会习俗乃至文化艺术的表现形式,一切都与先前不尽相同。但今天的新西兰,一切都又保留着某些海外舶来的特征。"

特定的历史、地理和社会组合造就了新西兰文化多方面的双重特性:既以舶来的欧洲文化为主体框架,又有波利尼西亚文化的绚丽色彩;新西兰人既有殖民开拓者的豪放气质,又有英国绅士文化的保守;既有乌托邦式的理想主义,又有创业的务实精神。当然,所谓一个民族的民族性和文化特征,只能是一个粗线条的轮廓和某些概念的总括,只能是一种显示出有别于其他民族的地理、历史、社会、政治、精神、传统、宗教、语言、习俗等的抽象综合。了解新西兰的民族特征和文化特征,对于了解在该文化气候下产生于该民族的文学无疑是十分必要的。

欧洲文化与毛利文化

不管天平多么倾斜,不管欧洲文化主导地位的优势多么明显,新西兰毕竟是一个拥有两个种族、两种文化传统和两种语言的国家,两者间的抵制与排斥同融合与渗透并存。这是新西兰有别于任何其他国家的显著特征之一。比起澳大利亚的土著人和美国的印第安人来,毛利人在本国文化中的地位重要得多。这并不是因为这个少数民族特别受欧洲文化传统的青睐。欧洲殖民者到达南北美和澳洲大陆后,为了掠夺土地,大批屠杀当地居民,致使印第安人、澳大利亚土著人所剩无几,难以形成有影响的社会力量和文化力量。在美国和澳大利亚,事实表明,部落组织和生活模式并不在任何明显的程度上触及或更动欧洲人的思想方式和生活方式。而在新西兰,历史背景则有所不同。

首先,欧洲人虽与毛利部落发生过大大小小的土地战争,但 20 世纪以前来到新西兰的欧洲移民人口稀少,难以承受沉重的战争负担。他们获取土地的主要方法是廉价购买,而不是明火执仗的掠夺。尽管这种贸易在今天看来并不公平,但毕竟是双方同意的物品与土地的交换。其次,早期的新西兰殖民区散落在各地,不像美国和澳大利亚那样大而集中。他们要在这块未开垦地立足生存相对困难,若要谋点小财,更是力不胜任。殖民开拓急需廉价劳动力,因此毛利人较早在社会生活甚至婚姻上与白人结合起来。这三个国家中,只有毛利人大量留存下来,占全国人口的 10%,相当于美国黑人人口的比例,而美、澳的印第安人和土著人连混血后裔加在一起也分别只占美、澳人口的 0.15% 和 0.5%。就从人口比例上来讲,毛利人也足以构成新西兰生活中不可忽视、不可或缺的部分,就如美国社会和文化离开黑人就残缺不全一样。

但是,毛利人与黑人又有根本上的不同。美国黑人只构成种族上的一支,而不构成完整、独立的文化实体。他们原先属于非洲各部落,通过奴隶贸易被贩卖到美洲,南北战争前处于奴隶地位,被剥夺了一切人身权利,本族文化的根被砍断。因此,美国的黑人文化是"美国黑人文化",是美国文化的一部分,或者说是产生于美国的黑人文化,而不是非洲文化。而在新西兰,毛利人既是种族意义又是文化意义上的少数民族。新西兰文化不是欧洲文化的一统天下。两个民族均从对方的文化中丰富了自己,又给对方文化增添了色彩。事实上,构成新西兰文化鲜明特色的主要是毛利人的文化遗产,而不是欧洲文化,就像几颗别致的纽扣和装饰能表达出整套外装的风格一样。因此,表现毛利民族,反映他们所代表的价值观,是新西兰文学中极其重要的一个方面。而在当今,新一代毛利作家登上文坛,弘扬毛利文化,表达毛利人的心声,成就斐然,令人刮目相看。

殖民入侵对当地文化的冲击力是不言而喻的,但波利尼西亚文化并没有像美国印第安文化那样几乎从整体上被欧洲文明取而代之。两种文化冲突之中又有不同程度的互相渗透,既保持距离又有所结合。作家们也常常在两者的比较之中,对生活理念,对社会价值观进行探讨反省,并常常从中得出结论:先进的物质条件、科学进步、都市化生活和西方思想并不一定是生存艺术高低之别的唯一标准。

开拓精神与绅士传统

新西兰文化也明显地结合了开拓者气质与绅士传统的双重特性。新西兰人常常认为,他们汲取了两种精神的精华,并以此沾沾自喜。他们认为他们各取所长,择优汰劣,继承了遵纪守法、温文儒雅、冷静幽默、含而不露的英国人的品质;至于英国人势利虚伪、保守固执、自命不凡的缺点,他们以友善真挚、耿直谦逊和脚踏实地的开拓先驱的气质取而代之。他们不愿同他们眼中鲁莽轻率、举止不雅的澳大利亚人和缺乏教养、行为过分的美国人相提并论。很多新西兰人心安理得地接受这种文化优化组合的自我评价,但优化组合论主要反映了新西兰人的愿望,而不是现实。

但这种浪漫化的自我认识却在很大程度上潜移默化地影响着新西兰人的思想和行为。一方面,环境和历史部分地塑造了他们的民族性,新西兰自觉不自觉地同宗主国文化传统逐渐分道扬镳。20 世纪 30、40 年代崛起的民族文学,就是对拿来主义的母国文化发起的挑战,其批判态度十分犀利。另一方面,优化组合观念容易使移民及后代产生坐井观天式的盲目乐观,无法正视自己的处境,无法对自己做出不带偏见的剖析。

事实上,新西兰主要继承的是清教派的道德观和福音派的宗教观。这表现在国家的禁酒法令、民众的狭隘体面观,以及某种程度的禁欲主义等诸多方面。但是,开拓创业的年年月月,确实给新西兰人抹去了几分温文,增添了几分粗犷。在不少新西兰文学作品中,尤其在简·曼德(Jane Mander)和琼·戴万尼(Jean Devanny)的小说中,这种民族性格的两个侧面,以及两种性格特征之间的冲突,得到了深刻的揭示。

理想主义与务实精神

理想主义与务实精神是新西兰民族特征双重性的又一方面表现。这也是历史造成的。新西兰的移民,尤其是殖民中、后期的移民,主要来自英国中产阶级下层。这些人在生存竞争中跃跃欲试,但常常事不如愿。正因如此,他们敢于断然背弃母国,到新土地寻找发迹的机会。很多人带来了创建"幸福岛"的梦想——人人安居乐业,没有贫穷富贵两极分化,没有你争我斗的倾轧。蓝图是参照英国模型绘制的,但如文学批评家温斯顿·罗兹(Winston Rhodes)所说,他们"想把复制品造得比原件更好"。新西兰人抱着一种带有文化达尔文主义色彩的对社会进化的信仰,跃跃欲试,希望在荒原上建起一个合理、正义的社会新体系。各种社会理想,如基督教资本主义、平权个人主义、马克思主义和基督教社会主义等,纷纷在新西兰登陆,新西兰也因此被看成是世界的"社会实验室"。实现田园梦想的乐观精神,是殖民后期文学的主调。

在希望与幻灭之间

经几代人、几届政府的努力,新西兰逐渐建起了复杂的社会保险体系,并以"福利国家"著称于世。白人主流人群与少数族裔边缘群体之间的关系,比起美国等其他国家来,也相对和睦融洽,以至官方宣称,新西兰"建立了世界上最成功的种族关系"。在政治和社会生活中,毛利人也许能在法律层面得到同等待遇,但条件是,他必须接受欧洲人的文化准则和行为准则。今天的新西兰作家已经越来越清楚地看到,福利社会和种族平等,仍然是一种愿望,与现实相距遥远。但在殖民上升期,很少有人对期望中的民族大同的福利国的定义提出异议和批判。人们普遍沉湎于理想主义,对现实中的一些严重社会问题视而不见,或避而远之。殖民理想因此也是一种逃避主义。当人们从幻觉中醒来,发现殖民理想只是南柯一梦,于是信仰的支柱被抽去,精神失落感也就随之产生。这是很多作家在文学作品中表达的共同主题。

我们提到过,大多数新西兰的白人移民来自欧洲的中产阶级下层。在故国,他们的社会和经济地位处于劳动阶级之上,比上不足,比下有余,本身具有小生产者、小业主、小知识分子的多重特性,既不安于现状,又惟恐已取得的地位失于一旦。来到新西兰后,他们心长力短,处世谨慎,小心翼翼地维护着原来的道德准则和文化传统,对新社会迫切需要的改革疑心重重。美国心理学家戴维·奥苏贝尔(David Ausubel)谈到新西兰人的保守性时说:"移植到新西兰土地上的某些维多利亚时代早期特征,表现出人们对当时理想主义的一如既往的忠诚,令人惊异不已。由于地理隔绝,促成母国变革的技术和思想动力,在这里无所作用。从某种意义上讲,这些移植的特征在新文化环境中像化石一样固定了下来。"

殖民时期的新西兰社会对"非正统思想"十分抵触排斥。传播媒介中到处是人们熟悉的千篇一律的保守观点,没有真正的政治立场的对峙,也没有激烈的思想理论上的交锋,社会处于一种耐心的期待和麻醉的平静状态。但是随着新的富有的农牧业阶级、城市中产阶级和工业无产阶级的产生,社会结构不断演变,旧的平衡不断被打破,新的矛盾不断产生。与此同时,新的文化环境逐渐形成。但旧时的准则,传统的理想模型却未应时而变,社会发展与社会意识之间出现龃裂。正是在这里,作家们发现了他们的用武之地。

历史的镜子:文学的产生与发展

一个国家文学的形成与发展,是由多种互相关联的因素决定的。其中主要包括社会与经济结构的变化,作家与对待这种变化的社会思潮之间的关系,以及反映这种变化的文学模式与手段的生成。一个国家的文学又必然反映该国的历史、社会、文化、民族特征以及人们的精神风貌、道德观念和理想寄托。新西兰的文学发展,如同其历史与社会发展,无比迅速且特征明显,令世人瞩目。从另一个角度讲,她的文学又同历史一样,不是从起点开始,而是从中途启程。波利尼西亚口头文化源远流长,英国文学更是根底深厚。正如中途起跑的运动员的成绩难以获得一致公认的评价一样,新西兰文学的定义也是见仁见智。有人将所有写新西兰经历的或新西兰人写的文学全部聚合在"新西兰文学"的大旗之下;也有人认为新西兰至今尚没有真正独立的文学可言,是英国文学的分叉;甚至还有人认为所谓的新西兰文学只是许多单个作家文学成就的综合,谈不上一种体系。前者是广义的,后者则或多或少表现了对新西兰文学的无知。

在波利尼西亚和英国文学传统的基础上,新西兰文学走过了从早期浪漫主义的殖民文学到现实主义的民族文学的道路,而后又继续走向成熟,走向世界。她具有特定历史与地理背景下表现特定人生经历的、与众不同的体系和走向。体系永远在形成发展过程中,而文学的成熟也永无止境,一切都永远处于相对状态。著名诗人艾伦·柯诺(Allen Curnow)在《新西兰文学的定义问题》("New Zealand Literature: The Case for a Working Definition")一文中说,应以三条标准划定新西兰文学的范围:其一,具有一定的价值或一定的永久性;其二,出自新西兰人的手笔;其三,不管多么肤浅,对自身要有所认识。从这一定义分析,即使在19世纪,新西兰文学作为整体的存在也是不容置疑的。

除了毛利口头文学之外,新西兰文学可粗略地分为四个发展阶段。

第一阶段是开拓期,即殖民早期和中期,至19世纪80年代末。这一阶段的文学主要记录移民同自然、同生存环境的苦斗,叙述常常出自"外来者"的观察视角,文体上对英国文学"大传统"采取拿来主义。这是新西兰文学蹒跚学步的开始阶段。

第二阶段是过渡时期,至20世纪30年代中期为止,也就是被人们称作殖民后期的那段时间。在这里,文学走过了有意识的但又是断断续续的尝试和发展历程。文学反映殖民地生活,浪漫主义传统渐渐退却,现实主义开始悄悄登场。与此同时,地方"小传统"开始萌生。凯塞琳·曼斯菲尔德是这一阶段文学的集大成者。

第三阶段是民族文学兴起与发展的重要时期,到 20 世纪 60 年代中期。文学对"大传统"进行反叛,表现现实生活和民族意识,表现文化冲突与种族矛盾,也表现理想破灭与民众疾苦。而在文体上,作家转向美国寻找样板。这是新西兰本土的批判现实主义和现代主义建立、巩固的阶段。弗兰克·萨吉森(Frank Sargeson)是这一阶段首屈一指的代表。

第四阶段是二战后文学。文学在现实主义基础上向多极发展,走向内心世界,走向深层,表现当代人的无根性、孤独感和异化感。表现形式上,现代主义风格中融进了后现代主义文学的色彩,新西兰文学汇入世界大潮,作家从新西兰的个别经历中提取具有普遍意义的认识。文学表现形式也越来越具有鲜明的个性。珍妮特·弗雷姆(Janet Frame)和莫里斯·吉(Maurice Gee)是从 20 世纪 60 到 80 年代活跃在文坛上的佼佼者。90 年代和进入 21 世纪后,新西兰作家在国际文坛屡获大奖,已经成为英语文学中重要的一支。

新西兰文学产生的过程,实际上是民族意识形成的过程。这里面既包括思想文化因素,也有政治社会因素。文学的起源与传统的影响,文学的发展与历史的进展,文学的成熟与民族的自立,其间有着千丝万缕的关联。新西兰的社会与文化土壤养育了该国的文学,而在文学这一面镜子中,新西兰历史、社会与文化的千变万化又得到了最生动的反映。1920 年出版的《剑桥英国文学史》,将新西兰文学作为其中一章。但新西兰文学从来不是英国文学的附属部分,也不是英国文学在异地的延续或变异,而是在旧传统经过淘洗、渗透、糅合、溶解的基础上发育长成的有机的、独立的文学体系。

英国文学批评家沃尔特·艾伦(Walter Allen)从他的观察角度谈及新西兰文化时,用了一个极其生动的比喻:"每个父母都会遇到最普通而又最使人茫然失措的人生经历:他们突然意识到自己生养的孩子并不是他们自己的再现,而在所有基本方面都是一个陌生人。他像谁?他继承了谁的特点?为了找到满意的解释,父母不厌其烦地寻找共同点,甚至追溯到曾祖父那一代。与此同时,孩子却一个劲地长得只像一个人——他自己。"况且,新西兰文化并非英国文化的嫡传,而是欧洲文化与毛利文化之间、传统观念与开拓精神之间、理想主义与现实环境之间婚姻的产儿。她越来越摆脱宗主国的影响,也越来越具备作为独立文化实体的个性。新西兰文学则从各个侧面生动记录反映了这个文化婴儿呱呱坠地时的不安,蹒跚学步时的自信,少年的天真,青春的浪漫与自负,以及成年后对过去接受的一切提出的批判和对人生经历做出的反思。

第二章

源远流长的毛利口头文学传统

一

绚丽多彩的毛利文化

直到近代,毛利人既无自己的书写文字,又未与其他文明社会接触,但在重洋包围的孤岛上,一个蒙昧民族却按其自然独特的风格,发展了精湛的文学与艺术,令世人惊叹不已。

毛利民族具有相当高的艺术审美能力与表现能力。他们的绘画、木雕、编织和建筑装饰各具鲜明的艺术风格,豪放粗犷之中蕴藏着细腻精巧,原始的淳朴厚实之中又不乏现代派的飘忽迷离。不少作品现为世界各大博物馆所珍藏。毛利人的艺术创作完全取材于自然物质:木、麻、石等。他们以植物、矿石配制颜料进行彩绘,以坚硬的绿石为工具制作木雕。妇女往往是编织好手,她们用染色的亚麻编织出图案精致的地席和斗篷;而男人则花大量时间,在建造的木舍和独木舟上进行雕刻,或纹饰脸部和身体。这些技艺代代相传。女孩从小学习染织,学习舞蹈和唱歌;男孩跟着父辈学习建房造船,学习雕刻、绘画和文身。

毛利文学同他们的艺术一样斑斓绚丽。文史学家麦考密克(E. H. McCormick)在追溯新西兰文学之源时说:"远未进入欧洲轨道之前,新西兰早已是'作家之乡'。当乔叟还是孩提的时代,岛上已有吟诗作歌的人。到了莎士比亚时代,关于遥远故乡的神话和民间故事已在这个极富想象力的民族中间广为流传。在几百年与世隔绝的生存中,毛利人创造了波利尼西亚文学中特色鲜明的自己的体系。"

毛利口头文学保存了波利尼西亚文化的传统特色,但在新环境滋养的新的创作激情中又有所发展。优秀的故事讲述人同优秀的艺术家一样,总是对继承而来的形式与素材进行再加工、再创作,使之适应该时该地的文化氛围。因此,欧洲文化入侵之前的毛利文学与艺术也并非一成不变,而是处于不断更新与丰富的过程中。这种发展趋势延续至今。在与欧洲文明越来越多的交往结合中,人们期望,毛利文化将不会与古老的传统诀别,也不会被吞并同化,而能与欧洲文化相得益彰,在互补中不断充实和丰富。

尽管各部落间存在着文化差异,但毛利文化的整体性显而易见。原因之一是新西兰各地的毛利人都使用同一种语言。毛利语从波利尼西亚语演变而成,虽然也存在着区域差异,但不足以构成各部落间沟通交流的障碍。此外,他们类似的宗教、道德原则和社会生活观,也是文化上保持同一性的重要因素。

二
毛利口头文学的多种形式

我们已经知道,在欧洲文明到达之前,毛利人没有书写文字,口头语言是唯一传递复杂信息的方式。他们刻痕记数,但对文化与历史,则只能由父亲到儿子,一代代口口相传。他们对世代相传的故事进行更新加工,也创作新的故事和歌谣。其中优秀者,通过听众之口传播,在他们的记忆库中加以保存。由于没有文字的拐杖,毛利人自幼练就了出色的记忆力。儿童必须记忆冗长的家族系谱和部落历史。天资聪颖的青少年将来可以担当土亨嘎(tuhunga)的重任,即宗教祭司;而较高一级的土亨嘎必须经过严格训练。人们相信他们不仅具有与神对话、解释天意的能力,而且也是博闻强记的学者,是活的知识库和部落历史文化的档案馆。因此,他们在部落备受尊崇。而在一般酋长和普通毛利男女中间,讲故事、吟诗、唱歌的好手比比皆是。

神话传奇故事是解释自然和历史的,主题范围广阔:天地起源,跨海迁移,老家轶事,祖先业绩,直到近代毛利人与白人的合作与冲突,无所不包。毛利人在代代相传的故事中,表达他们的宗教信仰,寄寓道德规范,提取人生哲理。诗歌则用以抒发感情,具有丰富的象征含义和强烈的语言节奏。人们往往把文学与文字作品,尤其是印刷出版的文字作品视为等同,这样的认识忽视了口头文学的重要性。归根到底,评判文学只有两大尺度,即内容的价值和表达的质量。由此衡量,毛利口头文学被看做货真价实的文学便无可非议。琼·梅杰(Joan Metge)在《新西兰毛利人》(*The Maoris of New Zealand*, 1976)一书中说:"不管以哪种标准衡量,毛利人的文学都可以说是丰富灿烂的。"

不少毛利神话、传奇与波利尼西亚其他岛屿上流传的故事有共同之处,说明了两者的共同起源。但同一故事或事件在不同叙述中又不尽相同。毛利讲述人往往不是机械背诵重复,而是从丰富的文化库藏中信手取出故事、谚语、歌谣,配之以某个固定的叙述模式,以个人的意图进行拼贴组合,以生动的语言、动作、呼喊、曲调加以表达。因此,每次讲述活动也是某种程度的再创作。故事的叙述按部就班,不少内容也是听众熟悉的,因为每个讲述人都从共同的源泉中汲取素材。听众对内容当场做出呼应表达,把自己融入其间,成为故事的一部分,情真意切,生动活泼。这种讲故事的场合,既是社会集会,也是历史知识的传递和道德教育,又是文化娱乐。编撰出版过多部毛利文学作品集的玛格丽特·奥贝尔（Margaret Orbell）在《毛利民间故事》（*Maori Folktales*）一书的前言中说，毛利故事"往往能创造出令人心醉神驰的、梦境般的效果。"

关于毛利口头文学体裁的划分，历来见智见仁。以最粗的线条划分，毛利口头文学可分为故事（tale）和歌谣诗（song poem）两大类。琼·梅杰则将之分作六类：演讲（speech）、故事（story）、谚语（proverb）、歌谣诗（song poem）、哈卡（haka，即庆典仪式上带动作的呼喊）和舞蹈歌（action song）。笔者认为，这六类中有些属于边缘体裁，而"故事"中则包括了至少三种不同的文体类型。本章将毛利口头文学分作五类进行讨论：神话（myth）、传奇（legend）、民间故事（folklore）、谚语（proverb）和歌谣诗（song poem）。神话以"神"为主，传奇以"人"为主，包括神化的英雄和浪漫化的历史，而不构成系统的、说明某一生活现象或道德观念的口头叙述，则归入民间故事一类。民间故事中往往人、神相杂，或寄人、神于一身，即巫婆术师之类。不同毛利部落的神话和传奇内容大同小异，神或英雄的名字也是统一的。而民间故事则千差万别，即使内容相似，人物姓名和表现角度也可能完全不同，因此基本上不为各部落所共有。但是，文体分类难以划出准确的边界，文体间的"穿越"和互相叠盖，是最常见的文学现象。

神话

毛利神话大多起源于波利尼西亚。到达新西兰后的几百年中，这些神话在流传中不断更新和延伸，逐渐分权，形成了与新西兰环境相吻合的独立体系。毛利人信仰多神论，同中国古代和世界其他民族一样，他们企图在神的意志和力量中，找到对人类和宇宙认识的答案。

神话中最著名的是关于万神之主伊奥（Io）创造天地生灵的故事，这是毛利人自己的"创世纪"。在混沌之际，伊奥创造了天和地，天名叫兰吉（Rangi），地名叫巴巴（Papa）。天地之神本为夫妻，紧紧拥抱，将他们的六个儿子挤在黑暗的缝隙之中。这六个儿子是树鸟之神塔尼（Tane）、人类与战争之神图（Tu）、和平与农业之神罗恩戈（Rongo）、海洋和鱼神汤加罗阿（Tangaroa）、风神托希里（Tawhiri）和雨神瓦梯梯里（Whatitiri）。他们反抗父母的压迫，几次失败后，树鸟之神塔尼终于将父亲从大陆母亲的怀中推开。从此，恩爱夫妻天各一方。兰吉用树草山水遮盖巴巴赤裸的躯体，并让林中飞翔鸟雀，水里穿梭鱼群，平川长出庄稼。地面升起的雾气，天上降下的雨雪，是兰吉和巴巴相思的眼泪。

风神雨神随父亲而去，其他诸神留在大地母亲的身边。后来，风神托希里对众兄弟的反叛感到气愤，刮起大风，树鸟之神被刮得匍匐在地，海洋之神被晃得神魂颠倒，但人类与战争之神昂首挺立，对兄弟们的胆怯大为恼火。从此，他再也不同情他的兄弟们，射杀林中飞鸟，捕捞海里鱼虾，采集地面庄稼，并砍伐林中树木，造舟建房。

地下有个黑暗世界,叫波(po);而地面上的十重天里,诸神镶上了日月星辰,送下光明。一切安顿就绪后,塔尼仍觉得孤独厌烦,决定创造人类。他用红土塑成第一个女人,从她鼻孔中吹入仙气,赐以生命,称她为西尼-阿乎-奥尼(Hine-ahu-one),即泥塑之女,并与她结婚,生一女儿,取名为西尼-蒂塔玛(Hine-titama),意即曙光之女。塔尼又同蒂塔玛通婚,繁衍子孙。当蒂塔玛获知丈夫就是自己的生父时,无地自容,逃入黑暗世界躲藏起来,并在那里照看后代的灵魂。所有人类都是他俩婚配的后裔。万神之主伊奥看到兰吉的忧伤,听到巴巴的哭泣,于心不忍,把大地母亲翻了个身,使她不再眼望着丈夫而伤心。尽管孩子们反叛了父母,大地母亲还是热爱着她的子孙,赋予他们生命,给予他们欢乐。孩子们被伟大的母爱所感动,死后回到她的身边,在她的躯体里找到归宿。

这是个美丽动人的神话,比起世界上任何民族的创世故事毫不逊色。这里,在新西兰丛林海岸的背景中,在毛利文化的装饰下,我们能发现所有神话共有的成分:混沌世界、开天辟地、暴雨洪水、人类始祖、原罪、阴府、死亡与再生的轮回等等。毛利人与其他民族一样,都企图对宇宙万物的起源,对变幻莫测的自然现象做出合乎情理的总括性的解释。这一解释通过他们的丰富想象力,拟人化地以故事的形式表现出来。兰吉和巴巴的故事是毛利神话的主干,从这一主干上,又长出无数枝杈,构成一组错综复杂的神话系列。玛乌伊的故事是其中流传最广的一则。

人类最早的祖先中有一英雄叫玛乌伊。他出生时被误作死胎投入海里,海草、鱼群将他救起。玛乌伊大难不死,神赋予他超人的智慧和力量。他十分淘气,但心地善良,为后人做了许多好事。当时,太阳从黑夜的睡窝里起身后,行走飞快。玛乌伊与他的兄弟们将太阳捕获,逼迫他从命,慢慢行走,给大地带来长时间的光明。就像中国神话后羿射日一样,英雄与神之间并无不可逾越的界线。

玛乌伊从火的女神玛辉卡(Mahuika)那儿为人类盗来火种。女神一怒之下遣下烈焰,燎遍树林、陆地和海洋。但玛乌伊请来他的祖先风神托希里和雨神瓦梯梯里,泻下倾盆大雨,浇灭火焰,但又保住了火种。一次外出捕鱼,他和兄弟们一起深入遥远的南方海域,并在那里钩起了被称作"玛乌伊之鱼"的今日的新西兰岛。最后他为了人类获得永生而与死亡女神较量,被死亡女神所杀。英雄罹难后,"玛乌伊之鱼"深藏在大洋的风暴和迷雾之中,等待着后人的发现。

玛乌伊的故事在太平洋其他岛屿也广为流传,但毛利人添加了本土的特色。故事赞美生活,弘扬善德,歌颂大无畏的英雄主义和牺牲精神,深受人民的喜爱。神话是毛利人生活和信仰的表达,也是他们源远流长的古代文化传统和民众创造力的见证。安东尼·阿尔帕斯(Antony Alpers)在他编辑的《毛利神话与部落传奇》(*Maori Myths and Tribal Legends*,1964)一书的序言中说,毛利神话中的诸神与诸英雄,"完全可以同古希腊神话人物媲美;他们的创世故事,比起《圣经》中的'创世纪'来,也毫不逊色。"此论并非言过其实。

传奇

《牛津英语辞典》对"传奇"一词的定义是："关于古代人类英雄伟业的故事，与史实往往相去甚远。"可见，传奇首先是讲人的故事，但远离史实的部分又可能与神话的定义相重叠。由于缺乏历史记载，传奇是通向毛利人过去历史的主要渠道。诚然，作为历史，部落传奇往往难以提供现代科学需要的佐证，但它却是照亮漫长、昏黑而神秘的过去的一束火把。作为文学体裁之一，我们就不必对史实过分拘泥。相反，正是在那些不被史实所捆束而插上了想象翅膀的地方，在对生活的浪漫化、理想化、神话化之中，我们窥见了毛利民族的精神气质、内心企望、人生态度及道德意识。

在毛利传奇中提及最多的是他们的故乡，也是他们信仰中人类的发祥之地——夏威基（Hawaiki）。夏威基是个理想岛国，如同希腊故事中的阿卡狄亚、《圣经》中的伊甸园和中国民间传说中的世外桃源一样，是个田园牧歌式的人间天堂。那里，水中有捞不尽的鱼虾，树上有摘不完的果实，终年阳光普照，生活无忧无虑。毛利人的祖先就来自那块福地，他们死后，灵魂也将回到夏威基，寻找最后的归宿。

夏威基的传说表达了毛利人对生活的憧憬和热爱。不少线索使人推测，传说中的夏威基就是波利尼西亚的塔西堤岛——毛利人遥远的故乡。也有人认为夏威基是塔西堤东北的马克萨斯群岛。不管原型是何地，根据传说的描述，夏威基肯定以波利尼西亚东部某岛为原型。这与毛利人的迁移史也相吻合。时间和怀旧心理使毛利人将记忆中的故土逐渐理想化，将内心的渴求寄托于那片已离别的土地之上，把它变成了令人心向神往的乐土。

第一章中我们已经提到过库佩和托伊，他们是毛利民族家喻户晓的传奇人物。根据毛利传奇，新西兰最初是由库佩发现的。他将"玛乌伊之鱼"砍成两段，成为今日的南北两岛。有的传奇说，他并未在新西兰定居，而是远渡重洋返回夏威基，告诉人们航行方向，如何寻找"大海的礼物"——古时对新西兰的称呼。很久以后，托伊率领部落成员到新西兰定居。托伊的传说可能比库佩的故事更接近史实。北岛东岸的一些毛利部落至今认为，他们是托伊部落的后代。

再后，部落迁移史和定居史的传说变得复杂纷繁。每个部落都有自己的部落起源和家族发展的故事，都清楚地记得祖先到达新西兰的独木舟名和舵手的名字，都熟悉祖先如何在旧居地为食物争斗，如何闯过九死一生的险风恶浪到达新居地的故事。而在新土地上，各部落的联盟与战争，酋长的胆略与智慧，部落的盛衰荣辱，都在各自的传说中有所反映。尽管历史与想象互相渗透，现已无法做出精确的分割，但是部落传奇中的英雄，一般都有其真实的原型人物；故事所述的事件，不管多么遥远，不管掺入了多少夸张或虚构的成分，也常常与史实有所呼应。

毛利传奇以部落史为主线，向生活的各个角落蔓开。这些故事歌颂英雄主义，崇尚荣誉与尊严，赞美部落或家族的荣耀历史，反映了毛利人的基本价值观。

长久以来,这些价值观念一直是他们做人的准则、生活的指导和行为的规范。包罗万象的毛利传奇是这个古老民族历史、社会与文化的镜子。

民间故事

我们把不属于解释宇宙或说明历史的,而是为了建立某一观点、解释某一事态或为了娱乐消遣、相互间没有直接关联但每个个体都有前因后果和关照的口头叙述体,归入民间故事一类。毛利民间故事有时缺少逻辑的连贯和严密的前后呼应。这种随意性常常使故事听起来荒诞不经,但也使故事变幻莫测,引人入胜。乍听来似乎信口开河、胡编乱造的离奇背后,会隐伏着一条有别于其他民族的评判善恶的标准。这条标准始终如一,贯穿着千变万化的故事。

以《巫女呼梅阿》("Houmea the Shag Woman")为例。这是不计其数的毛利民间故事中的一则。一天呼梅阿觉得肚中饥饿,将丈夫捕来的鱼全部吞食完后,又吞下自己的两个儿子。丈夫念起咒语,儿子们从她嘴里逃出。呼梅阿又计划吃掉丈夫。父子们跳上独木舟逃生。呼梅阿变成一只饥饿的绿鸬鹚,紧追不舍。父子们最后巧施计谋,用烧得滚烫的石头喂她,使她不敢再到他们身边来觅食。今天人们看到的贪得无厌的绿鸬鹚正是呼梅阿所变,而人们也把那些心地险恶而又贪得无厌的女人称作绿鸬鹚。

许多毛利民间故事都有与《巫女呼梅阿》相似的方面。造成灾难的一方常常出现在家庭圈子内,或是丈夫,或是妻子,或是女婿等。此人或出于妒忌,或出于羞辱,或像呼梅阿的故事那样没有明确的起因,突然开始异化,失去了人的约束,无法自制。这使人想起了具有现代主义文学风格的卡夫卡的名作《变形记》("Metamorphosis"),其中主人公一早起来突然发现自己异化成了一只大甲虫,无法抗拒自己的行为。现代主义思潮和原始文化在这里不期而遇。我们即使不用潜意识、象征主义或心理现实主义等新一套陈词滥调作为分析工具,这一则毛利故事的基调同样明确无误:家庭中出现敌对行为,是变异现象,而社会生存则依赖正常的和睦关系以及各人对他人的责任与义务。

毛利人长期以来把正常的秩序、正确的行为视为"自然的",亦即合乎情理的;把不规范的举止、不为社会所容的做法视作"反常的",亦即异化变态的。反常行为为邪恶的意念所诱发和驱使。这同欧、亚民间故事中的善恶观念既有相同之处,又有很大的不同。由于毛利人原始生产力低下,食物这一生存之源并不充裕,而且由家族或社会成员分享。因此,对食物的贪得无厌被视为"反常的"不符合规范的行为,也就不难理解了。在其他民间故事中,海蛟、巨蜥、食人巨鸟、红发女巫及以人的面貌出现的神妖等,这些都是变异现象。他们的行为是越轨行为,构成对整个社会的威胁,但是最终人的智慧总是能够战胜邪恶势力。

玛格丽特·奥贝尔对毛利民间故事做了高度评价。她指出:"不少毛利故事属于娱乐性质,但不能与现代娱乐形式混为一谈。相对而言,现代娱乐注重现实,比较肤浅,靠新奇取胜。而毛利故事中的人物事件是心理最深层的产物,同神话和其他文化现象一样具有复杂的社会功用。正因如此,听众百听不厌。而在我们的时代,只有最杰出的文学作品和童话,才能经得起如此再三不断的重复。"

谚语

毛利口头文化也包括流传于民间蕴藏丰富的谚语。谚语经过世世代代提炼而成,是毛利人智慧的结晶,是他们用以指导生活的哲学。谚语集中表现了毛利口头文学的两大特点:一是强烈的语言节奏感,二是以具体表达抽象概念的手法。正因如此,各人必须对某一谚语做出自己的解释。毛利谚语从周围环境中寻找比喻,对新西兰人来说,不仅听来亲切,而且内涵丰富。在当今社会中,毛利谚语仍常常被引用,可见其生命力之强盛。

比如,毛利人赞颂勇敢、贬抑懦怯时说:"要像鲨鱼搏击到最后,不要像章鱼浑身没骨头。"这类比喻,对海岛人来说特别形象具体,亲切感人。又如一则谚语说:"一棵蕨在此地死去,另一棵破土而出。"此谚语用的是新西兰最有特色的植物,而隐晦的含义,正是其力量所在。它可以表示时势变迁,也可以表示生命不息,也可以理解成"死了张屠夫,不吃混毛猪"的意思。

很多毛利谚语用于规劝人生或道德说教,如告诫姑娘"嫁人要嫁手上长茧的人。"虽然现代社会由于职业分工,手茧已不一定是勤劳与谋生能力的标志,但谚语的引申喻义仍然适用于今日社会:勤奋实在的人要比华而不实者更有价值。由于劳动生产在原始毛利社会生活中的重要性,因此他们特别强调以劳动为荣:"勤劳者结实健康,懒惰人病入膏肓。"他们讽刺懒人像躺在火堆边一动不动的狗:"火会烧掉睡狗的尾巴。"

毛利人的谚语是他们文化遗产中的宝贵财富,也是了解他们生活态度的窗口。他们在谚语中寄寓人生哲理,传递实践中淘洗出来的生活经验,也在其中寻找孰是孰非的评判标准。

歌谣诗

"歌谣诗"是个合二而一的杜撰概念。汉语中的"诗歌"一词虽然字面上结合了"诗"与"歌"两个含义,而古诗的吟诵也带有"唱"的意味,但主要指前者。毛利人的"歌谣诗"则结合了音乐与文字效果,分为莫泰阿泰阿(mōteatea),即吟唱诗和怀阿塔-阿-林嘎(waiata-ā-ringa),即伴以动作的舞蹈歌。

吟唱诗与传统概念的诗有所不同,它是为按照某一节律吟唱而创作的。但吟唱诗又不同于歌谣,其曲调一般不突破一定的音域和节奏范围,不熟悉其曲调的人听起来可能单调呆板。吟唱诗主要突出的是文字内容,而不是音乐效果。它不是叙事性的诗歌,而是为某个场合、某个事件专门创作的,可表达爱情的缠绵、离别的凄切、庆典的欢乐或友谊的珍贵等包罗万象的主题。吟唱诗一般长20至30行,但也有长达上百行的,常常涉及当时当地的人与物,灵活生动,亲切感人。

舞蹈歌主要是白人到达以后,尤其是20世纪才发展起来的,顾名思义是舞蹈时所唱。歌谣曲调明快悠扬,并伴以优美的手臂动作。外行人对这一形式喜闻乐见,因为音乐和视觉效果一起创造了热情奔放、粗犷强悍的激奋场面。但毛利人以歌词内容作为评判的第一标准。吟唱诗和舞蹈歌有共同的特点,都是一种"歌谣诗"。

歌谣诗和谚语一样,由于短小精悍,容易记忆,优秀者流传下来后,往往保持原有的语言和风格,较少随意变化。每首歌谣诗均以作者的名字为标记,而作者大多是毛利妇女。每逢庆典仪式或其他重要场合,毛利人至少要编出一首新的歌谣诗,往往由表演者自己创作。不少歌谣诗是个人抒发情怀的产物。大多作品相互借鉴撮合,难免平庸无奇,但其中优秀者却不乏真正文学作品的价值。有些作者得到毛利社会的公认,如土依尼·嘎怀(Tuini Ngawai)和赫那莱·怀托阿(Henare Waitoa)便是享誉甚高的佼佼者。后者的作品已成为硕士论文的研究对象。

毛利歌谣诗常常借助实物比喻,表现力相当强。很多比喻与神话、传奇共用,喻义固定不变,如以森林、鲸、星辰比喻酋长,表现其博大、力量或崇高;以雨、河流、海潮代表凄切和哀婉等等。虽然比喻有其固定含义,但配以变幻无穷的语言,表现不同的主题内容,吟唱于不同的场合,每首歌谣诗也就获得了新的意境。近代创作的歌谣诗中,有不少表达了对白人政治文化沙文主义的抗议。

毛利人出海航行时鼓舞士气、祈神护佑的《息波词》,是歌谣诗中脍炙人口的一首,据说为14世纪毛利船队沿着祖先库佩、托伊的航迹南下寻找新西兰岛时创作,流传至今。歌词具有海洋一样的磅礴气势,表现了毛利祖先勇武豪迈,一往无前的胆魄:

> 我分明指向,
> 对着大海宝藏,
> 驶向陆地沙滩,
> 那片白云之乡。
> 有谁为我护航,
> 护我扬帆远去,
> 拥我乘风破浪。
> 圣洁独木舟,
> 扬威向前闯。
> 神明船首引,

> 魔怪守后舱，
> 鲸鱼护两侧，
> 祭司祷上苍。
> 飞吧独木舟，
> 飞向白云乡，
> 库佩见乐土，
> 托伊迁此邦。
> 托伊是民族的先锋！
> 托伊之情炽热奔放，
> 托伊之火熊熊燃烧！
> 托伊之声威震远洋，
> 托伊之地屹立前方。①

毛利战歌同样充满阳刚之气，用以表达冲锋陷阵的勇气。下面一首是临上战场向战神图祈祷，愿神赐以力量的战歌：

> 战神脸上火焰冒，
> 战神脸上怒容起。
> 啊，图！劈开天庭，
> 降下力量和勇气。
> 我将敏捷接过
> 愤怒和火焰的武器；
> 勇敢坚强，气吞沙场，
> 勇敢坚强，战斗不息！

毛利民族有勇武强悍的一面，又有多愁善感的另一面。情歌在歌谣诗中比重很大，表达相思的缠绵，爱情的坚忠，以及对相恋或共同相处生活的回忆等；也有表达被丈夫遗弃的哀苦，或者别离的痛楚。这类歌谣诗的作者往往是妇女，情真意切，哀婉动人。下面一首表达了与丈夫分离的哀伤：

> 隔着相思眼泪，
> 远望凄凄山冈。
> 愿做飞鸟，飞到远方，

---

① 此诗由任荣珍译。参看任荣珍，"毛利口头文学"，《淮北煤炭师范学院学报》社科版，1987 年第 4 期，第 116—117 页。无标注的作品引文，均为本书作者翻译。

> 谁替我插上高飞的翅膀？
>
> 我心已飞出胸窝，
> 攀在飘浮的白云上。
> 愿风起云走，飞过重山，
> 带我去深爱的丈夫身旁。

很多歌谣诗是为某一社会集会专门创作。宗教仪式、婚丧嫁娶、婴儿出世、收获时节、部落结盟等，都是吟诗唱歌的大好场合。如有客人参加，村落的男子跳起雄浑刚劲的斗士舞，妇女则唱起热情悠扬的迎客歌：

> 欢迎，
> 来自远方的客人，
> 我的孩子把你
> 从天边地角
> 领到家门。
> 欢迎，欢迎。

毛利歌谣诗中最有特色的要首推"鲍"歌(pao)，其特点是每首仅两行，十分精炼。行尾不押韵，但配有能强烈表达情绪的呼叹声。"鲍"歌短小精悍，表现力强，为青年男女所喜爱。他们常用"鲍"歌表达相思的情意。下面五首均以爱情为主题：

> （一）夜里我伤悲，辗转难入眠，哎咿，
> 　　　思恋之情啃咬我，好残忍呀，哎，噢！
> （二）啊，把你的手帕给我吧，
> 　　　好包起我的爱情，包得牢又牢，哎，噢！
> （三）啊，朋友，我的爱情多强烈！
> 　　　它像股潮水把海岸冲击，哎，伊啊！
> （四）假如我是一只鸟，我要飞进你卧房，
> 　　　缠住你呀，不让你睡得那么香，哎，噢！
> （五）我的双眼永不感疲劳！
> 　　　我呀，只盯住你一人瞧，哎，噢！[1]

---

① 以上五首选自冯去冰的毛利"鲍"歌，见《大洋洲文学丛刊》1983年第1期，第296—297页。

三

毛利口头文学的采集与保护

　　19世纪30年代,英国传教士用英文字母以拼音方式为毛利人创编了一套书写文字,并用毛利语翻译了《圣经》,向毛利人传播基督教。自从有了书写文字以后,毛利口头文学作品逐渐开始被记录下来,得到整理和保存。但从整体上来讲,很长一段时间内新西兰人对书面毛利文学热情不高。原因之一是新西兰白人强调英国文学的价值,对毛利文学既不严重压制,也不热心保护,任其自生自灭。原因之二是毛利人对文字这一陌生的传播媒介非但不热衷,甚至近乎冷漠,因为文字表达缺乏口头叙述、吟唱时声情并茂的气氛,也没有即兴发挥的兴奋感和听众的现场反应效果。这几方面,书面文学较之口头文学确实黯然失色。因此,进入文字时代后相当长的时间内,口头文学仍然是毛利民族文化活动的主要形式。直到近期,约从20世纪60年代起,毛利人才真正开始对书面表达形式产生兴趣,并显示出不凡的文字驾驭能力。

　　对毛利口头文学的大规模采集整理始于19世纪中叶。毛利民间文学宝库博大浩瀚,至今仍常常能发现流传于毛利人中间但从未被记录的神话、传奇、歌谣等。曾出任新西兰总督的乔治·格雷爵士(Sir George Grey)是毛利口头文学的热心保护者。他亲自收集整理出版了多部毛利口头文学作品,如《五百零七首诗和十二则故事》(*507 Poems and 12 Prose Pieces*,1851)、《新西兰人的神话与传统》(*Mythology and Traditions of the New Zealander*,1854)、《波利尼西亚神话和新西兰族的古代传统历史》(*Polynesian Mythology and Ancient Traditional History of the New Zealand Race*,1855)、《歌谣四十八首》(*Forty-eight Songs*,1857)等。书名中所谓的"新西兰人"和"新西兰族"指的是毛利人、毛利族。当时的白人移民仍把自己看做大英帝国的臣民。乔治·格雷收集的故事和歌谣错误甚多,很多方面暴露了编辑者对毛利文化的无知。他认为毛利文化传统尚且幼稚,他们的宗教信仰荒诞不经。但他又认为当地民族绝不缺乏才智,完全有能力接受基督教的真理。很显然,他是带着西方人的偏见,居高临下地看待毛利文化的。尽管如此,乔治·格雷的重大贡献不可磨灭。他是将从未经记录的一个海岛民族的文学介绍给世界的第一个有影响的传播者,他的集子也被看做是研究毛利文化的经典作品。

　　与乔治·格雷同代的约翰·麦克格莱格(John McGregor)出版了一部毛利歌

谣集《毛利流行歌谣》(*Popular Maori Songs*，1864)，其中收集记录了很多有价值的民歌。此后，新奇感似乎冷却。研究发掘古老毛利文化的热情直到一个世纪以后才再次升温。文人学者们以扎扎实实的态度，接连整理出版了不少有价值的毛利文集，如莱怀第·柯海利(Reweti Kohere)编辑的《毛利谚语与格言》(*Maori Proverbs and Sayings*，1951)、A. E. 布罗汉(A. E. Brougham)和 A. W. 里德(A. W. Reed)合编的《毛利谚语》(*Maori Proverbs*，1963)、安东尼·阿尔帕斯的《毛利神话和部落传奇》、A. W. 里德的《毛利民间故事宝库》(*Treasury of Maori Folklore*，1963)、巴里·米特卡尔夫(Barry Mitcalfe)的《毛利诗歌译丛》(*Poetry of the Maori: Translations*，1961)和《毛利诗歌：吟唱的文字》(*Maori Poetry: The Singing Word*，1974)以及玛格丽特·奥贝尔的《毛利语—英语对照民间故事》(*Folktales in Maori and English*，1968)和《毛利诗歌》(*Maori Poetry*，1978)等。这些集子无疑对毛利文化的研究与保存及其在世界上的传播起到了积极的促进作用。

　　但是，已编辑成册的只不过是毛利口头文学遗产的一小部分，已有记录但未经发表的作品数量更多，大部分作为原始资料仍在档案馆里沉睡。比如奥克兰公共图书馆收藏的乔治·格雷采集的毛利民间文学手稿达 9 800 余页，而其中已发表的故事仅 126 页，歌谣诗 500 页，总共不到十分之一。而人们相信，更多的毛利文学矿床仍有待开发。毛利口头文学历史悠久，蕴藏丰富，内容精湛，形式多样，是新西兰文学中宝贵的不可或缺的一部分，也是世界文学宝库中人类共有财富的一部分。

第三章

殖民开拓及殖民文学
胚芽的萌生

一

发现与殖民间的 200 年：1642—1840

航海家的记载

当弥尔顿继乔叟和莎士比亚后成为英国文坛风云人物时，新西兰的存在始为欧洲人所知。但在发现与殖民开拓之间，已经有不少关于新西兰的文献与记载。这些记录文字成了新西兰最早的文献，也可以说是广义的文学源头。

1671 年，发现新西兰的探险家塔斯曼去世。同年，塔斯曼当年的随船医生亨利克·海尔伯斯（Henrick Haelbos）写下发现新西兰的前前后后，在荷兰出版。欧洲人第一次在探险家的历险记中阅读到了关于南太平洋岛和被称为"南地人"的原始民族的点滴传闻。

在海尔伯斯记载的基础上，荷兰作家凡·聂罗普（van Nierop）1682 年用英文发表了关于同一历险的不同描述——《塔斯曼船长航海日志补述》（*Relation out of the Journal of Captain Abel Jansen Tasman*）。书中有最初对毛利人的描述："声如洪钟，体魄强悍，肤色介于棕、黄之间，黑发扎在脑后，冠以一翎白色大羽毛。"他们对毛利人的所有了解都来自甲板上的短暂观察。因此，除了外表的描绘，其他方面只能凭借想象了。《补述》在一段时间内流传甚广，成为 18 世纪有关新西兰的基本史料。但该书经过多次编辑、加工、润饰、删减、添枝加叶、翻译、转译而最终变得面目全非。在粗糙的地图和笼统的描述背后，欧洲列强虎视眈眈，对遥远"南大陆"的领土权和财富资源垂涎三尺。

一个世纪以后，库克探险队的成员再一次揭开新西兰的神秘面纱，对她进行了符合 18 世纪口味的描述。随库克远航的西德尼·帕金森（Sydney Parkinson）于 1773 年发表了有关新西兰再发现的《日记》（*Journal*）。他认为虽然那些"印第安人"还处在蒙昧状态，但"若加以引导开化，此地仍不失为某种意义上的人间天堂"。另一名探险队员乔治·福斯特（George Forster）四年后发表了《环球航行》（*Voyage Round the World*, 1777），也对新西兰的未来作了带理想主义色彩的预言："总之，我们在周围，在一个仍在蒙昧野蛮的漫漫长夜中沉睡的国度里，看到了艺术的升华和科学的黎明。"

早期广义的新西兰文学

自 1770 年库克船长首航新西兰至 1840 年怀唐依条约签订的 70 年间,捕鲸人、猎海豹人、商人、逃犯和传教士开始进入毛利国,小规模的移民居住区相继出现。一小股零星的广义的文学作品填补了再发现与大规模殖民之间半个多世纪的广阔空间。这些作品内容大同小异,描写艰险的远航、拓荒地的生活,但更多的是写毛利人——他们的住房、服饰、工具、文身图案、生活习惯等,以猎奇为主导,渲染同类相食、杀身献祭、部落格斗等场面,与维多利亚时代描写黑非洲的作品有相似之处。随着航海技术的发展,人们的视野突然被打开,欧洲的读者强烈地渴望了解地球上新发现、新踏探的神秘地域。关于新西兰的故事,是欧洲读者渴求的读物。探险和猎奇作品虽有市场,但这一文类往往以渲染、夸张为特色,文学价值不高。早期作品中也有少数涉及探讨毛利宗教、神话、道德方面,虽未免浅尝辄止,但迈出了真正了解毛利民族和毛利文化的第一步。

19 世纪初,澳大利亚新南威尔士殖民区派遣一支踏探队来到新西兰。队员中的约翰·萨维奇(John Savage)医生根据考察经历与体验,于 1807 年出版《琐记》(*Account*)一书。同队的理查德·克鲁斯船长(Richard Cruise)多年后出版了他的《新西兰踏探日记》(*Journal*,1823)。其实两人只不过走马观花,对新西兰的认识零碎肤浅。

19 世纪初期前来新西兰考察并出版著作的还另有两人——约翰·尼古拉斯(John Nicholas)和塞缪尔·马斯登(Samuel Marsden)。他们同于 1814 年造访新西兰。尼古拉斯于 1817 年发表《札记》(*Narrative*),对首次登上群岛湾做了详细的历史记录。《札记》充满理性时代(Age of Reason)的鲜明特点,尼古拉斯借题发挥,表达了当时欧洲人的思想观念及他们对自己社会的见解。作者描写原始部落的字里行间,既流露出返朴归真的渴望,又留恋文明时代的生活。他的同伴马斯登直到 1832 年才有文字面世,发表《书信与笔记》(*Letters and Journals*)。这是一部十分有特色的记载体作品。作者摒弃了当时流行的故弄玄虚的华丽,语言诚挚简朴,叙述流畅明快,记载生动翔实。马斯登显然无意追求"读者期待"和文学效果,但"无心插柳",他的作品成了一部十分有价值的早期文献。

《书信与笔记》发表的同一年,奥古斯塔斯·厄尔(Augustus Earle)发表《九个月新西兰生活纪实》(*Narrative of Nine Months' Residence*,1832)。厄尔与马斯登的风格大相径庭。他以艺术家的审美角度观察毛利民族,对毛利人性情的豪放、服饰的古朴甚至裸体和文身的原始粗犷美大加称颂;但对毛利人的生活准则和道德观念却并不加以浪漫化。相对而言,他较深入真实生活,与毛利人也有更多的接触,因此尽管书中作者卷入了更多自己的情感,《九个月新西兰生活纪实》仍然受到读者的喜爱,是早期关于新西兰的书籍中流传较广的一部。

　　另一部值得注意的早期著作是 1838 年出版的《新西兰：旅行探险札录》(*New Zealand: Being a Narrative of Travels and Adventures*)。作者乔尔·塞缪尔·波拉克(Joel Samuel Polack)是个商人、艺术家和作家,多才多艺。《札录》分上下两卷,比较厚实,详细记录反映了作者在新西兰六年生活的经历和当地的风土人情,并广收博纳,采集整理了不少口头与书面资料,是一部关于早期新西兰的生动有趣的小百科全书。1840 年怀唐依条约签订之后,与新西兰相关的出版物,就不再仅仅是对这个毛利国一般性的介绍和记录了。

二

携带旧蓝图的新居民

英国文化的输入

　　从 19 世纪初开始,新西兰公司(New Zealand Company)发起并组织英国人向新西兰大规模移民。1840 年新西兰正式成为大英帝国殖民地之后,克赖斯特彻奇、惠灵顿、达尼丁、奥克兰和奥塔戈等地分别建起了新殖民区。其后 20 年中,移民接踵而至。移民队伍发生了三方面的显著变化:第一,有组织有计划的殖民人数逐渐增多;第二,受过教育的有专长的人逐渐成为移民队伍的主体,取代了社会与文化层次较低、因经济破落或其他原因而前来冒险的求生者;第三,多数移民不再像从前那样,为“挣钱回家”而来,他们有目的地前来拓荒创业,以殖民地为家,安身立命。这些变化为最早期殖民文化的萌生提供了合适的土壤。

　　虽然毛利文化继续存在,但 1840 年后的新西兰,整体上不可逆转地被纳入了欧洲文化的轨道。对已经跨入工业时代的英国移民来说,他们不可能随遇而安,接纳原始的毛利文化作为新的文化起源。但值得注意的是,他们也不是从 18 世纪和 19 世纪的西方文明中博采众长,也不直接继承产生于早期移民中的自发的新文化,而是移植了更近期的维多利亚时代的英国文化。

　　殖民早期的新西兰,舶来的现成英国文化一直占据着主宰地位。自从滑铁卢战役打败了强大的竞争对手法国后,英国已有几十年太平盛世,解放了奴隶,给公民以较多的政治权利,刺激推动了经济的繁荣与发展,进入了“日不落”帝国的鼎盛时期。英国成为世界制造中心,不仅将商品、人员、英镑和船队打入世界每一个角落,也以她的语言、文化、政体、宗教影响着世界各国。对来自英伦三岛的移民来说,母国的强大影响力难以动摇。直至今天,英国文化的影响,在新西兰依旧赫然可见。

行李箱中的文学样板

由于缺少赖以依附的当地文化模式,新西兰移民,包括撰文作诗的人,自觉不自觉地紧紧抱住与拓居地现实格格不入的旧的文化传统。旧传统代表了一种感情寄托,一种身份定位,但不合时宜,必然导致矛盾和心理困惑。在拓荒创业的新环境中,原来的阶级、特权或多或少被淹没,社会成员间的地位相对平等,务实主义取代了温文尔雅的绅士作风。环境与社会结构的巨变,必然对传统文化形成冲击。变迁过程是缓慢痛苦的。两者之间的不协调,首先反映到少数感觉敏锐的作家和诗人身上。

早期的澳大利亚被用作犯人流放地,而新西兰的社会构成很不相同。他们中间受过良好教育者占比重较大。比如 1840 年新西兰公司组织到尼科尔森港落户的移民,三个月后就办起了自己的小小图书馆,可见移民对文化食粮需求之迫切。19 世纪中叶,当他们告别故乡,开始遥远的南太平洋航行时,他们的行李卷中塞进了当时享誉极盛的文学作品,如丁尼生的《诗集》和《公主》,布朗宁夫妇的《葡萄牙十四行诗》和《迷途的狂欢者》,狄更斯的《大卫·科佩菲尔》,萨克雷的《名利场》,夏洛蒂·勃朗特的《简·爱》和简·奥斯丁的小说。这些文学巨著的影响,足以压倒任何在当地冒芽的稚气未脱的作品。对当时移民深有影响的还有另一批作家,如玛丽亚特、布尔沃、利弗、麦考莱、塞缪尔·斯迈尔斯、查尔斯·金斯莱、费利西亚·赫孟斯和马丁·塔珀等。这批人有的昙花一现,有的后来逐渐淡出人们的视线,但他们对当时新西兰文化的影响不可低估。

这些作家中间,奥斯丁和狄更斯在新西兰移民中的地位和影响尤其显著。他们的著作虽然具有很高的文学价值,但难以为新西兰提供生活经验和文化样板。文学批评家琼·史蒂文斯(Joan Stevens)在《新西兰长篇小说:1860—1960》(*The New Zealand Novel: 1860—1960*)描写传统英国文化与殖民初期社会环境不和谐的联姻时说:"未开垦丛林地的便餐,他们端上香槟和火鸡;简陋的会客室书架上,他们摆设着蓝封皮的金斯莱,棕封皮的麦考莱,红封皮的萨克雷和狄更斯,而且还有装帧精致的全套《康希尔杂志》。"

初创阶段的殖民社会,生存是压倒一切的第一需要。移民的当务之急是立足谋生,建立家园。现实告诉他们,文学艺术是与现实生活关联甚微的奢侈,是可有可无的装饰。拓荒者很难有这种闲情逸致。史学家亚瑟·汤姆森(Arthur Thomson)讲到,在当时"挖土沟的要比诗人更受人尊重"。他的话很具体地反映了文学在当时生活中的地位。由于拓居地生活的重压,阅读欣赏只能是少数人的逸乐,写作更是个别人的怪癖。殖民地新西兰没有自己的强大文化与宗主国的进口文化相抗衡,因此,英国式的风格、情趣、语言和绅士人物便在文学中剥夺了当地居民的发言权。尽管如此,殖民文学的胚芽还是在新土壤中悄然形成了。

三

殖民文学的萌芽

殖民初期的历险记

由于殖民初期新西兰人口稀少,严格意义上的本地文学——小说、诗歌、剧本等形式并无太多传播机会。报刊文章、书信、演讲记录、官方文献和旅行札记等,是了解这一阶段新西兰文化生活的主要途径。这些文字记载是珍贵的史料,但作者们无意从诗人或小说家的视角,通过想象创作来表现某种现实。他们书写出于使用的目的:记录事件,描写生活,发表见解。但有些作者具有相当高的素材选择和文字表现能力,作品细节描写生动,乡土气息浓郁,具有文学作品的色彩和审美价值。

不管何种形式,大部分早期作品是为英国读者撰写的,阅读对象或是亲友,或是具有猎奇心理的普通读者,或是学者,或是未来的移民,或是殖民局的官员。但新西兰居民也有自产自销的文化食品。殖民最初阶段,在新西兰就出现了报纸,紧接着《爱丁堡》(*Edingburg*)和《黑林》(*Blackwood's*)两杂志相继问世。报刊和小册子中,时常有散文和诗歌出现,抒发情怀,表达殖民地生活的体验与感受。虽然零零碎碎,五花八门,甚至难登大雅之堂,但这些初期作品中孕育了严肃文学的胚芽。詹姆斯·爱德华特·菲茨杰拉德(James Edward FitzGerald)、阿尔弗雷德·多米特(Alfred Domett)、杰宁汉·韦克菲尔德、欧内斯特·迪芬巴切、乔治·弗兰奇·安加斯(George French Angas)、爱德华特·肖特兰(Edward Shortland)和乔治·格雷爵士等,都是早期文学活动中值得一提的名字。

杰宁汉·韦克菲尔德1839年参加"托利号"远征,并在新西兰殖民区居住了四年。他的《新西兰历险》(*Adventures in New Zealand*)于1845年由新西兰公司赞助出版。韦克菲尔德以小说家的敏锐目光捕捉细节,描写反映了早年殖民地捕鲸人、传教士和毛利人的生活。《新西兰历险》主要不是对当时社会的如实笔录——这方面,后来的史学家们要比他精确得多。他像个天才的记者,善于沙里淘金,以少量精选的事例,恰到好处地反映拓居先辈的习俗、道德和言行举止。但他描写的殖民地生活被蒙上了一层过浓的浪漫色彩。

外科医生迪芬巴切与韦克菲尔德同乘"托利号"到达新西兰,短期定居后于1843年出版《新西兰漫游》(*Travels in New Zealand*)。他与韦克菲尔德气质不同。对同一经历的描写,韦克菲尔德充满年轻人的热情和偏见,迪芬巴切则像个老成的学者,显得深思熟虑。他的记载内容丰富翔实,评述颇有见地。他同当地毛利人建立了友好关系，理解他们的文化传统，同情他们的生活处境，指责"欧洲人特有的盛气凌人而又荒唐不经的偏见"。他认为，"将鹿撕成碎块的狮子并不属于更高尚的动物种类"，以此对处于强势的殖民者进行抨击。迪芬巴切在书中竭力宣传种族平等："我们认为，不管肤色如何，就其情其欲，其智慧能力而言，人都是同等的。"他具有敏锐的政治嗅觉，对殖民主义、宗教输出、文化沙文主义等都抱批判态度。他也发表过诸如《如何为新西兰土人立法》（"How to Legislate for the Natives of New Zealand"）等颇有创见的政论文章。迪芬巴切以普通人的眼光进行观察，以理论家的头脑做出评析，他的作品是了解早期新西兰的宝贵资料。

关于毛利人的猎奇作品

毛利主题在早期新西兰作品中占据比重很大。为了迎合欧洲读者的口味，作家中粗制滥造者不少。即使是较好的作品，也不免夹带种族偏见。乔治·弗兰奇·安加斯的《蛮人生活与风情》（*Savage Life and Scenes*，1847）和爱德华特·肖特兰的《新西兰人的传统与迷信》（*Traditions and Superstitions of the New Zealanders*，1854）都是关于毛利人的相当不错的作品，但两本书的书名就多少反映了欧洲人居高临下的傲视态度。安加斯深入毛利社会，获得了其他欧洲人所缺乏的对毛利人的深层理解。他在《蛮人生活与风情》中预言，由于毛利人的土地将不再属于他们的子孙，他们必然要奋起反抗。他的预言在十年毛利战争中得到了证实。肖特兰书名中所说的"新西兰人"指的是毛利人。他实际上已从现代人类学的角度对毛利民族进行研究。他对整个毛利社会生活进行了记录和描述，但对毛利社会进行分析时却无法摆脱基督教思想的认识。肖特兰后又写成《毛利宗教和神话》（*Maori Religion and Mythology*）一书，于1882年出版。

乔治·格雷的文集使得全世界在19世纪中叶能一睹毛利文化的风采。他把兰吉、巴巴及他们的孩子们的创世故事，把作为毛利民族化身的玛乌伊的故事娓娓动听地介绍给欧洲读者。由于他本人不懂毛利语，他的毛利文集都是经人用英语讲述后的再创作，而不是严格忠于原文的翻译。但是他的集子整体上保留了毛利口头文学传统的风格，他编辑的毛利文化集锦，除第二章已提到的《新西兰人的神话与传统》等四部外，还有《毛利人的诗、传说和歌谣》（*Poems, Traditions and Chants of the Maories*，1853）、《毛利传统》（*Traditions*，1857）和《新西兰族祖先的谚语俗话》（*Proverbial and Popular Sayings of the Ancestors of the New Zealand Race*，1857）。格雷是早期新西兰文化人中知名度最高的权威人物，也是贡献最大的一位。

作为史料，殖民早期的记载、回忆录和文集的价值不可替代；但作为文学作品，它们的价值却难以恭维。除格雷的毛利文集之外，其他作品模式雷同，不外写作者的个人经历：从英国出发，南渡太平洋，到达拓居地后的生活，再加上异国风情和奇闻轶事。书是为英国读者写的，新西兰本土没有读者市场。文史学家琼·史蒂文斯说:"只是由于这些作品的地理背景,我们才把它们归入新西兰文化的范畴。"

殖民初期的诗歌

南太平洋岛的气候像维多利亚的英国一样适合于诗人的成长。殖民早期最引人注目的文学形式是诗歌。殖民大区已有地方报纸出现,大多都辟有"诗人角"。这为短诗的创作发表提供了场地。这些诗歌或赞美自然,或是即景生情的抒怀,但也有为喜庆丧葬等场合专门创作的。很多诗歌在付梓之前,都曾在当地居民的社交聚会上诵读过。如当时在奥塔戈殖民区享有民间"桂冠诗人"之称的约翰·巴尔(John Barr),"在任何社交聚会场合都会为众人吟诵一首自己的新作。"因此,这些诗有短小精悍、易于上口的特点。

早期诗歌大多不免单薄粗疏。雷德(J. C. Reid)在《澳大利亚和新西兰文学》(*Literatures of Australia and New Zealand*)一书中罗列了这些诗的所有缺点:"含糊的抽象化和拟人化,吟游诗人的狂热和多愁善感,陈腐的抒情,死板的形式,平庸的内容,而且还给涂上了未经消化吸收的俗丽的地方色彩。"雷德的批评也许并非无中生有的中伤,他提及那些诗歌创作中的缺憾应该是普遍存在的。同源远流长的"诗人之乡"英国的诗歌相比,新西兰诗人刚开始牙牙学语。但筚路蓝缕,他们的贡献不能否认,而他们的缺点则无可厚非。

坎特伯雷殖民区的马丁(C. J. Martin)于1862年将写下的众多短诗收集成册出版,名谓《马丁乡土诗集》(*Martin's Locals*)。顾名思义,集子反映的是殖民区当地的事件和人物。他的诗歌虽不是无可挑剔的杰作,但其韵其律捕捉了当时当地的风情,表达了新西兰人的共同目标和社团一体意识。他的诗也常常流露出创建"乐岛"的理想幻灭之感。如《莎拉,约翰·雷文牧师的第一位妻子》("Sarah, the First Wife of the Rev. John Raven")一诗中,诗人首先表达了告别欧洲的社会痹病,去迎接新生活的乐观情绪:

辞别故园,心怀着
　　未来乌托邦梦想;
"再见吧,捐税,"我们欢呼,
"再见,喋喋不休的唇战舌斗,
再见,国家与教会的权力较量,
　　我们去拥抱自由和希望!"

但到诗的末尾,诗人发出的只是欷歔哀叹:

理想与现实之间
两地相隔竟如此遥远……

　　马丁的组诗是一个粗朴但充满生气的草创时代的遗物。他观察敏锐,感情真挚,表达了移民的向往,也表达了他们的失落感。但早期殖民地诗歌的基调是乐观主义。诗人们寄希望于未来,寄希望于他们的儿女子孙。虽然困难重重,但创业者的名字将为后人所铭记,他们的业绩将为后人所传颂。坎特伯雷的劳斯(J. T. Rouse)的诗,典型地表达了这种乐观信念:

> 一个金灿灿的预言,
> 　　指向永恒的锦绣未来,
> 它那幸福之光
> 　　将照耀儿辈们的风采。

　　早期短诗中最卓有成就的是在奥塔戈落户的一批苏格兰移民。其中威廉·戈尔德(William Golder)以多产著名。自 1851 年出版《新西兰歌谣集》(*The New Zealand Minstrelsy*)至 1871 年发表《爱的哲学》(*The Philosophy of Love*)的 20 年间,戈尔德有多本诗集问世。这些作品中除了讽刺诗集《鸽子议会》(*The Pigeon's Parliament*,1854)之外,大多已蛛网尘封,永远被遗忘了。《鸽子议会》充满生活气息和幽默情调,从一个为达到自我改善而辛勤劳作的移民的视角出发,对殖民地生活做了辛辣尖锐的讽刺笔录。诗集反映殖民地的生活,具有地方特色,语言自发质朴,不加矫饰,整体效果出色,弥补了诗人表达上的不成熟和技巧上的欠缺。

　　当时奥塔戈首屈一指的苏格兰诗人是约翰·巴尔(John Barr)。他的主要诗作收集在《诗与歌》(*Poems and Songs*)中,1861 年经赞助在爱丁堡出版。巴尔的诗干净利落,艺术感染力强,但一般不突破传统格式。他善于汲取苏格兰移民的语言词汇,摄录奥塔戈苏格兰殖民区生活的某些瞬间画面,尽情讴歌摆脱了欧洲种种羁绊的新西兰人的自由精神,为人与人之间的真正平等而欢呼,但也无情讽刺移民中唯金钱实利是重的自私倾向。

　　奥塔戈是苏格兰移民集中的地区,地处新西兰最南端。由于交通不便,该地与其他地区交往相对困难。正因如此,奥塔戈殖民区形成了一个小小的苏格兰社会,不仅保存了独特的语言和习俗,而且弥漫着因怀旧而产生的强烈的民族感和归属感。传统与新环境间发生的碰撞,为诗人们提供了感情表达与社会讽刺的充分素材。巴尔是对这种素材进行创作加工的好手。如果奥塔戈的相对隔绝状态得以延续,如果巴尔不仅本人是一名诗人,而且是一大批未来乡土诗人的先驱,那么,地方文学也许会在新西兰南部扎下根基。但是,1860 年奥塔戈发现金矿,淘金人蜂拥而至,苏格兰殖民区原有的生活模式一夜间被冲垮,刚刚燃起的乡土文学的火苗,也随之泯灭。

　　殖民初创时期的作家和诗人仍然植根于旧的文化传统之中,而且大多并不为新西兰本土读者进行文学创作。他们缺少反思生活的余暇,没有诗人放纵想象的闲逸。他们首先需要承担的是砍伐森林、开垦荒地、防范土人的生存第一需要,是建立规章法律和装配人类文明机器各个部件的重任。他们被迫适应一种与先前截然不同的生活。因此,拓居时期没有严肃的、成熟的、正统的文学不足为怪。值得注意的倒是,在这样的艰难时世,居然还有不少值得一读的作品问世。韦克菲尔德、迪芬巴切、乔治·格雷、C. J. 马丁、戈尔德和约翰·巴尔等作家与诗人,为新西兰文学的形成做出了最初的铺垫。

第 四 章

殖民扩展期的小说与诗歌

一

真正的开端

    19 世纪 60 年代,开拓创业阶段基本结束。几十个殖民区已建立起了较稳定的社会秩序,新西兰开始进入殖民扩展时期。新西兰为欧洲提供了新选择,旧大陆移民纷至沓来。从 1861 年到 19 世纪末,白人人口增长了近八倍。19 世纪 60 年代断断续续的十年毛利战争和一阵淘金狂热很快成为过去。但移民们在前沿建起了军营,在荒山开凿了矿井,在森林边沿兴办木材加工厂,也在无垠的沃野办起农场果园,或播种牧草,畜养牛羊。社会生活已不再局限于原殖民区小范围,而向四周蔓延扩展。在移民们眼中,充满希望的未来依稀可见。新西兰人回顾过去,看到创业者留下的深深足迹;展望未来,对前途无比乐观,充满期待。

    第一个使新西兰在文学中产生影响的是英国著名作家塞缪尔·勃特勒(Samuel Butler, 1835—1902)。他于 19 世纪 60 年代初来到坎特伯雷殖民区,发现人们已卷起从英国带来的蓝图,而开始测绘自己脚下的地基。他的《坎特伯雷殖民区第一年》(*A First Year in Canterbury Settlement*, 1863)反映了这种新的比较务实的精神。勃特勒后来在英国名声大震。他的成名作《乌有国》(*Erewhon*, 1872)和《重访乌有国》(*Erewhon Revisited*, 1901)中的那个乌托邦国,虽然主要产生于想象,但多少还是以新西兰为原型的。

    殖民扩展时期的新西兰文学已不再纯粹是史学家用作原始资料的东西,如报导、文件、书信等。学校教师、家庭妇女出于某种难以言明的冲动,开始在烛光下写自传体小说,倾诉内心感受,有的甚至幸运地找到了出版商。除少数作品外,早期文学大多东鳞西爪,读来索然无味。到了 19 世纪最后十年,新西兰小说与诗歌仍处在初级阶段。小说多以拓荒地的家庭生活、淘金、毛利人和毛利战争为主题。殖民区环境迅速变迁,居地生活目不暇接,作家们无暇对生活细细反思,对素材精选淘炼,对文体风格突破创新。小说满足于如实描写生活,或者敷衍塞责地创造情节。诗歌则往往空弹"自然"、"美"、"宇宙大同"之老调,而技巧上常暴露出对丁尼生和朗费罗的不高明的模仿。但值得注意的是,这一时期已出现了一些真正意义上的文学作品,引人注目,如小说《哲学家迪克》(*Philosopher Dick*, 1891)及威廉·里夫斯(William Reeves)和杰西·麦凯(Jessie Mackay)的诗。这些作品的作者跃跃欲试,开始探讨民族意识的问题,成为新西兰成熟的严肃文学的先驱,代表了新西兰文学真正的开端。

二
殖民扩展期的小说

早期小说:三名女作家

新西兰小说——我们尚无法为前一章提及的作品冠以小说的称号——最初由三名女作家代表。文坛女杰的作用与地位构成了新西兰文学的重要特征之一,以后也是如此。巴克夫人(Lady Barker,1831—1911)是其中之一。她很清楚当时女性在文化上的地位。她说,在殖民地新西兰,"妇女具有巨大的影响作用。她们代表了高雅和文化……她们在新土地上留下的足迹将闪闪发光。"巴克夫人根据殖民地的经历,写下不少儿童文学作品,如《讲故事》(*Stories About*,1871)、《圣诞蛋糕》(*A Christmas Cake*,1871)、《男孩们》(*Boys*,1875)等。其中《圣诞蛋糕》收集了流传于牧羊人中间的故事,是对新民间故事进行采集和记录的首次尝试。但巴克夫人认为民众语言难登大雅之堂,因而仔细加工提炼,使之成为温文儒雅的绅士阶级的语言,结果画蛇添足,反使这些故事失去了原有的粗朴和活力。

巴克夫人的主要作品不是儿童文学,而是两部反映新西兰牧场生活的小说:《新西兰牧场生活》(*Station Life in New Zealand*,1870)和《新西兰牧场情趣》(*Station Amusement in New Zealand*,1873)。她作品的书名像纪实报道,但其实可归为自传体小说,描写畜牧尚未进入工业时代的坎特伯雷山谷平川的日常生活景象。她将创作视角聚焦于自己熟悉的家庭生活范围之内,作品中洋溢着较浓的感情色彩,有时虽显琐屑,但真实而详尽地反映了一个英国贵妇在截然不同的殖民地环境中的经历与感受。巴克夫人的作品超越了平庸,这在当时的出版物中并不多见。

另两名女性作家是伊莎贝拉·艾尔默(Isabella Aylmer,?—1908)和夏洛特·埃文斯(Charlotte Evans,1842—1882)。在艾尔默的《遥远的家乡》(*Distant Homes or the Graham Family in New Zealand*,1862)中,格雷厄姆一家从欧洲来到新西兰,一登岛便遇上毛利人的反抗斗争。小说充满略带刺激性的小小的恐怖,也充满家庭人情味、说教式的虔诚、不精确的记载和令人难以置信的情节。艾尔默不以她的文学成就,而以她作为新西兰第一个女小说家的资格在文学史上留名。

埃文斯在同一年发表两部小说:《奇怪的友谊》(*A Strange Friendship*,

1874)和《山后遥远的地方》(*Over the Hills and Far Away*，1874)，后者的书名指的是地球那侧的英国。两部小说都反映了中产阶级移民的阶级意识、社会地位优越感以及由于这种思想态度与新环境格格不入而产生的困惑，表达了身在异乡陌地而心系故土的人们对家乡的思念和怀旧之情。

步着女性的后尘：几名早期男作家

与早期女作家相比，男作家们相形见绌。或许因为他们仍不得不将主要精力用于生存斗争，文学创作难免仓促。他们中的大多数仍沿袭记载文体的老路，陈陈相因，追随某一移民的线索，描写他的经历，在其中插入新西兰历史、土人习俗、未来展望等等。小说人物往往似曾相识：具有绅士风度和浪漫企望的新来移民。这类小说仍然具有市场，因为开拓期过后，它们能勾起人们对不远过去的回忆，对当时生活产生共鸣。殖民扩展时期的小说，在记事基础上又有所发展。小说人物到达新西兰后，往往将面对一系列的巧遇，有旧大陆的朋友也有仇人。于是，过去的恩恩怨怨被牵入了新环境里继续展开。

贝恩斯(W. M. Baines，？—1912)是早期代表作家之一。1874 年发表的《爱德华特·克鲁自述，或新西兰生活》(*The Narrative of Edward Crewe or Life in New Zealand*)实际上是作者的自传。他把自己经商和淘金经历的片断及对当地生活的观感串联起来构成一则故事，交待平铺直叙，文学性不强。

直到 19 世纪 90 年代，新西兰文学中才出现具有较高质量的小说作品。而在此之前，也许只有苏格兰籍的亚历山大·巴思盖特(Alexander Bathgate，1848—1930)的《怀塔卢纳》(*Waitaruna*，1881)表现了较成熟的构思和创作技艺。小说中的吉尔伯特·兰顿由于勤奋而出人头地，成为牧场主，而他的陪衬角色亚瑟·莱斯利受殖民地坏风气熏染，酗酒成疾，死于非命。巴思盖特的小说仍未能突破旧框框，发生在南半球的故事里，充满善恶报应的基督教道德说教。

淘金小说

19 世纪 60 年代发生在南岛奥塔戈和威斯兰的淘金热，是殖民早期的轰动事件。此"热"突如其来，几年后又很快冷却，但却留下了一批以淘金为主题的小说，包括一些浪漫故事、探险传奇和回忆录式的传记。新西兰的"淘金小说"有点类似美国的"西部小说"，人物是大同小异的硬汉子，具有西部牛仔的性格，遵循被称为"淘金人气质"的不成文的行为准则，一种集胆魄勇气、冒险精神、乐天主义和骑士风度于一体的男人的做派和生活方式。法杰恩(B. L. Farjeon)的《雪地上的影子》(*Shadows on the Snow*，1865)、亨利·拉帕姆(Henry Lapham)的《我们四个》(*We Four*，1880)、威廉·戴维逊(William Davidson)的《新西兰生活的故事》(*Stories of New Zealand Life*，1889)、托斯·科特尔(Thos Cottle)的《弗兰克·梅尔顿的运气》(*Frank Melton's Luck*，1891)等均属此类。

巴里(W. J. Barry, 1819—1907)的小说《上上下下》(*Up and Down*, 1879)是淘金小说中比较出色的一部作品。小说描写淘金人的颠沛流离、艰辛的生活和他们的发财梦想。每当发现金矿的谣言传来,小说主人公就卷起行装赶去探金。他屡屡遭受挫折,但坚信会有成功的一天。小说结尾时他在英国出现,虽然一生闯荡两手空空,但仍滔滔不绝地对英国听众做关于新西兰殖民之优势的演讲。《上上下下》风格粗犷,文体摈弃修饰,语言粗朴有力,当地俚语运用得当,作者也未做细致的素材选择和加工,整部作品散漫但十分自然。小说特点鲜明,一气呵成,读者可在丰富的原始资料堆中,体验到淘金生活的气息。

淘金小说最有代表性的作家是文森特·派克(Vincent Pyke, 1827—1894)。他出生于英国萨默塞特郡,1851年24岁时来到南澳大利亚的本迪戈遇上了淘金热,返回英国后,1858年被任命为矿区治安法官,后再去澳大利亚,1859年被任命为贸易与海关专员。三年后由于身体的原因,他来到新西兰奥塔戈,碰巧又遇上当地的淘金热。派克的两部淘金小说《疯狂的威尔·恩德比》(*Wild Will Enderby*, 1873)和续篇《乔治·华盛顿·普拉特历险记》(*The Adventures of George Washington Pratt*, 1874)在澳大利亚和新西兰流传甚广,多次重印。《疯狂的威尔·恩德比》同时也是第一部在新西兰创作和出版的长篇小说,具有历史意义。

派克的两部小说与美国的边疆小说类似:情节跌宕,常有巧合,故事以英雄和恶棍之间的斗争为主线,辅以景色描写和浪漫的情爱,可读性强。《疯狂的威尔·恩德比》以发现金矿为故事的高潮,英雄获得财富,抱得美人归。派克在续篇《乔治·华盛顿·普拉特历险记》里,加强了情节,在浪漫爱情、勇敢的冒险和无畏的营救中穿插了私刑、袭击、死亡等。而粗犷强悍的小说人物总是恪守约定俗成的淘金人的行为准则,表现出边疆人的精神和美德。最后,小说主人公普拉特发财了,带着财富回到英国。派克的淘金小说虽然写得精彩,但立意上不如巴里。

毛利战争和毛利人小说

19世纪60年代的十年毛利战争,为另一批小说提供了题材。关于毛利战争的小说大多笔工粗糙,观点偏激,因此难以留下持久的影响。斯托尼(H. B. Stoney, 1816—1894)少校的《塔拉纳基:战争的故事》(*Taranaki: A Tale of the War*, 1861)率先为这批小说奠定了基调。在舞台布景似的背景中,作者力图将真实的军事行动与虚构的爱情故事和探险传奇糅合起来,让血腥的厮斗、多情的欧洲女子、蛮武的土人和错误百出的当地神话交替出现,读来穿凿附会。斯托尼对毛利战争所反映的道德和社会问题置之不理,将两个民族的文化和价值观的冲突弃之一边,一味追求新奇刺激,诸如伏击血斗、毛利巫师和食人习俗之类,小说也因此陷于平庸。

《塔拉纳基》所暴露的不足具有典型性,也反映在其他同类小说之中。伊米莉亚·马里亚特（Emillia Marryatt）的《在毛利人中间》（*Amongst the Maoris*，1874）、约翰·怀特（John White）的《特·罗乌；或本土毛利人》（*Te Rou; or the Maori at Home*，1874）和身后出版的《复仇》（*Revenge*，1940）、乔治·H·威尔逊（George H. Wilson）关于毛利原始生活的《依娜，或古老的毛利人》（*Ena, or the Ancient Maori*，1874）、惠特沃思（R. P. Whitworth）预言毛利人面临灭顶之灾而又主张民族同化的《毛利侦探》（*Hine-Ra, or the Maori Scout*，1887）等，都是关于毛利人和毛利战争的小说。这些小说往往难以摆脱殖民主义的立场，对民族问题和社会问题的探讨或带偏见，或浅尝辄止，缺乏对毛利人真正的同情理解。

到了19世纪90年代，毛利人的故事仍然是新西兰文学的热门主题。小说开始反映社会上已存在的现象，其中常常出现混血儿角色，也对毛利文化和种族存亡问题表示了更多的关注。一些小说至今仍拥有读者，如马里奥特·沃森（Marriott Watson）的《蛛网》（*The Web of the Spider*，1892）、格雷斯（A. A. Grace）的《毛利国故事集》（*Maoriland Stories*，1895）和《一个弥留种族的故事》（*Tales of a Dying Race*，1901）、哈里·沃格尔（Harry Vogel）的《毛利女仆》（*A Maori Maid*，1898）、安妮·格伦妮·威尔逊（Anne Glenny Wilson）的《阿莉斯·劳德》（*Alice Lauder*，1893）和《两个夏季》（*Two Summers*，1900）等。

使毛利题材摆脱平庸的倒是两位早期作家：梅宁（F. E. Maning，1811—1883）和戈斯特（J. E. Gorst，1835—1916）。梅宁的《北方战史》（*History of the War in the North*，1862）描写的是弗来斯塔夫之役，一般被认作毛利战争和毛利主题一类小说的经典。小说通过一个毛利斗士之口进行叙述，反映了毛利战争最初几年的紧张气氛和人们的焦虑情绪。由于梅宁熟悉毛利人口头演讲的表达形式和风格，这一独到的叙述技巧运用得十分成功，一则使小说故事生动活泼，二则通过讲述人的独白，作者又能从毛利人的视角探讨欧洲人对毛利人的误解及他们的行为在毛利人中间引起的困惑和不安。梅宁的优点在于他从不企图超越自己熟悉的经历范围，而且感情交待隐蔽含蓄，战争场面描写出色，对毛利民族抱有深深的同情。

梅宁紧接着出版了另一部小说《过去的新西兰》（*Old New Zealand*，1863），更换了题材领域与创作手法。小说是对19世纪30年代新西兰生活片断的记录和由此勾起的联想。作家跳跃于传记与小说两种文体之间，带着怀旧的情思回顾已逝去的创业时代的日日月月。但《过去的新西兰》与早期回忆录不同，整个叙述富有艺术表现力。梅宁的描写笔触细腻，讽刺性的评判语气透出幽默。他以观察家的眼光审度早期殖民地生活的一切，既记下闪光的片断，也描写阴黑的暗角。梅宁的写作技巧明显高于当时多少带点外行的生硬的通常水准。他的作品特色鲜明，可读性较强。

戈斯特的《毛利王》（*The Maori King*，1864）以第一手观察资料写成。戈斯特的优势在于他十分了解毛利人。他与怀卡托的毛利人亲密无间，理解他们的思维方式和生活方式。他小说中的毛利人不再是千篇一律的概念化形象,而像任何一个人类群体那样,由有血有肉、性格各异的形形色色的不同人物组成:有的英勇正义,有的阴险狡猾,有的大大咧咧,有的处世谨慎。具体化的毛利人物塑造和作者对毛利生活不加偏见的表现,是《毛利王》的难能可贵之处。此外,戈斯特文笔流畅,语言幽默,叙述稳健,这些特点使小说在同代同类作品中鹤立鸡群。

沃格尔、格罗斯曼的政治小说

19世纪的最后十年是新西兰小说与诗歌跃上一个新高度的年代。一部出自一名不同凡响人物的不同凡响的小说,宣告了这一新阶段的开始。新西兰历史上大名鼎鼎的政治家朱利叶斯·沃格尔爵士(Julius Vogel, 1835—1899),结束了政治生涯之后,开始从事文学创作,于1889年发表《公元2000年;或女人的命运》(*Anno Domini 2000; or Woman's Destiny*),成为早期新西兰文学最值得一提的事件。沃格尔出生于伦敦,17岁那年移民到新西兰,后经营一家药店。再后跟随淘金狂潮从维多利亚来到奥塔戈,与人合伙创办《奥塔戈时代日报》。1886年因政治上主张南北分离而被解职,他另立门户,创办《太阳报》,但不久放弃新闻业而从政。1872至1876年间,他担任总理,在集资修建公路和铁路等基础设施方面做出了杰出的贡献,受到人民的拥戴。结束了辉煌的政治生涯之后,他转向小说创作。

《公元2000年》是一部政治幻想小说,以幻想为基调,融入了作者从政期间的政治主张和社会理想。他认为男性统治的社会并非完美,小说中的大英帝国已经变成了"联合不列颠",由妇女领导。小说将读者带进公元2000年,那时,沃格尔的政治主张和社会理想已付诸实现,脑力占优的女子已成为世界的指导者,而体力占优的男子则是执行者;福利资本主义的介入提高了全民生活水准,从而消灭了贫困。小说中伦敦的政治中心地位已被取代,殖民地左右着大英帝国的政策,连英王对新西兰人也低头哈腰。小说中美国和大英帝国发生了战争,但结局皆大欢喜,英、美要人联姻,纽约州人投票公决重新加入联邦而成为加拿大的首府。

尽管沃格尔从政多年,但他在文学中表达的未来理想主义和对社会进步的预言,仍不免给人以政治上稚气未脱的感觉。但在当时,新西兰正处于历史上殖民扩展的"黄金时代",似乎一切梦想都可能转变成现实,容易给人以未来潜力不可估量的错觉,也容易产生盲目的乐观主义。沃格尔的《公元2000年》是一部可被归入"女性乌托邦小说"范畴的作品,反映了作者期望摆脱男权统治在内的殖民宗主国政治和文化束缚的愿望,也反映了他对新西兰未来自强自立的坚定信念。

女权运动和以妇女为主力军的禁酒运动在19世纪90年代方兴未艾。伊迪丝·格罗斯曼(Edith Grossmann)是这场运动的激进派发言人,以小说为武器,大力宣传女权和社会改革。她的《信使安吉拉》(*Angela: A Messenger*,1890)、《反叛》(*In Revolt*,1893)及十余年后的续集《圣灵的骑士》(*Hermione, a Knight of the Holy Ghost*,1907)都是政治色彩浓烈的小说作品。如在《圣灵的骑士》中,作者安排了女主人公赫米洪的丈夫醉酒谋杀亲子的情节,说明格罗斯曼夫人对当时禁酒运动的强硬立场。她的小说不以情节取胜,素材基于自己的亲身经历或耳闻目睹的事件,因此颇具感染力。产生于女权与禁酒运动的小说,进入20世纪后仍不断出现。凯思琳·英格尔伍德(Kathleen Inglewood)的《帕特摩斯》(*Patmos*,1905)强烈谴责了酒精交易;苏珊·麦克蒂尔(Susan Mactier)的《豪拉基的群山》(*The Hills of Hauraki*,1908)描写了醉鬼之妻的悲苦生活。这些女作家虽本身成就并不显赫,但在探讨社会问题方面,成为一批后来优秀女作家的先导,如简·曼德、琼·戴万尼、罗宾·海德(Robin Hyde)等。

乔治·夏米尔

乔治·夏米尔(George Chamier,1842—1915)生于英格兰西南部的切尔滕纳姆的一个文学世家,祖父和伯父都是作家。在英国接受教育之后,1859至1860年在德国德累斯顿的工艺学校学习,然后移民到新西兰。之后两年中,他在坎特伯雷北部的一个牧羊场工作,此后担任道路工程师和测量员。1866至1868年他在坎特伯雷地方政府测量部任职,1873年离开新西兰去澳大利亚,并在那儿度过余生。

夏米尔只在新西兰待了十余年,但他的小说《哲学家迪克》(*Philosopher Dick*,1891)被视为19世纪新西兰小说中最优秀的作品。文史学家E. H. 麦考密克在《新西兰文学史》(*New Zealand Literature: A Survey*)中称该小说是19世纪一片"纪事、轶事、无中心的描述和情节荒唐的歪曲的沙漠中,偶尔出现的一小片绿洲"。其实,《哲学家迪克》的整个布局与殖民早期的纪实作品和以纪事为基础的小说并无大异。作品描写理查德·罗利即书名中的"哲学家",从旧大陆来到殖民地,经历一系列的打击、考验和磨炼的故事。小说形式松散,但具有很大的包容性,包含了书信、日记、哲理议论等不同文体。小说语言比较陈旧冗赘,但有其独到之处。作者生动描绘了殖民扩展时期的乡村生活,并以前人所未有的严肃批判态度看待新西兰生活,在主题展开方面达到了一定的广度与深度。

理查德是个年轻的理想主义者。他发现旧大陆是一个"凡俗琐碎、庸庸碌碌、充满贪婪和肉欲声色并且空虚无聊的世界",决心弃而远之,前来新西兰寻找超脱尘俗的自由和安宁。他来到马利诺牧区,虽然那里的生活充满生机,人们赤诚相见,但在一个文明社会来使的眼中,一切显得粗俗不堪。他未能找到内心企望的理想世界,于是再深入寥无人烟的腹地,与牧羊人同餐共宿,一度享受了与世隔绝的清宁,在与自然和艺术的交融中找到了满足。但不久,这种清宁转变成了令人烦躁的忧郁和孤独,生活哲学再次背叛了他。他发现"所有文明世界高雅的东西,艺术之美,人情之融洽,都难以觅见。"在殖民地,"他们的生存是无间歇的劳作,他们的灵魂是'事业',他们的格言是'干下去'。"作者显然对神圣的"新西兰精神"不加恭维。理查德放弃旧大陆久已建立的文明,放弃欧洲人的价值观,但又无法接受殖民地的价值观。他追逐的是一个无法企及的浪漫目标,不仅与众人格格不入,而且对自己信奉的人生哲学也难以自圆其说,理所当然地遭到幻灭的精神打击。但在精神失落后他并未一蹶不振,而能对过去的一切做出反思,逐渐转身面对现实,迈出了新生活的步伐。他最后来到惠灵顿,做了一名记者,开始了新生活。小说以 18 世纪的教育小说为基础,但展现了 19 世纪 60 年代坎特伯雷的众生相。

新、旧大陆两者孰优孰劣,夏米尔似乎难下结论。他让小说人物去探索,去品尝那里的各种生活,但"哲学家"依然处在两难之地,在感情上无法着陆。因此小说对新西兰生活的描述中,同情的基调里掺杂着讽刺。小说具有实验性质,作者试图在表现生活的纷杂无绪中求取内在的一致,但似乎又有些力不从心。但是,《哲学家迪克》仍不失为 19 世纪新西兰小说的优秀代表。夏米尔塑造的社会生活的"局外人",表现的乡镇小市民生活和拜金主义等,到了 20 世纪后成了诸多文学名家作品中屡屡出现的主题。

夏米尔的另一部小说《南海海妖》(*A South Sea Siren*,1895)讽刺挖苦富有的农牧场主对英国人言行举止的模仿,提出了民族归属问题,也不失为一部值得一读的作品。同《哲学家迪克》一样,这部小说也是在澳大利亚写成并在伦敦出版的。两部小说都带有部分自传色彩。夏米尔于 1915 年死于去中国探望女儿的途中。小说创作只是他忙碌的职业生活中的一小部分,但他的作品是 19 世纪新西兰小说中最值得一读的精品。

三

殖民扩展期的诗歌

19 世纪 90 年代以前

直到 19 世纪 90 年代之前,新西兰诗歌给人留下印象的仍是数量而非质量。在殖民地报纸杂志上,诗人们到处留下墨迹。小册子、散页也常有印刷出版。殖民地社会日臻完善,人们已跨过拓荒期而进入一个相对稳定的阶段。小牧场主和城市工人成为主要阶级,金矿和冷冻船带来了财富和闲逸,民众对文学的需求趋向热切。先前的成功也给生活平添了几分诗情画意。诗人们踌躇满志,放开歌喉——但唱出的却是同现时现刻的火热生活相去甚远的维多利亚老调。他们尚未找到表达新意识的语言,对新生活勾起的感情与心理变化也缺乏深层认识。英国的经典诗人仍然是他们的楷模,英国经典诗作是他们自创作品质量检验的范本。无意识中他们依然把新生活激发的激情装进了传统英国诗歌的旧瓶子中。

诗人们仍在捕捉具有"诗意"的主题——崇高、浪漫、金光闪闪的东西,也仍在搜索枯肠寻找华美高雅的文辞,因此作品常像英国浪漫诗歌的二流翻版。查尔斯·克里斯托弗·鲍文(Charles Christopher Bowen)和弗雷德里克·内皮尔·布鲁姆(Frederick Napier Broome)创作了不少诗作,但大多是对英国浪漫传统的因袭,而不是新西兰生活的产物。进入 90 年代后,富有个性和特色的诗人开始出现。戴维·麦基·赖特(David Mckee Wright)以他的通俗诗在劳动阶级中广受欢迎。他的诗歌反映剪毛工、流动工的生活,也歌颂不受传统束缚、无忧无虑自由自在的流浪汉生活。他从澳大利亚民谣中寻取借鉴,诗歌粗豪不羁,自然野逸。爱尔兰移民托马斯·布雷肯(Thomas Bracken)是面向下层民众、以通俗诗享誉19 世纪末的又一位诗人。他善用诗的语言表达凡人常事,表达大众的感情。他的诗集《毛利国冥想》(*Musings in Maoriland*,1890)具有美国大诗人朗费罗的风格。新西兰国歌"上帝捍卫新西兰"的歌词,也出自他的手笔。

艾尔弗雷德·多迈特

殖民拓展时期最引人注目的诗人无疑是曾出任新西兰总理的艾尔弗雷德·多迈特(Alfred Domett,1811—1887)。他出生于伦敦,就读于剑桥大学的圣约翰学院,但没有取得学位。1833 至 1835 年三年间,他周游北美和西印度群岛等地。这段经历影响了他后来的政治生涯和诗歌创作,尤其是诗歌中的自然景色描述。多迈特于 1842 年移民新西兰,1855 年被选为众议院代表,1860 年他再次被选为纳尔逊城市议会代表,1862 年成为新西兰总理。他对新西兰政治的贡献得到广泛认可。他提出将义务教育从六年增加到十年,取消宗教教育,建立了国会图书馆。在长达 30 年的从政生涯中,多迈特从未放弃过对诗歌的偏好。多迈特的首部诗集是出版于 1933 年的《多迈特诗集》(*Poems*)。诗选《布莱克伍兹》(*Blackwoods*,1837)和《威尼斯》(*Venice*,1839)收入了他的大部分诗歌,后者是对威尼斯的衰落表示哀叹。他的早期诗作留下了学习模仿英国大诗人雪莱、拜伦和华兹华斯的痕迹。

多迈特把生命的最后几年奉献给了文学和艺术,一直致力于"盎格鲁—毛利史诗"《拉诺夫与奥莫西娅》(*Ranolf and Amohia*)的创作,于 1872 年终于完成出版,而此前一年,他返回了英国。这是一部叙事诗,浪漫主义色彩浓郁,讲述的是一个白人水手和一位毛利公主之间的爱情故事,描绘未被破坏的自然美景,但过分修饰使这首长诗显得矫揉造作。1883 年的修订版中,多迈特加上了副标题"两个人的梦想"。多迈特的诗作在国外反响较好,他的英国诗人朋友勃朗宁对这首长诗给予了很高的评价,认为这是"一个伟大的、令人惊叹的成就,充满美和力"。美国诗人朗费罗也对它赞赏有加。但多迈特的诗歌成就在新西兰评价一般,到了20 世纪负面评价更多。他的诗冗长拗口,缺乏自然的节奏,浪漫色彩过浓,神貌分离,这些都是显而易见的事实。

多迈特也许算不上一个出色的诗人，但其显赫的政治身份和杰出的社会贡献，帮助人们在19世纪的新西兰文学中记住了他的名字。而另两位同代青年诗人杰西·麦凯和威廉·里夫斯，则毫无疑问将名垂青史。他们代表的新西兰文学，开始像甩开母亲搀牵的孩子，摇摇晃晃但独立地走上了自己的路程。

杰西·麦凯

杰西·麦凯（Jessie Mackay，1864—1938）出生于苏格兰移民家庭，25岁时就出版了第一部诗集《栾加提拉的精神》（*The Spirit of the Rangatira*，1889），两年后又发表歌谣集《坐在栏杆上的人》（*The Sitter on the Rail*，1891）。1908年她又出版了第三部诗集《从毛利海来》（*From the Maori Sea*），次年又出版了《黎明之地》（*The Land of the Morning*，1909）。她从苏格兰民谣中汲取养分，也从大量阅读中广采博纳。麦凯诗歌的特点表现在三个方面：一是主题广博，从女权运动到斯堪的纳维亚传奇，从经典历史到现代伟人，无所不包；二是感情炽热，诗歌充满年轻人的激情，对弱者无限同情，对非正义和压迫疾恶如仇；三是理想主义的乐观倾向，似乎艳阳即将光耀大地，大同社会指日可待：

> 民族精神之晨曦
> 将升腾为正午的艳阳，
> 普照国民昌盛富强。

杰西·麦凯的理想主义，并未使她对现实社会中的种种弊端视而不见。相反，她常常揭露社会的阴暗，旨在扫除通向光明的路障。她的诗常常反映贫富之间、社会地位高低之间存在的不平等。比如，诗歌《幻象》（"A Vision"）表达了诗人对权力和财产两极分化的极端不满：

> 有人缠着生锈的铁链；
> 有人身裹鸭绒毯；
> 一个用麻片遮盖痛苦；
> 另一个炫耀头上的金冠。

就像与她同时代的青年一样，麦凯在民族归属感上横跨于两个世界——她父母的英国和她自己的出生地新西兰。杰西·麦凯是一个走在时代前面的人，她的诗已经显示了骚动于朦胧之中的民族意识。她是新西兰第一代本土作家，曾是"南岛最受欢迎的诗人"。她也在作品中努力捕捉尚未成形的民族精神，表达新一代的声音。虽然麦凯在技巧、语言和素材处理方面并无过人之处，但她感情真诚，对待生活满腔热情，能够在青年人中唤起共鸣。她与威廉·里夫斯一起为新西兰文学标上了新趋向的箭头。

威廉·里夫斯

威廉·里夫斯(William Reeves，1857—1932)是新一代诗人中的又一杰出代表，是严肃文学的先驱之一。里夫斯家境富裕，年轻时被送往牛津大学就读，由于健康原因辍学回新西兰。从 20 多岁起，他先后担当《坎特伯雷时报》(*Canterbury Times*)和《里特尔顿时报》(*Lyttleton Times*)的编辑；30 岁开始从政，进入议会，成为第一届自由党—工党联合政府的内阁成员，曾任教育部部长、劳工和司法部部长。里夫斯任职期间曾主持制定了工业法，设计仲裁体系，是个有影响的政治家和社会改革家。

里夫斯多才多艺，还是个出色的文化人和诗人，诗作包括《殖民地对句集》(*Colonial Couplets*，1889，与 G. P. 威廉斯合作)、《两人诗集》(*In Double Harness*，1891，与 G. P. 威廉斯合作)及主要作品《新西兰诗章及其他》(*New Zealand and Other Poems*，1898)和《森林的消失及其他》(*The Passing of the Forest and Other Verse*，1925)。里夫斯还发表过十余部政论及其他非文学著作，如《关于共产主义和社会主义的一些历史性文章》(*Some Historical Articles on Communism and Socialism*，1890)、《新西兰之改革与实验》(*Reform and Experiment in New Zealand*，1896)、《幸运岛》(*The Fortunate Isles*，1897)、《连绵的白云》(*Ao Tea Roa*,1898)、《澳大利亚和新西兰建国实验》(*State Experiments in Australia and New Zealand*，1902)等。其中，《连绵的白云》是有关新西兰历史的经典著作，标题中的"Ao Tea Roa"是历史上第一批居民用波利尼西亚语对新西兰的称呼，意为"白云朵朵的绿地"。他的政治观点常常直接出现在诗歌中，如诗句"男女同等平起坐，劳工君主无贵贱"，表达了诗人对社会平等、男女平等的主张。

里夫斯是 19 世纪新西兰最卓有成就的诗人。就同当时其他许多作家和诗人一样，文学创作只构成他社会生活的一部分。他的精力分散在众多的爱好和事务之中。他在政治、体育方面，在新闻报道和历史传记的写作与研究方面，都显示了非凡的才华。他的诗歌形式基本上不突破维多利亚传统的框架，但里夫斯旧瓶装新酒，给诗歌注入了新的意境。最著名的一首是《花园里的殖民地人》("A Colonist in His Garden")，讲一个新西兰人接到朋友从英国的来信，规劝他离弃偏僻落后的殖民地，去拥抱文明生活。那位绅士朋友对英国的一切大加赞颂：自然之美，生活之多彩，文化之高雅，而对殖民地却抱有深深的偏见。信中说：

> "海岛像大洋一样空荡，
> 人们话不离牛羊黄金，
> 思不离黄金牛羊。

> 一片没有历史的大陆,
> 一个深陷平庸陈辙的种族……"

但"新西兰人"反驳道:

> "艺术匮乏?"谁比我们
> 改地换天立国创家的建筑师,
> 献身于更崇高的艺术?
>
> "缺少色彩?"在寥廓山野
> 我们用永不褪色的颜料
> 描绘五彩缤纷的生活。

这首诗象征性地描绘了新西兰人的矛盾心境。旧大陆的一半和殖民地的一半总是在归属问题上喋喋不休地争执:一方念念不忘母国的传统,另一方据理力争,表白对殖民地本土的自豪感和使命感。较量结果,诗中人物谢绝朋友的规劝,做了留守殖民地的抉择。这是个理论上的理想选择,但里夫斯本人则于1896年离开新西兰去英国定居,走了相反的道路,心安理得地生活在欧洲上流社会的高雅文化之中。

里夫斯的诗作数量不多,但他是在文学中率先表达民族意识的先驱者。不管他本人最终的选择如何,他在新西兰文学上留下了闪光的足迹。他像一只报春鸟,引出了后来一大批真正扎根于民族传统土壤的诗人。

19世纪90年代的小说与诗歌之所以值得注意,是因为这一时期的作品反映了新一代的声音。在新西兰出生的第一代人已经成年,而且在人口总数上,当地出生的白人后裔在90年代首次超过移民而来的人口。他们不再像父辈那样把英国当做自己的祖国,也较少受旧传统中陈规习俗的束缚,而拿起笔杆子的青年作家们,敢于摒弃陈腐题材,表达自己感受到的新经历和新体验。虽然公式化的人物仍然时常出现,但作品逐渐开始具有个性。由于澳大利亚民族运动的影响,也由于新西兰本土殖民地发展的必然结果,19世纪90年代的文学如同90年代的立法一样,开始表现出独立精神,但这种独立精神在政治领域要比文化领域活跃得多。

新一代青年作家,如杰西·麦凯和威廉·里夫斯已开始跃跃欲试,做了勇敢的也应该说是卓有成效的尝试。他们急切地探讨民族文化问题,认为新西兰已经走到分岔路口,今后的历史将是自己的历史,路程将在自己脚下铺开。他们是早熟的,因此不可避免地暴露出某些发育不良的迹象:他们有表达新思想的愿望,但缺乏表达新思想的语言；他们不再以流放者自居，但尚无赖以依存的连续稳定的本民族新文化为后盾。因此，他们的努力大多是黑暗中踉跄的摸索。他们的思想表达常常举棋不定，文化模式常常不伦不类——这可以说是事在必然，无可厚非。19 世纪末的新西兰，还没有形成民族文化的大气候。这也是为什么 19 世纪 90 年代民族文化运动的小小尝试很快销声匿迹，而 20 世纪 30 年代却一举成功的区别所在。

第五章

跨入 20 世纪：走向希望

20 世纪开初

　　20 世纪头 20 年是新西兰国民经济走向稳定和初步繁荣的时期。虽然文化市场随着经济发展逐渐形成,但并未立即带来相应的文化繁荣。总括起来,这一时期作品不少,但优秀作品不多。新西兰文学园地虽然青葱一片,却没有引人注目的鲜花。文坛上的平庸吞噬着杰西·麦凯和威廉·里夫斯带来的希望。作家们过分依赖舶来的文学样板,缺少突破创新。虽有个别成就,但在第一次世界大战前,新西兰未能产生出具有持久影响力的作家与作品,给人以文才匮缺的压抑感。19 世纪末的绚丽晚霞,并没有随着新世纪的到达而转变成为明媚的晨光。直至第一次世界大战结束后,随着凯塞琳·曼斯菲尔德、简·曼德、琼·戴万尼、布兰奇·鲍恩和艾琳·达根(Eileen Duggan)等一批女作家、女诗人登上文坛,人们才突然发现阴云散去,艳阳已在半空。这姗姗来迟的新世纪的曙光,是女性的光芒。

　　对很多新西兰人尤其是知识分子来说,早期的乐观主义偏偏在迈出成功的第一步之后悄然消失了。他们发现,财富增多不是创业理想的全部;继续为物质奋斗,也不代表未来的人生目标。而且,初步的繁荣是以经济、文化严重依附宗主国为代价而取得的。历届政治领袖对与日俱增的民族意识麻木不仁,继续主张政体上和文化上维持"英国传统"。在布尔战争和第一次世界大战期间,新西兰政府大力宣传爱(英)国主义,为母国出兵打仗。文史学家 J. C. 雷德谈到 20 世纪初的文化背景时说:"事实上,本世纪开初几年,新西兰非但没有充满信心地坚持和维护民族独立与文学独立,而相反强化了对大不列颠的忠诚。这部分地因为新西兰与英国在布尔战争和第一次世界大战期间相互联系变得紧密,也部分地因为许多卓有才华的作家发现他们所处的社会仍未定型,发现自己难与其狭隘的传统相容而投向欧洲,寻找更加稳定的文化环境,更加广阔的文化市场和更加强大的理智上的促动力。许多人标榜自己为'不折不扣的英国人',并以此为荣;一种来自书本和前辈记忆的怀旧的'家乡'概念的继续存在,意味着旧大陆的思想和行为仍然主导着新西兰文坛。"

　　殖民地走过了开创时期而进入巩固发展阶段。卷入发家致富漩流的人们对文学不屑一顾,而有才学抱负的人则远走高飞。留在新西兰本土的作家们,虽然认识到新的民族与文化雏形已经形成,但他们除了描写不同的地理环境和习俗外,对反映新的时代精神感到束手无策、徬徨与犹豫,思考与摸索取代了清醒大胆的分析表达。但是沉默里孕育着 20 年代一批文学才女的诞生,也预示着 30 年代惊天动地的春雷。

威廉·萨切尔

威廉·萨切尔(William Satchell,1860—1942)是 20 世纪第一个小说家,也是第一次世界大战前后 30 年中唯一一位较有影响力的男作家。他出生于伦敦,生长于一个文学氛围浓郁的家庭环境中。26 岁那年,他移民来到新西兰,在北部地区霍基安卡落户。尽管当时的新西兰已经从殖民拓居阶段过渡到了比较稳定的农业社会,白人主导着社会的各个方面,但在该地区毛利人仍处于多数,白人男性中有近半数娶毛利女子为妻。因此,在他的作品中常常可以读到这种特殊区域的文化背景。1892 年,他带着妻儿移居奥克兰,为《新西兰画报》(*New Zealand Graphic*)和悉尼的《大公报》写小说和诗歌。

萨切尔不顾社会一度对文学的冷漠,在文化萧条时期孜孜不倦地从事创作,积极投身于文化活动,于 20 世纪头几年发表了众多作品。1900 年,他出版诗集《爱国诗篇》(*Patriotic and Other Poems*),其中的"爱国诗篇"以布尔战争为中心,但诗集也包括了关于边疆拓荒生活的歌谣。1901 年,他创办文学杂志《毛利国人》(*Maorilander*),为文学新人提供发表园地,提高文学在新西兰的地位。紧接着,他又发表了《迷惘者之乡》(*The Land of the Lost*,1902)和《丛林的索价》(*The Toll of the Bush*,1905)两部颇值得一读的长篇小说。

萨切尔的小说具有托马斯·哈代的风味。哈代把英国的威塞克斯作为自己的文学基地,在一部部小说中描写反映 19 世纪末该地区乡村生活的面貌。萨切尔的前两部小说取北奥克兰为背景,集中描写当地的移民、牧场主、季节工和毛利人,反映了新西兰生活的一个横断面。但在立意与技巧上略逊一筹,未达到哈代的老练程度,也缺乏哈代悲剧的深度。萨切尔的独到之处在于他善于观察和捕捉殖民地乡村生活的细节,他的两部小说生动地展现了垦殖区男性社会的生活图景。他也善于描写乡村的自然环境。大自然既是小说故事的场景,又是其中人物生息的一部分。小说中大大小小的事件,都在这里自然地发生展开。

萨切尔相信社会进化,相信经过坎坷和痛苦,人们最终将实现田园梦想。他在两部小说的结尾中都寄托了对未来的无限希望。《迷惘者之乡》中的吉斯·奥立弗憧憬着能在"未来的苹果葡萄园中"充分享受"上帝赐予的安宁"。在《丛林的索价》结尾,米尔奥德为"天下最有希望的国家"举杯祝福。

萨切尔的小说中,现实主义和浪漫主义同时存在。他以现实主义为主干,为小说提供了真实可信的社会和自然背景,也如实描写了地处文明边沿的霍基安卡垦殖区人民的生活。但他在小说中加入了各种浪漫成分,包括霍桑式的哲学浪漫主义、司格特式的历史浪漫主义和传奇剧式的夸张情节,用以将小说推向一个积极乐观的结局。批评界一般认为，他的现实主义和浪漫主义没有被有机地拧成一股。这个毛病在《迷惘者之乡》中尤其严重。

萨切尔成年后才迁居新西兰，不太熟悉当地语言，因此小说对话常显得生硬。创作上，他未能摆脱 19 世纪英国小说对他潜移默化的影响。他的小说以情节为重，而情节构成过多依赖巧合。小说人物阵线分明，善者、恶者都带着人们熟悉的脸谱。萨切尔浓墨勾画的主要人物常常难以令人信服；而他轻描淡写一笔带过的一些次要人物，却令人印象至深，能收到"无心插柳"的效果。

威廉·萨切尔的第三部小说《长生药》(*The Elixir of Life*, 1907)讲述了发生在一艘驶向新西兰的远洋轮上的事。就同美国作家麦尔维尔的《白鲸》和伊迪丝·华顿的《愚人船》一样，航船是社会的缩影，船员和乘客也各具象征意义，代表了不同的社会阶层和政治倾向。旅客中大多是英国之行归来的殖民地居民，有内阁部长、青年医生，也有新移民和旅游者。故事在这些人的交往中，在他们的认识冲突中展开。萨切尔擅长描写乡村环境和刻画乡村人物群像。但这部小说中，他离开了自己熟悉的奥克兰北部的橡胶园和牧羊场，无法在作品中表现自己最擅长的一面，因此《长生药》较之前两部小说相形见绌，也就在所难免了。

萨切尔执意不返回他涉足过的领地。七年后出版的最后一部小说《翠石门》(*The Greenstone Door*, 1914)又一次转移到了新的创作领域。小说描写 19 世纪30 年代大规模移民开始前夕到 60 年代毛利战争结束这一段历史时期，重现了包括乔治·格雷在内的一些历史人物。这部历史小说以大量篇幅描写毛利社会和毛利人的生活，颇见功力，反映了作者几年来在研究毛利文化方面所下的工夫。《翠石门》描写一个在毛利族中间长大的白人孩子，成年时恰逢毛利战争。他作为殖民军的一员同毛利人作战，陷入感情上的极度矛盾之中。小说通过对童年生活的回忆，将时间距离拉开，同时也巧妙地将虚构人物与真实历史人物结合在同一个故事中，做了成功的尝试。但是《翠石门》缺少优秀作品的一些基本要素。作者描写太多，解释说教太多，而未让小说故事本身来暗示或体现某一种观点。作者有点忽略了人物性格塑造，作品中也很难看到人物之间、事件之间的互相作用而促成的主题发展。

尽管批评界对萨切尔前两部小说评价较高，但《翠石门》影响更大，至今仍拥有众多读者。在所有四部小说中，萨切尔表达了对社会进化的信仰。作家的信仰基于维多利亚后期人们对达尔文主义内涵的认识之上。由于威廉·萨切尔的存在，20 世纪前 30 年新西兰文坛"阴盛阳衰"的天平倾斜才略略有所缓解。

伊迪丝·格罗斯曼

伊迪丝·格罗斯曼(Edith S. Grossman, 1863—1931)与萨切尔一样，后期小说在题材上与前期作品大相径庭。她的《反叛》、《信使安吉拉》和《圣灵的骑士》是19 世纪末女权运动的产物。格罗斯曼作为女权运动的文学代言人，在小说中表达了强烈的政治呼声。但她的最后一部小说《丛林之心》(*The Heart of the Bush*, 1910)风格迥异，一改先前的激烈措词和浪漫情节，不仅主题有所突破，而且艺术上也大大跨越了她本人以说教和情节为特点的前期作品，跃上了一个新台阶。

《丛林之心》分作三大部分。在第一部分"两半球之间"中，女主人公阿德莱德留学英国十年后回到坎特伯雷区，但一阵新鲜感淡去之后，她发现牧场生活粗俗平庸，开始向往英国社会的高雅文化。附近一牧场主恪守英国绅士生活的一板一式，她常去作客，在那里重温了与现实环境格格不入的"微型英国"的家庭气氛。此时，她的爱情生活中闯入了两个气质迥异的人物。一个是土生土长的雇工丹尼斯，与阿德莱德从小青梅竹马，自立婚约。他热爱家乡岛国的山山水水，粗朴敦厚，感情真诚。另一个是来自英国的牧场主的侄子，风度翩翩，温文尔雅，绅士气派十足，认为移居英国是新西兰人获得幸福的唯一途径。摆在阿德莱德面前的选择，实际上是文化归属与民族归属的选择：是崇尚乡土文化，还是拜倒在旧大陆绅士文化的膝下？是踏探民族自兴自立的新路，还是尾随宗主国亦步亦趋？阿德莱德所做的选择是作者的选择。她放弃去英国的机会，与丹尼斯结为夫妇。

小说第三部分"丹尼斯和阿德莱德"中，丹尼斯决心弥补妻子为他做出的物质上的牺牲，因此全力以赴筹建冷冻库和奶制品厂，期望在经济上出人头地。为此，他将妻子置之一边，走上了另一个极端。女作家此时似乎又象征性地提出了新西兰何去何从的选择：已取得初步安定与繁荣的新西兰，究竟应以什么作为生活准绳？是继续按照旧大陆的价值观从财富走向更多的财富，还是创造前所未有的与环境相和谐的融洽的新生活？小说中的丹尼斯终于认识到，创造物质上的舒适并不是企及美好生活的唯一途径。格罗斯曼夫人在丹尼斯的这一认识上，对当时新西兰社会生活中一些令人不安的现象做出了批判：人们陶醉于殖民地发展的初步成功，物质追求之风愈演愈烈，而文化上则甘做附庸。

二

20 世纪 20 年代出现的转机

除了萨切尔和格罗斯曼之外，从 20 世纪开始到第一次世界大战结束近 20 年间，值得一提的作家寥寥无几。转机在 20 世纪的 20 年代出现。第一次世界大战后，殖民地开始产生对宗主国的信任危机，两国间感情距离被拉开。此外，大战后农牧产品价格下跌，也打击了严重依赖国际农牧市场的新西兰经济。国际市场 20 年代一直起伏动荡，呈现大萧条来临之前预震的兆头，给新西兰人带来了危机感。新西兰文学"死于安乐,生于忧患"。人心动荡的 20 年代造就了简·曼德、琼·戴万尼、布兰奇·鲍恩、艾琳·达根等一批优秀女作家和女诗人。她们与在欧洲大获成功的凯塞琳·曼斯菲尔德遥相呼应,使新西兰文学在主题上、技巧上、作家的观察意识和对国内外的影响上,都产生了突破性的进展,成为 20 世纪 30 年代文学高潮的先行,为民族文学的诞生做了重要的铺垫。

简·曼德

简·曼德(Jane Mander,1877—1949)出生于奥克兰附近的拉马拉马,由于家境贫困,在成长过程中经常随父母四处漂泊。她只接受过零星的小学教育,依靠母亲的指导和自学,修完了业余大学课程。她当过中、小学教师,成功帮助父亲竞选议员,担任过《北方导报》(Northern Advocate)的记者和主编,最后一人独立管理编辑部。1907 年短暂的悉尼之旅后,她接任了《北奥克兰时报》(North Auckland Times)的主编。接着于 1912 年远渡重洋到纽约的哥伦比亚大学深造,尽管成绩优秀,但迫于经济压力和身体状况辍学。1915 年加入女权运动,并参加了纽约州妇女选举权的全民公决。她还开办过一家女子旅店。第一次世界大战期间,她担任红十字会的行政职务。

简·曼德共创作了六部小说,都发表于 20 世纪 20 年代。《奇异的诱惑》(The Strange Attraction,1922)以新闻界和政界为背景。这一选择与曼德本人曾经当过记者和编辑的经历有关。小说本身也类似耸人听闻的新闻报道,这说明她不善于处理这方面的题材。曼德的最后两部小说《城市的包围》(The Besieging City,1926)和《针尖与塔顶》(Pins and Pinnacles,1928)的故事发生在新西兰之外,分别以纽约和伦敦为背景。作者显然希望拓宽创作路子,争取更大的读者市场。但事与愿违,这两部小说很快被人淡忘。曼德的文学地位是由另三部关于北奥克兰乡村的小说确立的:《一条新西兰河的故事》(The Story of a New Zealand River,1920)、《激情清教徒》(The Passionate Puritan,1921)和《艾伦·阿戴尔》(Allen Adair,1925)。曼德于 1931 年创作完成了另一部长篇小说,但在遭到出版社拒绝之后即将书稿焚毁。

发表了前四部小说后,曼德觉得无法继续忍受被她称为"麻木头脑,扼杀激情,泯灭知觉,枯萎灵魂"的小地方主义和清教思想,决心挣脱"抑制(她)个性"的势力,离弃这个文化上的"不毛之地"。从 1907 年起,她先断断续续地往来于新西兰和澳大利亚之间,后又去纽约和伦敦定居,直至 1932 年才返回故土。她的所有小说都是旅居时期创作发表的。回国后的最后 17 年中,曼德没有发表过任何作品。她保持沉默,一是因为她不拘一格的文风在当时受到猛烈抨击;二是因为她对 30 年代新西兰的政治和社会走向大失所望。1934 年她在克赖斯特彻奇的《新闻报》(The Press)上写道:她 1912 年去美国时,新西兰的社会与政治发展"令人欢欣鼓舞",而 30 年代的新西兰,"在理智和精神上……都成了地球上最落后的民族之一。"她决心中止写作，未能进一步发展其巨大的创作潜能。

曼德以她的第一部小说《一条新西兰河的故事》一举成名。小说先在美国纽约和英国伦敦出版，后又在新西兰多次再版。《一条新西兰河的故事》可能受到奥立弗·施赖纳（Oliver Schreiner）的《一个非洲农场的故事》的影响。这在书名和叙事结构上都留下了暗示。但小说直接利用作家童年时期北方的拓荒经历，内容具有新西兰乡村的鲜明特色，而且曼德在主题处理方面也手法独到。从整体来看，小说风格自成，不能说是模仿之作。

小说中的英国女子爱丽丝由于家境所迫，嫁到新西兰。丈夫汤姆·罗兰在凯帕拉地区经营伐木场，她随丈夫在一个殖民村安家。爱丽丝对穷乡僻壤的艰苦生活缺乏思想准备，而具有殖民地豪放性格的丈夫终日忙于生计，未能体察和谅解妻子的苦衷。爱丽丝常到邻近的布鲁斯那儿寻找帮助和生活的指导。布鲁斯是汤姆的上司，也是一位正直的单身汉。久而久之，这位弱女子与布鲁斯之间产生了爱情。但十余年来，两人都遵循各自的道德准则，以理智压制感情。汤姆终于发现他们已深坠情网，但两位朋友互相谅解，并未因此成为情敌。爱丽丝陷于宗教、道德、人情多种矛盾困扰之中。此时，她丈夫为救他人不幸身亡。爱丽丝和布鲁斯这一对有情人终成眷属，前往奥克兰开始他们的婚姻生活。他们的记忆里留下了对汤姆永久的怀念和敬慕。

作为曼德的第一部小说，《一条新西兰河的故事》暴露了一些创作起步时往往难免的缺陷，如感情表达过分强烈，情节安排不够严密等。但小说的整体成就甚至是许多成熟作家所难以攀及的。小说的可贵之处在于作者反映了一个带有英国体面社会对阶级、宗教、性别偏见的女子，在新环境中意识观念逐渐转变的痛苦过程。小说通过三个主要人物的爱情关系，对统治着新西兰的清教主义做了较为深刻的剖析，对20世纪初的社会现实做了大胆的探讨。这部小说是一幅反映新西兰殖民社会文化、宗教、道德几个重要方面的生动画卷。

不少批评家认为，《艾伦·阿戴尔》是简·曼德小说中最为出色的一部。该书避免了《一条新西兰河的故事》的唯情主义色彩和某些人为的矛盾冲突。虽然作者截取的事件比较普通，但处理上更加严谨老到。小说中一个中产阶级家庭为了儿子艾伦的前程，决定送他去一流学府牛津大学深造。但艾伦偏偏不愿走这条阳关道，使父母大失所望。从英国辍学回家后，他学习经营牧场，但以失败告终。于是，他离开奥克兰北上，踏上了寻找自我和实现自我的征程。他先在达加维尔地区经营一艘邮船，后来又到帕西附近定居下来，在橡胶园开一爿小店谋生。当他意识到男大当婚时，便草率地与一个奥克兰女子玛丽结婚，然而，这桩婚事让两人都颇感失望。艾伦喜欢乡野的清静生活，但他的妻子在虚荣和物质生活的诱惑下，屡屡敦促他离弃乡村，迁入城市。最终，两人的婚姻陷入了一种毫无感情而相互容忍的僵持状态。在这种情形下，两人开始为赢得大女儿琼的爱而进行争斗。故事的最后以艾伦全家离开橡胶园、前往繁华的奥克兰结束。小说中的艾伦是个新西兰开拓者的典型代表，纯洁、善良、富有个性。而他妻子对城市物质生活的向往，则代表了对这种拓居品质的威胁，人际关系在这部小说中变得复杂而微妙。前一部作品中关于清教道德、婚姻关系和文化冲突的主题，在这部小说中依然十分鲜明。小说文体简洁，没有说教，是对新西兰北部原始林区和那里的早期开拓者们艰苦创业的一首颂歌。这部小说首先于 1925 年在海外出版，几十年来读者反应冷淡。直到 1971 年在新西兰首次出版后，这部小说才得到全面认可，后来又于 1984 年和 1995 年数次重印。

简·曼德不愿跟着别人的轨迹行车，她独辟蹊径，给新西兰文坛注入了生机。在此之前，作家们往往墨守不成文的创作陈规，而曼德的准绳就是生活本身。她是在离开故国之后才开始长篇小说创作的，在创作前几部小说时，她对新西兰充满期待，希望社会进化的大潮把和平、友善、理解的生存概念带给所有人。她认为，这种美好社会"在预言家的水晶球中已朦胧出现"，但她的期望很快被 20 年代末突然到来的大萧条粉碎了。

曼德的小说是了解第一次世界大战前后新西兰乡村社会的镜子。她三部小说的背景各不相同：《一条新西兰河的故事》是木材加工场，《激情清教徒》是乡村学校，《艾伦·阿戴尔》是橡胶园。她对殖民时期农村生活不同侧面的描写，具有文献价值。这些与现实生活紧密相连的小说作品，是 20 世纪 30 年代现实主义民族文学的报春鸟。在《英联邦文学》(Commonwealth Literature)一书中，詹姆斯·温森(James Vinson)认为，简·曼德的小说"在剖析新西兰殖民文化方面，具有仅次于凯塞琳·曼斯菲尔德和弗兰克·萨吉森的地位。"

琼·戴万尼

人们常将另一位同代女作家琼·戴万尼(Jean Devanny，1894—1962)与曼德进行比较。两人都反映"妇女问题"，反映在清教思想束缚下人们对婚姻、道德等问题的认识。其实，两位女作家在创作风格，尤其是思想倾向方面，距离甚大。戴万尼生于纳尔逊，在家中十个孩子中排行第八。她 13 岁辍学，但阅读广泛。1911年，她与积极参与工会活动的矿工哈尔·戴万尼结婚，此后两人活跃在矿工工会和马克思主义学习活动方面。琼·戴万尼曾加入新西兰劳工党的妇女组织，但是戴万尼夫妇觉得劳工党右倾太严重，更倾向于新西兰共产党的主张。

琼·戴万尼是个多产作家。她在新西兰写下的五部小说都发表于 20 年代，移居澳大利亚后的 20 年间，又有 12 部小说出版。在总共 17 部小说中，有七部描写发生在新西兰的故事：《屠场》(The Butcher Shop，1926)、《勒诺·迪万》(Lenore Divine，1926)、《爱之晨》(Dawn Beloved，1928)、《里文》(Riven，1929)、《丛林人伯克》(Bushman Burke，1930)、《从魔鬼到圣人》(Devil Made Saint，1930)和《穷猪》(Poor Swine，1932)。戴万尼以新西兰为背景的还有一部短篇小说集《蛮老人》(Old Savage and Other Stories，1927)。

1929 年戴万尼一家移居澳大利亚。以新西兰为背景的两部长篇小说《丛林人伯克》和《穷猪》是在澳大利亚写成的。这些小说探讨婚姻与金钱和性的关系，探讨母性在女性自我概念中的中心地位、女性自由表达性感受的权利以及左翼政治问题。1931 年她加入澳大利亚共产党，1935 年出任第一届作家联盟主席。1932 至 1951 年间她共出版了十部小说和四部非小说。其中《甜蜜天堂》（Sugar Heaven，1936）是一部较重要的作品，集中描写了澳大利亚昆士兰北部一个甘蔗场罢工中女性的角色。戴万尼的小说政治色彩较浓，言辞激烈，鼓动性强。她意识到自己文学上的弱点，感叹自己为共产党工作了太多的时间，以至于未能充分挖掘创作潜力。戴万尼是一个勇敢大胆的女性，克服种种困难争取独立。她的作品也体现了这种精神。

戴万尼的第一部小说《屠场》在美国出版，五年间先后印刷六次，影响较大。她的主要文学声誉建立在这部小说之上。小说的核心观念是，婚姻中的女性无论是在经济上、社会地位上还是性生活上都处于从属地位，只有社会主义才能使女性获得独立。小说过于依赖情节，人物刻画不够有力，但对社会状况的关注在当时的新西兰小说中十分突出。戴万尼后来的作品缺乏新意，人物、内容、情节趋向板式化，甚至出现粗制滥造的倾向，因而逐渐被时间所淘汰。但处女作《屠场》继承本国文学传统，剖析了 20 世纪 20 年代新西兰社会的一个侧面，成为戴万尼颇受人青睐的代表作。

《屠场》的故事发生在北岛金乡某庄园。园主巴里·梅辛杰勤劳敦厚，但孤陋寡闻，也略显乡下人的愚钝。那日天寒地冻，产羔母羊相继死亡。巴里一天劳碌后，心烦意乱中突然觉得需要改变生活现状，于是向女仆玛格丽特求婚。玛格丽特敬慕年轻英俊的庄园主，也希望成为庄园的女主人。婚礼于六星期后举行。巴里海誓山盟，愿为妻子赴汤蹈火，在所不辞。

玛格丽特以庄园女主人的新身份，用新眼光观察庄园时，想象中的诗情画意荡然无存：工人劳累无度，牲畜遭受虐待。眼前一幕幕惨景使她难以忘怀：蓬头垢面的呆子，专爱剥猫皮的怪癖女人，被打得鲜血淋漓的狗，被伙伴酒后杀死的园工。庄园像个血腥的屠场，所见所闻令人心悸。她同情工人，为他们的工资与丈夫争吵。但久而久之，她渐渐变得冷漠，将全部心血倾注在婚后十年生下的四个孩子身上。玛格丽特年轻时的美丽梦想，并未因为成为庄园女主人而得以实现。

巴里雇了一个叫格伦加里的苏格兰人当经理。玛格丽特与他一见钟情，逐渐行为出格。格伦加里使她明白，她只不过维持着没有爱的婚约。她意识到自己遭受着夫权的控制，婚姻的枷锁剥夺了她选择生活的自由，家庭桎梏使她成为男人的附庸。但是格伦加里自己却是个鄙视女性的男权主义者。风流艳事终于传开，而与此同时，格伦加里又同另一个女人眉来眼去，玛格丽特气恼成疾。巴里外出归来后一直守护着她。他恨她不忠，但仍然爱着她，决心履行结婚时的诺言，为妻子献出一切。巴里把庄园财产留给玛格丽特和格伦加里，自己出走他乡，跳水自杀。玛格丽特闻讯后无法控制自己的冲动，用剃刀杀死格伦加里，口中喃喃自语：我不是私有财产，谁也别想把我占为己有！法庭以杀人罪判处玛格丽特绞刑。

《屠场》曾在美国、澳大利亚和新西兰被列为禁书。遭到抵制的原因之一是小说所涉及的暴力与道德问题；原因之二是戴万尼本人信仰社会主义。她与丈夫于1930 年在澳大利亚加入共产党，并活跃于公共场合，发表反战演说，也宣传苏维埃制度。戴万尼曾于 1940 年被莫名其妙开除出党，四年后恢复党籍，1950 年宣布退党，1962 年死于白血病。她一生始终信奉马克思主义。但事实上，戴万尼的内心与她信仰的主义矛盾重重。她认为工农缺乏文化教养而轻视他们，但又认为文化修养是社会假面具，掩盖了人的自然本性。她理论上相信工人阶级的社会先锋队作用，但劳动阶级的思想、语言和行为又常常使她反感。这些矛盾在她的小说中都有所反映。

像大多数殖民后期作家一样，戴万尼也相信社会进化。她认为社会进步主要体现在社会主义和女权思想方面。《屠场》主要涉及的是男女社会地位平等的问题。小说强烈暗示，如果没有社会体制上以新代旧的根本变革，任何解决男女之间、劳资之间不平等地位的方法最终都将徒劳无功。庄园主和女仆的结合、玛格丽特的婚外关系、巴里的"大义让妻"，都无法改变这种不平等。作者主张妇女在社会、经济、精神上都应取得平等地位，而只有一个保障平等的社会体制才能使平等成为社会现实。不然，人的自然愿望被扭曲，暴力就不可避免，妇女也难逃厄运。《从魔鬼到圣人》中的沙弗伦太太也因感情受压而杀死了丈夫。

20 世纪 20 和 30 年代的新西兰，工人运动风起云涌，工党势力逐渐扩大。因此，对某些人来说，戴万尼的观点构成了一种威胁。戴万尼本人对《屠场》的评价是：由于此书毕竟是她的第一部小说作品，创作经验不足，缺点很多；但它的长处是"直率坦诚，对社会的谴责多少有点分量"。戴万尼面对重大题材显得力不从心。但在 20 年代，她是唯一敢于打破思想禁忌，敢于处理现实社会问题的小说家。她大胆地对当时存在于新西兰社会中的许多传统观念提出了挑战。

戴万尼的《爱之晨》等小说，也同样以女主人公成长为主题，让她在某一特定环境中经受教育，获得新知。这些作品在很多方面符合源自德国的"成长小说"定义。在艺术表现手法上，戴万尼笔调明快、生动、热烈。她的小说感情奔放，故事引人入胜，但在语言驾驭能力和艺术构思方面，她与简·曼德相比略显逊色。她的人物起伏跳跃较大，不像曼德那样注意层层铺垫，步步递进，力求人物的丰满和真实。戴万尼注重观点的表达，事件和人物处理大刀阔斧，常给人艺术上以不修边幅的感觉。尽管如此，正如著名作家罗宾·海德（Robin Hyde）所说的那样：《屠场》宛如璞玉浑金，粗糙之中蕴藏着价值和美。

三

20 世纪的歌手

　　20 世纪序幕拉开后,新西兰诗坛同小说界一样,犹豫的摸索多于自信的表达,表现出走到陌生路途时的彷徨惆怅。新西兰正式确定为英国的自治领后,其殖民地地位仍未得到根本的改变。继承了旧大陆传统的诗人,虽未像一批小说家那样向欧洲回流,但他们是精神上的流放者。他们沉湎于对欧洲的怀旧之中,因袭陈规,而对英国诗坛已出现的新变革则漠然置之。他们不去挖掘新的表达语言,把乡土喻象当做装饰摆件。他们超然现实之上,躲藏在与现实生活相关甚微的抒情世界里,生产文辞华丽、格式讲究,但空洞虚浮、疲软无力的抒情诗、赞美诗和十四行诗。

　　而另一方面,新一代殖民地青年诗人已崭露头角。他们不再像父辈那样心安理得地以"英国人"自居,盲目继承传统,闭门造车,创造"激情"。欧洲已不属于他们,但他们尚未找到表达新意识的诗的语言,搁浅在两个世界之间。除了个别诗人的个别成就外,第一次世界大战前的诗人大多处于一种迷惘的骚动状态。

　　19 世纪 90 年代的杰西·麦凯和威廉·里夫斯已开始在殖民地生活中寻找能赋予诗歌新生命的东西,而他们的后来者,在殖民地初步繁荣稳定阶段,在面临多条岔道的选择面前,反而不知所措。他们很大程度上退回到殖民初期的老路,将创作热情引向两个方面:一是赞美自然——这是个永恒不变的主题;二是转向内心,探索心灵感受。在犹犹豫豫扭扭捏捏中,20 世纪头 20 年的诗歌甚至失去了开拓期朴实豪放的特点。这说明浪漫主义诗歌临近枯竭,走入了最后阶段。浪漫主义的衰亡同时也预示了现实主义诗歌新潮的来临。但 20 世纪前段的新西兰诗坛并非万籁俱寂的长夜,也有百灵啁啾。由于周围的寂静,他们的歌声显得特别动听。

布兰奇·鲍恩

　　布兰奇·鲍恩(Blanche Baughan, 1870—1958)的几本诗集,给诗园带进了几分春意。鲍恩出生于英国萨里郡。十岁那年,鲍恩的父亲被患有精神病的母亲杀死,酿成了一场家庭悲剧,此后她与四个妹妹被迫一起照顾母亲。1892 年她以优异的成绩从伦敦大学毕业。1902 年母亲去世后,她离开家乡到新西兰定居。到达不久,她开始发表诗歌。先入为主的英国文化对她的影响应该说根深蒂固。但她的诗却大胆突破创新,与本地同代诗人的保守形成了具有讽刺意义的对照。

　　鲍恩在英国时就已经出版了她的第一部诗集《布兰奇·鲍恩诗集》(*Verses*，1898)。到达新西兰后，她又有四部诗集出版：《鲁本》(*Reuben and Other Poems*，1903)、《辛格尔·肖特》(*Shingle Short and Other Verses*，1905)、《希望》(*Hope*，1916)和《波特山诗选》(*Poems from the Port Hills*，1923)。鲍恩还出版了不少其他著作，大部分是介绍新西兰地貌景观的书，如《神秘的国度》(*Uncanny Country*，1911)和《森林与冰川》(*Forest and Ice*，1913)等。鲍恩又是个社会活动家，她与德·拉·梅尔(de la Mare)合写的《囚禁的人们》(*People in Prison*，1936)是关于监狱制度改革的政论著作，在当时曾引起不少争议。

　　1912 年，鲍恩将平时写下的乡村散记收集成册，出版了散文集《殖民地烤炉的黑面包》(*Brown Bread from a Colonial Oven*)。这部文集在文学界的影响不亚于她的诗歌，显示了鲍恩作为作家的巨大潜力。她兴趣广泛，观察敏锐，创作上不拘一格。在《祖母的话》("Grandmother Speaks")中，作者采用人物的独白进行表述，大胆运用地方口语，使人耳目一新。但该散文集也暴露了不少欠缺之处，如作者不让读者在她的描述中去体验新西兰的乡村生活，而倾向于倾倒自己的感情，穿插道德说教，或进行田园牧歌式的理想化描绘。

　　鲍恩是个先行者，她所做的尝试，在后来的两位文学大师手里得到了丰富。她率先启用新西兰地方语言，这在弗兰克·萨吉森(Frank Sargeson)笔下才得心应手；她对新西兰日常生活的再现，到了曼斯菲尔德后期小说中才变得深刻细腻。鲍恩的《殖民地烤炉的黑面包》与曼斯菲尔德的早期小说有相似之处，说明两位才女曾处于同一发展起点。但新西兰相对贫瘠的文化土壤，限制了鲍恩的成长，而成年后到欧洲生活的曼斯菲尔德，却成了 20 世纪初期欧洲文坛的风云人物。

　　鲍恩的所有作品中，最受批评界推崇的是《鲁本》和《辛格尔·肖特》。在《鲁本》中，女诗人既学习吸收了华兹华斯无韵诗的手法，同时又大胆突破英国诗歌传统，从同处于殖民地地位的澳大利亚通俗民谣中汲取养分，寻找借鉴。其中，被广为摘选的诗作《丛林地带》("Bush Section")描写的主要人物是个小孩，诗中有这样四句：

> 在贫困的门槛上，站立着
> 希望的来使，矮小而孤独！
> 君为何人？来自何方？
> 还要走多远多远的路途？

　　这一小节诗歌，反映了鲍恩诗作的一些典型特点：第一，诗歌形式、语言仍企图纳入"正统"，如第三句英语中用"What art thou? Where hast thou ..."；第二，诗歌采用地方素材，反映当地主题，在这里，描写儿童与描写处在"童年"阶段的新西兰巧妙地糅合为一体；第三，鲍恩的诗又避免了"正统"诗恪守形式、咬文嚼字的毛病,朗朗上口,具有民谣轻快活泼的节奏和动感。

诗集《辛格尔·肖特》与《鲁本》有许多共同的特点,但后一册诗集中诗人在处理技巧上表现得更加老成。其中有些诗继续沿用传统形式,但她往往给旧诗体注入具有新生命的内容。鲍恩的诗常常反映殖民地的职业道德观、老一辈和新一代各自面临的困境,表现出初来者对新环境观察上的敏感性。她摈弃华丽文辞,起用地方俚语和乡土喻象,对诗歌形式进行大胆探索。如书名篇《辛格尔·肖特》("Shingle Short")是一首押韵长诗,作者借用一个低能者的内心独白进行表达,叙述难度可想而知。但鲍恩的诗也常常因为冗长而变得乏味。此外,她有意识地对诗进行哲理化,有时显得牵强。尽管如此,布兰奇·鲍恩仍是个不同凡响的诗人。彼得·奥尔考克(Peter Alcock)指出,她踏着自己的节拍走路,与同代人和后来者都保持距离,但"在技巧、主题与构思方面,鲍恩小姐不仅使她的前人望尘莫及,而且在 R. A. K. 梅森和罗宾·海德出现之前,也没有同代人能与她相提并论。"

艾伦·马尔根

艾伦·马尔根(Alan Mulgan,1881—1962)是出现在 20 世纪 20 年代、长期活跃在新西兰文坛的久负盛名的人物。将他归入 20 年代的诗人一起讨论,似乎不太妥当。但对他做任何归类都会给人以格格不入的感觉。他是诗人,又是小说家、散文作家、记者、史学家、传记作家、文学评论家和社会评论家。他虽然在 20 年代已经成名,但诗作主要发表于 30 年代,直到 50 和 60 年代仍在写作;而在感情上、文化传统上,他又属于较前的一个时期。J. C. 雷德称他是新西兰"最后一位传统文学家"。他把第一次世界大战之前的文学态度和口味,一直带进了第二次世界大战时期甚至战后。这说明即使在民族文化运动之后,各种风格与观点仍然继续交叉存在。

艾伦·马尔根的早期著作《家乡》(Home,1927)是个典型例子。书名所谓的"家乡",不是指生他养他的地方,而是遥远的英国。作品记录了去英国寻根的经历和归来的感受,强调作者的精神养料来自英国文化本源。艾伦·马尔根认为,英国文化处于绝对优势,无法也无必要进行突破,主张全盘学习、模仿和继承。他的诗集如《金色婚礼》(Golden Wedding,1932)和《奥尔德巴伦》(Aldebaran,1937)及自传体小说《早晨的策励》(Spur of Morning,1934)等均发表于民族文学运动热火朝天的 30 年代,但这些作品在认识上更接近第一次世界大战前的一代,甚至 19 世纪 90 年代。如艾伦·马尔根的诗作《朽木》("Dead Timber")与里夫斯的《森林的消失》("Passing of the Forest")之间,可以找到两位不同时代诗人的许多共同之处。

艾伦·马尔根的诗歌功力老到,人物刻画形似神凝。押韵对句体长诗《金色婚礼》生动塑造了一对老夫妻、他们的后代及前来道贺的邻居等当地人物群像。

诗歌温文尔雅的风格中糅进了幽默诙谐的家庭气息。诗人了解乡民的思想和情趣，也熟悉乡土语言和习俗，这些都在长诗中得到了体现。但美中不足的是，具有本土特色的内容与舶来的诗歌形式未能得到有机结合。《奥尔德巴伦》也是如此。虽然在这本集子中，艾伦·马尔根的观察深度与表达力度较之前者均有所提高，但诗人仍企图以英国传统诗歌形式来表达新西兰经历在他心中激起的反响，结果给色彩斑斓的生活套上了单调呆板的体裁和韵律。艾伦·马尔根出于崇拜而对英国诗歌传统因袭模仿，这使他难以取得与他非凡才华相一致的非凡成就。他常常被认为是文化上抱残守缺的顽固人物。

艾伦·马尔根留给新西兰文坛的不仅仅是诗歌和小说。他当编辑期间，曾因积极扶持有才华的青年作家与诗人而为人称道。这些受惠者中包括与他文化观截然相反的具有"反传统"意识的青年，可见他大度包容的心怀。除诗歌小说外，艾伦·马尔根也擅长其他多种文体。他的作品如散文集《与太阳同起》（*First with the Sun*，1947）、文论《新西兰文学与作者》（*Literature and Authorship in New Zealand*，1943）和自传《一个新西兰人的成长》（*The Making of a New Zealander*，1960）等都颇有影响。

艾伦·马尔根的自传在他逝世前两年出版。他的自传与 30 多年前的《家乡》形成了有趣的对照。前者表达了对母国的怀旧，后者强调走完了一辈子的路程之后终于在精神上接受新归属。两本书的书名就反映了这一漫长的演变过程。这一重大的转变应该出现在他人生的最后几年，因为他的其他作品中没有反映这一转折。他的儿子约翰·马尔根（John Mulgan）代表了反叛传统的新一代，于 1939 年以长篇小说《孤独的人》（*Man Alone*）一鸣惊人，成为新民族文学的支柱人物之一，一跃而居于其父亲的文学地位之上。儿子 1945 年早逝后，艾伦·马尔根仍孜孜不倦地创作，直到生命最后一息。但除了最后一部自传，他在认识和感情上，从来没有跨出 20 年代。艾伦·马尔根不是开创新局面的文化人，也没有传世巨著，但他的整体影响在新西兰文坛赫然存在。

艾琳·达根

第一次世界大战后最有希望的诗人是艾琳·达根（Eileen Duggan，1894—1972）。她的作品将 20 年代与后期诗歌连接了起来，并在国际上赢得了声誉。艾琳·达根出生于马尔伯罗省，是爱尔兰移民的后代，就读于马尔伯罗学院，1918年在维多利亚大学获得历史学硕士学位，毕业后进入惠灵顿师范学院任教，但最终因健康原因放弃教职。在其后的 50 年里，她仅仅依靠写作维持生计。她的写作涉猎广泛，包括诗歌、散文、评论和新闻报道。期间，她为天主教报纸《新西兰书写板》（*New Zealand Tablet*）开设专栏长达 40 年之久。她是杰西·麦凯的继承者，1943 年获英国皇家文学学会名誉会员的荣誉。她生活在失去了文化根基的爱尔兰移民中间，因此像麦凯一样，对民族与文化归属具有敏锐的意识。她同情弱者,与他们视为一体,但她以对天主教的虔诚取代了麦凯对人道主义的信奉。

艾琳·达根往往取自己的出生地马尔伯罗省为诗歌背景,笔耕 30 余年,但并不多产。别人常有"诗潮滚滚"之说,而她总感到"诗意姗姗,不愿流入笔尖"。可见她绝非粗制滥造的诗人。她的早期诗于 1921 年首次成集出版,取名《艾琳·达根诗集》(*Poems*),内容主要涉及爱尔兰和宗教,在新西兰和海外均受到好评。20 世纪 20、30 年代创作的诗作分别收集在三本小册子中:《新西兰鸟曲》(*New Zealand Bird Songs*,1929)、《艾琳·达根诗集》(*Poems*,1937)和《新西兰诗集》(*New Zealand Poems*,1940)。

达根 20 年代的诗歌清新明快,文辞质朴但情感炽热,充满朝气与活力。她善于塑造和表现名不见经传的普通乡村人物。一些诗歌如《伐木者》("The Bushfeller")、《丛林女子》("The Bushwoman")、《马车夫》("The Drayman")和《铁匠之妻》("The Blacksmith's Wife")等,风格独到,人物肖像逼真,乡土气息浓郁,既反映风土人情,又赞美乡民善德,令人印象至深。达根最得心应手的是描写记忆中的童年生活,《曙光》("Twilight")是其中脍炙人口的一首。这类诗大多收集在《新西兰鸟曲》之中。诗人曾说,《新西兰鸟曲》是为儿童所作,无意将其归入文学范畴。这是自谦。正是这种自发而不是"为文学而创作"的动机,才使得她的作品笔墨简洁,自然如流。

1937 年出版的与第一本诗集同名的《艾琳·达根诗集》和《新西兰诗集》是艾琳·达根真正有分量的作品。前者在 1938 年出了美国版,1939 年扩版;后者也在英、美两国再版。这两部诗集的焦点转到了新西兰的地貌、新西兰人以及艺术家在一个发展中社会的地位。达根失去了诗人年轻时的朝气和特点,但在语言表现力和观察敏锐性方面却有了长足进展。诗人毕业于历史学专业,对历史有特别的兴趣。在《新西兰诗集》中,她对毛利传统和新西兰历史两个领域进行了开发。诗歌充满爱国之情,也对从库佩的神秘传奇开始的漫长历史,做了经院式的说明。但达根并不是将毛利神话史诗化的第一人,也未能突破前辈们的成就。但她以诗的语言再现历史,做了勇敢的尝试。尽管两本诗册中的部分诗作民族主义激情过于强烈,但诗歌十分抒情,表露了诗人的孤独感,强调灵感的首要地位,体现出浪漫主义诗歌传统对她的影响。艾琳·达根创造性地使用乔治诗歌传统,一度被认为是最受欢迎的新西兰诗人。

艾琳·达根 20 世纪 50 年代出版的最后一本诗集,标志了诗人突如其来的大转向。在《艾琳·达根诗歌续集》(*More Poems*,1951)中,早期主题不翼而飞,超感觉的玄学气质替代了先前的浪漫主义,把恐惧和怜悯交织在人们对现实世界的认识之中。达根将第二次世界大战的爆发视作文明的崩垮,因此诗歌主题转向内心。她的语言更加考究,结构更加严谨,诗行中探讨更深层抽象的问题。诗歌常常以战争为主题,弥漫着感伤情绪和反思意识,也弥漫着浓烈的宗教气息。艾琳·达根早期也写宗教诗,以虔诚、空幻而肤浅为特征。由于诗人气质的转变,她的后期宗教诗变得深奥、玄秘而富有哲理。《艾琳·达根诗歌续集》在创作技巧和思想深度上都达到了一个新境界，但与现实生活却拉开了距离。外部世界的千变万化，在诗人内心激起涟漪，使达根在晚期走向成熟、走向完美的同时，也走向玄奥、走向超脱。

虽然布兰奇·鲍恩、艾伦·马尔根、艾琳·达根等人已经预示了新西兰诗坛希望的黎明，但人们要等到 30 年代厄休拉·贝瑟尔（Ursula Bethell）、艾伦·柯诺（Allen Curnow）、费尔伯恩（A. R. D. Fairburn）、罗宾·海德、梅森（R. A. K. Mason）等一大批优秀诗人的出现，才真正看到云开日出的艳阳天。

第六章

凯塞琳·曼斯菲尔德

一

曼斯菲尔德的生平

生长在新西兰土地上

凯塞琳·曼斯菲尔德(Katherine Mansfield,1888—1923)是新西兰文学中最璀璨的一颗明星。在艺术成就上,她一马独先,至今使后人望尘莫及;在国际影响方面,她在国人中同样无与伦比。亨利·詹姆斯、T. S. 艾略特都曾在英美两国生活与创作,因此同时被大西洋两岸的英、美文学尊为自己的一代宗师。曼斯菲尔德也是脚踩两片国土的作家,在英国文学史上同样地位显著。但她与詹姆斯、艾略特有所不同,虽然她在英国成名,但除个别例外,代表她主要成就的优秀作品,几乎都是以新西兰为题材和背景的小说。

凯塞琳·曼斯菲尔德真名凯思琳·博洽姆(Kathleen Beauchamp),1888 年 10 月 14 日出生于惠灵顿。祖父亚瑟·博洽姆于 19 世纪 40 年代离开英国去澳大利亚淘金,未能实现"腰缠万贯"的淘金人的梦想,十余年后来到新西兰落户,开拍卖行,也干其他杂活。他对政治兴趣浓厚,并能将拜伦的诗断断续续"足足背诵一个半小时"。她的父亲哈罗德·博洽姆(Harold Beauchamp)是新西兰土生土长的一代。他经商办银行,取得了稳固的经济地位,挤入了足以将女儿送进欧洲著名学府深造的富裕阶层。这位在殖民地自我造就的成功者的形象,以斯坦利·伯内尔的名字栩栩如生地出现在他女儿的多篇作品中。凯思琳从小跟母亲亲近,很多小说中的琳达便是她母亲形象的再现。而不同作品中出现的柯赛娅、海伦和劳拉三个女孩,则都是她本人童年的化身。

博洽姆一家经历了新西兰历史中从殖民开拓到繁荣的重要发展阶段,也在新西兰重建了英国中产阶级的生活,这为凯思琳的创作提供了典型的历史和社会背景。凯思琳在惠灵顿女子中学和斯惠逊中学毕业后,于 1903 年 15 岁那年去伦敦女王学院就读,在此期间开始为学院文学刊物撰写随笔和散记之类的小品。三年后她回到新西兰,在惠灵顿的皇家音乐学院转攻音乐。她自知在音乐方面难有作为,也留恋新西兰难以比拟的伦敦的都市文化生活,希望去欧洲,充分伸展想象的翅膀,终于在 20 岁那年说服父亲,每月由父亲提供少量资助,只身去伦敦生活和写作。

曼斯菲尔德的欧洲之路

当时,很多像凯思琳·博洽姆那样的杰出人才外流欧洲,如画家弗朗西丝·霍奇金斯(Francis Hodgkins)和物理学家卢瑟福勋爵(Lord Lutherford)等。这些人在欧洲施展宏才,取得了举世瞩目的成就。他们充分意识到自己的潜在才能,担心相对落后的殖民地环境抑制他们的聪明才智,扼杀他们的宏愿——卢浮宫毕竟在巴黎,狄更斯也不是惠灵顿人。由于当时的新西兰还不具备造就文学伟人的条件,凯思琳的欧洲之路,可以说是她取得非凡成就的必由之路。

20 世纪刚刚到达时,新西兰的出版能力薄弱,读者市场狭小,文化上羽翼未丰。作品在欧洲发表不仅影响更大,经济收益更丰,而且更主要的是,作者能因此获得被世界文化中心接受的一种认可,因而身价倍增。文才的出现,也往往呈"群体现象",要在高层次的竞争中造就产生,而高层次的文化氛围只有在聚集着詹姆斯·乔伊斯、D. H. 劳伦斯、弗吉尼亚·伍尔夫等一批大作家的文化神经中枢才能形成。

一些去欧洲的作家一头扎入欧洲文化怀抱,既未为流放地增添光彩,又无法归入殖民地的文化渠道,结果被欧洲传统所淹没。而凯思琳·博洽姆则不同。她以流放者的身份远离家乡环境后,对自己的祖国重新审度,获得新的认识,并转向殖民地素材,进行挖掘开发,将新认识以文学形式再现于世。20 世纪 20 年代美国"迷惘的一代"作家如海明威、埃兹拉·庞德、菲茨杰拉德、约翰·多斯·帕索斯等,也是在巴黎组成文学沙龙,对故国进行幻灭后的反思,才创作出美国文学中一批不朽的经典。

年方 20 的凯思琳·博洽姆走出家庭庇护到达伦敦后,感到世界的陌生和人生斗争的残酷。次年,她与乔治·鲍登(George Bowden)结婚,据说婚礼第二天早上便离弃了新郎。两年后她在《钟摆的晃动》("The Swing of the Pendulum")中写道:"我并不爱他。我希望有个人守护我。"她很快意识到,没有爱情的婚姻是难以维持的。从 1912 年开始,她与当编辑的约翰·默里(John Murry)同居,并在 1918 年获得与鲍登正式离婚的法律认可后,同默里结婚。她于 1916 年感染严重肺病,时常卧床不起,每年冬季为了身体去温暖的法国南部或意大利疗养。她的许多优秀作品,都是在与病魔搏斗中写下的。1923 年元月,这位文坛才女溘然长逝,年仅 34 岁。

二

曼斯菲尔德的创作

十年风采:浓缩的一生

凯思琳·博洽姆在作品中用笔名凯塞琳·曼斯菲尔德。到达伦敦后,她头两年文学创作的努力收效甚微。后来在去德国的巴伐利亚短住期间,有幸与欧洲大陆的多名作家和记者相识。在他们的激励下,她坚定了走文学创作道路的信念,并写下了一篇篇关于德国生活的随笔和散记。从 1910 年起,她开始在《新时代》上发表讽刺性短篇小说,素材主要来自她的巴伐利亚笔记。这些以巴伐利亚为背景的小说,对德国小市民生活做了无情鞭挞,后收集成册,以《在德国公寓》(*In a German Pension*)为名于 1911 年出版。批评界对她的第一部小说集反响良好。

1912 年与约翰·默里邂逅相遇后,两人结成十年伴侣。曼斯菲尔德找到了新的文学阵地,常在默里主编的《节奏》及后来的《蓝色评论》上发表小说,后又成为《蓝色评论》的合股人。她同时继续为《新时代》撰稿,也为《威斯明斯特报》写文学评论。此间,她以记忆中的故乡和家庭为素材,创作了第一篇以新西兰为内容的有影响的小说《店里的女人》("The Woman at the Store")。

默里的杂志因第一次世界大战爆发而停刊后,曼斯菲尔德、默里和著名英国作家 D. H. 劳伦斯一起创办《标志》杂志。1919 年默里成为《文学俱乐部》(*The Athenaeum*)的主编,该刊遂成为曼斯菲尔德后期发表小说、诗歌和评论的主要阵地。她与柯特连斯基(S. S. Koteliansky)合作翻译的"契诃夫书信选",也是在该刊上连载发表的。

在曼斯菲尔德一生短短十余年的创作生涯中,第二部小说集《我不会讲法语》(*Je Ne Parle Pas Francais*,1918)姗姗来迟,七年后方才问世。接下来的两部小说集奠定了曼斯菲尔德的文学地位:《幸福》(*Bliss and Other Stories*,1920)和《园会》(*The Garden Party and Other Stories*,1922)。《园会》于作者逝世前三个月出版,其中包括一批最优秀的新西兰题材小说,如《在海湾》("At the Bay")、《园会》("The Garden Party")、《旅程》("The Voyage")、《陌生人》("The Stranger")等。集子中新创作的以欧洲为背景的小说如《帕克大妈的一生》("Life of Ma Parker")和《布里尔小姐》("Miss Brill")等,在剖析反映老年妇女的孤独心态方面,具有独到的功夫,也不失为艺术质量上乘的精品。

曼斯菲尔德逝世后,她丈夫默里收集了妻子生前发表于各报纸杂志的零散小说,并整理部分未曾发表的手稿,编辑出版了两部小说集:《鸽巢》(*The Dove's Nest and Other Stories*,1923)和《小女孩》(*The Little Girl and Other Stories*,1924)。此外,由默里编辑的曼斯菲尔德作品集还有《曼斯菲尔德诗歌集》(*Poems*,1923)、《曼斯菲尔德日记选》(*Journal*,1927)、文评集《小说与小说家》(*Novels and Novelists*,1930)、笔记选《剪贴簿》(*Scrapbook*,1939)、书信集《致约翰·默里的信:1913—1922》(*Letters to John Middleton Murry: 1913—1922*,1951)及中篇小说单行本《芦荟》(*The Aloe*,1930)。

《芦荟》是《序曲》("Prelude")未经大量删改的前身。曼斯菲尔德一贯坚持销毁初稿和修改稿,因此《芦荟》的出版首次为读者、批评家和学者提供了研究曼斯菲尔德的创作手法、创作过程和创作意图的宝贵素材。人们可以从对比中看到,曼斯菲尔德如何以艺术家一丝不苟的态度,逐字逐句反复推敲,大段删减,才从原先的手稿达到《序曲》出版时的精美。曼斯菲尔德与柯特连斯基合译的高尔基的《里昂内德·安德列耶夫回忆录》(*Reminiscences of Leonid Andreyev*,1928)也于她逝世五年后出版。另外,以研究曼斯菲尔德著名的伊安·戈登(Ian Gordon)教授在《英联邦文学》一书曼斯菲尔德作品目录里列出了鲜为人知的曼斯菲尔德的长篇小说《玛塔之谜》(*The Mystery of Maata*)。该书是由帕特里克·劳勒(Patrick Lawlor)于1946年编辑出版的。

书信、日记、诗歌和文评

尽管曼斯菲尔德的创作涉及了长篇小说、诗歌、文学评论、翻译、书信笔记等文体,但她只能被确切地称为短篇小说作家。短篇小说是她最得心应手,也是最成功的文学形式。既然甚至很少有人知道她曾有过创作长篇小说的尝试,《玛塔之谜》肯定不是惊人之作。人们注意到,她的文学评论文章自出机杼,与众不同,没有当时批评家们习惯使用的流行术语,如象征主义、审美视角、颓废派、自然主义等。也许因为曼斯菲尔德本人是个作家,她认为这类空洞词藻只会成为对作品本身评价的障碍。她的文学评论只谈内容,使人一目了然:某作品何处成功,何处不足,原因何在,如何避免等。她只有作家的真诚坦率,没有批评家的转弯抹角或故弄玄虚。但总的来讲,她的书评文章在文学界并无太大的影响,正如马文·玛格拉那(Marvin Magalaner)在《凯塞琳·曼斯菲尔德的小说》(*The Fiction of Katherine Mansfield*)中所说:"如果没有曼斯菲尔德出类拔萃的小说,她的文学评论也不会引起任何人的注意。"这是实话。她的诗歌、译作等若无短篇小说光彩的照映,亦将黯然失色。

曼斯菲尔德坚持写日记,也与当时文坛上的不少重要人物保持书信来往,但她并无发表的意图。由于这些书信日记自身的质量,面世后大获成功,成为当时流行的"忏悔式"作品的主要代表之一。但伊安·戈登认为,近期对默里编辑的手稿研究证明,他的选择十分片面。《曼斯菲尔德日记选》中出现的圣人般的形象,主要是选择性编辑造成的假象。曼斯菲尔德也是个有七情六欲的常人。戈登教授认为,"想从作家生平中获得见解的读者,不应盲目依赖《曼斯菲尔德日记选》里的资料。"

"欧洲小说"和"新西兰小说"

尽管英国文学为曼斯菲尔德保留了重要一席,但她本质上是个新西兰作家,就像流亡法国的"迷惘的一代"作家本质上是美国作家一样。由于生命短暂,她没能做出落叶归根的选择,但她早已在自己文学作品中创造的故国里找到了归宿。

人们把曼斯菲尔德的88篇短篇小说分成两大部分——以德国、英国、法国等为背景的简称"欧洲小说";以家乡为背景的简称"新西兰小说"。"欧洲小说"中不乏精品,如《帕克大妈的一生》、《没脾气的男人》("The Man without a Temperament")、

《我不会说法语》("Je ne Parle Pas Francais")、《小保姆》("The Little Governess")、《幸福》("Bliss")等,都是具有特色的作品。这些作品中的人物生活在一个没有爱和温暖的世界中,作者出色地揭示了他们的内心痛苦,并在他们身上寄托了自己的切身感受。后来发表的数百则日记和书信表明,曼斯菲尔德是在极大痛苦中度过这十余年的欧洲生活的。她不仅长期病魔缠身,而且遭受到强烈的孤独感的折磨。她与默里时亲时疏,若即若离,很难说是情投意合的伴侣。她时时感到孑然一身,在一个冷漠的世界无依无靠。作者将这种痛苦感受融入了部分"欧洲小说"之中,这些小说也因此常令读者难以忘怀。

但总体而论,曼斯菲尔德的"欧洲小说"较之她的"新西兰小说"逊色不少,读者能够感觉到前一类作品中作者与创作对象之间的距离。E. H. 麦考密克指出,曼斯菲尔德第一部小说集《在德国公寓》的有些篇章中,作者"在德国人的姓名之下,实质上进行着《序曲》和其他新西兰小说人物塑造与场景描写的早期尝试"。他还认为,其实这些故事"置入新西兰背景之中反而协调妥切,而发生在巴伐利亚则显得格格不入"。可见,即使写发生在他国的事件,曼斯菲尔德仍不自觉地是个新西兰作家。

曼斯菲尔德的"新西兰小说"不仅数量多,而且质量高,是撑起女作家文学声誉的支柱。1910 至 1920 年间,她写下一些零星作品,身后由默里编辑出版,书名为《幼稚》(*Something Childish*,1924),同年再版时改名为《小女孩》。该集以一组 1910 至 1912 年间创作的早期新西兰小说开始。其中三篇《店里的女人》、《米莉》("Millie")和《奥利·安德伍德》("Ole Underwood")与其他新西兰作家的殖民地小说并无大异。但另外两篇,即《新衣》("New Dresses")和《小女孩》,则显示了她后期大放异彩的创作特征。

曼斯菲尔德在最初的尝试中,实际上已经发现了真正适合自己的创作领地,即记忆中的新西兰童年生活。这两篇小说在风格和素材加工技巧上,都证明了作者短期内的长足进步,可以说是从早期走向以《序曲》、《园会》等为代表的成熟的创作盛期的探路石。这本小说集的其他诸篇描写反映了欧洲大陆及英国市郊各阶层的生活,大多已被忘却。

三

文学新阶段

转折的出现

从以"欧洲小说"为主的前期创作到以"新西兰小说"为主的后期创作,转折发生在 1915 年。第一次世界大战已经爆发,殖民地为宗主国效力参战。该年曼斯菲尔德的弟弟莱斯利来到伦敦,加入英国军队,年底在训练中身亡。弟弟的死对她感情和心理上造成的震动是很多人难以想象的。从曼斯菲尔德的日记与小说中可以看出,她对弟弟感情极深。莱斯利在伦敦期间,姐弟俩常在街上久久漫步,谈论她熟悉的家乡的亲人朋友。一次次长谈勾起了她强烈的思乡情怀。一方面,弟弟的死使她陷入对童年生活的追忆:姐弟朝夕相处的家庭生活,父母、亲友、邻居,故乡的山山水水。她渐渐明白,离弃的故国正是自己的真正归属。她写道:"我在这里生活越久,也就对新西兰越心向神往。感谢上帝我出生在新西兰。……新西兰已溶化在我的骨髓中。"正如纳里曼·霍马斯基(Nariman Hormasji)在《凯塞琳·曼斯菲尔德评介》(*Katherine Mansfield: An Appraisal*)一书中所指出:"通过莱斯利的形象,她看到了新西兰的形象。事实上,他在英国和她的故国之间搭起了桥梁。"

另一方面,莱斯利的死又迫使她在更深层思索人生。死亡突然从概念转变成现实,赫然跃至她的面前。她已身染疾病,每况愈下,正步步朝死亡走去。她感到人生之短暂。她在日记中对弟弟的亡灵说:"亲爱的,首先,为了我们两个,我有很多事要做;然后,我将尽快赶来。亲爱的,我知道你在那儿。我同你一起生活,我为你而写作。"这里所说的"许多事",显然是指计划中的文学创作任务和目标。她接着写道:"现在——现在我要写我对故国的回忆……不仅因为我和弟弟在那里出生,我要为自己的祖国偿还'神圣的债务',而且也因为在我的头脑里,我同他一起漫游了所有熟悉的地方。我从未离开这些地方太远。我希望在作品中再看到它们。"大文豪 D. H. 劳伦斯十分了解一个作家的内心,1915 年 12 月 20 日写信给曼斯菲尔德,劝她节哀自重,并说:"我知道,你必须同弟弟一起死去,你也同样走向死亡,销声匿迹。然而对于我们,坟墓里将有新的生命升起……"劳伦斯看到了曼斯菲尔德文学生涯的转折,并预言作家的文学新生命将凤凰涅槃,从死亡中再生。

于是,弟弟的死亡成为一种象征,象征着战争带来的灾难,象征着作家本人面对死亡时对人生获得的顿悟,也象征着新西兰的呼唤。默里在《曼斯菲尔德日记选》序言中写道:"战争给她带来巨大的精神震动。……她慢慢转向已逝去的童年,把童年当作尚未被污染的、远离导致战争的机械文明的一种生活模式。"已流逝的新西兰的童年生活,于是成为曼斯菲尔德逃避战争环境,摆脱个人精神压力的去处,也成为她美好生活的寄托。再现童年生活因此也成了作家明确的文学追求目标。

曼斯菲尔德先前也零星描写过新西兰和童年生活,但不像此后的作品那样倾注着深情。在她对艺术和人生的新视野中,先前的成就不足挂齿。新意识将她推上了一个新高度。她以崭新的艺术风格将童年生活与 19 世纪末惠灵顿的人情风貌再现于笔下,"作为对家乡土地和人民爱的报答"。曼斯菲尔德后期小说情真意切,出神入化,总体上达到了作者的期望:"我希望……让我们那个被世人漠视的国家跃入旧大陆的眼帘。"

新文学的"序曲"

文学新阶段的第一部作品是《芦荟》。该作品文体风格上属于短篇小说,但长达 135 页,后由默里于 1930 年发表。《芦荟》实为初稿,经作者大量删节和部分修改后,于 1918 年以《序曲》为篇名发表,后收入小说集《幸福》之中。

《序曲》由一系列生活片断和联想串连而成,文体新颖别致,如曼斯菲尔德所说——"或多或少是我自己的创造"。这篇长达 50 余页的短篇小说中,没有贯穿始终的情节,没有事件与事件之间的因果关系,没有故事和人物的发展,而是由一个个回忆中的画面组成,就如陷入遐想时脑中闪过的镜头那样。小说具有较明显的现代派风格特征。《序曲》分 12 部分,亦即 12 个生活片断,讲的是关于乔迁的一件平常事:一,孩子们准备离开旧居;二,柯赛娅最后看一眼空荡荡的房舍;三,孩子们去新家途中……九,孩子们看杀鸭;十,女佣的生活;十一,母亲琳达的思绪:生活、爱、生孩子;十二,贝丽尔姨妈的内省。小说没有常规概念上的主线或中心事件。

曼斯菲尔德本来就不打算把自己套进起承转合、由铺垫到高潮的传统小说框架之中。这点作者在《剪贴簿》关于《序曲》的笔记中讲得很明白。她只想把记忆中日常的、普普通通而又难以忘怀的新西兰生活再现于作品之中。但她并不对现实进行照相式的写真,而是将记忆片段进行巧妙剪贴,组成一幅具有现代派色彩的新图,看似零杂散乱,但却具有强烈的总体效果。曼斯菲尔德谈到《序曲》创作意图时说:"正如(记忆中新西兰的)那些早晨,乳白色的晨雾腾腾升起,遮掩了美,将它笼罩,而后雾幕又渐渐拉开。我想拨开雾帘,让世界看到我的同胞乡亲,然后再把他们隐匿起来。"《序曲》确实有一种曼斯菲尔德希望创造的若隐若现的感觉:展现时,记忆中的新西兰日常生活栩栩如生;隐去时,又蒙上了时间和距离带来的神秘色彩。

不少批评家对《序曲》提出了质疑和批评。有人认为作家将记忆中的素材信手拈来而未加以必要的梳理;也有的认为虽然小说文笔秀美但使人感到不知所云。但评论界更多的是称赞,有的赞赏她对大自然的出色描写;有的佩服她对儿童心理世界的发掘;有的对她自然如流的语言、不拘一格的文体大加赏识。但作家隐藏在描述背后的深层含义,却常常被忽略。

《序曲》的整个叙述以淡雅为基调。水面风平浪静,但水下暗流汹涌。貌似平常的一言一行,一举一动,都微妙地影响着人的心理和人际关系的变化及人物对周围世界、对生活的认识——既难以捉摸,又耐人寻味。如贝丽尔姨妈照镜子时,看到镜中似乎是另一个女人;她给朋友写信,信中的自我形象也是个她不熟悉的别人。这类似乎平淡无奇的描写深刻揭示了贝丽尔的双重性格:自我与面具。从这个角度来看整篇小说,就不难发现贝丽尔一直处于矛盾心态。由于她无力将真正的自我和社会的自我合二为一,内心痛苦不可避免。为了承受无声的社会压力,她只得更深地隐藏起真正的自我,更不敢抛弃社会面具。从日常生活的点滴中,读者看到了一个老姑娘的个人悲剧。但她毕竟与柯赛娅的父亲斯坦利不同,毕竟对自己有所认识,而斯坦利则与作者笔下的大部分男人一样,对人际关系、内心感情的变化麻木不仁。他自以为问心无愧地承担了家庭男主人的责任,将自己的行为合理化,打扮出一个表里如一的自我形象,自欺欺人。

曼斯菲尔德希望描绘一幅平静美好的生活图景。但是即使在文学中,将记忆中的新西兰一味理想化也十分困难。她自己曾从那些亦步亦趋效法英国生活的人们中间,从毫无生气的中产阶级家庭叛逃到欧洲。她对故国的态度是矛盾的,有爱有憎,在思乡的赞美中她又无法不夹入揭露甚至尖刻的批判。爱与憎、美与丑的两方,往往通过她作品中对"儿童世界"和"成人世界"的褒与贬中得以体现。这一倾向在最后期的《园会》、《娃娃屋》("The Doll's House")等优秀作品中愈加明显。

仅从小说标题上,我们就可以看出,作者绝非随意裁剪生活,随意拼合。小说题为"序曲",但并未告诉读者小说外预示未来的"主题曲"是什么。这是作者文学转向后写下的第一部作品,当然是"序曲"。但小说标题包含的远不止这一层意思。对伯内尔一家来说,乔迁意味着新的市郊中产阶级生活的开始;柯赛娅在这短暂的经历中获得了新认识,开始踏入人生新旅程;对贝丽尔姨妈,搬迁意味着老处女生活和精神痛苦的起端;对琳达和斯坦利,原有的生活板式丝毫不因搬迁而更动,"序曲"引入的是同样一成不变的生活;对老外婆,死亡正一步步逼临;而小说中人人关心的是琳达腹中即将诞生的婴儿,这是即将奏响的新生命的"序曲"。

一场小小的搬迁,预示着生活新阶段的开始,对每个人都是走入下一步生活的"序曲"。柯赛娅走向青春年华,贝丽尔错过青春,斯坦利夫妇人到中年,外婆走向死亡,婴儿即将出世。这是一个人生大循环。了解曼斯菲尔德生平的人都知道,小说中的伯内尔一家毫无疑问是以作者自己的家庭为原型的,即将出生的婴儿是她在第一次世界大战中死去的弟弟。谁能料到"序曲"引向了如此不幸的结局?曼斯菲尔德将这些记忆中的生活片段,用带印象主义风格的笔调重现于小说中。她无意做任何结论性的评说,只想在这些片段中寄托一种家乡情结——一种难以抹除、难以阐释的复杂矛盾的感情。

《序曲》的后续:《在海湾》

《在海湾》("At the Bay")实际上是《序曲》的续篇,于五年后发表。但该小说仍然是"序曲"而不是"主题曲",后者将在读者的头脑里奏响。《在海湾》的创作主旨与前篇完全一样,作者向读者展示了伯内尔一家的另外一系列日常生活片段。《序曲》中全家期待的孩子已呱呱坠地。除此之外一切依然如故。小说中仍未发生任何"值得一书"的大事件:伯内尔一家去海湾沙滩浴场,度过十分平常的一天。但各个人物,不同的气氛、心绪、态度互相交织渗透,在小说中表现得淋漓尽致,令人难忘。

曼斯菲尔德在《在海湾》中更加无视传统的文学创作原则,如层层铺垫,环环相扣,每一部分必须逻辑地攀附在主题框架之上,等等。她的小说仍然是生活场景的切片,似乎随意性更强,更难找到互相间的联系与呼应。但是,缺乏外部结构上的逻辑联系,并不意味着小说没有内在主题上的联系。曼斯菲尔德显然认为她选择的形式最适合表现她希望表现的内容。其他小说如《布里尔小姐》等证明,作家具有将多股线索编织成严丝合缝的小说整体的高超本领,但她不想把要说的和盘托出,让人一目了然,而希望读者在凡人琐事和言谈举止中体验到一种生活。

早期文学对新西兰的反映,往往渲染开拓历险等方面,浓墨重彩,实际上歪曲了真实生活。曼斯菲尔德希望让读者在淡淡的素描里看到新西兰生活原貌的一个即景,如同火车经过某一陌生村镇小停时,旅客对该地投出的一个无头无尾、无历史联系的短促一瞥。但这一眼留下的直接印象,往往要比经过整理编纂的详细介绍更令人难以忘怀。曼斯菲尔德努力创造的正是这种效果。从表现力度上讲,《在海湾》胜过它的姐妹篇。

马文·玛格拉那认为:"曼斯菲尔德作为作家的最大资本,是她对小说人物人与人之间关系的极度敏感性。"确实,曼斯菲尔德通过人际关系洞悉生活的敏锐感觉,在《序曲》和《在海湾》中都得到了充分体现。作者在处理人物间难以言明的微妙关系方面,手法可谓高明。如贝丽尔对琳达是一个人,对斯坦利是另一个,对柯赛娅是又一个。然而她对读者来说始终符合她的性格,始终是贝丽尔而不可能是其他任何人。

《序曲》和《在海湾》是曼斯菲尔德生前发表的篇幅最长的两篇小说。作者试图在不动声色的描述中,创造生与死、美与丑两极之间的平衡。她不回避生活中卷裹着的人际关系的丑的一面,但仍努力揭示人性本质中存在的美。她描写生老病死,人生的自然循环,但到了1921年发表《在海湾》时,悲观情调已溢于言辞——"对希望的期盼只是为了最终希望的破灭。"事实上,她一生为文学创作奋斗,在即将登上顶峰时却发现自己心力衰竭,生命滑坡已无法挽回。

后期创作:《园会》及其他

1922年10月,即曼斯菲尔德与世长辞前三个月,她出版了生前最后一部小说集《园会》。作者的一批最优秀小说云集于这一册之中,如《在海湾》、《园会》、《已故上校的女儿们》("The Daughters of the Late Colonel")、《帕克大妈的一生》、《布里尔小姐》、《旅程》、《陌生人》和《第一次舞会》("Her First Ball")等。其中作为书名的《园会》一篇,也许是曼斯菲尔德所有小说中最具有代表性、最脍炙人口的名作。

《园会》具有与所有曼斯菲尔德优秀小说同样的风格:故事简单,语言隽永,寓意深刻。小说仍以儿童的视角观察成年人世界,但在充满稚气的叙述背后,作者深入探讨了社会各阶级之间、梦想与现实之间、生命与死亡之间一系列重大问题。作家敢于在短小的篇幅内装进如此宏大的主题,这说明曼斯菲尔德对自己的艺术才能已具有充分的信心。小说获得无可争议的成功,令人惊叹不已。

　　小说的故事线条十分简单:富有的谢里登家举办园会,母亲让女儿劳拉出面操办园会的准备工作。劳拉在同前来搭帐篷的帮工的短暂接触中,认识到家庭对他们的偏见;后听说邻家一车夫车祸遇难,在母亲的怂恿下将园会吃剩的食物给那家送去。小说在叙述层面之下,隐含着深刻的社会内涵。

　　虽然母亲谢里登太太在背后操纵,小女孩劳拉第一次作为她家庭的代表出现在社会上。她以"主人"的身份去指挥搭帐篷的工人,"企图装出一本正经的样子":

> "早上好,"她学着母亲的口气说。但这种装腔作势听起来真可怕。她感到难为情,于是像个小女孩似的结结巴巴地说:"哦——嗯——你们来了——是来搭帐篷的?"

　　不知不觉中,劳拉试图继承家庭所代表的社会地位,以女主人的身份出现在雇工面前,模仿正统的上层阶级的言行。但儿童的心灵又本能地使她讨厌装腔作势,于是很快恢复了小女孩的本性。劳拉继而发现,其中一个高个子工人掐了一穗薰衣草,放在鼻子上闻了闻。一个劳工居然也对薰衣草有兴趣!劳拉突然间获得了新发现:工人也热爱生活、爱美、爱自然,和所有人都一样,而不是母亲、姐姐口中不屑和鄙视的"那批人"。劳拉心里说:"啊,那些工人多么可爱。她为什么不能同工人交朋友,而非得同那些出现在舞会或周日晚餐上的傻男孩在一起?"她感到自己"就像个小女工"。

　　那日上午,劳拉第一次扮演成年人的角色,被早早地推进了成人社会的门槛。按照家庭常规发展路线,她长大也会像母亲那样,成为体面社会的一员,也会变得虚伪、势利、麻木。但由于她童心未泯,在扮演女主人角色中,纯朴与自然战胜了家庭偏见对她的侵蚀,获得了戏剧性的发现,并以新认识对周围事物进行重新审视。

　　离谢里登家不远有一个贫民区——"说实在,那些小房子离得太近了。它们是最刺眼的东西,根本无权在这个街区。"这是谢里登家孩子们不准涉足的禁地,家长怕他们学来脏话,染上疾病。园会同一天,住在贫民区的一个车夫不幸遇难。劳拉建议取消园会,表示对死者的同情——邻家孩子哭哭啼啼,这边乐队吹吹打打,有点太不近人情。但她的建议遭到母亲和姐姐的反对。姐姐的话里充满对劳动阶级的偏见:"你动感情也救不活一个当工人的醉鬼。"这让劳拉十分反感,小女孩反驳道:"醉鬼?谁说喝醉的?"

对于已经接受上层阶级偏见的人来说，工人、酒鬼与车祸死因都有不用证实的必然因果关系。劳拉对这种冷酷与傲慢感到震惊，感到愤怒。与此同时，她也开始感到自己与家庭其他成员间的距离，并对原先继承的道德观本身是否道德产生了疑问。成人世界中尊卑有别的成见与儿童的纯朴之间发生了碰撞，给劳拉幼小的心灵带来了震动。她先前对人生道路的自信，先前的自以为是一扫而光，原来接受的、信仰的、遵守的道德和行为准则开始动摇。在这里，曼斯菲尔德对故乡、对自己家庭生活的批判态度更深了一步。

为了安抚劳拉，也为了表明自己也具有同情心，母亲让劳拉把园会吃剩的食品装一篮给死者家属送去。劳拉恍惚走入另一个世界，看到另一种人的生活，也看到床上躺着的死者。此时，一种神秘的气氛突然将她团团围住。是恐惧？是吸引？还是升华？她不得而知，急急退出。"'人生难道——'她含着泪结结巴巴地对哥哥说：'人生难道——'"她无法用语言确切地表达自己的体验是什么，但她确知已获得了一次人生新体验。"人生难道"如何？作者未做说明，而让读者自己去填空：难道如此厚此薄彼？如此短暂可怕？这确是一种难以言传的感受。曼斯菲尔德的小说妙在不言之中，以无声胜有声，留下了无穷的回味。

《园会》中有一首"人生萎靡"的歌，最后一句是"一场梦——一次苏醒。"小说最后写到死者时说："他在梦境。再也唤不醒他了。"园会本身象征着人生——生与死之间短促的快乐时光。在面对死亡的瞬间，从一层意义上讲，劳拉从以园会为具体代表的绅士阶级梦一般的生活中醒来。对死亡的认识意味着无辜的结束，这是一种新生活态度的序曲。

《园会》发表前五个月，曼斯菲尔德在《剪贴簿》上写下这篇小说构思轮廓时，其中尚没有死亡的场面。由于自知体质每况愈下，死亡步步逼近，她不得不在对儿童世界的塑造中，融入强烈的个人感情色彩，使小说结尾转向哲理化，超验化。曼斯菲尔德谈到，"园会"试图表达"生活的多侧面……包括死亡。这使劳拉这样年纪的人迷惑不解。她认为事情不该那样，应先此后彼，有条有序。……劳拉说：'但这些事不该一起发生。'而生活回答：'为何不？'……各类事确实都发生了，这是必然的。而在我看来，这必然中包含着美。"

一部分人富裕闲逸，另一部分人贫穷困苦；一部分人搞园会取乐，另一部分人为死者哭泣。这些与劳拉愿望相违的"不该一起发生"的事都在一起发生了。社会、生活要比小女孩头脑中想象的复杂得多，也残酷得多。而对作者本人来说，几十年对生活的观察思索，十余年文学奋斗，待到获得生活新知、创作艺术炉火纯青的时候，却不得不离弃文学与生活。"不该一起发生"的事也一起发生了。乐与悲，美与丑，生与死常存在于同一事物之中。她发现了"双重原则"："虽然生活充满丑，充满低鄙，但若我们具有真知灼见，去理解它背后存在的东西，就能将一切变得无比美好。"在后期"新西兰小说"中，曼斯菲尔德的批判倾向越来越明显，但这种批评态度并不抵消她对故国的爱。她揭示生活中丑的一面，又暗示其中的美。《园会》表明,美存在于对社会、对人生的认识之中。死亡也不可怕,艺术的升华将成为永恒的美的丰碑。

四

曼斯菲尔德小说的艺术特色

凯塞琳·曼斯菲尔德的小说创作极具特色。她是一个反传统作家,从不把维多利亚文学传统奉作圣明。20 世纪初,现代主义小说正在形成,多角度透视、意识流等新手法冲击了传统模式,拓宽了创作天地。心理学被用来加深小说的象征结构,人物不仅可以从外部也可从潜意识进行揭示;生活可以从整体也可切成零块进行展示。突破原有表现现实的手法不仅可行,而且也是适时的。曼斯菲尔德与同代的约瑟夫·康拉德、詹姆斯·乔伊斯、弗吉尼亚·伍尔夫等大师一起,为小说新潮推波助澜,为现代派小说奠定了基础。曼斯菲尔德是短篇小说中内心独白、表现视角转移等创作新手法的拓路人,在短篇小说领域中取得了乔伊斯、伍尔夫在长篇小说中取得的相同成就。

曼斯菲尔德很早就注意到了一些实验性文学的新动向,并从中获得启示,决心跟上这一小说创作的新潮流。她并不愿意标新立异,但她认为这是表达内心,充分施展自己潜在艺术才能的合适途径。她把小说内容拆散打碎,使能揭示本质的东西处于更突出的部位。她不注重描写构成故事的行为,而转向揭示促成行为的精神方面。她善于创造典型环境和气氛,善于将生活视觉化,善于在普通事物中捕捉能激起强烈感情反应的东西。

纳里曼·霍马斯基在谈到曼斯菲尔德的小说表现日常生活的效果方面时说:"千家万户日复一日地过着这样的生活……我们已司空见惯,不以为然。这些我们视而不见的事物,在我们的意识中就像浮尘在空气中飘动。只当从缝隙中射进一线阳光,照亮那薄薄的一片,我们才意识到浮尘的存在。"曼斯菲尔德的小说就像射入幽暗的意识空间里的一缕阳光。她的小说世界中没有其他作家那些震撼人心、可歌可泣的事件,柯赛娅、贝丽尔、琳达、劳拉、谢里登太太等都过着普普通通的生活。整个文学界听惯了尖啸刺耳的枪炮声,写惯了触目惊心的丑闻,看惯了大画面粗线条,像曼斯菲尔德那样敢用普通人家的普通一天作为小说素材,用细节抓住读者的关注,需要胆略,更需要高超的艺术表现能力。英美后来的很多作家继承了这种让普通生活"陌生化"、透过普通生活达到洞见的小说创作方法。可见曼斯菲尔德开创的新的表现模式,具有经久不衰的影响力。

曼斯菲尔德是位不同凡响的作家。她的观察视角独特,一切犹如"一个睁着无辜大眼睛的小女孩"所见;她的叙述没有预先设计的图稿,脚下为径,体势自成;她的语言具有抒情色彩,具体而朦胧,质朴而谐美,充满灵气与神韵;她的构图截取生活全景中的几个细小场面,巧妙拼合,具有印象派风格。她没有莫泊桑的阔达,也没有契诃夫的广博,但她在自己小小的园地里精耕细作。她曾写道:"我将写完一篇以金丝雀为主角的小说,我感到简直像自己曾在笼中生活过,在啄一片繁缕。"可见,曼斯菲尔德将自己完全融进了小说。难怪有人认为,她的作品是用"生命之血写成的"。

曼斯菲尔德的一生是在极度心理痛苦中度过的。这在她几百封书信和几百页日记中赫然可见。她在一个与自己气质格格不入的社会中独自挣扎,在承受病痛的同时又承受着日益面对死亡的巨大精神压力。她能如此理智敏锐地思索人生,又能以如此坚强的毅力进行创作,实在难能可贵。麦考密克指出:"对新西兰人来说,她之所以重要,是因为她精确而高超地将新西兰生活和风貌的一部分做了表达。对新西兰作家来说,她是为文学献身,永无止境地追求正直与完美的榜样。从最高层意义上讲,没有这种素质,文学也将无法存在。"

凯塞琳·曼斯菲尔德清楚地知道小说家的任务和宗旨。她所取得的正是她希望攀及的高度。她从一个与众不同的角度揭示生活真理,使凡人琐事得以升华,产生深刻的艺术内涵,引出发人深省的哲理。她是新西兰作家中的佼佼者,是现代短篇小说发展的里程碑,对整个英语文学做出了不可磨灭的贡献。

第七章

民族文学的兴起

一

民族文学兴起的社会大背景

20 世纪 30 年代是新西兰文学最值得大书特书的时期。以弗兰克·萨吉森和约翰·马尔根为代表的新一代青年作家登上文坛,标志了承前启后的重大转折,宣告了殖民文学的落潮和民族文学的兴起。

既然有记载的新西兰史从英国殖民开始,那么,毛利口头文化外的前期新西兰文学,无疑主要也是欧洲进口品或仿制品,而不是本地出产的品牌。即使成就最大的凯塞琳·曼斯菲尔德,也只得走出新西兰,到欧洲去追随现代主义文学的潮流,才取得了巨大的文学成就。但这种现象到了 30 年代出现了根本的改观。随着时间的推移,海外文化与本土文化,即大英帝国的殖民文化与新西兰民族文化之间,矛盾与冲突变得激烈,而后者正逐渐变得强势,成为主流。

19 世纪 90 年代的民族文学运动虽有熠熠星火,但未能形成燎原之势。当时的舶来文化仍占压倒优势,表现民族思潮的民族文学难成持久之势。但 20 世纪30 年代的情况则有所不同。动荡的社会大背景养育了一大批杰出的青年作家和诗人。他们异军突起,所向披靡,打破了殖民地文化的坚冰,使文坛顿时柳暗花明,生机盎然。萨吉森、约翰·马尔根、约翰·李(John Lee)、罗宾·海德、贝瑟尔、R. A. K. 梅森、艾伦·柯诺、费尔伯恩、丹尼斯·格洛弗(Denis Glover)等形成了新一代民族文学作家群。他们不做"英国梦",立足本土,观察反映现实社会和现实生活;他们从新西兰人的眼光出发,分析探讨新西兰人面临的问题,将文学重心转移到了民族文化和批判现实主义之上。正是在这个意义上,他们竖起了新文学的大旗。

但更确切地说,不是这些作家的天才扭转了一个国家的文学方向,而是社会的发展造就了这一批优秀作家。文学的转向反映了社会和人们的认识和态度的巨变,而敏锐的作家则善于捕捉、提炼、综合、表达这种或是突发的或是潜移默化的变更,用文笔奏响时代的旋律。进入 20 世纪以后,新西兰社会几经波折,在多变的社会和政治气候中,民族文学的幼芽破土而出。一些作家和诗人挣脱传统文化的束缚,勇敢地探索表现真实生活的文学新路。接踵而来的三大事件——第一次世界大战、民族主义运动和经济大萧条——构成了民族文学兴起的主要背景。

第一次世界大战

第一次世界大战是一场西方列强瓜分势力范围的械斗。用史学家辛克莱尔的话来说,新西兰卷入大战只是出于"孝子之心"。但为宗主国尽孝道,新西兰付出了昂贵的代价。五万八千名士兵在国外伤亡,这就是说,在一个人口仅百万的小国,每 17 个新西兰人中就有一个或战死疆场,或被抬着回来。死亡总数高于比利时,而比利时不仅人口超过新西兰六倍,而且还是大战的主要战场之一。

全国适龄男子几乎近半数当了兵,要在军队中供养他们,新西兰不得不在经济重压之下苦撑苦度,惨重的伤亡又使人们思想上大受震动。他们重新评价这场灾难,批评英帝国迫使新西兰卷入战争的不公正做法,指责本国政府为他人火中取栗,抨击盲目的"爱国主义"蠢行。人们开始认识到,新西兰没有理由继续把自己看成大英帝国的一部分,继续趋炎附势。为英国做出的牺牲给殖民地人民带来了不幸,对母国的信仰危机随之产生。1935 年新西兰工党以"社会主义"为纲领,在大选中首次获胜。工党当选有大萧条助阵的因素,但这至少说明在第一次世界大战以后,大多数人已不愿继续尾随英国亦步亦趋,普遍希望社会改革。从这个意义上讲,第一次世界大战是催化剂,促使殖民地与宗主国之间在政治、经济、文化传统甚至感情上产生了分化。

民族主义运动

19 世纪最后几年中,新西兰担心受到开发较早、国力较强的澳大利亚的吞并,做出了拒绝加入澳大利亚联邦的决定。许多新西兰人顿时意识到,自己是与生活在澳大利亚的欧洲人不同的一个整体,希望与澳大利亚保持相对独立。这种整体感也许是最初的民族意识。19 世纪 90 年代的文学运动并不偶然,可以看作新西兰人的一次努力和尝试,希望在文学上竖起自己的旗帜。随着 20 世纪的到达,尤其是第一次世界大战以后,多方面原因促成了 30 年代民族主义运动。民族文化迅速走向成熟。

首先,20 世纪开初人口剧增,民族自立的愿望随之水涨船高。尤其值得一提的是,当地出生的人口在数量上首次超出移民的前辈。30 年代的青年作家们正产生于这土生土长的一代。他们深知自己是新西兰人,不想拉起英国的大旗;他们比较现实地看待国内的一切,不想把未来寄托在幻想之中,对前辈的创业理想持怀疑态度。这一代人不像他们父辈那样拘泥传统,而具有反叛性格,希望从既定的维多利亚生活方式和思想方式中得到解脱。因此,表达这一代人的要求愿望,塑造这一代人的典型,便成了新西兰文学的新课题。萨吉森的小说《一个新西兰人的成长》("The Making of a New Zealander")正发表于新西兰争取在立法上确定其独立的民族身份之时。他以文学的形式表达了民族运动的呼声。

其次,第一次世界大战后,资本主义工业发展较快,阶级两极分化、城市化也伴随而来。城市贫民直接受到失业威胁,受到商业化的城市环境的压迫,因此比较容易转化为旧秩序的反叛者。文史学家布鲁斯·金(Bruce King)在《新英语文学——

变化世界中的文化民族主义》(*New English Literatures — Cultural Nationalism in a Changing World*)一书中指出:"迅速发展的城市化和工业化往往导致民族主义的产生。……民族主义运动是一项城市运动,但它将乡村认作本源,在民众的态度、信仰、习俗和语言上创造一种民族一体感。"第一批民族文学作品中的主人公,大多数是生长于城市环境,又与城市环境难以相容的青年人,非常具有典型意义。

再者,第一次世界大战后的大英帝国夕阳西下,原先英殖民地各国众叛亲离,要求民族独立的呼声此起彼伏,在国际上形成一股潮流,最终迫使英帝国承认所有自治领为自治的英联邦国,至少在理论上与大不列颠平起平坐。作为这股潮流的组成部分,新西兰的民族运动迅速发展。由于民族自治、民族认同和民族文学之间的密切关联,非殖民化运动又推动了表达民族思潮的文学革命步伐。

经济大萧条

1929 年由纽约股市崩溃引发的全球资本主义国家的大萧条,不仅使新西兰经济面临灾难,而且构成了对殖民政治和文化最直接、最强烈的冲击。三年时间内,国民收入和外贸均下跌 40%,失业率直线上升。其后几年,国民经济深陷泥潭,不能自拔。经济大萧条给人民带来了双重打击,一方面是经济受挫,另一方面是幻想破灭。由于过分依赖畜牧产品出口,新西兰经济对海外经济的起落十分敏感。此外,该国工业实力单薄,金融储备有限,根本无力应对全球性的经济危机,难以招架这头来自欧美的猛兽,只有听其摆布的命运。正如文学批评家怀斯坦·柯诺(Wystan Curnow)在《新西兰文学评论集》(*Essays on New Zealand Literature*)中所说,"经济危机是我们无法拒绝的进口品。"

大萧条激起政治改革的热情,也促成了文学变革的契机。经济危机使很多人认识到,殖民理想只是南柯一梦。这种认识是从记录、猎奇、说教文学跳跃到反映社会的现实主义文学必不可少的精神准备。新认识迫使作家们对社会、对自己做出新评价。他们从灰暗的现实生活中,从受挫失意、迷惘挣扎的下层人民中寻找素材。大萧条不仅造就了成批文学新人,发展了新的艺术形式,开拓了新的主题领域,而且从整体上确定了文学新基调,为民族文学的登基铺设了台阶。

二

文学的新态度与新潮流

作家的新认识

20 世纪 30 年代是文学上对新西兰"再发现"的年代。以社会批判为基调的现实主义文学随着大萧条的到来和持续在欧美复苏。国际文化气候也对新西兰青年作家们产生了巨大影响。表现形式上的现实主义和自然主义，以及表现态度上的左翼政治倾向成为主流。文学转向"小传统"；作家的视野从体面社会转移到了劳苦大众。他们以坦诚的态度正视社会各方面，尤其是那些社会生活中令人不安的角落。于是，城市贫民区、不得志的小人物、社会非正义现象成为文学表现的主要对象。摆脱正统英语，采纳民众方言，也同时成为新文学的显著特征之一。从此，民众语言再也不是表现"地方色彩"的装饰，而成为新文学表达的主要媒介，堂堂正正登上了舞台。马克·吐温采用密西西比河流域的方言，开创了美国现实主义文学之先河。在新西兰，弗兰克·萨吉森是新的文学语言的奠基人。

从 20 世纪 30 年代起，作家们开始走上职业化道路。文学创作不再是茶余饭后的闲暇爱好，而成为一项严肃的专业。读者文化层次的普遍提高，也对作品的主题内涵和文体风格提出了更高要求。另一方面，作家们则以认识生活、反映社会现实为己任。整个大气候将新西兰文学推向成熟，推向深层。社会的巨变，不仅激起了气势磅礴的文学大潮，而且将其引入了新的渠道。

《凤凰》杂志周围的青年作家

新文学的第一个信号来自 1932 年创刊的《凤凰》杂志（*Phoenix*）。该刊由奥克兰一些文学青年创办，推崇 D. H. 劳伦斯、T. S. 艾略特等当代欧洲大师和本国的凯塞琳·曼斯菲尔德。随着大萧条的延续，R. A. K. 梅森担任主编，《凤凰》更加转向左翼，除了为左派文学摇旗呐喊外，也用大量篇幅讨论政治、经济和国际问题。

《凤凰》只出版了四期，除少数诗歌外，大多作品已被人遗忘。但它却是旧文学灰烬中飞起的新生命，是一个重要的起端，是文学新潮的宣言，从这里开始了整个 30 年代蓬蓬勃勃的民族文学运动。《凤凰》停刊后，为该刊撰稿的青年作家们并未因此偃旗息鼓。他们转向其他杂志继续表达自己的声音，如 1934 年创刊的《明日》杂志（*Tomorrow*）和 1928 年创刊的《新西兰艺术》（*Art in New Zealand*）。

与前辈相比，《凤凰》周围聚集的青年作家显示了自己鲜明的特点。他们较少受传统的束缚，教育程度更高，对文学更加充满信念，对社会更抱批判态度。《凤凰》所在地奥克兰很快成为新文学之都，造就了萨吉森、约翰·马尔根、约翰·李、罗宾·海德、罗德里克·芬利森（Roderick Finlayson）、费尔伯恩和梅森等一大批优秀的作家和诗人。

由于丹尼斯·格洛弗在克赖斯特彻奇创办了以出版文学作品为主的卡克斯顿出版社（Caxton Press），该市也崛起成为新西兰的另一个文学中心，一北一南，遥相呼应。克赖斯特彻奇主要是诗人之乡，贝瑟尔、艾伦·柯诺、格洛弗等名字为这个南岛港城增添了光彩。但奥克兰历来是政治、经济、文化重镇，对新事物较为敏感,与美国联系较多,因此在新文学运动中一直起着导向作用。

三

新文学的开路先锋

弗兰克·萨吉森和约翰·马尔根

弗兰克·萨吉森(Frank Sargeson, 1903—1982)主要是个短篇小说作家,从 20 世纪 30 年代中期开始发表作品,以崭新的主题和风格为新文学做出了开拓性的贡献,享有"新西兰民族文学之父"的美誉。约翰·马尔根(John Mulgan, 1911—1945)以反映小人物遭遇的长篇小说《孤独的人》一鸣惊人,成为 30 年代文学的中坚人物。这两位作家是新兴的民族文学的杰出代表,在新西兰文学史上具有举足轻重的地位。我们将在第八章对他们的生平与创作进行专门讨论。

约翰·李

约翰·李(John Lee, 1891—1982)是 20 世纪 30 年代左翼作家的代表人物,是率先冲破英国文化绊羁的小说家。他出生于达尼丁,年幼时父亲弃家出走,家境极度贫困,只接受过四年的学校教育,曾多次因偷窃而入狱。他参加过第一次世界大战,并为此失去一条手臂。战后,他成为工党议员,写下的政论作品要比小说更多。进入 30 年代大萧条时期,他作为一名左翼作家而负有盛名。1940 年,他因写文章抨击首相而被工党开除。在后来的十年里,他继续在杂志上发表文章,陈述自己的左翼思想。从 50 年代起,他成为有名的书商,同时继续从事写作。

约翰·李的主要文学成就是发表于 30 年代的三部自传体长篇小说。大萧条迫使作家们调节观察焦点,反映该时该地的事件与人物。约翰·李的小说最早反映了文学中出现的这种新趋向和新态度,对旧文坛形成了巨大冲击。

约翰·李发表于 1934 年的《贫民的孩子》(*Children of the Poor*)首次将城市无产者形象搬进了小说作品。小说根据作者自己的生平写成,第一人称主人公阿巴尼是作者的化身,他的经历也是作者自己的成长史。小说透露了这位工党议员生平中一些不为人知的信息:他不仅出生于贫民窟,而且自己曾进过少年教养院,姐姐是妓女,祖母是酒鬼。真相大白之后,此事成了轰动一时的丑闻。一个政界要人的历史背景居然如此不清不白,保守的新西兰人对此感到震惊,也感到难以容忍。

约翰·李看到,受 30 年代大萧条打击最重的是社会下层的小人物。他决心将自己的不幸遭遇写成小说,揭示社会的黑暗,批判社会上的不公正现象。他的后两部小说《被追捕的人》(*The Hunted*，1936)和《从平民到士兵》(*Civilian into Soldier*，1937)继续以自己的生平为素材，叙述阿巴尼的故事，组成一个三部曲。但这两部小说的社会影响远不如前者。约翰·李的三部曲讲述了一个少年在冷酷而非正义的社会中成长的真实故事。阿巴尼聪敏，有勇气魄力，但也时常因贫困所迫而误入歧途。作者试图以他的小说说明，许多社会病疾和个人恶习，其根源都可追溯到贫富不均的社会分配方式。

约翰·李主要是位 30 年代的作家。他于 70 年代发表的小说《士兵》(*Soldier*，1976)是 1918 年在英国疗伤和康复期间所写，讲述作家的战争经历。身后出版的《政客》(*The Politician*，1987)是 30 年代写下的作品，主题的选择与他从政的经历有关。在 40 年代，他曾发表长篇小说《美国佬来了》(*The Yanks Are Coming*，1943)和短篇小说集《与闪光体一起闪耀》(*Shining with the Shiner*，1944)，但影响不大。《贫民的孩子》，尤其是后两部续集，文体上介于传记、小说和政治宣传的边缘，其中不少描写缺乏与故事和主题的有机联系，非小说的纪事多于提炼和创作，不加掩饰的政治说教也往往分量偏重。因此，对这三本长篇小说的价值，批评界仍然众说不一。

有人认为约翰·李的创作水准下跌到了简·曼德之前的时期，这一定论有欠公正。他探索的是前人未曾涉足的领地，无先例可范，创作手段上不免带有实验性质。表现手段上的欠缺，不足以抵消小说的总体价值。小说中部分段落的描写与某些人物的塑造十分精彩，说明约翰·李具有文学创作的非凡才能和巨大潜力。但他似乎对小说创作的一个基本原则不以为然，即文学主题应艺术化地加以反映，而代之以直截了当的事件记录和社会声讨。作家对社会的不公怒声呵斥，不给读者机会去在素材的组合中体验作品内在的张力，这样的表现实际上削弱了小说的批判力量。

背离传统、代表文学革新的新西兰作家，往往从美国作家中寻找样板。萨吉森从舍伍德·安德森的作品中汲取养分；约翰·马尔根师从海明威；而约翰·李则深受厄普顿·辛克莱和杰克·伦敦这两位作家的影响，前者是著名的"揭丑派"(muckrakers)，后者自然主义色彩浓烈。《贫民的孩子》同辛克莱的《丛林》(*The Jungle*)一样，都因对社会阴暗面加以毫不留情的揭露而激起强烈的社会反响。两位作家的激烈政治态度有时压过了小说所能承受的限度，而艺术上又给人以不修边幅的感觉。新西兰文史学家 J. C. 雷德认为，约翰·李"像公牛一样挺着尖角冲向温文尔雅的新西兰小说传统，使之溃不成军。"就像辛克莱一样，他扛起社会批判的现实主义文学的大旗，为破旧立新冲锋陷阵，这方面功不可没。

罗宾·海德

罗宾·海德(Robin Hyde，1906—1939)真名叫艾丽斯·吉弗·威尔金森(Iris Guiver Wilkinson)，出生于南非，幼年随父母移民到新西兰，后在惠灵顿女子学院和维多利亚学院学习，毕业后她先后为《农民导报》(*Farmers' Advocate*)、《自治领》(*Dominion*)杂志工作，后又任《新西兰观察家报》(*New Zealand Observer*)编辑，也为这些报刊撰稿，发表自己的作品。她家境贫困，膝盖伤残，恋爱时怀孕被遗弃，紧接着新生儿夭折。一系列的打击曾使她多次住进精神病院治疗。海德1938 年曾经中国香港到大陆战场，目睹了残酷的战争现实。几个月后回到英国，继续遭受疾病和贫困的折磨，次年服毒自杀，直接原因不明。她笔下文学创作的火苗正熊熊燃起的时候，被她自己扑灭了，去世时年仅 33 岁。

海德是个小说家，也是诗人、记者。她的五部小说和两本主要诗集都是在1936 至 1938 年间，即生命结束前最后三年中完成出版的。这说明海德具有惊人的创作潜力。海德的第一部小说是《地狱通行证》(*Passport to Hell*，1936)，两年后发表续集《岁月包容》(*Nor the Years Condemn*，1938)。这两部小说继约翰·李之后，进一步反映和探讨了新西兰下层社会的问题。小说以奥克兰为背景，主人公斯塔克是印第安人和白人的混血后代，也像约翰·李的阿巴尼那样进过少教院，后又蹲过监狱。斯塔克 16 岁参军，因作战勇敢，法庭决定不咎前愆。经过四年出生入死的戎马生涯，斯塔克幸存回到家乡，但却被社会遗弃，在大萧条的凄风苦雨里徒然挣扎。海德的这两部小说塑造了一个反英雄角色。他在人生迷途中东奔西窜，出没于贫民窟、酒吧、监狱、战场之间。通过这个中心人物的颠沛一生，海德再现了 20 世纪头几十年风云变幻的大背景。比起约翰·李来，海德的小说更加丰满、严谨，也更加顺畅。但她叙述比较平直，常暴露出当记者的职业习惯。

历史小说《将你一军》(*Check to Your King*，1936) 是新西兰历史人物查尔斯男爵的长篇生平传记，也是海德最成功的作品。查尔斯是个极具传奇色彩的法国贵族，天真但勇敢无畏，滑稽而又令人肃然起敬。他于 1822 年通过一个传教士购得新西兰四万公顷土地，1837 年带着宏大的抱负来到这个岛国，企图在这四万公顷土地上为英国移民和毛利人创建一个乌托邦理想社会，并自命总督。海德以同情和幽默的笔调，描写了他梦想破灭的过程，在这个 19 世纪的故事中反映了 20世纪的新认识。海德对历史文献做了大量严谨的考证，因此《将你一军》既有传记的真实性，又有小说的典型化和戏剧化，将查尔斯男爵及其周围人物栩栩如生地再现于读者的眼前。

《温丝迪的孩子们》(*Wednesday's Children*，1937)与上述两部小说的风格大相径庭。作品塑造了一个叫温丝迪·吉尔菲兰的老处女，不乏幽默，但人物比较模式化。作家较多描写女主人公头脑中不加节制的臆想。

海德的最后一部小说《飞翔的塍鹬》(*The Godwits Fly*，1938)具有浓烈的自传色彩，是一部重要的探索民族归属的早期小说，超越了前几部作品，具有相当高的文学价值。小说初稿写于 1935 年作者在奥克兰精神病医院住院治疗期间，后几经修改，于 1938 年出版。这是一部关于一个新西兰年轻女性和她一家的故事，是文学史上的重要成就。作者对女性的孤独和异化的描写,使这部作品达到了与约翰·马尔根《孤独的人》比肩的地位。小说的主人公伊莉札·汉内是个具有创作才能的女子,为了发展自己的潜能,她不得不与束缚人们思想的清教传统进行斗争,结果被社会孤立。生活的曲折,反使她的观察更加敏锐,情感更加充沛。她终于成为一名为失败者讴歌的诗人。海德的小说记载了伊莉札颠簸的一生经历:从童年到青春;从爱情失败到怀孕后独自出逃,漂泊到澳大利亚。除了伊莉札之外,小说还塑造了汉内一家人物群像,重现了惠灵顿一个中产阶级家庭的生活细节。伊莉札的父亲是个激进的社会主义者,而母亲是个极端守旧派。他们的婚姻将不同的社会理想和政治态度卷进了家庭生活之中。通过对汉内一家人的描述,作者反映了第一次世界大战前后社会与政治生活的风风雨雨,以及一代人的思想态度。书名中的鹡鸰是一种候鸟,象征着新西兰人,在本土意识和移民心态之间、在新西兰和英国两个归属选择中间往来迁飞。《飞翔的鹡鸰》接近于心理小说,对后来的新西兰现代派小说影响很大。著名作家珍妮特·弗雷姆(Janet Frame)是海德的继承人之一,她带印象派风格的小说《猫头鹰叫了》(*Owls Do Cry*, 1957)将海德的创作特点发挥得淋漓尽致。

海德在生命的最后一年出版了《怒龙》(*Dragon Rampant*, 1939)一书。这是她 1938 年抗日战争期间中国之行的回忆录,书中描写了她在日军占领的苏州的恐怖生活及逃亡经历。罗宾·海德在诗界同样享有很高的声誉。早在发表第一部小说的七年前,她已有诗集出版,后又有两集付梓,并留下一集于身后发表,共四册:《凄凉的星星》(*The Desolate Star and Other Poems*, 1929)、《征服者》(*The Conquerors and Other Poems*, 1935)、《冬季的女魔王》(*Persephone in Winter*, 1937)和《海滨庭院》(*Houses by the Sea and the Later Poems*, 1952)。

最后一部诗集是海德过世十余年后由他人整理出版的,文学界评价很高。《海滨庭院》一改前三集的浪漫情调,冲破经典诗歌喻象的束缚,从真实生活中寻找素材,反映内心的真情实感。《海滨庭院》是海德于 1936 年在国内开始创作,后在国外完成。诗歌主要是对往昔的回忆,重现诗人惠灵顿的童年生活,往往使人联想起曼斯菲尔德的小说。由于创作后期诗人身在海外,作品带有强烈的对祖国的爱和对故乡的向往。诗集开卷头几首,如《海滩》("The Beaches")和《庭院》("The Houses")与《在海湾》和《序曲》有异曲同工之妙。作者巧妙地将抒情体和叙事体相结合,不仅描绘了家乡的山山水水,再现了诗人童年充满喜怒哀乐的复杂的心灵小世界,也表达了成年后在感情上对故乡的昔日生活的再发现和再认识。短暂的人生更衬托了罗宾·海德辉煌的文学成就,她是新西兰文学史上最重要的作家之一。

厄休拉·贝瑟尔

厄休拉·贝瑟尔(Ursula Bethell, 1874—1945)出生在英国萨里郡,从童年开始一直往来于新西兰和英国之间，在两地接受教育，也交替在两地工作。直至1919年她才在新西兰的克赖斯特彻奇（又译"基督城"）落户定居，长期与女友爱菲·波伦一起生活。两人都终身未婚，相依为命。

贝瑟尔大器晚成，几乎所有诗歌都是她在50至60岁这十年中创作的，汇成五集，自1929年起先后出版：《写自新西兰庭园》(From a Garden in the Antipodes, 1929)、《幸福的回转》(The Glad Returning and Other Poems, 1932)、《闹鬼的画廊》(The Haunted Gallery and Other Poems, 1932)、《时与地》(Time and Place, 1936)和《昼与夜：1924—1934诗选》(Day and Night: Poems 1924—1934, 1939)。1934年好友波伦去世，贝瑟尔的诗歌创作热情顿然消失。她曾说，波伦是她创作的动力，灵感的火花。贝瑟尔迁出居住多年的庭院，从此除了每周年为纪念波伦而写下几首小诗外，再无新作问世。《时与地》是一本纪念波伦的诗集，也是诗人本人认为最重要的诗集。

贝瑟尔的第一部诗集《写自新西兰庭园》是她流传最广的作品，最初以笔名伊夫琳·海斯出版，在新西兰和英国都受到好评。诗人强调诗集标题中"写自"一词的重要性，认为它有助于描述诗集内容的本质。集子中的诗有九篇是写给一位名叫罗丝·梅休的女性，其他多数诗篇写给一位远在欧洲的朋友。如诗集标题所示，集子中的诗歌涉及的是一个私人空间，以一庭园为小小的背景，通过描写春夏秋冬的四季循环、花草树木的盛衰荣枯及诗人挖土、种栽、浇灌、修剪等园内工作，表达劳动和观赏产生的联想，表达作者的心境和人生感悟。一首首小诗清秀而恬静，幽雅而恳切，像散文那样侃侃而叙。

在四季花木与日常活动的描写背后，诗人常常将她的主题加以引申，联想起地球这个"人类栖息的小小庭园"，而在这个"流放者的家园"中，诗人又看到了"我人生枯荣兴衰的变迁"。诗中的山脉和大海象征大自然的永恒力量，而人生和人的努力则是转瞬即逝的。同时，诗人也表达了对新生命和成长的赞美以及对大自然的热爱。诗集中的诗是诗人观察和思考的结果，能帮助人们用一种更加清晰的视角认识自我，认识新西兰。贝瑟尔虽是株移栽的花木，但她已在新西兰这个"庭园"里扎下根，在南太平洋国的春风秋雨里成长。同时，她又是个辛勤的园丁，为祖国的一花一木培土灌水。从这层意义上讲，贝瑟尔代表了所有在这片土地上生息繁衍，为这片土地耕耘劳作的新西兰人。

贝瑟尔是个虔诚的基督教徒。在《时与地》和《昼与夜》中，宗教喻象比比皆是。表达宗教观念也是贝瑟尔大部分诗的主题。但她拒绝说教，避免浪漫主义的简单化，努力使诗歌的主题思想与意境、语言和形式和谐融洽。《时与地》和《昼与夜》中的诗分别根据四季变更和昼夜交替为秩序编排，从坎特伯雷的山水景色中表现变迁与永恒，表现人生大循环——由生及死，从死亡又获得再生。贝瑟尔的"庭园诗"自然如流，诗人采用了谈话式的语调和节奏。相比之下，她的宗教诗则往往留有刀刻斧凿的痕迹。她力图表达深沉玄秘的生活内涵和哲理，但自然景色和超自然的寓意之间有时缺乏契合。在一些优秀诗作中,两者过渡自然,协调无间。此时,贝瑟尔诗歌的美和力就得到了充分的显示。

贝瑟尔的诗不是文字描绘的山水画。她像雕塑家那样,根据材料和主题逐一确定诗的韵律、形式和语言。因此,她的诗歌千变万化,时而深含不露,时而轻柔妩媚,时而阔达浩瀚。贝瑟尔逝世后,海伦·辛普森(Helen Simpson)选编了她的最后一册诗集《贝瑟尔诗选》(Collected Poems,1950)。辛普森在该诗集的前言中说:"贝瑟尔一直追求用活的语言表达新西兰之声,表达坎特伯雷的自然景观及其在诗人心中激起的涟漪,表达此山此水所包含的亘古的历史涵义。"

R. A. K. 梅森

诗人梅森(R. A. K. Mason,1905—1971)出生在奥克兰,因出任《凤凰》主编而成为20世纪30年代民族文学的先锋。其后,他又担任过《出版消息》(In Print)和《挑战》(Challenge)等刊物的编辑。梅森也是个著名的社会活动家,曾任奥克兰劳工总联盟助理书记和第一任新中友好协会会长。

梅森是个早熟的诗人,不少优秀诗作是在20岁之前发表的。他18岁已卓有成就,出版了诗集《以人的姿态》(In the Manner of Men,1923),次年出版《乞丐》(The Beggar,1924),接着又以《廉价小诗册》(Penny Broadsheet,1925)结束第一阶段的文学创作。有些诗虽不免稚嫩,但都已具备了成熟作品的基本条件,一开始就将梅森的特点表现得淋漓尽致:格式严谨,节奏自然,语言质朴,情感强烈。诗集《乞丐》是孤独者的沉思冥想,诗句哀而动人,表现这些精神上的"孤独者"与世界格格不入、找不到感情依附的内心痛苦。人生孤寂、岁月无情、死亡不可避免等,都是梅森诗歌的主题。诗集《老调重弹:1924—1929年诗选》(No New Thing: Poems 1924—1929,1934)中的第一首,是梅森为自己诗歌写下的注脚。该诗的标题为"痛苦的诗行"("Bitter Verses"):

> 如果这酒,曾为圣玛丽之子
> 带来临终的安抚
> 但却与君口胃难符
> 且莫喝,换杯甘甜的果露。
>
> 因为我那悲痛的诗行
> 乐天派不屑一顾
> 却像海绵浸透苦酒
> 可奉献给蒙难的耶稣。

查尔斯·多尔(Charles Doyle)认为,独立的新西兰诗歌始于1923年,即梅森发表《以人的姿态》那年。梅森的大多数诗歌创作于 30 年代前。除了 1923 至 1925 年的三本诗集外，1934 年出版的《老调重弹》收集了 1924 至 1929 年他在各刊物上发表过的诗作。另一集《黑暗即将逝去》（*This Dark Will Lighten*，1941）收集的大多也是 30 年代前的诗歌。

《老调重弹》标志了梅森的第二个发展高潮。该集中的诗更加成熟丰满，艺术质量达到了前辈同胞所未曾攀及的新高度，即使后来的诗人也常常对其钦佩有加。自《老调重弹》后，梅森在 30 年代发表了少量诗作，主要收录在《一天的结束》（*End of Day*，1936）和《诗歌新作》（*Recent Poems*，1941，与其他人合作）两本集子中，但影响不如早期的作品。

梅森是个立足于 20 年代的诗人，但在 30 年代才成为文坛上的显赫人物。他创作于 20 年代的诗，在新时期产生了巨大影响力。梅森一贯不受英国诗歌传统的束缚，而常常从拉丁经典诗中寻找典故、比喻和象征。他善于从个人经历和感受中提取某种人生启示，诗歌不仅质量高，而且具有鲜明的个性。因此，他的诗完全顺合 30 年代文学上破旧立新的大趋势。

梅森的诗歌主题常常表达人生失意的一面，揭示"人心中的地狱"：未酬的宏愿、被遗弃的爱情及溺爱、堕落、孤独、背叛等。他的诗歌里充满哀怨、痛苦与不满情绪，基调与揭示阴暗面、表达社会抗议的现实主义文学基本一致。梅森虽对社会强烈不满，但不是个愤世嫉俗的人。他在后期诗歌中发现爱的存在，号召人们以仁爱战胜逆境，也表达了冲破《老调重弹》中描绘的吞噬生活、迷蒙人性的黑暗世界的愿望。他在《一天的结束》中说：

> 我将揭去
> 身上的裹尸布
> 在另一个天际
> 重塑新的肉躯……

自大萧条开始，梅森转向马克思主义。1931 至 1956 年间，他为《人民之声》（*People's Voice*）和《挑战》等左派杂志撰写了不少政论文章。与此同时，他也开始剧本创作，写下了话剧《拯救民主》（*To Save Democracy*，1938）和广播剧《乡绅的话》（*Squire Speaks*，1938）、《中国》（*China*，1943）、《难民》（*Refugee*，1945）等。梅森对中国革命一直兴趣极浓，剧本《中国》表达了这方面的关注。梅森的革命思想并不直接反映在他的诗歌中。他不写政治事件或社会大环境，描写的是生活在这一时代的人的感受，从个人的感受中，再反映出整个社会面临的精神困境。他的诗不但没有政治火药味，相反，时常还使人感到弥漫着一种宗教气息和感伤情绪。

梅森的诗歌风格独树一帜。他很好地结合了传统语言与现代口语，经典范例与现实生活细节。他的创作视角也与众不同,小中见大,往往以个人的心绪反射使人忧愁、不安和痛苦的外部世界。梅森为 30 年代的诗人提供了借鉴,带来了信心,也为他们铺设了路基,树立了标杆。

德阿西·克雷斯韦尔

德阿西·克雷斯韦尔(D'Arcy Cresswell,1896—1960)出生于坎特伯雷的一个富裕家庭,曾就读于基督学院,后去伦敦学习建筑,期间第一次世界大战爆发,他加入了英军。虽然他自诩为“新西兰诗人”,但他不是开创新文学的革新派之一。将他归入此章讨论,是因为他在 20 世纪 30 年代的文坛上,是个颇引人注目的诗才。他于 1932 至 1938 年回到新西兰,大部分时间在英国生活。作品除了《赞伍塔序曲》(Zanvoorter Preludes,1959)外,其余均在伦敦出版。

由于性情气质上的不同,克雷斯韦尔不与同代任何作家和诗人往来。文若其人,他的作品也不附随任何文学潮流,关起门来自成一体。诗人费尔伯恩说他在新、旧文化两面夹攻中,躲进了森严壁垒的个人城堡。他对时代的发展和人们的心态变化不屑一顾,以 19 世纪浪漫诗人为楷模,强调诗的语言美和意境美;他不关注现代社会和现代科学技术的发展,崇尚自然和唯情主义。他在文集《依娜·蒂娜·达那摩》(Eena Deena Dynamo,1936)中认为,世界已被自哥白尼以来的科学和理性引入歧途,只有诗人才能拯救世界。在批判城市化和工业化带来的弊端这一点上,克雷斯韦尔无意中与 30 年代文学的社会批判意识取得了一致。

克雷斯韦尔采用传统形式创作诗歌,追求的也是传统定义上的“诗性”。最早出版的《克雷斯韦尔诗集》(Poems,1928)中,读者已经可以看出 19 世纪经典诗歌,尤其是布莱克风格对他的影响。由于克雷斯韦尔一贯厚古薄今,对新诗抱有反感,认为现代诗主体上呈现颓废、异端的倾向,现代诗人们因受后哥白尼理性主义的影响,几乎完全放弃了对美的追求,也放弃了抒情形式,只有像他那样为数不多的诗人,依然坚持发挥诗人的作用。继承传统因此成为他观点的组成部分。他的代表作《里特尔顿港》(Lyttleton Harbour,1936)采用十四行诗形式,格律讲究,语言古雅,但描写的则是当地题材,诗中充满恋古情怀和对现实的不满。他是 19 世纪浪漫主义诗人的继承人,强调大自然,也强调诗人的灵感以及诗歌的道德和教育功能。

此后,克雷斯韦尔 20 年无重要诗作出现。但自 50 年代中期开始,他四年中连续出版七册小诗集:《乎鲁内远航》(The Voyage of Hurunui,1956)、《胡言诗集》(Poems for Poppycock,1957)、《诗与塞浦路斯》(Poetry and Cyprus,1957)、《利安达:一首挽歌》(Leander: An Elegy,1958)、《胡言诗集续》(More Poems for Poppycock,1959)、《他们被戴上铁镣》(They When in Irons,1959)和《赞伍塔序曲》。克雷斯韦尔的后期诗虽然弥漫着愤世嫉俗的情绪,但与以往相比,已不那么强烈了。

克雷斯韦尔在 30 年代写下两部自传,其价值不亚于他的诗作。《诗人的历程》(*A Poet's Progress*,1930)和《不速之客》(*Present without Leave*,1939)说明,克雷斯韦尔对散文体写作同样得心应手。前者的出版,使他引起了伦敦文学界的关注;而后者的前一部分是一组发表在《新闻报》上的斯威夫特式的讽刺散文,描写他对这个国家的"发现"。这两部传记不像他的诗歌那样追求高雅趣味,也避免了空洞与说教,但却表现了作者的机智、同情心和无比的坦诚。克雷斯韦尔的诗追求纯美,虽与现实脱节,但还是受到不少人的喜爱。

A. R. D. 费尔伯恩

费尔伯恩(A. R. D. Fairburn, 1904—1957)出生在文学之乡奥克兰,20 世纪 30 年代初是激进的《凤凰》青年作家群的发言人。他与梅森是同代同地人,两人志趣相投,友谊颇深。但作为诗人,两人风格迥异,共性不多。

费尔伯恩的成长过程在新西兰作家、诗人中颇具典型性。他早期诗作虽受 T. S. 艾略特现代诗的影响,但整体上未摆脱传统英诗的框框。1930 年他去英国"寻根",进行文化"朝圣",却发现自己根本不是英国人。他毫不客气地批判了自己的早期诗作,认为乔治时代的诗歌传统是"新西兰诗人的绊脚绳束",应该加以摒弃。他认为新西兰文学应从马克·吐温和海明威等人的作品中汲取有益的经验,因为美国作家已经经历和完成了从政治独立到文化独立的过渡。他号召青年作家全心全意投身到新生活的洪流中去,以自己的真实体验和真实情感,创作出诗歌的新形式和新内涵。接下来的 20 余年文学生涯中,费尔伯恩身体力行,一直为这个目标奋斗。

在英国期间,他出版了第一本诗集:《他不再醒来》(*He Shall Not Rise*,1930)。诗人在集子的注解中说明,其中诗歌大多写于新西兰。但除了偶然提到当地地名外,并无明显的乡土特色。诗集中大多是温情哀婉的抒情诗。但作为书名的最后一首诗《他不再醒来》("He Shall Not Rise")值得注意。在诗集的收尾处,诗人告白于天下,自己将告别昨天,踏上新路程:

> 今晚我收拾起过去的一切
> 掐死了那位面色苍白的青年……

那位"面色苍白的青年"是费尔伯恩以流放的英国人自居的前半生,也是他那些苍白无力的模仿作的象征。他对先前的自我进行了彻底否定,把"过去的一切""收拾"起来后,将先前的自我"掐死"埋葬,让他"不再醒来"。诗人同时宣布,一个面对新西兰现实的新人诞生了。

出版了《郡》(*The County*,1931)和《另一个星座》(*Another Argo*,1935,与艾

伦·柯诺和格洛弗合作)之后,费尔伯恩新阶段的代表作《自治领》(*Dominion*)于1938年发表。《自治领》是反映大萧条时期新西兰生活的诗歌系列,以描写大萧条的场面开始,然后对经济危机冲击下风雨飘摇的社会各领域逐一进行审视:经济体系、教会、报刊、婚姻及家庭生活等。揭露之余,费尔伯恩也平心静气地对历史和现实进行反思,对可能出现的社会灾难发出预警。如其中"占有者"一节,诗人描写了私有意识改变人们的价值观、将人引入歧途的过程。第一人称的"我"有一片土地,上面长着一棵枝繁叶茂的大树,"给劳累者蔽荫/给旅行者憩息/给孩子们安宁。"人们躺在树下点缀着奶白色花朵的草地上,听着鸟鸣雀唱,看着溪流从身边潺潺淌过,共享安乐,"随着地球的节奏起伏"。

然而好景不长,第二节中,"我"砍下大树,做成木桩,将自己的土地围上栅栏,不准他人入内,只有"麻雀闯进空中的隔墙/与我同享这一片荒凉。"最后,"溪流干涸,阳光烤焦了/欢跳的绿草,姣美的花朵。"大树是一个象征。在前一节它象征了生命、和睦、永恒,在树荫下,溪流欢唱,孩子嬉戏,劳工、过路人都是一家。诗人在这里描绘了人与人,人与土地融洽相处的理想图景。然而,诗中的"我"受到产权思想的支配,砍树做篱,画地为牢,将别人与自己及自己的占有物隔开。理想的生存模式被财产所有意识破坏,最后自食其果,导致土地荒芜,人心孤独。第二节的最后几句既是生态遭破坏的写实,又有象征意义,强调物质"占有者"心灵上的凄凉。

《自治领》是费尔伯恩诗作的典型代表。他往往在诗中强调大自然的永恒价值,视其为人类生命复苏之源,是医治社会和心灵创伤的灵药。但他与克雷斯韦尔不同,并不一味排斥人的世界和社会、科技的进步,更不主张返朴归真的乌托邦主义。他不是个逃避主义者,而相反,是个社会改革的鼓吹者。他的诗反映的是普遍存在的精神困惑和不满情绪,但造成困境的是不合理的社会构建和人的私欲。他明确无误地表达了社会革新的宏愿:待到偶像砸碎,烈火燎过,人们将在这片壮丽大地上,"开采砌建新圣殿的基石"。

费尔伯恩主要是位30年代的诗人。20世纪40、50年代出版的诗集,大多是30年代作品的整理再版,如1943年出版的《费尔伯恩诗选,1929至1941年》(*Poems 1929—1941*)和1953年出版的《奇怪的幽会:1929—1941年诗选》(*Strange Rendezvous: Poems 1929—1941*)。1946年的《沾有流氓习气的人》(*The Rakehelly Man and Other Verses*)收录了费尔伯恩各时期的一些优秀滑稽诗。后期代表作《长诗三首》(*Three Poems*,1952)中的第一首,也是30年代已经以单行本形式发表过的《自治领》。

两册收录1929至1941年间创作的诗歌的集子,是费尔伯恩"掐死了那位面色苍白的青年"之后,进入文学新阶段的产物。其中《奇怪的幽会》是一组抒情诗,热情赞颂生活,冷静思考死亡,诚实表达心态,是诗人思想历险的记录。爱和死是这本诗册的主题。他的诗歌常用海、沙滩等作为爱的象征。诗人认为人具有互相信任的本能，也具有产生爱的巨大潜能。费尔伯恩以矛盾的心态描写死亡，诗歌的字里行间常表现出一种无言的恐惧和朦胧的向往。作为30年代新诗潮的代表人物，费尔伯恩的地位无可争议，但他诗歌的浪漫倾向依然相当明显。

《长诗三首》中除了"自治领"外，另两首长诗之一是《航行》（"The Voyage"）。《航行》实质上是以同一主题串联起来的一组短诗，各首内容、形式、基调均有所不同。诗人认为该组诗歌是"关于信仰和工作"的严肃之作，其中航海引申出人生历程的广泛象征含义。最后一首《致荒原的朋友》（"To a Friend in the Wilderness"）摒弃了前诗所用的象征、讽喻等手法，态度更加明快直爽，观点更加坦诚现实，是诗人对自己常写的主题——爱、死亡、自然及人类困境等的成熟的反思。

不少评论家将《致荒原的朋友》视作新西兰最优秀的长诗。"朋友"是个叛离文明社会、皈依自然的虚拟人物，代表了诗人所向往的与大自然朝夕相处、与尘世无争的生活。费尔伯恩憎恨城市的喧噪、社会的不公，但他在年龄上、思想上都已比30年代成熟了许多。出现在《自治领》中的愤世嫉俗已经不见，诗人不再将自己看做局外的批判者，而把自己与全体民众视为一体：

> 我无法切断家系
> 销毁史证
> 割除人生根基。
> 这世界是我的世界
> 人民是我的骨肉，我的同谋
> 我同他们共担罪责。

这首长诗是诗人的"内心独白"，写于作者逝世前不久，可以看做费尔伯恩对自己一生带概括性的总结。诗中写道，他属于这个国家，对其既无所求，亦无所恨，而只负有作为该民族一分子的义务：

> 落叶归根
> 岂能宣布对大地的占领
> 或者责怪
> 起自九天的风？

除了诗作以外，费尔伯恩还发表了大量杂文和书信，也出版过各类小册子。近期发表的费尔伯恩作品目录长达117页，可谓多产之至。但他的主要成就是诗歌创作。他的诗寓意深沉，内涵丰富，诗风轻盈飘逸，柔美撩人，在新西兰国内文坛享有盛誉，也在其他英语国家受到青睐。

艾伦·柯诺和丹尼斯·格洛弗

柯诺与格洛弗都在 30 年代起家,是新文学运动的支柱人物。但两位诗人在时间上、主题范围上都不局限于 30 年代。他们几十年笔耕不辍,著作等身。格洛弗直到 1979 年,柯诺至 1990 年还仍有诗集出版。我们将在第九章对这两位诗人进行专门讨论。

20 世纪 30 年代是文才辈出的十年。新西兰文学突然跃入了空前兴旺的繁荣时期。先前的涓涓滴滴,此时汇成了民族文学的滚滚大潮。新的作家群已经形成,他们的小说与诗歌与以往的作品已不可同日而语。突破的方面主要表现在:一、文学主题转向现实生活,作家面对社会矛盾,文学中排斥了乐观基调;二、描写对象和读者市场都转向本土,文学使用本土语言,舶来文化不再成为主宰;三、塑造了令人信服的典型环境和典型人物。

大萧条前后的新西兰社会经历了一个十分重要的历史阶段。政治上,要求独立的民族意识正在动摇殖民主义的精神和文化控制;经济上,资本主义工业的发展导致了矛盾与危机,新西兰人民深受其害;文化上,人们开始摆脱宗主国传统,探索民族文化的新领域。

变革的时代,产生了变革的要求和行动。战争动乱、社会动乱和经济动乱迫使殖民文学急急退场。与此同时,迅速成熟的民族意识促成了新民族文学登台亮相。如果说殖民时期文学是以浪漫主义的"英国梦"为精神支柱的话,那么,大萧条给新西兰人带来的幻灭,则把文学推上了现实主义的民族文学的轨道,完成了一个十分重要的转折。新西兰文学从此在任何定义上都不再是英国文学的附属,而是破土而出的一棵新苗。

第八章

弗兰克·萨吉森和
约翰·马尔根

弗兰克·萨吉森

新时代的代言人

弗兰克·萨吉森(Frank Sargeson，1903—1982)原名诺里斯·戴维，是新西兰最著名的小说家之一，在新西兰文学史上具有特殊的重要意义。他与曼斯菲尔德不同，曼斯菲尔德的国际知名度更高，而且对萨吉森本人也产生过某些方面的影响，但是萨吉森是新西兰文学转折的轴心人物。两位文学大师相隔仅一代人，但这 20 年正是社会大变迁的时代。

历史将萨吉森造就成了一个与曼斯菲尔德截然不同的作家：曼斯菲尔德在欧洲文化中心成名，萨吉森立足于本国；曼斯菲尔德主要为欧洲读者创作；萨吉森以本国同胞为读者对象；曼斯菲尔德的部分作品取材于欧洲，萨吉森是个地道的乡土作家；曼斯菲尔德的新西兰小说以记忆中的维多利亚后期惠灵顿中产阶级家庭为背景，萨吉森将其视角转向小城市的下层阶级；曼斯菲尔德部分地融入 20 世纪前 20 年欧洲的文学现代主义，而 30 年代复苏的文学现实主义则是萨吉森作品的特征。萨吉森的小说明确无误地体现了新西兰民族文学的一些主要特征。

萨吉森提笔写作时，人们已经经历了第一次世界大战和经济大萧条的凄风苦雨，思想观念发生了巨变，传统意识受到了年轻一代的挑战。第一代移民寻找世外桃源的梦想，已在大萧条中幻灭。人们在逆境中更加深刻地认识了自己的民族和国家。社会意识中出现的变化，牵动了文学大转向。新文学运动需要有一位不仅具有高超的表现功力，而且具有敏锐的社会洞察力并熟悉乡土语言的作家作为其代言人。弗兰克·萨吉森被时代大潮推出，他的社会批判小说应运而生。

走上文学道路

萨吉森 1903 年出生于哈密尔顿的一个正统"英式"家庭。父母家训严格，不允许任何偏离英国中产阶级道德准则和生活规范的越轨行为。但是年轻的萨吉森从实际社会生活中接受了另一方面的教育。他从哈密尔顿高中毕业后，进入大学深造。刚满 20 岁，就找到了助理律师的职务。萨吉森说，如果按照他父亲设计的路线走下去，前程也许一帆风顺，优裕的生活不难企及。但他认为，这种古板而毫无生气的安逸生活意味着精神死亡。他不相信现存的社会环境是天经地义、不可更变、不容怀疑的客观现实，毅然离开了刚在脚下铺开的坦荡大道，拐进了荆棘丛生的未开垦地。在那里，他独自耕耘，开始了文学拓荒，但收获却是多年以后的事情。

这些年中，他彷徨苦闷，思索人生，探寻答案。他参加过共产主义青年组织，后又离开，最后于1927年离开家乡去英国寻根。但他发现，欧洲的现实与新西兰人头脑中的"样板社会"截然不同；也发现自己与该社会格格不入。次年，他两手空空返回新西兰，面对的不仅是父母的冥落，而且是即将爆发的长达十年的经济危机。但对于萨吉森的文学前途，这一年具有举足轻重的意义，因为他终于明白自己应该面对新西兰的生活，别无抉择："我毕竟是个新西兰人，应该在自己的国家立足生存，因为无论是好是歹，我命定属于这块土地。"这一认识使他坚定了走文学道路的信心。他决心以小说为手段，让更多的同胞乡亲认识他们自己所处的环境，丢掉幻想，面对生活的挑战。大萧条为他的文学作品提供了社会大背景。布鲁斯·金指出："萨吉森走过了很多英联邦国家作家都走过的路：反叛墨守成规的中产阶级家庭，流亡欧洲，发现自己的真正归属，然后带着新意识返回故里，成为殖民地社会的批判者。"

萨吉森小说的特点

在大萧条岁月中，萨吉森为了维持生计，从事过各种体力劳动——当过农场帮工、菜农、送奶人、餐厅助理、打杂工等。他也一度登记失业，申请社会救济。这些经历使他有机会深入下层社会，了解人民大众，观察他们的生活，熟悉他们的语言。萨吉森说，在打杂工的一长段时间中，他总是"留一只耳朵听工人们讲话"。因此，他对当地民众语言的词汇与节奏了如指掌，并以劳动者的口语为基础，创造了新的文学语言，土而不俗，与小说人物、环境水乳交融。此外，他的小说往往采用第一人称叙述，读者犹如听人倾诉其经历感受，情真意切。30年代的新文学若无新的文学语言与文学形式，亦将难以成型。因此，新文学的先驱们除了发现新主题、表达新态度以外，也同时寻找与新主题、新态度相一致的表达形式。这方面，萨吉森的早期实验取得了令人信服的成功。

萨吉森的小说往往取材于大萧条时期的生活体验。小说背景是他熟悉的小城镇，小说人物往往如同当时的萨吉森一样，是个单身劳工。他们从事的是作者本人曾干过的职业，思考的也是曾引起作家本人深思的问题。短篇小说《攀上楼顶，再下来》（"Up onto the Roof and Down Again"）多年后被作者收进自传《只此一回》（*Once Is Enough*，1973），成为其中一节。可见小说与传记之间有时差异甚微，说明小说人物与作者本人的经历有着千丝万缕的关系。但这并不等于说萨吉森的小说就是自传。其实，小说中第一人称的"我"与作者本人相去甚远。萨吉森大器晚成，过了而立之年才刚刚有作品付梓。他是对人生经历深思熟虑之后才进行艺术表达的。提笔写作时，萨吉森已超越了小说中的"我"的认识水平。他的小说主人公往往是第一人称的"无知叙述者"（naïve narrator），仅处于对个人和社会认识的萌芽状态，面对问题若有所感，若有所思，但还没有清醒、深刻的认识。

以一个处在认识边缘地带的人物叙述他的经历感受，通过他朦胧的眼光来观察社会，这是萨吉森小说的鲜明特点之一。这种"不见全豹"式的交待更强调读者的作用，要求读者投入自己的想象，积极参与解读，在叙述者低水平的认知层次与期待读者更高认知层次的落差中，获得内置的戏剧性讽刺的效果。美国作家舍伍德·安德森以这种"低调陈述"为小说特色，影响了很多后来的作家，包括远在新西兰的弗兰克·萨吉森。

创作前期与后期

弗兰克·萨吉森的文学创作主要分为两个阶段。他从 20 世纪 30 年代中期起家，从 1935 至 1945 年十年间写下了一批短篇小说，主要收集在《与叔叔的谈话》（*Conversation with My Uncle, and Other Sketches*，1936）和《男人和他的妻子》（*A Man and His Wife*，1940）两本集子中。40 年代前期，他写下两部中篇小说《当风吹起的时候》（*When the Wind Blows*，1945）和《那年夏天》（*That Summer, and Other Stories*，1946）。从结构、故事和人物发展来看，这两部中篇均属于拉长的短篇小说。因此，萨吉森的创作前期是短篇小说时期。这批以大萧条期间小城镇为背景的小说数量不大，而且每篇篇幅短小，有的只有两三页。根据琼·巴特利特（Jean Bartlett）的萨吉森创作年谱，萨吉森 1935 至 1945 年间共发表 57 篇作品，算不上多产。但这些小说创造了新风格，不落俗套，使人耳目一新。诗人德阿西·克雷斯韦尔称萨吉森短小精悍的前期作品为"现代寓言"，并将它们比作一群黄蜂。这群黄蜂的嗡嗡声虽不洪亮，但打破了文坛的沉寂；它们的利刺虽非刀枪，但却能螫醒在梦想中酣睡的人们。

萨吉森的后期创作以长篇小说为主。从 50 年代起，他发表中、长篇小说共七部：《我梦中所见》（*I Saw in My Dream*，1949）、《我亦如此》（*I for One …*，1954）、《一个劳工的回忆》（*Memoirs of Peon*，1965）、《遗物》（*The Hangover*，1967）、《虫的欢乐》（*Joy of the Worm*，1969）、《今日英格兰人》（*Man of England Now*，1972）和《日落村》（*Sunset Village*，1976）。除此之外，萨吉森还创作过两部剧本：《播种时节》（*A Time for Sowing*，1961）和《摇篮与蛋》（*The Cradle and the Egg*，1962）。这两部剧本后以《与天使角力》（*Wrestling with the Angel*，1964）为书名一起发表。70 年代，萨吉森发表了三部颇有分量的自传：《只此一回》、《绰绰有余》（*More Than Enough*，1975）和《永不知足》（*Never Enough!*，1977）。

关于大萧条的早期短篇小说

萨吉森虽然起步较晚，但艺术生命很长，是个多产作家。虽然他的前、后期作品犹如春兰秋菊,各具风采,但是萨吉森的主要成就来自数量有限的早期短篇小说。

短篇小说《一个好心人》("A Man of Good Will")很有代表性地说明了萨吉森所有早期小说的主要创作特征,也反映了从殖民地文学到民族文学转折中最重要的两个方面,即文学人物和文学主题的变化。如同萨吉森的大部分早期小说一样,作品取材于作者亲身经历的事件。萨吉森在他叔父农场帮工时,正逢大萧条。他叔父连年剪下羊毛堆进仓库,宁可眼看着羊毛油脂下沉,毁坏成包的羊毛,也拒不廉价售出,因为他认为羊毛价格是"对他劳动的侮辱"。萨吉森知道,只有被逼入绝境的人,才会咬牙切齿地做出这种带偏执狂色彩的事情,在不合常理的行为中发泄内心的绝望。

小说对此事件进行了加工:主人公威廉斯以种植西红柿为生,大萧条中一落千丈的售价刺痛了他的心。他一言不发,天天挥汗苦干,把收下的西红柿整齐地垛成一堆,拒不卖出。除了羊毛换成西红柿,置人于更紧迫的困境中之外,两个事件十分相似。但小说包含了更加深刻的寓意,人物也比生活中的原型更加典型化。成功的人物塑造和有机的象征手法,烘托了社会批判的深刻主题。讲述者"我"是威廉斯新雇的唯一帮工。因为中学毕业一直无法找到合适工作,父亲出于无奈,答应他给一个他们看不起的"怪人"做帮工。"我"在穷雇主那儿学到了学校和家庭环境中未曾学到的新道理。回家后,"我用他说的话来反驳父亲,常惹得他发火。有些人一听到同报纸上不一样的话就坐立不安,我父亲恐怕就是那号人。"

小说中的三个人物很有代表性。威廉斯具有独立的思想和人格,按自己的方式行事:生活上,他不甘当工资奴隶,辞职种菜,自立谋生;他的言行与"正统"相悖,代表了讲述者向往的一种生活。父亲虽不过分富足,但却具有中产阶级成员的典型特点,是个来自旧大陆落后于时代的"英国绅士",保守执拗,对新思想惶惶不安。而站在威廉斯和父亲代表的两个世界中间的,则是萨吉森各篇小说中经常出没的青年人。他贪婪地汲取那些"截然不同但又很不理解"的新内容,与父亲的对立已开始公开化。在殖民地后期新西兰这个典型环境中,这些人物都具有代表意义。

小说的主题思想是资本主义经济给新西兰人带来的理想破灭。威廉斯虽不想发财致富,但确实渴望以自己的诚实劳动,换回一个平平安安的小家庭生活:"男人在园里干活,老婆在家中料理,孩子在摇篮安睡。"他断绝一切闲暇娱乐,夙兴夜寐,积足本钱在城郊买下一块小园地种植西红柿。具有讽刺意味的是,为了实现这个小小的奢望,他首先得放弃结婚,把钱存起来。当西红柿长势喜人,成为他希望所在时,他又遭到了经济危机的当头棒喝。大萧条中罐头厂倒闭,西红柿价格"还不够采摘的工钱"。他斗败了,坐在成堆的西红柿前伤心地笑着。理想追求几乎摧残了他的身体,理想破灭使他精神崩溃。年轻的"我"目送着疯疯癫癫的威廉斯被人抬出菜园。这场以奋斗开始、惨败告终的个人悲剧使他感慨万端。

　　由于那堆西红柿的象征，小说变得复杂而深刻。"那不是普普通通的一堆，他把西红柿垛成了一个小金字塔。"这里面包含了多层象征含义。首先，它是劳动者的英雄丰碑。威廉斯舍弃一切，用心血灌溉出了这堆丰硕的果实，这上面闪烁着他勤劳和智慧的光泽。但人类的劳动成果却被突如其来的经济危机所糟蹋。这堆西红柿因此也象征着创造力和摧毁力两者间荒唐婚姻所生的怪胎。从另一层意义上看，这堆西红柿外层光亮鲜艳，但"里面已彻底腐烂"。这又象征了整个社会建筑。小说的真正主人公是一直在一旁观察思索、与威廉斯同喜同悲的青年帮工。对他来说，西红柿垛是他走向成熟的里程碑。他在这个事件中体察了人民的痛苦，看到了"福利社会"的幕后演出，对社会有所认识，对自身处境有所醒悟。

　　萨吉森的小说风格在此可见一斑。他以一个新观念正在形成过程中的青年人物为中心，借助他的视野观察社会，通过他的思考提出问题。萨吉森的小说看似缺少澎湃的激情，没有飞扬的文采，但叙述上的这种故意压制，造成了一种情感上即将爆发之势。他钩玄提要，探幽发微，在不动声色之中使人感觉到汹涌起伏的水底波澜，读来回味无穷。

　　萨吉森早期小说中，反映人民疾苦的作品为数最多。《牛粪》("Cow-pats")讲了两件事情：冬天乡村的孩子们争抢着跑向刚拉下的牛粪堆，将冻红的光脚踩进牛屎堆取暖，以先者为荣；城里，一个老人同样为了取暖，将双手浸入一清洁工刷地板的热碱水中。通过看似无法构成故事的两件互不相关的小事，从农村到城市，从孩子到老人，小说将大萧条带来的灾难表现得入木三分。《加薪》("They Gave Her a Rise")从另一角度表现了下层人民的苦难：工厂发生爆炸事故，当工人的女儿幸存回家，刚刚赌咒发誓不让女儿再去冒险的母亲，为生活所迫，反而强迫惊魂未定的女儿再去没有安全保障的工厂上班。而厂方则给她加了薪，收买人心。于是灾难很快被遗忘。《寻求解答》("An Attempt at an Explanation")写的是一个孩子陪母亲去当铺的事。他们为饥饿所迫，把家中珍藏的一本大《圣经》拿来典押。饥肠辘辘的孩子在当铺外看着小鸟吃虫子，不由心生疑问：上帝为何袖手旁观，不闻不问？为何小鸟有食而他们挨饿？对世事之不平他难以寻出合理的解答。

　　关于大萧条最令人难忘的两篇小说是《一块黄肥皂》("A Piece of Yellow Soap")和《心事》("An Affair of Heart")。《一块黄肥皂》是典型的萨吉森式小说，篇幅短小，以一件事触发某一方面的认识。年轻的讲叙者是个送奶人，每周也为公司向订户收款，但他从未从一个洗衣妇那儿收到过一个小钱。洗衣妇目光呆滞，眼睛"像两块石头"，也不躲避，也不央求，一言不发地站在阶梯上面，泡得又白又胀的手指间，总是捏着一块黄色洗衣皂。送奶人越跟她争执，她把肥皂捏得越紧。这块象征贫困和绝望的肥皂，使送奶人一筹莫展。每一回，他都被洗衣妇手中的"护符"击退。面对这个麻木的洗衣盆的奴隶，他不忍心站在公司的立场上据理力争，进行索讨。讲述人在小说结尾时谴责了人间的不公：

> 她现在已经死了,那个女人。如果她能上天堂,我真不知她是否带着那块黄肥皂。我说不准自己是不是相信天堂或上帝之类,但如果上帝是个有情感的人,我相信当他看到那块黄肥皂时,也会感到无地自容。

《心事》是萨吉森早期代表作之一。小说叙述者回忆童年在海滨沙滩度假时,曾遇到一个挖蚶为生的妇女。她率领女儿们每日顶着海风烈日苦干,唯独独生子乔受她偏爱,养尊处优。20年后,叙述者故地重游,发现老妇居住的那舍钉着挡风麻袋片的屋棚依旧独立于海滩边,摇摇欲坠。由于长年挖蚶,老妇的背已驼成与地面平行。女儿们出嫁了,乔不知去向。被儿子抛弃的老人在棚屋内破桌上备好食品点心,每天黄昏举步蹒跚,去车站等待着乔的归来,日复一日,年复一年,风雨无阻。象征贫困的棚舍依旧存在,而代表希望的乔却无影无踪。几十年的寄托,在大萧条中化成泡影。萨吉森笔下的年轻叙述者观察敏锐,善于发现很多人视而不见的阴暗角落。他虽然偶发议论,但一般不会大声疾呼,或强烈谴责,而是将疮疤揭开,由读者自己对现实做出评判。

关于战争、清教主义的早期小说

第一次世界大战是促成社会意识转变的直接原因之一,而萨吉森的早期小说也常常反映战争。短篇小说《上一次大战》("The Last War")是一篇反思战争的优秀作品,发表于第一次世界大战已经结束、第二次世界大战的阴云正在聚集的时候。就像萨吉森的其他作品一样,小说表层就事论事,由年轻的叙述者回忆"上一次战争"时期几个似乎互不关联的事件:一个男孩认为从蒙斯撤退不是战略转移,而是吃了败仗,因此遭到其他孩子们的折磨虐待;老师告诉学生们,由于众多男青年战死疆场,伟大的事业在等待着他们;母亲邀请一个无腿士兵到家吃茶点,对他殷勤款待;父亲收到自愿上前线的申请表,全家恐慌不安——怕他上前线,更怕他没有勇气填表声明自愿应征,等等。

这些事件中包含了尖锐的讽刺。孩子们无知的战争荣誉感,老师的麻木,母亲"间接奉献"的行为,家庭直接卷入战争的可能性及面对的进退维谷的抉择等,这些零碎的回忆片段,桩桩件件都是对"爱国主义"的战争热情提出的批判,也都是对新西兰人盲目忠诚于宗主国的尖锐讽刺。而那位伤残士兵的沉默和叙述者旧事重提时引起的反思,则都暗示了对战争的截然不同的新认识。

另一篇战争小说《杰克挖洞》("The Hole That Jack Dug")写于第二次世界大战结束时,讽刺更加尖刻辛辣。杰克希望像别人那样为战争出汗出力,做出自己的贡献,于是在后院挖了一个巨大的洞。他从未考虑过挖洞价值何在,却每日挥汗苦干。

> 你要知道,亲爱的,他说,有人不喜欢劳动,但不劳动能得到什么?现在

　　是战争时期,每个人都得分担出力。想想士兵们。打仗是个苦差事,汤姆和我都希望我们也能有所贡献。

　　但小雇工汤姆并不是杰克的同类人物。他一直企图弄明白挖洞目的何在——或者说人人为战争做出牺牲有无必要,是否明智。汤姆最后对杰克的结论是:终有一天他会被送进疯人院。

　　反映在萨吉森早期小说中的社会批判也涉及了其他各领域。他痛恨清教主义,视之为殖民主义的遗产、腐蚀人生的心灵疾病、麻醉人民思想的毒剂。在《人生中》("In the Midst of Life")、《最后一次冒险》("Last Adventure")、《乐施好善者》("Good Samaritan")、《当风吹起的时候》等作品中,他对扼杀精神活力的清教思想发起了接二连三的攻击。海伦·肖(Helen Shaw)主编的第一部萨吉森小说评论集,恰当地取名为《清教徒与流浪汉》(*The Puritan and the Waif*, 1954),书名点及了萨吉森小说人物的两个显著特点——清教文化影响和精神流浪。萨吉森对道貌岸然的伪君子疾恶如仇,在传记《绰绰有余》中告诫青年人,"不要被体面社会的成员所欺骗——牧师不过是精神麻药的贩子,医生可能是科学幌子背后的江湖郎中,律师常常为富人所豢养。"

　　萨吉森的第一部短篇小说集《与叔叔的谈话》仅有 29 页,共包括十篇人物素描和小故事。其中八篇已在《明日》期刊上发表过。除了已提到过的《最后一次大战》和《一块黄肥皂》外,其余或多或少都对清教思想提出了批判。标题篇《与叔叔的谈话》("Conversation with My Uncle")最初发表于 1935 年,萨吉森在人物刻画方面的高超技巧已初见端倪。小说集里的每一篇故事都短小精悍,往往只有寥寥数百字,通过使用绘画中的"速写"技巧,人物刻画通过勾勒和凸显其主要特征而非描绘全貌,对故事的情节和叙事进行"极简化"的处理。比如:《与叔叔的谈话》只罗列了简单交谈的片断,在零星的对话中年轻的叙述者以平均主义思想对"叔叔"的利己主义价值观提出了质疑,而这位公司合伙人、市政委员、喜欢戴礼帽和高谈阔论的"叔叔"面对新人新思想的挑战显得惊慌失措。寥寥数笔,人物形象与人物的观念和态度跃然纸上,栩栩如生。

　　《白人的负担》("White Man's Burden")通过在奥克兰一家酒吧里的叙述者、一位毛利族农民和酒吧女主人之间的谈话,对白人带来的欧式文明的价值提出了质疑。《好孩子》("A Good Boy")则对扼杀精神活力的清教思想进行了抨击。在其他作品如《乔叟学家》("Chaucerian")中,作者揭露了宗教的虚伪;而《男人和他的妻子》("A Man and His Wife")则表现了人的精神孤独。总之,萨吉森的早期小说虽然数量不大,而且每篇似乎只提供一个支离破碎的小画面,但若将这些小片拼合起来,人们就能看到一幅大萧条前后新西兰生活的浩大画卷,看到他四面出击,对旧思想、旧传统发起的全面进攻。

中间阶段:《那年夏天》

《那年夏天》是萨吉森的中、短篇小说集,也是作者第一部在海外出版的作品,收集了萨吉森的 21 篇有代表性的人物素描和中、短篇小说。

书名篇《那年夏天》是一篇中篇小说,曾于 1943 至 1944 年在《企鹅新作》(*Penguin New Writing*)杂志上分三期发表。故事背景是 20 世纪 30 年代大萧条时期奥克兰的一个破旧的宿舍,讲述的是主人公柏拉图式的恋情。故事中,作者试图通过一名口齿不清的无知叙述者来展现一个"奇谈"。故事的叙述者受朦胧意识的驱使,希望找到一个"不会让他失望的伴侣"。小说中除了主人公鸡毛蒜皮的片言只语外,似乎并没有直接表达强烈内心感受的叙述。但是,读者却能从叙述中听到弦外之音,了解未及言明的不幸人生中的许多侧面,如社会环境对个人的压抑、难以驾驭的复杂人际关系等。表层叙述与深层内涵两个层次之间的距离,给小说留下了巨大的阐释空间,也更加突出了小人物在社会上无能为力的窘境。这种叙事手段因此有效地强化了叙事效果,烘托了小说的主题。

小说集里的其他故事也体现了萨吉森在人物素描和对话方面的娴熟技巧。在《布里格斯小姐》("Miss Briggs")里,作者通过叙述者超然的口吻,讲述了在缺少关爱的社会里个人的孤立和孤独;《心事》启用全知叙述,越过 20 余年的时间跨度揭示一个人生悲剧;《男人和他的妻子》讲述的是婚姻的破裂与妥协以及人的精神困苦;《老人的故事》("Old Man's Story")中的老人因令人窒息的社会环境而最终自杀;《美妙的一天》("A Great Day")中的主人公因自我否定而转向暴力。

总之,在这本小说集里,萨吉森以崭新的形式真实而富有见地地再现了新西兰在大萧条时期的社会现实和社会问题。作家将已成为标签的极简风格和低调叙述运用得十分娴熟。如《那年夏天》中不善言谈的小说主人公,自述大萧条中几周的经历。他从一地到另一地寻找工作,碰到一个又一个人,但他拙于言辞,完全不到位的讲述与读者可以感觉到的他内心的极度痛苦之间形成的反差,强化了戏剧讽刺,给小说以巨大的张力。

萨吉森的小说人物

值得注意的是,在各篇早期小说中,萨吉森首次创造了一个活生生的"新西兰人"的形象。在不同姓名的掩饰下,人们发现各篇小说中都有一个认识态度、社会境遇、文化教养和家庭背景相似的青年人出没其间。他往往是小说的第一人称叙述者,孑然一身,在动荡的社会大背景中独自体察社会,思索人生,并有所感悟。这个中心人物在一系列作品中逐渐融合成为典型环境中的一个典型文学形象。他是个贫穷而失意的无辜者,站在富有、得势而伪善的社会上层的对立面;他是个有血有肉的新西兰本地人,与维多利亚小说人物没有亲缘关系;他被社会踩在脚下,具有反叛性格,与早期作品中温文儒雅的"英国绅士"截然不同;他对社会创伤和人民的疾苦十分敏感,已经摆脱了理想主义的自我禁锢。总之,在新西兰文学史中,这个典型人物具有重要的突破意义。通过他的眼睛和他的意识,作家集中反映了变更年代中诸多方面的问题,如人的精神失落和孤独感、清教道德的压迫、大萧条带来的经济困境和心理挫伤等等。

萨吉森的小说人物往往类型化,但这并不是因为他掉入了脸谱化的俗套,而是为了更典型地表现社会冲突而精心设计的。他的小说人物一般可以分为四类。一类人物是自命不凡的旧传统的卫道士,如《与叔叔的谈话》中的"叔叔"和《一个好心人》中的父亲。另一类是麻木的小人物,如《一块黄肥皂》中的洗衣妇、《心事》中的挖蚶妇克萝莉太太、《一个海外英国女人》("An English Woman Abroad")中的罗莎等。这些人是屈从命运的受害者,令人同情,但他们为生存所进行的苦斗,往往又带有英雄主义的色彩。第三类是超脱时空的理想化的样板形象,代表了作者向往的生活模式,如《当风吹起的时候》中的波伯大叔、《生活在林中的诸神》("Gods Live in Woods")中的弗莱德·霍尔姆斯和若伊的叔叔等。他们是健康生活和自由精神的象征,远离文明社会,返璞归真,但可望而不可即。第四类是萨吉森塑造的新一代新西兰青年形象,各篇小说中无处不在。他富有正义感,对社会的新认识刚刚萌芽,虽尚未找到可以拥抱的新哲学、新观念,但对旧世界的否定已毫不含糊。温斯顿·罗兹在《弗兰克·萨吉森》(Frank Sargeson)一书中指出,萨吉森的人物在"否定之中包含了所有肯定的力量"。塑造这一类人物是萨吉森半世纪文学奋斗的主要成就。

萨吉森的后期作品

萨吉森的创作后期也不乏优秀短篇面世,如《殡葬人的故事》("The Undertaker's Story", 1954)、《打扰了,谢谢》("Just Tresspassing, Thanks", 1964)、《最终的医治》("A Final Cure", 1967)等。但他天才的火花在新文学蒙蒙晨曦中,才显得分外耀眼。

前期最后一篇《当风吹起的时候》发表之后,萨吉森搁笔长达四年之久,冷观第二次世界大战带来的世界巨变,思索人类的命运。1949年,他的第一部长篇小说《我梦中所见》问世。读者惊讶地发现,四年前发表过的中篇小说《当风吹起的时候》,变成了新作的第一部分。从第二部分开始,小说主人公亨利脱胎换骨,象征性地获得再生,而且改名为戴维。人物由天真变得老成,作品的语言结构也随之变得复杂。此外,萨吉森启用了乔伊斯式的内心独白,以揭示人物的内心世界。虽然小说主题上的一致性无可非议,但萨吉森的前、后期创作在同一部著作中留下了清晰的分界线。继《我梦中所见》之后,《我亦如此》以一个墨守成规的女子为发展主线,人物、主题、风格各方面都与前期大相径庭了。

自学习写作时开始,萨吉森就十分崇拜爱尔兰大作家詹姆斯·乔伊斯。乔伊斯的作品,尤其是《一个青年艺术家的画像》(A Portrait of the Artist as a Young Man)对他深有影响。他喜欢乔伊斯内心独白、意识流等现代派创作新手法。乔伊斯的小说人物史蒂芬·德达勒斯(Stephen Dedalus)——一个深受罪感折磨的无知青年的成长,激起了萨吉森的同情和强烈共鸣。他在敦伦期间曾专门研究了乔伊斯,并试图创作乔伊斯式的作品,但只写了几页便搁笔中止。他意识到自己尚无足够的洞察能力和表达技巧。直到 20 余年后,萨吉森在《我梦中所见》里,才对现代派技巧运用自如,将乔伊斯式的主题发挥得淋漓尽致。

正因如此,《我梦中所见》被誉为新西兰版的《一个青年艺术家的画像》。小说讲述的是一个新西兰人从少年走向成熟的人生经历。尽管它并不能被称为作者的自传,但小说在很大程度上反映了作者本人的成长经历和渐渐形成的世界观。小说共由两部分组成。第一部分讲述的是亨利·格里菲斯的青少年故事。像乔伊斯笔下的史蒂芬一样,主人公亨利从小就受到清教主义清规戒律的约束,内心充满负罪感,努力将自己捏塑成能被社会认可的人。他发现自己中产阶级的价值观受到由移民、失业者和毛利人组成的外部世界的挑战,决心摆脱家庭强加于他的宗教和精神羁绊,投入多姿多彩的世界,成为一个新人。

小说的第二部分以内陆人烟稀少的农场为背景,亨利改名为戴维·斯宾塞。他在同牧羊人共同生活劳动中,发现了自己的无知,成长为具有独立思维能力的新人。这一部分体现了作者高超的描写技能。小说的标题"我梦中所见"出自英国寓言小说家约翰·班扬的《天路历程》,是该小说中的叠句。萨吉森借用为小说标题,但内含讽刺,因为《我梦中所见》叙述的不是一个清教徒的朝圣历程,而是一个摆脱清教主义的历程。通过亨利/戴维这个人物,萨吉森表现了一个新西兰青年心理上、认识上的成长过程,赞颂了新一代义无反顾的叛逆精神。此时萨吉森在小说创作上已炉火纯青,自成一家。小说故事在新西兰特有的地理、历史、社会和文化背景中发展,融入了作家自身的经历感受。

萨吉森一生几十年伏案耕耘,不仅晨光明媚,而且晚霞绚丽。进入花甲之年后,他老骥伏枥,写下了众多作品,对自己的创作范围和语言技巧又有所突破。

长篇小说《一个劳工的回忆》通过一个退休保险公司职员转弯抹角的自述,交待了他沉迷声色的个人历史。小说以书生气十足的华丽词藻创造出滑稽情景,意在讽刺这位装腔作势、油滑世故的"上流绅士"。《遗物》的主人公艾伦同《我梦中所见》中的亨利相似,是个正在走向成熟的年轻人。他一方面受家庭中狭隘宗教观的影响,一方面又面对着日益变迁的现实社会,在家庭教诲与个人观察结论之间找不到和谐统一的解答,顾此失彼,精神上深受挫折。萨吉森的这部小说对殖民地的"遗物",即清教思想,做了深刻的解剖。《虫的欢乐》探讨了博亨父子之间的关系,也描写了父与子各自的婚姻生活。父亲是个嗜书如命的"书蛀虫",儿子是个无足轻重的小人物——小虫子。有人认为萨吉森把一个没有太多冲突的素材写了长长 150 页,因此不免给人以拖沓平淡的感觉。但博亨父子本是一对令人生厌的人物,作家试图表现的也是他们庸碌无为的生活。

进入 20 世纪 70 年代后,萨吉森出版了最后两部长篇小说。一部是《今日英格兰人》,一部是《日落村》。《今日英格兰人》是两部中篇小说的合订本,包括已发表过的《我亦如此》和新作《捉迷藏》(*Game of Hide and Seek*)。《日落村》是萨吉森的最后一部小说,描写靠领取养老金为生的老年人。"日落村"指的是这批迟暮老人居住的地方。由于发生谋杀事件,这个被人遗忘的角落一跃成为众目关注的地方。小说将作者早期简练清隽的笔调和晚期老成的幽默结合起来,为他一生建筑的艺术丰碑安上了引人注目的压顶石。

萨吉森 50 华诞时,16 位著名新西兰作家联名写信致贺,对他的文学贡献做了高度评价。信中说:"您开拓了文学新领域,证明了我们的言行举止同样构成永恒的文学的基础,丝毫不逊色于任何其他国家。"确实,萨吉森在新西兰民族文化形成时期做出的贡献,可与马克·吐温为同一时期的美国文化所做的贡献相提并论。著名文学批评家温斯顿·罗兹称他为"我们这一代人的象征"。这一殊誉只有弗兰克·萨吉森才受之无愧。

二

约翰·马尔根

在战争和大萧条中成长

在即将告别 30 年代的时候,又有一颗新星在文坛升起。1939 年约翰·马尔根(John Mulgan, 1911—1945)发表了长篇小说《孤独的人》(*Man Alone*),为新文学运动锦上添花。小说视野广阔纵深,既反映动荡年月中的新西兰全貌,又深刻揭示人的精神困境。约翰·马尔根的长篇小说丰富和充实了已出现在萨吉森短篇小说中的思想内涵,巩固了批判现实主义文学的创作基调。他和萨吉森一起,成为新兴的民族文学的主要代言人。

约翰·马尔根 1911 年出生在克赖斯特彻奇的文学世家,家学渊源,生活安适。他父亲是著名诗人艾伦·马尔根,母亲是奥克兰大学最早的女性毕业生。他童年时代的大部分时光在奥克兰度过,后进入奥克兰大学,主修英语和希腊语。但伴他成长的却是风雨飘摇的动荡岁月,父兄们正为大英帝国浴血奋战,战争给约翰·马尔根留下了痛苦的记忆。大战结束后,国民经济一蹶不振,到经济危机爆发四年后,人均债务已跃居世界首位。约翰·马尔根目睹了国家的萧条,民众的反抗和政府的镇压,自己也被卷入这一非凡时期的疾风旋流之中。

1932 年约翰·马尔根在奥克兰上大学时,严重的经济危机导致了民众暴乱。这一事件构成了他一生中重要的转折——思想开始"左倾"。为了镇压"暴民",政府到大学招募临时警察。天真的约翰·马尔根积极应征——但第二天马上辞离。

他受到极大震动,几天默默无言。一位熟悉他的朋友后来写道:"他思索的不光是暴乱,更主要的是暴乱揭示的问题——那些他先前矢口否认的问题——奥克兰确实有挨饿的人。我第一次看到他如此震惊。"在那些挨饿的人中间,有些是为了"民主理想"曾去冲锋陷阵的退役士兵。严酷的现实促使约翰·马尔根对先前的信念进行反思,也使他产生了创作的冲动。

关于大萧条带来的危机,约翰·马尔根在自传体的笔记《经历汇录》(*Report on Experience*,1947)中写道:"在此期间新西兰正发生着某种变化……我注意到,人们不再坦诚地交换意见,大多数人赞同各行其是的原则。这无疑是创业者留下的古雅遗风,也是蛮横的经济自由放任主义的产物。但据我所阅所闻,我认为拓荒先辈正因为在艰难时世同舟共济,才得以生存。他们以一个共同体的方式生活,而不是一个个孤独的个人。"可见,在物质追求之风盛行的年代中,约翰·马尔根关心的一个主要方面是人与人之间、人与社会之间关系恶化的问题,以及这种人为的紧张关系带来的精神痛苦。人们似乎被物质占有欲牵着鼻子走进了自私、孤独、机械的生活死胡同。在特定的政治气候和社会环境中反映道德问题,是作者在小说中努力要做的事情。

发表了《孤独的人》之后,约翰·马尔根投笔从戎,加入英国军队。1942 年被派往中东,曾经在埃及北部的阿拉曼战争前线奋战。就是在那儿,离家几年的马尔根遇到了一大批新西兰人,感到"就像回家一样"。"他们很强壮……他们不像英国人那么没有耐心,也不唯命是从。所有那个狭小遥远的国家的优点都集中体现在他们身上,阳光,力量,很强的判断力,耐心……"思乡情愁溢于言表。后来,他被派到英国的另一个军团,到伊拉克服役。几个月后他空降到希腊北部,与德国占领军交战,获得十字勋章。

《孤独的人》:发表与"发现"

1933 年,约翰·马尔根离开奥克兰,来到英国牛津大学默顿学院,学习两年。1936 年,他开始为《奥克兰星报》(*Auckland Star*)撰写双周专栏,评论欧洲时事。1937 年底开始,他着手写小说《孤独的人》。也许怕被人嘲笑,也许想一鸣惊人,他瞒着妻子和父亲,在工作之余偷偷写作,同时还为一出版社编辑《自由的诗》(*Poems of Freedom*)。四个月后,长篇小说《孤独的人》一气呵成。这是他一生中唯一的文学作品,除此之外,他连一篇小小说或一首短诗也没有发表过。这部小说在新西兰文学史中也许同样有着独一无二的特殊地位。小说于 1939 年发表后,马上被第二次世界大战的硝烟吞没,连约翰·马尔根自己也为小说的命运哀叹:"永远完蛋了!"

销声匿迹十年之后,《孤独的人》被重新"发现"再版,很快成为新西兰文坛压倒群芳的一枝独秀,数十年畅销,声誉扶摇直上。该书从 1960 年到 1975 年连续 15 年几乎年年再版,销售长盛不衰。一本主题严肃的小说受到如此青睐,实属罕见，尤其在人口稀少、读者市场十分有限的新西兰，更是空前的奇迹。《孤独的人》获得了巨大的成功。

《孤独的人》反映的是 1919 年到 1932 年这段时间，也就是说，从第一次世界大战结束开始，到大萧条最严重的时刻为止。小说故事线索十分简单：一战期间，英国人约翰逊听新西兰士兵夸耀自己的国家如何美好，战争一结束就乘船来新西兰落户。但他发现新西兰到处一片萧条。他踏遍奥克兰大部分地区，打零工，加入失业者的长队，与其他退役军人租田合办小农场。破产后，他又替人帮工，与农场主的老婆发生瓜葛。农场主前来捉奸时，约翰逊失手杀人，随后逃进深山老林，后遇一林中老人相助，重归文明世界，参加奥克兰大暴动。他在新西兰一事无成，最后失意回国。小说简短的第二部分写约翰逊回到英国后，仍无法随遇而安，但他悟出了像他这样的小人物要抱成一团才有力量的道理。

小说反映的是新西兰历史上一个十分重要的阶段。政治上，人民对政府、殖民地对宗主国的关系愈绷愈紧，不满情绪日益高涨；经济上，大萧条带来了普遍的幻灭感；文化上，像约翰·马尔根这样的新一代作家正在崛起，他们没有浪漫主义幻想，以批判的眼光审视社会。显然，作者写《孤独的人》主要兴趣不在约翰逊这个人物和他的经历，而在于他所代表的生活，以及这种生活所反映的时代和社会风貌。这部现实主义的杰作现已成为新西兰小说的经典，是新西兰大多数大学的必读书目。

父子两代文学家的对立

在形成人生观和社会观的过程中，人人都受到家庭的影响。但约翰·马尔根受到的家庭影响也许比别人更深更直接：他从母亲那儿得到正面教益，从父亲那儿得到反面的。他母亲对政治问题有敏锐的嗅觉和独特的见解，不受传统偏见的束缚。他的父亲艾伦·马尔根是新西兰颇有名望的作家——一个自由派的理想主义者。约翰·马尔根反其道而行之，对父亲和父亲所代表的"正统"思想和"正统"文学进行了激烈的反抗。马尔根父子是两代作家中的典型代表。

出现在艾伦·马尔根笔下的是一种殖民理想的虚构图景，与新西兰现实相去甚远。这里有一个有趣的对比。艾伦·马尔根在他的《朝圣者的新西兰之路》(*A Pilgrim's Way in New Zealand*, 1935)中，一开始就让一个外国游人坐船缓缓驶进新西兰港口。在他面前，一幅美丽的图卷像花一样展开：

> 这是个不会令人失望的可爱地方。清晨，太阳从低低的青山上升起；傍晚，又在灌木覆盖的暗色崇岭后落下。郊外延绵几英里红屋顶的村舍，给城市平添了几分欢乐；而近处码头边，高大的建筑群在天际连成一线，向人们显示：今非昔比，殖民开拓时期的落后已被远远抛在身后了。

在艾伦·马尔根的描写中，一切美好如意，社会无需批判改革。他的儿子则在作品中有意针锋相对唱反调。《孤独的人》一开始,约翰·马尔根也让一个外国人——小说的主人公约翰逊——乘船驶进新西兰港口,也给他机会看到新西兰的第一眼,但图景却完全不同:

> 他看到的是刺眼的红色铁皮屋顶,七零八落地立在被陆地包围的港口两岸;而码头上铁灰色的吊车、城市里贴着广告的建筑则拥挤在海港的一侧。

约翰·马尔根的描写中没有抒情诗般的赞美,整个画面灰暗阴沉,但却更加真实。越往里走,现实越令人心寒:"乘出租汽车一路去农场,所见到的就好像揭起未长好的伤疤一样。"小说主人公来到新西兰,正是因为他半信半疑地接受了艾伦·马尔根那个理想化的新西兰:"约翰逊战后去新西兰,因为他在法国遇到的那些人都说那是个富庶美丽的国度。他曾与一些新西兰人一起宿营,他们讲起自己国家来,就好像那是世界上绝无仅有的福地。"他是前来寻找《朝圣者的新西兰之路》所描述的那块"乐土"的。当然,约翰·马尔根决定让他走上幻灭之路。

约翰·马尔根1934年6月写信给他父亲,申明说:"我认为,你所信以为真的那些东西,我们这一代人再也无法接受了。"父子两代文学家,代表了文学中的两个主要思想倾向,而约翰·马尔根成长的年代,正是新西兰文学新陈代谢的时期。新一代青年作家强势崛起,在他们的作品中扫除不切合实际的幻想和文学中的浪漫色彩。他们代表了新兴的现实主义民族文学,正迅速将以英国文化为蓝本的殖民地文学推入历史的陈列室里。

战争阴影和精神孤独

约翰·马尔根写完小说后,取名《战争杂谈》,送到塞尔温—布朗特出版公司。出版社同意出版,但觉得书名容易引起误解,寄来3个新书名,建议约翰·马尔根选择其一:一、《一个孤独的人》;二、《死里逃生》;三、《生存之地》。约翰·马尔根毫不犹豫地选择了第一个,略作更动。因为战争创伤和随之而来的精神孤独,正是这部小说互相关联的两个主题。小说一开始,第一次世界大战的硝烟刚刚散去,但战争的阴影却笼罩在每个人的头上。血腥的战争和死板的军队生活,使人变得冷漠,使人与人之间交流缺失,产生隔阂。约翰·马尔根原先的书名强调战争之"因",而现书名则突出"果",表现了战争带来的许多恶果中精神上的一面。

出版商还希望约翰·马尔根至少再写四万字,使这本书达到"合适的厚度"。但作者没有完全从命,只写了一万字。这就是现在的第二部分。有人认为第二部分画蛇添足,也有人认为小说的第二部分是全书的关键所在。这两种说法都值得商榷。应该说第二部分是第一部分必要的延伸。作者让约翰逊在其中悟出了许多重要道理。但第一部分毕竟是小说的主体,作者希望表达的思想观点,大多都已在其中做了交代。

　　小说写的是一批战争幸存者,读者从头至尾都感受到战争的气氛,都可以听到人们在"谈论战争"。约翰逊本人刚从战场归来,他的伙伴汤姆逊、雇主斯坦宁也都参加了战争,连报纸上求职栏里也是这些人:"复员士兵,身体健康","士兵的寡妇,三个孩子,身体健康,愿意帮佣"等等。小说一开始,无名的讲述人(也参加了战争)碰到约翰逊,请他谈谈战争。约翰逊显然不愿旧事重提,回忆那段深受打击的经历。战争结束了,但和平没有给他们这些人带来任何希望。

　　　　"关于战争没什么可谈的,"约翰逊说,"同其他别的没啥不一样。我可以讲些关于和平的更糟的事。"
　　　　"什么是和平?"
　　　　"两场战争中间那一段。"
　　　　"更糟吗?"
　　　　"更真实。"
　　　　我不想走开,想听听他讲些什么,于是就说,"好吧,那就讲些关于和平的事。"

　　约翰逊等人曾希望为自由幸福而战,不料自己成了战后社会的受害者。他们难以承受大萧条带来的又一次精神打击。约翰·马尔根在小说中不断暗示,从战场归来的人们仍然处在一种不同定义的"战争"之中难以脱身。他们必须面对生活逆境,在他们为之出生入死的国家进行生存斗争。这是一场更加无休无止的战争:"他们俩在耕作的土地上进行着真正的战斗。哪怕外面天塌地陷,只要他们在那儿活着,只要无人干涉,他们就得把这场战争打下去。"约翰逊的朋友奥凯利更是常把战争和战后的生存苦斗等同起来——"他喜欢用工业战争这个词,老是挂在嘴边。"约翰逊最后把两种含义的"战争"做了比较,得出这样的结论:"我经历过战争,并不觉得怎么样。和平时期更加危险。"《孤独的人》记录的正是约翰逊等归来的战争英雄在和平时期的败绩。

　　直接或间接遭受过战争创伤的青年人,成了精神上最受压抑、最痛苦的一代。一方面,帝国主义掠夺战打破了他们原有的信仰和理想,使他们对西方社会不抱幻想;而另一方面,他们没有新的追求目标可以取而代之,因此彷徨迷惘,行走在精神沙漠上,感到四面无路,前途险恶。他们觉得自己与所处的环境格格不入,不属于社会的任何一部分。小说主人公约翰逊到过新西兰的城市和乡村,但哪儿也找不到他的归属之地。"城里住不了,在乡下,人们都像发了疯似的。所以,我还得换个地方。"约翰逊最后到了伦敦,但孤独感并不因为大都市的繁华而消失,"就像生活在林子里那样,孑然一身,与世隔离"。可见,孤独感产生于精神失落。
　　酿成强烈孤独感的另一原因是人与人之间感情上的疏远。约翰逊对生活并无奢求,一要自由自在,二想找到合适的伴侣。他与一个叫梅布尔的姑娘相好,但两人的恋爱关系由于她父亲插手而告破裂。她的父亲提醒约翰逊,在新西兰要有钱买地才能建立生活。爱情和友情受到了金钱及所有权的干扰和支配,这使经济上处在社会底层的约翰逊们有了更强烈的被社会挫败的感觉。

从历史角度来看,第一次世界大战使殖民地与宗主国产生离心。由于文化传统的根基被动摇,加之地理上受重洋包围,新西兰人顿时产生一种孤岛情结。而从作家的个人角度上讲,正如布鲁斯·金指出:"推动民族主义运动的社会和经济力量,同时将作家从原地拔起,既使他们扬弃中产阶级的情趣,也使他们失去了稳定的归属感。"因此,作者强调的个人孤独感,并不仅仅指个人的孤单无援,或者寂寞苦闷,而是在揭示人的精神生活的重要一面。这种孤独感在约翰逊这样的精神流浪汉身上得到了最生动确切的表达。约翰逊背弃英国,但在新西兰同样找不到立足之地。最后约翰逊决定投身反法西斯战争,似乎看到了自己该走的路,心里第一次感到踏实了。"现在这样的感觉真是难得,"他说,"同我乐于相处的人一起去某个地方,一起干些什么。这是种美好的感觉。一个人一生中孤独地度过的时间太多了。"

马尔根的小说人物

约翰逊与传统的小说英雄人物毫无共同之处。他是个 20 世纪的小人物,没有非凡的仪表,没有过人的智力,也没有伟大的理想。他驯顺、勤劳、友善,但沉默寡言。他没有太高的政治意识,对自己的处境也缺乏真正的认识。他是个受害者,或者说反英雄的形象。由于屡遭生活磨难,他已学会勇敢地忍受逆境。他是个现代鲁滨逊,被生活的大浪抛上抛下,但却在一次次翻船中存活下来。由于他的毅力,生活负担和精神重压最终没能把他压垮。

在小说前几章中,约翰逊甚至说不上是个观察者,他只是一个游动目标,作者把镜头对准他所到之处,摄取一个个衰落潦倒的社会景象及其政治后果——民众的暴力反抗。从第七章开始,小说焦点才逐渐移到约翰逊本人身上,直到他只身躲进森林达到高潮。显然作者试图通过约翰逊这面镜子,反映从第一次世界大战后到大萧条时期新西兰社会的面貌。

约翰逊的主要追求目标是自由:"各处打点工,想在哪儿呆着就在哪儿留下,缺钱了挣一点,累了就息一天。"他要做自己的主人,对社会、对他人别无所求。但他的性格也不允许别人支配他。所有这些年中,他小心翼翼但又徒劳无功地守护着这个权利。但是事与愿违,他企望的自由被经济绳束牢牢拴住。他四处奔走,企图找到一个社会势力鞭长莫及的地方。但每到一处,人们都在为所有权生活、争斗,感情、友谊都得为金钱让路。而他自己身无分文,只得低三下四排长队领救济粮,住救济营,干失业救济工。约翰逊最后逃离城市,躲进深山老林,但得到的仍不是自由,而是孤独。

走海明威的路

在约翰逊身上,我们可以看到海明威式的"硬汉子"气质:坚韧、沉默、粗犷,很少表露自己的思想和感情。他们受到过战争的精神创伤,意识到自己被遗弃的地位,对社会抱否定态度,以"可以被击倒但不可被击败"的精神——即使赢不了也不服输的顽强——去面对无法挽回的逆境。像海明威的作品一样,约翰·马尔根在自己的认识水平同小说人物的认识水平两者之间,留下了不小的落差,需要读者跨越。因此,虽然小说有极强的社会与政治气息,但小说人物的认识一般来说是模糊肤浅的。

约翰·马尔根深受海明威的影响。他崇拜这位美国文学大师,但并不盲目模仿。他学习了海明威简洁洗练的语言风格和冷静写实的创作基调。但《孤独的人》有它自己内在的结构和节奏。最主要的不同之处在于约翰·马尔根将主题和人物恰如其分地置入新西兰环境之中,使它们成为一个有机的整体,共同表达新西兰人的思想。此外,他对小说内容也不完全采取超然的处理态度。实际上,作者最后通过约翰逊这个人物,已表明了自己的左翼政治倾向。他让约翰逊答应参加"五·一"工人游行,参加反法西斯战争;在故事结束前,又让他对先前的生活经历做出结论性的回顾,悟出像他这样"孤独的人"要携起手来共同奋斗,才有可能谋求美好生活的道理:"现在他心里有一种愿望,趁暮年未至,希望能得到一种生活,给这些记忆带来温暖和意义;除了衣食之外,还希望得到一种人们同心协力共同奋斗的积极生活。"

约翰·马尔根和海明威另有一个不幸的相同之处:两人都自杀了。海明威朝自己头部开了枪,约翰·马尔根服毒自尽。像海明威事件一样,人们对约翰·马尔根的自杀感到大惑不解。他发表了《孤独的人》之后即参军去希腊,有人认为在希腊的军队生活过分艰苦紧张,使他无法承受;有人认为自杀的原因是他对西方文明的彻底绝望;也有人认为他的自杀至少部分地要从精神病理学角度进行解释等,揣测纷纭。总之,他英年早逝,离世时年仅 34 岁,但他在新西兰文学史上留下了一部优秀的著作。

《孤独的人》现实主义地反映了人与社会既互相依存又对立冲突的复杂矛盾,把受压迫的小人物推上了文学舞台。小说很少直接说教,但以细节反映了特定的历史背景下的社会灾难和个人困境。小说在新西兰文学中地位显赫,标志着民族文学走向成熟。《孤独的人》是约翰·马尔根的唯一作品。他始终以一根柱子稳稳地支撑着自己的文学声誉。小说发表那年,他投笔从戎,参军去中东和希腊,直至 1945 年去世。在此期间,他写下了自己的一些生平经历,准备将来扩展充实,作为下一部著作的基础。他在自杀前一个月还说明:"我想写一本书,但目前还只是草稿和提纲。"但不知何故,他突然改变了计划。

1944 年 10 月,约翰·马尔根从雅典来到开罗,不久后开始写《经历汇录》(*Report on Experience*,1947),去世两年后由杰克·贝内特(Jack Bennett)根据手稿整理编辑出版。这本书是他对战争岁月的记录,也是他对战争的思考,深刻地揭示了战争给人们带来的创伤,但很少提及自己此前 12 个月中显赫的战功。这本书基本上是自传,笔调清秀,是了解作家生平和思想的宝贵资料。该书反映了两次大战间风云变幻的年代,笔录了作者对军队生活、现代战争、思想意识、未来理想、道德观念等许多重大问题的思考与认识,感受真切,记载翔实。由于这是一部未完成的著作,因此也有许多方面目前仍只是轮廓和概念,但《经历汇录》真实地反映了一名优秀作家的思想成长历程及伴随其成长的社会与文化环境。

　　虽然约翰·马尔根的作品只有两部,但是都成为了经典。他简洁的叙述和语言为后来的新西兰小说指明了方向;他所写的新西兰生活和人物远比自曼斯菲尔德以来的任何一个作家都更具有想象力。他还编辑过《简明牛津英国文学词典》(*Concise Oxford Dictionary of English Literature*,1939)、与他人合编《英国文学介绍》(*Introduction to English Literature*,1947)。他的传记《走向边界的漫漫旅途》(*Long Journey to the Border*)于 2003 年出版。

第九章

艾伦·柯诺与丹尼斯·格洛弗

艾伦·柯诺

崛起于 30 年代

R. A. K. 梅森与费尔伯恩的才华与友谊,结成了 20 世纪 30 年代奥克兰诗坛双杰。与之遥相呼应,南岛的克赖斯特彻奇也出现了一对杰出的诗人朋友——艾伦·柯诺和丹尼斯·格洛弗。他们两人是新一代文学青年中的年轻者,进入 20 世纪 30 年代时,都还不足 20 岁。

艾伦·柯诺(Allen Curnow,1911—2001)是第四代新西兰人,曾在奥克兰上大学,也是《凤凰》文学"团体"的核心成员之一。其后,他回克赖斯特彻奇,担任该地《克赖斯特彻奇太阳报》(Christchurch Sun)的记者。1934 年他回到南岛,在《新闻报》谋职,当戏剧评论专栏作家。他结识了艾伦·马尔根和丹尼斯·格洛弗,尤其与后者建立了一生的友谊,并为格洛弗的卡克斯顿出版社供稿。他也一度旅居英国,在伦敦的《新闻纪事》(News Chronicle)当助理编辑。从 1950 年直至 1976 年,柯诺一直在奥克兰大学教授语言文学。

柯诺起步时师从 R. A. K. 梅森。第一部诗集《决断的山谷》(Valley of Decision,1933)中能看到梅森对他的影响。但他很快建立起了个人风格,找到了适合自己的语言与素材。他在 30 年代中期又出版两本诗集,其一是《诗三首》(Three Poems,1935);另一册是与格洛弗和费尔伯恩合作的《另一个星座》(Another Argo,1935)。文论《诗歌和语言》(Poetry and Language,1935)也是同一年出版的。柯诺 30 年代的主要作品是接下来出版的两本诗集——《仇敌》(Enemies,1937)和《驶出窄海》(Not in Narrow Seas,1939)。

《仇敌》收集了两个大系列作品和一组反映城市景色和市民生活的讽刺诗。诗歌结构严密,遣词造句用心斟酌,说明诗人在摸索个人风格阶段的谨慎态度。柯诺诗歌的批判对象,是现实主义文学攻击的同一批醒目的靶子:落后的乡村、萧条期间的城市、机械化带来的文明堕落等等。诗集《驶出窄海》也是一组诗歌系列,但附有评论。诗人仍以讽刺批判为主,但此时柯诺的诗已具有鲜明的个性,诗歌主题也转向深层,反映希望破灭、理想被引入歧途而带来的精神困惑和心理打击。书名中的"窄海"是英吉利海峡和爱尔兰海的别称。诗人语义双关,暗指只有冲破殖民文化的狭窄海域,才能进入无限广阔的浩瀚大洋。

柯诺诗歌的特点

艾伦·柯诺从早期开始就潜心探索表现新西兰神秘的历史与当今现实的新途径。他常常在诗中借古喻今,熔历史、哲理和诗情于一炉。如在《坎特伯雷博物馆的恐鸟骨架》("The Skeleton of the Great Moa in the Canterbury Museum")一诗中,柯诺从恐鸟骨架联想到大萧条中的今天,继而又表达了对未来一代的祝愿。已灭种的恐鸟是历史的见证,是已逝去的神秘世界的图腾。

> 恐鸟骨架,撑着铁杖默默无言
> 凝望脚下几尺领土,沉思百年;
> 这棵无叶之树曾羽翼丰满,
> 孵化雏鸟,为它们遮风挡寒。
>
> 生存竞争意味深长的失败者,
> 比我高大,但我比它倒得更惨,
> 我俩白骨相依
> 都带着新西兰的特点。
> ……
>
> 我已去矣,愿降生于幸运年华的儿孙
> 学会在这片土地上昂首生存。

柯诺善于从具体中加以引申,进行抽象化,牵引出对时代、历史的广阔联想。新西兰历史上的大事件,如太平洋探险、大移民、拓居创业等,在他的诗篇中都有所反映。但他与先前的作家和诗人不同,不仅仅再现历史,而从新的视角出发,对民族命运和社会特点,对变迁的因素、时空的本质进行重新掂量和思考,进行艺术的表现。用柯诺自己的话来说,他力求"在艺术上重新发现新西兰"。从历史的角度去发现新的民族概念,表达新意识,是柯诺几十年坚持不懈的追求目标。

第二个十年

艾伦·柯诺虽然崛起于 20 世纪 30 年代新文学运动之中,并在早期已卓有成就,但是这颗诗坛明星在 40 年代之后更加耀眼。在后一个十年中,他出版诗集共六册:《近期诗选》(*Recent Poems*,1941)、《海岛与时间》(*Island and Time*,1941)、《艾伦·柯诺诗歌选》(*Verses*,1942)、《航行或溺亡》(*Sailing or Drowning*,1943)、《没有魔法的杰克》(*Jack without Magic*,1946)和《海潮退落时》(*At Dead Low Water*,1949)。其中《海岛与时间》和《海潮退落时》两册集子收录的诗大多短小精悍,表达某一悟识或某一浮想,但每首小诗都精心设计,言简意赅,耐人寻味。艾伦·柯诺似乎偏爱小而精巧的诗歌,而格律严谨、内容高度浓缩的十四行诗是他最喜爱的诗歌形式,尤其是莎士比亚变体十四行诗。40 年代创作的诗作中,很多都采用这一诗体。他接受传统格式,但又不落窠臼,旧瓶新酒,写出了自己的特色。

柯诺仍然写历史题材,回顾和追溯波利尼西亚文化、发现新西兰和欧洲殖民等历史大事件。在《历史未记载的故事》("The Unhistoric Story")中,塔斯曼、库克、毛利部落、捕鲸人、传教士、垦荒者都在诗中亮相。诗人从历史的角度表现了人与土地互为依存的关系。但是这种和谐又遭到了人为的破坏。诗人在《夏日速写》("Quick One in Summer")一诗中写道:

> 床铺、帐篷、商店
> 散落荒野边沿
> 那一片未触动的处女地
> 面临被剥光碾碎的灾难。

带着床铺帐篷的欧洲移民,也带来了商业化和以私人占有为标志的经济体系,对未开垦地大举进犯,进行掠夺。于是,人与自然间的平衡被打破,社会病疾滋生,灾难降临。但在柯诺看来,土地不单单是历史的受害者。在人们征服改造她的同时,她也重塑了他们。这是历史的辩证关系。柯诺与费尔伯恩不同,后者的诗歌也常常涉及历史,但多用于借古讽今,进行社会批判。而柯诺诗歌的重心不在当今,而在历史本身。他回看过去,寻找根源,希望探明过去的历史如何发展成了当今的现状,找到通向理解的正确路途。

50、60 年代的文学活动

与硕果累累的 20 世纪 30、40 年代相比,柯诺 50、60 年代的作品以少而精为特点,主要有两册:《艾伦·柯诺 1949 至 1957 年诗选》(*Poems, 1949—1957*,1957)和《大窗子小室》(*A Small Room with Large Windows*,1962)。这两本诗集以及 40 年代末出版的《海潮退落时》,是柯诺集大成的三部优秀代表作。这些战后出版的诗集中,我们能看到诗歌主题上的明显转向。柯诺不再试图探讨历史和社会大事件,而通过日常小事表达某种信念或某方面的个人认识,从个体意识中反映群体意识。《大窗子小室》中的不少作品表达了对自我的认识,以及对诗和艺术的理解和对人生的思索,比 40、50 年代的诗作更多地转入内心世界,暗示更多,情调更加凄切,但也更加机智。

柯诺注重表现现实,但很难说是个"现实主义"诗人。他对人们如何感知、如何解释现实比对现实本身更感兴趣。他认为现实可以从不同侧面做出多种解释。柯诺受到同代诗人中年长者的影响,后又受到 30、40 年代的美国诗歌尤其是南方诗人华莱士·史蒂文斯(Wallace Stevens)的影响。但柯诺善于取他人所长,并将其融入自己的独特风格之中。他诗歌的基调大多比较悲观,有时隐晦难懂,与他的好友格洛弗的诗风截然相反。但他的诗富有内在智慧的力量,体现了诗言、诗体、诗情,诗意的美。

柯诺也是个写讽刺诗的好手。他从 1937 年开始以"奇想"(Whim-Wham)为笔名,发表了一系列讽刺诗,后来收集成册的包括:《献给希特勒的礼物》(*A Present for Hitler and Other Verses*,1940)、《奇想:1941—1942 年诗选》(*Whim-Wham: Verses 1941—1942*,1942)、《奇想》(*Whim-Wham*,1943)、《奇想集锦》(*The Best of Whim-Wham*,1959)和《奇想国》(*Whim-Wham Land*,1967)。这些诗集没有引起文学界太多的注意。

非常值得一提的是柯诺主编的权威的《新西兰诗典:1923—1945》(*Book of New Zealand Verse 1923 - 1945*,1945)以及其后的两个更新版《新西兰诗典:1923—1950》(*Book of New Zealand Verse 1923 - 1950*,1951)和《企鹅文集:新西兰诗歌》(*Penguin Book of New Zealand Verse*,1961)。20 世纪 60 年代,艾伦·柯诺的不少精力用于剧本创作,作品包括话剧《庞博士》(*Doctor Pom*,1964)和诗歌剧《海外专家》(*The Overseas Expert*,1961)、《公爵的奇迹》(*The Duke's Miracle*,1967)和《无处为家》(*Resident of Nowhere*,1969)。以上三个诗歌剧同 1948 年创作的诗歌悲剧《斧》(*The Axe*)一起,以《剧本四则》(*Four Plays*)为书名于 1972 年出版。

老诗人的新贡献

进入 70 年代后,柯诺雄风不减当年,连续推出三册诗集:《树·人像·游动目标》(*Trees, Effigies, Moving Objects*,1972)、《坏脾气》(*An Abominable Temper and Other Poems*,1973)和 40 年精选作品集《艾伦·柯诺 1933 至 1973 年诗选》(*Collected Poems, 1933—1973*,1974)。最后一册诗集并不是文学生涯画上句号前对一生 40 年创作的总结。诗人无意搁笔,似乎也不愿人们对自己产生误解。在该集的序言中,柯诺说:"我希望我还没有完蛋。"

事实证明,他的创作生命远远没有结束。从 70 年代末开始,十年间他又推出五本诗集,其中主要两本是《不可救药的曲子》(*An Incorrigible Music*,1979)和以道德问题为主题的《到后便知》(*You Will Know When You Get There*,1982)。另三册是《独杉路环道:1983—1985 诗选》(*The Loop in Lone Kauri Road: Poems 1983—1985*,1986)、《连续体:后期新诗选》(*Continuum: New and Later Poems*,1988)和《艾伦·柯诺 1940—1989 诗选》(*Selected Poems, 1940—1989*,1990)。几十年的艺术积淀,使得柯诺的后期诗凝练老辣,洒脱含蓄。他出手成诗,落笔生花,诗歌创作达到了炉火纯青的地步。

柯诺在形成个人风格之后,又继续创新发展。对传统诗人和现代诗人的特长,他兼收并蓄,既汲取了 19 世纪英国诗歌的精华,也借鉴了庞德、卡洛斯·威廉斯(William Carlos Williams)等现代派诗人的新形式和新内容,将各时期有益的经验吸收消化,融会贯通,从而大大丰富了自己。柯诺是著名的诗歌艺术大师,但他历来不赞成诗人钻进象牙塔尖,"为其他诗人写诗"。相反,他提倡诗歌的民众性。多年来,他本人身体力行,一直为奥克兰报纸撰稿,以民众喜闻乐见的诗歌形式传递感情,评论时事。他也反对另一个极端,即艺术的平庸倾向。柯诺的诗厚积薄发,深入浅出,做到了两者的和谐统一。他认为面向民众的诗歌,能够改变对美学麻木不仁的社会环境,使诗人摆脱艺术孤立的地位。

艾伦·柯诺获得过女王诗歌金奖、新西兰国家奖章和英联邦图书奖、诗歌奖等大奖。他的诗歌深沉谐美,不同凡响。著名当代作家斯特德(C. K. Stead)说,柯诺的视野"覆盖了物质上和地理上的现实,也覆盖了道德上、理智上、感情上的空间"。除了诗歌方面的建树外,柯诺又是个不可忽视的剧作家,也是个著名的文学批评家。他建立了新西兰文学评论,尤其是诗歌分析的权威体系。艾伦·柯诺雄踞新西兰文坛长达半个世纪以上,德高望重,是造就新西兰诗歌新传统的领头人。在对诗歌发展的贡献方面和对整整两三代诗人的影响方面,他都是个无与伦比的显赫人物。

二

丹尼斯·格洛弗

格洛弗的早期作品

丹尼斯·格洛弗(Denis Glover,1912—1980)是新一代文化人中最年轻的一个,从某个侧面讲,也是最重要的一个。他从 30 年代起家,到发表著名诗集《向着班克斯半岛》(*Towards Banks Peninsula*,1979)时,创作生涯已横跨近半个世纪。格洛弗出生于达尼丁,6 岁时父母离婚,他随母亲生活。母亲酷爱文学,格洛弗自幼阅读了母亲和外婆书架上狄更斯、司各特、彭斯等英国名家的众多作品。在母亲的鼓励下,他十岁就开始学写小说。大学期间,格洛弗曾是拳击冠军,后又成为海军军官,第二次世界大战中参加了诺曼底登陆,获得十字勋章。他又是个实业家,在 30 年代创建了卡克斯顿印刷出版公司(Caxton Press)。人们很难想象,这个打拳击、当军官、办企业的汉子,还是个感情丰富的诗人,并以此名垂青史。

格洛弗 30 年代有四本书册问世,均由他自己的卡克斯顿公司出版。其中诗集三部:《躲债六法》(*Six Easy Ways of Dodging Debt Collectors*,1936)、《巴黎传讯》(*The Arraignment of Paris*,1937)和《诗十三首》(*Thirteen Poems*,

1939)。另一册是格洛弗唯一的一部短篇小说集《短篇小说三则》(*Three Short Stories*, 1936)。比起他一生出版的 24 册诗集和众多的其他著作,这四本小册子只是微不足道的一小部分。但格洛弗的早期诗已经建立了新颖独创的个人风格,感情自发,语言朴实流畅,音韵和谐,意趣盎然,为后来的诗歌创作定下了一个高起点。他认为一味模仿英诗是怀旧的反映,而脱离本土环境势必情感不真。他在《思乡》("Home Thoughts")一诗中表示,他的现在和未来都属于新西兰:

> 我不梦想萨赛克斯的丘陵草场
> 也不企望古老悠雅的英格兰
> 之古老悠雅的城乡——
> 我只盼在詹森镇和杰拉尔丁
> 看到未来的图景。

　　詹森镇和杰拉尔丁是新西兰的两个普通市镇。诗人希望在这里,而不在英国的萨赛克斯,看到自己和国家的未来。《丹尼斯·格洛弗评传》(*Introducing Denis Glover*)作者戈登·奥吉尔维(Gordon Ogilvie)认为,格洛弗是第一个始终如一地表达殖民地人民之声的诗人。格洛弗并不忌讳学习和继承英国诗歌传统的精华。比如,他从叶芝那里学习了简练严谨、朴质清新的诗歌风格,但他从不囫囵吞枣,而将他人的长处加以消化吸收,融入自己的血液,然后以自己的语言表达自己的感情。

　　第二次世界大战前夕,格洛弗的诗表达了对政治和社会问题的关注。1935年工党获胜后,他接受了当时时髦的左翼观念,发表了一些赞颂劳工阶级的作品。格洛弗虽然只是个温和的社会主义者,但仍被当做危险分子,因此失去了《自治领》杂志的记者职务。

　　格洛弗不久转向,抛弃了政治上教条式的乐观信念,但他一直将自己与平民百姓视为一体。他的诗常反映沦落受挫的人们和他们孤独无援的处境,表达对不幸者的同情。他的《喜鹊》("The Magies")一诗是新西兰流传最广、最为人熟知的诗歌之一。从形式上看,《喜鹊》与其说是诗,还不如说是民谣。格洛弗大胆突破,采用大跨度的叙事手法,表现了一对夫妇从开垦小农场到希望破灭的一生。

> 他们俩一年到头干活忙,
> 　但见青松出头往上长;
> "叽叽喳喳叽叽喳!"
> 　一对对喜鹊在歌唱。

> 多好的庄稼往回收,

统统落入典押人的手；
"叽叽喳喳叽叽喳！"
一对对喜鹊在发愁。[①]

诗歌貌似轻描淡写，但行文中充满了对普通人命运的同情。人们看到一对年轻夫妇徒劳无功的挣扎，劳动成果为他人所占有。春来秋去，喜鹊喳喳，从为希望而"歌唱"到因失望而"发愁"。寥寥数语，格洛弗描写了一个小小的，但又有代表性的个人悲剧。

创办卡克斯顿出版公司

除了诗歌之外，格洛弗对文学的贡献还在于他创办了卡克斯顿出版公司。该公司的创建对新西兰新文学的发展起到了重要的推动作用。早在大学期间，格洛弗已是《新闻报》的记者，后又成为校刊《大学生》(Cantab)的编辑。任职期间，他动员九名学生每人凑一镑钱，于1933年出版单期杂志《旌旗》(Oriflamine)。《旌旗》刊登的文章，有的观点激进，有的大胆涉足敏感领域，如讨论"大学生和性"、"试婚"等论题，受到社会舆论的非议。该刊遭到校方禁止，格洛弗的《新闻报》记者职务也因此被解雇。一怒之下，他决心自己办出版社。

格洛弗与好友约翰·德鲁(John Drew)凑起100镑钱，购置了一架旧印刷机，在一个废弃的马厩里创建了卡克斯顿出版公司。第一个月他们为七名顾客印刷了一些零碎小折页之类，总收入不到五镑钱。但一年之后，卡克斯顿已有能力出版书册。他与伊安·米尔纳(Ian Milner)合作编辑出版《新诗选集》(New Poems，1934)，选择收录摈弃模仿、有新意、有地方特色的诗歌新作。从此，卡克斯顿出版公司逐渐成为文学出版的基地。次年，格洛弗又出版了艾伦·柯诺的《蓟花冠》(Thistledown，1935)和《诗三首》。格洛弗于1937年更新了印刷设备，从此新西兰文学出版业步入了一个崭新的阶段。商业性的出版利润较高，但格洛弗偏重文学出版。他的宗旨是推出质量最高的诗歌和小说。由卡克斯顿公司出版和扶植的作家和诗人，现不少都已成为家喻户晓的文化名人，如贝瑟尔、R. A. K. 梅森、艾伦·柯诺、费尔伯恩、克雷斯韦尔、查尔斯·布拉希(Charles Braseh)、萨吉森、詹姆斯·巴克斯特(James Baxter)、赫维(J. R. Hervey)等等。格洛弗自己的不少诗集也是卡克斯顿公司出版的。

战后，新西兰文化中心从克赖斯特彻奇转移到惠灵顿。在那儿，巴克斯特和路易斯·约翰逊(Louis Johnson)等新一代诗人异常活跃。格洛弗于50年代初也被吸引到惠灵顿，在温菲尔德(Wingfield)出版公司工作八年。在此期间，他与费尔伯恩相识，友谊甚深。他们两人合作编写了《诗歌先声》(Poetry Harbinger，

---

① 引用部分摘自田海译《喜鹊》全诗，见《大洋洲文学丛刊》1981年第1期，第221—222页。

1958),于费尔伯恩逝世后一年出版。其后,为了纪念亡友,他又编辑出版了费尔伯恩的诗选。

《哈里的歌》和《阿拉瓦塔·比尔》

20世纪40年代是格洛弗拓宽创作路子并对不同体裁与形式进行探索的时期。《尖刻》(*Cold Tongue*,1940)收集的是犀利辛辣的政治与社会讽刺诗,而《夏之花》(*Summer Flowers*,1946)则是温情脉脉的爱情诗选集。另一册诗集是格洛弗海外归来后出版的《风与沙》(*The Wind and the Sand*,1945)。这是诗人早期创作的精品集萃。

50年代开初,格洛弗出版了两本著名诗集:《哈里的歌》(*Sings Harry*,1951)和《阿拉瓦塔·比尔》(*Arawata Bill*,1953)。这两本诗集奠定了格洛弗在文学界不可动摇的地位。《哈里的歌》是以哈里为第一人称叙述的组诗。哈里是个流浪汉加哲学家式的人物。他也是个"孤独的人",但与约翰·马尔根笔下的约翰逊不同。他不为环境所迫,而自愿选择游离于社会之外的生活。哈里是格洛弗塑造的最成功的人物。他一生经历丰富,曾劳动谋生,曾寻花问柳,也曾卷入政治运动,但一事无成。

> 我曾赶过马群
> 我曾寻找娼妓
> 为了某个事业
> 也曾高举大旗,
> 　　哈里唱道。
> 都像蓟花冠种在风里。

格洛弗让哈里成为叙事者,通过他的眼睛观察社会,通过他的"歌"反映生活,这样的表现既生动又真切。格洛弗解放了自己,由哈里代言,使诗歌的内涵更富有弹性和张力。哈里时而愤怒,时而失望,时而尖刻,时而幽默,时而冷漠,在不同场合以不同的态度对生活做出评论。他讲述自己背离家庭的经历,讲述回忆中的过去;他歌唱爱情和理想的短暂和财富的转瞬即逝,也歌唱青山和大海的永恒。像格洛弗一样,哈里对城市生活不抱好感,但他赞颂童年记忆中未被触动的大自然,梦想重新投入青山绿水的怀抱。集子的最后一首诗中,哈里站在海边悬崖上,遥望远去的船只,感叹已流逝的青春年华和已失去的人生机会,与此同时,他又认识到,孤岛毕竟是自己的生存之地。既然这片土地曾是哈里美好童年的乐园,他也应该能在这块土地上创造未来。

一首首"哈里的歌"简短明快,自然如流,粗朴中又见细微和深奥。诗人以细节激发感情,在艺术上达到了很高的水准。不少人认为,哈里是诗人自己,只不过戴了个面具而已。尽管两人对社会的批判态度十分接近,但把作者与文学人物等同起来缺乏依据。格洛弗本人也一再否认哈里是他本人的化身。哈里和诗人的后期作品《阿拉瓦塔·比尔》中的比尔以及《向着班克斯半岛》中的米克·斯丁普顿一样,是诗人笔下典型的"孤独的人",代表了诗人赞赏的性格特点、生活模式和价值观念。这部诗集体现了格洛弗的开创性。他试图建立和发展本土英语诗歌的传统,他的诗塑造了典型的新西兰人物形象。他用通俗的语言为正在试图摆脱乔治时期诗歌传统的本土文学做出了贡献。

　　《阿拉瓦塔·比尔》中的阿拉瓦塔·比尔是格洛弗塑造的另一个成功的人物形象。《哈里的歌》组合较松散,是以同一个人物串连起来的一组不同的诗。《阿拉瓦塔·比尔》则不同,其中的 20 首诗是按时间、按事件顺序仔细编排设计的连贯系统的整体。组诗取材于一个叫威廉·奥利里(William O'Leary)的探险者的真实故事。此人长期独居深山,因此诗歌中比尔的故事是他对着马自述的。比尔怀着不灭的希望在山区探金,坚信终有一天命运不负有心之人,他的努力能够得到足够的回报。比尔代表了所有两手空空但总希望在下一个山坳找到宝藏的新西兰人。这一人物象征正是诗歌的力量所在。

多产的最后十年

　　20 世纪的 60 年代,格洛弗仅出版两本诗集,而且主要是旧作新编:企鹅出版社的《不请自入》(*Enter without Knocking*,1964)和《刀锋向上》(*Sharp Edge Up*,1968)。前者精选 30 年的诗作,后者包括已出版的《巴黎传讯》、《尖刻》和《夏之花》三册,也收集了零散发表于《新西兰听众》(*New Zealand Listener*)上的很多诗歌。同他的朋友柯诺一样,格洛弗 20 世纪 50、60 年代发表的作品不多,这是他们思考和积蓄的时期。

　　格洛弗的最后十年也是最多产的十年。他意识到自己健康状况不佳,余年有限,因此努力写作,共出版了十册诗集。其中最初两册使格洛弗的热心读者吃惊不小。一册是《献给某女士》(*To a Particular Woman*,1970),包括 16 首爱情诗。诗人以前所未有的坦诚,敞开心怀,向一位女士娓娓倾诉爱慕之情。另一册是《献给一位女士的日记》(*Diary to a Woman*,1971),其中 66 首诗以日记时序排列,覆盖长达十个半月的热恋过程。这两册诗集是为珍妮特·保尔所作。格洛弗的朋友,原出版商布莱克伍德·保尔去世后,格洛弗苦苦追求他的遗孀珍妮特,"为爱网所陷"。虽然两人最终未成眷属,但格洛弗留下了两册一流的爱情诗集。

　　1974 年出版的《惠灵顿港》(*Wellington Harbour*)和四年后的《海潮涨起》(*Come High Tide*,1977),是两组关于惠灵顿及其海港的诗歌。另两册《克鲁莎:河流诗》(*Clutha, River Poems*,1977)和《或是鹰或是蛇怪》(*Or Hawk or Basilisk*,1978),也是姐妹篇。1975 年格洛弗获得双重荣誉。维多利亚大学授予他名誉博士学位;苏联作家协会邀请他前去访问。他的小诗册《献给俄国朋友们》(*To Friends in Russia*, 1979),便是回顾那次印象极深的旅行而写下的。格洛弗除了写诗以外,还出版了不少其他作品。其中主要作品包括自传《热海行舟人》(*Hot Water Sailor*, 1962)和长篇小说《上帝的子民》(*Men of God*, 1978)。他的回忆录加工太多,并不一定是可靠的生平纪录。长篇小说描写一批传教士及他们的募捐活动,但批评家们未敢恭维。

格洛弗的后期诗触景生情,联想最多的是死亡。《或是鹰或是蛇怪》一册中便收录有十余首关于死亡的诗。事实上,格洛弗谢世也仅是该集出版一年以后的事情。格洛弗是登上了又一座高峰之后才离去的。他在生命的最后一年中出版了足以与《哈里的歌》相提并论的优秀诗集《向着班克斯半岛》。40年以前,格洛弗就已开始创作班克斯半岛诗歌系列,如《江海汇流之变迁》("Estuary Change", 1939)、《辛克莱船长》("Captain Sinclear", 1941)等。他收集了早期和50、60年代写的"半岛诗",加以整编,并补充了不少新作,汇编成一个完整的系列,由企鹅公司出版。

"半岛"系列的主人公米克·斯丁普顿(Mick Stinpton)是个游离于社会的局外人:他从英国皇家海军开小差逃出,在毛利人的帮助下,在海滩山地以打鱼种菜为生,对班克斯半岛的山水草木了如指掌。同哈里和比尔一样,他是个社会反叛者,是个"孤独的人",对现代生活、对天伦之乐没有兴趣,但能够适应和驾驭险恶的生存环境。他外表粗悍,心地善良,在很多方面代表了格洛弗所赞赏的那种我行我素的性格特征,以及他心向神往的那种自由不羁的生活。

《向着班克斯半岛》也是展示格洛弗几十年一贯的诗歌风格的橱窗。他的诗体小巧灵动,语言朗朗上口,节奏优美自然,抒情真率热切,幽默含蓄尖刻。他一贯反对诗人笔下到处可见的经院式的晦涩与沉重,推崇简洁明快的诗风。他曾说:"我每每为了写得简朴而绞尽脑汁。"格洛弗一生不懈的艺术追求,在他众多的诗作中留下了一连串闪光的印记。

第十章

兴盛的战后诗坛

一

战后的文化气候

诗歌创作活跃时期

文学的发展犹如波浪翻腾,此起彼伏。20世纪30年代的高潮推出了诸如萨吉森、约翰·马尔根等优秀作家,但在他们的身后,没有立即跟来一大群继承人。可幸的是,经过40年代前期的相对沉默后,文坛开始出现转机,逐渐走向繁荣。文坛的繁荣尤其明显地体现在诗歌创作领域。二战后20年的新西兰文学界,主要成了诗人竞技的舞台。

40年代经济复苏,人们告别了长达十年的大萧条。1945年,第二次世界大战宣告结束。动荡的年代已经过去,人们寄厚望于未来,期待着太平盛世的延续。自1848年怀唐依条约签订以来,新西兰迎来了自己的百年生日。尽管走过的路途曲折坎坷,拓荒创业时播下的种子已经开花结果,人们为已取得的成就感到欣喜和骄傲。而在文化上,30年代开创的新局面为后来的作家和诗人们铺设了登上新高点的台阶。

有志的文学青年跃跃欲试,希望接过新文学的火把,让新的民族文化传统发扬光大。希望升起的时期,往往也是诗人活跃的时期,但优秀诗人并不陶醉于战后的太平。他们冷静地观察社会,寻找并揭示被乐观的期待所掩盖的社会问题和深层症结。他们仍然对现实持批判态度,但往往不直接反映现实世界,而企图寻找那些不可捉摸然而又左右人们命运的东西。这些诗人的作品常常带着几分象征色彩,几分神秘倾向,形成了诗歌的新浪漫主义。

第二次世界大战结束那年,艾伦·柯诺编辑出版了一部重要文集《新西兰诗典:1923—1945》(*Book of New Zealand Verse, 1923—1945*,1945)。柯诺对前20余年发表的众多作品进行精心筛选,集萃成册,使读者第一次有系统有比较地欣赏到了这个重要转折时期的诗人诗作。基于多年的研究,柯诺在序言中对新西兰诗歌的历史、现状、主题、形式等多方面进行了中肯的评析,对前一阶段的诗歌创作做了十分有见地的总结。柯诺的选集不仅被视为权威性的质量标尺,而且他的前言也是新时期的文学宣言书。他部分地接受了现代派的观点,向前期注重传统、缺乏创新、过分感伤的诗歌浪漫主义发起了挑战。从《新西兰诗典》这个起点上,战后诗人或发扬传统,或突破创新,踏上了诗歌创作的新历程。

大型文学期刊《陆地》(*Land fall*)的创刊,是新西兰文学史上具有重要意义的事件。早在 1939 年,另一本严肃杂志《新西兰听众》就已创刊,并经常刊有书评和文学作品。《新西兰听众》在几年中赢得了很高的声誉,建立了稳定的读者群,但该杂志主要是为无线电广播而创办的,能为文学提供的篇幅毕竟有限。接着,又有两本文学期刊相继问世。《新西兰新创作》(*New Zealand New Writing*)和《角斗场》(*Arena*)先后创刊于战争年代,但未成熟便双双夭折。人们期望能有一份大型文学期刊,成为作家和诗人发表作品、展示成果的橱窗,成为文学交流的论坛。1947 年政府设立文学基金,为这类期刊的创办提供了经济保障。同年,人们翘首以待的杂志以《陆地》为刊名宣告诞生,由著名诗人查尔斯·布拉希出任主编。迄今为止,《陆地》一直是新西兰最重要、最权威的文学刊物。

50 年代初,又一个重要文学刊物《新西兰诗歌年鉴》(*New Zealand Poetry Yearbook*)由诗人路易斯·约翰逊(Louis Johnson)主编出版。《年鉴》创办主旨是扶植青年诗人,因此收录了不少《陆地》难以接受的棱角粗糙但有新意的诗作。在这个意义上,《年鉴》为培养造就新人做出了可贵的贡献。不过事实上,主编路易斯·约翰逊并无意完全偏袒激进的“少壮派”诗人,主要还是以择优录选为原则。

两个创作中心:惠灵顿和奥克兰

第二次世界大战战后的诗人主要活跃在两个大城市——惠灵顿与奥克兰。首都惠灵顿是战后重要的文化中心之一,聚集着以詹姆斯·巴克斯特(James K. Baxter)和路易斯·约翰逊为首的一批诗人,其他还包括阿利斯泰尔·坎贝尔(Alistair Campbell)、休伯特·威瑟福德(Hubert Witheford)、帕特·威尔逊(Pat Wilson)、鲁思·吉尔伯特(Ruth Gilbert)和奥利弗(W. H. Oliver)等。这批诗人都是二三十岁的青年,意气风发,才华横溢。人们注意到了这些诗人的一些共同特点,以地域为名,把他们称作“惠灵顿派”。但也有人认为,这些诗人既无共同的宣言,又无共同信念,并不足以构成地方流派。

新西兰的最大城市奥克兰自第二次世界大战后也出现了一些重要的诗人,有人将他们归为“奥克兰派”。但如此划分是否科学合理,同样存在着争议。他们同惠灵顿诗人一样,没有组织宣言,只是一个松散的区域性的诗人群体,创作目标和实践各不相同。但两地诗人在整体上存在着明显差异。惠灵顿诗人注重反映城市生活和社会内容,具有新浪漫主义倾向;而奥克兰诗人较讲究诗歌形式,也善于将日常琐事哲理化,具有经院风格和玄秘色彩,表现了新浪漫主义的另一个侧面。自 1951 年起,艾伦·柯诺迁居奥克兰。他的个人风格对该地年轻诗人的影响不可低估。奥克兰新一代诗人的主要代表是麦考尔·约瑟夫(M. K. Joseph)、肯德里克·史密塞曼(Kendrick Smithyman)、玛丽·斯坦利(Mary Stanley)和凯斯·辛克莱尔(Keith Sinclair)等。

战后的新西兰,跟着全世界一起大步跨向现代化。现代的交通与通讯使地球变小。欧美出版的书刊,新西兰人几日内便可读到。新西兰与世界各国尤其是英语国家的交流得到加强,文化上互相渗透影响,文学难免染上国际上的某些流行色彩。用以表现现代意识的反传统的现代手法,对青年诗人影响很大。战后新西兰诗人尤其注重学习美国诗歌的理论和实践,学习从惠特曼到庞德整个诗歌体系中各时期的经验。但是,特定的历史、社会和价值体系又塑造了新西兰诗人独特的地方个性。他们扎根于祖国的土壤,探讨本土的问题,表达同胞的心声。20世纪中叶的诗歌,显示了主题上、形式上、哲理上的多样性,由于巴克斯特、约瑟夫和史密塞曼为战后诗坛树起了新的艺术标杆,战后诗歌总体质量较好,形式多样。诗人们并不陶醉于战后的太平盛世,诗歌带有强烈的忧患意识。

二
惠灵顿诗人

查尔斯·布拉希和詹姆斯·巴克斯特

查尔斯·布拉希(Charles Brasch)和詹姆斯·巴克斯特是战后诗坛两颗耀眼的明星。他们的诗歌影响深远,他们本人也都在新西兰文化史上扮演了重要的角色。我们在下一章将对这两位诗人进行专题讨论。

路易斯·约翰逊

路易斯·约翰逊(Louis Johnson,1924—1988)是个城市诗人。也许由于新西兰特别美丽的自然景观和多样的地貌,新西兰诗人对自然诗一直情有独钟。他们视华兹华斯为宗师,赞美祖国的壮美山川和如绣的田园,在写景中写意。自然诗在战后仍不乏继承者,但约翰逊独辟蹊径,成功地开发了城市主题。他擅长在诗歌中探讨城市化造成的文明焦虑和工业化造成的紧张的人际关系,善于在人心内部探幽发微。他的几部诗集注重意境,注重思想,体现了他编辑《新西兰诗歌年鉴》的指导思想。约翰逊的诗歌泼墨之中见工笔,粗犷和细腻兼而有之,创造了独特的个人风格。他的诗常常看似不修边幅,但铿铿锵锵,掷地有声。

约翰逊的前两本诗集发表于同一年,大步跨入知名诗人行列。两本诗集的书名——《残垣中的红日》(*The Sun among the Ruins*,1951)和《百合丛中的铁蹄》(*Roughshod among the Lilies*,1951)——反映了约翰逊诗歌表现中矛盾的两个方面:美与丑,希望与幻灭。它们是对立的,但又常常出现在同一事物中。约翰逊的不少诗反映绷紧的人际关系,破裂的感情,失去的单纯和性压抑等精神方面的痛苦;但他的诗又闪烁着摆脱困境的希望之光。在约翰逊的笔下,我们能看到

R. A. K. 梅森诗歌中那种心理上的自我折磨，又可以看到这种精神痛苦在费尔伯恩式的博爱境界中得到治愈。

约翰逊第二年出版的《不愉快的诗》(*Poems Unpleasant*，1952)，已找不到前两册中那种举棋不定的犹豫。这批诗作笔锋犀利，讽刺辛辣。但约翰逊作为第一个有影响力的"城市诗人"的地位，主要是由 1957 年发表的《世界的新旧更替》(*New Worlds for Old*，1957)奠定的。这一册诗集集中代表了诗人的艺术成就，其中不少诗取材于记忆中的孩提时期，从儿童的角度进行叙述。《不愉快的诗》中已经出现的讽刺和社会批判，在这里更加引人注目。在诗集最后一组诗歌"锶的时代"("Poems for the Strontium Age")中，诗人对未来的人类大灾变发出了预警。

除了已提及的四册诗集外，约翰逊的作品集还包括：《诗节和诗景》(*Stanza and Scene: Poems*，1945)、《诗两首：莫利·布卢姆的消息；激情的人和冷漠的人》(*News of Molly Bloom; The Passionate Man and the Casual Man: Two Poems*，1955)、《夜班：关于爱的方方面面的诗》(*Night Shift: Poems on Aspects of Love*，1957，与巴克斯特、史密塞曼等合作)、《面包和养老金》(*Bread and Pension: Selected Poems*，1964)、《像蜥蜴一样的土地：新几内亚诗选》(*Land Like a Lizard: New Guinea Poems*，1970)、《洋葱》(*Onion*，1972)、《路易斯·约翰逊诗选》(*Selected Poems*，1972)、《火与图案》(*Fires and Patterns*，1975)、《来来回回》(*Coming and Going*，1982)、《冬天的苹果》(*Winter Apples*，1984)、《最后一名食人生番的实供：新诗选》(*True Confessions of the Last Cannibal: New Poems*，1986)和身后出版的《最后的诗篇》(*Last Poems*，1990)。

约翰逊擅长捕捉细小的生活片段，记录生活感受的瞬间，表现细微而深刻的人的精神面貌和感情变化。他塑造的城市人中，有飞黄腾达的得势者，也有备受磨难的平民百姓。那些权势人物往往令人生厌，而他笔下的下层人——普普通通的家庭妇女、老人、儿童、酒鬼、城市贫民等，则能够激起读者的无比同情。他的《生日》("The Birthday")一诗十分具有代表性。

> 似一尊苍灰石偶
> 五十七岁生日之晨
> 老人又迎来一个年头。
> 冷面时钟欢悦地
> 声声催逼，伴随着
> 满堂儿孙声声祝寿。
>
> 历史账本似涓涓流水
> 人生几十年
> 短短一笔，无足轻重——

幽默的玩笑
熟悉的刀叉盘盆
每日不变的面孔。

似水流年，春来秋去，
收获的不是繁花硕实
而是小人物的小小节日。
在杀人的年年月月里
像天边海角的水浪
短暂地推起，然后消失。

水浪升起，淹没了手、眼睛、
餐桌边的微笑、
熟悉的刀叉盘盆。
不管天陷地塌
熟悉的面孔都在呼叫
——我们的父亲。

  诗歌描写一个生日庆祝场面，有儿孙们的祝福，有满桌佳肴，有幽默和笑脸。但在喜庆背后，老人的心却在哭泣。儿女们的行为无可挑剔，异口同声地称他"我们的父亲"。老人在欢乐的时刻、欢乐的场合偏偏感到孑身一人，精神上极其孤独。在朝夕相处的家庭成员中间，他意识到无形隔膜的存在。他感叹年华流逝，碌碌一生，而子女们却无法体味、理解他的内心痛苦。诗歌的艺术感染力，正产生于两代人的落差之上。

  路易斯·约翰逊的诗歌在布局与叙事上似乎漫不经心，但这种随意正是高超的创作技艺的体现。他三笔两画，便勾勒出惟妙惟肖的人物塑像，刻画出细致入微的人物心理。除了诗歌形式与风格上的创新之外，约翰逊的可贵贡献还在于他将诗歌用来表现凡人琐事，通过日常生活中的某一小片段来表达普通民众的喜怒哀乐。关于家庭、婚姻等日常主题的诗，往往是他最成功的作品。约翰逊影响了很多原先热衷于写浪漫诗、自然诗的青年诗人，起到了积极的导向作用。

阿利斯泰尔·坎贝尔

  阿利斯泰尔·坎贝尔（Alistair Campbell，1925—2009）是个诗人，也是小说家和剧作家，出生于南太平洋的库克岛，父亲是苏格兰人，母亲是波利尼西亚人。他在母亲的家乡库克群岛度过童年，作为混血后裔，双文化的影响在他的作品中留下了清晰的痕迹。他八岁时失去双亲，兄弟三个被带到新西兰南岛的一个孤儿院,长大后主要在惠灵顿生活。坎贝尔先后在达尼丁大学和维多利亚大学就读,主修拉丁语和英语语言文学。大学期间,他对英国诗人叶芝十分崇拜,喜爱诵读他的诗歌,无形之中深受这位大师风格的影响。在他本人的早期诗作中,我们可以看到叶芝的影子。同时,他认识了著名新西兰诗人巴克斯特,两人成为朋友。50年代,他成为惠灵顿诗人中的一员。坎贝尔的首任妻子是著名诗人芙勒•阿德柯克(Fleur Adcock),第二任妻子玛格丽特•安德森(Margaret Anderson)也是诗人。

大学期间及毕业后,他做过各种杂活,后在一家红十字医院做园丁。他的许多早期诗就是在打工的日子里写下的。25岁那年,坎贝尔收集了前几年写下的诗歌,由巴克斯特作序,出版了第一本诗集《眼眩:1947—1949年诗选》(*Mine Eyes Dazzle: Poems 1947—1949*, 1950)。坎贝尔一举成功,诗册受到文化名人们的高度赞赏,短期内两次再版。从这本诗册开始,坎贝尔就将自然世界划归为自己的诗歌领地。也许由于他部分波利尼西亚血统和文化的影响,他对自然的描写具有原始的粗朴和力度,语言文字跳跃着毛利口承叙事的自然节奏。他的浪漫主义带着明显的泛灵论的色彩,如《回归》("The Return")一诗中,海滩上聚集了草神、树神、冥神等。他把自己寄归于天地万物,诗歌使人联想起波利尼西亚的原始文化和信仰。他的诗歌与同时代的路易斯•约翰逊的城市诗相映成趣,体现了战后诗坛的多极走势。50年代写下的诗歌如《卢克蕾西娅婶婶》("Aunt Lucrezia")、《骨头》("Bones")、《收获苦果》("Bitter Harvest")等,都是人们喜爱的优秀作品。从这些作品中可以看出一些已经在酝酿之中的后期作品的主题,如波利尼西亚童年生活、死亡等。

1960年,坎贝尔开始出现精神衰弱的症状。从此他多年受到噩梦和忧郁的困扰,这些在他的诗歌、剧本和晚期小说中都有所体现。相隔十余年后,坎贝尔才推出他的第二册诗集《精灵祭坛》(*Sanctuary of Spirits*, 1963)。这是一组抒情诗系列,以毛利酋长特•罗巴拉哈(Te Rauparaha)的生平故事为主线,反映殖民之前的一段历史。特•罗巴拉哈素有"毛利拿破仑"之称,一生经历跌宕起伏。坎贝尔结合毛利口头诗和英语诗两方面的特点,取两者所长,并在浪漫抒情中融入现实主义的成分。诗人对史料进行高度提炼,以短小的诗组反映这位传奇人物曲折的一生。新西兰主流文学中,毛利主题在诗歌中早已比比皆是,但在前辈诗人手中,处理起来犹如隔靴搔痒。坎贝尔为新西兰文学的这一重要领域提供了经验和成功的样板。坎贝尔的最初两本诗集,为他奠定了新西兰最优秀的抒情诗人的基础。

此后,坎贝尔的诗集从印刷厂滚滚流出:《野花蜂蜜》(*Wild Honey*, 1964)、《蓝色的雨》(*Blue Rain*, 1967)、《角杯》(*Drinking Horn*, 1971)、《走黑道》(*Walk the Black Path*, 1971)、《卡皮堤:1947—1971年诗选》(*Kapiti: Selected Poems, 1947—1971*, 1972)、《梦,黄色的狮》(*Dreams, Yellow Lions*, 1975)、《萨维基的

黑暗之王》(*The Dark Lord of Savaiki*，1980)、《坎贝尔诗歌集：1947—1981》
(*Collected Poems: 1947—1981*，1981)和《灵魂陷阱：抒情诗系列》(*Soul Traps: A Lyric Sequence*，1985)。坎贝尔的诗才在《石头雨：波利尼西亚血统》(*Stone Rain: The Polynesian Strain*，1992)中得到了最集中的体现。以战争、和平和爱情为主题的诗集《加里波利》(*Gallipoli and Other Poems*，1999)和《毛利军团：组诗》(*Maori Battalion: A Poetic Sequence*，2001)是坎贝尔最近的作品，后者收集了 72 首诗作。

坎贝尔多才多艺，除了诗歌和小说外，他的《毛利神话》也是一部颇有价值的文献。此外，他还创作过剧本，包括《回家》(*The Homecoming*，1964)等六个广播剧和著名舞台剧本《当树枝折断时》(*When the Bough Breaks*，1970)。前者以一个痛恨自己的局外人地位的毛利作家为主角；后者采用表现主义的手法，揭示了处于高度压抑状态的人的内心世界。他的三本儿童读物也颇受欢迎：《果园》(*The Fruit Farm*，1953)、《欢乐的夏天》(*The Happy Summer*，1961)和《新西兰：献给孩子们的书》(*New Zealand: A Book for Children*，1967)。《从岛屿到岛屿》(*Island to Island*，1984)是一部自传。《军舰鸟》(*The Frigate Bird*，1989)、《响尾蛇》(*Sidewinder*，1991)和《提阿》(*Tia*，1993)组成了坎贝尔长篇小说三部曲，其中《军舰鸟》入选英联邦作家奖地区最后提名。另一部长篇小说是1999 年出版的《女巫幻想》(*Fantasy with Witches*)。

坎贝尔善于用细节传递孤独苍凉的情感。《在渔村》("At a Fishing Settlement")和《凄凉松林旁的小屋》("Hut Near Desolated Pines")等早期诗篇，已显示了坎贝尔的创作特点。渐渐地，他摆脱了诗歌形式对内容的束缚，走进了一个更加广阔的自由空间。他的文字不求典雅而求通俗化，口语化；感情表达自发如流，构思精巧，意境新颖，耐人寻味。60 年代发表的《紫色的混沌》("Purple Chaos")，以一个印象派的画面，表达袅袅不尽的思绪悬想。坎贝尔的诗歌风格在此可见一斑。

> "混沌是紫色的，"你说。
> "画家的空谈，"
> 我说，据理反驳。
> "混沌是无色的力，
> 造就了孩子、
> 星星和花朵；
> 没有开初，
> 也没有结果。"

裹着一身疲倦

卧床深思
我悟解了你的内涵。
你并非就事论事,
你说的是死。
紫色的混沌在我周身翻转,
将我——一颗果荚,
一个空贝壳,
遗弃在弯弯长滩。

死去了,
一个宝贵的东西已经消逝。
也许是花朵,
也许是星星,
或者是一个孩子——
不管是什么,我的爱
也已经止息。

　　坎贝尔的这首诗虽不描写某个具体事件,或表达某个具体观点,但他却能生动地传递一种感情,一种信仰破灭而又无能为力的失落感。坎贝尔的诗有时带点原始主义的粗朴,有时带点现代派的玄秘,但他是个立足当今世界的诗人。他的诗是一个现代人对历史、对人生的反思。他一贯注重感情的传递而不注重观点的表达。他将人们司空见惯而又不以为然的常景和琐事选作诗的素材,让人们在对生活某一景观或某一瞬间的再认识中,突然看到真理的闪现,从而对人生有所洞见,有所悟识。坎贝尔的诗歌和小说都具有浓郁的波利尼西亚风格。2005 年他获得了总理文学成就奖(Prime Minister's Award for Literary Achievement)。坎贝尔从 1976 至 1979 年担任国际笔会新西兰会长。

其他惠灵顿诗人

　　帕特·威尔逊(Pat Wilson,1926—　　)的作品不多,主要成就是诗集《闪亮的海》(The Bright Sea,1951)。威尔逊创作态度严谨,每首诗都经过深思熟虑,精雕细刻,因此内涵丰富,颇耐咀嚼。《闪亮的海》收集的主要是象征诗,诗风浓润,使用一种低调的抒情体,常常从抽象渐渐进入具体,从概念过渡到生动的实例,诗情浓郁,充满机智,但其中时常透出一些悲切之情,具有独到的诗意美。他在维多利亚大学获得博士学位,于 50 年代初离开新西兰,到伦敦谋求发展。他继续写诗,零星地发表在不同杂志上,也创作一些儿童文学。
　　另一名惠灵顿诗人休伯特·威瑟福德(Hubert Witheford,1921—2000)与帕特·威尔逊有些许相似之处：都是书卷气较重的诗人，都选择主要在伦敦发展。他毕业于维多利亚大学的历史专业，二战期间曾在总理办公室工作，1953 年离开新西兰去英国。50 年代初期发表的《火影》(Shadow of the Flame，1950) 和《猎鹰面具》(The Falcon Mask，1951) 是他的主要作品，其中的浪漫主义气息和注重精神领域的内容，从一开始就成为威瑟福德诗歌的标签。他的诗以反思式的冥想和意象主义风格为特征，也常从东方哲学中引经据典，用来针砭重物质轻精神的当代西方社会。他的诗弥漫着神秘色彩，有时会使人觉得深奥莫测。读者犹如被引入某种古代宗教仪式，而这种礼仪的神秘内涵，也许只有当祭司的诗人自己知道。在英国，他自费出版了几本诗集，包括《闪电带来的变化》(The Lightning Makes a Difference，1962)、《可能的秩序》(A Possible Order，1980) 和《为坟墓预备的蓝猴》(A Blue Monkey for the Tomb，1994)。在最后一部诗集中，诗人一改先前的抽象与晦涩，用一种略带幽默的说话般的平易风格，表达进入老年的一些感慨。

奥立弗 (W. H. Oliver，1925—　) 也是战后涌现的惠灵顿青年诗人之一，更是一个历史学者，先后在惠灵顿的维多利亚大学和英国的牛津大学获得硕士和博士学位。1965 年起担任梅西大学历史学教授，1984 年离职，主编《新西兰人物辞典》(Dictionary of New Zealand Biography)。他的主要作品是诗集《没有凤凰的火》(Fire without Phoenix，1957)、《落令》(Out of Season，1980) 和《可怜的理查德》(Poor Richard，1982)。奥立弗的诗表现了很强的历史感。他以学者特有的洞察力，在历史和文化框架内考究社会风尚和社会思潮，透视人的心灵和民族心灵。但他的诗歌过分古板沉重，缺乏轻盈灵动的诗风，也缺乏含蓄与机动，因此不少批评家对他的作品评价不高。《新西兰诗歌》(Poetry in New Zealand，1972) 是奥立弗的一部重要文学史著作。他于 2008 年获得总理文学成就奖（非小说类）。

这些立足于惠灵顿的诗人之间，创作领域、主题和风格都很不相同，有的表现城市生活，有的讴歌原始自然；有的精雕细刻，有的粗放质朴；有的重哲理，有的重细节；有的喜抒情，有的喜写实。他们不形成一个流派，但他们是出现在同一时期、同一地区的作家群，共同创造了该地区诗歌繁荣的小气候。

三

奥克兰诗人

麦考尔·约瑟夫

奥克兰诗人以麦考尔·约瑟夫 (M. K. Joseph，1914—1981) 和史密塞曼为主要代表。虽然约瑟夫步入诗坛时也刚过而立之年,但在以脱颖而出的青年诗人为主体的战后诗歌界,他是个年长者,而且他还是个大学教授,因此文学声望大于文学成就。约瑟夫的诗作不多,大部分收录在《幻想岛》(*Imaginary Islands*,1950)、《生机勃勃的乡村》(*The Living Country*,1959)、《麦考尔·约瑟夫诗选》(*A Selection of Poetry*,1965)、《纸镖上的铭文:1945—1972 年诗选》(*Inscription on a Paper Dart: Selected Poems 1945—1972*,1974)等四册诗集中。

麦考尔·约瑟夫在第一次世界大战爆发前一个月出生于伦敦附近的埃塞克斯,战乱时期的伦敦在他的童年记忆中留下了深深烙印。他的父母都是受过良好教育的天主教徒。战后,他随父母在比利时和法国多个地方生活过,最后于 1924 年移居新西兰。1934 年,约瑟夫获得奥克兰大学硕士学位后当了一名教师,1936 年进入牛津大学深造,毕业时正值第二次世界大战爆发,开始了一段从军的生活,1946 年二战结束后回到新西兰,继续从事英语教学和文学研究工作。

约瑟夫博览群书,对哲学与艺术尤其感兴趣。他的大部分诗作是阅读联想的副产品,在其中融进学者的睿智和博闻。他被认为是个“经院”诗人,对他而言,文学是“知识的游戏”。他注重人的精神生活方面,诗歌探讨的也往往是宗教、时代与变迁、生存本质、绝对真理、现时与永恒的关系等比较抽象的主题。如《墨丘利湾田园诗》(“Mercury Bay Eclogue”)一诗中,约瑟夫攀上联想的浮云,以超越时空的视野,看待爱情和现实。《情侣与城市》(“The Lovers and the City”)重现了莎士比亚剧作《罗密欧和朱丽叶》中的人物和中世纪的场景。诗歌像是诗人的阅读心得,但显示了约瑟夫透视人物心理的极其敏锐的洞察力。

约瑟夫并不一味追求抽象、偏爱玄虚、崇尚古典而逃避现实,他也写下了不少与现实生活密切相关的讽刺诗、模仿滑稽诗和警句式的短诗。这些诗受到了广泛的欢迎。他的《凡俗祈祷》(“Secular Litany”)讽刺新西兰的物质信仰和精神平庸,是新西兰流传最广的诗篇之一。约瑟夫对英国后期浪漫主义诗人拜伦很有研究,1964 年出版了研究著作《诗人拜伦》(*Byron the Poet*)。约瑟夫又是个优秀的小说家,具有六部长篇小说的雄厚资本。他的小说将在第十二章进行讨论。

肯德里克·史密塞曼

肯德里克·史密塞曼(Kendrick Smithyman,1922—1995)是个诗人兼批评家。在奥克兰切弗里角小学上学时,与后来的历史学家和诗人凯斯·辛克莱尔认识,从此结为一生的朋友。他 1935 年进入奥克兰的瑟顿技术学院,1940 年进奥克兰教师培训学院学习,但为时仅一年余。第二次世界大战中,他加入陆军炮兵,一年后转入新西兰空军,服役至二战结束。

从 1944 年开始,他在新西兰、澳大利亚、英国和美国的不同杂志上发表诗歌,很快建立了文学声誉,成为战后一代诗人的代表。他的诗歌受到来自多方面的影响,主要是英、美两国的诗人,包括 T. S. 艾略特、W. H. 奥登、迪兰·托马斯、约翰·克鲁·兰塞姆、艾伦·泰特、罗伯特·洛威尔等。他对 17 世纪的英国诗人约翰·邓恩尤其痴迷。他的诗复杂费解,因此是同代诗人中最难被普遍接受的一个。人们对他的诗风褒贬不一,有人欣赏他的深奥,有人指责他故弄玄虚,玩弄本体论的概念。他试图冲破地方、国界、语言的束缚,驰骋于国际文化环境的广阔天地之间。他的不少素材取自欧洲文学艺术作品。诗歌中具有象征色彩的人物和寓言般的事件,创造了一个远离新西兰现实的扑朔迷离的世界。

史密塞曼的文字常常晦涩难懂,句法不可捉摸,比喻的关联性常常出现跳跃,如“绿色的颤抖的愿望”之类,初读时使人不知所云,无法抓住其确切的含义。但含糊是诗人表达内心的语言,也是诗歌的力量所在。权威的《牛津当代新西兰诗歌》(*Oxford Book of Contemporary New Zealand Poetry*)一书的编者、女诗人芙勒·阿德科克指出,史密塞曼的文体是诗人“深沉复杂的思维习惯的必然产物”,由于他的诗自成风格,“反复诵读便能渐入佳境,甚至会使人爱不释手”。史密塞曼认为,作诗是“智者的高雅游戏”。因此他的诗常常像谜语一般难解。他的诗被认为是“经院式”的,引经据典,含而不露,小心翼翼地避开直截了当的说明,避开坦率的感情表达。他给诗歌蒙上了一层雾幕,诗意若隐若现,虚无缥缈。只有破雾而出者,才能享受其中的奥妙。

史密塞曼从 20 世纪 40 年代起就在国内外刊物上发表诗歌,是个多产诗人。《十四行诗七则》(*Seven Sonnets*,1946)是他的第一本诗集。接下来出版的两册是《盲山》(*The Blind Mountain and Other Poems*,1950)和《快乐的高空秋千》(*The Gay Trapeze*,1955)。两本诗集的书名典型地反映了诗人的表现方式:山为何是“盲”的? 秋千为何是“快乐”的? 他在三段论法中抽去其中一环,使人茫然,也给人留下了大片想象的空间。60 年代出版的两本诗集是《遗产》(*Inheritance*,1963)和《飞往帕尔玛斯敦》(*Flying to Palmerston*,1968)。在这里,史密塞曼诗歌中逻辑、句法上的故意省略与含糊渐渐减少,文体走向明晰。这一阶段,他对新西兰诗歌进行研究,写下了一部文论著作——《表达方式》(*A Way of Saying*,1965)。在其中,他把新西兰诗歌分成两大部分,一类属于浪漫主义;另一类属于经院主义。他本人无疑属于后者。文论相当一部分阐述、解释他自己的创作模式,将它合理化、理论化。

60 年代的两册诗集是一座过渡桥梁。史密塞曼 70、80 年代的作品很多,但风格已迥然不同。他从象牙塔中走出,但依然保持了诗歌的独特个性,耐人品味而不落俗套。史密斯曼的后期主要诗集包括:《地震气候》(*Earthquake Weather*,1972)、《海豚池里的海豹》(*The Seal in the Dolphin Pool*,1974)、《持台球杆的矮子》(*The Dwarf with a Billiard Cue*,1978)、《木键盘的故事》(*Stories about Wooden Keyboards*,1985)、《你去看电影吗?》(*Are You Going to the Pictures*,1987)、《史密塞曼诗选》(*Selected Poems*,1989)和《自传与他传》(*Auto/biographies*,

1992)。其中《木键盘的故事》获得新西兰图书奖(New Zealand Book Award),而《史密塞曼诗选》是对过去的部分诗歌进行了大改动后重新发表的。这一阶段的作品代表了史密塞曼成熟的诗歌风格。1969 和 1981 年两次英国和北美之行中,他写下了不少优美的自然诗。《帝国前景家庭小说》(*Imperial Vistas Family Fictions*)是 1983 至 1984 年间写下的关于他家庭和亲戚的系列诗歌,身后于 2002 年出版。

史密塞曼是个献身于文学的诗人。去世时他留下了五卷未发表的诗歌,另有 500 首他不愿发表的诗歌。他在去世前完成的长诗《阿图瓦·韦拉》(*Atua Wera*,1997)被整理发表后,马上被认为是新西兰文学史上最重要的诗歌作品。他追求完美,对作品精益求精。他从美国现代诗中汲取了不少有益的成分,诗歌力图打破形式与语言的障碍,穿透生活经历的表层,揭示深层的、内在的、本质的东西。他的诗带有现代派的风格,以玄妙、含蓄、丰富而著称。

其他奥克兰诗人

玛丽·斯坦利(Mary Stanley,1919—1980)与史密塞曼的诗风截然不同。她的诗不产生于广博的阅历,而产生于对日常生活、对家庭环境的感受。童年回忆的片断,人间爱憎点滴,都可以成为她诗歌的内容。她没有精心设计的诗体和韵律,诗歌是自发的感情流露。她也不企图揭示事物的本质,而满足于表达对复杂事件的个人见解。斯坦利的主要作品是诗集《挨饿的年月》(*Starveling Year*,1952)。其中的诗歌以基督教人生观为基调,从母亲、妻子、女儿的角度表达女性的声音。但她从不像某些女权主义者那样,强调女性优势。斯坦利只追求感情的真切,既不造作,也不华丽,诗风朴实,但又能平中见奇。

查尔斯·多尔(Charles Doyle,1928—　　)是奥克兰诗人中最年轻的一位,出生于爱尔兰,在伦敦长大,第二次世界大战中参加皇家海军,1951 年来到新西兰,一度在奥克兰大学任教文学。多尔从小受到英国诗歌传统的熏陶,年轻时又受到当代美国青年诗人的影响,如斯诺德格拉斯(W. D. Snodgrass)、高尔威·金内尔(Galway Kinnell)、詹姆斯·赖特(James Wright)等。多尔的第一部诗集是《玻璃碎片》(*A Splinter of Glass*,1956),反映他在社会上、精神上适应新环境的过程。集子中的诗歌带有模仿的痕迹,说明诗人尚处在学习探索阶段。但诗集已经明确无误地显示了多尔语言表达的功力和强烈的韵律节奏感。《距离》(*Distances*,1963)、《地方意识》(*A Sense of Place*,1965)、《给哈罗德的口信》(*Messages for Herold*,1965)和《地球冥想》(*Earth Meditations*,1968)是 60 年代出版的四册诗集,诗风有所转变,但现代派的气息依然浓烈。多尔的后期诗集包括《石舞者》(*Stonedancer*,1976)和《沉稳》(*A Steady Hand*,1983)。

查尔斯·多尔的后期作品有回归传统的倾向,相对比较易读易懂,不像前期作品那样朦胧、隐秘和含糊,与常出现碎片化和思维跳跃的早期实验性作品比较变化不小。他的主题范围很广，从追求精神升华逐渐转变为尊重经历，尊重现实。他的诗因此也受到了更高的评价。多尔也是个出色的文学评论家，写过巴克斯特和 R. A. K. 梅森等人的作品评论。1965 年出版的《新西兰近期诗歌》（*Recent Poetry in New Zealand*）是他的主要文学研究著作，但明显较偏向于奥克兰派的诗人和他们的创作认识。

四
南方诗人

克赖斯特彻奇在 20 世纪 30 年代曾一度是兴旺的南方文化中心。在卡克斯顿出版公司的扶植下，该市曾养育了一批有影响的诗人。第二次世界大战后的南方，尤其是克赖斯特彻奇和坎特伯雷，出现了一些优秀诗人，但未出现能与代表惠灵顿和奥克兰两个诗派最高成就相提并论的重量级诗人。在坎特伯雷，查尔斯·斯皮尔（Charles Spear）的诗集《彩色的两便士》（*Two-pence Coloured*，1951）是引人注目的作品，但他再也没有其他诗歌作品。鲁思·弗兰斯（Ruth France）用笔名鲍尔·亨德森（Paul Henderson）发表作品，她的主要诗集《不情愿的朝圣者》（*Unwilling Pilgrim*，1955）以玄秘为特征。另一个坎特伯雷诗人是威廉·哈特-史密斯（William Hart-Smith）。他的《哥伦布》（*Christopher Columbus*，1948）是关于大航海家哥伦布的叙事诗，但不像同类作品那样浪漫主义地渲染事件的传奇色彩，而在叙述中以现代意识反思历史，艺术地表现了独到的见解。哈特-史密斯的《公正》（*On the Level*，1950）是一部关于坎特伯雷地方风情的诗册。诗人描绘了当地的秀丽景色，人民的衣食住行，及流行于民间的风俗与传奇等，乡土气息十分浓郁。巴西尔·道林和鲁思·达拉斯是南方诗人中的佼佼者。

巴西尔·道林
出生在克赖斯特彻奇的巴西尔·道林（Basil Dowling，1910—2000）也许可以算作一个例外。道林不是新诗潮的组成部分，在战后诗人群中，他较年长，气质上属于 30 年代。他毕业于坎特伯雷大学，1932 年获得文学硕士学位，毕业后一度从事圣职。二战期间因无法容忍教堂对于战争的态度，毅然辞去圣职，上街演讲遭逮捕，被控煽动罪入狱三个半月。战后他担任奥塔戈大学图书馆副馆长。他早期的三本诗集都出版于 30 年代与 50 年代新西兰两次文学高潮中间的低谷时期：《一日旅行》（*A Day's Journey*，1941）、《信号与奇迹》（*Signs and Wonders*，1944）和《坎特伯雷》（*Canterbury*，1949）。道林有选择地学习继承了乔治时代的英诗传统,但他具有熟练运用新西兰口语节奏的能力。在清丽洒脱的诗行间,他再现了南岛的地势山貌,也表达了他乐天派的人生观。

1952年他去英国定居,称自己是"未回归的新西兰本土人",仍与众多新西兰作家和诗人保持联系和交流,也经常向新西兰刊物投稿发表诗作。对道林来说,克赖斯特彻奇是他"孩提时代的圣土"。在诗集《海瑟利:回忆中的抒情诗》(*Hatherley: Recollective Lyrics*,1968)中,道林再现了孩提时期克赖斯特彻奇市郊老家的场景和人物。另一册诗集《大混乱:世纪中期讽刺诗》(*Bedlam: A Mid-Century Satire*,1972)写于1958年,记录了第一次世界大战后短暂的和平年月,但二战把他赶出了无忧无虑的童年的伊甸园。在最后一册诗集《落果》(*Wind falls and Other Poems*,1983)中,道林表达了感情上回归"祖先的土地"。

鲁思·达拉斯

鲁思·达拉斯(Ruth Dallas,1919—2008)是奥塔戈女诗人鲁思·蒙弗德(Ruth Mumford)的笔名,"达拉斯"是她外婆的姓氏。她在南方诗人中特色最鲜明,被不少人看做是"名符其实的浪漫派"诗人。她15岁那年失去一只眼睛,第二次世界大战期间在军队的办公室工作,战后开始写诗,也曾协助大诗人布拉希编辑《陆地》。她潜心研究中国诗歌,并对佛教深有兴趣。东方的文化与宗教,以及新西兰南方的山山水水,是影响她诗歌创作的两个重要方面。

鲁思·达拉斯的诗风受到英国诗人华兹华斯的影响。她的第一部诗集《山地早晨》(*Mountain Mornings*,1946)首先在《南方时报》(*The Southland Times*)上发表。接着她出版了《乡村路》(*Country Road*,1953)和《转轮》(*The Turning Wheel*,1962)两部诗集,集中描写反映她熟悉的一个山村农业小区的生活——那儿的自然风貌和人情风俗,后者获得了1963年新西兰文学基金成就奖。达拉斯的主要诗集还包括:《日记簿:一年的诗》(*Day Book: Poems of a Year*,1966)、《皮影戏》(*Shadow Show*,1968)、《吉他歌》(*Song for Guitar and Other Songs*,1976,由布拉希选编并作序)、《雪地漫步》(*Walking on the Snow: Poems*,1976,获新西兰图书奖)、《太阳的脚步》(*Steps of the Sun: Poems*,1979)和《鲁思·达拉斯诗集》(*Collected Poems*,1987)。达拉斯创造了轻捷灵动的抒情风格,一首首诗像一件件别致的工艺品。远山的轮廓、海滩上的贝壳、林中啼鸟甚至一只苍蝇,都能引出一段段发人深省的联想。

> 如果我能
> 抛开偏见的目光
> 观察这只苍蝇,
> 我应该发现它的身体
> 闪烁金属的蓝光

　　——不,是孔雀蓝。

　　它有细丝编织的脚

　　有雾气呵成的翅膀。

　　我注意到

　　它甚至还有一张脸,

　　它还呼吸,就像我一样。

　　鲁思·达拉斯以她的独特视角进行观察联想,诗体简洁而凝重,以新、灵、小、巧、奇的诗风,让人刮目相看。达拉斯的儿童文学作品也是以自己熟悉的南方风光为背景,最著名的是"丛林"系列,包括《丛林里的孩子们》(*The Children in the Bush*,1969)、《丛林里的野男孩》(*The Wild Boy in the Bush*,1971)、《丛林里的大洪水》(*The Big Flood in the Bush*,1972)和《丛林里的假日时光》(*Holiday Time in the Bush*,1983)。她的短篇小说收集在小说集《黑马》(*The Black Horse and Other Stories*,2000)中。《弯曲的地平线》(*Curved Horizon*,1991)是她的自传。2006年出版的《一尊明代花瓶的欢乐》(*The Joy of a Ming Vase*)是她最后的一部作品。

五

民族使命与国际义务:两位特殊的诗人

　　凯斯·辛克莱尔和路易·艾黎是两位具有特殊地位的诗人。辛克莱尔是著名历史学家;路易·艾黎是著名国际主义者,两人都对诗歌以外的关注领域倾注了毕生的精力和更多心血,用行动也用文字,帮助社会下层人民,呼吁社会正义,反对帝国侵略和殖民主义压迫,致力于促进不同人民之间、民族之间的和谐共存。他们同时也是优秀甚至多产的诗人,诗歌又与他们的政治、社会和历史关注密切相关。但是他们的主要影响在诗歌之外。

凯斯·辛克莱尔

　　诗人凯斯·辛克莱尔(Keith Sinclair,1922—1993)是第一位著名新西兰本土历史学家,也写下了不少与历史和民族身份题材相关的优秀诗作。他出生于奥克兰,是一个十口之家中的长子。他就读于奥克兰师范学院,大学期间也到奥克兰大学选修课程,也可以归入"奥克兰诗人"群体。第二次世界大战中他曾在陆军和海军服役,二战结束后在海外完成大学本科学业,回国后在奥克兰大学继续攻读历史学硕士和博士学位。他于 1947 年起在母校任教,1963 年晋升为教授,从教直至退休。不论是在他的历史著作还是在诗歌中,辛克莱尔都热衷于民族主义的理念。他坚持主张新西兰应该在认识上摆脱殖民状态,通过历史确立民族身份,发展一个独立的自我。

辛克莱尔的历史著作包括以他的博士论文为基础的《毛利战争溯源》(*The Origins of the Maori Wars*, 1957),以及《新西兰历史》(*A History of New Zealand*, 1959)、《自由政府,1891—1912:通向福利国家之前提》(*The Liberal Government, 1891—1912: First Steps Towards a Welfare State*, 1967)、《命运的两极:新西兰民族身份的探寻》(*A Destiny Apart: New Zealand's Search for a National Identity*, 1986)等。他一直十分关注毛利历史研究,努力学习毛利语言,并阅读了大量毛利语的文献,写下了《和平年代:战后毛利民族,1870—1885》(*Kinds of Peace: Maori People after the Wars, 1870—1885*, 1991)这部重要的新西兰社会文化史。他的历史著作兼具客观性和可读性,受到读者的广泛欢迎。比如《新西兰历史》一书,半个世纪来多次修订和再版,成为记录和了解新西兰不可多得的教材,被视为新西兰历史的一部经典之作。他后来的历史著作更多地探讨认识和文化层面的问题,生动凸显了一个具有双文化特征以及兼具集体主义意识倾向和强烈个人主义色彩的民族个性。此外,他还于 1967 年帮助创办了《新西兰历史期刊》(*New Zealand Journal of History*)。

辛克莱尔发表了五部诗集。《夏之歌》(*Songs of a Summer*, 1952)描写北方亚热带的四季变迁。在奥克兰诗人中,辛克莱尔对新西兰风光描写最多。《陌路人或野兽》(*Strangers or Beasts*, 1954)也描写了奥克兰半岛的农庄牧场和荒林野地。其他作品包括《拥抱的时刻》(*A Time to Embrace*, 1963)、《火轮树》(*The Firewheel Tree*, 1974)和《月球谈话》(*Moontalk: Poems New and Selected*, 1993)。他的诗充满活力,语言生动,风格上略带玄学色彩,文笔中透出一种克制的幽默。他最得心应手的是历史题材,比如著名诗篇《纪念一位传教士》("Memorial to a Missionary")中,他将学者和艺术家两方面的才能巧妙结合,使诗歌秀美而凝重,阔达而深沉。著名诗人艾伦·柯诺对这首诗给予了很高的评价,称"辛克莱尔融合了史学家的理解和诗人的洞见,……没有任何一首其他诗歌包含了如此宏大的历史"。关于他自己的诗歌成就,辛克莱尔比较低调,但他为战后新西兰诗坛做出了重要的贡献。

辛克莱尔的自传《去海港的半途:自传》(*Halfway Round the Harbour: An Autobiography*)1993 年于身后出版,记录了这贫苦的一家在 20 世纪 20、30 年代的历险:他们追求亲近自然的海港边生活,希望实现某种田园理想,但屡屡受挫。《新西兰费边主义者威廉·里夫斯传》(*William Pember Reeves: New Zealand Fabian*, 1965)和《沃尔特·奈什》(*Walter Nash*, 1976)是两部政治传记。作为历史学家,辛克莱尔给新西兰留下了宝贵的文化遗产,以其特色鲜明、内容翔实的历史作品,"在摧毁新西兰人普遍存在的自卑感方面起到了关键作用"。在文学贡献方面,除了诗歌,他在文化认识层面,以及他那种清新自然的叙事文体,也影响了很多新西兰作家和诗人。

路易·艾黎

诗人路易·艾黎(Rewi Alley,1897—1987)与中国有着特殊的关系。他作为工业合作社运动(简称工合运动)与工合国际领导人和创始人之一,主要活跃在抗日战争时期的中国,在国际上影响很大,去世后按他的遗愿葬在北京。但他的诗歌作品主要发表于第二次世界大战结束之后,而且与新西兰主流诗坛联系不多。

路易·艾黎出生在坎特伯雷,父母亲都热衷于政治和社会改革,母亲是新西兰女权运动的领导人之一。年轻的艾黎深受父母的影响。1915 年底 18 岁的他弃学从军,加入第一次世界大战,作为新西兰远征军的士兵被派往法国。作战中他两度负伤,获得了英勇勋章。1919 年第一次世界大战结束后,他回到新西兰,与人合作经营牧羊场,直到 1927 年。那一年他读到有关中国革命的报道,决定前往。

路易·艾黎来到上海,为改善恶劣的工业生产条件四处活动。抗日战争爆发以后,他向国外撰写了大量宣传中国人民抗日战争的文章。同时,他发起组织了工合运动,成为失业工人和难民生产自救、支援抗战而兴起的一支独特的经济力量。在战争岁月,他为供应战时军需民用品,特别是援助人民游击战争做出了重要贡献。他在甘肃省山丹县创办了以手脑并用、理论联系实际为办学宗旨的培黎工艺学校,培养劳动人民子弟,为新中国培养了一批技术人才。新中国成立后,艾黎致力于维护世界和平与各国人民友好的事业,为发展中国人民同新西兰及世界各国人民间的友谊、增进各国人民对中国的了解,做出了重要贡献,曾受到毛泽东、周恩来、邓小平、宋庆龄等人的会见。

路易·艾黎从小喜欢诗歌,在中国期间开始写诗,运用一种奔放的自由体,逐渐写下很多作品,表达情感和理想。后来出版的诗集主要有:《工合》(Gung Ho: Poems,1948)、《山丹笔记之页》(Leaves from a Sandan Notebook,1950)、《今日中国》(This Is China Today,1951)、《真实北京即景》(Fragments of Living Peking,1955)、《谁是敌人》(Who Is the Enemy,1964)、《抗议诗二十五首》(Twenty-Five Poems of Protest,1970)、《献给新西兰的诗》(Poems for Aotea-roa,1972)、《松林雪景》(Snow over the Pines,1977)和《清新的微风》(The Freshening Breeze,1977)。路易·艾黎的诗作不少,但他一般被认为是一个游离于新西兰文学之外、自成一家的诗人,因此更多地作为著名政治和文化人物而被提及。

艾黎的其他论著包括《人民有力量》(The People Have Strength,1954)、《外蒙古之行》(Journey to Outer Mongolia: Diary with Poems,1957)、《京剧》(Peking Opera,1957)、《洪湖精神》(In the Spirit of Honghu,1966)、《毛泽东

思想的影响》(*The Influence of the Thought of Mao Tse-tung*，1969)、《中国游记》(*Travels in China*，1973)、《生活在中国的五个美国人》(*Five Americans in China*，1985)等。此外，他还著有自传《我的中国岁月》(*Memoirs of My China Years*，1986)和《艾黎·路易自传》(*Rewi Alley: An Autobiography*，1987)。他还将一些中国古典诗集译成了英文，对中新文化交流做出了重要贡献，主要译作收集在 1954 年出版的《太平盛世：中国诗译》(*Peace Through the Ages: Translations from the Poets of China*)。

　　战后的新西兰诗坛出现了百花争艳的盎然春意。30 年代起家的前辈如柯诺和格洛弗宝刀未老，仍在创作；而 20 余岁的新秀层出不穷。巴克斯特、约翰逊、坎贝尔、约瑟夫、史密塞曼等青年一代诗人为战后新西兰文学带来了生机，带来了希望。从此，诗歌走上了一个新层次，在文学中的地位更加显要，更为本国读者所喜闻乐见，也更多地受到世界文学界的认可和重视。

第十一章

查尔斯·布拉希和
詹姆斯·巴克斯特

一

查尔斯·布拉希

生平与创作

查尔斯·布拉希(Charles Brasch，1909—1973)的父母都是犹太后裔，但脱离犹太教已有两代人的时间，事实上犹太文化未对查尔斯产生过多大的影响。1931 年在牛津大学接受高等教育期间，布拉希就开始在大学的《牛津诗刊》(Oxford Poetry)上发表作品。此时，新西兰的新文学运动正在母腹中骚动。布拉希回国后，即加入 R. A. K. 梅森、柯诺等文学青年的队伍，跃跃欲试，共同为创建新文学而努力。1932 年第一期《凤凰》出版时，布拉希在其中发表了四篇作品：两首抒情诗，一篇德阿西·克雷斯韦尔诗歌评析和一篇政论小文《俄国的挑战》("The Challenge of Russia")。另一本早期激进派杂志《明日》在发表萨吉森小说的同时，也刊登布拉希的诗歌。30 年代的文学新潮也推出了他的第一本诗集《土地与人》(The Land and the People，1939)，由格洛弗的卡克斯顿公司出版。

1941 年第二次世界大战期间布拉希参加英军。由于少年时曾患哮喘和支气管炎，留下后遗症，他未能进入正规部队，留在伦敦后方工作。正是在异国的这些年月中，他开始集中精力创作以新西兰为主题的诗歌。回国后，他于 1947 年创办大型文学刊物《陆地》，任编辑长达 20 年之久。在此期间，他出版了多本诗集，主要有：《争议之地：1939—1945 年诗选》(Disputed Ground, Poems 1939—1945，1948)、《地产》(The Estate，1957)和《游荡》(Ambulando，1964)。《并不遥远》(Not Far Off，1969)是布拉希生前最后也是最厚的一部诗集，其中诗歌主题多样，风格各异，从中可见诗人在他的生命后期仍孜孜不倦地探索新路子，创作实验性的新诗歌。不过，著名文学评论家文森特·奥苏立凡(Vincent O'Sullivan)认为他的后期尝试是"诚实的失败"。

布拉希于 1972 年最后一次去欧洲，参加鹿特丹的国际会议，回来之后身染重病。他在医院里抱病准备第六部诗集，并与卡克斯顿公司签订合同，诗集将于 1974 年出版。但不幸的是，布拉希于 1973 年辞世先行了。诗集由艾伦·罗迪克(Alan Roddick)整理编辑，按时以原名——《家乡的土地：查尔斯·布拉希诗选》(Home Ground: Poems by Charles Brasch，1974)出版。

布拉希的早期诗作

布拉希终生未娶，一辈子献身于诗歌创作和文学编辑工作。他的头两本诗集收集的大多是 30 年代的早期诗作，以自然诗为主，描写新西兰的自然风貌，触景生情，表达较抽象的联想。《争议之地》中有一组以"1939"为名的十四行诗，反映欧洲时局，如战争年代的伦敦、大轰炸的威胁、波兰沦陷等，但诗集的重心不在欧洲。在两部早期诗集里，诗人一方面感叹新西兰缺乏高雅的审美意识，缺乏深厚的文化根基；另一方面，又迷恋她的自然美景和色彩斑斓的波利尼西亚文化和历史。在追溯毛利历史过程中，诗人常将毛利人同欧洲殖民进行比较，从比较中揭示人与自然相互依存的关系。如《先行者》（"Forerunner"）一诗中有这样两段：

> 不是我们
> 在一个划时代的黎明
> 打破史前千年沉静；
> 先人在我们前头
> 已踩上这片土地
> 发现了山野树林。
>
> 他们举步轻柔，心胸炽热
> 拥抱大地巍巍之身；
> 无须征服者的自我作古
> 建造碑坊青史留名
> 给大地添上斑斑伤痕。
> 他们本身就是永恒。

历史的沉默被打破，人类涉足这片美丽的土地。但"先行者"是另一批人。毛利人不像欧洲殖民那样，以征服者的面目出现。他们与土地和睦相处，在自然的怀抱中生息繁衍，人与环境的关系是永恒的，因此不怕被历史遗忘。而后来的欧洲殖民则不同，他们将土地视作私有财产，他们的生活难以取得永久的价值，因此必须建立碑坊，在历史上证明自己的存在。他们的行为给人类生存环境带来了危害。布拉希浪漫化地歌颂毛利人的原始生活模式，并以此作为批判入侵南太平洋的欧洲文明的武器。

英国诗人雪莱、华兹华斯和叶芝对布拉希早期较有影响。在牛津时期，他像当时大多数其他青年一样，也喜欢现代派诗歌创始人 T. S. 艾略特。从第一册诗集到代表作《地产》的发表，这 20 年记录了诗人在创作技巧和思想深度上的稳步发展。他开始于艾略特式的内心独白，逐渐形成一种从叙事到抒情、从抒情到冥想的独特的新浪漫主义风格。

布拉希的诗歌探讨的主题都典型地属于浪漫派的范畴,如个别与整体,个人与人类,分离与合一,存在与永恒,生命起止与自然进化等。但他不断寻找新的表达语言,追求更加自然自由的诗体和更大的文字包容量。从《游荡》开始,布拉希重新表现出对现代派手法的兴趣。他的诗一般从某一点展开,如自然景色或人间友情,然后通过意识流,像石投水中激起一圈圈个人联想的波纹,越扩越大,最后通达民族或宇宙的大主题。他善于从个别走向抽象,从混乱的人生经历过渡到"井然有序的想象世界"。

《地产》和《家乡的土地》

《地产》是布拉希的代表作,与前一册诗集发表时间相隔十年之久。诗集收集了 1945 年以来的作品,亦即布拉希归国后写下的诗歌。诗集中的主线人物是个海外归来的游子,诗人通过他的生活经历,表达对新西兰认识上的再发现。这个归来游子有诗人自己的影子,也十分接近萨吉森和格洛弗笔下的人物形象,是个敏感而不安分的青年,善于思索,善于发现,因此常常与通行准则、与社会主调格格不入。诗人将他置入历史之中,用诗歌语言表现他的经历、认识和命运。

书名篇《地产》("The Estate")长达 20 余页,献给在一次事故中不幸死去的挚友 T. H. 司各特。批评家奥苏立凡称它为"新西兰最优秀的长诗"。至少,《地产》能与罗宾·海德的《海滨庭院》和费尔伯恩的《致荒原里的朋友》等最杰出的长诗相提并论。《地产》把早期的浪漫风格发展得更加成熟,代表了诗人的最高成就。布拉希仍然喜欢用抽象词汇,仍然偏爱田园抒情风格,但并不回避现实。他的诗歌也常常关注时势。在《地产》中,诗人流露出对人类前景的强烈忧患意识。冷战、核竞赛使世界失去了理智,而人们终将自食其果:"力的巨魔挣脱套挽/好像人的力量已经死亡","分分秒秒将我们推向那个时辰"——"那个时辰"指的是大灾难降临的时刻。诗人一方面高举警告牌,对着西方现代文明大喝"此路不通";另一方面,他又指出与这条死亡之路相反的生存之道——消除人心之间的隔阂,与自然和谐相处,就能找到友谊和艺术的绿洲。

从很多方面来看,《家乡的土地》是《地产》的延续。诗集将布拉希诗歌个性表现得淋漓尽致——地方色彩浓郁,细节生动,浮想联翩。书名篇《家乡的土地》("Home Ground")由 26 部分组成,其中有一半布拉希在世时已发表过。组诗再现了达尼丁的生活片断,表达了诗人对家乡的无比热爱。在诗歌创作过程中,布拉希已病魔缠身。他在描写自己出生之地的同时,思考的则是归宿之地:"执笔作诗一册,眼看生命流逝。"组诗也从各个角度讨论死亡,时而愤世嫉俗,时而严肃虔诚。著名诗人伊安·韦德(Ian Wedde)认为,这些诗"真情溢于言表,动人心弦,诗意、诗体和哲理完美结合,达到了布拉希一生追求的高境界"。

主编《陆地》杂志

自发表《争议之地》后,布拉希将主要精力投入《陆地》的编辑工作。诗人的才华和献身精神,使得《陆地》大放异彩,而该杂志在文学界的巨大影响,又将布拉希推到了文学名家的最前列。

《陆地》是第一本公认的权威刊物。创刊之前,新西兰作家、诗人、艺术家散落南北两岛各个地方,很少互相往来,难以形成交流。布拉希主编的《陆地》填补了这一空白,成了高层次文化人的聚集地。《陆地》以文会友,在编辑与作者之间,作者与作者之间,作者与批评家、读者、学者之间架起了互相沟通的桥梁。布拉希在达尼丁的居室变成了文化沙龙;他在克赖斯特彻奇的卡克斯顿出版公司的另一住处,也是文人聚首的重要场所。

《陆地》为作家和诗人们提供了发表的空间和讨论的园地,同时也提出了高标准,保证了连续性。布拉希的鉴赏能力和艺术修养在每一期都得到了充分体现。从这一意义上讲,新西兰的文学标尺似乎掌握在他的手里。也正因如此,一些青年作家、诗人有新意但不成熟的作品,一些现代派实验性的作品,往往遭到《陆地》的排斥。

布拉希担任编辑 20 年,牢牢地树立了《陆地》的声誉和威信之后,于 1966 年辞去职务,由年轻一代的文学新人罗宾·达丁(Robin Dudding)接替。但几年后发生了不愉快的事情。卡克斯顿出版公司 1972 年以至今仍不清楚的理由将达丁解雇,由利奥·本斯曼(Leo Bensemann)和菲利浦·坦普尔(Philip Temple)两人接替,联合主编。在布拉希的支持下,达丁自己拉起山头,创办文学季刊《海岛》。至今,《陆地》与《海岛》仍都是新西兰最主要的文学刊物。不论是作为诗人还是作为编辑,查尔斯·布拉希都为新西兰文学做出了不可磨灭的贡献。

二

詹姆斯·巴克斯特

诗坛"神童"

詹姆斯·巴克斯特(James Baxter, 1926—1972)出生于达尼丁,是作家阿奇博尔德·巴克斯特(Archibald Baxter)的儿子,从小受到良好的文学熏陶。他在新西兰和英国两地接受初等和中等教育,后又进入达尼丁的奥塔戈大学和惠灵顿的维多利亚大学。巴克斯特是个富有传奇色彩的人物。1944 年,母亲领着稚气未脱的詹姆斯叩开了卡克斯顿出版公司的大门,递上一叠诗稿,令编辑们惊诧不已。诗集《栅栏外》(*Beyond the Palisade*, 1944)于同年出版,收集了诗人在 15 至

18 岁期间创作的部分诗歌,巴克斯特因此被誉为"诗坛神童"。后来,他当过劳工,当过记者,也当过教师;是个社会活动家,也是个教徒和酒鬼。他写诗歌,也写小说、剧本和文学评论。为了振兴文学,他创办诗刊《韵律》(*Numbers*);为探索社会改革,他创办过公社;为寻求精神寄托,他又皈依天主教。他的文学天才早熟早谢,仅 40 来岁便英年早逝。

巴克斯特在短暂的一生中勤奋笔耕,著作等身,发表的诗集包括身后由他人编辑出版的诗集,共 30 多册,其中两册与别人合作。另外,他还写下众多的剧本和其他著作。非文学作品中比较重要的是半自传、半文论的讲演集《骑马人》(*The Man on the Horse*, 1967)和四部出色的诗歌评论集:《新西兰诗歌新趋向》(*Recent Trends in New Zealand Poetry*, 1951)、《火与砧:当代诗歌杂感》(*The Fire and the Anvil: Notes on Recent Poetry*, 1955)、《老泥屋:地方诗赞》(*The Old Earth Closet: A Tribute to Regional Poetry*, 1965)和《新西兰诗歌杂论》(*Aspects of Poetry in New Zealand*, 1967)。

巴克斯特以处女作《栅栏外》一炮鸣响,一跃成为闪亮的文坛新星,在柯诺编辑的集全国诗歌大成的《新西兰诗典》中赢得了一席之地。随后,他的第一部诗歌评论集《新西兰诗歌新趋向》出版,受到好评,被认作是权威的文论。早期的成功将这位血气方刚的 25 岁青年推到了新西兰文学的最前沿。巴克斯特 40 年代末移居惠灵顿,与诗人路易斯·约翰逊结为至交。他们俩在诗歌创作上互相探讨,共同代表了第二次世界大战后诗歌新浪漫主义的主流。十多年来,惠灵顿逐渐形成了以他们为中心的诗人群体。

虽然巴克斯特与路易斯·约翰逊,也与柯诺交往甚密,诗歌创作方面探讨颇多,但他的诗歌无论在观点、气质还是风格方面,都同其他任何同代诗人十分不同。他学习了丁尼生、济慈、霍普金斯、叶芝和迪伦·托马斯的诗歌,也从乔治·巴克、W. H. 奥登、布莱克、罗伯特·洛厄尔和彭斯等其他英国诗人那儿汲取精华。他曾说迪伦·托马斯是"我的老师"。小说家哈代的那种田园生活失落的悲沉,班扬那种寓言式的暗示对他也深有影响。正是这种广采博纳,使巴克斯特很快形成了自己的特点,建立了个人风格。

巴克斯特诗歌的道德倾向

巴克斯特的诗带有明显的道德倾向。在 50 年代初出版的《新西兰诗歌新趋向》一书中,人们可以发现道德是他诗歌研究的主要标尺。但他不是唯道德论者,对诗歌的评价与分析不乏真知灼见。巴克斯特认为,诗歌"应该包含道德真理","每个诗人都应根据自己的认知成为预言家",每个诗人都应是"堕落社会里的健康细胞"。自踏上诗坛开始,巴克斯特就竭力主张诗人应承担起社会义务,担当社会评论员的角色。1951 年他在作协会议上发言强调,诗人的职责是社会的医师:"诗人与政客不同。他们的价值完全在于他们的洞察力。如果他们不讲真话,也许可以高枕无忧,但他们的诗将一文不值。""诗人或作家如不正视人们尚未挣脱苦难这一现实,那么他就在自我欺骗。"

虽然巴克斯特强调道德意识,但他从不通过说教进行道德灌输。他的诗针砭时弊,向社会的种种弊端和民族的精神贫困发起攻击。尤其是他的城市诗,对现代城市生活的非人化、集权化、庸俗化进行了尖刻的讽刺。而在另一方面,诗人借助想象勾画了和睦无间的理想生存图景。巴克斯特的不少诗歌主题是人们熟悉的,如大自然的报复、毛利人的精神优势、西方文明带来的困境等。但他在题材处理上与众不同,从具体的一物一景中创造诗歌意境,从诗的意境中反射道德哲理。此外,超人的语言驾驭能力和韵律节奏感,使他在诗歌表达上得心应手。

从 1948 到 1958 年

初到惠灵顿的几年中,巴克斯特发表了《吹吧,硕果累累的风》(*Blow, Wind of Fruitfulness*, 1948)等四册诗集。这些诗册虽不如他的处女作那样引人注目,但作品刻意求新求深,结合了少年的机智和成熟的思索,确立了他作为年轻一代杰出诗人的代表地位。整个 50 年代是巴克斯特多产的十年。他除了写诗外,也写文学评论,从事剧本和短篇小说创作,四管齐下。他才华横溢,雄心勃勃,是个少有的多面手。与此同时,他又与诗人路易斯·约翰逊和查尔斯·多尔一起创办了诗刊《韵律》。《韵律》是当时能与《陆地》等少数"正规"文学杂志竞争读者的唯一挑战者。

50 年代的第一本诗集是巴克斯特与路易斯·约翰逊和安东·沃格特(Anton Yogt)合作的《不愉快的诗》(*Poems Unpleasant*, 1952)。次年,他单独发表诗集《倒坍的房子》(*The Fallen House*, 1953),收集了一些无韵诗或不同韵式的六行诗。巴克斯特曾在医院当过打杂工,工作包括烧锅炉、打扫停尸间等。诗集中的一首六行无韵诗《停尸间》("The Morgue")取材于当时的亲身体验:

> 手携条帚提桶,终于推开
> 那扇大门——里面并不可怕:
> 光秃秃四面水泥墙
> 一块石板,一副推轮担架。
> 死亡已经搬迁,去了真正归宿
> 留下这所,人心倾圮的大厦。

这是诗人最拿手的表现手法:通过对真实细节的描写,烘托出一个喻象,创造一种表达感情的气氛。从停尸间引渡到人心凋谢,联想跨度很大,但诗歌转折十分自然,毫不牵强。《倒坍的房子》之后,巴克斯特在 50 年代中期又出版了《旅行者的连祷》(*Traveller's Litany*，1955)等四册诗集。至此，他的生活理念一直是一种基督教和波西民风范的奇怪混合体。

宗教与怀旧

人们普遍将 1958 年作为划分巴克斯特创作前、后期的界线。这并不是因为这一年他又出版了两本诗集，而是因为他的生活和信仰发生了重大转变，随之也产生了诗歌创作上的转向。那一年，他住进霍克斯海湾附近的一座修道院长达数月，开始转信罗马天主教。自那以后，巴克斯特的诗主要集中在两个主题领域，一是社会评论，二是宗教信仰。但不论是对日常琐事的描述，还是对社会生活的剖析，他都倾向于将一切纳入上帝的轨道，诗歌的宗教意味很浓。很大程度上，他的宗教信仰因对社会现实的不满和否定而得到了强化。他认为，既然社会生活背向圣明，那么拥抱上帝才是治邪之本。他的诗表达的是上帝与"无主的孤儿"之间的关系。

事实上，1958 年出版的两本诗集《地狱之火》(*In Fires of No Return*)和《巴克斯特自选诗集》(*Chosen Poems*)主要收集的是先前发表过的一些代表作品，前者为他赢得了国际声誉。三年后出版的《荷拉桥及其他》(*Howrah Bridge and Other Poems*，1961)收集了诗人在日本和印度生活期间创作的亚洲题材的诗歌。旧诗重选，是诗人对前一阶段生活和创作的自我总结。《地狱之火》中《弗吉尼亚湖》("Virginia Lake")一诗，表达了向昔日告别的复杂情感。诗歌带着几分怀旧，几分凄怆，几分向往：

> 阳光在湖面撒下金丝万束，
> 绿苇里，红嘴鸟悠悠涉步
> 高抬腿，摆出舞蹈家的风姿。
> 我欲高歌赞美，恨心中无谱，
> 在这无声的湖沼，一个音
> 同无数淹没的诗韵一道迸出。
>
> 这绿荫掩映的珍宝库
> 是我童年神游的天地。
> 翠林若庭园，水声似言谈，
> 野鸭嬉戏，风呼唤它的名字。
> 水下再现一个绿色世界
> 鱼儿穿梭，像流星划过天际。

这个旺嘎努依河畔的湖区是诗人童年的乐园。当时感情如此纯真，感觉如此

敏锐,风会呼唤,水会言谈;而今旧地重访,歌喉已哑,目光已被金钱迷糊,昔日的
"活梦织成的伊甸园"已不复存在,只留下万般感慨和忧伤。

> 干哑的歌喉麻木无声
> 沉重的金钱坠下眼帘。
> 在这万般哀伤筑起的石墓边,
> 我凄然泪下,为失去的童年——
> 一个未被摧残的、神奇的
> 活梦织成的伊甸园。

巴克斯特曾说,他"诗歌创作的动力主要产生于对童年经历的重新发现和重新审度"。对诗人来说,记忆中的童年生活不仅是人生美丽的开始部分,而且也是衡量成年生活的一种尺度。但失去的永远失去了。诗人触景生情,以浪漫主义的情调表现人的失落这一现实主义的主题。

巴克斯特 20 世纪 60 年代前半期作品不多。他写下《女性与大海》(*Women and the Sea*,1961)和《豹斑》(*The Spots of Leopard*,1962)两部剧作,批评了新西兰社会,表达作者的失望。此时,他也更深地卷入了宗教的漩涡。他来到一个远离尘嚣的宗教集居小区,独居数月,静思人生。其后,他又积极投入各类社会工作和宗教事务,为慈善事业四处奔走,花费了很多时间和精力。他的诗歌一度失去了原有的活力。"转向"后的头几册诗集收录的主要是旧作,诗歌的情调和风格与前期差别不大。60 年代诗歌中精神上的"转向",主要表现在他后期的"耶路撒冷"诗歌系列中。

《皮格岛通讯》及后期作品

低潮过后,巴克斯特于 1966 年以诗集《皮格岛通讯》(*Pig Island Letters*,1966)获得声誉颇高的罗伯特·彭斯奖。这一大奖标志了巴克斯特的新起点,而《皮格岛通讯》被普遍认为是巴克斯特最优秀的代表作。这是巴克斯特的第六部诗集,题献给小说家莫里斯·谢德博特。整部诗集对失去的青春表示哀伤,对未来持悲观态度,但这些诗歌也展现了一种崭新的批判现实主义,对冷酷的现代城市生活提出了尖锐的批判。集子中的 13 首"通讯"诗不求时间、逻辑上的连贯,也不求长度、形式上的统一,而由主题上的一致性串联起来。诗人经历了精神上的旅程,走出失落,走过迷惘,走向人类的博爱。诗集标题中的"皮格岛"是诗人巴克斯特对新西兰的称呼,既含有亲切感,又具有讽刺性。

巴克斯特是个直言不讳的社会评论家,对周围的生活说长道短,对他的同胞评头论足,鞭挞多于褒扬。但他从不认为自己超尘脱俗,比别人高明。如《皮格岛通讯》中对当地一个家庭的描写,可以充分说明诗人的立场:

> 我的病疾
> 来自树荫遮隐的旧房。
> 皮格岛没有爱的地位
> 我们却羡慕它的拙劣模仿。
>
> 厨房里添煤女子
> 憔悴、麻利，一脸愠色，
> 好像陌生人中间
> 有个撒旦的来客。
>
> 她的男人，饱受人生挫折
> 酒吧里牢骚满腹；
> 他谈论买卖、羊崽
> 以及秋风吹倒的树木。

　　诗人笔下皮格岛居民的画像不仅毫无浪漫色调，而且近乎苛刻：女人不是爱的象征，不美，也不友好；男人牢骚满腹，目光短浅。接着诗人又写他们的女儿、儿子等，都是普普通通的人，都有缺点。但诗人并不凌驾于他的批判对象之上，而将自己视作他们中的一员。巴克斯特笔锋一转，表达了他与普通人民的共同命运感：

> 但我出生在他们中间
> 也将同他们中的死者一道长眠。

　　在彭斯奖的激励下，巴克斯特在 60 年代后期又推出六本诗集。这几年也是他剧本创作的收获季节。1967 至 1968 年，派特里克·凯雷剧场和球形剧场上演了他的七个戏剧，包括其所有重要剧作：《敞开的牢笼》（*The Wide Open Cage*，1959）、《豹斑》（*The Spots of the Leopard*，1963）、《演奏台》（*Band Rotunda*，1967）、《脚疼的人》（*The Sore Footed Man*，1967）、《官僚》（*The Bureaucrat*，1967）、《魔鬼与莫尔凯先生》（*The Devil and Mr. Mulcahy*，1967）以及《奥德韦尔先生的舞会》（*Mr. O'Dwyer's Dancing Party*，1968）。巴克斯特是新西兰最杰出的诗人之一，也是多产的剧作家，其剧作在新西兰戏剧史上具有相当地位。巴克斯特还出版过一部长篇小说《霍斯》（*Horse*，1985）。小说可能写于 50 年代，但去世后多年才得以出版。小说描写一个叫霍斯的青年及他在清教家教、黑社会势力和艺术召感三方力量拉扯下的生活。

　　巴克斯特最后几年写下的诗，染上了较浓的宗教色彩。博爱与宽容取代了许多前期诗中的愤怒和犀利的批判。受难、道德堕落等主题,也被置入了传统的基督教框架之内进行理解。产生于宗教思想的社会道德责任感,同时也促进了他的诗歌创作。他在旺嘎努依河边的毛利人居住区,创建了名为"耶路撒冷"的宗教村,称这个地方是"和睦与爱的花园"。以"耶路撒冷"为背景的四册诗集,是巴克斯特后期创作的主要成果:《耶路撒冷十四行诗》(*Jerusalem Sonnets*,1970)、《耶路撒冷日记》(*Jerusalem Daybook*,1971)、《耶路撒冷蓝调》(*Jerusalem Blues*,1971)以及诗歌与散文纪事集《秋约全书》(*Autumn Testament*,1972)。第一本集子虽称十四行诗,但韵、律、句子长度均不计较于格式,巴克斯特自出机杼,以轻重五音步对句为基础,发展了独特的形式,读起来朗朗上口,节奏感很强。在《耶路撒冷日记》中,他大胆将诗与文结合,两者相得益彰,效果明显。巴克斯特将强烈的宗教意识引入诗歌领域,一方面使诗歌与现实脱节,另一方面又赋以诗歌思想的深度。

《巴克斯特评传》(*Baxter*,1976)一书作者、诗人查尔斯·多尔总结说:詹姆斯·巴克斯特"是30年来最优秀的英语诗人之一,是具有不可否认的国际声誉的唯一新西兰诗人。"除了多尔的评传外,对这位诗人进行研究的著作还有威尔(J. E. Weir)的《巴克斯特诗论》(*The Poetry of Baxter*,1970)和文森特·奥苏立凡的《詹姆斯·巴克斯特传》(*James K. Baxter*,1976)。

1972年,这位年轻的诗才与世长辞。葬礼上,群众蜂拥而至,前来致哀告别,可见人们对这位诗人、剧作家和社会工作者的敬仰与爱戴。巴克斯特一生清贫,但他不朽的诗作,为新西兰文化留下了珍贵的遗产。

第十二章

战后作家群与文学新意识

一

战后小说的新发展

　　20世纪30年代的文学运动,为第二次世界大战后的小说创作做了重要的铺垫。一方面,战前战后的小说发展具有连续性;另一方面,大战又标志了文学的转向:大萧条的主题让位,萨吉森式的叙事手法和观点难以继续维持其统治地位。长篇小说压倒了历来占上风的短篇小说和诗歌等体裁,成了最主要的文学形式。连新文学泰斗萨吉森本人也抛弃了得心应手的短篇小说,一头扎入中、长篇小说的创作。从40年代末开始,美国文学的影响在新西兰文学各领域逐渐变得明显。就像萨吉森及其追随者对待清教主义一样,战后的物质追求和享乐主义成为作家们群起而攻之的目标。由于战争,前十年表达各种理想主义的政治主题遭到冷落。

　　战后的经济复苏推动了文化振兴。在卡克斯顿出版公司的激励下,新西兰的出版业蓬勃发展。尤其在奥克兰,多家出版公司相继建立。《陆地》等大型文学杂志接踵创刊。国家建立了文学基金,文学批评体系亦已形成。公民的文化水准有所提高,他们对文学的需求随之增长。而且,读者的关注逐渐从英美经典转向本国作家。所有这些因素共同形成了小说创作的大好气候。

　　1983年,牛津出版社推出了由麦克唐纳·杰克逊(MacDonald Jackson)和文森特·奥苏立凡合编的洋洋大卷《牛津文选:战后新西兰文学》(*The Oxford Anthology of New Zealand Writing Since 1945*)。这部文集精选71位作家和诗人的代表作,展示了战后新西兰文学繁荣的图景。入选的小说作家中,有继承30年代传统的,也有突破创新的;有坚持文学现实主义的,也有接受现代主义的。从整体趋势上看,战后小说摆脱了装腔作势、铺陈渲染的俗套,着力再现人生经历,尤其着重反映平凡生活中的平凡人物和平凡事件,从中寄寓对人类生存状态的普遍关注。不合理的法律规章、艺术家的不幸命运、政府官员的冷漠、小市民的势利、拜金主义的庸俗、崇欧崇美的心态、紧张的家庭和婚姻关系等各种各样的现实问题,都进入了小说探讨的视点之下。但小说已不再仅仅是一种社会评论的工具。

　　珍妮特·弗雷姆(Janet Frame)、丹·戴文(Dan Davin)和三个"莫里斯"——莫里斯·达根(Maurice Duggan)、莫里斯·吉(Maurice Gee)和莫里斯·谢德勃

特（Maurice Shadbolt），是战后文坛最不受传统束缚、最勇于创新的小说家。他们中的有些作家，既不从过去的样本中按图索骥，也不在周围的现实生活中寻找创作的素材，而是走进错综复杂的内心世界和潜意识世界，以人物心理折射现实。以现代主义为特征的文学作品，在战前的新西兰文坛就频频出现，但没有形成气候。二战之后，文学现代主义，以及带后现代主义特征的小说作品，成为文坛重要一景。有些战后作家，如弗雷姆、詹姆斯·卡里奇（James Courage）、西尔维亚·阿希顿-沃纳（Sylvia Ashton-Warner）等，甚至刻意让精神和行为"失常"的人物成为主角，通过他们扭曲、复杂、混乱的心理，揭示现代生活造成的人心变态或异化现象。他们的作品快步跟上了世界文学发展的大趋势，融入了世界文学的主流，同时也打开了新西兰小说创作的新局面。

二

战后作家群

珍妮特·弗雷姆和莫里斯·吉

珍妮特·弗雷姆和莫里斯·吉代表了战后新西兰小说的最高成就。他们不仅在立意、造境和技法上跨上了一个新层次，而且作品众多，时间跨度大，创作一直延续到 20 世纪末。关于这两位作家我们将在第十三章和第十六章分别做专门讨论。

麦考尔·约瑟夫

作为诗人的麦考尔·约瑟夫，我们在第十章已有所论及。第二次世界大战是历时多年的世界大事件，但在新西兰文学中，直接描写战争的小说为数不多。除了丹·戴文的《为了今后的生活》（*For the Rest of Our Lives*，1947）和格思里·威尔逊（Guthrie Wilson）的《勇敢的伙伴》（*Brave Company*，1951）外，新时期文学中另外两部有影响的战争小说，是约瑟夫的《我不再当兵》（*I'll Soldier No More*，1958）和《一个士兵的故事》（*A Soldier's Tale*，1976）。

《我不再当兵》是约瑟夫的第一部长篇小说，也是最重要的一部。与其他战争小说不同，作者避开描写腥风血雨的战争场面，把重心放在探究和思索战争和暴力所引发的道德问题方面。他描写出征前的士兵在英国训练营的生活：摧残人性的军事训练，不同人物对这种单调紧张的训练生活做出的不同反应，以及随时被派往前线面对死亡的可能性造成的各种心态。小说也生动描写了战败后德国的凄惨景象和同盟军对德占领的场面。虽然约瑟夫塑造的人物比较类型化，但整部小说结构严谨,叙述真切,笔致隽逸,饱含哲理,生动再现了士兵们的特殊经历。在不动声色的对话后面,作者传递了战争的真实气氛及卷入战争的士兵的真情实感。小说充分显示了约瑟夫对生活观察的敏锐性和文字表达的高超能力。

《一个士兵的故事》是麦考尔·约瑟夫的小说代表作,描写一个英国士兵与一个法国姑娘间的爱情故事,旨在表达对战争的道德反思。小说背景是第二次世界大战期间的法国战场。以诗人起家的约瑟夫在这里再次展示了他的创作优势。他的语言清新俊逸,叙述求精求简,小说十分耐读。具体故事发生在二战后期,主人公索尔·斯考比是一名英国士官,他讲述了自己在 1944 年联军进军诺曼底时与法国女郎贝拉·普拉蒂尔在偏僻的乡间寓所共度周末的经历。贝拉年轻貌美,曾经是法国一地下抗战组织的成员,但是,由于她曾与一名德国纳粹士兵产生过恋情,因此,该抗战组织认为她通敌叛国,把她锁定为追杀目标。索尔被派往法国诺曼底执行出勤任务时,邂逅了躲避追杀的贝拉。贝拉的遭遇引起了索尔的同情,也点燃了他心中沉睡已久的爱情火花,两人即陷入情网。索尔竭力保护贝拉,想尽办法解救她。他试图寻求其上级予以帮助,也求助于天主教堂,但都以失败而告终。最后,由于担心自己的部队撤离后,贝拉会落入追杀者的手中,无奈之下,他利用年少时学到的生存和狩猎技能,出于怜悯和爱,将贝拉杀死。

这部小说表达了两个主题。一个是战争悲剧的必然性:战争带来的必然是悲剧性结局,别无选择。战争把人变成了野兽,基督教宣扬的仁慈成为一种讽刺,人类失去了人道精神。另一个主题是爱的复杂性。贝拉因为曾经爱过纳粹士兵而成为罪人,惨遭追杀;索尔为了爱,竭力保护和营救贝拉,但同时也为了表达自己的爱,亲手杀死了贝拉。这两大主题概括性地体现在了小说中布莱克式的故事结尾:"残忍与怜悯同在人心间。"该小说的另一个突出特点是采用了多重叙事手段,小说的直接叙述者是接受过良好教育、深思熟虑的炮兵下士,一个新西兰人,而索尔则把自己的故事讲述给前者听,由他向读者转述。贝拉也在其中作为叙述者,向索尔讲述了她早年的生活情况以及她如何被诱骗直至背叛。这种多视角嵌套叙事手法使该小说成为结构主义和后现代主义研究和讨论的对象。

《一磅藏红花》(A Pound of Saffron,1962)是约瑟夫唯一一部写新西兰的小说,但影响远不如他的两部战争小说。小说通过发生在奥克兰大学的一系列事件,反映现代社会的权力政治、道德思想和学术观念等各方面的问题。约瑟夫在小说中塑造了一个为达到目的而不择手段的人物,成功地再现了学院气氛,讽刺了学术界的肤浅、自大与独断。但小说偏重情节,而且人物也像是解释主题的注脚,因此难以达到作者预期的效果。

自 60 年代起,约瑟夫开始撰写科学幻想小说,主要有两部:《零的圈孔》(The Hole in the Zero,1967)和十年后发表的《阿卡莫斯时代》(The Time of Achamoth,1977)。后者描写一位历史学家到已经消失的年代及未来世界进行"穿越旅行"的故事。小说回到中世纪和维多利亚王朝等不同时代,重现了西线战场和巴黎公社等历史大事件,也描绘了未来的机器人世界。小说想象极其丰富,故事引人入胜。但是这两部科幻小说不是约瑟夫作为小说家的主要资产。遗作《卡斯帕的旅程》(*Kaspar's Journey*,1988)是一部中世纪童子军远征的历史小说。

罗德里克·芬利森

罗德里克·芬利森(Roderick Finlayson,1904—1992)出生于德文港,在奥克兰长大,年轻时每年夏天到普兰蒂湾农场打工,与当地的毛利人结下了特殊的友谊。他毕业于奥克兰大学建筑系,曾是建筑绘图员,但他对文学的爱好更甚于自己所学的专业。50多年中,他写下了许多高质量的作品,其中非文学出版物多于小说。文学作品包括五部中、短篇小说集和两部长篇小说,尤其以同情地表现毛利人生活的作品而著名。

芬利森非常关注新西兰的社会与历史,有关这方面的著作数量众多,重要性也不亚于他的小说。主要作品包括:《我们生活在这片土地上》(*Our Life in This Land*,1940)、《毛利大迁移》(*The Coming of the Maori*,1955)、《白人移民》(*The Coming of the Pakeha*,1956)、《黄金年月》(*The Golden Years*,1956)、《逃亡者的归来》(*The Return of the Fugitives*,1957)、《白人的变迁》(*Changes in the Pakeha*,1958)、《新西兰毛利人》(*The Maoris of New Zealand*,1959)、《新收获》(*The New Harvest*,1960)等。

芬利森希望将他熟悉的毛利人再现于笔下,从1933年开始创作短篇小说。他与德阿西·克雷斯韦尔交上朋友,通过他又认识了弗兰克·萨吉森,得到鼓励和指点。两位作家都认可他对白人社会的批判态度。短篇小说集《棕色人的负担》(*Brown Man's Burden*,1938)出版两年后,于1940年获"新西兰百年大奖"。这是新西兰第一部有影响力的反映毛利人生活的小说集。芬利森的第二部短篇小说集《温馨的归宿地》(*Sweet Beulah Land*,1942)转向白人主题,描写大萧条和第二次世界大战时期的白人生活,但小说说教多于叙事,人物缺乏立体感,与他塑造的活生生的毛利人物相形见绌。

像萨吉森一样,芬利森战后转向长篇小说创作。他于1944至1946年在悉尼的《公报》上发表了一系列以"特德大叔"为主人公的短篇小说,后来串联起来,进行扩展,出版了他的首部长篇小说《潮汐湾》(*Tidal Creek*,1948)。小说在主题上与他的毛利小说一脉相承,塑造了特德大叔这样一个农民形象,并通过这个典型形象创造一种与城市文明相对立的理想化的乡村生活。下一部长篇小说《纵帆船来到阿梯亚》(*The Schooner Came to Atia*,1953)背景设在西萨摩亚,讲述一个新西兰传教士与当地人的文化冲突,塑造了一个清教狂热分子。小说引进了反殖民主义的主题。

此后,芬利森在文坛上沉默了20余年,直到70年代中期才推出《其他恋人》

（*Other Lovers*，1976）。这是一部中篇小说集，收录三篇作品。其中《吉姆与米莉》（"Jim and Miri"）将人物的个人危机和社会危机、不同种族间的婚姻与土地问题结合起来进行反映，具有相当的深度。1988 年芬利森出版了最后一部短篇小说集《在乔治娜荫蔽的花园里》（*In Georgina's Shady Garden and Other Stories*），将从 1940 到 1980 年发表但未曾收入集子的短篇小说归集到一起。此外，比尔·皮尔逊（Bill Pearson）以芬利森第一部短篇小说集为基础，增补了零星发表的后期小说，编辑出版了《棕色人的负担及后期小说选》（*Brown Man's Burden and Later Stories*，1973）。这本集子收录了芬利森的所有毛利小说，而这些小说基本上代表了他最优秀的作品。

　　尽管芬利森的作品横跨战前、战后两个时期，但他的文学主题始终如一。他是提出毛利生活模式优于西方文明的第一个有影响力的作家，并对自己的观点从未动摇过。大萧条中，芬利森本人从城市中产阶级的地位上翻落下来，社会地位的变化促使他对这一阶级的价值观做出重新评价。他寻找社会道德瓦解的原因，发现根源在于私有制下工业化带来的物质占有欲。他转向生活在乡村的农民，尤其是毛利人，在他们那儿发现了与自然和谐不悖的"诗一般的理想生活"。他们与土地相依为命，远离现代文明，不参与经济竞争，不做机器的奴隶。在那儿，人们创造性地劳动，占主导地位的是乡民的群体意识而不是城市的个人主义。这种卢梭式的原始主义在《我们生活在这片土地上》中阐述得十分明白，在长篇小说《潮汐湾》中也有强烈暗示。但芬利森警觉地注意到，这块残留的理想之地，正在遭受着渗透和侵蚀。他的小说反映的正是逐渐走向解体的淳朴无华的乡村生活和毛利部落生活。

　　芬利森的观点深受诗人德阿西·克雷斯韦尔的影响。克雷斯韦尔在他的诗与文论中一贯抵制以技术进步为标志的现代精神。从一个侧面看，恋古返朴也是对现代社会风尚的批判。芬利森的《我们生活在这片土地上》阐明了他与克雷斯韦尔一脉相承的观点。他的唯一一本文论著作也是为这位老诗人立传的——《德阿西·克雷斯韦尔的生平与创作》（*D'Arcy Cresswell: His Life and Works*，1972）。芬利森立足于自己的生活经历，而且他的文学作品通俗朴实，叙述语言与作品人物语言之间没有距离。他与克雷斯韦尔属于精神相通，而在创作风格上，芬利森与克雷斯韦尔的古典主义大相径庭。

　　在芬利森之前，文学作品中的毛利人往往类型化，要么是浪漫化的"高尚的原始人"，要么就是愚笨而滑稽的次等公民。芬利森不落俗套，用他自己的话说，他试图反映的是"处在两个世界交叉间混乱阶段的有血有肉的人们的生活"。这两个世界一方是古老的部落生活，另一方是占统治地位的欧洲文明。芬利森记录的正是夹在这两者中间的毛利人的悲喜剧。他抒情诗般地赞美毛利人的友善、热情、豪放大度，赞美他们不受时间束缚、不为金钱奔波的自由不羁的生活。这是白人作家对主流文化、价值观进行自我反省的重要一步。战后的文学普遍批判拜金主义和享乐主义，而毛利人提供的则是另一种生活选择，因此也就具有十分明显的象征意义。

芬利森的毛利人物重感情，为朋友两肋插刀，但易冲动的脾性和意气用事也常常导致暴力和死亡。芬利森美化他们的生活方式，但并不美化每一个毛利人。他与毛利人关系密切，熟悉了解他们的思想和行为，因此能同情地、如实地、具有见解地描述反映他们的生活。但他毕竟是个观察者，对毛利人物内心的揭示不太能令人信服。芬利森的小说也暴露了一个新西兰小说中普遍存在的问题：作家发现问题，为了提出警告，常常求助于直接说教，而不是通过对某一经历的再现，通过对典型人物的塑造，让读者自己进行感受与体验。芬利森写下了众多社会论著，阐述观点对他也许是一种习惯性的无意识的行为。因此，他的小说也可以看做是他社会论著观点的艺术图解。

丹·戴文

丹·戴文(Dan Davin，1913—1990)出生在一个叫英戈卡吉尔的南岛小镇的普通工人家庭，就读于奥塔戈大学，获得英语和拉丁语硕士学位。他 1936 年获得罗氏奖学金(Rhodes Scholarship)，走上"离乡之路"，去牛津大学深造。随后，他在英国安家落户，也在那儿建立了自己的文学事业。像曼斯菲尔德一样，戴文的主要作品都以记忆中的新西兰为素材，反映他出生地的风土人情及人民的喜怒哀乐。他不仅创作小说，也从事文学批评。

牛津求学三年后，正逢第二次世界大战爆发。戴文参加英国皇家陆军，在新西兰师任少校。战争硝烟散去后，他应邀到牛津大学的克莱伦顿出版社工作。退役后四年间，戴文辛勤劳作，共出版了四部著作——三部长篇小说和一部短篇小说集，很快在同代人中间确立了自己的文学地位。1965 年他被选为皇家艺术协会会员。要不是长期居住海外，戴文很可能成为战后新西兰最重要的代表作家之一。

长篇小说《失落崖》(*Cliffs of Fall*，1945)是戴文步入文坛的敲门砖。戴文很多方面都学习了乔伊斯的《一个青年艺术家的画像》。小说描写一个反叛家庭、反叛天主教价值观的青年马克·伯克。他离开家乡小镇踏进大学，但为了实现自己的宏愿，最后不择手段，杀死已有身孕的情人，也葬送了自己的前途。

戴文一落笔就为自己划定了小说创作的主要区域。他以后创作的多部小说，故事都发生在 20 世纪 20、30 年代一个信奉天主教的爱尔兰人集居地。从他的描绘中，人们不难辨认，小说的背景正是戴文的出生地新西兰的英戈卡吉尔镇及周围的乡村。美国作家威廉·福克纳以南部家乡小镇为蓝本，集中反映了该地几代人的历史变迁，取得了地方文学的成功经验。戴文也是个地方文学作家。他从历史与社会的角度，描写了以家乡为原型的一个偏僻乡镇的风风雨雨，起起落落，以一斑见全豹，反映南岛人与人之间、代与代之间、不同社会意识和信仰之间的矛盾和冲突。戴文的前期小说中,年轻人与老一代的观念往往呈剧烈的对峙之势。但在后来的小说中,戴文对父辈的思想观念表达了较多的同情和理解。这反映了作者本人在认识上和感情上的渐变。

戴文的第二部小说故事发生在遥远的中东战场,暂时离开了南岛小镇。《为了今后的生活》(*For the Rest of Our Lives*,1947)是一部战争小说,描写新西兰第二派遣部队的三名士兵。他们卷入战争的腥风血雨之中,目睹了战争的荒唐、残酷和浪费,对勇气、忠诚、爱国主义、人生理想等概念有了新的理解。

第三部长篇小说《离乡之路》(*Roads from Home*,1949)是戴文的代表作。小说回到《失落崖》的主题和场景,霍根一家是小镇文化最典型、最集中的代表。这一家两代人与两种价值观之间的冲突,集中反映在儿子的职业选择上。母亲一心希望儿子能当上传教士,以献身宗教为最高荣誉。而小说中的年轻人则不顾母亲的意愿,决定放弃神学,远走高飞。作者对以天主教教义为本的爱尔兰传统生活和道德准则,以及对现代青年的反传统态度两方面,都进行了公平的探讨。小说的喻象始终如一,故事情节紧凑动人,整体结构十分严密,但戴文的文笔书卷气较重,叙述语言与人物、背景及素材有时不甚合拍。

1959 年发表的《没有汇款》(*No Remittance*)提供了一个不同的视角。小说从一个局外人的眼光,对他笔下的南部小镇亚文化群进行审视。小说主人公理查德·凯恩是个游手好闲的英国人,与一出生于爱尔兰天主教家庭的女子结婚,婚后在小镇落户。他时而轻蔑,时而自卑,讲述了 50 年来小镇的变迁和自己逐渐被同化吸收的过程。戴文的第二、第三部长篇小说在文学界评价不高,但在新西兰拥有相当的读者。

戴文是个多产作家,但整个 60 年代几乎颗粒未收。70 年代初,他发表长篇小说《不在此地,不在此时》(*Not Here, Not Now*,1970)。虽然时隔十年,戴文并未放弃原来的那块文学宝地。在这部家乡回忆故事中,小说主人公马丁·科迪像作者本人一样,为了获得罗氏奖学金,发展自己的才能,必须舍弃家庭与爱情。事业与感情两者之间的矛盾,加深了传统文化与现代思想之间的冲突。

戴文共出版过两部短篇小说集:《苍白的荆豆花》(*The Gorse Blooms Pale*,1947)和《生存空间》(*Breathing Space*,1975)。他的短篇小说中有不少篇章讲述科纳雷一家的故事。通过各个不同生活片断,作者塑造了典型环境中的一个典型家庭。戴文的另两部长篇小说反映的都是侨居英国的新西兰人。《沉闷的铃声》(*The Sullen Bell*,1956)描写这批侨民无法随遇而安,时时感到失落的生活。《高价新娘》(*Brides of Price*,1972)通过一个定居牛津的新西兰人观察英国社会,作者后又让他返回新西兰,对两地的生活进行比较。

戴文的小说有很大的自传成分。他描写的乡镇生活、军人生活或侨民生活,基本都基于他本人的经历。他的小说人物,也像他本人一样,一个个走上了"离乡之路"。《失落崖》和《不在此地,不在此时》中的青年,为了个人前程,走进了大城市,或大学校门,在那儿,他们步入了知识的新领域,也跨进了新生活的门槛。他们离开了南部小镇,从此与父辈的信仰与道德观念分道扬镳。戴文小说中的其他乡镇青年,"离乡之路"走得更远,有的走到中东战场,有的到英国侨居,但他们都难以入乡随俗,发现自己与周围的一切格格不入。失落感给新生活蒙上了阴影。

除了小说作品外,丹·戴文还有两本文学评论著作值得一提。他与 W. K. 戴文(W. K. Davin)合作出版了《新西兰文学:长篇小说》(*Writing in New Zealand: The New Zealand Novel*, 1956)。三年后出版的《信函中的曼斯菲尔德》(*Katherine Mansfield in Her Letters*, 1959)也是相当有价值的研究著作。此外,他还编辑了《新西兰短篇小说》(*New Zealand Short Stories*, 1953)、《曼斯菲尔德小说选》(*Selected Stories by Katherine Mansfield*, 1953)、《当代英国短篇小说选辑:第二系列》(*English Short Stories of Today: Second Series*, 1958)、《蝾螈与火:战争小说选》(*The Salamander and the Fire: Collected War Stories*, 1986)等多部小说选。他编写的名人回忆录集《闭门时刻》(*Closing Times*, 1975)也是一部佳作。

戴文的主要成就是他的新西兰小说。在这些小说中,他将人物置入典型的文化环境之中,同情地再现了一个边远村镇的生活。那儿的人们拥抱自己的信仰与道德准则,但又不得不接受现实,面对不可逆转的社会变迁。他的小说反映了一个复杂但并不完美的世界。他常常指出,人们在这样的世界里立足生存,就不应盲从,不应抱有幻想,不应愤世嫉俗,也不应丧失信心。但戴文的小说也有消极的一面。他的作品中潜伏着一种不可知论和自然主义的哲学观。小说在描写人物内心活动时,这种倾向尤其明显。他十分注重小说的情节,以事件的前因后果构建小说的主线,但这样也往往会牺牲人物思想的复杂性。总之,戴文的小说并不十全十美,但充满机智,充满哲理,巧妙地融合了地方史学家、哲学家和心理道德家的不同声音。

伊安·克罗思

伊安·克罗思(Ian Cross, 1925—   )出生在马斯特敦,就读于旺嘎努伊技术学院,毕业后在《自治领》当记者,后成为该刊的首席记者。1954 至 1955 年,他获得新闻学奖学金到美国的哈佛大学,在那儿写的一篇短篇小说获得《大西洋月刊》短篇小说奖。克罗思是个著名记者和编辑,但活跃在文坛上的时间不长。从 20 世纪 50 年代末到 60 年代初短短四年时间内,他连续出版了三部长篇小说。

克罗思的主要文学成就是长篇小说处女作《圣子》(*The God Boy*, 1957)。接着出版的另两部小说是《逆向性别》(*The Backward Sex*, 1960)和《登陆日之后》(*After Anzac Day*, 1961)。他的作品都在伦敦首先出版,也都是不乏新意的作品。

小说《圣子》在某些方面受了美国作家塞林格(J. D. Salinger)的影响。塞林格的《麦田里的守望者》(*The Catcher in the Rye*，1951) 50 年代初发表后，曾震动了当时的文坛，红极一时。小说通过一个思想混乱、精神压抑的少年的自述，通过他的模糊意识评价和批判成年人社会，使读者耳目一新。克罗思的小说学习了这种新手法。《圣子》也是通过一个无辜少年的眼光，对成年人的感情和行为进行审视。小说的背景是 20 世纪 40 年代至 50 年代初的一个海滨小镇。第一人称叙述者是个叫吉米·萨利文的 13 岁男孩。他信奉天主教，并相信自己是上帝的儿子，但对命运的残酷打击，对可怕的社会环境却无能为力。从吉米的叙述中，读者了解到他父母关系紧张，不断争吵，家庭不和在他幼小的心灵上留下了伤痕；而现在，他已离开父母，被送进了少年收容所。在那里，他回忆了 11 岁那年的经历，也表达了当时他对两年前生活经历的理解。

小说没有故事的开始和结尾，把读者一把拖进事件的中心。作者的意图并不仅仅在于交待事件，而希望传递处于心理重压下的小说人物的思想和感情。整部小说以少年的词汇和口气娓娓而叙，表现他朦胧意识到的一些问题。读者犹如在听一个心神不安、矛盾重重的孩子对生活半知半解的阐述。从他的叙述中，读者从侧面了解了一个少年成长过程中的心理危机，以及造成这种个人危机的家庭和社会环境。

克罗思的第二部小说《逆向性别》也写青少年成长的主题，主要有关性觉醒方面。在小说中，清教社会的道德观最终导致了性暴力。小说仍然通过青少年的眼光观察世界，但缺乏《圣子》的独特性和深度。《登陆日之后》是一部雄心勃勃的作品。书名中的登陆日指的是 1915 年澳大利亚—新西兰军团在加利波利半岛登陆的日子，标志着南太平洋新共同体的最初形成。作者通过对一个四口之家各人之间关系的认识，希望说明新西兰的特征与本质：她的社会与政治价值观，以及她作为一个新共同体的历史使命等重大主题。小说涉及了许多典型的新西兰问题，如种族关系、清教传统、"家乡"观念等。作者的笔调老辣而细腻，洞悉生活敏锐而深刻。但是，小说的人物和事件似乎难以支撑起作者力图表现的沉重的主题。尽管如此，《登陆日之后》仍不失为 60 年代最具有新意的小说之一。

克罗思于 1972 年出任国际笔会新西兰分会主席，次年成为著名杂志《新西兰听众》的主编，该杂志对新西兰的文学和文化政策走向都有风向标的作用。四年后他又出任新西兰广播公司总裁，直至 1986 年退休。他的前三部小说都发表于 1957 至 1961 这五年时间里。一阵创作冲动之后，他偃旗息鼓，直到 30 多年后才重操旧业，撰写并发表了长篇小说《居家男》(*The Family Man*，1993)，用一种他擅长的克制叙述，表现 20 世纪 60 到 90 年代惠灵顿的生活。他的两部传记作品是《不像官僚》(*The Unlikely Bureaucrat*，1988)和《纯粹新手》(*Such Absolute Beginners*，2007)。很多评论界人士认为，克罗思在《圣子》之后未能再推出同样分量的作品，是新西兰文学的遗憾。

詹姆斯·卡里奇

詹姆斯·卡里奇(James Courage, 1903—1963)出生于克赖斯特彻奇,在北坎特伯雷附近的牧羊场长大,在克赖斯特彻奇的基督学院接受一段时间教育后,转至英国牛津大学的圣约翰学院继续深造,并从 1923 年起在英国定居。除 1933 至 1935 年因肺结核回到新西兰修养康复外,一直生活在伦敦。他像曼斯菲尔德和戴文一样,年轻时去英国,作品都在英国出版,但主要小说取材于前 20 年的新西兰生活。牛津求学期间,卡里奇已在文学创作上跃跃欲试,但收效甚微。20 世纪 30 年代,他出版了长篇小说《一幢房子》(*One House*, 1933)、剧本《秘史》(*Private History*, 1938)和几则短篇小说。这是他文学生涯的开始,但文学界反应冷淡。直至第二次世界大战结束后,卡里奇人到中年,终于发现了属于自己的一片文学沃土,那就是生他养他的新西兰坎特伯雷的乡村。他开始在这块土地上辛勤耕作,收获了累累硕果。

从 40 年代末开始的不到十年的时间里,卡里奇转向家乡的北坎特伯雷寻找素材,创作了五部以新西兰为背景的小说,他也以这些作品才真正得到了文学界的认可。这些长篇小说包括:《第五个孩子》(*The Fifth Child*, 1948)、《欲壑难填》(*Desire without Content*, 1950)、《远方之火》(*Fires in the Distance*, 1952)、《少年的秘密》(*The Young Have Secrets*, 1954)和《家乡的召唤》(*The Call Home*, 1956)。他于 1945 年发表了第一篇重要短篇小说《亚当叔叔猎鹿记》("Uncle Adam Shot a Stag"),故事中的主人公沃尔特·布莱齐斯顿也成了后来多部小说的中心人物,自成沃尔特系列。在所有这些小说中,自传成分占比重较大。除此之外,卡里奇还有两部以英国为背景的小说:《爱的方式》(*A Way of Love*, 1959)和《彭摩顿访问记》(*A Visit to Penmorten*, 1961)。前者探讨同性恋社会,后者描写一个为恋母情结所困扰的青年。两部小说的内容与以前的作品截然不同。卡里奇写过少量短篇小说,其中代表作者新、英两地经历的 15 篇作品,身后由查尔斯·布拉希编辑作序出版,书名为《不同的造物》(*Such Separate Creatures*, 1973)。

卡里奇五部新西兰小说是他一生创作的全部重要作品,共同反映了 1913 至 1930 年间北坎特伯雷牧区的家庭和社会矛盾、文化冲突及人们的观念和态度。这些小说的共同特征是通过具体行为和事件反映文化和认识层面的问题。冲突的一方是舶来的英国中产阶级生活态度,在小说中往往由一个温文尔雅而失意的妻子代表;另一方是殖民地的生活态度,往往由一个秉性耿直而务实的丈夫代表。在夫妻冲突的中间地带,读者常常发现一个叫瓦尔特的儿子,他睁着天真无邪的眼睛,观察争斗的两方,思考一些他不甚明白的问题。这个瓦尔特其实就是作者记忆中自己童年的身影。

卡里奇小说反映的不是二战后当时的新西兰,而是更早时期新西兰的特征,似乎在重炒过时的主题。他于 1923 年离开新西兰后,长期居住国外。他提笔写小说时，记忆中的社会已成为过去，萨吉森、约翰·马尔根、格洛弗和费尔伯恩等已建立起了特色鲜明的新文学，关注的是更带普遍特征的现代人的问题。记忆的模糊和生活积累的不足，迫使卡里奇将创作重心转向人物心理，舍表求神，追踪古怪、受挫的个人内心。这样，陈旧的题材被赋以象征的新意。卡里奇的小说与珍妮特·弗雷姆、莫里斯·达根、阿希顿-沃纳等代表的心理现实主义流派不谋而合。

卡里奇喜欢 E. M. 福斯特和劳伦斯的作品，从中得益匪浅。他借鉴两位大师以景物创造象征的手法，用暗喻和含蓄给读者以启示和想象。同时，他的叙述又略带讽刺口吻，创造了奇特的效果。他娴熟的文笔和表现技巧，是新西兰作家中屈指可数的。卡里奇小说中描写的第一次世界大战前坎特伯雷的童年生活，并不完全依赖记忆中曾经亲身体察过的实际经历。他把自己从小说设定的具体环境中解放出来，注重内心刻画，善于展示人物神经质的内心世界，也常常表现非正常人物的非正常心理。

《少年的秘密》是五部新西兰小说中比较成功的作品。小说主人公是一个寄宿学校的十岁少年，不知不觉被卷进了成年人的生活和爱情纠缠之中，对成人世界的人际关系大惑不解。小说塑造了一批令人信服的人物，成功地再现了一个孩子所体验到的第一次世界大战前后的克赖斯特彻奇。《欲壑难填》描写一个母亲与精神失常的儿子之间的关系。这部小说及《第五个孩子》《远方之火》和《家乡的召唤》探讨的都是紧绷的家庭关系和婚姻生活。这些小说并不因为题材陈旧而失去其象征力量。但是，卡里奇常常在他的现实主义文学作品中几乎随心所欲地加上皆大欢喜的浪漫结局，使小说失色不少。

西尔维娅·阿希顿-沃纳

小说家西尔维娅·阿希顿-沃纳（Sylvia Ashton-Warner，1908—1984）出生于新西兰北部的塔拉那基。由于家境贫困，没有受过完整的教育。为了谋生，曾经做过小学教师。与戴文和卡里奇一样，她的作品也是先在国外打响，然后反弹回新西兰，在本土文学界产生影响。阿希顿-沃纳的前四部小说《老处女》（*Spinster*，1958）、《偶像前进香》（*Incense to Idols*，1960）、《教师》（*Teacher*，1963）和《三》（*Three*，1971）都在伦敦出版。另两部小说《钟声》（*Bell Call*，1964）和《绿石》（*Greenstone*，1967）首先在纽约出版。除上述六部长篇小说外，阿希顿-沃纳的作品还包括身后出版的一本短篇小说集《来自河的故事》（*Stories from the River*，1986）和自传《我走过的路》（*I Passed This Way*，1979）。

阿希顿-沃纳的第一部小说在英、美两国获得高度评价，并在美国拍成电影。小说代表了阿希顿-沃纳新、奇、怪三大创作特点，在文学传统势力强大的新西兰，也激起了不同的反响。《老处女》确实是一部不同寻常的小说。第一人称的主人公安娜·伏伦托索夫是个感情冲动、神经过敏而又嗜酒如命的老处女，但她又是个具有献身精神的教师。她在课堂里引进了具有"革命性和创造性"的教学方法，旨在解放毛利青少年的精神，唤起他们的艺术激情和创造本能。为此，她与校方形成了尖锐的对峙。由于安娜本身是个心理状态极不稳定的矛盾人物，她的叙述自然不会按部就班，难免突兀难测。但小说再现了一个活生生的悲剧人物，也引起了有关教育和小说定义等方面的一系列争议。

阿希顿-沃纳的第二部小说《偶像前进香》像《老处女》一样，将读者推进一个神经质的女子的意识之中。小说主人公玛丽·考洛里是居住在新西兰某小镇的一个法国女钢琴家。但这部小说继承了《老处女》的不足，而又失去了新、奇、怪的特征。由于作者希望处理的主题太大，如信仰转变、审美意识、个人尊严之实质等，小说因此显得比较单薄。此外，阿希顿-沃纳喜欢将语言诗化和哲理化，结果反使小说变得浮肿而不实在。1963 年发表的《教师》在主题上与《老处女》一脉相承。主人公是一位与"老处女"遥相呼应的男教师。他也是个神经过敏、举止冲动的人物，但比前者走得更远，最后以自杀结束了故事。

接下来发表的《钟声》描写的仍然是精神扭曲的人物——怪癖但又真实可信的普莱基特一家。故事中的女主人公对摧残人性的传统习俗和社会体制做出了强烈的反抗，但小说激进的女权主义战斗呐喊，并未增强社会批判的效果，而事实上削弱了文学的表现力量。阿希顿-沃纳像以前一样，在创作手法上不守规范，刻意求新。几年后发表的《绿石》是一部幻想作品，涉及了种族与社会地位等问题。但即使作为幻想作品，阿希顿-沃纳想象的浪漫故事也令人难以置信。《绿石》及 70 年代初出版的长篇小说《三》在文学界和社会上的影响，都远不及她的前三部作品。

总之，阿希顿-沃纳是个不落俗套、不受约束的作家。她常常抛开现实，追求奇幻，在复杂纷乱、神奇迷离的人心深处探幽索隐。她创作小说不循常规，甚至随心所欲，因此作品常常显得古怪离奇，使人猝不及防，也使人耳目一新。她的艺术直觉告诉她，社会扭曲了艺术家和其他人的精神能动力。这是贯穿她作品始终的观点。她的小说带有印象派的风格，故事是第一人称交待的发生在眼前的事，而不是旧事重述，读起来像一篇篇长长的自省式的日记，或一段段滔滔不绝的内心独白。她与珍妮特·弗雷姆等一起，领导了二战后新西兰小说创作的新潮流。

莫里斯·达根

莫里斯·达根(Maurice Duggan, 1922—1974)是个与凯塞琳·曼斯菲尔德和弗兰克·萨吉森齐名的小说家。他出生于奥克兰，在北海岸长大，父母都是爱尔兰血统。莫里斯·达根自小有"神童"之称。他 14 岁中学毕业后，只花了两年时间就完成了大学学业。他的博学广识主要靠自学取得。达根年少时对文学并不感兴趣，1940 年因患骨髓炎左腿截肢，行走不便，这才使他萌生了创作的念头。1944 年初，他与弗兰克·萨吉森取得联系，得到了萨吉森的指点，并结识了北海岸的一些其他知名作家和艺术家。1950 年他与妻子一起到伦敦，后来的两年里边创作边周游了许多欧洲国家。自 1961 年起,莫里斯·达根经营广告业,在奥克兰商界颇有名望。十年后他退出商界,此后不久罹患癌症,于 1974 年溘然长逝。

达根的小说创作受到了萨吉森的影响,但他并没有采用萨吉森式的新西兰口语风格。他的早期作品中就表现出了詹姆斯·乔伊斯式的意识流和对传统形式的反叛。他的早期小说内容上主要反映儿童或少年在压抑的环境中成长的故事,后期作品大多反映成年人的困境。莫里斯·达根是个短篇小说作家,作品不多,收编在三本集子中。除此之外,他还写下了两本儿童文学作品:《胆怯的汤姆与水娃》(*Falter Tom and the Water Boy*,1957)和《了不得的麦克芬斯及其他儿童故事》(*The Fabulous McFanes and Other Children's Stories*,1974),前者于 1959 年获得伊丝特·格伦新西兰最佳儿童文学奖。

1959 年,莫里斯·达根的第一部短篇小说集《依马努尔的工地》(*Immanuel's Land*,1956)获得凯塞琳·曼斯菲尔德最佳短篇小说奖。这本集子中包括他最流行的有关列尼汉家族的"列尼汉小说"和海外旅行日记。次年,他被授予奥塔戈大学彭斯学会荣誉会员的称号,并主持新西兰文学基金会文学奖金工作。莫里斯·达根的另两部短篇小说集是《碎石场的夏天》(*Summer in the Gravel Pit*,1965)和《奥利里的果园》(*O' Leary's Orchard and Other Stories*,1970),这两部小说共同奠定了莫里斯·达根在文坛的地位,也是新西兰短篇小说突破现实主义束缚的标志。

莫里斯·达根所描写的也许是现代新西兰小说中最阴暗的精神世界。他的小说反映爱尔兰裔新西兰人及他们狭窄、单调、虚伪的生活,尤其是天主教寄宿学校中青春少年的烦恼。达根的画面经常是灰暗的,没有友谊和爱,没有生活意义,而有的是冷漠、背信弃义和肉欲的骚扰。他的人物一般都是失落者,看不到生活的出路,失去了信仰和信心,挣扎在感情的冰河里。他们总是企图在一个荒唐世界里寻找属于自己的一片天地,但每每遭受挫折,理想成空。如关于列尼汉一家的系列短篇小说中,所有故事都在一个感情破裂毫无幸福的家庭里展开。在有关天主教寄宿学校的小说中,成年人的蛮横权威导致了孩子们刻骨铭心的痛苦。

达根的后期小说大多反映成年人的困境,如《沉淀》("The Deposition")和《分离》("The Departure")反映的是灾难性的婚姻;《拉弗蒂小姐的悲曲》("Blues for Miss Laverty")描写被人拒之门外的孤独老处女的生活;《威利·格雷夫斯的智慧》("The Wits of Willie Graves")讲述的是一个背弃传统社会生活的游荡子的故事。《赖利的手册》("Riley's Handbook")受塞缪尔·贝克特小说的影响,故事没有传统的情节,由一位艺术家的胡言乱语组成。这些人物不仅无法理解他们所处的世界,而且也无法理解他们自己。莫里斯·达根认为,"人的心理只是潜伏在意识之下的黑暗世界里的各种欲望的表达符号。"在他的小说世界里,这些欲望的"表达符号"十分活跃,人生永远充满痛苦,认识越深,痛苦越强烈。

短篇小说名篇《夏日沿着出村的骑道》("Along Rideout Road That Summer",

1961)被认为是新西兰文学佳作之一。在这篇小说中,一个白人青年对父母虚伪的宗教虔诚不满,忿然离家出走。他找到一个毛利人的农场,在那儿当帮工,但发现那地方并不是世外桃源,最后失望地离开,在精神荒漠里找不到安身之处。在芬利森的小说里,有一个远离尘嚣的原始世界,向着文明社会中走投无路的人们招手,但这个伊甸园不对莫里斯·达根的人物开放。此外,小说简洁凝练的风格,也标志了新西兰短篇小说的新方向。从走上文学道路一开始,莫里斯·达根就给自己立了一条箴言,时时告诫自己:"小说的力量来自简洁。"他的作品严实凝练,精工细作,确实体现了他坚守的创作原则。

随着作家思想的深化和创作技巧的发展,达根60年代的作品渐渐走向深奥。他的文体语言也出现了变化,有时过分讲究。为了表达人物的复杂心理,他常用暗示、象征、隐喻等手法,作品形成一种略带印象派色彩的难以捉摸的现实主义风格,简约原则受到冲击。作者希望让读者揭去光怪陆离的事物外表,透过假象去触摸内在的本质的东西。劳伦斯·琼斯(Lawrence Jones)称,达根的三册短篇小说集,"包括了有史以来新西兰的一些最优秀的短篇和中篇小说。"莫里斯在他生命最后一年,运用元小说形式创作了《讲故事人杂汇》(*The Magsman Miscellany*)。该作品于他去世后的1975年发表,一度引起轰动。

戴维·巴兰坦

戴维·巴兰坦(David Ballantyne,1924—1986)是现实主义小说家、剧作家,出生在奥克兰,年幼丧父,15岁辍学。他在第二次世界大战期间于1942年参军,服役不到两年,从1943年起到《奥克兰星报》,从此开始了漫长的新闻职业生涯。1955年他到伦敦的舰队街,先后为报刊《新闻晚报》、《晚间旗报》(*Evening Standard*)和《真相》(*Finding out*)杂志工作,1966年回到《奥克兰星报》,又继续为该刊工作直至去世。

早在1942年,巴兰坦就尝试短篇小说创作,并在《新西兰理性主义者》(*New Zealand Rationalist*)杂志上发表了第一篇作品。1944年起,他写下了计划中的三部曲的第一部,次年被一出版社接受,但因该出版社破产而未能问世。他与美国左翼作家詹姆斯·法雷尔有书信来往,后者将巴兰坦的书稿交给他自己的出版商出版。此时,三部曲已完成,但出版社接受了第一部和第二部的一半,合成后于1948年在纽约出版。这就是他描写大萧条时期新西兰的第一部正式出版的长篇小说《坎宁安一家》(*The Cunninghams*)。小说在美国反响良好,次年在新西兰获得了休伯特·切奇纪念奖(Hubert Church Memorial Award)。同时,他得到文学基金的资助,帮助他专心撰写第二部小说。

但后一部小说姗姗来迟,让读者等了15年。1949年他设计了一部自传体小说,但样稿未得到出版商的青睐。放弃后他于次年写下一部关于奥克兰工人阶级生活的小说,但少有人问津。接下来的五年时间,他又写了几本长篇小说,并整理出一部短篇小说集,依然连连受挫,未能出版。后来,他的剧作《美洲豹之夜》(*Night of the Leopard*)和《进程中》(*Passing Through*)在英国录制成电视剧,并于 1961 年赢得了联合电视奖。这两个剧本都是根据他自己的短篇小说改编,后来收录在短篇小说集《荣耀》(*And the Glory*,1963)中。电视剧的成功使他峰回路转,重新得到出版商的注意。他的第二部长篇小说《最后一位拓荒者》(*The Last Pioneer*)于 1963 年在英国和新西兰出版,是一幅新西兰乡镇生活的讽刺画卷。另外两部小说《家庭之友》(*A Friend of the Family*,1966)和《颠倒的悉尼大桥》(*Sydney Bridge Upside Down*,1968)接踵而至。

尽管出版了不少文学作品,巴兰坦自感到怀才不遇,作品未得到文学界的广泛认可。从伦敦回到奥克兰后,他陷入了近十年的酗酒恶习。这一段痛苦经历出现在下一部小说《热线主持人》(*The Talkback Man*,1978)中。在这部小说里,作者再次发现了自己的社会良知,运用流行的电台热线节目形式,对正在艰难应对经济萧条的新西兰社会中的变化进行评论。他的最后一部小说是《笔友》(*Penfriend*,1980)。巴兰坦在身后留下了计划中要创作的好几部长篇小说的笔记,生命结束前他仍然跃跃欲试,准备第三次崛起。

巴兰坦认为自己是个不成功的作家,既没有挣到钱,也没有获得认可。尽管在有生之年,他的文学成就受到忽视,但是随着时间的推移,他的作品显示出比他的同时代知名作家更强大的生命力。《坎宁安一家》现已成为现实主义作品的典范。《颠倒的悉尼大桥》具有元小说的特点,运用梦境、不可靠叙述者和复杂的叙事结构,同珍妮特·弗雷姆(Janet Frame,1924—2004,详见第十三章)的《猫头鹰在哀叫》(*Owls Do Cry*,1957)和伊安·克罗思的《圣子》一起被认为是新西兰最优秀的成长小说。这两部作品都已成为文学经典。巴兰坦继承了萨吉森的传统而成为第二代地方作家的代表。

埃罗尔·布拉思韦特

小说家埃罗尔·布拉思韦特 (Errol Brathwaite,1924—2005)出生于霍克斯湾,父亲是个养牛场场主。中学毕业后他进入一个铁路公司谋职,生活郁闷。他于 1942 年第二次世界大战中应征入伍,在奥哈奇亚空军基地受训,成为一名空军枪炮手,其后被派遣到瓜达尔卡纳尔岛服役,在那儿,他与日本军队有所接触。他于 1945 年退役,但痛恨小职员的无聊,喜欢军旅生活。退役后,布拉思韦特做了几年记者。

1959 年,他推出第一部长篇小说《黑夜中的恐惧》(*Fear in the Night*,1959)。这是一部典型的冒险小说,讲述在日本一次紧急迫降的故事。小说展示了作者安排情节和创造悬念的能力,但作品并无其他过人之处。第二部长篇小说《男人们的事》(*An Affair of Men*,1961)是布拉思韦特最优秀的作品,赢得了《奥塔戈日报》(*Otago Daily Time*)百年纪念小说比赛大奖,被翻译成六种语言。小说讲述了在布干维尔岛上发生的故事,描写正在丛林里搜寻同盟军士兵的日本军官伊东与试图保护同盟军士兵的村庄首领瑟杜之间发生的冲突。在截然不同的文化一次次交锋碰撞中,作家栩栩如生地表现了伊东的内心和瑟杜的智慧。《归途漫漫》(*Long Way Home*,1964)讲述了人们在巨大压力下的行为:在南阿尔卑斯山上发生了空难,两名幸存者一个成了盲人,另一个无法走路,但他们互相帮助,赢得了生存斗争。

《飞鱼》(*The Flying Fish*,1964)、《针眼》(*The Needle's Eye*,1965)和《罪恶的一天》(*The Evil Day*,1967)是布拉思韦特著名的新西兰战争三部曲。这几部小说以 19 世纪 60 年代的毛利战争为背景,表现进入殖民扩展时期的塔拉纳基地区移民与毛利人的土地纷争。三部曲的第一部从士兵菲普斯和军官威廉斯两个主要人物的不同视角来交代这一场冲突。菲普斯曾与当地毛利人建立了友谊,能够理解他们的苦衷与感情。这样的双重视角更加客观全面地描绘了战争,描写了卷入战争的不同身份的人物、他们的立场和想法,多侧面地展示了战争的真相。菲普斯死后,在后两部小说中威廉斯也在与毛利人的冲突中获得了认识上的成熟。小说继续围绕战争外的文化、情感和认识冲突展开。三部曲具有相当的深刻性。

布拉思韦特写就了六部小说以后,由于经济拮据,不得不放弃小说创作,重操记者的旧业。他写了几本旅游手册和读物,包括:《新西兰北岛旅游手册》(*The Companion Guide to the North Island of New Zealand*,1970)、《新西兰南岛旅游手册》(*The Companion Guide to the South Island of New Zealand*,1972)、《新西兰与新西兰人》(*New Zealand and Its People*,1974)、《美丽的新西兰》(*The Beauty of New Zealand*,1981)、《新西兰风情录》(*A Portrait of New Zealand*,2003)等。同巴兰坦一样,他希望小说创作能够成为他的事业,但有限的经济回报和认可度,让他失望,让他心寒。不过今天,布拉思韦特的《男人们的事》和毛利战争三部曲,都进入新西兰文学经典之列。

鲁思·帕克

鲁斯·帕克(Ruth Park,1917—2010)出生于奥克兰,但成年后大部分时间居住在澳大利亚,创作的小说以澳、新两国为背景的都有。她与澳大利亚作家达西·尼兰德(D'Arcy Niland)相识,1942 年去澳大利亚成婚后,在悉尼一个叫萨里山的贫民区定居,开始以创作为生。

她关于悉尼贫民窟的《南方的竖琴》(*The Harp in the South*,1948)起初在《悉尼晨报》(*Sydney Morning Herald*)上连载,1946 年获得该报小说竞赛奖,两年后出版,是战后广受欢迎的小说。小说背景就是作者居住的贫民区,讲述了达西一家在逆境中谋求美好生活的艰难历程。小说的成功促使帕克再接再厉,推出了续篇《穷人的桔子》(*Poor Man's Orange*,1949),继续讲述达西一家的经历。悉尼贫民窟的生活故事在《玫瑰的力量》(*A Power of Roses*,1953)中继续展开。

《剑和皇冠和戒指》(*Swords and Crowns and Rings*,1977)讲述的是一个澳大利亚乡村小镇从1907到1931年的风雨历程。《商人坎贝尔》(*Merchant Campbell*,1976)是一部关于早期悉尼的历史小说。

帕克也有不少小说描写发生在新西兰的故事。《女巫的刺符》(*The Witch's Thorn*,1951) 的背景设在新西兰一个叫特卡诺的小镇,描写生动。小说主要通过一个名叫贝瑟尔的遗弃女孩的视角,讲述她在冷酷的养父母家中生活的不幸经历。最后她在一个毛利人家中找到了温暖和爱。小说在海外十分畅销,但在新西兰未获好评。《粉色法兰绒》(*Pink Flannel*,1955)通过讲述特卡诺小镇里一家四姐妹与父亲的代际冲突,以及她们的成长历程和恋爱生活,反映了20世纪50年代新西兰社会中存在的阶级、性别和种族不平等。同时,作者也表达了这样的观念:在最贫穷的毛利人家庭里也有幸福,而在富有而专制的家庭里也有不幸。1953年出版的《蛇之喜》(*Serpent's Delight*)后来再版时更名为《漂亮女人》(*The Good-Looking Woman*,1961),写的是宗教狂热带来的悲剧。帕克最著名的新西兰题材小说是反映19世纪南岛奥塔戈淘金热的历史小说《淘金潮》(*One-a-Pecker, Two-a-Pecker*,1957)。该小说1958年在美国发行时重命名为《霜与火》(*The Frost and the Fire*)。

帕克的儿童文学作品蜚声海内外。她有关"糊涂虫沃姆巴特"("Muddle-Headed Wombat")的故事已被翻译成多种语言,行销世界各地。作品包括《船上的猫》(*The Ship's Cat*,1961)、《迈特叔叔的大山》(*Uncle Matt's Mountain*,1962)、《努吉与海蛇》(*Nuki and the Sea Serpent*,1969)、《大铜钥匙》(*The Big Brass Key*,1983)、《詹姆斯》(*James*,1991)等20余册。帕克的自传《杜鹃鸟周围的篱笆》(*A Fence Around the Cuckoo*,1992)和《在斯迪克斯河上垂钓》(*Fishing in the Styx*,1993)出版后深受好评。另一部自传《鼓声响起》(*The Drums Go Bang!*,1956)记述了她与达西相遇、游历澳洲内陆、定居悉尼贫民窟等作家生活经历的许多细节。

三

其他战后作家

除了上述作家与作品外,还有很多小说家为战后文坛的百花园增添了姿色。地方的、个人的"小叙事"成为文学表现的主流,作家们眼睛向下,关注的主要是社会下层人的不幸遭遇。比尔·皮尔逊(*Bill Pearson*)的《煤滩》(*Coal Flat*,1963)成功再现了小镇生活和人们的情感。帕特·布思(*Pat Booth*)的《海里的足迹》

(*Footsteps in the Sea*, 1964)和《朝着钟声冲刺》(*Sprint to the Bell*, 1966)都反映了小市民的狭隘与偏见。菲利普·威尔逊(Philip Wilson)以传统的现实主义模式创作了五部小说:《雷电下》(*Beneath the Thunder*, 1963)、《太平洋飞行》(*Pacific Flight*, 1964)、《被遗弃的人》(*The Outcasts*, 1965)、《新西兰杰克》(*New Zealand Jack*, 1974)和《太平洋之星》(*Pacific Star*, 1976)。

格思里·威尔逊(Guthrie Wilson)的小说也反映底层社会,如《勇敢的伙伴》(*Brave Company*, 1951)从一个士兵的视角反映战争现实;《香甜的白葡萄酒》(*Sweet White Wine*, 1956)则反映新西兰小地方主义。但威尔逊的小说涉及社会更广阔的层面,比如《朱利安·威尔》(*Julian Ware*, 1952)抨击富有的牧场主的势利;《清廉者》(*The Incorruptibles*, 1960)围绕一所大学任命校长之事,分析并揭露权势们的私人动机。关于揭露政治、文化上层的小说还包括约翰·吉利斯(John Gillies)的《肉冻上的航行者》(*Voyagers in Aspic*, 1954)和洛宾·米尔(Robin Muir)的《逐字逐句》(*Word for Word*, 1960)。前者尖锐地讽刺了谄上欺下的社会野心家;后者透过出版界反映了人们摇摆不定的文化价值观。

琼·史蒂文斯(Joan Stevens)在她的《新西兰长篇小说:1860—1960》(*New Zealand Novel: 1860—1960*)中,将第二次世界大战后的一二十年称作"收获的季节"。代表民族文学的新西兰小说于20世纪30年代扎下根基,到战后已果实累累。的确,战后新西兰文坛新人辈出,新作纷呈。小说主题走向多元,走向深层,而作品风格犹如百花竞春,丰富多彩。不少作家在英、美等文学大国连连打响,获得认可。新西兰文学大步跨出南太平洋岛,逐渐成为国际英语文学中的重要一支。

第十三章

珍妮特·弗雷姆

生平与创作

　　珍妮特·弗雷姆(Janet Frame，1924—2004)被澳大利亚著名作家、诺贝尔文学奖获得者帕特里克·怀特(Pattrick White)认定为新西兰最了不起的小说家。弗雷姆确实是战后最有天赋、最有特点、影响最大的作家。她的与众不同之处在于她以前所未有的新颖、怪诞的现代/后现代派风格，突破了传统现实主义，领导了小说创作的新潮流。她共创作了 11 部长篇小说，出版了四部短篇小说集、一本诗集和三部自传。身后又有一部长篇小说、一册诗集和一系列短篇小说陆续发表。

　　弗雷姆 1924 年出生在达尼丁郊区一个工人阶级家庭，父亲是铁路工人，母亲为人帮佣。1943 年弗雷姆到达尼丁教育学院接受师资培训，同时到附近的奥塔戈大学旁听英国文学、法语和心理学课程，然后在达尼丁一所中学找到了当教师的职业。开始一切顺利，但后来人们发现她有自杀倾向，此后断断续续开始接受精神治疗，被诊断为患有分裂症。20 世纪 50 年代末，她患了一场重病后，被送进精神病医院，住了较长一段时间。医生已经决定做脑叶切断术，此时她的第一部短篇小说集出版，并出人意外地获得休伯特·切奇纪念奖。这是当时新西兰声誉最高的文学奖项之一。手术被取消。弗雷姆坚持认为自己从未丧失过理智，但这是一段非常重要的历史，因为她几部最主要的作品都与精神病人和精神病院有关。弗雷姆认为"疯"有两种：一种是世界的疯狂，作为这个疯狂世界的成员，人们不可能超凡脱俗。评判理智的健全与否，通行的标准是否就是合理的标准，都值得怀疑。另一种是病理学上的疯狂，即精神病患者。但在弗雷姆的小说中，人们有时很难分清她的人物究竟属于哪种疯狂。

　　弗雷姆出生在一个酷爱艺术的贫苦家庭，她因此一直强烈感到，社会是资产者的社会。这个社会排斥贫民，不接受"非正统"的思想和行为，也不接受艺术。这一看法几乎反映在弗雷姆的所有作品中。她小说中的怪癖人物，也都是被社会排挤的人物。她在 50 年代初出版了短篇小说集《礁湖》(*The Lagoon*，1951)之后不久，于 1956 年离开新西兰，此后一直主要居住在伦敦。但在离开家乡之前，她留下了第一部长篇小说书稿，于次年出版。这部小说便是在新西兰文学史上产生巨大影响的《猫头鹰在哀叫》(*Owls Do Cry*，1957)。弗雷姆登上文坛之后，接连获得各类文学奖,如 1951 年和 1954 年两次休伯特·切奇纪念奖,1960 年的新西兰文学基金奖和 1965 年的罗伯特·彭斯奖。1979 年,奥塔戈大学授予她名誉文学博士称号。80 年代,她的两部自传又相继获奖。1997 年,弗雷姆返回家乡达尼丁安度晚年。

二

《猫头鹰》三部曲

三代人的故事

《猫头鹰在哀叫》是新西兰最著名的小说之一,描写乡村小镇一个家庭的悲剧故事,自传色彩很浓。在这部小说之前,弗雷姆在短篇小说中已开始尝试类似的主题。《礁湖》收录的故事中,有好几篇是童年回忆,其中的女主人公像作者本人一样,没有天真烂漫的童年生活,但却经历了贫困、疾病、家庭成员死亡等一系列的不幸。弗雷姆年幼时,两个姐姐先后落河溺亡,自己也遭受了巨大的痛苦。这个家庭悲剧被移植到了《猫头鹰在哀叫》中的威瑟斯一家。这家的大女儿弗朗丝在垃圾场附近看焚烧化学品时,失足滑入火坑。她的弟弟妹妹也正在那儿,眼睁睁地看着姐姐被活活烧死,精神上受到很大刺激。二姐达夫妮因思维活跃,充满奇想而被送进精神病医院,做了部分脑切除手术。这一事件与弗雷姆本人的经历也有所关联。家庭和个人悲剧,象征了童年幻想的终结。

《猫头鹰在哀叫》是关于威瑟斯一家三部曲的第一部。另两部是《水中面影》(*Faces in Water*,1961)和《字母的边缘》(*The Edge of the Alphabet*,1962)。三本书主要讲的是四个孩子的故事。在第一部中,由于威瑟斯一家家境贫困,债台高筑,大女儿弗朗丝为生活所迫辍学谋生,在一位富裕太太家当女佣。她挣得工资,学会了喝酒,有了男友,觉得自己已长大成人,憧憬着未来的婚姻生活,但死于非命。小说一大步跨过了 20 年,此时威瑟斯先生已退休,二女儿达夫妮性情怪僻,被送进精神病院,单独关在一个病房里。她渴望自由,终日闷闷不乐,越来越神志恍惚,行为越轨。性格内向的儿子托比在一家冷冻厂工作,抚养年迈的父母。他患有癫痫病,经常发作。他仍是个单身汉,时时梦想发财致富,但最终被判刑入狱。唯有小女儿奇克丝似乎吉星高照。她嫁给了富商,衣着入时,出没于社会名流中间,成了社交太太。但她时时提心吊胆,生怕别人知道她的家底,因此想方设法躲避一贫如洗的父母和患精神病和癫痫病的哥哥姐姐。最终她被丈夫谋杀。她的姐姐达夫妮病愈出院,进厂工作后却得到了提升。

"畸变意识流"与心理创伤

《猫头鹰在哀叫》是一部心理小说,作者的主旨不在于讲述四个孩子的生平故事。她力图再现受刺激、受挫伤的人物波澜起伏的内心世界,以及他们眼里看到的外部世界。乍一看来,《猫头鹰在哀叫》是一部晦涩难懂的作品。作家不用清清楚楚的语言讲述一个明明白白的故事。她的故事似乎不着边际,人物的举动令人难以捉摸。她的整个构图像是印象派的画面,语言更像朦胧诗而不像散文文体。

但是,弗雷姆并非故弄玄虚,与读者为难。她的人物是精神深受刺激的人物;她描述的人生经历是特殊的,复杂的,扭曲的。为了反映那些悲剧人物的内心生活,她必须采用特殊的手法。弗雷姆希望显示这些人物是如何思维,如何体验世上的一切,如何感受人生经历的。她想表达的是传统小说表述手段力不胜任的东西。她大胆将读者带进精神上受压迫变形的人物的畸形内心世界。这种"畸变意识流"很像美国大作家威廉·福克纳的创作手法。福克纳在他的代表作《声音与疯狂》的第一部中,以呆子的自白交待故事,使读者走进一个低能儿的意识世界。虽然难读,但这个内心世界却是其他表述途径难以接近的。

弗雷姆似乎在小说中提出了这样的问题:生活在一个疯狂世界里,谁更正常、更清醒些呢?达夫妮精神失常,托比时常癫痫发作不能自制,但他们在某些方面对世界的认识是否比正常人更深刻一些呢?"正常的"奇克丝是否真正正常?她自我感觉良好,行为谨慎,而实际上感情十分麻木。她写给姐姐的信,被达夫妮原封不动寄回;她写给哥哥的信,被托比烧掉。她觉得他们不正常,不可理解;他们觉得她也同样不可理解。母亲亡故后,奇克丝在日记中描写自己的思想情绪时,惊异地发现自己"成了半个达夫妮,像被符咒镇住了一样"。而在下一则日记的开始,她写道:"我恢复了正常。恢复了正常的奇克丝因患癫痫的哥哥要来访,会丢面子,急得不知如何是好。哪个是真正的奇克丝?像达夫妮的那个?还是戴着社会假面具的体面人家的主妇?"她感到娘家人有失体面,羞与为伍,甚至拒绝参加母亲的葬礼。她希望改名特丽萨,将过去抹掉。这位威瑟斯家的幸运者,是否理智健全?作者留下了一个大问号。

《猫头鹰在哀叫》典型地代表了珍妮特·弗雷姆的所有特点。作者通过一个小镇家庭的故事,细致入微地反映了异化、孤独、思想扭曲、感情刺激等精神上的问题。读者可以沿着小说提供的路径,走进一些古怪人的头脑,去领略他们反常怪异的内心世界。而在他们反常怪异的世界里,读者又可以发现人物内在的善与美。比较之下,一些社会上司空见惯的行为,在弗雷姆的笔下才显得难以接受。

从现实的水平上看,弗雷姆的人物精神反常,行为出格,他们的经历令人难以置信。读者对小说中的不少含混和杂乱,也难以找出合理的解释。但作者通过图解式的细节、丰富的象征、诗歌的联想、内心独白、内在的比喻等艺术手段,又将不可捉摸的人物和故事带回到现实层面之上,对新西兰乡镇生活中理智、精神和艺术成分的匮乏提出了尖锐的批判。《猫头鹰在哀叫》是一部使人耳目一新的独特作品。作者以乔伊斯式的手法烘托卡夫卡式的主题,展现了一部撼动人心的生活悲剧。

《水中面影》和《字母的边缘》

威瑟斯一家的故事在三部曲的后两部中继续展开。许多人认为,《水中面影》的第一人称叙述者伊丝蒂娜·马维特其实就是《猫头鹰在哀叫》中的达夫妮,是她的化名。她详细讲述了自己在精神病院里度过的九年时光。经过长期苦闷和思想混乱后,她被送进了克里夫海文精神病医院,接受了一种"新型的使人镇静的方法"——电击治疗。但治疗无效,她先在与常人无甚区别的轻病房,但一次次被转入更重的病房,最后同一批狂癫的疯子关在一起。随着小说的发展,伊丝蒂娜/达夫妮一步步被推入地狱。但最终,她被从医院放了出来。具有讽刺意味的是,护士让她忘记在医院里所经历的一切,伊丝蒂娜/达夫妮写道:"就凭我在这儿写下的东西,你说我会听她的吗?"

弗雷姆描写了精神病院恐怖的生活,更描写了看护者对他们的羞辱而带来的心理上的痛苦。这是对 20 世纪 40 至 50 年代新西兰精神治疗的痛心疾首的控诉。作家让读者窥看到社会不想让他们看到的层面,感受到她对那些痛苦和折磨的深刻同情。但小说没有曲折的故事,像文献记录。同她的第一部小说一样,弗雷姆在《水中面影》中大量运用诗歌创作的手法,如跳跃、联想、顿悟等,生动地再现了阴森森的医院气氛,创造出一个介于疯癫和清醒之间的小世界。读者犹如身临其境,时时会感到不寒而栗。鉴于弗雷姆曾在医院里度过与本书主角非常相似的一段时光,一些评论家坚持把这部小说看做一部隐晦的自传,但是作者本人不同意这种说法。她说,那些事情全都发生过,从这一点上说,《水中面影》是自传体的,但是小说的中心人物是虚构的。她写作的目的,是为了让读者听到那些被压制的声音。

三部曲的最后一部《字母的边缘》描写另一种体力和智力上不健全的人。这部小说的叙事者具有多重性格,而且时不时要闯进叙述,发表议论。叙述的故事是自省式的。弗雷姆第一次使用这样的手法,但在后来的作品中她常常使用侵入式或多角度叙述。小说正文前的注解说,小说是在梭拉死后的文字稿件堆里发现的。梭拉时不时地运用具有元小说特征的文字(诗和散文)对叙述进行解释。她在这些文字里追忆往事,对环境评头论足,对写作大发议论。人物托比、帕特和佐伊都出现在"字母的边缘"。

在这部小说中,小女儿奇克丝已被丈夫谋杀,威瑟斯家的第二代只剩下儿子托比一人。托比一直是个被社会排斥的人物,一直愁苦不快。他力图迎合社会的主流,想改变自己但又无能为力,也不被社会同情和接受。迟钝的托比远渡重洋,来到英国寻根,希望就"遗失的部落"的主题写一本书,但事实上他没有什么文化,最终毫无结果。在赴英国的船上，他遇到帕特和佐伊。这三个看似毫不相关的人物意外地走到一起。事实上，他们却有着惊人的相似之处。他们都不被社会所接受，生活都经受着痛苦和折磨，都处在无法与人交流的边缘。帕特是个爱尔兰司机，他想追求安定的退休生活，但无法做到；佐伊是个老处女，当教师，在别人眼中是个笨拙的人。他们努力尝试着改变生活，最终难逃失败的命运。托比来到伦敦后，孤独一人，囊中羞涩。通过三人的相遇相识，以及他们经历的比较，作者深刻地揭露了残酷的社会现实——小人物终究无法以微不足道的努力改变自身的命运。

　　与三部曲的前两部相比，《字母的边缘》略有争议。一些读者难以认同弗雷姆作品中的消极观念，因为小说中，弗雷姆甚至会给"自杀"或"疯狂"之类的字眼很高的评价。一些读者也认为比起弗雷姆之前两部作品，这部作品在细节描写上有所欠缺。然而也有读者认为，弗雷姆对语言的驾驭生动而又灵活，她在整体写作格局上尝试将魔幻现实主义和超现实主义相结合，将诗歌风格和散文相结合，这样整部小说深奥而笔调优美，而且充满想象，体现了很高的艺术水准。

三

弗雷姆的其他作品

丰收的 60 年代

　　在英国，弗雷姆经常去心理医生罗伯特·科利处接受治疗。科利鼓励她继续写小说，把在新西兰精神病院遭受的压抑释放出来。于是她很快出版了三部曲的后两部，此后其他多部长篇小说和短篇小说集接踵问世，让人目不暇接。在 1963 年一年内，她又推出了两部短篇小说集和一部长篇小说：《水库：短篇小说和随笔集》(*The Reservoir: Stories and Sketches*)、《雪人，雪人：寓言和幻想集》(*Snowman, Snowman: Fables and Fantasies*)和长篇小说《盲人的芳香园》(*Scented Gardens for the Blind*)。1966 年，弗雷姆又从包括《礁湖》在内的三本短篇小说集中挑选精品，编辑成册，以《水库及其他》(*The Reservoir and Other Stories*)为书名出版。弗雷姆的作品中，有七部长篇小说是题献给罗伯特·科利的。

　　弗雷姆短篇小说的主题与她的长篇相似。她善于将小说的中心人物置于一个突出的位置，配以一系列互相关联的形象化比喻，小说因此具有美感，也具有象征的深度。在集中传递某种印象，表达某一观点方面，弗雷姆短篇小说的艺术效果更胜于她的长篇小说。

　　弗雷姆在长篇小说《盲人的芳香园》的书名上，对小说主题做了强烈暗示：人们像盲人一样,对严酷的现实视而不见,而梦求不存在的人类文明的"芳香园"。读者最后发现,交待小说故事的三个叙述者实为同一人——一个疯人院里的老哑巴。小说塑造的主要仍是非正常、极度内向、失去心理平衡的人物,描写他们希望在他人面前证明自己的存在和价值,希望参与社会生活,希望与外界建立某种联系的内心渴望。

长篇小说《可塑人》(*The Adaptable Man*,1965)与先前的作品不尽相同。小说的全部故事都发生在英国。作者从历史的角度出发,探讨人的"可塑性",寻找能够医治人类社会病疾的共同语言和生活方式,以终止各人画地为牢、互不关心的社会生存状态。小说显示了前所未有的稳重与老练,也流露出以前很少流露的同情心。弗雷姆历来注重小说创作的形式与技巧。在这部作品里,作家巧妙地在故事主题中融进了对写作形式与技巧的探讨。

长篇小说《围困》(*A State of Siege*,1966)描写一位叫玛尔弗莱德·西那尔的独身妇女。她是个退休的绘画教师,多年来一心奉养年迈的母亲。母亲死后,她不再负有义务,终于获得解脱,希望开始新的生活。她从南岛乡镇搬出,告别了执拗褊狭、深受清教思想麻痹的乡民,来到霍拉基湾的一个小岛上,租借一所村舍隐居,开始过起梦想中的田园生活。但第一夜她就受到黑夜和孤独感的折磨。海风尖啸,陌生人敲门都使她心惊肉跳。她学习正统绘画,当做一种高雅悠闲的消遣,但却无法清静下来。各种幻想,过去生活的各种回忆无时无刻不在袭扰着她,将她围困,最终将她消灭。

长篇小说《雷恩伯德一家》(*The Rainbirds*,1968)探讨死亡的主题。该小说次年再版时,更名为《澳洲居室里的黄花》(*Yellow Flowers in the Antipodean Room*,1969)。小说主人公戈弗雷·雷恩伯德是一个从英国移民到新西兰的小人物。他遇到车祸,被误诊为死亡,但却大难不死,苏醒了过来。起死回生后,他发现工作已被人接替,亲友及全社会的人对这个从坟墓里爬出来的人避而远之。他得出结论,只有真正的死亡,才是摆脱困境的唯一出路。

70年代的三部长篇小说

珍妮特·弗雷姆在70年代虽不像60年代和80年代那样多产,但也有三部分量不轻的长篇小说:《特别护理》(*Intensive Care*,1970)、《野牛女》(*Daughter Buffalo*,1972)和《生活在玛尼奥托托》(*Living in the Maniototo*,1979)。

《特别护理》是一部关于未来的小说,写于反对越战的高潮时期,在当时影响很大。小说部分是对过去的回顾,部分是对未来的展望。故事回溯了第一和第二次世界大战。新西兰人对战争的热衷,为小说的第二部分做了铺垫。到了想象中的未来21世纪,战争灾难终于在新西兰降落。权势们将自己的意愿强加于人,导致了战祸。北岛遭到核攻击,新西兰成为又一个越南。美国兵横冲直撞,将有知识、有头脑的当地人当做可疑分子,捕捉屠杀。《特别护理》是"未来小说"中最阴暗、也是最有震撼力的一部。

《野牛女》又回到了死亡的主题。从某种意义上讲,小说是一种"对话","对话"的两方是纽约的艾德尔曼医生和新西兰老作家特龙。艾德尔曼是犹太医学博士,专门研究死亡。特龙对这一课题同样兴趣浓厚。艾德尔曼已年逾八旬,回忆了发生在很久以前某个夏天的事。小说讨论的是死,反映的观点阴森可怕。但特龙认识到,接受而不是回避现实,才是明智之举。弗雷姆故技重演,读者最后发现,博士和作家原是同一人,是同一人自我分裂的两半,就像《盲人的芳香园》中的三个叙述者一样。小说对现代人对待死亡的态度做了透彻的分析。

《生活在玛尼奥托托》的主人公是个具有多面个性的妇女,时而出现为名叫维奥莱特的口技艺人,时而出现为名叫阿莉丝的爱传流言蜚语的市民,时而出现为名叫梅维斯的死了几个丈夫的女作家。故事的主线是一个写小说的过程。作家梅维斯的亲戚在一次地震中身亡,她继承了他们的房产,从新西兰迁居到美国加利福尼亚。他们的朋友和邻居成了她的熟人;他们的闲谈为她提供了原房屋主人的生平资料。她从虚虚实实、躲躲闪闪、点点滴滴的素材里,拼凑起了他们的完整的故事。《生活在玛尼奥托托》充满机智和生动的细节,是展示弗雷姆高超的组织能力和语言表现能力的橱窗。小说于1980年获得新西兰图书奖。

80 年代的作品

弗雷姆 80 年代的主要成就不是小说,而是三部优秀的自传。自传之一《到海岛》(*To the Island*,1983)获瓦蒂图书奖(Wattie Book of the Year Award)。书中她回顾了自己至 1963 年重返家乡时为止的 40 年生平历史。自传之二《餐桌上的天使》(*An Angel at My Table*,1984)于次年发表并获新西兰文学奖中的非小说奖。弗雷姆自传的第三部是《镜城来使》(*The Envoy from Mirror City*,1985)。

这十年间她还发表了一部短篇小说集《走进人的心灵》(*You Are Now Entering the Human Heart*,1983)和一部长篇小说《喀尔巴阡山脉》(*The Carpathians*,1988)。后者描写发生在新西兰某小镇的奇怪事情。新西兰旅游局发现了一则关于"记忆花"的毛利传说,大加宣扬,以吸引游客。一个叫玛蒂娜·布雷肯的美国妇女对"记忆花"的传说十分感兴趣,远道从纽约赶来,在小镇逗留数天。小镇的人们过着悠闲自得的市郊生活,故步自封,容不得外乡人。玛蒂娜的出现,引起了一场小小的骚动。她最终意识到,当古老的记忆之花重新开放时,这个世界将被搅得混乱一团,以健忘和麻木维持的社会现状将无法持续,为人们普遍接受的信条将遭到怀疑。而普通人的生命,将在这个"远古之春"到达时放射光华。《向着另一个夏天》(*Toward Another Summer*,2007)是她身后出版的中篇小说。

弗雷姆的诗

弗雷姆也是个优秀诗人。她的诗歌作品大多收集在诗集《小镜子》(*The Pocket Mirror*, 1967)中。读过她小说的人都能预料,弗雷姆的诗肯定不落俗套。事实正是如此。她憎恶按部就班的诗歌创作传统,视其为捆绑精神病人的约束衣。她常常编造词汇,或将现有单词切开使用。人们常说弗雷姆的小说具有诗意,显然指的是她的语言创造了"现实"环境中的多层含义。她的诗歌更是如此,喻象不可捉摸,诗情飘忽不定,诗理深奥莫测,细节常常暗示某种难以言明的悟识。《关于一个弥留孩子的又一首诗》("Yet Another Poem About a Dying Child")便是一个典型的例子:

> 诗人和父母都说
> 他不会死,那么年轻
> 像欣欣滋长的树
> 像腾升的星星。
> 他们的话淹灭了
> 孩子喃喃的告别声。
> 他们说,他咿呀学语
> 像花朵在春天苏醒。
> ……
> 他必须沉睡,摇晃着
> 痛苦织成的丝网
> 直到善心的长毛蜘蛛
> 眸着夜灯般的眼睛
> 走过来,步履轻盈,
> 将他暖暖裹起
> 带到一个黑暗的地方
> 一口口吞噬吃净。

"孩子"即将夭折,"诗人"和"父母"却一厢情愿,不顾事实,抱着浪漫的寄托。最终事与愿违,"孩子"被"善心的长毛蜘蛛"吞食。诗歌象征丰富,回味无穷。就像她的小说一样,死亡常常是作品的主题;现代生活中的麻木和虚伪常常遭到尖锐的批判。弗雷姆的诗运用简明的口语语言,深入浅出,韵律节奏自然形成。她的诗歌中,幻想成分、象征和比喻比比皆是,创造了既使人不安又发人深省的诗歌效果。她的第二册诗集《鹅戏水》(*The Goose Bath*, 2006)于诗人去世两年后出版,获得蒙大拿新西兰图书奖(Montana New Zealand Book Award)。

四

弗雷姆的小说风格

珍妮特·弗雷姆的小说以主题深刻和风格独特为两大显著标志。在《猫头鹰在哀叫》等三部优秀作品中,她从个人、也从社会的角度分析看待人类的磨难,探讨无知自大和感情冷漠等普遍存在的问题。她指出,只有克服无知,建立互爱,人类才能走向完善。有人称弗雷姆为"狂想编织者"。她的作品时而晦涩难懂,时而怪诞离奇,但具有独特的品质。

出版了头两部小说之后,弗雷姆在创作上更加自信,运笔自如。为了表现直觉感受,她越来越大胆,离正统越来越远。滚滚而来的意识流,将心理常态与变态的界线完全淹没,常常使读者坐立不安。弗雷姆主要描写心理畸形的人物,故事在现实世界与心理世界之间、"怪人"心理与"正常人"心理之间游弋。在这一点上,她与著名美国女作家卡森·麦卡勒斯(Carson McCullers)十分相似。她希望揭示的是终极的本质的东西,如生命与死亡、常态与变异、现实与幻觉等。她的作品是异想天开的滑稽剧,同时也是严肃深刻的社会评论。

弗雷姆是个卡夫卡式的作家,作品具有强大的象征力量。对于卡夫卡或对于弗雷姆来说,个人生活既是被社会也是被自己所摧毁的。所谓正常的——既定准则、日常惯例、社会公德等——在小说人物的认识中常常是不正常的,而心理畸形或疯癫的人物常常道出真谛。弗雷姆感到,官僚化、工业化的现代社会使人失去理智的根基,迫使他们不得不改变自己来迎合社会,因此成了现代文明的阶下囚。她在小说中常常表达的正是新西兰社会生活中的异化现象。她所采用的印象派技法,也许是表达人心变异的最有效的手法。弗雷姆的小说带有现代主义、后现代主义和魔幻现实主义的色彩。她的中、后期作品更接近后期现代主义的"超小说",有意强调作家的媒介作用和写作过程,强调思维的主观性和随意性,而对传统现实主义所关注的真实性不以为然。批评界对珍妮特·弗雷姆的关注度极高,已有多部弗雷姆研究著作问世。人们从后现代文体、后殖民主题、女性主义批判、心理分析等不同视角讨论她的小说和诗歌的创作风格和作品中包含的丰富内容。

珍妮特·弗雷姆主要是作为小说家而在新西兰和其他英语国家名驰遐迩。她擅长在小说中探讨压抑、孤独的心绪和失常者的心态。她的诗就像这些人物的自白。小说与诗歌都以想象丰富为特征,笔意纵横,天马行空。弗雷姆对人生抱悲观态度,不相信艳阳高照的日子将会到来,不相信艺术家的呼声能够触动或改变现状。她的作品像万籁俱寂的黑夜里传来的猫头鹰的哀叫,深沉悲切,令人心惊肉跳。她以她个人独特的风格,精湛的笔技而令读者叹服,也为同代作家所推崇。弗雷姆获奖无数,其中包括英联邦作家奖和新西兰奖章(Order of New Zealand)。她也是美国艺术文学院的客座院士,1998年和2003年两次被提名诺贝尔文学奖的候选人。她是当代新西兰文学最杰出的代表。2000年,新西兰历史学家迈克尔·金(Michael King)撰写了珍妮特·弗雷姆的传记《与天使角力》(*Wrestling with the Angel*),同时在新西兰和北美出版,稍后又在英国和澳大利亚出版。

第十四章

毛利作家的崛起

一

踏入主流文学世界

白人作家笔下的毛利人

自从毛利人南下太平洋,他们就把波利尼西亚文学财产带到了新西兰两岛。毛利文学虽然丰富多彩,但由于毛利人生产力低下且没有书写文字,长期停留在口头文学的水平之上。直至 19 世纪欧洲人大批到达时,他们才有了自己的语言记录符号——文字,并开始将一些故事、歌谣、历史和家谱用文字记录保留下来。真正从事书面文学创作还只是近几十年的事情。毛利作家和诗人从 20 世纪 60 年代起步,开始在文坛崭露头角。到了 70 年代,他们已组成了一支不可忽视的新军,其崛起之迅猛,成就之显著,令人始料不及。

白人作家笔下的毛利人,在新西兰文学作品中比比皆是。踏探者和定居移民中间的最早期的作家们,津津乐道地向故国的同胞描写丛林荒原的野蛮人,危言耸听,以满足欧洲读者强烈的好奇心。进入 20 世纪以后,殖民居住区已比较稳定,农牧业和小手工业迅速发展。被剥夺了土地的毛利人开始抛弃传统的生活模式,走出丛林,进入白人社会寻找机会。他们组成了殖民地文明社会的最下层,就连白皮肤的乞丐对先前的酋长也不屑一顾。丢失了土地的毛利人似乎也随之丢失了他们做人的尊严。不管出于同情还是其他动机,"次等公民"的毛利人文学形象直到 20 世纪 60 年代仍在文学中屡屡出现。

毛利人作为令人羡慕的"自由人"和"高尚的蒙昧人"的形象,是出现在另一些作家笔下的另一个极端。第一次世界大战让许多作家看到了所谓文明国家的残暴和野蛮的一面。对欧洲帝国主义列强的幻灭和对旧的权力和价值体系的反感,迫使不少作家把视线转向尚未被资本主义文明污染的"原始人",作为唯利是图的西方上流社会的对立面。当卢梭"返璞归真"的主题在欧美重新成为时尚时,部分新西兰作家也受到这一文学思潮的影响。毛利人和毛利人的生活被浪漫化,加上光环,但也因此成了失去生命的偶像。这些作家笔下的毛利人不是有血有肉的活体,而是一种抽象概念的化身,代表的是白人的一种寄托,毛利人的生活方式是与机器文明、城市文明和实利主义相对立的一种乌托邦理想。

比尔·皮尔逊(Bill Pearson)在《毛利人和文学:1938—1965》("The Maori and Literature, 1938—1965")一文中提到早期白人作家时说:"他们写作的时候,

毛利人几乎根本没有加入欧洲人的社会……两种不同文化成员之间的交往只能是偶然的,不完整的。今天的作家中,再不会有人用如此无知的语言来表现毛利人的思想了。两种文化间交往的增加,意味着优秀的现代作家更易于认识到毛利人的复杂情感。"

只是在最近几十年,一些作家才试图在复杂的社会环境中较客观地探索毛利人的处境、思想、行为、特征,以及他们在欧洲文明冲击下的生存现状。作者不再一味追溯古老的毛利习俗,而强调文化上的不同,反映两种文化撞击、妥协、融合过程之中的真实人物的真情实感。

诺埃尔·希利亚德(Noel Hilliard)是以严肃的现实主义创作态度表现毛利人的最杰出的白人作家。他在《毛利姑娘》(*Maori Girl*,1960)四部曲中,生动地反映了进入城市社会的毛利人的困境。希利亚德娶了毛利人为妻,在了解观察毛利民族方面有得天独厚的优势,但就连他自己也不得不承认,在塑造毛利人内心方面感到力不从心。他认为在某种程度上,自己只是个局外人,只有观察报道的能力,但很难挖掘深化。其他同代白人作家写毛利人的生活、反映毛利主题,也难免给人以隔靴搔痒之感。其实,希利亚德的成功,主要不是因为他塑造了生动的毛利人形象,而是因为他通过毛利人的故事对白人社会进行了谴责。

毛利文化复兴运动

从 20 世纪 60 年代开始,第一代毛利作家登上文学舞台亮相,开始了"毛利人写毛利人"的时代。比尔·皮尔逊(Bill Pearson)在《毛利人与文学,1938—1965》一文中写道:成功的白人作家都"巧妙地避开了小说人物可能产生的某些细微的心理变化",而"只有毛利作家才有(或将来会有)处理这些心理微妙之处的本领。"我们诚然不能断定,新西兰的白人作家无法塑造出思想感情丰富、典型而不走样的毛利人形象。但在美国文学中,谁能比黑人作家理查德·赖特、詹姆斯·鲍德温和托妮·莫里森塑造的黑人形象更加真切翔实呢?

60 年代,以恩嘎·塔玛托阿(Nga Tamatoa)为首的毛利人,组织起来向议会请愿,要求在所有学校设立毛利语言和文化课,"作为毛利人献给新西兰的礼物"。此外,60 年代还出现多次在议会厅前的静坐示威。一年一度的怀唐依纪念日——这个双文化国的国庆日——也成了毛利人争取文化权的政治斗争的日子。

70 年代的毛利文化运动更呈一发而不可收之势,如同长期缓慢的地壳运动后的火山爆发。从 1972 年始,国家定下毛利语日。目前已有 140 余所小学开设毛利语言文化课。1973 年,毛利艺术家作家协会成立;1978 年毛利和南太平洋艺术委员会成立。1977 年,毛利语广播电台开始播音,三年后又成立了毛利电视制作中心。

毛利人开始认识到,不同人种的共同生存,并不意味不同文化的自然合流。如果毛利人放弃自己的文化,他们最多只能变成棕色的"白人"。这一认识导致了

60 年代的"毛利文艺复兴"。著名毛利作家伊希玛埃拉说,60 年代是"最终将扭转潮流的十年"。毛利作家登上文坛的文化大气候已经形成。作家和文学批评家比尔·皮尔逊对毛利作家寄予厚望。他说:"如果我们能通过一个毛利作家的眼睛看待我们自己和我们的国家,新西兰生活将大大丰富。很可能毛利人能帮助我们找到我们自己未能找到的路。"

登上文学舞台的第一代毛利青年

从 20 世纪 60 年代开始,以欧洲方式培养出来的青年一代毛利知识分子逐渐形成。他们深知这种培养所需付出的人格和本族文化的代价,并及时站出来为复兴本族文化摇旗呐喊。与此同时,毛利文化业已濒临崩溃。毛利人被迫放弃土地,接受舶来文化,在自己的祖国渐渐失去了土地也失去传统。他们从乡村大批流入城市,但城市环境既没有维持传统准则的可能,也不具备文化过渡的条件。

为了促进毛利文化的发展,毛利事务委员会于 20 世纪 50 年代初创办了《新世界》(Te Ao Hou)杂志,专门为有志于文学的毛利青年提供发表场地。真正的突破出现在 60 年代末和 70 年代初。毛利作家开始冲出《新世界》,打入《新西兰听众》、《陆地》、《伙伴》(Mate)等杂志。1970 年,玛格丽特·奥贝尔(Margaret Orbell)编集毛利作家的短篇小说,以《当代毛利作品选》(Contemporary Maori Writing)为书名出版。该集次年在瓦蒂图书奖(Wattie Book of the Year Award)中名列第二。自那以后,毛利人的作品滚滚而至,让人目不暇接。

霍尼·图华里(Hone Tuwhare)60 年代出版了第一部诗集《不是普通的太阳》(No Ordinary Sun, 1964)后,70 年代初又接连发表三部诗集。他于 1966 年和 1974 年两度获罗伯特·彭斯奖。洛莱·哈比(Rowley Habib)1970 年成为第一个获得新西兰图书基金奖的毛利人,后又在不同杂志上发表了为数不少的诗歌和小说作品。1972 年,哈里·丹西(Harry Dansey)的剧本《信天翁的羽毛》(Te Raukura: the Feathers of the Albatross)在奥克兰戏剧节公演,获得高度评价,两年后脚本以平、精两种版本出版。这是第一部毛利人写的剧本。

坚冰一破,优秀作品纷至沓来。1975 年,毛利文化复兴的中心人物帕特·贝克(Pat Baker)的《刺纹面孔的后面》(Behind the Tattooed Face)在文学界激起了小小的波澜。作家以他祖父讲述的故事为基础,在小说中重现了库克船长到达以前的毛利社会。在各杂志发表小说并已小有名气的毛利女作家帕特里夏·格雷斯(Patricia Grace)也于 1975 年出版了短篇小说集《温泉》(Waiariki)。弗尼思·温尼拉·皮尔(Vernice Wineera Pere)的《孪生》(Mahanga, 1978)是第一部毛利女诗人的诗集。70 年代最卓有成就的是威蒂·伊希玛埃拉(Witi Ihimaera)。他在 70 年代出版的两部短篇小说集和两部长篇小说,标志着英语毛利文学已经走向成熟。

书面毛利文学的共性与特征

1982 年,伊希玛埃拉和唐·朗(D. S. Long)合作编辑出版了《踏入光明世界:毛利作品集》(*Into the World of Light: An Anthology of Maori Writing*)。选集集中了 20 世纪 60、70 年代的优秀毛利作品。这些作品表明,尽管毛利作家和诗人由于起步晚而在某些方面尚欠火候,但他们的观点、他们的笔意仍使读者耳目一新。其不同凡响之处在于:首先,先前文学作品中的毛利人只不过反映了白人对毛利人的态度,只是白人作家用以表达他们的意愿和反映他们的社会问题的媒介;但是毛利作家笔下的毛利人形象出自他们自己的视角,代表他们自己的声音,两者之间的态度和关注有所不同;第二,在人物塑造和语言表达上,毛利作家更多地借鉴和运用本族的文化遗产;第三,毛利作家在作品中显示出一种归属感和一个毛利人对其他毛利人的责任感。

20 世纪 60 年代,毛利人口占新西兰总人口的 10%,主要集中在北岛北部地区。虽然新西兰一直以倡导种族平等而自豪,但强势的欧洲文化无时无刻不在显示出排他性,"欧洲中心"意识在新西兰人,包括很多开明的新西兰人中间根深蒂固。书面毛利文学长期以来未能获得萌生的机会,而且毛利作家挤进主流文学领域,客观上要比白人作家困难得多。他们的作品不仅要取得以欧洲人为主体的出版界和批评界的认可,冲破他们头脑中的先入之见,而且还要争取直至 50 年代仍未存在的本族的文学读者。

早期毛利作家还必须在语言上摸索一条出路。莱怀蒂·柯海利(Reweti Kohere)等作家用毛利语、英语两种语言发表作品,依内容而选择其一,有的全部用毛利语书写,有的全部用英语。女诗人阿拉佩拉·布兰克(Arapera Blank)往往用一种语言作诗,然后用另一种语言进行再创作,不完全像翻译,而像同一题材的两首诗。哈利·丹西(Harry Dansey)的早期诗将毛利语套入英语韵律,后又将毛利语掺入英语,做了可贵的尝试。他以两种语言混写的不少诙谐诗,受到广泛欢迎。这说明毛利作家在文学表达语言的使用方面有一个举棋不定的探索过程。在 70 年代,以英语为文学语言的毛利作家明显占主导地位。毛利书面文学的潮流,不可逆转地朝着主流语言英语靠拢。主要原因之一是讲毛利语的人越来越少。70 年代的一次调查表明,只有 2% 的毛利孩子仍以毛利语为第一语言,而这个数量只占新西兰总人口的 0.2%。

毛利文学作品的共同特点显而易见。这些作品扎根于毛利人的生活之中,都具有鲜明的民族文化特征。作家们或多或少继承了祖辈的文化遗产。他们的英语文学作品有一种口头文学的风味,朗朗上口,只有大声阅读时才能体会其中的韵味。毛利作家直面人生,表达观点态度从不躲躲闪闪。他们的语言抒情热切,形象生动,十分自然;他们善用比喻,创造性地给英语涂上了靓丽的毛利色彩,文体别有风味。他们从丰富的民族文化遗产中撷取素材,但也不排斥对现代文学的学习借鉴。如伊希玛埃拉等一些优秀作家的英语作品,风格上完全不同于白人作家,表现出相当高的创作技艺和鲜明的个性。

仅仅几年时间,毛利作家迅速扩展了题材范围,反映多方面的社会关注和多种多样的个人诉求。人们再也无法把毛利作品笼统视作一个类型或流派,同等待之。虽然很多毛利人已成为基督教徒,但他们从不全盘接受清教思想;虽然他们也参加经济竞争,但并未拥抱个人主义而完全放弃传统村社生活所体现的道德准则。毛利作家从他们独特的视角出发,从不同侧面反映正在走向解体的古老传统,反映他们在白人社会的经历,反映走出村社进入城市这一变迁带来的希望和幻灭,以及适应这个变迁过程中毛利人的喜怒哀乐。

由于毛利作家的涌现,70 年代成了当代文学最令人振奋的时期。在此期间,新西兰文学在形式、内容和走向上,都产生了前二三十年所无法预见的巨变。毛利文学在读者和批评界中都获得了相当高的声誉。他们的作品无须设立特殊标准进行评价,或作为某一门类而特别提及。毛利作家们以自己的高水准、高质量站到了当代作家的前沿,有的甚至成了当今文坛的中坚。克里·休姆(Keri Hulme)不同凡响的优秀长篇小说《骨头人》(*The Bone People*,1981),尤其能代表毛利作家的成就。该小说 1985 年荣获国际大奖,成为众人瞩目的经典。毛利文学的发展趋势令人乐观。我们相信她的生命力,也期待她日臻完善,在新西兰文学中放射异彩。

二

主要毛利作家和诗人

50、60 年代的先行者

进入 20 世纪 50 年代前,两部相当不错的毛利作品于同一年出版。它们是彼得·巴克(Peter Buck)的《毛利人的来临》(*The Coming of the Maori*,1949)和莱怀蒂·柯海利的《一个毛利酋长的故事》(*Story of a Maori Chief*,1949)。两年后,柯海利的另一部作品——《一个毛利人的自传》(*The Autobiography of a Maori*,1951)问世,颇引人注目。柯海利老有所为,这两部传记作品是他 78 和 80 岁高龄时发表的,实在难能可贵。他出生于 19 世纪下半叶,对时代的变迁有着亲身的体验。他的两部传记体作品讲述了部落的盛衰荣辱,叙述语气混合了自尊和无可奈何的悲哀。他属于老一辈,虽然关心的也是适应新世界的问题,但精神气质与后来的青年毛利作家截然不同。

从 50 年代起,《新世界》和《毛利人》两份杂志相继创刊,为毛利文学青年提供了竞技的舞台。两家杂志社设立了一些文学奖项,激励用毛利语或英语写作的毛利青年作家和诗人。毛利青年作家中的佼佼者是阿拉佩拉·布兰克。这位女诗人于 1959 年获凯塞琳·曼斯菲尔德纪念奖的特别奖,为毛利人登上文坛发射了一颗明亮的信号弹。她的作品常常描写离开村社走进城市或大学的毛利人的复杂感情:女主人公希望接受新生活、新经历的挑战,但又眷恋已经离弃的部落生活。怀旧感迫使她回到村落,但她又因为自己比部落乡亲见多识广而不安于传统生活,期待着再一次离家出走。布兰克文学创作的主题和基调,也是后来的毛利作家和诗人作品中最常见的主题和基调。

60 年代,佩·琼斯(Pei Te Hurinui Jones)的《波塔吐王》(*King Potatau*,1960)和《普希瓦希纳毛利女诗人》(*Puhiwahina Maori Poetess*,1961)以及马蒂里·凯里阿玛(Matire Kereama)的《鱼尾:毛利人记忆中的北方》(*The Tail of the Fish: Maori Memories of the Far North*,1968)也都是可读性很强的书籍。这些作家涉及的主要都是如何适应新旧交替、迅速变化的世界的问题。他们一步跨入白人的经济体系和生活节奏,思维方式和价值观念都必须彻底调整。旧的必须遗弃,新的难以接受。作家们反映的正是毛利人的这种困境。他们进退维谷,陷于深深的矛盾、混乱和痛苦之中。

霍尼·图华里

50、60 年代的大多毛利作品,也许难以划入狭义的文学的范畴,但图华里的诗集是无可非议的艺术品。霍尼·图华里(Hone Tuwhare,1922—2008)出生在新西兰北部的凯库希,自幼丧母,随父亲长大。父亲受过教育,会说毛利、英语两种语言,也是争取毛利族人权的活跃分子。他信仰基督教,但这丝毫不减少他对毛利原始宗教的兴趣。父子俩相依为命,大萧条期间一起在奥克兰附近为生存苦斗,然后又一同在工程营当筑路工人。霍尼·图华里从父亲那儿了解了古老的毛利传统,也从父亲诵读的《圣经》中开始懂得了什么是诗歌。

图华里只接受过小学教育,未成年便开始干活谋生,但他一边工作,一边上夜校学习。他 9 岁前讲毛利语,但后来由于工作的缘故,接触较多的是白人社会,长大后只会说英语。从 60 年代末开始,他又重新学习本族语言。工作期间,他大量借阅图书馆里的书籍,丰富了知识,拓宽了视野,熟悉了英语的韵律节奏。碰巧的是,30 年代已成名的诗人 R. A. K. 梅森当时也同在奥塔胡胡铁路工场工作。经介绍图华里与梅森相识,读了很多梅森的诗作,其后在诗歌创作上,也深受梅森的影响。图华里是地方工会主席,也是毛利社会、政治组织中的活跃分子。他人到中年才开始认真从事诗歌创作,但由于比较激进,最初的一些诗稿因涉嫌与共产党的关系而被禁止发表。

1956 年,他决定脱离当地的共产党组织,开始投入诗歌创作。作品开始陆续在各家刊物上出现,表现出一种与新西兰诗歌传统完全不同的风格和视角。1964年,图华里出版了第一本诗集《不是普通的太阳》,一跃成为 60 年代的知名诗人。诗集再版 11 次,成为新西兰文学史上拥有最多读者的诗集之一。集子中的诗歌有些咏叹毛利居住区，即他家乡的自然风貌；有的描写毛利人和工人的生活；也有的反映当代题材，如城市化、核威胁和现代化对毛利价值观的冲击等。他的诗时而充满怀旧和哀伤，时而又具有很浓的政治色彩。图华里的诗歌自然如流，在正式和随意的语言之间，在讽刺和同情之间进退自如。一个明显特点是他喜欢用形象化比喻，将无生命的东西拟人化。这是"万物有灵"的传统毛利概念在他诗歌中的体现。如"雨"一诗中，诗人对着雨侃侃而叙，好像他的内心在与有灵有性的大自然倾心交谈。其他很多诗也有同样的特征。

在 70 年代毛利文学发展大潮中，图华里又创作出版了三本诗集和一本诗歌小说集：《下吧，雨雹》(*Come Rain Hail*，1970)、《边材和牛奶》(*Sapwood and Milk*，1972)、《有亦为无》(*Something Nothing*，1974)和兼收诗歌和短篇小说的《握拳：诗歌短篇小说集》(*Making a Fist of It: Poems and Short Stories*，1974)。80 年代不是图华里的创作盛期，但他仍有三册诗集问世：《图华里诗歌集》(*Selected Poems*，1980)、《狗年：新诗选》(*Year of the Dog: Poems New and Selected*，1982)和《米希》(*Mihi: Collected Poems*，1987)。后期出版的几本作品集都兼收诗歌和小说散文，包括《略向后靠边：诗歌与散文选》(*Short Back and Sideways, Poems and Prose*，1992)、《深河谈》(*Deep River Talk*，1993)、《变形者》(*Shape-Shifter*，1997)、《猪背月亮》(*The Piggy-back Moon*，2001)和《啊哦……！！！》(*Ooooo......!!!*，2005)。图华里的诗作不少，但人们最喜爱的是他的第一部诗集《不是普通的太阳》。

图华里 1969 和 1974 年两次获得罗伯特·彭斯奖，1999 年被选为第二位新西兰桂冠诗人。2003 年，新西兰艺术基金会选出十名在世的最伟大艺术家，图华里位列其中。同年，他也获得首届总理文学成就奖的诗歌奖，该年获得小说奖的是珍妮特·弗雷姆。他被认为是"新西兰最杰出的毛利诗人"，但他也是新西兰最受欢迎的诗人之一。他是文学中与众不同的人物，用英语写作，借鉴了欧洲文学的创作方法，但毛利诗歌传统像幽灵附身一样隐匿在他的每一篇作品中。他一方面充分撷取本族口头文学的精华，另一方面又学习吸收他长期为伍的劳动阶级的大众语言，两方面的语言特点兼而有之。他的诗因此既抒情而又率直；既神秘而又朴实无华；既十分浪漫，而又常常紧扣现实主题。被他尊为师长的诗人 R. A. K. 梅森讲到图华里时说："他是既能以英语表达同代人思想而又主要从本族人民中间汲取力量的第一个诗人。"奥克兰大学在 2005 年授予他名誉文学博士学位。

威蒂·伊希玛埃拉

威蒂·伊希玛埃拉(Witi Ihimaera，1944—　)是位文坛后起之秀。他的母亲是毛利人，父亲有白人血统。1963 年至 1966 年先在奥克兰大学就读三年后离开，1969 年进入惠灵顿维多利亚大学完成学业。他大学期间就开始在《新世界》和《陆地》等杂志上发表短篇小说。1972 年的第一部小说集出版后，当时的总理诺曼·柯克(Norman Kirk)阅读后将他招入政府部门。他从 1973 年起在新西兰外交部任职,直至 1989 年,曾被派往美国和澳大利亚使馆和总领馆。他 1990 年进入奥克兰大学,成为毛利文学教授,直到 2010 年退休。

大学毕业后第二年,他出版了第一部短篇小说集《绿岩,绿岩》(*Pounamu, Pounamu*,1972),正式走上文学道路。《绿岩,绿岩》是毛利作家的第一部短篇小说集。仅一年之后,他又推出了毛利作家的第一部长篇小说《葬礼》(*Tangi*,1973),在文学界引起了不小的震动。伊希玛埃拉在 70 年代另外还出版了长篇小说和短篇集各一部,分别是《大家庭》(*Whanau*,1974)和《新网捕鱼》(*The New Net Goes Fishing*,1977)。这些小说描写在当代文化冲击下的乡村毛利人的生活与风土人情,也描写走进都市白人世界的毛利人的处境与感受。

伊希玛埃拉文笔质朴,小说的乡土气息浓郁。他善于捕捉毛利人日常生活中的典型事件,善于反映人的细微感情,也善于提出现实的社会问题。他向往毛利村社生活,因此他的小说也被人称为"田园小说"。他的小说故事和小说人物都围绕白人城市社会和毛利村社生活的冲突发生和展开。两种意识观念,两种道德标准,两种生活模式,两种文化传统发生撞击,产生出一颗颗小小的火星。这些火星串成了现代毛利人的故事。

他深深感到,毛利文化正在被迅速蚕食。作为作家,他对振兴本族文化责无旁贷。他谈到为何从事文学创作时说了三方面的原因:一,让那些割断根基的城市毛利青年了解他们的文化传统;二,让白人明白,文化上的差异并不是件坏事,他们能从毛利人那儿丰富自己的个性;第三,让所有新西兰人都了解毛利文化的巨大价值。如果任其衰灭,那将是这个双文化国家的极大悲剧。

《绿岩,绿岩》收集的大多是有关毛利乡村生活的短篇小说,强调家庭和部落的集体功能和公共利益。不少小说也反映受不同文化影响的两代人之间的不同态度,以及这种文化代沟带来的社会问题。作者认为,这类社会问题能够通过凸显超于种族的人类基本品质得以解决,如爱和善。集子中很多篇章都由一个儿童以第一人称进行叙述,语言十分口语化,其中掺进了不少毛利语和毛利人特殊的英语表达法。

伊希玛埃拉的第二部短篇小说《新网捕鱼》将故事从农村搬到了城市。上一册集子中有一篇寻找"翡翠城"的故事;在这一集中,"翡翠城"梦想彻底破灭。进入城市的毛利人,面对的是贫困、暴力、家庭的分崩离析和各种各样的种族歧视。在城市社会里,毛利人没有得益,尝到的只是苦涩。他们离开了乡村,也就离开了生活的本源。城市生活给来自乡村的毛利人带来的是观念上的混乱:"好像同时过着两种生活——有时是这种生活的一些碎片,有时是那种。更多的时候,两种同时出现,搞得你不知所措。"

获詹姆斯-瓦蒂图书奖第一名的长篇小说《葬礼》,是伊希玛埃拉的代表作。小说描写一名进城谋生的毛利青年,几年后接到家父去世的消息而回家参加葬礼的前前后后。通过回忆，小说展示了 20 世纪 50 至 70 年代的社会大背景，也反映了主人公塔玛在逆境中走向成熟的过程。小说一开始，塔玛将离乡远行。他告别过去，独自一人闯入一个完全陌生的世界：

> 事情在这里结束也从这里开始。在这里的吉斯本火车站，等待着去惠灵顿的列车。从这里开始了走向未来的第一步，开始了向过去告别的第一步。我现在孑身一人。这些年来，父亲牵着我的手，我依随着他；他的手已抽回，我成了我自己的管家。

小说故事建筑在塔玛离乡和回乡两次旅程之上。列车飞驰在怀吐依和惠灵顿两地之间，将过去与现在、乡村与城市连成了一线，也将对过去的回忆和现时的感受交织成了一片。塔玛和他父亲的人物形象在叙述和回想中逐渐丰满。对慈父的哀思，使塔玛更加明白父亲对他一生所产生的影响。读者在阅读中体会了塔玛不同时期的不同心境。回忆中的毛利村社像个大家庭，人们情同手足，对村社负有共同的义务和责任；而在城市社会中，人与人之间却如此疏远。他终于认识到，自己到惠灵顿谋职，实际上是对同胞乡亲的背叛。塔玛是个不幸的人物。他生活在当今，但却只能将一切寄托于过去。在小说的最后一章，塔玛告诉我们，他希望永远记住他的父亲，记住"一个孩子同父亲一起欢笑的幸福时刻"，记住"黑暗降临之前的那个永恒世界"。

出版了《葬礼》后第二年，即 1974 年，伊希玛埃拉的第二部长篇小说《大家庭》问世，并于次年荣获罗伯特·彭斯奖。1977 年《新网捕鱼》出版后，他搁笔多年，直至 80 年代中期才又出现一个小高潮。关于怀图希（Waituhi）毛利文化和历史的长篇小说《女族长》（*Matriarch*，1986）出版后获得瓦蒂年度最佳图书奖。中篇小说《骑鲸人》（*The Whale Rider*，1987）于次年推出。两年后，他又出版了短篇小说集《亲爱的曼斯菲尔德小姐：纪念凯塞琳·曼斯菲尔德·博洽姆》（*Dear Miss Mansfield: A Tribute to Kathleen Mansfield Beauchamp*，1989）。伊希玛埃拉十分多产，90 年代和进入 21 世纪之后，仍有十余部小说不断出版（他的后期作品将在第十七章讨论）。另外，由他与唐·朗合编的《踏入光明世界：毛利作品集》（1982）也是一部重要的文献著作。

杂志《自治领》刊文评价他的小说时说："威蒂·伊希玛埃拉为我们的文学带来了极需要的平衡。他的主题探索毛利文化根源，他的小说返回到了所有优秀小说必须具备的根本：人物刻画、简洁、对话、渲染和可读性。他创作时并不蓄意追求完美，但小说具有真正文学的基本素质，能以其喜怒哀乐感染读者。"

帕特里夏·格雷斯

帕特里夏·格雷斯（Patricia Grace，1937—　 ）是当代著名毛利女作家、儿童文学作家、20 世纪 70 年代以来兴起的毛利文学的领军人物。她出生在惠灵顿，分别就读于圣安妮学校、圣玛丽学院和惠灵顿师范学院，后又在维多利亚大学获得英语教师资格证书。

格雷斯 60 年代末开始从事文学创作。早期创作曾受英国文学的影响，后来对她产生主要影响的是澳大利亚著名作家帕特里克·怀特及本国的曼斯菲尔德和萨吉森。但她有自己的语言特色，不仅吸收了毛利语言的音韵节奏，而且建立了自己独特的抒情散文风格，文字以从容优美见长。几年时间里，她在不少著名文学杂志上发表短篇小说，颇受好评。1974 年，格雷斯荣获毛利作家基金会嘉奖，1975 年又获新西兰文学奖。同年，她出版了第一部短篇小说集《温泉》(*Waiariki*，1975)。这是毛利女作家的第一部小说集。她用英语写作，但融进了毛利词汇和口语节奏，在语言上做了可贵的尝试。

长篇小说《穆图惠努阿：月亮睡了》(*Mutuwhenua: The Moon Sleeps*，1978)是格雷斯的主要作品。小说直接反映两个种族间的通婚和由此导致的家庭矛盾，探讨这个双文化国家中的一些棘手问题。但《月亮睡了》又全无说教的口味，讲述的是一个回肠荡气的故事。小说主人公里佩克是个美貌的姑娘，从小随父母过着传统的毛利生活。成年后，她像其他毛利青年一样，向往现代城市生活。她与白人青年格雷姆邂逅相遇，一见钟情，不顾父母对白人的不信任，与格雷姆结婚，迁居城市。她虽与丈夫一往情深，格雷姆对妻子也体贴备至，但她无法随遇而安，思念家乡的同胞，留恋过去的生活。夫妻间似乎存在着一条看不见又难以逾越的鸿沟。最后，夫妻俩促膝长谈，增加理解，达成共识。里佩克将生下的男孩送到乡下由她父母抚养，希望孩子将来能够成为沟通两种文化的桥梁。

格雷斯的下一本书是短篇小说集《梦睡人》(*The Dream Sleeper*，1980)。像她的第一部短篇集一样，格雷斯以现实主义的手法表现毛利民族在社会上遭遇的不公正待遇。书名篇描写一批穷人的孩子，他们的父母每天凌晨三点就要起床，为生存而劳作，做一些诸如打扫办公楼之类无人重视、低报酬的杂活。只有一年一度的怀唐依国庆日，毛利人才被人想到，请去点缀节日的气氛。《游行》("Parade")一篇中，一位毛利姑娘拒绝上彩车表演毛利舞蹈，忿然道："他们认为我们就会这些……让人笑一笑，给人开开心。而其他时间我们根本就不存在。一年一次把我们拿出来展览，像出土文物。"而一位老年毛利妇女则想得较远，告诉姑娘宣传民族文化毛利人责无旁贷，鼓励姑娘参加表演："这是你的责任。要让大家知道我们是什么人！"在选集中，格雷斯除了描写成年毛利人艰辛繁重的体力劳动外，也描写孩子们的机智和不受任何束缚的自由精神。

接下来发表的第二部长篇小说《波蒂基》(*Potiki*，1986)，是格雷斯最成功的一部作品，被译成德、法、芬兰和荷兰语等多种语言。小说讲的是毛利人与白人之间的一次小冲突。虽然这一次较量毛利人得胜，但更多的冲突还在后头，前景险恶。小说中的城市白人社会，完全通过乡下毛利人的眼光进行反映。城市人的典型形象是一个只认钱的生意人，除了想方设法获利外，他感情麻木，对其他任何东西不感兴趣，对毛利人的历史、神话、礼仪等一窍不通，对社会道德不屑一顾。这个形象虽不免绝对化，但在很多毛利人看来，是与城市白人的所作所为、与他们的殖民史相一致的。

小说故事以具有预言天赋的主人公托蔻的短暂人生和毛利人与白人开发者之间的冲突为主线，融入了古代毛利神话与当代政治现实。托蔻，即波蒂基，天生瘸腿、驼背，但具有非凡的预言能力。托蔻的母亲玛丽精神失常，生父可能是一个名叫约瑟夫的无家可归的穷人。托蔻深受母亲家族成员的关爱，其中包括他的舅舅和舅妈、外婆和三个表兄。三个表兄中，詹姆斯后来成了著名雕刻家，唐吉莫纳是一名激进分子，玛努胆小怕事。他们生活在海边的小村落里，在祖辈的土地上劳作，充满亲情。童年时，托蔻预见自己捕捉到一条大鱼，果真应验，他捕到了一条巨大的海鳗，并把它分给全村人共享，剩下的鱼骨等则被放在一棵西番莲树下做肥料。西番莲种子意味着凤凰涅槃，"始于死亡的新生"。在托蔻的启示下，舅舅关闭了冷冻厂，决心继承祖辈的传统。

托蔻所预见的冲突在小说的第二部分和第三部分发生。开发者的到来打破了他们家族自给自足的平静生活。他们要在村子里修建一条通往附近一个旅游度假区的道路，不仅会破坏墓地，还要搬迁会所。当地居民断然拒绝。结果，开发者蓄意借洪水冲掉了墓地，纵火烧毁了会所。然而，当地居民意志更加坚定，他们开始重建工作。在最后冲突中，托蔻被杀，唐吉莫纳鼓动毛利建筑工人用推土机毁坏道路和开发区，并且把开发者的大批昂贵机器推入大海里。小说最后在一种团结友爱和精神胜利的气氛中结束。托蔻转化成了詹姆斯雕刻中的人物，通过他的在天之灵讲述了小说的最后一章和结尾的毛利咒语。

《波蒂基》充分体现了帕特里夏创作中惯有的颠覆性特点。小说中，尤其是结尾部分，包含许多没有注解或翻译的毛利语，使英语读者无所适从。而在另一方面，格雷斯比伊希玛埃拉更加充分地表现毛利人的部落与村社生活，以及他们反映在神话和礼仪中的传统，他们对生死及四季自然大循环的认识，他们为捍卫残存的土地和文化遗产而斗争的决心。两种社会、两种生活的对比，在格雷斯的小说中表现得异常强烈，异常鲜明。

格雷斯的第三部长篇小说《堂姐妹》(Cousins，1992)把三个堂姐妹分别讲述的故事编织在一起，说明她们都属于一个大家族，强调家族的延续性。此后她还出版了《无眼婴儿》(Baby No-eyes，1998)、《狗边故事》(Dogside Story，2001)、《图》(Tu，2004)、《奈德和卡蒂娜》(Ned and Katina，2009)等长篇小说。此外，格雷斯还出版了另外四本短篇小说集：《电城》(Electric City and Other Stories，1987)、《帕特里夏·格雷斯短篇小说选》(Selected Stories，1991)、《天上的人们》(The Sky People，1994)和《沉默中的小孔》(Small Holes in the Silence，2006)。她创作的儿童文学作品有《库伊阿与蜘蛛》(The Kuia and the Spider，1981)、

《水田芥叶鳗鲡和冠军街的孩子们》(*Watercress Tuna and the Children of Champion Street*,1984)、《无轨电车》(*The Trolley*,1993)和《天竺葵花》(*The Geranium*,1993)。

格雷斯被认为是"当代世界文学和毛利英语文学中的一个重要作家"。她是 2006 年新西兰总理文学成就奖的三名获奖者之一,并于 2008 年被授予纽斯达特国际文学奖(Neustadt Prize)。她的小说有一种萦绕心怀的激情,时而使人感奋,时而催人泪下。女作家通过她的作品,展示毛利人的生活面貌,反映他们的思想感情,探讨毛利文化的真正价值。新西兰著名编辑菲比·梅克尔(Phoebe Meikle)说她最喜欢阅读的是格雷斯的小说,认为她讲述的是"自珍妮特·弗雷姆以来最美丽动人的故事"。

克里·休姆

克里·休姆(Keri Hulme,1947—)是又一位后起的毛利才女。她出生在克赖斯特彻奇,在那里长大。父亲从英国移民而来,母亲是个混血毛利人。她 11 岁丧父,主要跟着母亲长大,尤其是每当学校放假,她会到奥塔戈东部海岸边母亲亲属原先的部落所在地。虽然她只有八分之一毛利血统,但这使她感受到了毛利文化的熏陶,也使她在感情上与祖先的部族之根联系在了一起。她 1967 年进入坎特伯雷大学读法律专业,四个学期后辍学,回到原来种烟叶的农场帮工。她当过记者,也曾干过各类体力劳动。20 世纪 70 年代初,她在杂志上发表了十几篇高质量的短篇小说,初露锋芒,引起了文学界的注意。她的作品在毛利作家文集《踏入光明世界》中也占有突出的篇幅。她曾荣获曼斯菲尔德短篇小说奖和三次毛利文学基金会的嘉奖。

在这些短篇小说中,有一篇是《西蒙·彼得的外壳》("Simon Peter's Shell")。当时她在烟草地打工,收工后用母亲送给她的 18 岁生日礼物——一台打字机——写下了这则故事。小说发表了,但故事仍萦绕在她的脑中。她决心成为一名专业作家,虽然有家庭的支持,但九个月后因经济所迫,不得不再次开始打工谋生。她用业余时间继续小说创作,以凯·泰奴伊(Kai Tainui)的笔名陆续发表了一些短篇小说。12 年来,《西蒙·彼得的外壳》的故事在她脑海里渐渐展开,在笔底渐渐丰满,直至发展成一部 500 多页的长篇小说《骨头人》(*The Bone People*,1984)。小说写成后遭到三家出版社的拒绝,理由是太长太不规范,最后由惠灵顿一个妇女团体经办的斯皮拉尔公司出版。小说一出版就被毛利读者抢购一空,博得广泛好评,对政治和文学都产生了一定的影响,获得该年的年度最佳图书奖。第二年,《骨头人》荣获国际上声望极高的布克奖,同时也获得美国的飞鸟文学奖(Pegasus Prize for Literature),休姆一跃成为当代新西兰文学中最响亮的名字,与曼斯菲尔德、萨吉森、弗雷姆等一起,成为少数具有国际知名度的新西兰作家之一。

　　《骨头人》主要人物有三个。女画家克勒温是个白人和毛利人的混血后裔。她自我介绍说,从遗传上讲,她有八分之一的毛利血统;但从心灵上、精神和情趣上来说,她是个十足的毛利人。她会说好几种语言。她与家庭不和,在南岛建造了一个石塔,独自在那里居住,收集了丰富的藏书。毛利工人乔身体强健,爱酗酒,在一次轮船失事中救起了失去双亲的白人孩子西蒙,并收养了他。西蒙不会说话,只能用手势和表情与人交流,很固执,但很聪明。妻子死后,他俩相依为命。一天,西蒙闯入石塔,克勒温孤独平静的生活因此被打破。三人邂逅相识后,因各自的需要生活在一起。这样,一个白人,一个毛利人和一个混血儿组成了一个临时家庭,一起卷入了各种生活的纠纷。由于个人经历、气质、文化、种族和年龄上的不同,这个小家庭终于不欢而散,每个人都成了受害者:西蒙住进医院,克勒温身染重疾,而乔锒铛入狱。但小说最后又出现了喜剧性的转折:他们各自经历了深深的痛苦之后,相互取得谅解,重归于好。

　　《骨头人》的书名可以有两种解释:一是指毛利人(毛利人常常使用骨头制作艺术品和工具等);二是指小说里的人物的内心深处。《骨头人》是一个神秘故事,也是一个爱情故事,大胆探索了毛利文化和欧洲文化的碰撞和融合。克里·休姆的小说通过这三个人物间复杂的人际关系,反映了新西兰现实生活的一个重要侧面。休姆在选材和叙述手法上都颇具匠心,小说情节引人入胜,心理描写丝丝入扣,对话、叙述和内心独白等各种表现手段交叉运用,恰到好处,交待了一个生动的故事,塑造了活生生的人物,刻画了复杂的心理。作品主要用第三人称叙述,间或也出现意识流等现代主义表现手法。综合其思想深度、艺术表现力和知名度,《骨头人》在当代新西兰文学中可以算作是首屈一指的杰作。

　　休姆的第一本书是诗集《中间的沉默》(The Silences Between,1982),早于《骨头人》两年出版。休姆在这本诗集里确立了自己的风格特点,文辞时而高雅绚丽,时而粗朴通俗,随内容需要而变化。她的英语诗歌中常出现毛利神话、习语,诗歌观点的表达总是自然有力,毫不牵强。休姆谈到毛利作家优势时说:"懂得两种语言就像多长了一双眼睛和一对耳朵,你能以不同的方式看待问题。"《失去的财富》(Lost Possessions,1985)和《海滩》(Strands,1992)是休姆的另两册诗集。《骨头人》之后,休姆出版了短篇小说集《喝风的人》(The Windeater: Te Kaihau,1986),集子中的有些作品在《陆地》、《海岛》等杂志上发表过。但与她的诗集一样,这些小说作品都未引起批评界太大的反响。1989年她出版了描述故乡山水土地和人文风俗的《故乡》(Homeplaces)。她的第二部短篇小说集《石鱼》(Stonefish)于2004年出版。

　　《骨头人》已经销售了140余万册。小说的巨大成功淹没了休姆本人的其他作品。她的其他几本著作并未在文学界引起充分的重视。除了70年代零星发表的短篇小说外,克里·休姆的几部重头作品都发表于1982至1986年短短几年时间内。这说明她具有很大的潜力。她继承了毛利人的精神遗产和语言风格,已经证明有能力创作出重量级的作品。她很早就向新闻界透露，自己正在创作两部长篇小说姐妹篇《诱饵》(Bait)和《在影子那一边》(On the Shadow Side)，但许多年过去了，小说仍未见出版。

艾伦·达夫

艾伦·达夫（Alan Duff, 1950—   ）是第二次世界大战以后出生的小说家，出版第一部作品已是 20 世纪的 90 年代，按时间顺序应该归入第十七章当代文学，但鉴于他的毛利血统和小说的毛利主题，因此置入本章讨论。艾伦·达夫的父亲是位森林科学家，白人；母亲是毛利人。祖父是大名鼎鼎的奥利弗·达夫（Oliver Duff）——著名刊物《新西兰听众》的创始人和首任主编。艾伦·达夫从小继承了父亲和祖父对文学的热爱。十岁那年父母离异，他与毛利舅舅和舅母生活了一段时间。少年的他麻烦不断，被学校开除，离家出走。随后，他跟随伯父罗杰·达夫生活，15 岁时因人身伤害和私闯民宅被送进少年教养院。此后他去了伦敦，用他的话来说，"在那里他真正长大了"。

回到新西兰之后，他做过各种工作。自 1985 年起，他正式开始写作，尝试的第一部作品是惊险小说，被出版商拒绝后他烧掉手稿。他重新构思了以毛利人为主题的故事，写下长篇小说《曾经是斗士》(Once Were Warriors, 1990)，出版后大获成功，使他一举成名。小说用一种内心独白的手法，别具风格，同年获得笔会最佳处女作奖。1994 年毛利导演李·塔玛霍利（Lee Tamahori）将这个故事拍成电影，创造了很高的票房。2003 年小说改编成音乐剧在新西兰各地上演。

《曾经是斗士》是一部颇具争议的小说。故事发生在奥克兰郊区的一个毛利家庭。杰克和贝思结婚 18 年，生活贫苦，育有五个子女。杰克失业，无所事事，大部分时间泡在酒吧里。贝思呆在家中，抽烟喝酒，看无聊的肥皂剧。他们对生活十分悲观，感到没有前途，只有酒精才能提供短暂的解脱。杰克曾是个著名拳击手，有时对妻子拳脚相向。家庭暴力和生活环境给孩子们带来了灾难性的影响：大儿子加入了流氓团伙，另一个儿子在学校惹事后被送进少管所。最后，悲剧发生在大女儿身上。在一次聚会上，醉酒后她在自己的床上被人强暴。她以为是父亲干的，不堪其辱，自缢身亡。女儿的悲剧让贝思清醒，决定与丈夫断绝关系，并且发起了毛利青年自立自强运动。但是这一运动对她的大儿子来说为时已晚：他在与另外一个团伙的对峙中被枪杀。无家可归的杰克被同伴拒绝留宿，只好在公园过夜。

小说中，作者似乎传递了这样的信息：毛利人的尚武传统和战士文化，嵌入了价值观完全不同的另一种主导文化里，被扭曲，被禁锢。毛利男性战士准则里的暴力倾向在当今已经不被接受，依然崇尚这些准则的人难免走向歧途。艾伦·达夫并不赞赏小说主人公的暴力行为，但对这些人物所处的窘境抱有深深的同情。小说人物刻画生动，情节起伏跌宕，叙述中运用了许多毛利俚语。故事里的人物都不善言辞，但是读者可以通过他们的内心独白，理解他们的情感和动机。小说表现的是一个土地被占领、文化被征服的民族痛苦和矛盾的内心。《曾经是斗士》使达夫走向了国际舞台，他对毛利人生存状况的描写，引起了广泛的关注和讨论。

达夫 1991 年出版的《一夜偷盗》(*One Night Out Stealing*)进入瓦蒂图书奖的候选名单。小说讲述了白人裘比和毛利人索尼被生活所迫，偷盗惠灵顿一户人家的故事，描写他们复杂混乱的思想和无望的梦想。该小说在新西兰多次重版，也在澳大利亚出版。中篇小说《国家收容所》(*State Ward*, 1994)先于 1993 年在国家广播电台连播，1994 年付梓，讲述了小男孩威尔逊在里弗顿少年教养所的生活和出逃的经历。小说表现了少年的天真和严酷的现实之间的碰撞。1996 年的《心碎情未了》(*What Becomes of the Broken Hearted?*)是《曾经是斗士》的续集，作者炉火纯青的写作艺术在这部小说中得到了最充分的表现。小说获得 1997 年蒙大拿新西兰图书奖，并于 1999 年被拍成电影。

自 1991 年起，艾伦·达夫在惠灵顿的《晚邮报》(*Evening Post*)开设毛利文化专栏。1993 年，他在评论文章《毛利人：危机与挑战》("Maori: The Crisis and the Challenge")中总结了毛利社会的发展与现状。他把毛利人每况愈下的境遇归因于毛利人没有利用好给他们提供的机会，只是一味依靠别人来解决他们的问题。如此尖锐的看法招致了很多争议。同样的观点在《心碎情未了》中也有所表达，只是没有如此直白。

1999 年达夫出版了传记《走出迷雾》(*Out of the Mist and the Steam*, 1999)，讲述了自己的生活经历对他小说创作的影响。《自由》(*Szabad*, 2001)是第一部将关注转向新西兰之外的长篇小说，以布达佩斯为背景，讲述 20 世纪 50 年代匈牙利革命时期的故事。达夫多次去过匈牙利，写下了不少人物片段，小说是以这些资料为基础的。《杰克的影子》(*Jake's Long Shadow*)于 2002 年出版，与前两部小说一起组成了《曾经是斗士》三部曲。他最近的作品是长篇小说《谁为卢歌唱?》(*Who Sings for Lu?*, 2009)，表现了富有的赛马主查德威克一家与在街上谋生的女子卢和她的伙伴们分别代表的贫富两个不同世界，以及不同阶级之间紧张的关系。

第十五章

走向多元：20 世纪 70、80 年代的文学

一

文学综观

走向多元的文学

从 20 世纪 60 年代开始,西方尤其是美国的文学理论、文学批评和文学创作的发展,出现了十分深刻、重大的变化。后殖民主义、女权主义、新历史主义等理论强势崛起,以互文、拼贴、戏仿为特征的后现代主义文学,成了创作界的时尚和批评界的关注中心。受之影响,新西兰文坛在 70、80 年代也十分活跃,文学作品风格之多样,题材之广泛,实验风气之盛,都是前所未有的。不仅白人写作,毛利人也纷纷登上文坛,从他们的角度反映社会;不仅诗歌、小说继续出现新发展和新变化,戏剧创作异军突起,成为新西兰文学不可缺少的组成部分;老一辈文人雄风犹在,青年作家脱颖而出。不同主题,不同流派风格,竞相争辉;传统的、现代的、严肃的、荒诞的各显千秋。笼统的归类已不再容易。

近几十年来,新西兰社会与文化经历了巨大变化。莫里斯·谢德博特把这个变化称为"淹没整个国家的太平洋大潮变"。狭隘单一的清教文化已遭受大众的唾弃,成为历史;较长的和平时期为作家们提供了稳定的社会环境;随着人口增长,读者队伍不断扩大;经济发展又有力地促进了文学出版和消费市场的发展。而在另一方面,逐渐富裕的生活和随之产生的消费主义,都市化及都市化以后中产阶级向市郊的倒流,种族意识和文化意识的增强,青年亚文化的产生,家庭结构的变化,女权运动、性解放等等一系列互相关联的现象,又向作家们提出了新的问题和新的挑战,为他们提供了丰富的创作素材。

作家们似乎已经获得了足够的自信,不再以地方色彩为作品进行彩绘。他们学习和继承美国、欧洲和本国的文学传统,但不拘一格,充分施展想象力,张扬个性。他们的作品既不偏废社会功能,也不忽视艺术质量,直接步入生活内部,以不同的模式和风格探讨此时此地的现实问题。一些最优秀的作家如珍妮特·弗雷姆等,将视线转入复杂隐秘的内心世界探赜索隐,以人物的心理折射现实。对于这些作家,语言已不仅仅是再现现实的照相机,而组成了涌流的潜意识意象群。作者从各自的视角进行观察,对共同的社会经历做出不同的反应和阐释。

新西兰作家们以高质量的作品在纽约、伦敦等文化大都市连连打响。海外的成就提高了新西兰文学的国际声誉,也增强了本国作家的信心。他们关注如生态环境、大国霸权、持续的冷战和核威胁、柏林墙的倒塌和苏联解体等当代社会的许多重大问题,扩大了主题范围,以更加成熟的审视能力参与国际对话,与时俱进。这一切都说明,文学正朝着健康的方向发展,越来越成为国民文化的重要组成部分。

文学的主流

20世纪70、80年代的文学主流仍然是社会批判,但作家们不再高高在上,把自己看做超凡脱俗的社会评论员,而从普通社会一员的立场和视角看待自己的社会。他们笔下的人物,如谢德博特和莫里斯·吉塑造的新"孤独的人",在处理上同萨吉森和约翰·马尔根笔下的失意者十分不同。作者不仅仅把他们看做社会的受害者,而对他们抱以同情和批判的双重态度,哀其不幸,怒其不争。如果说现代的"孤独的人"深陷泥潭,那么他们多半是自己选择了自己的道路,一步步走进悲剧世界。这些人物应该对他们的行为和个人选择负责。作家不再一味强调社会对个人的压迫,也常常凸显人性的弱点。

当代作家的批判态度主要仍出自人道主义,但也受到了存在主义、女权主义和毛利民族主义思潮的影响。文学中的批判现实主义仍然十分强大,但其不可动摇的主导地位受到了现代主义和后现代主义的挑战。尽管宗教仍是新西兰生活的重要组成部分,但正如诗人巴克斯特所说,新西兰文化已经是"不可逆转的世俗文化"。

起自20世纪中叶的存在主义越来越风靡文坛,形成文学中的一股强大思潮。存在主义的基调是,人类生存的社会是一个荒唐世界,没有宗教,也没有理性的地位;而人生的意义只是个人在施行其存在的自由时,在选择其义务和责任时的个人自己的解释。社会思潮的变化,必定带来文学主题的变化。文学的新主题需要通过新形式进行表达。于是,印象派诗歌、后现代派"超小说"等各种表现新手段应运而生。

后现代主义小说

同现代主义一样,后现代主义也是国际性的文学潮流,20世纪60年代在美国形成作家群,80年代达到高潮。后现代主义以小说为主要载体,尽管人们通常将后现代主义文学的出现追踪到塞缪尔·贝克特(Samuel Beckett)的荒诞剧《等待戈多》(*Waiting for Godot*, 1952)。后现代主义颠覆传统小说的几乎所有定义,以游戏的态度看待人生,以荒诞影射现实,消解小说的意义,刻意使故事碎片化。在新西兰,后现代主义主要是白人男性作家涉足的领地。这类作品在70年代末80年代初开始出现,在《陆地》、《海岛》、《伙伴》等各大杂志露面,渐渐向整个文学领域渗透,渐渐影响主流派小说,以至到了80年代末,主要文学刊物上已很难找到传统模式的现实主义小说了。

　　首先将后现代主义介绍给新西兰读者的是作家拉塞尔·海利（Russell Haley）。他的短篇小说集《桑拿浴奇案》（*The Sauna Bath Mysteries and Other Stories*，1978）不仅突破了文学现实主义，也突破了现代主义。他拒绝充当"特殊的、与社会格格不入的艺术家的角色"，也避开乔伊斯式或经院式的晦涩。他突破单一角度的叙述，不对叙述的可靠性负责，也不在意事件的可能性。因此，在他的小说——或在这类小说中——"现实"和"非现实"之间没有明确的界线。作者冲破时空界线，把记忆、经历、幻觉、梦境一同呈现给读者。他的小说表现了混乱、荒诞的世界和混乱、扭曲的人物内心。

　　1985 年，迈克尔·莫里西（Michael Morrissey）对新西兰后现代派的代表作品进行甄选，编辑出版了《新小说》（*The New Fiction*）。他为文集写下了长长的序言。在其中，他介绍了后现代主义的源起和特征，并对迄今为止的新西兰主流小说进行了猛烈的批评。他认为只有像弗雷姆这样的少数作家，创作的一直是"新小说"，而大多其他作家则无所创新，因此也难以揭示主题的深度。他本人身体力行，为后现代主义摇旗呐喊。

　　后现代主义的实践主要是语言和表现方式上的实践。作家们认为，语言不能承载确切的意义，因此用一种游戏的态度对待文学语言。他们往往对小说"故事"不屑一顾，反对线性叙述，也常在作品中使用诸如注脚、学术式的参考、研究资料、互文性的关联等手段，来加强小说效果。迈克尔·莫里西、比尔·曼哈尔（Bill Manhire）、威斯坦·柯诺（Wystan Curnow）、泰德·詹纳（Ted Jenner）、马尔科姆·弗雷泽（Malcolm Fraser）等年轻一代新西兰作家，都大胆抛开业已建立的小说模式，对小说语言和形式进行了革新和探索。

　　后现代主义作家不对人物和事件的真实性和可信度负责，常常将毫不相干的人物与事件牵扯到一起，以取得某种主观效果。迈克尔·莫里西的两篇短篇小说标题便是典型的例子，其标题分别是《杰克·凯鲁亚克坐在旺嘎努依河畔哭泣》（"Jack Kerouac Sat Down by the Wanganui River and Wept"）和《一个叫弗朗兹·卡夫卡的胆怯的小男孩》（"A Very Timid Little Boy Called Franz Kafka"）。作者将美国"垮掉派"文学的代表人物凯鲁亚克和欧洲现代派文学的代表人物卡夫卡拖入了与他们毫不相干的语境，让他们做与他们身份完全不符的事情。这类小说拒绝回答"可能性"的问题，无视时空局限，也不留下明确的读解线索。因此，截然不同的历史或社会背景，遥不相及的事件与人物，真实的和虚幻的，都有可能在后现代派小说里共存。

　　许多新西兰后现代派小说只表现"局部"现实。事件的全部只能在上下文中得到反映。作家往往只捕捉社会生活的某一个侧面，有时甚至是一个特殊的侧面，加以旁征博引，而对"主题内容"置之不顾，读者的注意力不断被打断，被干扰，被引开。其他素材不时侵入渗透，叙述线索不断变幻跳跃，没有前因后果，强调文字自身包孕的力量。数学公式、流行歌曲、宗教戒条、间谍小说中的陈词滥调都可以聚集在一起,烘托创造一种文化气氛。弗雷德里克·詹明信(Frederic Jameson)认为,后现代主义所表现的是"后期资本主义的文化逻辑"。

诗歌新潮流

20世纪70、80年代的文学变革不仅仅局限于小说界。从20世纪60年代起,整个新西兰诗坛也出现了观念上的渐变。代表新潮流的青年诗人,如亚瑟·贝斯丁(Arthur Baysting)、萨姆·亨特(Sam Hunt,详见第十七章)、里斯·帕斯利(Rhys Pasley)等,大多都受到当代美国诗歌的影响。他们强调诗歌的自发性,强调诗歌自身包孕的能量与活力,对传统的诗歌原则顾及甚少。新诗人中的激进派甚至提出,韵律、诗节、形式是直接呼唤感情的绊脚石。战后的新浪漫主义被修饰,被改变,以至到了70年代,现代派诗歌被普遍接受,打破传统的实验性诗歌建立了自己的新传统,不再被看做是少数激进诗人的游戏。当然,在这一变迁过程中,诗歌的定义问题引起了新一轮的争论。浪漫主义并未退出舞台,继续坚守自己的一方土地。图华里和罗丽思·埃德蒙德(Lauris Edmond)等浪漫派诗人仍然深受欢迎。

20世纪60年代末出现的青年诗人,是读着艾略特和庞德作品长大的一代人。是他们首先将庞德式的现代主义,即"开放型"诗体,引进到了新西兰。但新西兰诗人做了很多努力,让现代主义诗歌走出象牙塔。他们接过现代诗的许多理念和手法:自由联想、开放性、意识流等等,但反对晦涩深奥,引经据典,让它走向大众,不再成为少数文化精英的玩物。他们的作品要求读者通过参与和联想,做出每个人自己的解读。他们对世界的未来不抱乐观态度,也不想对生活做出预言式的结论。

传统诗歌要求将外部的物件、事件与内心的思想感情连接起来,从个别或具体引渡到整体或抽象,以小见大,从一点扩大引申。因此,诗人必须选择细节,用语言创造意象,以意象勾起联想,另外再加上诗人自己的观点态度。用美国诗人霍华德·内美洛夫(Howard Nemerov)的比喻来说,诗歌是"图片加说明"。而现代诗则不同,现代诗不十分强调具体形象和抽象含义之间的关系。形象由它自身表达它的含义,而不由诗人进行引渡或翻译,"说明"融入了"图片"之中。现代主义的诗歌又被称作"开放型"的诗,但"开放"并不仅仅是对传统诗体松绑解放,而为的是使诗歌更接近现实生活多层次、多元性的本质。现代诗表现的生活不是完整的,直接的,而是零碎的,变形的。在诗歌形式上,它向散文体靠拢,以至有人担心诗歌会因此变得单调通俗,失去应有的美和魅力。但是这种担心似乎是多余的。新诗人给新西兰文坛带进了清新的空气,开辟了别具新面的一方天地。

新的诗歌理论和青年一代诗人的实践,促成了文坛的变化。批评界的态度也随之出现相应的转变。诗人的"感悟"不再受到朝拜,因为诗人也是社会的人,也受政治、经济、文化、种族、阶级、性别等多方面的限制。毛利人和妇女向白人男性诗歌主体发起挑战，探索不同的诗歌价值。20 世纪 70、80 年代是诗人群起的兴盛时期。几代诗人，几种不同流派同时活跃在文坛上。艾伦·柯诺、史密塞曼等老一辈诗人仍不甘寂寞；斯特德和奥苏立凡等早已卓有成就，成为中坚；伊恩·韦德(Ian Wedde)和比尔·曼哈尔等年轻一代表现出了出众的才华；而 80 年代初出茅庐的小字辈如利·戴维斯(Leigh Davis)和安妮·弗兰奇(Anne French)等更是锋芒毕露，潜力无穷。主流派、浪漫派、先锋派等不同风格、不同模式、不同主题的诗歌，把新西兰文坛点缀得色彩缤纷。

二

主要小说家

诺埃尔·希利亚德

诺埃尔·希利亚德(Noel Hilliard, 1929—1997)出生在一个叫内皮尔的小地方，在霍克斯湾度过了童年的大萧条时期。高中毕业后进惠灵顿维多利亚大学就读，后又进师范学院，毕业后当了十年教师，同时积极参加左翼政治活动。长篇小说《毛利姑娘》(Maori Girl，1960)获得成功后，他名声大振，1965 年被权威的《新西兰听众》杂志聘任为副总编。1971 年希利亚德荣获奥塔戈大学的罗伯特·彭斯奖。然后，他回到惠灵顿，担任《新西兰遗产》(New Zealand Heritage)、《今日新西兰》(New Zealand Today)等多种杂志的编辑。

在他童年时期的霍克斯湾的工人营地里，种族主义并不是一个突出问题，但是，当他抵达惠灵顿时，他惊讶地发现，招聘广告和房屋租赁广告竟有"拒绝毛利人"字样。因此，种族主义和毛利人的社会困境成为他小说关注的焦点。《毛利姑娘》在很大程度上是对种族主义的回应。希利亚德是一位批判现实主义作家，主要成就是《毛利姑娘》等四部系列长篇小说。1960 年出版的第一部著作得到了批评界的普遍称道。一些报刊赞扬他的小说是"新西兰第一流的文学作品"。《毛利姑娘》奠定了希利亚德的文学地位。五年后，续篇《欢乐的力量》(Power of Joy，1965)进一步讲述那位毛利姑娘的故事。此后一过便是十年，直到 70 年代中、后期出版了《毛利妇女》(Maori Woman，1974)和《荣耀与梦想》(The Glory and the Dream，1978)后，整个故事方才交待完毕，从而完成了著名的"毛利女四部曲"。希利亚德的其他四本书影响远不如他的毛利姑娘系列。它们是发表于"四部曲"中间的唯一单部长篇小说《绿河一夜》(A Night at Green River，1969)和三部短篇小说集：《一块地》(A Piece of Land，1963)、《派个好人：小说随笔集》(Send Someone Nice: Stories and Sketches，1976)和《希利亚德短篇小说选》(Selected

Stories，1977）。他的短篇小说主要涉及的是资本主义和城市化对新西兰的冲击，内容也涉及诸多政治和社会问题。

《毛利姑娘》是希利亚德的成名作，也是他的代表作。小说在伦敦首先发表，后又在国内多次再版，也被译成多种文字，影响深远。毛利姑娘内塔·塞缪尔（Netta Samuel）是这部作品和三部续集中的女主人公。第二次世界大战后，由于工业化和城市化的发展，大批毛利人离开贫瘠的乡村山地，涌入城市谋生。大动迁构成了新西兰历史上的一个重要事件。两种文化传统与价值观之间，顿时产生了剧烈的冲突。毛利姑娘内塔就是成千上万走进城市的毛利人之一。她的故事因此具有广泛的代表性。

在陌生的城市环境中，内塔虽没有经历催人泪下的悲剧事件，但平凡生活中接二连三的挫折加在一起，则构成了一场可怕的噩梦。小说没有跌宕起伏的情节，但希利亚德的白描写实手法自然如流，朴实的文字为读者描绘了一个可信的人物。初到城市时，内塔以为只要干活挣钱，就能"每天抹口红，穿漂亮衣服"。但是现实与这个小小的欲望之间，仍然有着一条一个毛利姑娘无法逾越的沟壑。她到处忍气吞声，但找不到安稳的工作，也找不到栖身之地。大部分白人把她当做二等公民对待，因为她不仅是乡下人，而且是毛利人。她在承受繁重劳动的同时，还得承受精神失意的折磨。就连她得到的爱情也是假的，两个白人青年一个从心底蔑视她；另一个爱她，但只愿与她同居而不愿娶她为妻。

内塔本质善良，但爱虚荣。作者没有对毛利人进行浪漫的美化。但使她深受不幸的不是她的缺点，而是整个城市社会对毛利人普遍抱有的偏见。灯红酒绿的华街上，没有她的插足之地。内塔在城里向往家乡的生活，但她正是无法忍受乡村的部落生活才来惠灵顿谋生的。进退维谷的内塔只能继续挣扎，继续追求那一丝若隐若现的幸福幻影。内塔是一个城市经济受害者的形象。她天真单纯，受人愚弄；她孤独无援，与社会格格不入；她向往美好生活，但无法企及；她憎恶周围世界，却无能为力；她企图摆脱困境，但又走投无路。总之，她对城市社会束手无策。她是个复杂的人物，她的形象集中反映了新西兰社会中雇佣与被雇佣之间、种族之间、不同文化传统和生活模式之间的各种矛盾。

尽管新西兰城市人口大于农村人口，但大多数新西兰人喜欢把自己的国家看做一个乡村社会，与土地和历史紧紧联系在一起。很多文学作品直接或间接反映城乡之别，反映从乡村走进城市的主题。《毛利姑娘》和莫里斯·吉（Maurice Gee）的《在父亲的小室里》（*In My Father's Den*，1972，详见第十六章）是最具有代表性的作品。在吉的小说里，奥克兰的扩张，蚕食了原来的郊区乡村，改变了人们的生活。希利亚德则不同，他的小说人物在乡村长大后，搬迁到城市。两位作家反映的都是传统文化与城市社会不同观念之间的冲突，吉反映的是一个渐变过程，而希利亚德反映的则是毫无准备的突变，及突变带来的心理冲击。

除了希利亚德之外，不少其他新西兰作家，如罗德里克·芬利森等，也将城市视作部落价值观的对立面。但希利亚德集中典型地讲述了一个从部落走进大城市的毛利人的故事。他关注的不是个人行为，而是个人代表的社会行为。《毛利姑娘》可以被称作社会抗议小说。作者描写冷酷的社会环境和非正义现象，以唤起读者的良知。从这个意义上讲，希利亚德继承了约翰·李在 20 世纪 30 年代开创的批判现实主义的文学传统。但希利亚德也有偏离现实主义的地方。作者是个罗马天主教徒，他赞扬毛利人，把他们塑造成比白人更符合基督教规范的人物。但是作为一个白人，一个局外观察者，他能同情而且深刻地揭示反映毛利人的不幸，是难能可贵的。《毛利姑娘》是检点城市种族关系中白人态度的第一部有影响的小说。

希利亚德的其他小说继续反映毛利人在城市社会的遭遇。直到 1978 年"四部曲"的最后一部《荣耀与梦想》出版后，读者才有机会领略希利亚德的宏大规划。第一部小说中的内塔与第二部中的白人鲍尔·贝内特被安排到了一起。一个毛利人和一个白人经历了人际关系上的各种矛盾，经历了生活的各种曲折，最后达成共识，求同存异，互相理解，互相接受对方的文化。这是不同民族共同生存的理想模式。

C. K. 斯特德

克里斯蒂安·卡尔森·斯特德（Christian Karlson Stead，1932— ），一般署名为 C. K. 斯特德（C. K. Stead）是个兼诗人、小说家和批评家于一身的文学人，在三方面都有很显著的成就。他也是当代作家中学历最高的人。他出生在奥克兰，毕业于奥克兰大学，大学毕业后继续深造，1955 年获得文学硕士学位后，他得到迈克尔·贝克奖学金去英国的布里斯托尔大学，并于 1961 年获得博士学位。他曾在澳大利亚的新英格兰大学任教英语，60 年代初回奥克兰，在奥克兰大学任讲师、教授，直到 1986 年辞离，成为专职作家。斯特德是文学奖的常客：1955 年获诗歌奖；1960 年获凯塞琳·曼斯菲尔德奖；1972 年获杰西·麦凯奖（Jessie Mackay Prize）；1975 年获新西兰图书奖；2007 年获得新西兰奖章——这是新西兰最高奖。

斯特德的第一部长篇小说《史密斯之梦》（*Smith's Dream*，1971）是他最有影响力的一本书。这是一部政治小说，后经改编拍成电影，名为《睡狗》（*Sleeping Dogs*），成为第一部在美国发行的新西兰电影。小说属于"歹托邦"（Dystopia），或称"反面乌托邦"，描绘的是作为警示的未来恐怖社会形态。故事发生在未来的某一年。新西兰已被法西斯独裁的沃克纳政府统治。在美国军队的扶植下，国家机器控制着公民生活的各个部分；秘密警察逮捕异己，枪杀无辜；军队残酷镇压以山区游击队为代表的人民的反抗。小说通过想象描绘了一个新西兰人从未经历过的社会。斯特德行笔生动，读者犹如身临其境，被带入一个充满暴力的强权社会。

小说以被警察与军队追捕的史密斯为线索展开，乍看是一个惊险故事，但实质是一则政治寓言。史密斯的个人灾难反映了整个社会、整个民族可能会遭遇的大灾难。书名所谓的梦,指的是史密斯希望躲进丛林,独自偷安的梦想。史密斯说,摆脱社会"是每个新西兰人的梦想"。但斯特德的弦外之音说:如果人人逃避社会责任,谋求个人太平,那么"沃克纳政府"就可能实施统治。小说对可能出现的集权统治和社会灾难提出了警告。《史密斯之梦》发表五年后,新西兰文坛又出现了另一部有影响的政治寓言小说。它是克雷格·哈里森(Craig Harrison)的《残破的十月:1985 年的新西兰》(*Broken October: New Zealand 1985*,1976)。小说描写毛利人武装造反,夺取政权的虚构政治大事件。

《史密斯之梦》也许是斯特德最重要的一部小说,但直到在 80 年代发表的两部长篇作品中,他才真正挥洒自如——《全体参观者登岸》(*All Visitors Ashore*,1984)和《肉体死亡》(*The Death of the Body*,1986)。这两部小说都是属于后现代主义范畴的作品,作者运用了"超小说"的各种手段。前一部小说兼有印象派和历史小说的特点,叙述层面交待了一个"现实发生"的故事。但作者又绕到叙述的背后,说明所有"事实"都是一个叫克尔·斯基德莫的人头脑中想象出来的。他为了创作小说,想象了自己的 30 年经历。后一部小说反映的是吸毒和 80 年代奥克兰大学生活。在这里,斯特德将"元小说"的特征进一步强化。小说中关于讲故事的故事,至少同所讲的故事一样重要。作者充分施展"嵌套叙事"的手法,在故事里套故事,背景外设背景,使小说变得复杂而且微妙。

斯特德于 80 年代末推出长篇小说《好莱坞妹妹》(*Sister Hollywood*,1989),小说中的人物有作家本人的影子。《第五是象征》(*Five for the Symbol*,1981)是一部短篇小说集。从数量上讲,斯特德的诗歌多于他的小说。《意志是否自由:1954—1962 年诗集》(*Whether the Will Is Free: Poems 1954—1962*,1962)是他的见习作,很多方面学习和模仿了他敬重的几位大诗人,如美国诗人惠特曼和庞德,英国的叶芝和本国的艾伦·柯诺和詹姆斯·巴克斯特。第二册诗集姗姗来迟,发表于十年之后。《跨过栏杆》(*Crossing the Bar*,1972)收选了第一册诗集中的部分诗歌和 60 年代发表的新作,包括各种不同的内容:评论美国政治,庆祝名人寿辰,表达当父亲的喜悦等。不少诗反映他在澳大利亚和英国的经历,或表达对叶芝、庞德、艾略特等大师的仰慕。斯特德在这一册诗集中常常引经据典,提及最多的是恺撒大帝。诗人笔下恺撒大帝的罗马是现代美国的象征。

从《奎沙达:1972—1974 年诗选》(*Quesada: Poems 1972—1974*,1975)开始,斯特德告别了前两册诗集中的浪漫主义情调。诗人试图用一种新的诗体探讨人生,诗歌中没有神秘色彩,更加直截了当地呈现物象和事件,让描述对象为读者提供解读的钥匙。斯特德认为,诗的真理就是世界,但"诗歌中的世界非常集中,因此更接近我们"。这一理解也许是"开放型"诗歌对他产生的影响。有人认为,新的表达方式使他的诗歌失去了原有的成色,但斯特德不以为然,继续不断地探索新的表达途径。书名系列诗歌含而不露地讽刺唐·吉诃德式的"壮举",是一组别具新意的作品。20 世纪 70 年代末出版了《西行》(*Walking Westward*, 1979)之后，斯特德进入了 80 年代他的全盛时期。在这十年中，他除了出版三部长篇小说和三部重要的文学批评著作外，还亮出了五本诗集：《地理》(*Geographies*, 1982)、《十年诗钞》(*Poems of a Decade*, 1983)、《巴黎，一首诗》(*Paris, a Poem*, 1984)、《两者之间》(*Between*, 1988)和《声音》(*Voices*, 1990)，最后一册诗集为庆贺新西兰建国一个半世纪而作，描述了国家和他自己家族历史的许多场景。

同他的小说作品一样，斯特德在诗歌中显示了高超的文字驾驭能力。他善于从经典中获得提示和灵感，也善于充分发挥民众语言的活力和自然节奏。他的早期诗虽时常采用传统诗体，但他能在传统格式内自如地变幻。他对新组合、新构思、新形式不断进行尝试，发展了自己的风格。他的诗既有明显的现代派风格，又有严肃中的机智和幽默。

斯特德文学活动一个不可忽视的方面，是他对新西兰文学批评和文学理论方面做出的贡献。不少人认为，他具有非同一般的叙述、描绘和组织能力，也具有出色的逻辑思辨、解析和论说能力。1964 年他在伦敦出版的《新诗学》(*The New Poetic*)是对新西兰诗歌运动起导向作用的重要著作，也在英美大学被广泛用作文学教材。这本著作经修订后于 1987 年在美国出版，更名为《新诗学：从叶芝到艾略特》(*The New Poetic: Yeats to Eliot*)。斯特德的其他文论作品包括《玻璃箱中》(*In the Glass Case*, 1981)和《对语言的回复》(*Answering to the Language*, 1989)。此外，斯特德还编辑了一些重要文选，包括《新西兰短篇小说第二系列》(*New Zealand Short Stories: Second Series*, 1966)、《针锋相对：个案汇编》(*Measure for Measure: A Case Book*, 1971)和《凯塞琳·曼斯菲尔德书信日记选》(*The Letters and Journals of Katherine Mansfield: A Selection*, 1977)等。

C. K. 斯特德笔耕半个多世纪，进入 90 年代和新世纪后，仍有众多的作品不断涌现。我们将在第十七章当代文学中继续讨论他的后期作品。

三

主要诗人

芙勒·阿德科克

女诗人芙勒·阿德科克(Fleur Adcock, 1934—　)出生在奥克兰这个文才辈出的地方。她从 5 岁到 13 岁在英国度过，然后回到新西兰接受中学和大学教育，在惠灵顿的维多利亚大学就读，获得古典文学的硕士学位。然后她到南岛的奥塔戈大学当助教和图书馆长助理，直到 1963 年又移居英国。她的诗歌也与英国诗歌传统十分吻合。除了第一册诗集外,她的其他作品均在英国出版。为此,不少人将阿德科克归为英国诗人。

但是,她同其他一些身居海外的新西兰诗人和作家一样,常常在作品中回到故乡,再现记忆中的家庭和童年生活。她毕业于惠灵顿的维多利亚大学,从 20 世纪 50 年代末起,就开始在新西兰创作诗歌,发表作品。她与著名诗人阿利斯泰尔·坎贝尔结婚的几年中,与惠灵顿诗人交往甚密,也可算作其中一员。离婚后,她又嫁给了新西兰文学界的另一位知名作家巴里·克伦普(Barry Crump)。阿德科克的早期作品深受女诗人玛丽·斯坦利(Mary Standly)的影响。她的诗歌关注人际关系,常以日常琐事为切入口,然后以小见大,有感而发。

阿德科克的第一册诗集《飓风眼》(*The Eye of the Hurricane*,1964)由惠灵顿里德公司出版。她在诗歌中捕捉发生在母亲与孩子间、妻子与丈夫间、恋人与朋友间细小而又有提示性的事件,然后再从中悟出更带普适性意义的道理。因此,她的诗耐读而有回味。她接受过古典文学教育,从发表诗作一开始,就以典雅清丽,神韵俨然的诗风吸引了同行和读者的注意。她在第一册诗集问世后说:"我欣赏这样的诗:它能把一件严肃正式的服装穿得随意洒脱。"这个服装比喻阐述的其实也是阿德科克自己的诗歌风格。她的诗在斯文中显现出灵动俏皮,严肃间又透出不拘一格的随意。

作为诗人,阿德科克从不独自感叹。她的诗总是对着另一个人——或是孩子,或是情侣,或是丈夫,或是亲朋好友娓娓而叙。这个倾诉对象的"在场"感,使诗歌的"独白"变成了一种交流,触发某种深藏于心的隐秘情感和一连串的联想和反思。发表了第二册诗集《虎群》(*Tigers*,1967)后,《陆地》主编查尔斯·布拉希还专门写了一首诗,赞扬她优雅而利落的"文字歌",称赞她表达了一个"清醒而又与众不同的声音"。她不是一个抱着浪漫情怀的诗人,诗歌更多揭示的是生活中阴暗的方面。

阿德科克 70 年代和 80 年代各有四册诗集出版,包括《庭园里的大潮》(*High Tide in the Garden*,1971)、《风景线》(*The Scenic Route*,1974)、《里格湖下》(*Below Loughrigg*,1979)、《内港》(*The Inner Harbour*,1979)、《阿德科克诗选》(*Selected Poems*,1983)、《事件手册》(*The Incident Book*,1986)、《急性子:歌谣一首》(*Hotspur: A Ballad*,1986)和《与彗星相遇》(*Meeting the Comet*,1988)。其中《内港》是诗人不愉快的重返新西兰之旅后写下的诗作,分为四个部分,表达爱、死亡和失落的主题,在最后一部分的诗歌中,她表示接受和面对人生经历中负面的东西。90 年代发表的《时区》(*Time-Zones*,1991)表达了诗人对生态和政治的关注。牛津大学出版社出版了阿德科克的两本诗集:《芙勒·阿德科克诗选》(*Selected Poems*,1991)和《回首》(*Looking Back*,1997)。另一部诗集《阿德科克1960—2000 年诗集》(*Poems 1960—2000*)于 2006 年获得英国女王诗歌金质奖章。《龙话》(*Dragon Talk*,2010)是女诗人的最新作品。此外,阿德科克翻译了

一批中世纪拉丁诗歌，以《处女和夜莺》(*The Virgin and the Nightingale*，1983)
为书名出版。由她编辑的《牛津文选：当代新西兰诗歌》(*The Oxford Book of
Contemporary New Zealand Verse*，1982)和《费伯文选：20 世纪妇女诗歌》
(*Faber Book of 20th Century Women's Poetry*，1987)也是文学界相当有影响的
两本文集。

　　阿德科克的许多诗歌表达了诗人身负的压力、内心的孤独、对归属的渴望等。
有些诗歌从儿童的视角进行叙述，而诗歌中出现的成年人，也具有与众不同的见
解。他们头脑清醒，善于观察分析，充满激情，富有幽默但又固执己见。阿德科克
的诗中也常常隐伏着一种直觉意识到的潜在威胁。她的名作《为一个五岁孩子而
写》("For a Five Year Old")是一首"忏悔式"的诗，讲了一件小事情，说明一个大
道理。诗歌设计安排异常巧妙，既出人意料，又在情理之中。

> 一夜细雨点点
> 蜗牛爬上窗台，溜进房间。
> 你叫我来看，
> 我对你循循诱导：
> 好孩子不应让它留在屋里，
> 它会被踩死，如果爬上地板。
> 你明事达理，小心翼翼
> 将它送到门外
> 去糟蹋花园里的黄水仙。
>
> 我看到一种风行的信仰：
> 几句话将你塑得愈加善良
> 来自我，一个猎鼠射鸟
> 溺死你的小猫
> 背叛亲朋好友的人，
> 丑事何止一件一桩！
> 但事情就是这样，
> 我是你的母亲
> 我们有爱蜗牛的慈悲心肠。

　　从一只蜗牛，到自我反省，到事物的正反两面，到人性的伪善，小小一首诗，短
短十余行字涉及了那么多的内容，而且十分深刻，毫不牵强附会。这确实说明阿
德科克具有非凡的笔力。她的语言不求装饰，自然朴实，十分口语化。

　　阿德科克受到古典诗歌韵律节奏的影响，早期创作比较保守，过分注意诗歌

的音乐性和格式,过分重视语言和诗体的优雅。她在 80 年代之后的几册诗集中,逐渐摆脱了传统诗的影响,主要采用两种形式:一种是只按每行音节而不押韵的有律无韵诗;另一种是更加自由的诗体,突破了原来的规矩格局,注重诗的内涵,而不拘泥形式。阿德科克是个风格独特、见解独到的诗人。她的诗恬淡而热烈,含蓄而张扬,是当代诗坛的一枝奇葩。她获得过很多荣誉,包括 1961 年的新西兰国家文学基金奖,1968 年和 1972 年两次获得的杰西·麦凯诗歌奖,1984 年的新西兰全国图书奖,1988 年的英国艺术委员会作家奖和 1996 年的不列颠帝国奖章。

文森特·奥苏立凡

20 世纪 60 年代初开始发表作品的青年一代文人中,文森特·奥苏立凡(Vincent O'Sullivan, 1937—)是佼佼者。奥苏立凡出生于奥克兰,就读于奥克兰大学和牛津大学,毕业后当过大学教师、文学编辑。同斯特德和阿德科克一样,他受过良好的高等教育,博览群书。他也到过不少国家游历,见多识广。从 60 年代初到 70 年代末开始,分别在惠灵顿的维多利亚大学和怀卡多大学任教。1979 至 1980 年担任著名的《新西兰听众》杂志的主编,后成为全职作家。1988 年回到大学,1997 年起担任维多利亚大学斯多特研究中心主任,现为维多利亚大学的教授。2006 年他获得新西兰的总理文学成就奖。

他的文学创作从诗歌起家,第一册诗集《燃烧的时光》(*Our Burning Time*, 1965)收集了他在本国和英、美两国刊物上发表过的诗作。60 年代末至 70 年代中期,他出版了三册诗集,包括《归来游子》(*Revenants*, 1969)、《仪态》(*Bearings*, 1973)和《来自印度葬礼》(*From the Indian Funeral*, 1976)。奥苏立凡是个少有的多面手。从 70 年代中期起,他开始创作长、短篇小说,也从事文学评论;再后又尝试剧本创作。但他主要是以诗人和短篇小说作家的身份而著称于文坛的。

奥苏立凡的诗洒脱细腻,韵律铿锵,并常常通过神话或形象比喻来取得某种道德寓言的效果。他对神话有特殊的兴趣,早期诗中反复出现来自希腊经典神话的意象。他认为神话是解释不同时期不同地域人类生存的基本模式,也可以用来揭示人际关系和人的心理状态。新西兰主体文化是舶来文化,既没有牢固的文化根基,也缺少英雄色彩。奥苏立凡用诗歌引进神话,创造神话,让读者在神话中看到现实的今天,获得对生活经历批判性的理解。

奥苏立凡除了从丰富的欧洲文化中提取素材外,也悉心挖掘本土的原料。他用当地素材创作出一批形式活泼的诗歌。收集在《屠夫公司》(*Butcher and Co.*, 1977)和《屠夫文稿》(*The Butcher Papers*, 1982)中的"屠夫系列"诗,继承了丹尼斯·格洛弗在《哈里的歌》中所创立的风格,以一个中心人物的所作所为、所见所闻和所思所想,来反映他周围的世界。这一诗歌系列由主题上互相关联而又单独成篇的很多诗作组成,断断续续出现,持续了很长一段时间。自从引进了一个知识分子的形象——屠夫的表兄博迪后，系列诗妙趣横生，变得更加戏剧化。诗人以小说家的细腻，同情地塑造了一个和蔼的小人物。奥苏立凡手法独到，既使用下层人物略带猥亵的语言，而又不失诗歌的优雅，做到了俗雅共存，进出自如。《看见有人问你》(*Seeing You Asked*，1998)、《幸运桌》(*Lucky Table*，2001)和《早晨好时光，亚当斯》(*Nice Morning for It, Adam*，2004)是几部反响良好的后期诗集。《都怪弗美尔》(*Blame Vermeer*，2007)是一册传记式的小诗，奥苏立凡用略带调侃的语气对不少新西兰著名诗人进行了速写式的文字描绘。《推迟定罪：1999—2008 诗选》(*Further Convictions Pending: Poems 1999—2008*，2009)中，奥苏立文精选近期佳作，并增添了 44 首新诗。

1980 年出版的《乔纳森兄弟，卡夫卡兄弟》(*Brother Jonathan, Brother Kafka*)是每段四行，四段十六行的无韵诗系列，诗人以 17 世纪美国的清教神学家乔纳森·爱德华兹和 20 世纪现代派作家卡夫卡作为保守和激进的两极，表达他新英格兰之行激发起的感情和理智上的反响。此后，他又出版了《屠夫文稿》、《玫瑰舞厅》(*The Rose Ballroom and Other Poems*，1982)和《皮拉多音带》(*The Pilate Tapes*，1986)。奥苏立凡老到的诗歌功力，表现在他能深入浅出，写出的诗歌既能为民众所喜爱，又富有深刻的哲理和寓意，为批评家们所推崇。

奥苏立凡共出版过四部短篇小说集。第一部《男孩，桥，河》(*The Boy, the Bridge, the River*，1978)塑造了各种各样游离于社会主体之外的人物，表现背叛、排斥、欺骗、失落、痛苦、死亡等当代主题。他们有的是天主教徒，无法与以新教为主体的社会合拍；有的是外国人，如书名篇中的男孩拉蒂，无法随遇而安；有的天生与众不同，如《奥菲士的来信》("Letter from Orpheus")中的扁头格洛夫，自惭形秽，难与众人合群，成为边缘人。

《与丹迪·爱迪生共进午餐》(*Dandy Edison for Lunch and Other Stories*，1981)中的大部分故事发生在新西兰，也有一部分取纽约为小说背景。作者强调的是文化上而不是地理上的疆界。他的下一部短篇集《幸存》(*Survivals and Other Stories*，1985)描写发生在澳大利亚和新西兰两个国家的故事，但小说的中心点并未因地而易。也就是说，作者写的是同一个文化区域中的故事，反映的都是中产阶级的虚伪、他们的梦求和自我表现。出于同样的理由，其他 20 世纪 70 和 80 年代的"自由派"作家如乔伊·考利(Joy Cowley)和菲奥纳·基德曼(Fiona Kidman)，也常常在作品中讲述发生在本国国土以外的故事。

后现代主义的色彩在奥苏立凡的短篇小说中十分明显。他的故事常常发生在某一个转折环节上，叙述上故意节外生枝，故意与故事主线疏远。有时作家使用不可靠叙述者来陈述故事，即叙述者本人是个不愿讲真话的伪善者。因此，"真正"的故事有时被打得支离破碎，而一个未直接言明的潜在的故事却与"主体"故事在暗中呼应，创造出一种耐读而发人深省的艺术效果。如《与丹迪·爱迪生共进午餐》("Dandy Edison for Lunch")讲的是事业上春风得意、腰缠万贯的凯文和凯伦夫妇与童年的老邻居丹迪·爱迪生老人共进午餐的事。在餐桌上,凯文与凯伦遮遮掩掩的语言背后,读者了解到了一个不光彩的故事。奥苏立凡的短篇小说集《西班牙的雪》(*The Snow in Spain*,1990),也通过故意装腔作势的叙述、讽刺和黑色幽默提出道德问题。最后一部短篇小说集是《棕榈与尖塔:短篇小说选》(*Palms and Minarets: Selected Stories*,1992)。

奥苏立凡的长篇《奇迹:一段浪漫史》(*Miracle: A Romance*,1976)是一部讽刺小说。小说讽刺新西兰人对体育的狂热,把橄榄球奉作宗教;讽刺残存的清教势力和对超级大国奴颜婢膝的政治态度。另一部长篇小说《让河流站起来》(*Let the River Stand*,1993)是奥苏立凡的主要文学成就之一。小说背景是两次世界大战之间的怀卡多乡村,由叙述者穿越于众多人物中间,将他们的小故事织成一个反映新西兰乡村生活的大故事,既有悲剧的暗示,也有神秘色彩。罗杰·罗宾逊(Roger Robinson)和纳尔森·瓦蒂(Nelson Wattie)在《牛津新西兰文学手册》(*The Oxford Companion to New Zealand Literature*)中谈到奥苏立凡作品时说:"没有任何其他新西兰小说更完整地再现了一种历史感和那一系列凝固瞬间的画面。"除了诗歌小说外,奥苏立凡还创作了三部剧本:《舒利肯》(*Shuriken*,1985)、《琼斯和琼斯》(*Jones and Jones*,1989)和《比利》(*Billy*,1990)。

文学评论、文史整理和编辑,也是奥苏立凡对新西兰文学的重要贡献。他撰写了诗人评传《詹姆斯·巴克斯特》(*James K. Baxter*,1976)和作家约翰·马尔根的传记《走向边界的漫长旅程》(*Long Journey to the Border*,2003),主编了《20世纪新西兰诗歌选集》(*An Anthology of Twentieth Century New Zealand Poetry*,1970)、《新西兰短篇小说·第三系列》(*New Zealand Short Story: Third Series*,1975)和《牛津版新西兰短篇小说》(*Oxford Book of New Zealand Short Stories*,1992)。他与麦克唐纳·杰克逊(MacDonald Jackson)合编了《战后新西兰文学》(*New Zealand Writing Since 1945*,1983)。尤其值得一提的是他在整理曼斯菲尔德文学遗产方面所做的努力:他编辑出版了曼斯菲尔德唯一的长篇小说《芦荟》(1982)并为此作序;选编了《凯塞琳·曼斯菲尔德诗歌选》(*Poems of Katherine Mansfield*,1988);参与整理和编辑了五卷本《凯塞琳·曼斯菲尔德书信集》(*The Collected Letters of Katherine Mansfield*,1996)。

罗丽思·埃德蒙德

罗丽思·埃德蒙德(Lauris Edmond,1924—2000)是诗人和传记作家,出生于霍克斯湾南部的达尼沃克。当地的风情和景色在她的自传《火辣十月》(*Hot October*,1989)中有着充分的展示。她于1942年进入惠灵顿教师培训学院,还到克赖斯特彻奇学习语言疗法,但从她的诗歌传记作品中人们可以看出,惠灵顿的生活处于她记忆的中心地位。她从小就尝试写诗,酷爱阅读,并用日记记录自己的思想和体会。她曾获得过曼斯菲尔德奖学金(1981)、英联邦诗歌奖(1985)等荣誉,1985年和1987年分别成为墨尔本的迪金大学和惠灵顿的维多利亚大学的驻校作家,1988年梅西大学授予她荣誉文学博士学位。

埃德蒙德是一位大器晚成的作家。作为家庭妇女,她忙碌一生,51岁才发表第一本诗集。她的经历在另一侧面也反映了在20世纪50、60年代女性作家所面临的种种困难。尽管如此,她还是一个多产作家。她的主要作品包括13册诗集、三部自传和一部长篇小说。她的诗通常运用第一人称,描写熟悉的身边场景、意象和日常生活经历,从中发现智慧的闪光点,看到某种超越凡俗的意义。她认为,诗歌是"与经历的对抗"。这种对抗是理顺各种处于混乱状态的经历、情感、观念和事件的一种方式。而这种理顺过程富有启发性:"每一首诗都是一个新发现。"

她的第一部诗集是《在半空中》(In Middle Air,1975)。诗歌始于身边细琐,最后引向小小的顿悟,这种手法20年后成为诗人的标志性特征。其他诗集接踵出版,让人目不暇接:《梨树》(The Pear Tree,1977)、《惠灵顿信函》(Wellington Letter,1980)、《七》(Seven,1980)和《来自北方的盐》(Salt from the North,1980)。此时,埃德蒙德已经确立了自己的诗歌风格。她将1983年出版的诗集命名为《抓住它》(Catching It),以凸显其诗歌之精要在于"抓住"瞬间闪现的悟识。此后她又出版了《罗丽思·埃德蒙德诗选》(Selected Poems,1984)、《季节与生灵》(Seasons and Creatures,1986)、《北极圈附近的夏天》(Summer Near the Arctic Circle,1988)、《小城掠影》(Scenes from a Small City,1994)、《罗丽思·埃德蒙德1975—1994诗选》(Selected Poems 1975—1994,1994)、《时机问题》(A Matter of Timing,1996)、《新西兰动物狂欢节》(Carnival of New Zealand Creatures,2000)和遗作《罗丽思·埃德蒙德后期诗歌》(Late Song,2001)。

她的诗从来没有背离过自己熟悉的生活,但往往能够自司空见惯的事物中升华,引向某种出其不意的见解。她总是小心翼翼地避免诗歌中神秘或抽象的成分,杜绝文字游戏和形式实验,也不使用突兀的指代,而坚持采用民众的语言和节奏,使诗歌明快而清新,用朴实但不乏幽默的语言表达同情、温暖和人文关怀。她的诗歌不是小众的鉴赏品,而受到了大众的喜爱。她发表的唯一一部长篇小说是《高原天气》(High Country Weather,1984)。此外,她还编辑了《牛津文集:新西兰爱情诗选》(New Zealand Love Poems: An Oxford Anthology,2000)。

罗丽思·埃德蒙德的自传作品也深受读者的欢迎。她的许多生活细节,如童年、婚姻、职业等,都反映在她的三部自传作品中。《火辣十月》、《雨中篝火》(Bonfires in the Rain,1991)和《瞬变的世界》(The Quick World,1992)组合成一个三部曲,其中第一部从1931年的地震开始,记录了工党的选战和大萧条的岁月;第二部描述了生养了六个孩子的忙碌的婚后生活,以及忙里偷闲创作诗歌的愉悦;第三部记载了婚姻中出现的紧张关系,以及女儿雷恰尔去世的悲痛,但她终于在年过半百出版了自己的首部诗集,从此走上了人生的一段新历程。她的自传包含有许多自己的诗歌,这也是她与众不同的特点。她不喜欢现代派诗歌,尤其反对诗人卖弄或玩弄文字。她是阿利斯泰尔·坎贝尔、詹姆斯·巴克斯特和路易斯·约翰逊的同辈人,因此诗风更接近上一代人。

四
其他作家和诗人

　　新西兰妇女对文学的贡献,也许是任何其他国家的女性难以比拟的。从杰西·麦凯、简·曼德、曼斯菲尔德到珍妮特·弗雷姆、克里·休姆,女性的成就常常使男作家、男诗人们自叹弗如。女性文学创作的传统一直延续着,而且丝毫没有减弱的势头。20世纪70、80年代的女诗人继承了鲁思·达拉斯等诗人的主题,反映普通人之间的关系,但在风格特点上迥然不同。1977年女诗人里蒙克·恩辛(Riemke Ensing)编辑出版了新西兰女诗人专集《私人花园:新西兰女诗人作品集》(*Private Garden: An Anthology of New Zealand Women Poets*),精选35位战后女诗才的佳作,具有一定的代表性。

　　在1975年同一年,就有三位重要女诗人出版了她们各自的第一部诗集。除了上述的罗丽思·埃德蒙德,另两个在同一年发表处女作的是伊丽莎白·史密瑟(Elizabeth Smither,详见第十七章)和雷恰尔·麦卡阿尔平(Rachel McAlpine)。史密瑟也是个多产诗人。从70年代中期出版《云来了》(*Here Come the Clouds: Poems*,1975)至80年代末,她共出版了十册诗集和两部长篇小说。她的诗歌语言简洁,自成风格。麦卡阿尔平自称写诗是为了消遣。《哀悼阿里阿德涅》(*Lament for Ariadne*,1975)是她的第一册诗集,她接着又以较快的速度发表了六册诗集。她反对精细镂刻,诗风随意自然,一气呵成。自1985年起,麦卡阿尔平将主要精力投向小说和剧本创作。另一位女诗人安妮·弗兰奇(Anne French)也十分引人注目。她80年代末崭露头角,出版了《所有克里顿人都是谎子》(*All Cretans Are Liars*,1987)等三部诗集,以优美的诗体,讽刺的口吻探讨人际关系中的"真"与"伪",使人们对这位后来者不敢漠视。

　　当代男诗人也有不俗的表现。萨姆·亨特、戈登·查利斯(Gordon Challis)和凯文·艾尔兰(Kevin Ireland)是其中的佼佼者。萨姆·亨特从20世纪60年代末起出版诗集,当时刚刚年逾20。诗歌一般都以含蓄为特点,但亨特则不同,他努力避免转弯抹角,避免深奥玄虚。他的诗的力量在于简捷坦率,单刀直入。他表达感情的方式像流行歌曲,直接弹拨心弦,直接呼唤读者的共鸣。戈登·查利斯的一些诗富有个性。诗人善于将某一层面的现象或人物的某一精神特征单独抽取出来,放在聚光灯下,进行细细分析探讨。他独辟蹊径,将科学内容植入诗歌，借以表达人性的复杂性和现代世界中的价值观念。凯文·艾尔兰也是 20 世纪 60 年代起步的诗人，以自我讽刺为特点。这一特点在诗集《文学漫画》(*Literary Cartoon*, 1977)中尤为明显。他的自嘲自讽瓦解了别人对他观点的批判。进入 80 年代后，艾尔兰尝试新手法。1990 年出版的《提比略在蜂巢》(*Tiberius at the Beehive*)是他的第 11 册诗集，由一组高质量的政治讽刺诗组成。

20 世纪 70、80 年代新西兰诗坛卓有成就的青年人还包括比尔·曼哈尔、亚瑟·贝斯丁、里斯·帕斯利(Rhys Pasley)、默里·埃德蒙德(Murry Edmond)、戴维·米切尔(David Mitchel)、艾伦·布鲁顿(Alan Bruton)、艾伦·洛尼(Alan Loney)等。而同时代的新西兰小说界，也许更是妇女的天下。除了珍妮特·弗雷姆、帕特里夏·格雷斯和克里·休姆外，她们的队伍中还有乔伊·考利(Joy Cowley)、简·沃森(Jean Watson)、玛格丽特·萨瑟兰(Margaret Sutherland)、菲奥纳·基德曼(详见第十七章)、苏·麦考利(Sue McCauley)、约妮·杜弗雷斯内(Yvonne du Fresne)、玛丽琳·达克沃思(Marilyn Duckworth)、希瑟·马歇尔(Heather Marshall)等一大批女作家。

乔伊·考利从 1967 年的第一部长篇小说《倾倒的树上的鸟巢》(*Nest in a Falling Tree*)到 1985 年的短篇小说集《心脏病》(*Heart Attack and Other Stories*)，共出版长篇小说和短篇小说集六册，大多是关于妇女和儿童的主题。她也创作儿童文学，包括低幼读物和画册共不下 100 本。简·沃森也从 20 世纪 60 年代中期开始发表小说，到 1980 年《对国王的演说》(*Adress to a King*)出版，共写下了五部长篇小说。她的小说语言与新西兰口语十分接近，因此能生动再现当代人的社会生活。达克沃思在 1959 至 1969 年间，已在伦敦发表了四部长篇小说。经过长长的沉默后，她再次出山，从 1984 年起在奥克兰接连出版了《行为混乱》(*Disorderly Conduct*)等五部长篇小说和一部短篇小说集。

约妮·杜弗雷斯内的作品反映新西兰丹麦社区的生活。她的第一部短篇小说集《法威尔》(*Farvel*, 1980)，通过好奇心强、观察力敏锐的女孩的眼睛，讲述了她在小镇上的童年生活，通过她的经历审视 20 世纪 30 年代新西兰社会中存在的文化差异。第二部短篇小说集《埃斯特丽德·韦斯特加德的成长》(*The Growing of Astrid Westergaard*, 1985)继续人生探索之旅。《埃斯特的故事》(*The Book of Ester*, 1985)中的埃斯特可以被看做是成年的埃斯特丽德，面临一系列关于个人身份归属的新问题。在《弗雷德里克》(*Frédérique*, 1987)中，作者把欧洲历史和新西兰移民史结合起来，把 19 世纪的丹麦、移民的艰辛和毛利人起义交织在一起，运用神话和回忆呈现出了弗雷德里克和她遭受迫害的大家庭所面临的各种真实的或想象的危险。

从 20 世纪 70 年代中期开始登上文坛的较年轻的一代中，萨瑟兰是佼佼者。她关于妇女、市郊生活的《初出茅庐》(*Fledgling*, 1974)、《爱的契约》(*The Love Contract*, 1976)等三部长篇小说，很受批评界的重视。基德曼从 70 年代末至 90

年代初推出了《一种女人》(*A Breed of Woman*，1979)等长篇小说和短篇小说集共七部。她也是个诗人，在第一部小说问世之前，已经出版了两册诗集。希瑟·马歇尔、苏·麦考利和杜弗雷斯内都是进入了80年代后才发表小说的，都至少已有好几部作品的资本，而且继续不断有新作问世。

当然，当时的小说界不是妇女的一统天下，不少优秀的男性作家已经显示了超乎寻常的才智和文字表现能力。迈克尔·吉夫金斯(Michael Gifkins)、格拉厄姆·比林(Graham Billing)、巴里·克伦普(Barry Crump)、迈克尔·莫里西(Michael Morrissey，详见第十七章)、迈克·约翰逊(Mike Johnson)、詹姆斯·麦克内什(James McNeish)、伊安·米德尔顿(Ian Middleton)、O. E. 米德尔顿(O. E. Middleton)、阿尔伯特·温特(Albert Wendt，详见第十七章)等都以他们精湛的作品，在文学界赢得了声誉。但是，很多男作家的作品更具有后现代主义的风格，更带实验性质，因此也需要更长的时间才能被文学界和全社会普遍接受。

20世纪70年代戏剧创作(详见第十八章)蓬勃发展，大有后来居上之势。戏剧同小说、诗歌一起，成为文学并驾齐驱的三驾马车。一些优秀毛利作家也在这个时期登上文学舞台，从另一个视角观察新西兰社会与文化，使文学更加丰富，更加多样，更加富有鲜明的民族色彩。此外，文学批评体系更趋于完善，出版传播媒介更加现代化，国民文化教育水平更加提高，这些也都促成了新西兰文学日益旺盛的发展趋势。此阶段的文学作品挖掘深刻，不仅关注社会矛盾，而且更注重人物心理，其中的优秀者——如珍妮特·弗雷姆和莫里斯·吉各自的三部曲，可以与世界上任何文学巨著相媲美。

第十六章

莫里斯·谢德博特和
莫里斯·吉

莫里斯·谢德博特

莫里斯·谢德博特(Maurice Shadbolt，1932—2004)出生在奥克兰，毕业于奥克兰大学。毕业后几年中，他为几家报刊当过记者，也为新西兰国家电影公司写纪录片脚本。这一段时间的经历，在他的自传《本家一员：新西兰杂烩》(*One of Ben's: A New Zealand Medley*，1993)中有所记载。1957 年他离开家乡，到欧洲旅行、学习和写作，并在 1960 年回国之前在英国出版了第一部短篇小说集《新西兰人：故事系列》(*The New Zealanders: A Sequence of Stories*，1959)，并决定成为当时新西兰为数不多的职业作家。他一生中共出版了 11 部长篇小说和四部短篇小说集，也创作了不少剧本。谢德博特是当代文坛地位显赫的作家。他的小说作品荣获过各种文学奖，包括休伯特·切奇纪念奖、凯塞琳·曼斯菲尔德短篇小说奖、蒙大拿新西兰图书文学奖、罗伯特·彭斯奖和瓦蒂图书奖等所有主要文学奖。

谢德博特的家史可以追溯到最早到达新西兰拓荒的那一代人。他通过家族史了解了新西兰的整个发展过程。早期居民曾将新西兰理想化，将她视作新发现的伊甸园，但谢德博特描绘的是一个"被摧残的伊甸园"。多少年来，人们将欧洲人的梦想强加在这两个太平洋岛上。殖民开拓者梦想破灭的主题，在长篇小说《灰烬中》(*Among the Cinders*，1965，1983 年被拍成电影)和《一撮土》(*A Touch of Clay*，1974)中都有所反映，但在《陌生人和旅行》(*Strangers and Journeys*，1972)中揭示得尤其深刻。在该小说中，父辈的旧梦仍然困扰着今天的新西兰人，给他们带来幻灭的痛苦。

前期创作

谢德博特善于从社会、历史、个人三个角度立体地反映当代题材，反映现时现刻的火热生活。他说："我既然出生在这个年代，这个地方，就只想在作品中把此时此地的事情弄明白。"他的第一部作品《新西兰人：故事系列》收录 11 篇短篇小说，都写于 50 年代末，反映的是冷战带来的思想僵化、政治上死气沉沉的现象以及人们对"福利社会"的自我陶醉等社会现象。小说在英国获得了很好的评价，包括一些文学名家都对这部集子赞赏有加，但在保守的新西兰，他得到的主要是负面评价。小说集中的作品紧扣社会主题,直面社会问题,针砭时弊,从一开始就将谢德博特小说特征展示得清清楚楚。

谢德博特的第二部短篇小说集《夏日的火,冬日的乡村》(*Summer Fires and Winter Country*,1963)主要反映的是另一个人们普遍关心的社会动向,即农村人口流向城市,及由此造成人们精神依靠的缺失,离开土地的人们只能在对不复存在的乡村生活和传统的想象中寻找寄托。小说集的开场篇《本家的土地》("Ben's Land")取材于他自家历史,故事后来被拓展,成了谢德博特的首部长篇小说《灰烬中》。两部小说集很快划定了作家的创作领域:他着力反映的是同代人的现实生活,是发生在他周围的活生生的事情。他的短篇小说覆盖新西兰生活的很多方面,背景也各不相同。他的小说反映陷入精神困境的人们,但他比其他作家更善于揭示内心深处复杂的本质的东西。他在描写人与自然间相依相存的关系时,像萨吉森和芬利森一样,往往流露出某种原始主义的哲学信仰。

两部短篇小说集之后,谢德博特转向中、长篇小说创作。《灰烬中》的主调是现实主义的,通过尼克·富林德斯在祖父陪同下走向成熟的历程,以及两人之间的关系,探讨从拓居先民开始到 20 世纪 50 年代的历史。之后出版的是两部基于作者自身经历的小说:中篇集《音乐声中:中篇小说三则》(*The Presence of Music: Three Novellas*,1967)和长篇小说《今夏的海豚》(*This Summer's Dolphin*,1969)。前者着重反映艺术家与社会之间的关系。他笔下的社会是个尚不成熟、尚不健全的社会,因此作者强调艺术家在帮助塑造民族意识过程中应负的责任和应起的作用。后者描写一批游离于社会之外的各种各样的人物。他们为了一头海豚短暂地聚在一起,然后又各奔东西,各自去应对生存自由给他们带来的烦恼。

70 年代之后

进入 20 世纪 70 年代之后,谢德博特创作的几乎全部都是长篇小说,唯有 1978 年出版的《光中人影》(*Figures in Light*)除外。这部短篇小说集中的作品,其实大多也是选自《新西兰人》和《音乐声中》已发表过的旧作。70 年代的第一部长篇小说《龙耳》(*An Ear of the Dragon*,1971)是一部战争小说,描写主人公皮埃多·弗拉塔在法西斯统治下的意大利的经历。次年出版的《陌生人和旅行》是谢德博特的代表作。

《陌生人和旅行》是作家寄予厚望的一部小说,其中有些是已发表过的长、短篇小说中的人物。作者称它为"综合作品",说他"试图将所知的 20 世纪的新西兰和新西兰人都放进一本书的字里行间去"。小说描写的是从 1919 年至 1970 年弗里曼和利斯顿两个家庭三代人经历的社会变迁。故事的主要部分发生在暴力抗议风潮中——民众为争取社会进步而团结起来做出的短暂努力。但抗议风潮最终不了了之,人们又各自为政,成为陌路人,各自继续自己的旅行,演出各自的悲喜剧。小说前半部分重现了父辈在艰苦环境中为生存苦斗的经历,描写了两次世界大战之间的新西兰生活,批判了新西兰政府和新西兰人政治上的守旧与对变革无动于衷的态度。在后半部,谢德博特也反映儿子辈面对的城市生活的困境,以及由越南战争引发的 60、70 年代政治上的骚动。

小说《一撮土》描写一个叫鲍尔·派克的男子,婚姻破裂后,不敢再向另一位青年女子做出爱的承诺,结果给自己、给别人都带来了痛苦。这部小说非常成功地塑造了一个男性人物的悲剧角色,也涉及了较广泛的题材,如在鲍尔祖父的日记里,作者重现了 19 世纪的社会风貌。《险区》(*Danger Zone*,1976)讲述的是反核组织抗议船勇敢地驶入"险区"——木鲁罗阿法国核试验区——进行抗议活动的故事。但小说探讨的不仅仅是人们普遍关心的生态问题,谢德博特在小说中揭示,真正的"险区"是人际关系,而不是核试验区。在一个宗教信仰被动摇,政治意识淡薄,且无开拓精神的社会里,人与人之间的关系既是取得生活意义的根本,也是滋生痛苦的根源。但这两部小说在力度上不如《陌生人和旅行》。

谢德博特以事件烘托人物,以人物反映社会,善于老练地处理多层次、多情节的复杂素材。历史与社会的大潮流是谢德博特小说的大背景。在这个背景之下,他主要反映人际关系的主题:家庭关系、朋友关系及男女之间的性关系。人际关系成了考验人生的"险区"。谢德博特反复强调人际关系的重要性:人们需要建立起真诚负责而不是自欺欺人的,互助互惠而不是尔虞我诈的人际关系,并小心翼翼地维护它。

被谢德博特称为"综合作品"的另一部长篇历史小说是《拉夫洛克纪事》(*Lovelock Version*,1980)。小说故意采用似真非真的叙述,交待了从 1860 到 1960 年拉夫洛克三兄弟组成的三个家庭,从来新西兰拓荒到二战以后长达百年的历史。通过这三家以及发生在他们周围的故事,作家全景式地描绘了早期新西兰殖民社区的历史,以及令人目不暇接的历史变迁。小说基调是现实主义的,但谢德博特在作品中融进了魔幻现实主义和元小说的成分。

毛利战争三部曲

谢德博特接下来发表的是三部历史小说:《犹太人的季节》(*Season of the Jew*,1986)、《星期一的斗士》(*Monday's Warriors*,1990)和《冲突之舍》(*The House of Strife*,1993),组成三部曲,都是以 19 世纪中期(1845—1872 年)毛利人反抗为题材,历史素材与虚构故事巧妙地融合成一体,对官方宏大历史叙事提出了修正。罗杰·罗宾逊指出,"它们(三部曲)组成了也许是新西兰人迄今为止所写就的最优秀的历史小说。"三部曲中,又以《犹太人的季节》最为精彩,可以看做是谢德博特最优秀的作品之一。

《犹太人的季节》聚焦于 1860 年的珀伍迪湾,通过一个当兵的作家乔治·费尔韦瑟之口,重述了由特·库蒂(Te Kooti)领导的毛利大暴动。这是新西兰历史上时间最长、给人们留下痛苦记忆的种族之间的战争。白人历史一直把特·库蒂描述为一个缺乏道德原则,为白人和毛利人所共同鄙视的捣乱分子。但谢德博特以讽刺的口吻重叙旧事,以新的眼光对暴乱及其后果,对贪婪的白人殖民、对政府、对野心勃勃的毛利头领特·库蒂本人等各方面,都进行了重新评价。小说所描绘的图景要比历史记载阴暗得多。

三部曲的第二部《星期一的斗士》的历史背景也是19世纪60年代,但地理背景挪到了塔拉纳吉,讲述毛利人提图库瓦鲁和叛逆的美国人金波尔·本特的故事。这两个人物以及另一个重要人物冯·坦普斯基,都在十年前出版的《拉夫洛克纪事》中出现过。这些人的经历在这里进行了重新组合,进一步展开。三部曲的最后一部《冲突之舍》返回到更早的时间,再现1845至1846年的霍尼·海克反抗事件——该人四次砍倒当地白人政府的大旗。值得注意的是,三部曲的每一部中都有一个白人中心人物,或是乔治·费尔威瑟,或是金波尔·本特,或是费德南·韦德布拉德,他们的同情心倒向了毛利人一边,而不是白人殖民者一边,代表了小说叙事的基调,也代表了作家"改写"官方毛利战争史的意图。谢德博特小说的后殖民历史叙事特征十分明显。

其他文类作品

历史小说《拉夫洛克纪事》中的一个重大事件是第一次世界大战中发生在土耳其加利波利半岛的乔鲁克拜尔之战。作家显然对此历史事件特别关注,后来也写进了他唯一一部发表的剧作《曾在乔鲁克拜尔》(Once on Chunuk Bair,1982)。作品讲述在战壕中度过的一天时间,重温新西兰军在一战中遭受惨重损失的民族记忆。作家把这场惨烈的战斗,当做新西兰人从殖民向后殖民身份过渡的标志。剧作于1991年被拍成电影,名为《乔鲁克拜尔》(Chunuk Bair)。谢德博特后来又撰写了纪实的《加利波利半岛之声》(Voices of Gallipoli,1988)。

毛利战争三部曲之后,谢德博特发表的小说作品十分有限,主要成就是《水面鸽影》(Dove on the Waters,1996),是由获得1995年凯塞琳·曼斯菲尔德纪念奖的一则短篇小说和两部中篇小说合成的集子。《来自天边》(From the Edge of the Sky,1999)是他的一部回忆录。除此之外,谢德博特还写下了多部知识性读物和旅游指南,如《西萨摩亚:最新的太平洋国家》(Western Samoa: The Pacific's Newest Nation,1962)、《新西兰:大海的礼物》(New Zealand: Gift of the Sea,1963)、《新西兰的库克群岛:寻找未来的天堂》(New Zealand's Cook Islands: Paradise in Search of a Future,1967)、《爱与传奇:一些20世纪的新西兰人》(Love and Legend: Some 20th Century New Zealanders,1976)、《谢尔新西兰指南》(The Shell Guide to New Zealand,1968)、《南太平洋诸岛》(Isles of the South Pacific,1968)等。

谢德博特的作品可读性很强。他的文字风格虽不如同代其他几位作家那样简朴明快,但他的作品细微缜密,精深奥博,表达上具有很高的艺术技巧。但技巧过分运用也会适得其反。不少批评家注意到,谢德博特的文体往往过分讲究,情节过分夸张,人物过分典型化。但一旦他的想象力和艺术手法得到恰如其分的发挥,他就能创作出如《陌生人和旅行》一样的给人印象至深的优秀作品。谢德博特的创作生涯长达半个世纪,几乎赢得新西兰所有重要的奖项。他孜孜不倦一生耕耘,写下了许多让人难忘、催人深思的优秀作品。这些作品至今都不断印刷再版,说明他在读者中具有很高的人气和持久的影响力。

二

莫里斯·吉

生平与创作

莫里斯·吉(Maurice Gee,1931—)是新西兰最杰出的小说家之一。他出生于北岛瓦卡塔尼市的一个木工家庭,但家庭却颇有文学渊源。母亲的作品曾被萨吉森收录在他编辑的短篇小说集《我们自己的声音》(*Speaking for Ourselves*,1945)中;住在美国加州的姨妈出版过多部诗集;外公詹姆斯·查普尔(James Chapple)是两本书的作者:《叛逆者的神圣需要》(*The Divine Need of the Rebel*)和《叛逆者的美丽憧憬》(*A Rebel's Vision Splendid*)。莫里斯·吉的亲友中虽无一人是知名作家,但不少都与文学创作有缘。吉耳濡目染,从小受到文学熏陶。

他的小说大多以汉德逊为背景。母亲给他讲述的有关家庭史的故事对他具有重要影响。莫里斯·吉出生那年,大萧条正将新西兰和西方世界的经济推向低谷。他父母为寻找工作四处奔走,最后在奥克兰郊外的汉德森村落脚。这便是吉的出生地。由于城市的扩展,汉德森现早已与奥克兰市连成一体。但在当时,这个小小的村庄是莫里斯·吉童年的天地,也是他作品中常常提到的被漫延的城市吞噬而不复存在的乐园。有时他作品的背景是其他地方,但总有家乡小镇的影子。1953 年大学毕业后,他继续攻读研究生,于 1954 年获得文学硕士学位。2004年母校在他成名之后授予他名誉博士学位。

莫里斯·吉自幼喜读狄更斯的小说。他说:"我不知道是我将狄更斯吞食了,还是他将我吞食了。"1955 年他在大学的文学杂志《新西兰人》(*Kiwi*)上发表了第一篇短篇小说《寡妇》("The Widow")。离开大学后,他当了两年高中教师,发现这个职业与自己的脾性不符。辞别后他干了几年杂工,如当医院门警、清洁工和邮递员,奔波于新西兰各地,积累了各种生活经验。60 年代初,莫里斯·吉离开家乡去英国伦敦谋职,但第二年获得新西兰文学基金会的奖金,返回故国从事文学创作,并发表了第一部长篇小说《大赛季》(*The Big Season*,1962)。他在大学是优秀的橄榄球运动员,小说的不少内容基于他熟悉的体育运动。小说描写了橄榄球带来的兴奋,更批判了与球赛相关的各种社会现象:社会陈规对自由的压制、家庭矛盾、社会暴力等等。作品受到了广泛的好评。

小说 1964 年荣获罗伯特·彭斯奖后,莫里斯·吉迁居达尼丁,在奥塔戈大学从事一年专业创作,写下了第二部长篇小说《特别花》(*A Special Flower*,1965)。此后,他到特布尔图书馆任职。在此期间,除了少量短篇小说外,他多年无所建树。莫里斯·吉决心改变这种状况,要求停薪留职一年,专心致志从事文学创作。他上午写作,下午扛邮包挣钱,写下了除《普伦姆》(*Plum*)三部曲以外最有影响的一部长篇小说《在父亲的小室里》(*In My Father's Den*,1972)。当时吉居住在惠灵顿的威治区(Wadestown),而小说故事发生在一个叫威治村(Wadesville)的小镇上。

莫里斯·吉 1975 年出版了短篇小说集《同志,早晨天真好》(*A Glorious Morning, Comrade*)。这是他两本短篇小说集之一,另一部是《莫里斯·吉短篇小说选》(*Collected Stories*,1986)。1976 年,莫里斯·吉发表了他的第四部长篇小说《选择游戏》(*Games of Choice*)。同年他在接受记者采访时说:"我决定这一辈子将以写作为生。45 岁的人,又要养家活口,这是一个大胆的决定(因为在新西兰,当作家是收入最少的职业之一)。我现在写小说要比以前花更长的时间,也和以前非常不同。一部小说将我牵入下一部,然后再下一部。"

接下来出版的小说确实一部接着一部,而且不同凡响,大大超出了先前的水准。三部曲第一部《普伦姆》于 1978 年问世。第二、第三部《梅格》(*Meg*,1981)和《唯一幸存者》(*Sole Survivor*,1983)在接下的几年时间里相继写成付梓。接着,又有两部代表莫里斯·吉杰出创作艺术的新作问世——长篇小说《徘徊者》(*Prowlers*,1987)和《火孩子》(*The Burning Boy*,1990)。

儿童文学作品

莫里斯·吉 20 世纪 80 年代出版的大多是儿童文学作品。他在十年内共写下了七本精湛的儿童读物,包括《山下》(*Under the Mountain*,1979;1982 年被拍成电视连续剧,2009 年被拍成电影)、《天边海角的世界》(*The World Around the Corner*,1980)、《纵火者》(*The Fire Raiser*,1986)、《冠军》(*The Champion*,1989)以及科幻小说三部曲——《奥国的半人》(*The Halfmen of O*,1982)、《费里斯的传教士》(*The Priests of Ferris*,1984)和《宝石王》(*Motherstone*,1985)。大作家写小人书是不多见的。像莫里斯·吉那样在成名之后将大量精力转向儿童文学创作的,更是罕见。作者把自己从现实主义的严肃小说中解放出来,驰骋于想象世界。

他的儿童小说同样是文学精品,为世界各国的小读者所喜爱。《奥国的半人》

描写两个少年拯救世界的故事。在一个奇异的远古世界里，"半人"善和"半人"恶进行着战争。双方实力相当，每日交锋，从不停止。两个少年以他们的机智和勇气，使两方力量取得平衡，赢来了世界的太平。奥国的"半人"显然象征着人心中善和恶的两个方面，小说具有寓言的力量，同他其他小说中善恶交锋的主题遥相呼应。进入 90 年代中期，他又开始创作和出版儿童文学，相继推出的有《大胖子》(*The Fat Man*，1995)、《招待所女孩》(*Hostel Girl*，1999)、《盐》(*Salt*，2007)和《古尔》(*Gool*，2008)。

前两部小说

莫里斯·吉的第一部小说《大赛季》是在四年时间里断断续续写成的。小说背景是一个叫怀努伊的小镇，以莫里斯·吉任教两年的北岛佩罗阿镇为原型。书名所谓的大赛季，指的是 1958 年秋冬之交的橄榄球联赛赛季。作者的兴趣不在于球赛，而以球赛为媒介展示新西兰乡镇市民的生活。小说主要人物波伯·安德鲁斯是个"孤独的人"——一个在新西兰文学中屡屡出现的典型形象。他具有反叛精神，不满清教式的洁身自好，不满附庸陈俗的行为和井蛙式的偏见，面对小镇的保守文化和习惯势力，必须做出接受或扬弃的抉择。吉在这部小说里表现了他驾驭民众语言的杰出才能。不管是橄榄球术语，还是街谈巷议，他都能恰到好处地再现于笔下。活生生的语言创造了活生生的小镇现实生活图景。在莫里斯·吉后来的作品中，他继续不断追求语言的精确表达力。用他自己的话来说，他要让"每个字承担它的最大负荷"，让它冲出辞典划定的意义范围。

《大赛季》描写的是小镇生活的全景，而莫里斯·吉的第二部小说《特别花》则集中解剖一家人。小说没有中心人物，五六个家庭成员平分故事的篇幅。小说聚焦于这个自认为代表文明规范的中产阶级家庭，生动表现代与代之间、男女之间、不同性格和情趣之间的矛盾、对立和冲突。作者赞扬自发本能的行为，斥责制约人性的虚伪。在小说中，作者称体面社会的儒雅为"人生的死敌"，因为它歪曲了人的自然本质。作者再三点及这一点，甚至不惜走到说教的边缘。但从整体上讲，《特别花》在创作技巧上较之前一部要高明得多，说明作者总结了第一部小说的创作经验之后取得的长足进步。

《在父亲的小室里》及其他

《在父亲的小室里》反映了一个远比前两部小说复杂的社会，于 1994 年被拍成电影。作者采用侦探小说的模式，运用了这类小说的多种手段。但莫里斯·吉的小说不是通俗读物，而是主题严肃的文学作品。小说以 17 岁的女学生西莉亚谋杀案的新闻报道拉开序幕，由她的英语老师鲍尔·普赖尔第一人称叙述。鲍尔是这桩命案的主要嫌疑对象。当警方对他犯罪可能进行调查时，他自己也在寻踪追迹。最后真正的凶手捉拿归案，鲍尔证明了自己的无辜。但是，读者从他的整个叙述中看出,他只是法律定义上无罪,而远非真正的清白者。

为了弄清西莉亚案件,鲍尔回顾了自己的一生,尤其是近几年的生活。他循着记忆的轨迹往回走,开始真正认识了自己——他如何会成为今天的他:高高在上,感情麻木,肤浅呆板,与众不合,书卷气十足。警察和鲍尔都追踪到了谋杀事件以外的社会大环境。这种环境使谋杀或类似的暴力行为得以滋生。调查于是分岔成两项内容:是谁杀死了西莉亚?是什么造就了今天的鲍尔·普赖尔?追查凶手和追踪个人历史同时进行,而案情进展又常常与昔日生活片断的回忆互相交错。鲍尔对自己的成长史和性格的认识,也为破案提供了线索。渐渐地,两条调查线路在某一交叉点汇合。案情调查发生在六天时间里,每天为小说的一章,而对过去的回顾则追溯了整整 45 年,交待了鲍尔·普赖尔的一生和小镇的近代史。

《在父亲的小室里》还有另外两条平行发展的线路,即人类生存环境的退化和鲍尔个人内心的衰败。前者强烈映衬了后者。鲍尔童年的家乡,是平静美丽的农庄和果园。他童年最喜欢的小天地是他父亲的小室,那儿放着农具杂品,以及成堆的书籍。这里曾是他的隐居地,不受外界的干扰。现在,威治村已经成了一个严重污染的奥克兰市郊工业区:

> 我开车进了工厂区,去寻找普赖尔的那片果园。我料想到结果如何,可是变化之彻底仍使我目瞪口呆。我感到恶心,没有一棵树,没有一片草叶——没有小棚、房舍,甚至没有朽木的残痕。……我走上桥朝小溪望去,只见一条灰黑色的脏水沟,漂浮着一团团洗洁剂的泡沫。不可能有活的生物。一股腐臭冲鼻而来……

小镇的变迁,衬托了鲍尔从童年到成年的蜕化。他回忆童年的一次独木舟冒险旅行。那时,他在大自然的怀抱里无拘无束,生活充满乐趣,充满生机和希望。而今,他年过不惑,失去了过去的一切,落落寡合,无所作为,感到人生失落。莫里斯·吉通过案情调查,对一个典型人物进行解剖诊断,巧妙地交待了他的心理成长史。莫里斯·吉的作品与充斥市场的侦探小说之不同,也正在于此。"侦探"只是他小说的框架,作家的主旨是塑造具有性格深度的人物,而不是交待事件本身。

莫里斯·吉的很多小说都反映不幸的家庭生活。在他的笔下,婚姻和血缘关系不是幸福的基础,而是失望的根源。夫妻之间、父子之间的隔阂和不和,常常酿成家庭悲剧。《选择游戏》讲述的是 70 年代初一个普通中产阶级家庭分崩离析的故事。但小说中没有突发的大事件,家庭危机没有显而易见的导因。在日常生活中,普拉特一家各人间的关系慢慢地被消磨,不知不觉地恶化,直至一个家庭终于走向解体。小说具体只写了圣诞节前后四天时间。一家人从互相祝愿,交换礼品开始,最终以互相辱骂收场。小说结束时,主人公金斯利的婚姻也宣告破产。

　　书名中所谓的"游戏",指的是幻想游戏,暗指人们逃避现实,沉溺幻想,希望能够"选择"与现实不同的另一种生活。《选择游戏》与其他小说的不同之处在于,家庭破裂并未导致暴力;而相反,导致了金斯利的自我认识,培养了他的宽容态度。他对生活有所反省,意识到自己所处的困境,但无能为力。莫里斯·吉谈到他的人物时说:"在一切都走向败落的背景中,他取得了一个小小的发展,一个小小的胜利。"

　　短篇小说集《同志,早晨天真好》收集了 1955 至 1973 年发表的 11 篇小说。短篇的主题与他的长篇小说类同,有的反映婚姻带来的痛苦,有的描写陷于困境的青年或老人。集子的最后四篇都是集中反映老人生活的。他们退了休,年迈体弱,不再可能有所作为,是人生奋斗的受害者和失败者。他们也是社会衰退的象征。

《普伦姆》三部曲

　　比尔·曼哈尔在他的作家评传《莫里斯·吉》(*Maurice Gee*,1986)中认为,莫里斯·吉的前四部长篇小说像是彩排,而《普伦姆》才是正剧演出的开始。像弗雷姆的《猫头鹰》三部曲一样,《普伦姆》三部曲也讲述了一家几代人的故事,反映了三个人物在认识上由无知走向成熟的历程,再现了新西兰的生活面貌。

　　《普伦姆》是三部曲的第一部,被公认为新西兰最优秀的长篇小说之一。小说通过乔治·普伦姆之口叙述,在主人公的回忆与现实之间交错展开。普伦姆曾是牧师,现已年迈退休。他在当地德高望重,受众人尊敬。小说一开始,他离开乡镇,去首都惠灵顿探望已成家立业的儿女。与此同时,老人从记忆中返回过去,做了一次反方向的旅行。在回忆往事中,他发现了自己的双重形象——一个社会的他和一个内心的他。他发现,他不是公众眼中的完美人物。在私人生活中,他其实是个失败者。惠灵顿之行使他取得了对自我的新认识。他无法对过去的一生感到欣慰,仍需要寻找新的理解。他要在告离人世之前,与子女们取得互相谅解。

　　他的孩子有的被逐出家门,有的与他离心离德。僵死的宗教教条,使他无法宽容地爱护每一个子女。到了惠灵顿,儿女们提起了许多他并未注意的往事。大儿子抱怨父亲从长老会辞退后,只知在书房埋头工作,不顾 12 个嗷嗷待哺的孩子。女儿回忆了父亲因不同政见被关进监狱后家里的遭遇:邻居的恶语中伤、窗外飞来的石块。孩子们为父亲吃了不少苦。普伦姆以往视而不见、认为理所当然的事情,现在看来并不如此简单。与孩子们相遇虽不是个皆大欢喜的场合,但使牧师从一个虚构形象变成了有缺点的现实的人。过去的事使现在的人际关系变得复杂化,也使小说主人公越来越接近新认识。在小说的最后一页,普伦姆说:"我想,我已做好了准备,或死,或继续生活,再理解,再爱,再做一切。我对我做的好事感到欣慰,对做错的事感到遗憾。"此时,普伦姆已学会了接受不同的生活方式,理解不同的志向。他的自我认识显示了他对待未来的大智大勇。

《普伦姆》涉及了四代人，时间跨度很大，事件错综复杂。但作者始终如一地紧紧扣住惠灵顿之行这一条主线，故事虽然覆盖广泛，但结构毫不松散。整部小说塑造了一个真实可信的人物。用作家比尔·曼哈尔的话来说，乔治·普伦姆牧师也许是新文学所有作品中"最可信最丰满的人物"。莫里斯·吉擅长人物塑造，这是他得天独厚的创作资产。他的人物就像狄更斯的小说人物一样，生动逼真，呼之欲出。

三部曲的第二部《梅格》描写的也是人生走向成熟的过程。梅格是普伦姆牧师12个孩子中最小的一个，现在是个作家。她叙述自己的故事，在小说一开始就说："现在我长大了。"退休牧师和青年作家父女俩，都在小说发展中取得了对自我和对生活的新认识，走向真正的成熟。像《普伦姆》一样，《梅格》的故事中，过去与现在穿梭交织出现。女主人公在对往事的回顾中，学会了面对现今的生活。她直面人生，观察世界不带感伤，没有幻想。如果说普伦姆在人生最后阶段追求的是"真"，那么他女儿追求的是"善"，是出自爱心的善。

梅格富有同情心和爱心，这使她能够进入她的哥哥和姐姐及其他们后代的生活，与他们一道体验生活并增长见识。她的兄长和姐姐们都反叛父亲的权威，而梅格从他们身上得到了许多启示。哥哥阿尔弗雷德因同性恋而被父亲逐出家门，但梅格却能够与他讨论爱的本质问题。她从姐姐伊瑟身上看到了物质主义的侵蚀。她从飞行员哥哥埃默生那里认识到现代技术并不可怕。哥哥罗伯特使她对神灵有了与父亲大不相同的认识。基于这些认识，梅格比任何人都具有更大的包容性。另一方面，作为家中最小的孩子，梅格具有一种自卑感和怀疑心态，怀疑自己是否真的成熟了。当她的丈夫失业之后，一家人在沮丧和贫穷中度日时，她才认为"我终于开始感到自己长大了。"《梅格》平行地交代了小说的创作过程与梅格作为作家的认识成长过程。

三部曲的最后一部《唯一幸存者》像前两部小说一样，一边交待眼前发生的事情，一边回忆过去，两股叙述主线交叉进行。小说主人公雷蒙德是梅格之子，普伦姆家族的第三代。雷蒙德现已50岁，妻子过世，自己辞退了当记者的职务，不再相信"任何女人，或任何其他东西"。他经历了大半生，最终发现自己"生活在乌有的边缘"，因此摆起超然冷漠的姿态，掩盖内心的空虚。他未能找到人生理想和意义，只剩下愤世嫉俗的冷观态度。普伦姆和梅格最后对自己都有了新认识，而雷蒙德只是勉勉强强、模模糊糊地接受了生活现实。他与三部曲前两部中的主人公截然不同：普伦姆为理解而努力，梅格为爱而奋斗，而雷蒙德则看破红尘，发现生活中没有什么值得为之奋斗。无论是私人生活还是作为记者，他都被动消极，认为没有政治信念和不支持任何党派是诚实的表现。

小说中，雷蒙德的生活与其堂兄达吉·普伦姆的生活交织在一起。与雷蒙德相比，达吉并不怎么愤世嫉俗，但更加冷酷，更倾向于采取政治手段表达心中的不满。他在野心勃勃的政客圈子里拼争，视线中没有朋友，只有可以被利用的人。

雷蒙德则宣称："我告诉自己我根据我的感觉行事，这就是我如何在写作中充分表现对每个人的厌恶。"正因如此，曾有一位编辑称他的作品是一部"传记加诽谤"。尽管做出了很大努力，雷蒙德最终未能写成一本像样的书，只留下一些支离破碎的短文。这些短文看到了真理的多面，但没有看到真理本身。

有人称三部曲为普伦姆家族史。但"家族史"不是一个十分确切的说法，因为三部小说并不注重记录时间的迁移及与之平行发展的事件，而侧重人的体验与感受。虽然三部小说覆盖了一家人近一个世纪的平凡而又曲折的生活，但小说主要反映的是三个人物在认识上走过的历程。莫里斯·吉巧妙地运用观念与个性迥然不同的三代人，对家庭中的事件进行交叉叙述。由于重复交待，对待同一事件就可能出现三种不同的态度或见解，使故事复杂化，也使故事立体化。读者无法简单地依凭某一视角的叙述做出判断，而忽视其他两个。这种立体的叙述要求读者积极参与解读，而不是被动地接受信息。

三部曲展示了走向成熟的路程，每个人物都在对过去的反思中获得新的收益，从无知到某种程度的认识，或某种程度的幻灭。这是很多新西兰小说的共同主题。但是很少有作家能像莫里斯·吉那样，将主题揭示得如此深刻，将人物塑造得如此逼真。

后期作品

莫里斯·吉的主要作品发表于 70 年代末和 80 年代。过了 60 岁之后，他的创作热情不减，发表了隐含着不少自传的成分的《西行记》(*Going West*，1992)，其中小镇、乡村学校、工场和小溪，都使人想起吉自己的家乡汉德森。作家功力不减，其他几部长篇小说各有千秋，其中《犯罪小说》(*Crime Story*，1994) 常被认为是吉后期作品中的佼佼者，于 2004 年被拍成电影，更名为《断裂》(*Fracture*)；《活体》(*Live Bodies*，1998) 在英国和德国等地出版，销售了 11 万册，很受读者的欢迎。

随着 21 世纪的到来，莫里斯·吉进入 70 高龄，但他依然新作不断，相继出版了四部长篇小说佳作。《艾丽与魅影人》(*Ellie and the Shadow Man*，2001) 讲述了女画家艾丽从 50 年代开始的一生：她经历了与男人交往的各种痛苦，最后成为著名画家，但绘画作品中总是出现一个男人的鬼魅影子。《轻蔑的月亮》(*The Scornful Moon*，2003) 是一个发生在前内阁成员、著名月球科学家和文学家兼道德家三个人之间的故事。《盲视》(*Blindsight*，2005) 之后，吉出版了感人的《通途》(*Access Road*，2009)，讲述女主人公守望着渐渐失去记忆的弟弟，思考着自己早晚也将流失的过去，小说写得美丽而悲切。吉的最新作品是儿童文学《瘸腿的人》(*The Limping Man*，2010)，与先前发表的《盐》和《古尔》共同组成了一个三部曲。

莫里斯·吉是当代新西兰最重要的作家之一，获奖无数。他的每一部小说都生动地表现新西兰生活中的一个侧面或一个领域,每部作品都塑造了个性不同但活生生的人物,都给人一种生活在悬崖边缘、随时可能失足跌落生活的深渊的感觉。这种危机感主要是文化、情感、道德和认识方面的,小说人物时时在反抗,在挣扎,在反思,希望找到能够成为精神依靠的基石。

第十七章

21 世纪前后：当代新西兰文学

走向未来：新希望与新挑战

在这个历史独特、地处边缘、人口不多、文学史短暂的岛国中，我们已经看到了新西兰人用智慧和胆魄书写的精彩故事。作家和诗人们通过想象，生动地记录了本民族的社会变迁、发展历史和生活细节，将一种丰富多彩的民族文化和与众不同的情感体验再现于笔下：岛国被发现而闯入世人的眼帘，那里先于欧洲人存在的毛利人和毛利文化，大移民和殖民的历史，新民族的生成演化以及生活在那片土地上的人民的喜怒哀乐等等。这片具有神秘历史的神奇土地，是滋养文学的沃土，已经养育和造就了一大批杰出的作家和诗人。他们的作品是反映这片土地、这个国家和这段历史的镜子，是民族文化的组成部分。他们的文学成就是民族的骄傲，也是人类的共同财富。

到了 20 世纪 90 年代，新西兰已经卷入了一个更大的后殖民体验的历史文化潮流中，文学中出现了十分显著的变化。作家兼文学研究学者帕特里克·埃文斯（Patrick Evans）认为："最近十余年在认识和创作新西兰文学方面出现的重大变化说明，这个时代是具有历史意义的。可以这么说，我们的文化跨越了后殖民时期，而进入了全球化时期。"信息化和视觉化的后期资本主义文化，对文学传统的颠覆更甚于以往任何时代。不同文化在更广泛、更深刻的层面交流、渗透、杂糅，文化壁垒和地理疆界被迅捷的交通和电子化、网络化的传输技术冲破，作家的关注和视野以及读者的阅读习惯和模式也都随之发生了变化。

新西兰作家不再把自己限制在传统概念中"划定"的创作领域内，书写的事件可以发生在本国，也可以发生在他国；主人公可以是新西兰人，也可以是任何其他国家的人；故事的时间可以是当今，也可以是远古；内容可以是现实的、可信的，也可以来自梦幻和狂想。他们关心的是"人"，是地球村的公民，但所有作品都投以当下的关注。风格上，很多作家和诗人偏好非现实、超现实的手法，采用后现代主义的拼贴、互文性、魔幻现实主义等。20 世纪 80 年代前后，西方文学界后殖民研究建立起了严肃文学批评的某种"体系"，强调历史因素和文化因素，强调表现模式创新，但事实上导致了表现内容方面的趋同性。新西兰当代文学整体上对已逐渐成为"过去时"的后殖民文学有所突破。

当代文学中一个值得注意的现象是文学的机构化和专职化。比如，维多利亚大学著名的比尔·曼哈尔的 ENGL252 创作学习班，集创作、（在自办杂志上）发表、出版三位于一体，培养了众多当代新西兰文学重量级的人物，其中几位女作家尤其引人注目：伊丽莎白·诺克斯（Elizabeth Knox,下设专节讨论）、芭芭拉·安德森（Barbara Anderson,下设专节讨论）和两位 1970 年出生的青年作家艾米丽·帕金斯（Emily Perkins）和凯瑟琳·切奇（Catherine Chidgey）。其他还包括詹姆斯·布朗（James Brown）和克里斯·沃斯曼（Chris Orsman）等优秀诗人。与曼哈尔创作学习班类似的,还有欧文·马歇尔（Owen Marshall）、威蒂·伊希玛埃拉和哈里·瑞克兹（Harry Richetts）的创作学习班。这样的学习班不免有技术化和市场运作的成分,文学创作被当做职业培训对待,难怪有人将其贬称为作家生产流水线；但另一方面,学习班"产出"的作家们,又屡获国内和国际大奖,充分地证明了他们自己。

当代优秀作家并不局限于上述和下面列出单独讨论的那些,还包括小说家波拉·莫里斯（Paula Morris）、达米安·威尔金斯（Damien Wilkins）、托阿·弗雷泽（Toa Fraser）、埃莉诺·查坦（Eleanor Chattan）、拉塞尔·海利（Russell Haley）和诗人、短篇小说作家泰德·詹纳（Ted Jenner）等。他们都各自显示了超群的才能和巨大的发展潜力,将连接新西兰文学的今天和明天。当代新西兰文学,比以往任何时候更显示其丰富多样性。但是,文学需要时间的检验。活跃在当今的甚至大红大紫的作家与诗人,有可能最终只是昙花一现。目前仍默默无闻的,也可能若干年后被发现。美国后期浪漫主义文学巨匠赫尔曼·梅尔维尔是在他去世 30 年后才被重新发现,得到重新评价,成为 19 世纪美国文学最耀眼的巨星。约翰·马尔根的名作《孤独的人》也是作者过世后才得到文学界认可和推崇的。因此,对于当代文学的主流,包括走向、作家和作品等方面,我们不宜过早做出结论。历史将以它自己的方式进行淘选,决定去存。

从整体上看,当代新西兰文学进入了一个突破创新、加速发展的时期。文学不仅已成为国民文化的重要组成部分,而且日益国际化——各个国家的读者都会谈起珍妮特·弗雷姆、克里·休姆、伊丽莎白·诺克斯等当代名家。尤其是年仅28 岁的"黄金女孩"埃莉诺·卡顿（Eleanor Catton）获得 2013 年的布克奖,更让人看到了未来的希望。如果我们说新西兰文学的关键转折出现在 20 世纪 30 年代的话,那么,人们是在战后才清楚地看到新文学运动带来的显著变化,而真正的繁荣出现在进入 70、80 年代之后。到了 20 世纪末和 21 世纪初,人们似乎看到了又一个重大的转折正在出现,文学在一个高起点上再一次突进,积极融入全球化的文化语境中。当代新西兰作家们把自己从特定历史、地域和社会环境中解放出来,拥抱更大的世界,更多地写"人"的故事而不是"某时段中的某国人"的故事。当代文学以一种包容、杂糅、多元、开放的态势,逐步取代原来对作家的民族身份、作品的地域特色、人物的社会环境等的要求和制约。

二

前辈作家的新贡献

20 世纪 70 和 80 年代已成为新西兰文学支柱的一些作家，将自己的影响力一直延续到了 21 世纪，尤其是 C. K. 斯特德和威蒂·伊希玛埃拉两位作家，创作活力长盛不衰，佳作迭出，是当代文学中老一代作家的杰出代表。

C. K. 斯特德

1984 年和 1986 年的两部实验性长篇小说《全体参观者登岸》和《肉体死亡》获得巨大成功之后，斯特德提前退休，以便全身心投入文学创作。尽管此后他继续出版诗集和其他文类的作品，但他的文学成就主要是长篇小说，越来越多地运用个人素材，也越来越凸显作品易读晓畅的风格特征。

1992 年的《世界末日边沿的世纪末端》(*The End of the Century at the End of the World*)把读者带回到斯特德本人在情感上深深卷入其中的 60 年代末反越战抗议的场面。长篇小说《歌唱的瓦卡帕帕》(*The Singing Whakapapa*，1994)中的主要人物身上也或多或少都有作家本人的影子。他早年与弗兰克·萨吉森的友谊、他的学术生涯、他的婚姻和婚外情等私人生活的很多方面，在小说虚构的薄纱背后不断隐约出现在他的作品中。斯特德在公众的视野中大胆解剖自己。这种亦虚亦实、虚实相混的表现手法，不断地挑逗着批评界对他的兴趣。

进入新千年前，斯特德于 1997 年出版了两部诗歌集《干草变黄金》(*Straw into Gold*，1997)和《正确的事》(*The Right Thing*，2000)，一部短篇小说集《头上插蜡烛的金发盲女》(*The Blind Blonde with Candles in Her Hair*，1998)，两部长篇小说：其中之一是背景设在意大利的《维多利亚别墅》(*Villa Vittoria*，1997)；另一部是《话说奥德维尔》(*Talking about O'Dwyer*，1999)，用片段串联的手法讲述第二次世界大战中毛利军团的一个白人军官的故事。文集《作家进行时：文选》(*The Writer at Work: Essays*，2000)发表于新旧世纪之交，其中收集了近十年中写下的述评、散文、自传片段以及有关文学教学、文学概念和文学史讨论的文章。

进入 21 世纪之后，斯特德笔耕不辍，推出了四部质量上乘的长篇小说。《现代主义秘史》(*The Secret History of Modernism*，2001)通过一个奥克兰作家，追溯了 20 世纪 50 年代一个青年的经历，牵扯进了许多男女关系和文学的纠葛。《曼斯菲尔德：一部小说》(*Mansfield: A Novel*，2004)用小说的手法再现了作家凯塞琳·曼斯菲尔德文学生涯最初的三年，即第一次世界大战中的 1915—1918

年,描写她的社会、爱情、文学历险以及人生悲剧的开端。这部小说进入塔斯马尼亚太平洋小说奖(Tasmania Pacific Fiction Prize)的最后名单,也获得英联邦作家奖东南亚和南太平洋地区奖。《我的名字叫犹大》(*My Name Was Judas*,2006)是对世人熟知的故事进行想象性的重写。斯特德80岁那年推出长篇小说《赌注》(*Risk*,2012),以一个新西兰出身的青年为主线,反映旨在推翻萨达姆·侯赛因政权的伊拉克战争和全球金融危机,主题包容量大,地理上跨越了许多国家。斯特德历久不衰,仍然进行着文学表现的新尝试。

除了长篇小说外,斯特德还出版了一部评论集《本土亲属:论20位新西兰作家》(*Kin of Place: 20 New Zealand Writers*,2002),对本国文坛主要人物,包括弗兰克·萨吉森、艾伦·柯诺、肯德里克·史密塞曼、珍妮特·弗雷姆、伊恩·韦德、莫里斯·吉等人进行某一侧面的评述;一部回忆录《伊甸园西南》(*South West of Eden*,2009),讲述作家本人从出生到发现文学之美的20余年(1932—1956)的成长历程;两部诗集,《狗》(*Dog*,2002)运用了抒情、讽刺、哲理多种语气表现多方面的思索;另一部《黑色河》(*The Black River*,2007)创作于作者因中风而一度导致阅读和写作困难的日子,集子中的诗歌比较零碎,但不少诗作有感而发,感叹生命的脆弱,思索如何面对死亡的召唤,具有很强的表现力。也正是这本诗集发表的这一年,斯特德获得新西兰所有荣誉中的最高荣誉——新西兰奖章,这也是众望所归。

威蒂·伊希玛埃拉

进入20世纪90年代之后,毛利作家伊希玛埃拉保持着旺盛的创作力。据作家自己的介绍,他试图把《吉卜赛国王布利巴沙》(*Bulibasha, King of Gypsies*,1994)写成毛利版的"西部小说",以一种带有新西兰印记的魔幻现实主义来表现两大毛利家族从第一次世界大战到90年代的冲突。小说获得了次年的蒙大拿新西兰图书奖。1996年,他突然转向,出版了一部同性恋小说《西班牙花园中的夜晚》(*Night in the Gardens of Spain*,1995)。这其实是一部半自传体的小说,但为了遮掩,他把小说主人公设计为欧洲人。早在1984年有了同性恋倾向之后,他就着手创作这部小说,但考虑到他两个女儿的感觉一直没有发表。进入老年后,他觉得应该坦然面对读者。小说于2010年拍成电影,做了更动,将白人主人公改为毛利人,使之与作家本人的生平关联更加密切。伊希玛埃拉20世纪的最后一部长篇小说是《梦泳者》(*The Dream Swimmer*,1997),小说续写1986年的《女族长》的故事,主人公是女族长塔玛·马罕的孙子,他与祖母一样,与白人殖民者进行斗争,但每每被阴谋和欺骗挫败。

踏入新世纪那年,伊希玛埃拉出版了两部长篇小说。《一路走来的女人》(*Woman Far Walking*,2000)描写一个出生于1840年的女人,到2000年已经160岁,小说以她的生日晚会为框架,让故事在她的记忆和梦境中展开。另一部小说《叔叔的故事》(*The Uncle's Stories*, 2000)讲述主人公迈克·马哈纳在与父母的谈话中发现了关于他曾参加越战的叔叔的家族秘密，为了探寻真相，他找到了叔叔的日记。小说以出色的叙述技巧，将读者带进了30年前的越南丛林和当今的北美和新西兰。《天空舞者》(*Sky Dancer*, 2004)也是穿越旅行，不过是穿越毛利神话的旅行。名叫"云雀"的少年与母亲在海边度假时，卷入了一个古老的预言，将他推向一段奇异的旅程。

伊希玛埃拉的后两部小说都与过去的作品相关。《大家庭之二》(*Whanau II*, 2004)是《大家庭》(1974)的续写，从一个业余作家的视角，带着怀旧的心情重返故园，对30年前出版的小说中涉及的问题，如毛利人与白人的关系、土地、部落历史、精神归属等进行再现。《人的绳索》(*The Rope of Man*, 2005)包括以前发表的小说《葬礼》和新写的续集《归来》(*The Return*)两部分，讲述现已52岁在伦敦当电视节目主持人的塔玛·马哈纳，在母亲弥留之际重返新西兰，发现了隐藏32年的家族秘密。小说是对毛利身份探讨的成功延续。出版了长篇小说《天使帮》(*Band of Angels*, 2005)之后，伊希玛埃拉卷入了"抄袭门"。有书评人在著名的《新西兰听众》杂志上撰文指出，他在新作《特洛温纳海》(*Trowennna Sea*, 2009)中部分抄袭了一本有关塔斯马尼亚早期历史的书。伊希玛埃拉对此做了道歉，并说明此非有意为之，而是资料使用中的疏忽。他任教的奥克兰大学对此事进行了调查，结论为非故意，不构成学术不规。伊希玛埃拉自费购买了所有余下的书。《巴里哈卡的女人》(*The Parihaka Woman*, 2011)采用写实与虚构相结合的手法，将读者带到19世纪70和80年代，表现巴里哈卡的人们因战争和土地被没收奋起抗争的故事。

除了长篇小说之外，伊希玛埃拉还出版了多部短篇小说集，包括《问屋中柱子》(*Ask the Post of the House*, 2007)、《他的最佳短篇》(*His Best Stories*, 2009)、《跌落的激奋》(*The Thrill of Falling*, 2012)等。他还编辑了很多毛利文集，包括40名毛利作家叙述自己成长故事的《毛利人的成长》(*Growing up Maori*, 1998)。威蒂·伊希玛埃拉在奥克兰大学担任毛利文学教授，无论是在自己的创作还是对毛利文学与文化的提携与弘扬方面，他都做出了杰出的贡献。

三

当代主要小说家

菲奥娜·基德曼

菲奥娜·基德曼(Fiona Kidman, 1940—)是个多才多艺的作家，写小说，也写诗歌和剧本。她出生于北岛,毕业后当记者,在布鲁斯·梅森的指点下,也从事过戏剧和广播剧的创作。她从 70 年代末开始发表作品,目前共出版了九部长篇小说,六部短篇小说集,五部诗集和一个剧本。作品关注乡镇小地方下层中产阶级的生活,反映他们如何在保守褊狭的文化氛围中经营人生,以及他们自身的伪善和道德纠结。

基德曼的第一部长篇小说是 1979 年出版的《一类女人》(*A Breed of Women*),讲述一位不拘传统的女性人物与思想保守的小镇社会的矛盾与冲突。在两年后出版的第二部长篇小说《中国之夏》(*Mandarin Summer*,1981)中,基德曼尝试不同的描述手法,通过一个女孩的视角讲述一个神秘古怪的外来者家庭及其成员之间的关系。接下来的两部小说中,她又回到了第一部作品的关注领域。《帕迪的疑惑》(*Paddy's Puzzle*,1983)背景是大萧条和第二次世界大战时期,讲述一个名叫克菈菈的女孩试图逃脱束缚她成长的环境,小说 1985 年在美国出版时书名更换为《光亮之下》(*In a Clear Light*)。《秘密之书》(*The Book of Secrets*,1987)基于历史素材,以传教士诺曼·麦克里奥德为故事主线,但重点讲述了在道德和传统方面越轨的三代女性人物的故事。小说获得 1988 年新西兰图书奖。基德曼 80 年代的作品主要是长篇小说,但也出版了两部短篇小说集:《迪克松太太和朋友们》(*Mrs Dixon and Friends*,1982)和《不合适的朋友》(*Unsuitable Friends*,1988)。

进入 90 年代后她推出的第一部作品依然是长篇小说。《真实的星》(*True Stars*,1990)与先前的小说有所不同,带有较强的政治色彩,对新西兰新右派经济学和 80 年代的社会变化提出了尖锐的批判。《反弹宝宝》(*Ricochet Baby*,1996)是另一部长篇小说,讲述孩子的出生给母亲和家庭带来的忧郁。除了两部长篇小说外,这十年中基德曼还出版了三部短篇小说集:《外国女人》(*The Foreign Woman*,1993)、《内心的家舍》(*The House within*,1997)和《菲奥娜·基德曼短篇小说精选》(*The Best of Fiona Kidman's Short Stories*,1998)。

进入新千年的头一部主要作品是短篇小说集《心中刺》(*A Needle in the Heart*,2002),收集了六篇关注略同的故事:都是写儿女长大去城市后孤独地留在农村的妇女,以及她们与外世隔绝的死气沉沉的生活。长篇小说《紫色餐馆传来的歌》(*Songs from the Violet Café*,2003)写得十分出色,以经营"紫色餐馆"的女老板特兰奇为中心人物展开,不少场景设在柬埔寨,涉及了家庭暴力、不正当的性关系、战争、死亡、失踪等错综复杂的故事。《囚妻》(*The Captive Wife*,2005)是一部优美动人的小说,将 1834 年的一个历史事件小说化,讲述贝蒂·加德和她两个孩子被毛利人劫持及营救的故事,表达了爱与追求自由的主题。小说获得 2006 年蒙大拿新西兰图书奖。基德曼最新出版的长篇小说是《火带来的麻烦》(*The Trouble with Fire*,2011)。她的小说基本是现实主义的,通过女性的意识观察世界,交代故事。小说中常常有一个外来者闯进封闭的小地方社会,卷入性关系，受到惩罚。

　　基德曼共出版了五册诗集：《蜂蜜与苦酒》(*Honey and Bitters*，1975)、《走钢丝》(*On the Tightrope*，1978)、《走向查塔姆群岛》(*Going to the Chathams*，1985)、《不眠之夜》(*Wakeful Nights*，1991)和《放左手的地方》(*Where Your Left Hand Rests*，2010)。她的诗歌特色鲜明，常常是描述性、自白式的，语气上同情与挖苦并存。她对细节的观察十分敏锐，表达一种带有女性主义意识的自我发现。在她出版最早期的小说之前，她曾创作过一部广播剧《寻找布鲁修女》(*Search for Sister Blue*，1975)。《在达尔文路末端》(*At the End of Darwin Road*，2008)和《暗潭旁边》(*Beside the Dark Pool*，2009)是她的两本回忆录。《掌印》(*Palm Prints*，1994)是一本杂文集，收集了自1969年以来她写下的各类非文学作品。另外，她还编辑了几本重要文集，包括：《牛津文集：新西兰爱情小说》(*New Zealand Love Stories: An Oxford Anthology*，2000)、《最佳新西兰小说，系列之一》(*The Best New Zealand Fiction: I*，2004)和《最佳新西兰小说，系列之二》(*The Best New Zealand Fiction: II*，2005)。

　　菲奥娜·基德曼长期活跃在新西兰文坛，为推进民族文学的发展做出了积极的贡献。她曾于1981至1983年担任国际笔会新西兰分会会长；于1992至1995年任新西兰图书委员会主席。1988年，她创建了菲奥娜·基德曼创意写作学校。她获奖无数，包括1988年的大英帝国文学贡献奖章、同年的新西兰艺术委员会奖、里德终身成就奖(2001)、曼斯菲尔德奖学金，以及英国女王的封爵荣誉。

芭芭拉·安德森

　　芭芭拉·安德森(Barbara Anderson，1926—2013)出生于黑斯廷斯市，1947年毕业于奥塔戈大学，获理科学士学位，毕业后曾在霍克斯湾和惠灵顿任药剂师，后又当教师。1951年她与当时的新西兰海军副司令尼尔·达德雷·安德森爵士结婚，她丈夫后来又成了新西兰总参谋长。出于对文学和阅读的热爱，1983年她前往维多利亚大学英语学院，参加比尔·曼哈尔教授的写作课，于1984年获得维多利亚大学文学学士学位。她还于2000年74岁那年获得南澳大利亚大学国际人力资源管理博士学位。

　　从年龄上看，安德森是上一辈作家，但她大器晚成，年近花甲才开始写作，出版第一部小说时年已63岁，但此后她佳作不断，让新西兰文学界惊喜不已。安德森起步虽晚，但后程发力，很快成为国际知名作家。她先在《陆地》、《都市》(*Metro*)和《新西兰听众》杂志发表短篇小说，然后于1989年推出短篇小说集《我想我们该去丛林》(*I Think We Should Go into the Jungle*，1989)，该书入围该年的瓦蒂图书奖和1990年新西兰图书奖。小说展示了她对人物对话和节奏的良好把握和对人类行为洞察的敏锐性。在叙事风格上，她不落窠臼，注重细节，具有一种独特的表现力。因此，人们有时将她与法国作家福楼拜、澳大利亚作家帕特里克·怀特和美国作家雷蒙德·卡佛相提并论。

《女子高中》(*Girls High*，1990)由一系列发生在某个女子学校里的相互关联的小故事组成，可以当做短篇小说集，但由于场景和主题上的关联，也可以看做是一部特殊结构的长篇小说。小说体现了作家对人们荒诞行为的细致观察，但在再现中又不乏同情。《艺术家之妻》(*Portrait of the Artist's Wife*，1992)是她第一部真正的长篇小说，夺得当年的瓦蒂图书奖。作品描写新西兰画家莎拉·坦迪如何在 20 世纪 50 年代的逆境中发展自己的艺术才能，故事以霍克斯湾、惠灵顿和伦敦为背景，跨度达 40 年之久，用挖苦与同情理解相掺杂的语气，表现了人际关系的复杂。《所有好女孩》(*All the Nice Girls*，1993)出版后受到了读者的广泛喜爱。小说以 20 世纪 60 年代为背景，用生动的细节探索了爱与婚姻、责任与忠诚、私下和公众两面生活的主题。《房客》(*The House Guest*，1995)以 20 世纪 90 年代的惠灵顿和奥塔戈中部为背景，探讨了人类行为的更深层面。《骄傲的衣服》(*Proud Garments*，1996)是一个悲喜剧，发生在奥克兰和米兰，小说将各种复杂的关系交织在一起：婚后的爱情里掺杂着热情、后悔、忠诚、欺骗和妥协。1997 年她出版了第二部小说集《孔雀》(*The Peacocks and Other Stories*，1997)。

芭芭拉·安德森的最新作品包括《炎炎夏日》(*Long Hot Summer*，1999)、《晃悠》(*The Swing Around*，2001)和《变心》(*Change of Heart*，2002)。她对滑稽可笑的事物具有特别的感觉，作品结合了讽刺与同情，让人想起简·奥斯丁的传统，而她的作品也确实深受英国读者的欢迎。她能够敏锐地感受到新西兰的社会变迁，捕捉到新西兰的方言和言语模式，是新西兰为数不多的具有国际知名度的作家之一。

欧文·马歇尔

欧文·马歇尔 (Owen Marshall, 1941—   )是当代新西兰文坛影响深远的作家，全名是欧文·马歇尔·琼斯 (Owen Marshall Jones)，他把姓氏略去，余下的作为笔名。马歇尔出生于北岛，但主要在南岛的布莱尼姆镇度过了童年。12 岁那年，全家迁到坎特伯雷东岸的蒂玛鲁，该地区在他的许多作品里留下了痕迹。1964 年他获得坎特伯雷大学文学硕士学位后，在一个乡村学校任教 25 年，然后辞职成为全职作家。2002 年坎特伯雷大学授予马歇尔荣誉文学博士学位。

马歇尔虽然也出版长篇小说和诗集，但他是以短篇小说作家享有盛名的。1979 年，他出版了第一部短篇小说集《晚餐华尔兹威尔逊》(*Supper Waltz Wilson and Other New Zealand Stories*，1979)。进入 80 年代后，他相继出版了《叮当大师》(*The Master of Big Jingles and Other Stories*，1982)、《海明威去世之日》(*The Day Hemingway Died and Other Stories*，1984)、《捕猞狲的人》(*The Lynx Hunter and Other Stories*，1987)、《分裂的世界》(*The Divided World:*

Selected Stories，1989)四部小说集，牢固确立了在文坛中的地位。成为职业作家后，他继续推出《明天我们拯救孤儿》(*Tomorrow We Save the Orphans*，1992)、《钻石帮老大》(*The Ace of Diamonds Gang and Other Stories*，1993)、《黑夜归来》(*Coming Home in the Dark*，1995)、《欧文·马歇尔最佳小说选》(*The Best of Owen Marshall's Short Stories*，1997)等数集优秀作品。在长篇小说逐渐成为主宰的当今新西兰小说界，他凭借个人的努力恢复了短篇小说的传统地位。

进入新千年后他推出的第一部短篇小说集是《引力消失后》(*When Gravity Snaps*，2002)。2005 年出版的短篇小说集《看守狮鹫兽》(*Watch of Gryphons and Other Stories*)进入 2006 年蒙大拿新西兰图书奖候选名单。2008 年由文森特·奥苏立凡选编的《欧文·马歇尔短篇小说选编》(*Owen Marshall: Selected Stories*)，是作家 30 年短篇小说创作代表作品的集成。《像月亮一样生活》(*Living as a Moon*，2009)是马歇尔年近 70 时出版的新作，其中的 25 篇短篇小说取景于欧洲和南太平洋，表现环境与他人对个人的影响、身份探索等主题。这些作品一如既往地表现出作家对人的生存状况细致入微的洞察能力和表现能力。

马歇尔共出版过四部长篇小说。他于 1995 年出版的第一部长篇小说《层层包裹的人》(*A Many Coated Man*)获得当年蒙大拿图书奖提名。另一部长篇小说《小丑雷克斯》(*Harlequin Rex*，1999)获得了 2000 年蒙大拿新西兰图书奖道依茨小说奖章(The Deutz Medal)。第三部长篇小说《干面包》(*Drybread*，2007)是惊险小说和爱情故事的结合体，探讨父母与子女之间、夫妻之间、同事之间、情侣之间的复杂人际关系，以及内心的欲望、个人的诉求与现实之间的冲突。《拉纳奇家族》(*The Larnachs*，2011)是一部关于爱情的小说，转向新西兰的历史题材。此外，欧文还出版过两册诗集：《偶发之作：诗 50 首》(*Occasional: Fifty Poems*，2004)和《南极梦游》(*Sleepwalking in Antarctica and Other Poems*，2010)。他的诗歌也是用散文体作品中业已建立的那种质朴直率且富有生命力的语言风格写成的。

马歇尔主编了不少重要的文集，其中包括《燃烧的船：17 篇新西兰短篇小说》(*Burning Boats: Seventeen New Zealand Short Stories*，1994)、《天堂来信：16 位新西兰诗人》(*Letter from Heaven: Sixteen New Zealand Poets*，1995)、《贝多芬的耳朵：18 篇新西兰短篇小说》(*Beethoven's Ears: Eighteen New Zealand Short Stories*，1996)和《新西兰短篇小说精华》(*Essential New Zealand Short Stories*，2009)。最后一本小说集包括从曼斯菲尔德、萨吉森到当代青年作家的最具有代表性的作品。

欧文·马歇尔获得过许多荣誉和奖项：包括 1986 年和 1988 年两次笔会、利连·艾达·史密斯奖(Lilian Ida Smith Award)，1987 年标准晚报短篇小说奖，1987 年美国运通短篇小说奖(American Express Short Story Award)，两次曼斯菲尔德短篇小说奖，1992 年奥塔戈大学的罗伯特·彭斯奖学金(Robert Burns

Fellowship），以及 1996 年获得的在新西兰享有盛誉的梅瑞典能源凯塞琳·曼斯菲尔德纪念奖金（Meridian Energy Katherine Mansfield Memorial Fellowship）。2003 年他成为首届新西兰原创作家奖金的获得者,这是所有文学奖项中的最高奖金。欧文·马歇尔是当代新西兰最优秀的短篇小说家。他欣赏诚实、正直的品质,作品的主题常常涉及婚姻、家庭、小镇的生活和看似失败的小人物,关注那些人们熟知但熟视无睹的事情,使日常琐碎获得升华。他的作品总是能够"抓住"读者,激起读者的共鸣。虽然他自称是印象派作家,但批评界常视他为现实主义作家。他不断尝试新的叙事技巧,作品的风格并不是一两个术语所能涵盖的。

利奥德·琼斯

利奥德·琼斯（Lloyd Jones,1955—　）出生于哈特平原,后进入维多利亚大学政治专业学习,虽然修完了所有课程,但因拒交图书馆罚款而未能毕业,不过他的母校于 2009 年授予他名誉博士学位。走出校园后他从事新闻工作并开始文学创作。琼斯长期居住和生活的哈特河谷常常是他作品的背景。

他的第一部长篇小说《吉尔默的奶牛场》（Gilmore's Dairy,1985)讲述了一个男青年的成长故事。作者把新闻报道与快节奏的叙事相结合,随着奶牛场的一系列变迁,小说不停地在怪诞的幻想、黑色喜剧与讽刺戏仿之间转换。接下来出版的《碎片》（Splinter,1988）是一部历史小说,通过一个早期移民的书信、回忆和个人历史,将哈特地区 19 世纪的历史事件与现代生活串联起来,既有现实主义元素,又带有后殖民色彩。半虚构长篇小说《涂鸦传记:阿尔巴尼亚寻踪》（Biografi: An Albanian Quest,1993）被《纽约时报》列入"最值得关注的作品"之一。小说按照纪实报道的形式,叙述了一位新西兰记者在后共产党时期的阿尔巴尼亚跟踪一名间谍的冒险经历,故事有真实事件的成分,也不乏虚构和寓言的成分。《囚屋》（Choo Woo,1998）是一个关于少女遭受继父性虐待的故事,标题是儿语。

进入新世纪之后出版的第一部长篇小说《名誉之书》（The Book of Fame,2000）为琼斯开了个好头,获得蒙大拿新西兰图书奖道依茨小说奖章,又于 2003 年被改编为剧本在惠灵顿演出。小说以 1905 年新西兰橄榄球队访欧旅行比赛为素材,表现友谊与忠诚的主题。出版了《画你妻子》（Paint Your Wife,2004）后,琼斯推出了自己的代表作《皮普先生》（Mr. Pip,2006）。小说以 20 世纪 90 年代巴布亚新几内亚的内战为背景,通过一个 14 岁的小孩马蒂尔达进行叙述。一位老年白人走进了他的学校当老师,在暴力冲突和文化冲突交加的年月,在课堂上给学生们读狄更斯的《远大前程》,从此改变了少年的生活。小说获得了 2007 年英联邦作家奖、蒙大拿新西兰图书奖章和读者评选奖（Reader's Choice Award）,同时又进入世界上声誉极高的布克奖的评选名单。他最近出版的长篇小说《把世界传给我》（Hand Me Down World,2010）进入了都柏林国际文学奖的评选名单。

琼斯的中、短篇小说也享有盛誉，主要作品收集在短篇小说集《游泳到澳大利亚》(*Swimming to Australia*，1991)和《棚屋里的男人》(*The Man in the Shed*，2011)，以及中篇小说集《这座房子有三堵墙》(*This House Has Three Walls*，1997)中。他的中、短篇小说特点非常突出，现实主义与稀奇、荒诞甚至虚幻相结合，日常生活琐事往往承载着某种重要意义。此外，他还与人合作主编和创作了反映和探究新西兰大众文化的读物和少年儿童读物，包括：《透视体育：新西兰作家论体育》(*Into the Field of Play: New Zealand Writers on the Theme of Sport*，1992)、《上个星期六》(*Last Saturday*，1994)、《我们在世界末端学跳舞》(*Here at the End of the World We Learn to Dance*，2002)、《拿破仑与养鸡场农夫》(*Napoleon and the Chicken Farmer*，2003)和《西蒙·爱略特告诉你关于世界的一切》(*Everything You Need to Know about the World by Simon Eliot*，2004)。

利奥德·琼斯曾于1988年获得凯塞琳·曼斯菲尔德纪念奖金，2007年获得新西兰原创作家奖金赴柏林研修，2008年获得总理文学成就奖。他擅长描绘普通中产阶级人物的生活，是一个现实主义作家，但同时又挑战现实主义，颠覆文学传统模式，打破文学类别，大胆创新，因此，他的小说富有挑战性、独创性，常常引起争议。他在新西兰当代文学中的地位十分显赫。

史蒂文·埃尔德雷德-格里格

史蒂文·埃尔德雷德-格里格 (Stevan Eldred-Grigg，1952—   )是社会历史学家，也是小说家，中文名石帝文。他的父亲出生于坎特伯雷一个富裕的牧羊家庭，母亲来自于南基督城一个贫穷的工人阶级家庭。他在基督城郊区长大，先在坎特伯雷大学获得硕士学位，后于1978年在澳大利亚国立大学获历史学博士学位。从此他成为专职作家，从事社会历史学研究和小说创作，近些年较长时间居住在上海和北京。

埃尔德雷德-格里格首先以社会历史学家的身份成名。他的第一本书《南部绅士：继承地球遗产的新西兰人》(*A Southern Gentry: New Zealanders Who Inherited the Earth*，1980)就有较大的影响，追述了南方各省富有的土地拥有者家庭的沉浮和工人阶级的崛起。他先后共发表了八部学术著作，成就斐然。《坎特伯雷新史》(*A New History of Canterbury*，1982)关注坎特伯雷地区变化的社会结构；《肉欲之乐》(*Pleasures of the Flesh*，1984)反映的是从1840到1915年新西兰殖民时代的性和毒品问题。接下来出版的是两部关于阶级的历史著作：《1890—1990年的新西兰工人阶级》(*New Zealand Working People 1890—1990*，1990)和《富人：新西兰史》(*The Rich: A New Zealand History*，1996)。近些年出版的三部社会和历史论著是：关于新西兰淘金潮的《挖沟人、制帽工和妓女》(*Diggers, Hatters and Whores*，2008)、关于新西兰在第一次世界大战中角色的

《伟大的错误战争》(*The Great Wrong War*，2010)和新西兰简史《人民，人民，人民》(*People, People, People*，2011)。

埃尔德雷德-格里格以一系列短篇小说开始涉足文学领域。他的主要文学成就是基于作者个人经历的家庭三部曲。第一部《贤哲与奇迹》(*Oracles and Miracles*，1987)中，主人公菲格和金妮姐妹分别出生成长于 20 世纪 30 和 40 年代的南基督城，小说描述了她们的一生以及为摆脱穷困的家庭背景所付出的努力。该小说被翻译成中文，于 2002 年出版，是第一部被翻译成中文的新西兰当代长篇小说。第二部小说《闪亮的城市》(*The Shining City*，1991)讲的是菲格的儿子罗迪和堂兄克里斯托弗的故事。第三部小说《妈妈》(*Mum*，1995)从金妮的两个孩子——自欺欺人的吉米和胆小怕事的维弗——的视野，描写了金妮的生活。

长篇小说《千娇百媚》(*The Siren Celia*，1989)的人物、主题、历史和其他细节均来自于乔治·夏米尔的《南海海妖》(*A South-Sea Siren*，1895)和萨拉·卡里奇(Sarah Courage)的传记《殖民地生活的光与影》(*Lights and Shadows of Colonial Life*，1896)，作品描绘了南坎特伯雷殖民地上层社会的双重标准。《火的花园》(*Gardens of Fire*，1993)通过展现伯兰蒂尼的商店失火一事，反映突发事件所凸显的复杂等级体系，将故事定格在 1947 年基督城的社会结构上。《蓝血》(*Blue Blood*，1997)的主人公是坎特伯雷最著名的女子纳盖奥·马什，用一种类似于她本人后期小说的那种拼贴式侦探小说的叙事，讲述 1929 年她事业开创初期的故事。《完蛋!》(*Kaput!*，2000)讲述一个普通柏林妇女应对战争时期日常生活的故事。《上海男孩》(*Shanghai Boy*，2006)讲述一个陷入情感和精神困境的大学教师，休假一年来到上海某大学任教，虽然好像在新环境中焕发了活力，但不知不觉卷入了一件学生失踪案。

《是我的历史，我觉得》(*My History, I Think*，1994)是埃尔德雷德-格里格的回忆录，讲述他本人作为历史学家和小说家的两个角色之间，在写实与虚构之间，既冲突相悖又相得益彰的经历与感受。我们能在他的小说与社会历史研究中发现他的关注：他关注社会财产的走向，关注阶级的分化和小人物的命运。他的小说都可以被视为某一特定地域和阶段的口述史，而在文体风格上，叙述的时间和地点高度一致，人物语言总是符合人物的身份，故事总是有丰富翔实的细节支撑，常常带有纪实小说的特征。他的小说具有叙述现实的精细和重现历史的厚度，但也许正因为如此，也有批评者指出其呼唤情感方面的不足。

伊丽莎白·诺克斯

伊丽莎白·诺克斯(Elizabeth Knox，1959—　　)是当代非常引人注目的小说家，出生于惠灵顿。家中三姐妹从小喜欢编故事，互相讲述。伊丽莎白·诺克斯16 岁那年，父亲听到她们姐妹在讲述一个想象中的神秘国家签订密约的故事，建议她们把故事写下来，于是她们开始了文学创作的实践。三姐妹中的两个后来成了作家。1983年，伊丽莎白·诺克斯开始在维多利亚大学学习英语文学，一年后进入该大学由比尔·曼哈尔主持的著名创意写作班，期间开始创作长篇小说《Z时之后》(*After Z-Hour*，1987)，大学毕业那年出版。1988年，在曼哈尔等的帮助下，她与其他几名文学青年创办了文学杂志《娱乐》(*Sport*)，成为杂志的编辑之一，也常常在刊物上发表作品。

诺克斯于1997年开始成为职业作家，次年便出版了她的代表作《酒商的运气》(*The Vintner's Luck*，1998)。小说在国内和海外同时出版，也被改编拍成同名电影。小说背景设在19世纪的法国，故事从19世纪初开始，延续55年，讲述一个普通的酿酒人由于天使的到来而被彻底改变的生活。故事产生于作家患肺炎时脑中出现的狂想，但出版后获得了批评界的高度赞扬，并获得多个大奖，包括道依茨小说奖章、读者选择奖、书商评选奖、英国的奥兰治小说奖和塔斯马尼亚太平洋地区小说奖，使她蜚声海外。2009年，她出版了续集《天使之伤》(*The Angel's Cut*)，背景设在20世纪30年代的好莱坞。

尽管《酒商的运气》获得了众多褒奖，但小说也引出了不少批评之声。下一部长篇小说《黑牛》(*Black Oxen*，2001)在新西兰和海外同时出版，同样引起了不小的争议。褒与贬的评论，都共同指向小说两方面的特征，一是其表现方式，二是其"民族性"的缺失。小说带有魔幻现实主义的风格，在事件组合、语言表达和陈述手法上无所拘束，因此有人称赞作品新颖大胆，也有人认为小说不知所云。引起非议的主要方面是，同《酒商的运气》一样，故事发生在别国，其中唯一与新西兰相关的是一个仅出现过两三次的无足轻重的次要人物。作品抹除了地域和文化特征，对传统的"新西兰文学"定义提出了挑战。

诺克斯的其他长篇小说作品也不太顾及"民族性"：虽然《魅力与海》(*Glamour and the Sea*，1996)的背景设在惠灵顿，《宝藏》(*Treasure*，1992)的背景设在新西兰和美国北卡罗来纳；但《比利的吻》(*Billie's Kiss*，2002)和《白昼》(*Daylight*，2003)则完全与新西兰无关，讲述的是发生在苏格兰和地中海的故事。《派里玛塔》(*Paremata*，1989)、《珀玛里》(*Pomare*，1994)和《塔瓦》(*Tawa*，1998)是一组关于一个女孩成长经历的自传体中篇小说三部曲，后来以《跳高：新西兰童年》(*The High Jump: A New Zealand Childhood*，2000)为书名合集出版。诺克斯的另三部作品是青少年奇幻小说：两部赢得了多个奖项的《梦猎人》(*Dreamhunter*，2005)和《梦崩裂》(*Dreamquake*，2007)以及最近新作《致命的火》(*Mortal Fire*，2013)。《爱情学校》(*The Love School*，2008)是一本散文集。

诺克斯以想象力丰富，故事构建大胆著称。在她的小说中，历史与神话穿插，常人与天使和魔鬼往来，现实和超现实狂想交织。她叙述独辟蹊径，故事十分独特。她写任何国家任何人的故事，有意识地做出改变，使作品面对世界的读者。她代表了一种突破新西兰语境，投入"文学全球化"潮流的新趋向。

埃莉诺·卡顿

埃莉诺·卡顿(Eleanor Catton,1985—)出生于加拿大,出生时她的父亲在加拿大做博士论文,在她 6 岁时全家返回新西兰。她就读于坎特伯雷大学,主修英语,后又在维多利亚大学学习创意写作,以长篇小说《彩排》(*The Rehearsal*,2008)作为硕士学位论文,获得硕士学位。2008 年她获奖学金前往美国爱荷华大学著名的作家工作室,此后一度在该校兼职。2009 年她获得"年度小说黄金女孩"的称号,2011 年成为坎特伯雷大学驻校作家。她尚年轻,前途无量,主要作品是两部广受好评的长篇小说:《彩排》和《发光体》(*The Luminaries*,2013)。这两部小说为她赢得了多个重大文学奖,使她享誉世界。

《彩排》是卡顿的长篇小说处女作,在英国和美国同时出版,一鸣惊人,连续获得《卫报》小说处女作奖、贝蒂·特拉斯科奖、新西兰作家协会的休伯特·切奇纪念奖、亚马逊长篇小说处女作奖,进入迪兰·托马斯奖的最终名单,也进入了著名的奥兰治文学奖(又称橘子文学奖)的大名单。小说故事从一所音乐学校的女生与老师恋情的丑闻曝光开始,从几个不同的叙述层面,探讨了青少年尤其是少女们隐秘的内心世界:青春的萌动,爱意的滋生,人生的禁忌,情感的挫伤。校方决定以这场师生恋为主题编排年终演出,孩子们走进各自分配的角色,同时面对他人扮演的角色。于是,读者又不得不在两个层面——真实生活与事件表演性的再现——对小说故事进行思考。作家对青少年的生理和心理成长表现得十分细腻,23 岁的作者能有如此的想象力、描述能力和故事建构能力,令人叹服。

卡顿的第二部小说《发光体》进一步证实了女作家的天赋。小说的历史背景是 1866 年的新西兰,荒蛮的南岛因淘金热而进入世人的眼帘。爱丁堡出生的英国人沃尔特·穆迪在一个风雨大作的夜晚,在霍基蒂卡海岸下船,闯进最近的一家酒店。酒店中有 12 个带着各自秘密的人,正在讨论此地出现的悬而未决的罪案。这位不速之客在这个"文明边缘地带"卷入了对一系列看似巧合的事件的调查:一名富人突然消失,一个酒鬼丧命,一名船长举动反常,一个与这三名男子都有关联的妓女遭受蹂躏。小说悬念迭出,涉及谋杀、通灵、鸦片、黄金、诉讼,人物包括牧师、政客、狱监、淘金人、皮条客、算命人、毛利人、中国劳工和毒品贩子,各类事件和各色人物之间共同钩织了谜案背后复杂的关联。这 12 个人又对应星相学中的 12 星座,带给读者扣人心弦的故事,同时也让人感受到带宿命色彩的命运的安排。小说带有维多利亚时代悬疑小说的风格,卡顿让这一古老的小说模式重新焕发了生命力。

《发光体》于 2013 年在英国和美国同时出版,当年获得了仅次于诺贝尔文学奖的国际大奖——英国的布克奖,打破了两项纪录:小说作者成为该奖历史上最年轻的获奖者(28 岁),小说成为该奖历史上最长的获奖作品(832 页)。布克奖评委主席说,"小说闪闪发光,令人炫目,涉及宽广但并不冗赘。"其他评委也都被故事深深吸引,不忍释卷。卡顿成了继克里·休姆之后新西兰文学史上第二位获得这项殊誉的作家。小说此后又于2013年底获得了加拿大总督文学奖,2014年卡顿的母校维多利亚大学授予她名誉博士学位,接着她又获得了新西兰奖章。埃莉诺·卡顿的作品已经被译成12种语言,在多国出版。她代表了新西兰年轻一代作家的崛起,代表了新西兰文学的未来。

四
当代主要诗人

伊安·韦德

伊安·韦德(Ian Wedde, 1946—)出生于新西兰,7岁起在东巴基斯坦(即今天的孟加拉)和英国度过童年,15岁回到新西兰,进入国王学院和奥克兰大学就读,1968年获得硕士学位。60年代末他到约旦和英国旅行和居住,1972年返回。从1983到1990年,他为惠灵顿的《晚邮报》撰写艺术评论。他是战后出生的一代青年作家和诗人的杰出代表,25岁开始出版诗集,进入20世纪80年代刚刚人到中年,但早已著作等身。他是新潮派人物,既作诗也写小说,诗歌是“开放型”或自由派诗歌的典型代表,小说具有明显的后现代风格特征。他的创作实践在当代新西兰文学中具有相当的影响,是一个引领潮流的作家。

伊安·韦德的头两册诗集《献给马蒂斯》(*Homage to Matisse*,1971)和《重塑》(*Made over*,1974)影响不大,后者的诗风明显受到美国诗人卡洛斯·威廉姆斯(Carlos Williams)的影响。但是第三本诗集的出版,使韦德在新一代诗人中脱颖而出,名声大振。《人间:献给卡洛斯的十四行诗》(*Earthly: Sonnets to Carlos*,1975)是他为纪念儿子出生而作的60首系列十四行诗。儿子的诞生,激起了诗人强烈的情感反响。诗册赞颂新世界的苏醒和新意识的酿成,描写四季交替往复,爱情天长地久。小天使的降临,给诗人带来了难以抑制的兴奋。“天堂在人间”便是这册诗集的主导情感。他的诗以与众不同的意象和抒情风格而著名。

韦德70年代的另两册诗集是《通海之路》(*Pathway to the Sea*,1975)和《外出时间》(*Spells for Coming out*,1977)。前者有关当地民众抗议在海滨选址建造铝金属厂的事件,涉及生态问题;后者为诗人赢得了新西兰图书奖。跨进了80年代,韦德也进入了他的创作中期。这一阶段的主要作品是《灵感的源泉》(*Castaly*,1980)、《乔治根》(*Georgican*,1984)、《来自愚人城的故事》(*Tales from Gotham City*,1984)、《冲进暴风雨》(*Driving into the Storm: Selected Poems*,1987)等几册诗集,其中包括不少充满愤怒和机智且政治味很浓的诗。韦德曾说:“我的大部分诗歌关注我们如何生活,以及我们应该如何生活。从这一层意义上讲,它们带有政治意味。同时,我只提出问题,很少做评述。"《交付》(*Tendering*,1988)是一册关于新西兰历史的诗集。诗集《击鼓手》(*Drummer*,1993)是 90 年代的作品,而进入 21 世纪后,他又出版了两册诗集:《平凡颂歌》(*The Commonplace Odes*,2001)和《三个遗憾和一首美的赞歌》(*Three Regrets and a Hymn to Beauty*,2005)。他的诗受到很多美国诗人的综合影响,包括卡洛斯·威廉姆斯、庞德、加里·斯奈德(Gary Snyde)、弗兰克·奥哈拉(Frank O'Hara)、约翰·阿什伯里(John Ashbery)等。

在 20 世纪 80 年代,人们把伊安·韦德看做"少壮派"的代表。他具有同代青年诗人的很多共同特点,但他的诗歌主题、情调、形式、韵律都具有自己的特色。他学习了美国诗歌的长处,也汲取经典的和现代的各类诗歌的精华,融合并创造了自己的风格。他几乎总是以浅显通俗的文字作诗。诗集《人间》是一个很好的说明:日常生活中的口语,通俗文化的词汇,都是他的诗歌语言。他以接近生活的语言表达深刻的个人感受,诗歌具有很强的亲和力和感染力。

伊安·韦德共发表过五部长篇小说和一部短篇小说集。第一部是《狄克·塞登的大跌落》(*Dick Sedden's Great Dive*,1976),篇幅较小,也可算作中篇小说,1976 年获得新西兰图书奖。十年后第二部长篇小说《赛姆斯洞》(*Symmes Hole*,1986)问世,赢得了众多好评。两年后他又发表了《生存艺术》(*Survival Arts*,1988)。这些小说风格上具有明显的现代派和后现代派的特征。小说故事常常不受时空界线的限制,现实世界中不可能在一起的人物和事件,都可能在他的小说里聚会。但小说中出现的流行歌曲、新闻标题、知名人物等,又将故事与创作小说的时代紧紧地连在一起。他思维活跃,语言充满活力。一跃跳过了 20 余年之后,韦德又推出了长篇小说新作《展望台》(*The Viewing Platform*,2006)和《中国戏》(*Chinese Opera*,2008),以机智和讽刺为特征。韦德的唯一一册短篇集是1981 年出版的《衬衣厂》(*The Shirt Factory and Other Stories*)。他的小说部分地受到实验派美国作家如威廉·加迪斯(William Gaddis)和托马斯·品钦(Thoma Pynchon)的影响。

1995 年出版的批评文集《如何隐身》(*How to Be Nowhere: Essays and Texts, 1971—1994*)收集了之前 25 年发表的各类文章。十年后的《收支平衡》(*Making Ends Meet*,2005)是一部在批评界赢得众多赞誉的文集。他参与主编了两本重要文集:一是《企鹅文集:新西兰诗歌》(*The Penguin Book of New Zealand Verse*,1985),另一是《企鹅文集:当代新西兰诗歌》(*The Penguin Book of Contemporary New Zealand Verse*,1989)。在这两册权威文集中,他推陈出新,收录了毛利诗歌和一些以前不被重视的女诗人的作品。不管从创作手法、主题还是语言上看,伊安·韦德都是代表当代文学大趋势的作家。由于他在文学艺术方面的杰出贡献,2010 年他荣获新西兰奖章。

伊丽莎白·史密瑟

伊丽莎白·史密瑟（Elizabeth Smither，1941—　）是个有特色的、多产的诗人和小说家，出生于新西兰的新普利茅斯，在当地的图书馆工作。她人到中年开始诗歌创作，成名后也兼写长篇和短篇小说，共出版了十余部诗集、十部长篇小说和短篇小说集。

1975 年出版的第一部诗集《云来了》（*Here Come the Clouds*，1975）奠定了她独特的诗风。之后，她又陆续推出多部诗集，包括《你是十分诱人的威廉姆·卡洛斯·威廉姆斯》（*You're Very Seductive William Carlos Williams*，1978）、《萨拉列车》（*The Sarah Train*，1980）、《玛塞勒·马斯特罗安尼之妻的传说》（*The Legend of Marcello Mastroianni's Wife*，1981）、《卡萨诺娃的脚踝》（*Casanova's Ankle*，1981）和《莎士比亚处女》（*Shakespeare Virgins*，1983）。之后，她兼写诗歌和小说，双管齐下。

史密瑟的诗集还包括《马斯格罗夫教授的金丝雀》（*Professor Musgrove's Canary*，1986）、《大猩猩/游击队员》（*Gorilla/Guerilla*，1986）、《安尼茂克斯》（*Animaux*，1988）、《都铎王朝风格》（*Tudor Style*，1993）等。《前进的形式》（*A Pattern of Marching*，1989）和《百灵鸟四重唱》（*The Lark Quartet*，1999）两部诗集分别于 1990 年和 2000 年获得蒙大拿新西兰图书奖。进入新千年之后出版的诗集有《红鞋》（*The Red Shoes*，2003）、《引力问题》（*A Question of Gravity*，2004）、《副词之年》（*The Year of Adverbs*，2007）、《拉手风琴的马》（*Horse Playing the Accordion*，2009）等几部。

或许由于伊丽莎白·史密瑟在诗歌创作上的杰出成就，她的小说多少被低估了。事实上，史密瑟在小说创作上也有很高的天赋。她的短篇小说集《大使馆的夜晚》（*Nights at the Embassy*，1990）、《我的鱼》（*My Fish*，1994）、《简·奥斯丁的数学》（*The Mathematics of Jane Austen*，1997）和《听艾弗利兄弟说》（*Listening to the Everly Brothers*，2002）中的作品，风格上有她的诗歌的痕迹，喜欢从文学母题引入，映射主要是女性人物的日常生活的某些片段。近年出版的短篇小说集《求婚的姑娘》（*The Girl Who Proposed*，2008），入围美国声誉颇高的弗兰克·奥康纳国际短篇小说奖（Frank O'Connor's Award）。

她的第一部长篇小说《第一滴血》（*First Blood*）出版于 1983 年，描写 19 世纪来到新普利茅斯的移民的生活。《兄弟爱，姐妹情》（*Brother-love Sister-love*，1986）则讲述了一个当代新西兰诗人到英国的探索之旅，表现其应对新环境和人际关系的不安心绪。2003 年出版的《我们之间的海》（*The Sea Between Us*），通过对贝瑞曼家族生活的描写，展现新西兰与澳大利亚之不同，该书进入 2004 年蒙大拿新西兰图书奖的最后名单。她最新的两部长篇小说都表达了对人生的深刻思考：《不同的快乐》（*Different Kinds of Pleasure*，2006）探讨享乐和追求享乐对人生的影响；《萝拉》（*Lola*，2010）讲述一位女性在丈夫辞世后开始改变自己，尝试新生活的故事。

伊丽莎白·史密瑟较多受到美国诗人的影响,如艾米莉·狄金森(Emily Dickinson)、华莱士·斯蒂文斯(Wallace Stevens)、伊丽莎白·毕晓普(Elizabeth Bishop)等。她的诗歌在澳大利亚、加拿大、英国和美国都很受欢迎。她的诗歌风格特征明显,一般无韵,比较短小,但也发表过长达600行的长诗。诗歌内容常常超越个人生活观察和感受,再现文学经典和传奇中的人物,也常常表达对语言、对天主教的思考。她的诗时而沉思,时而规劝,时而冷观,充满睿智,但有时并不易读。1989年她获得利连·艾达·史密斯奖,2002年当选新西兰国家图书馆特玛塔桂冠诗人(Te Mata Poet Laureate),2008年获得总理文学成就奖。

萨姆·亨特

诗人萨姆·亨特(Sam Hunt,1946—)生于奥克兰,在充满诗意的卡斯特海湾长大,父母年龄相差30岁,但都热爱艺术,喜欢吟诗。他在一所天主教学校就读,但因个性反叛而被辞退。后来他在奥克兰和惠灵顿两地读大学,毕业后短期当过教师,60年代末放弃教师职业,认定诗歌创作是他一辈子的事业。

他的诗歌兴趣受到了父母的影响,也得到过前辈诗人阿利斯泰尔·坎贝尔的指点和帮助。他尤其以"表演"诗歌而著名,包括他自己和其他诗人的作品。这种表演是一种充满激情的吟诵,将许多普通新西兰民众带进了诗歌世界。他带着小乐队和其他诗人或歌手,游走在各地的酒吧,"表演"诗歌。那个伴着爱犬、披着长发的瘦高个形象,已经是新西兰大众熟悉的文化偶像。他或许算不上是新西兰最杰出的诗人,但说他是新西兰最著名的诗人则不为过。无数观众在台下欣赏他诵读诗歌作品,被他感染,开始阅读诗歌。他称得上真正意义上的桂冠诗人,是新西兰诗歌的推广者。

从20世纪60年代末开始,亨特与其他几名青年诗人一道,尝试用日常语言而非"诗歌语言"进行诗歌创作,追求通俗上口、适于吟诵的诗风,并在《陆地》等著名刊物上发表作品。23岁那年他推出第一本诗集《来自波特尔溪:1967—1969诗选》(From Bottle Creek: Selected Poems 1967—1969,1969),一举成名,成为新西兰文学界备受关注的青年才俊。到1987年《亨特诗选》(Selected Poems)出版时,他已有整整十册诗集的资本,而且作品的销量令其他新西兰诗人望尘莫及。这阶段的诗集主要还包括:《欧洲蕨之乡》(Bracken Country,1971)、《南方之冬》(South into Winter: Poems and Roadsongs,1973)、《启程》(Time to Ride,1975)、《献给80年代的新诗》(Poems for the Eighties: New Poems,1979)、《酒鬼的花园》(Drunkard's Garden,1977)、《1963年—1980年亨特诗集》(Collected Poems 1963—1980,1980)、《仓惶出逃》(Running Scared,1982)和《通向帕尔马塔之路》(Approaches to Paremata,1985)。所有诗作的共同点是:充满激情,都是个人生活某一时刻某一经历的自我情感表达,都追求口语的自然节奏,不顾忌传统韵律。

进入20世纪90年代之后,亨特出版了《留下足迹》(Making Tracks,1991)、《给神取名》(Naming the Gods,1992)、《沿脊椎而下》(Down the Backbone,

1995)以及与加里·麦考密克(Gary McCormick)合著的作品《喧嚣的 40 年代》(*Roaring Forties*, 1997)四本诗集。接着，萨姆·亨特经历了长达十余年的沉默，直到 2008 年才进入一个新的爆发期，相继推出诗集《毋庸置疑》(*Doubtless*, 2008)、半自传体的《回头路，诗人一生的行踪》(*Backroads, Charting a Poet's Life*, 2009)、《心弦》(*Chords and Other Poems*, 2011)和《指关节：萨姆·亨特 50 年诗选》(*Knucklebones: Poems: 1962—2012*, 2012)。2009 年他与歌手大卫·基尔戈(David Kilgour)合作，出版了他的诗歌歌曲专辑唱片《落下的瓦砾》(*Falling Debris*, 2009)。

　　萨姆·亨特 1975 年获得奥塔戈大学的罗伯特·彭斯奖学金，1985 年获得英国女王的杰出贡献奖章，2010 年获得新西兰杰出成就嘉奖(New Zealand Order of Merit)。他的诗歌魅力在于其奔放的浪漫主义、自由不羁的精神和朗朗上口的语言风格。有人将他比作新西兰的凯鲁亚克，但其实他的诗歌风格来自多方面的影响，包括本国诗人丹尼斯·格洛弗、阿利斯泰尔·坎贝尔和詹姆斯·巴克斯特的影响，其中以巴克斯特的影响尤为明显；同时，他的诗歌也兼有英国诗人叶芝、狄伦·托马斯和 W. H. 奥登的遗风。他努力避免转弯抹角和深奥玄虚，表达感情的方式就好像流行歌曲，简洁直白，饱含激情，直抒胸臆。没有人像他那样将诗歌作品与自己的生活方式和生活理念如此完美地结合在一起。

比尔·曼哈尔

　　诗人比尔·曼哈尔(Bill Manhire, 1946—　)出生于新西兰因弗卡吉尔，就读于奥塔戈大学，1967 年获得学士学位后，又在接下来的三年时间内获得了艺术和文学两个硕士学位。1970 年他去伦敦大学，三年后获得哲学硕士学位。1973 年回国后，他任教于惠灵顿的维多利亚大学英语系至今，现为该系教授，同时担任该校以创意写作为特色的现代文学国际中心的主任。他开设的写作课程在新西兰文学界影响深远，他本人也被认为是同时代最优秀的新西兰诗人之一。

　　曼哈尔的诗歌作品公开发表于国内外各大刊物，早期作品主要收录在《疾病》(*Malady*, 1970)、《详述》(*Elaboration*, 1972)、《歌的循环》(*Song Cycle*, 1975)、《野餐时如何脱衣服》(*How to Take off Your Clothes at the Picnic*, 1977)、《黎明/水》(*Dawn/Water*, 1979)等诗集中。他 80 年代的作品不多，包括《美貌》(*Good Looks*, 1982)、《寻找心上人》(*Locating the Beloved*, 1983)和《西洋镜：1972—1982 十年诗选》(*Zoetropes: Poems 1972—1982*, 1984)共三册诗集。20 世纪最后十年中，他又推出了《老人的榜样》(*The Old Man's Example*, 1990)、《银河酒吧》(*Milky Way Bar*, 1991)、《我的阳光》(*My Sunshine*, 1996)、《乐谱：1967—1982 年诗选》(*Sheet Music: Poems 1967—1982*, 1996)等诗集。

　　由政府资助的新西兰国家图书馆于 1997 年开始两年一度的桂冠诗人评选。比尔·曼哈尔被选为首位新西兰桂冠诗人。任期内他创作出版了诗集《用什么来称呼你的孩子》(*What to Call Your Child*，1999)，入围 2000 年蒙大拿新西兰图书奖。《可疑的声音》(*Doubtful Sounds*，1999)是比尔·曼哈尔的非小说类文集，收录了他的一些文章、随笔与访谈等。进入新世纪后他的第一本出版物是《比尔·曼哈尔诗选》(*Collected Poems*，2001)。其后是一部颇受好评的诗歌集《提升》(*Lifted*，2006)，获 2006 年蒙大拿新西兰图书奖的诗歌奖。最新的作品集《闪电受害者》(*The Victims of Lightning*，2010)，表现了诗人愈加娴熟老到的创作技艺。

除了诗歌作品外，曼哈尔也创作短篇小说。由他编辑的《新西兰听众短篇小说集》(*Listener Short Stories*，1977)、《另一个国度：新西兰最佳短篇小说》(*Some Other Country: New Zealand's Best Short Stories*，1984)和《六乘以六》(*Six by Six*，1989)都是颇有影响的短篇小说选集。《新西兰诗歌 100 首》(*100 New Zealand Poems*，1993)更是受到了广大读者的喜爱。曼哈尔编辑的《浩瀚的白书页》(*The Wide White Page*)是一部匠心独具的关于南极洲的文集。与我们以往熟悉的勇敢无畏的探险家、科学家和旅行作家的记叙不同，这本书是全世界的作家对这个地球上最神秘遥远的大洲进行的想象探索。

比尔·曼哈尔的诗集获得过包括 1977 年、1984 年、1992 年、1996 年和 2006 年共五次蒙大拿新西兰图书奖。2004 年他获得梅瑞典能源凯塞琳·曼斯菲尔德纪念奖金，得到资助去法国从事创作和交流。2005 年英国女王生日他得到了封爵的荣誉，以表彰他对当代新西兰文学的贡献。2007 年他获得总理文学成就奖。他的作品除在本国外，也在英国和美国出版发表。他的诗作短小精巧，充满哲理和神秘气息。他认为这样的诗歌能把读者从前后有序的线性世界中解放出来。他观察犀利，对语言十分敏感，诗歌情调多变，时而幽默，时而冷峻，时而哀伤，时而尖刻，善于穿透生活经验的表层，直达人心最幽暗深邃的地方。他在维多利亚大学办创作学习班，是地方诗歌的积极推进者和普及者，对当代新西兰文学产生了巨大的影响。维多利亚大学为庆贺他 60 大寿，编辑出版了纪念文集《曼哈尔 60 华诞：比尔之书》(*Manhire at 60: A Book for Bill*，2007)。

五

活跃在当代文坛的其他作家和诗人

阿尔伯特·温特

阿尔伯特·温特(Albert Wendt，1939—)是 20 世纪 70 年代以来在新西兰文学和太平洋文学中颇具影响的小说家和诗人。他出生于西萨摩亚，在新西兰新普利茅斯男中和维多利亚大学就学，获得硕士学位，1965 年回到萨摩亚，后又移居到斐济，成为南太平洋大学的文学教授，并使该大学成为研究太平洋地区文学和文化交流的中心。1988 年，温特回到新西兰，在奥克兰大学任文学教授，同时积极参与土著文化问题研究，扶持太平洋地区各民族文学的发展。维多利亚大学和夏威夷大学分别于 2005 年和 2009 年授予他名誉博士学位。他于 2012 年获得新西兰总理文学成就奖，2013 年英国女王生日那天被授予爵士，以表彰他在新西兰和南太平洋文学方面的杰出贡献。

温特的第一部长篇小说《异乡之子》(*Sons for the Return Home*，1973)以他的新西兰经历为素材，运用民间口头叙事形式，描述一个萨摩亚移民青年的生活和他与一位白人姑娘之间的爱情，鞭挞了 60 年代新西兰社会中存在的种族主义。《自由树上的飞狐》(*Flying Fox in a Freedom Tree*，1974) 通过多个人物、多重背景和多种叙述视角考察了萨摩亚的历史变迁。小说《黑暗》(*Pouliuli*，1977)探究了政治腐败产生的连锁反应以及家庭忠贞和个人责任感等问题。《榕树叶》(*Leaves of the Banyan Tree*，1979)描写三代人走向没落的过程，是一部家世悲剧。《奇人的诞生与死亡》(*The Birth and Death of the Miracle Man*，1986)是一篇关于萨摩亚的寻根小说。小说《欧拉》(*Ola*，1991)的背景涉及新西兰、以色列、日本和萨摩亚，对宗教信仰和全球性人口流动的背景下的民族身份问题提出了思考。《黑虹》(*Black Rainbow*，1992) 被作者称为"寓言惊险小说"，后现代特点鲜明，集反乌托邦小说、政治惊险小说和互文性于一体。《芒果之吻》(*Mango's Kiss*，2003)在地域上串联了萨摩亚、新西兰与那些被称为世界文化中心的地方。2009年出版的《威拉历险记》(*The Adventures of Vela*)，其创作始于 20 世纪 70 年代，是作家呕心沥血之作，整部小说用诗体写成，获得英联邦亚洲太平洋地区作家奖。

阿尔伯特·温特的第一部诗集《铭记逝者：1961—1974 诗集》(*Inside Us the Dead: Poems 1961 to 1974*，1976)中的许多诗篇强调了家族世系和文化归属的重要性。诗集《远见的萨满教僧》(*Shaman of Visions*，1984)体现了温特对语言、事物与人之间关系的思考。诗集《照片》(*Photographs*，1995)把温特的家庭照片与实验性的形式和文字游戏结合在一起。《黑星书》(*The Book of the Black Star*，2002)以萨摩亚语言和神话、梦境、回忆以及诗人的日常生活为素材。最新出版的诗集是《从马诺阿到蓬松贝花园》(*From Manoa to a Ponsonby Garden*，2012)。温特还编辑了《拉历》(*Lali*，1980)和《努阿努阿》(*Nuanua*，1995)两部太平洋文学文选。此外，他与其他两人合作编辑了《威图·莫阿纳：当代波利尼西亚英语诗选》(*Whetu Moana: Contemporary Polynesian Poems in English*，2003)和《玛乌里·奥拉当代波利尼西亚英语诗选》(*Mauri Ola: Contemporary Polynesian Poems in English*，2010)两部介绍土著文学成就的诗集。

菲奥娜·法雷尔

菲奥娜·法雷尔(Fiona Farrell，1947—　)是个多面手，主要进行小说创作，但也写诗歌和剧本。她 1968 年毕业于奥塔戈大学,到英国的剑桥生活三年,后又到加拿大的多伦多大学攻读戏剧和英美文学,获得硕士学位。回国后从教十余年,1989 年起专事文学创作,起初尝试剧本创作,1983 年就获得布鲁斯·梅森剧本创作奖。一些舞台剧和广播剧如《乘客》(*Passengers*,1985)、《波琳·史密斯的险境》(*The Peril of Pauline Smith*,1990)、《衬衫之歌》(*Song of the Shirt*,1993)、《家禽》(*Chook Chook*,1996)等都是受到好评的作品。她的诗集有《剪除》(*Cutting out*,1987)、《拼图首字母》(*The Inhabited Initial*,1999)和《突然出现的侵略书》(*The Pop-up Book of Invasions*,2007),后者获得 2009 年蒙大拿新西兰图书奖诗歌类第二名。

给法雷尔带来最大荣誉的还要数她的小说,尤其是短篇小说。她于 1985 年开始在《新西兰听众》等杂志上发表短篇小说,作品主要收集在两部小说集中:《岩石花园》(*The Rock Garden*,1989)和《轻松读物》(*Light Readings*,2001)。她的作品曾被收入著名的《牛津短篇小说文集》(*The Oxford Book of Short Stories*,1992),也赢得过包括凯塞琳·曼斯菲尔德纪念奖在内的国内许多短篇小说奖。她的短篇小说数量不多,但其中一些如《脚注》("Footnote")、《破包袋》("Rag Bag")、《瘦子路易的故事》("A Story about Skinny Louie")等,常被收编进各类文学选集里。

她的第一部长篇小说《瘦子路易传》(*The Skinny Louie Book*,1992)是其短篇小说《瘦子路易的故事》的拓展,并于 1993 年赢得新西兰图书奖。《满怀希望的旅行者》(*The Hopeful Traveller*,2002)和《书之书》(*Book Book*,2004)分别是 2003 和 2005 年蒙大拿新西兰图书奖的第二名。她的其他长篇小说包括《六个聪明女孩的成名史》(*Six Clever Girls Who Became Famous Women*,1996)和近期的两部作品:被称为"历史田园讽刺科幻罗曼司"的《瘦骨先生的雪貂》(*Mr. Allbones' Ferrets*,2007)和进入 2010 年新西兰邮政图书奖(New Zealand Post Book Award)最后名单的《石灰岩》(*Limestone*,2009)。法雷尔的《残破之书》(*The Broken Book*,2011)是一本散文诗歌集。

法雷尔的写作技巧丰富多变,善于运用情境或情绪的并置和转换,创造出令读者难以预测的效果。她观察敏锐,总是表现出对人类需求的深切同情。她的作品中贯穿着两大中心主题:一是对差异的关注,即社会不同阶段人们对信仰、外貌和行为的不同认识;另一是个性解放的可能性,即通过对普通事物的神奇转化解放自我。这两大主题通常被置于一个大的历史背景下。比如,短篇小说《脚注》里,作者把早期传教士妻子的通奸案与 20 世纪后期一个女性知识分子的通奸案并置,形成鲜明对比;《瘦子路易传》通过并置两姐妹普通而又带有魔幻色彩的故事,再现了第二次世界大战后新西兰社会的变迁;《六个聪明女孩的成名史》则把视角进一步扩大,聚焦六位女性从妙龄少女到走向成熟的成长道路,情节也更为复杂。菲奥娜·法雷尔于 2007 年因小说创作上的成就而荣获总理文学成就奖。

迈克尔·莫里西

迈克尔·莫里西（Michael Morrissey，1942—　）主要进行诗歌创作，但也写小说、剧本、散文和书评，是一个多才多艺、追求创新的作家，尤其对海外的文学发展动向十分敏感。他生于奥克兰，一生中大多数年月都在家乡度过。1985年成为参加美国爱荷华大学国际写作计划的首位新西兰作家。1986年他获得利连·艾达·史密斯奖，同年作为新西兰代表参加第48届国际笔会。1983年创办暑期创意写作学习班，直至1991年。2012年成为怀卡多大学的驻校作家。他的作品风格多样，不少带有超现实主义、新现实主义和后现代主义的色彩。

20世纪70年代莫里西开始发表短篇小说和诗歌，1978年出版第一本诗集《在所有房间里做爱》（*Make Love in All the Rooms*）。1981年他获得富布莱特基金资助访问美国。那一年也是他最高产的一年：出版了三本诗集《深入骨肉》（*Closer to the Bone*，1981）、《她不是西尔维亚·普拉斯的孩子》（*She's Not the Child of Sylvia Plath*，1981）和《梦》（*Dreams*，1981）。《梦》是一部实验性很强的超现实主义作品。莫里西的大多诗作创作于80年代，这十年中出版的诗集还包括《尽收眼底》（*Taking in the View*，1986）、《新西兰怎么了？》（*New Zealand — What Went Wrong?*，1988）、《奇爱博士的处方》（*Dr. Strangelove's Prescription*，1988）、《一包公文》（*A Case of Briefs*，1989）、《美国英雄松开领带》（*The American Hero Loosens His Tie*，1989）等。十多年之后，他又推出两本诗集《起自泳池问题》（*From the Swimming Pool Question*，2006）和《记忆基因库》（*Memory Gene Pool*，2012）。

莫里西三管齐下，除了诗歌外，也很早开始了短篇小说和剧本创作。他的两个剧本《过来贝多芬》（*Come Here Beethoven*，1979）和《驱邪》（*Exorcisms*，1979）均在奥克兰上演过。1981年他出版的首部短篇小说集《胖女士和天文学家》（*The Fat Lady and the Astronomer*），是一部后现代主义的实验性作品，获得1982年国际笔会小说最佳新人奖。他的另一部短篇小说集是十年后出版的《奥塔维奥的最新发明》（*Octavio's Last Invention*，1991）。他的短篇小说常被收入各种选集。他的两篇中篇小说以《未来天堂》（*Paradise to Come*）为书名在1997年合集出版；另一本中篇小说是以危地马拉为故事背景的《火山之心》（*Heart of the Volcano*，2000）。莫里西真正的长篇小说是新近出版的《斯考比回归线》（*Tropic of Skorpeo*，2012），是以惊险小说模式写成的科幻讽刺狂想作品。

迈克尔·莫里西编辑了包括《火烈鸟新西兰短篇小说选》（*The Flamingo Anthology of New Zealand Short Stories*，2000）在内的多部文集，其中最值得一提的是1985年出版的新西兰第一部后现代小说集《新小说》（*The New Fiction*）。《驯虎记》（*Taming the Tiger*，2011）是莫里西的回忆录，栩栩如生地记录了他两次因狂暴忧郁交替症发作而住院治疗的经历。他是一个勇于创新、不断探索艺术表现形式、走在文学发展潮流前头的作家。

布莱恩·特纳

布莱恩·特纳(Brian Turner，1944—　　)出生于达尼丁一个痴迷于体育的家庭。他本人进入过曲棍球新西兰国家队，也是著名的自行车手和征服过许多高峰的登山运动员。但他又是个情感细腻的诗人。他也写短篇小说和剧本，很多内容与体育有关，如获得 1985 年 J. C. 雷德纪念奖(J. C. Reid Memorial Prize)的关于板球运动的剧本《竖起手指？》(*Fingers up?*)。他长期为国内一些杂志撰写自然风景和体育等方面的诗歌和散文，描写极为出色，在新西兰颇有影响。

特纳的第一部诗集《雨的阶梯》(*Ladders of Rain*，1978)便是一个出色的开端，赢得英联邦诗歌奖。进入 80 年代他又出版了多部诗集，包括《先人》(*Ancestors*，1981)、《聆听河流》(*Listening to the River*，1983)、《骨》(*Bones*，1985)、《那一切忧伤》(*All That Blue Can Be*，1989)等。1992 年发表了《超越》(*Beyond*)并获得新西兰图书奖后，他有十年时间几乎停止了诗歌创作。进入新世纪后，他又开始陆续推出诗歌作品，其中《起飞》(*Taking Off*，2001)进入 2002 年度蒙大拿新西兰图书奖候选名单。集子中诗歌描写的是他与渐渐老去的父亲、离去的朋友之间的关系，表现了对生活更深层的思考。2003 年，特纳成为新西兰第四位桂冠诗人。在两年的当选期中他创作的作品被收入诗集《脚步》(*Footfall*)，2005 年出版，进入 2006 年度蒙大拿新西兰图书奖的候选名单。在这些作品中，他坦率而细腻地描写了人与人之间微妙的关系。特纳的最新诗集是《仅此而已》(*Just This*，2009)和《里里外外》(*Inside, Outside*，2011)。

自传体的《大人物与小人物》(*Somebodies and Nobodies*，2002)，写的是特纳本人和他那个才华横溢、为体育痴狂的家庭的故事。此外他还写过两部新西兰橄榄球明星的传记。作为诗人，布莱恩·特纳显示了作为"体育人"的另一面：风格上以自然、细腻、抒情为特征，犹如泻地的阳光和雨水。他同样坦诚地写情感，写人际关系，写生活中的悲欢离合，在他看来，这些都如同树木花草一样，不可避免地要经历荣枯盛衰。他肯定情感的价值，但竭力反对感伤。在他的诗中，现代人与遥远的祖先之间存在着神秘的联系。2009 年，他获得总理文学成就奖。

六

全球化与 21 世纪新西兰文学

人们对新西兰文学有这样的总结：19 世纪的新西兰作家写的是欧洲文学，20世纪的新西兰作家写的是新西兰文学，21 世纪的新西兰作家尝试写全球文学(global literature)——这样的概括无疑简单化，但还是能够比较扼要地说明一些问题。早期移民"身在曹营心在汉"，人到了南太平洋岛国，精神、文化和情感的归属在欧洲，文学传统、作家的立足点和作品的读者，基本是欧洲的。到了20世纪，文化民族主义要求作家们关注和反映当地的具体现实，聚焦于民族和地区特征，在文化上反映和建构一个有别于其他国家的新西兰。而进入21世纪全球化的语境之中，作家们越来越希望突破民族身份和地方文化的捆束，面对国际读者。曾经作为文学之本的民族性、地域性、真实性越来越遭到无视，传统的新西兰作家的身份和新西兰文学的定义受到了挑战。

这种"去新西兰化"的意愿，尤其明显地表现在小说创作上。著名作家斯特德就对作家的"身份"提出过质疑。比如以《骨头人》获得布克奖的克里·休姆凭什么被理所当然地视为毛利作家？她只有八分之一毛利血统，说的是英语，接受的是正统的欧式教育。以毛利作家自居，只不过是她个人的选择，或策略，如她所言——"感觉自己是个毛利人"。而当代作家波拉·莫里斯（Paula Morris）也有毛利血统，但不愿意以少数族裔的身份进行写作。获得过诗歌奖的华裔女作家艾莉森·王（Alison Wong），最近又于2010年以长篇小说《地球变为银色时》（*As the Earth Turns Silver*，2009）获得了声誉颇高的新西兰邮政图书奖；以剧本《克里希南的日记》（*Krishnan's Diary*，1997）大获成功的印度裔作家雅克布·拉加恩（Jacob Rajan）最近推出了印度故事《查伊的大亨》（*The Guru of Chai*，2010）；在英国广播公司国际剧本竞赛中受到高度评价的《死者还会再生》（*The Dead Shall Rise Again*，2007）的作者斯坦利·马库维（Stanley Makuwe）是个移民到新西兰不久的津巴布韦人。艾米丽·帕金斯的小说主要都是在英国出版的，成名后又到美国定居。他们的身份是新西兰作家吗？新西兰本身越来越国际化，大量的新移民使得多元文化逐渐取代"欧洲——毛利"二元文化。

全球化和文化多元淡化了年轻一代的民族归属感。对于他们中的很多人，民族身份和文化归属已不再是文学的决定性因素。他们的作品表现"人"，而不一定非得是"新西兰人"。他们更多关注国际文学市场的风向，或努力寻找新西兰与国际文学市场的连接点，或干脆切断这种连接而一头扎入国际文化市场。许多青年作家写的故事发生在新西兰之外：欧洲、南北美，甚至亚洲和非洲任何地方；人物可能是北欧人，可能是韩国人或土耳其人；出版地可以是新西兰，也可以是任何其他国家，尤其是世界出版中心伦敦和纽约。如史蒂文·埃尔德雷德-格里格的《完蛋！》写的是第二次世界大战中柏林的一个劳动妇女；凯瑟琳·切杰（Catherine Chidgey）的《转变》（*Transformation*，2005）讲的是19世纪90年代逃亡在美国佛罗里达的一个巴黎假发制造商的故事；达米安·威尔金斯（Damien Wilkins）的长篇小说《小主人》（*Little Masters*，1996）的主要背景是英国伦敦，次要背景为新西兰和美国，人物中有波兰人、丹麦人、澳大利亚人、智利人、美国人、德国人和爱尔兰人，故事中的"小主人们"在世界不同的地域和文化中穿行，民族、地理和文化疆界并无太大的意义；托阿·弗雷泽（Toa Fraser）也从写新西兰小说渐渐转向写

"国际小说"。

　　和其他国家一样,新西兰越来越成为全球社区的一部分。在全球化的语境中,"新西兰文学"的定义正在发生着重大的变化。尤其在新西兰这样一个人口有限、地域隔离、历史不长的岛国,这种对民族文化的坚守和扬弃的选择,将牵涉到文学发展和文学定义的许多重大方面。民族性、地域性和随之而来的具体性和真实性,是否就是文学之本? 本质主义的认识近年来在新西兰引起了广泛的讨论。在一个全球化和文化多元的时代,每个人都或多或少成了"文化混血儿"。有的作家提出走出本质主义,走向文化杂糅;有的认为地域感和文化环境的具体性,使得想象文学获得代表性和感召力,因此只有民族的才是世界的,才能超越边界,通达普遍性,因为历史、地域和文化是作家无法分割的情感根基。但是"全球化"趋势的代表作家伊丽莎白·诺克斯和波拉·莫里斯,分别以各自的代表作《酒商的好运》和《新潮但随意》(*Trendy But Casual*,2007)在国际上取得了巨大成功,她们的榜样是具有诱惑力的。

第十八章

多姿多彩的戏剧文学

起源与发展

从欧洲搬来的舞台

对新西兰戏剧的研究，主要是对第二次世界大战后的创作成就的研究。早期的新西兰戏剧，就像其他文学形式一样，也是从英国移植而来。事实上，按英国戏剧模式创作并在新西兰演出的第一个剧作，比第一部小说出版还要早 13 年。由于人口稀少，居住分散，早期的剧团流动性很大。从乡镇到矿区，从学校到酒吧，哪儿有人群聚集，他们就到哪里演出。当时印刷出版业刚刚起步，因此大多早期创作的脚本都已经流失。

19 世纪后半期是英国向新西兰大批殖民的时期。作为殖民地文化娱乐的一部分，移民中也出现了某种形式的戏剧演出。这些演出理所当然地把记忆中维多利亚时代的风格和主题搬到了新的居住地，在情趣上与当时的英国基本一致。剧团都是业余的，演出的大多是英国的经典，比如莎士比亚的剧作，或者当时在欧洲很流行的情节戏。情节戏不少是根据小说名作改编的，很受大众的欢迎。少量遗存的印刷脚本表明，新西兰戏剧在剧本类型和演出形式上，都紧随英国巡回剧团的风格。

当时的新西兰，为生存而劳作是生活的第一需要。在殖民地艰苦环境中，人们难有一心一意从事文学创作的闲情逸致。正因如此，当时文坛没有长篇巨著，是诗歌和短篇小说的天下。戏剧也同样，新作一般都是独幕剧，比较短小。作品艺术上一般比较粗糙，人物脸谱化，语言往往脱离现实生活。

事实上，随着长篇小说的强势崛起，19 世纪的欧洲也是戏剧受到冷落的时期。在新西兰，星星点点的戏剧创作和演出活动，更是几十年来未见大的起色。到了 20 世纪初，情节戏在欧洲已不再时髦，自然主义作品和社会剧成为时尚。这是世界舞台的总体趋向。但新西兰没有跟上大潮流，未与西方戏剧界同步而行。新西兰戏剧发展是缓慢的，长期以来缺乏个性。这样的局面直至第二次世界大战以后才有所改观。随着布鲁斯·梅森（Bruce Mason）的出现，戏剧创作在南北两岛渐渐活跃起来，成为文学中的一支力量，而到了 20 世纪 70 年代，新西兰戏剧基本形成规模。

20 世纪前 50 年

20 世纪前 50 年的新西兰戏剧创作，主要是某些个人的单独尝试，未能汇合成一股文学潮流。由于缺少戏剧赖以生存的观众,缺少专业创作队伍和专业剧团,也由于受到剧场的限制,本地的戏剧创作多年来一直停留在业余水平上。新西兰地域宽广,但人口有限,居住分散,这些客观原因使有志于戏剧的演员和作家的种种努力屡受挫折,迫使他们纷纷流向国外,在英、美寻找施展才华的机会。这些人中包括在异国成名的默顿·霍奇(Merton Hodge)、布鲁斯·斯图尔特(Bruce Steward)、特德·卡瓦纳(Ted Kavanagh)等。留在国内的剧作家,只能为业余剧团创作,或从事无线电广播剧创作。

1932 年,第一个全国性的戏剧组织成立,名谓"英国戏剧协会新西兰分会"。可见该组织依然缺乏底气,严重依附于母国文化。尽管如此,这一协会的成立,仍然激励了 30 年代众多社会剧的出现。但这些社会剧的通病是不够深刻,往往只触及问题的表面。英国戏剧虽然历史悠久,博大丰富,但不能提供现成的借鉴。新西兰的社会结构要比英国松散得多,人与自然的冲突往往掩盖了人与人之间的戏剧冲突。缺乏揭示社会矛盾的深度,是 30 年代的尝试未获成功的主要原因。

第二次世界大战后,澳大利亚戏剧创作异军突起,出现了如雷·劳勒(Ray Lawler)、艾伦·西摩(Alan Seymour)和理查德·贝尼昂(Richard Benyon)等自然主义派的优秀剧作家,引起了世界的注目。在新西兰,虽然也出现了个别成就,如艾伦·柯诺的《斧》(*The Axe*,1946)等优秀诗剧,但整体上仍难以同澳大利亚剧作家的出色成就相提并论。直到 50 年代中期,新西兰的戏剧创作才走上了持续稳定的发展道路。

50 年代中期,默顿·霍奇从海外归来。他 30 年代已在英国成名,创作了《风和雨》(*The Wind and the Rain*,1934)、《海岛》(*The Island*,1937)、《一个非洲农场的故事》(*Story of an African Farm*,1938)等较有影响的剧本。但不幸的是,霍奇回国后不再从事剧本创作,而且不久去世。另一个归来游子是布鲁斯·梅森。他虽在海外默默无闻,但回国后以自己的不懈努力取得了辉煌成就,成为新西兰第一个真正的专业剧作家和新西兰戏剧创作的支柱人物。他摆脱了当时流行于欧美的自然主义,建立了自己的风格。他的实践和成功,激励了所有在这一领域跃跃欲试的其他人。

无线电广播剧

无线电广播剧是新西兰戏剧的重要组成部分。从数量上讲,广播剧占比重最大,超过舞台剧。广播剧的独特作用是由各种客观因素所决定的。前面已经讲到,新西兰疆域辽阔,人口总数不大,而且分散各地。即使是惠灵顿、奥克兰等大城市,在第二次世界大战结束时,也人口有限。只有人口密集的居住区,才能为专业剧团和剧院提供稳定的观众,否则,戏剧活动就难以维持。

广播剧却没有这个局限。随着收音机的普及,人们在任何一个角落都能欣赏到这种生动活泼的文学形式,因此它备受广大听众的青睐。在相当一段时间内,

《新西兰听众》是国内发行最广的杂志,拥有众多的读者。虽然该杂志涉及很广,但主要是配合无线电广播而出版的,对广播剧的发展起到了推波助澜的作用。

广播剧也是剧作家们偏爱的文学形式。舞台剧的上演,光有剧本远远不够,还要考虑剧场、演员、布景等其他相关方面,更要面对投资和经费等问题,缺一不可。而广播剧没有那么多的烦恼。此外,战后 20 年间尝试写剧本的人,大多是在其他文学领域已成名的作家和诗人,如萨吉森、柯诺、坎贝尔、克雷斯韦尔、巴克斯特等。他们不太熟悉舞台和舞台的规律,往往不善于将事件或冲突视觉化。在新西兰戏剧史料中,人们可以发现不少只能阅读而无法上演的"书斋剧"。广播剧比较接近他们熟悉的文学体裁,如小说或叙事诗,因此更有成功的把握。一些无法上演或由于某些原因无法组织演出的舞台剧,也都改成了广播剧进行演播。长期以来,广播剧一直是新西兰戏剧的首要形式,舞台剧跟在广播剧的后面,居于次要位置。这一现象直到 20 世纪 70、80 年代才有所改观。

新西兰广播公司从 20 世纪 60 年代起大量播放当地作者编写的关于当地题材的广播剧,1960 年全年播出新编剧 13 个,到 1965 年上升到 46 个,可见发展之迅速。几乎所有当代著名剧作家,在早期都写过广播剧,由新西兰广播公司播出。广播剧成了剧作家的实验田。他们从那里起步,取得经验,然后走向舞台正剧。如坎贝尔的《精神祭坛》(Sanctuary of Spirit)和《归乡》(The Homecoming)都是先以广播剧的形式出现,然后再改成舞台剧的。就连布鲁斯·梅森的名作《黄金季节的结束》(The End of the Golden Weather)也经过了由广播剧到舞台剧的两级阶梯。

表现主义和校园剧

表现主义(Expressionism)20 世纪初首先出现在欧洲绘画界。戏剧界受其影响,也出现了表现主义流派。这一现代主义流派是对主张忠实再现真实生活的现实主义文学理念的反拨,否认现实世界的客观性,认为只有主观的才是真实的,认为作家的任务是凭自己的"灵魂"去主观表现个人的品质和特征。以瑞典剧作家斯特林堡(Strindberg)为代表的戏剧表现主义,20 年代向美国渗透,又通过美国剧作家尤金·奥尼尔(Eugene O'Neill)和埃尔默·赖斯(Elmer Rice)的剧作,使之成为国际潮流,最终波及新西兰海岸。大多新西兰作家对表现主义戏剧不以为然,但两位剧作家,埃里克·布拉德威尔(Eric Bradwell)和 J. A. S. 科珀德(J. A. S. Coppard)接受了这一手法。他们的成就使表现主义在新西兰戏剧史上留下了重要的一页。

布拉德威尔是个行政官员兼评论家,在 20 世纪 30 年代也写下了不少剧本。他对这一新流派心领神会,十分推崇。他的代表作《泥土》(Clay,1936)是一部精彩而复杂的表现主义作品。他的剧作探索自然外表之下的领域。剧中的时空观念变得模糊,人的表层行为特征被歪曲,客观现实失去了它的可靠性。布拉德威尔努力剥去阻挡视线的外层，从而强化和凸显难以捉摸的主观心理方面。

科珀德旅居国外 12 年，20 世纪 30 年代已经创作了一些国际公认的表现主义名作，如《肮脏的故事》（*Sordid Story*，1932）和《机器歌》（*Machine Song*，1933）。前者交待的完全是发生在人脑子里的事，各种情绪由各种人物代表，在舞台上进行表演。后者将机器拟人化，表现由机械化带来的非人化社会倾向。回国后，科珀德成了戏剧导演，也写下了两部表现主义的剧本，在国内外上演并出版。其一是《粉色糖块》（*Candy Pink*，1962），反映青少年犯罪的主题。另一部《斧与栎树》（*The Axe and the Oak Tree*，1962）则将自然拟人化，又配以合唱，整个演出像一首长诗。

同澳大利亚一样，20 世纪 60 年代的新西兰掀起了一股校园剧（University Drama）的新潮。校园剧继承了表现主义的很多特征，但整体上比较接近当时在欧美流行的荒诞剧。校园剧几乎都是独幕剧，剧作家大多是青年人。它的出现，冲击了城市业余剧场刚刚形成的传统。

60 年代年轻一代剧作家中最杰出的是亚历山大·盖彦（Alexander Guyan）。盖彦也是个短篇小说家。他的剧本《同黑脸布娃娃的谈话》（*Conversation with a Golliwog*）1962 年在达尼丁首演获得巨大成功。盖彦的这部剧作没有明确的社会背景和道德寓意。人物包括一个早熟的姑娘和一只黑脸布娃娃。从姑娘和布娃娃的关系中，观众意识到她与家庭之间的某种微妙而紧张的关系。布娃娃有时张口说话，给演出蒙上了荒诞色彩。

盖彦本人是个出色的演员，但他此后很少为舞台创作，写的大多是广播剧和电视剧，一般都是带有幻想成分的黑色幽默作品。《周四的安排》（*The Arrangement for Thursday*，1966）是这类剧本中的典型。作者试图反映暴力社会阴影下复杂而又无法保持平衡的内心世界。盖彦的后期剧作大多分量不重，在玩笑式的气氛中表现爱情主题。但是《同黑脸布娃娃的谈话》充满机智，不落俗套，30 年来一直是校园剧的代表作。

戏剧体系的形成与完善

20 世纪 60 年代中期，现实主义和自然主义影响了一批较年轻的剧作家。他们开始在舞台上揭露社会矛盾，揭示人的本性，以其犀利的批判性引起了不小的震动。虽然从 30 年代起，文学现实主义在小说界早已确立地位，但戏剧通过观众的视觉产生效果，这种直观的暴露和揭示，仍让很多观众感到惶惶不安。

布鲁斯·梅森创作的新西兰第一部大型电视剧《晚报》（*The Evening Paper*）于 1965 年上映时，受到了普遍攻击。很多人指责他歪曲新西兰人的形象。著名戏剧评论家霍华德·麦克诺顿（Howard McNaughton）在他的《当代新西兰戏剧》（*Contemporary New Zealand Plays*，1974）中谈到，舞台上缺少交锋从而缺乏深度，其根源在于新西兰文化：清教思想的影响，平均主义观念等，严重限制了生活中戏剧性的对照和冲突的范围。因此,只有能突破传统文化禁锢的人,在舞台上才能有所突破。

从 60 年代中、后期开始,一批有志于戏剧事业而又勇于创新的青年剧作家开始步入文坛。他们以前所未有的严肃态度进行剧本创作,致力于繁荣发展祖国的戏剧事业。70 年代初,一些在法国受训的青年演员回国效力,组成专业剧团,称为"舞台行动"。他们自编自导自演,不受约束,勇于尝试。他们的"行动"给新西兰舞台带来了一股清新之风。

70 年代初,在新西兰艺术委员会(The Art Council)的大力扶持和赞助下,发展地方剧团和剧场的计划得到迅速推行和实施,各大、中城市都有了自己的专业演出团体和剧场,全国开始形成创作与演出的完整体系。达尼丁的球型剧场、惠灵顿的联合剧院、奥克兰的中央剧场、克赖斯特彻奇的橡林剧场等几个骨干剧场,带头推陈出新,不断上演优秀新作,包括带实验性质的反传统的作品。

城市化和随着城市发展而产生的众多的剧团与剧场,为青年剧作家们提供了自由驰骋的广阔天地。在 50 年代和 60 年代初已确立地位的布鲁斯·梅森继续推出连台好戏,而一大批新人加入了戏剧创作队伍,并显示了不凡的才华。这些人包括约瑟夫·穆萨菲亚(Joseph Musaphia)、彼得·布兰德(Peter Bland)、默文·汤普森(Mervyn Thompson)、戈登·德赖兰(Gorden Dryland)、麦克斯·理查兹(Max Richards)、安东尼·泰勒(Anthony Taylor)、布赖恩·麦克尼尔(Bryan McNeal)、罗伯特·洛德(Robert Lord)等。80 年代,以罗杰·霍尔(Roger Hall)和莱妮·泰勒(Renée Taylor)为代表的一批当代剧作家,更以他们数量众多、内容深刻的新作,大大提高和丰富了新西兰的舞台文化。

二

作家和诗人们的贡献

从 1945 至 1969 年很长一段时间内,大多引起评论界注意的戏剧,其作者都是已在其他文学领域成名的人。他们是名符其实的小说家和诗人,兼写些剧本。书籍出版比较稳定,而新西兰大多数戏剧机构仍然很不完善。要想完全依靠舞台而在文学上立足,是一条铤而走险的道路。创作剧本是这些作家或诗人的一种兼职,或"业余"爱好。他们缺乏"舞台感",创作剧本时也不太顾及演出效果。因此,他们笔下的很多作品严格地说是以剧本形式写的小说。但他们毕竟在这块瘠薄的土地上进行过耕作,为新西兰戏剧创作提供了经验,做出了他们的一份贡献。这些尝试过剧本创作的诗人和作家主要包括萨吉森、艾伦·柯诺、坎贝尔、巴克斯特、文森特·奥苏立凡等。

弗兰克·萨吉森

除了众多的小说和传记作品之外,弗兰克·萨吉森在 20 世纪 60 年代初创作了两部剧本:《播种时节》(*A Time for Sowing*,1961)和《摇篮与蛋》(*The Cradle and the Egg*,1962)。前者取材于早年群岛湾传教士托马斯·肯德尔(Thomas Kendall)的真实故事。剧本以肯德尔的失落为主线,但摈弃了他生平中具有轰动效应的事件,注重人物塑造。萨吉森的这部剧本是比较典型的"书斋剧",可以阅读但不适合舞台演出。作者后将此剧改成广播剧,于 1967 年播出,效果不错。

萨吉森在另一部剧本《摇篮与蛋》中,力图表现诸如进化和再生等重大主题,哲理较浓,但同样对舞台特点顾及不多。剧本的侧重点从人物塑造转移到了象征和对人的意识的表现。剧中的三幕分别表现一家人在三个不同时期的演变过程:从 19 世纪 80 年代,到 20 世纪 50 年代,然后又跳跃到某一个模糊的未来。此剧 1968 年作为广播剧播出,很受听众的欢迎。萨吉森的这两个剧本于 1964 年以《与天使角力》(*Wrestling with the Angel*)为书名一起出版。

艾伦·柯诺

著名诗人艾伦·柯诺是较早涉足戏剧领域的一个,而且几乎"马到成功"。1949 年创作的《斧》(*The Axe*)是一部诗剧,反映基督教与非基督教两种文化的剧烈冲突。故事发生在太平洋某岛上,冲突双方不是白人与土著人,而是当地人两派之间,欧洲人只出现在幕后。基督教传入该岛后,岛上居民的传统认识和生活被搅乱。部分土著人皈依新教,砸毁旧神庙,而传统派则奋力反击。分裂和暴力取代了往日的和平生活。欧洲人带来的殖民文化,像一把利斧砍进波利尼西亚社会的树根上,造成了他们的文化断裂和信仰危机。

十年后,柯诺推出另一部剧本《月区》(*Moon Section*,1959)。由于其中一些当时认为"肮脏"的自然主义细节,剧本引起不小的争议,但争议反而提高了这部剧作的知名度。60 年代,柯诺把更多的精力用于剧本创作,写下了话剧《庞博士》(*Doctor Pom*,1964)和三部诗剧:《海外专家》(*The Overseas Expert*,1961)、《公爵的奇迹》(*The Duke's Miracle*,1966)和《无处为家》(*Resident of Nowhere*,1969)。这三部诗剧同 1949 年的《斧》一起,以《剧本四则》(*Four Plays*)为书名于 1972 年印刷出版。柯诺的剧作中,最令人难忘的是《斧》。史学家和诗人 W. H. 奥利弗认为,《斧》剧是"新西兰唯一一部高质量的诗剧",是"用血写成的海岛的历史"。

阿利斯泰尔·坎贝尔

阿利斯泰尔·坎贝尔是个深受现代派影响的诗人。他创作的剧本也都带有很浓的现代派色彩。广播剧《归乡》(*The Homecoming*，1964)是坎贝尔的第一部剧作，以自传体的风格和回忆剧的形式，叙述主人公在归乡旅途中回想起的许多往事，以及他希望同已进精神病院的妻子妥协的愿望。最后，他们俩在一个想象的沙滩上幸福重逢。

后两年中，他又写下了三部广播剧，完全摆脱了现实主义，采用超现实主义的手法。坎贝尔同代的诗歌也是超现实主义的。《业主》(*The Proprietor*，1965)反映的是一个沉湎于希腊神话的精神病人的臆想；《自杀》(*The Suicide*，1965)探讨的是分裂人格；《上校之死》(*The Death of the Colonel*，1966)以抽象派拼贴模式，塑造了一个精神失常的军官。

在完成剧作《怀卢事件》(*The Wairau Incident*，1965)后，坎贝尔对《归乡》做了大改动，改成舞台剧，并以《当树枝折断时》(*When the Bough Breaks*)为剧名公演。剧作揭示不同种族间通婚而带来的紧张关系，风格上属于表现主义。所有舞台上的场景，都是躺在精神病院的主人公凯蒂头脑中浮现的东西，而且不停流动，像一首朦胧诗。坎贝尔让观众随着舞台上出现的意象，感受凯蒂所感受的内心痛苦，而不让他们去诊断她的病源。《当树枝折断时》是坎贝尔戏剧创作的主要成果。

詹姆斯·巴克斯特

詹姆斯·巴克斯特是位多产的诗人，也是位多产的剧作家，创作了 20 多个剧本。但由于多产，很多作品未能细心雕琢。他的舞台剧和广播剧涉及从希腊神话到天主教到他本人酗酒经历的各种各样的题材，但这些题材都是通过剧作家的主观意识进行表现的。在巴克斯特的剧作中，我们可以找到作者早期诗歌的一些特点。

《敞开的牢笼》(*The Wide Open Cage*)1959 年在联合剧院首演，大获成功。剧中主人公是个对体面社会的行为准则不屑一顾的醉鬼。作者试图表现当代悲剧，探索人的价值的根本所在。他的另一部剧作《冬日之梦》(*Jack Winter's Dream*，1958)表现的也是一个老二流子的酒后狂想。巴克斯特认为，醉鬼的口才最适合表达混乱的西方世界，而他本人的剧本"不想说明什么观点"，只是举起一面镜子，照出人与人之间的各种关系。

巴克斯特的很多剧本，都是从他的诗歌中引申发展而来的。如舞台剧《弗拉那根的亡日》(*The Day Flanagan Died*，1967)取材于他的叙事诗《哀悼巴尼·弗拉那根》("Lament for Barney Flanagan")。作者把诗中主人公各方面的经历改成了不同人物。同年上演的另一部戏剧《演奏台》(*The Band Rotunda*)中的主人公康克里特·格拉迪的原型来自他的诗歌《格拉迪梦想谣曲》("The Ballad of Grady's Dream")。《冬日之梦》也是在叙事诗的基础上发展而来的。

巴克斯特的不少剧作在第十一章已有所提及。他的戏剧人物是为表现"人之愚昧"而塑造的——最常见的是处于烂醉状态的某个"局外人"或受害者。他具有在剧本中巧妙运用诗歌象征来表现人心黑暗的非凡能力。他希望把舞台人物当做他本人的各个分解部分,让"秘密的自我"在台上进行人生演出。这种创作艺术很像表现主义创始人、瑞典剧作家斯特林堡的幻觉手法(hallucinatory dramaturgy)。巴克斯特的《前妻》(*The First Wife*, 1966)就体现了这种手法:主人公因失去家庭温暖而走进一个梦幻世界,在其中,他的各个侧面被分化成不同的个体,互相间发生冲突。巴克斯特运用这种手法,探索人生的哲理和分裂心理的细微之处。他的后期剧作大量运用神话和《圣经》典故,有时概括加工,有时故意颠倒曲解,以期取得剧作的思想深度,但观众常常很难领略巴克斯特的深奥。

三

布鲁斯·梅森的贡献

布鲁斯·梅森(Bruce Mason, 1921—1982)是新西兰戏剧文学界不可替代的角色,对新西兰舞台的贡献是任何其他人所不能比拟的。他是奠基人,也是里程碑,重要性就如尤金·奥尼尔对于美国戏剧的发展一样。

布鲁斯·梅森于 1921 年出生在惠灵顿,五岁时移居奥克兰,并在那里接受了小学和中学教育。他在两次世界大战中间成长,1938 年全家搬回惠灵顿,他在维多利亚大学修完学业,1945 年获得学士学位。他 1966 年底在《陆地》上发表的一篇传记文章《开初》("Beginning")中说,他是"社会大牢中的囚徒"。从八岁开始,他一头扎入骑士故事中的神奇世界,并从小形成了这样的概念:生活本质上是一场滑稽而神圣的演出。由于布鲁斯·梅森对新西兰戏剧的杰出贡献,1977 年他的母校维多利亚大学授予他名誉博士学位。

布鲁斯·梅森在 20 世纪 40 年代就以短篇小说而小有名气。从 50 年代中期开始,他转向戏剧创作,同时也为电台和《新西兰听众》写评论。50 年代末和 60 年代末他分别在《新世界》和《演出》(*Act*)两家杂志当编辑。布鲁斯·梅森是个出色的演员、剧场经纪人和导演。他导演了大多数自己的剧作。他自编自导自演的一系列独角剧,曾到英、美两国巡回演出。但他主要是作为剧作家而在新西兰名垂史册。布鲁斯·梅森五次荣获英国戏剧联合会创作奖,并分别在 1958 年和 1973 年获得奥克兰全国戏剧创作竞赛奖和国家文学基金会奖学金。

正当布鲁斯·梅森的创作和表演处于高峰时期,正当他的作品终于为他带来相当可观的经济收入时,生活中的悲剧发生了。1978 年他得了癌症。虽然他以极大的勇气挺住了五次大手术,但病魔使他付出了巨大的身体上的代价。他被迫停止创作与演出，并于 1982 年永远告别了他一生钟爱的舞台。

梅森的前期创作

我们把布鲁斯·梅森 1957 年之前的剧作称为前期作品。那一年他完成了著名的《桃金娘树》(*The Pohutukawa Tree*)一剧，开始了毛利主题系列剧的创作和独角剧的创作与演出。

布鲁斯·梅森一落笔就使人不敢漠视。他的第一个剧本《爱的契约》(*The Bonds of Love*)1953 年在联合剧场上演，立刻获得成功。剧本引起轰动的原因之一是它的内容。布鲁斯·梅森在四幕中从四个不同侧面探讨性爱问题。如第一幕主要是一个妓女与她妹妹之间的对话。一个出卖肉体，另一个勉强维持着不幸的婚姻生活。她们两者间展开的关于性道德的辩论，提出了许多尖锐的社会问题。

布鲁斯·梅森于 1953 年创作的另一部剧本《晚报》(*The Evening Paper*)，也是引起众多争议的作品。很多人认为他歪曲了新西兰人的形象。直到 1965 年改编成电视剧播出后，他仍受到不少指责和攻击。在接下来的三年中，他又创作了一系列剧本，包括《裁决》(*The Verdict*，1955)、《特许粮店》(*The Licensed Victualler*，1955)、《适例》(*A Case in Point*，1956)、《绞尽脑汁》(*Wit's End*，1956)等。《绞尽脑汁》是广播音乐剧。布鲁斯·梅森亲自为电台录制，一个人用不同的声音表演了剧中的每一个角色。

社会喜剧《荒野之鸟》(*Birds in the Wilderness*，1957)是早期剧作中较成功的一部。剧中主人公伯尼一家的平静生活，由于闯入了一位战时的犹太难民和两对外国夫妇而发生了巨大变化。这批人合资开厂，希望像欧洲一样，通过办实业出人头地。但由于不懂经营之道，工厂倒闭。外来者一走了之，伯尼认识到应该脚踏实地地生活，对生活不再抱有奢望："我将砍掉我的翅膀，做一个有良知、头脑清醒、诚实的新西兰小人物。"布鲁斯·梅森的这出剧本讽刺了舶来的欧洲梦想。

梅森的"毛利剧"

从《桃金娘树》开始，布鲁斯·梅森接连写下五部以毛利生活为主题的剧本，还包括《阿瓦蒂》(*Awatea*，1964)、《绝唱》(*Swan Song*，1964)、《手扶栏杆》(*The Hand on the Rail*，1964)和《眼泪》(*Hongi*，1967)。这五部剧作是布鲁斯·梅森的精品，倾注了作者十年的辛勤劳作，覆盖了欧洲人登岛后毛利人 100 多年的历史。这些"毛利剧"后以《康复拱门》(*The Healing Arch*)为书名，于 1987 年集册出版。

布鲁斯·梅森在一生中花了很多精力学习了解毛利文化。他曾编辑过毛利杂志《新世界》，年过不惑又进维多利亚大学学习毛利语，并获得优等证书。这些无疑为他写好毛利系列剧提供了保证。尽管在处理毛利题材方面梅森有浪漫主义倾向,但他并不接受曾流行于欧洲文学的"高尚的野蛮人"的原型。他希望把毛利人的思想和道德作为一种标尺,用以衡量白人的所作所为,在两种文化的碰撞中,为新西兰人找到一种和谐的生活。

《桃金娘树》经过舞台演出和电台、电视播出后,影响很大,是关于毛利和欧洲文化冲突和互相渗透这一主题的经典作品,也是今天许多新西兰小学生接触戏剧的首个剧目。剧本中的毛利寡妇阿罗哈带着女儿昆妮和儿子约尼在霍拉基湾海边居住,在当地的一家柑橘园做帮工。随着孩子们的长大,阿罗哈太太教育他们遵从毛利文化风俗,同时要信仰基督教。但是,两个孩子选择的却是欧洲文化糟粕的一面,变得极其叛逆。昆妮受一白人子弟罗伊的诱惑,坠入爱河,不久便有了身孕,但罗伊嫌她是毛利人而拒绝娶她为妻。无奈之下,阿罗哈把她送到自己的部落生下小孩。昆妮后来在牧师的安排下与一位素不相识的毛利人成婚。愤怒的约尼醉酒后冲到教堂砸毁了圣坛,引发冲突,后被指控蓄意破坏而被判三个月的劳教。这种双重羞辱最终使阿罗哈无法承受。老人站在悬崖边,眼看着社会像海潮一样变迁,像海潮一样卷走了她的价值观和毛利人做人的尊严。而在舞台的中央,一棵木瘤累累的桃金娘树,张开巨伞般的树冠,昂然挺立。这棵新西兰特有的古树,历经沧桑,象征着历史,见证了这100多年来的变化。

这出戏把新西兰社会中的毛利文化和欧洲文化两大主流文化同时展现在舞台上,两种文化各自有优缺点。《桃金娘树》借鉴英、美一些剧作的表现手法,暗示丰富。比如剧本演出背景中,基督教圣歌与毛利族圣歌之间不时转换,凸现了两种文化之间的相互影响和冲突。又比如,剧中的桃金娘树借自福斯特作品《霍华德庄园》中的无毛榆树,阿罗哈太太不明智的行为,借自莎士比亚的《李尔王》,而反英雄式人物约尼则借自愤怒的青年一代,剧作由此变得丰富多彩。尽管戏剧的背景设在1947年的新西兰,但剧作超越特殊而取得普遍意义,至今依然具有说服力和吸引力。

《阿瓦蒂》最初是广播剧,后改成舞台剧上演并印刷出版。剧中毛利青年迈特同《手扶栏杆》中的兰吉一样,远离乡村,去城市谋生,但未能改善自己的处境和社会地位。他只是个冷冻厂的工人,但告诉乡亲们他已成了名医,挣扎着掩饰已破灭的梦想。布鲁斯·梅森不追求个人经历中带有传奇色彩的东西,也不表达愤世嫉俗的幻灭感,而平静地表现了一个哀而动人的典型毛利人的故事。

其他三部有关毛利主题的剧本《绝唱》、《手扶栏杆》和历史剧《眼泪》开始也都是广播剧,因为当时找剧团上演新剧目比较困难。在广播剧成功的基础上,这些剧目后经过大"手术"的改编,成为舞台剧上演。布鲁斯·梅森写毛利人,是因为他一直感到自己是个白人社会的局外人,与社会的主流意识形态格格不入。而相反,在毛利社会中,他发现了可以拥抱的价值。他也发现,他可以从这一新的立足点来审视自己的文化。

梅森的独角剧

继"毛利剧"之后很长一段时间内,《零客栈》(*Zero Inn*,1970)是布鲁斯·梅森唯一一部重大的舞台作品。这段时间内,他的主要精力用于独角剧(solo)的创作和巡回演出。独角剧,或称个人剧,顾名思义只有一个角色。布鲁斯·梅森创作的独角剧,都由他本人亲自演出。

布鲁斯·梅森早在50年代末就创作了以青少年成长为主题的独角剧《黄金季节的结束》(*The End of the Golden Weather*,1959),并于1959至1962年间在国内各地巡演。该剧的标题来自美国作家托马斯·沃尔夫的《蛛网与岩石》(*The Web and the Rock*,1939),剧作反映大萧条中的骚乱等社会问题,但很多方面未能被观众理解。梅森受到不少责难,一度心灰意冷。但后来这出戏到英国和美国演出,却受到广泛好评。观众在一个人的表演中,看到了新西兰社会的缩影。《黄金季节的结束》因此成为新西兰戏剧文学中最为著名的剧目之一。

该剧主人公杰夫年仅12岁,正盼望到海滨度夏。他与弗尔普结伴,而弗尔普是一个充满幻想的小伙子。当弗尔普向杰夫透露自己想成为奥运冠军这一梦想时,杰夫冒着遭父亲反对和受当地人嘲弄的危险,尽力帮助他。后来,杰夫渐渐意识到,骨瘦如柴的弗尔普不是个什么神奇人物,而是一个遭受创伤、疾病缠身而极其脆弱的普通人。这时,他自己童年时代的"黄金季节""结束"了。这出独角剧以"帕伦加的星期日"开局,展开杰夫的童年回忆;以"骚乱之夜"标志黄金季节的结束,同时也标志一个新的开始。当主人公认识到"人类动机和行为的复杂性"时,他才懂得,只有内心产生同情才能愈合社会带来的心灵创伤。剧本的第二部分"成功之士"的时间跨度与第一部分相同,但是使用了弗尔普这一角色来反映主人公所处的充满暴力和歧视的成年世界。整出戏融喜剧讽刺于一体,不仅讽刺了不切实际的追梦少年,更鞭挞了他们所处的社会。

1965年,梅森的另两部独角剧与观众见面:《林的忠告》(*The Counsels of the Wood*)和《沉默的海》(*The Waters of Silence*)。1973年他又开始巡回演出他的独角剧。1976年首次公演的新作《不是圣诞节,是盖伊·福克斯节》(*Not Christmas, but Guy Fawkes*)和《求爱的乌鸫》(*Courting Blackbird*),是两部篇幅较长的独角剧,也是造诣极深的幽默作品。前者从他前期的一篇短篇小说发展而来,基于梅森的亲身经历;后者塑造一个流亡他国的性情怪僻的角色,剧情紧凑而又滑稽,充分体现了布鲁斯·梅森驾驭舞台的非凡能力。

以上两部独角剧和《黄金季节的结束》及另一部《献给俄罗斯的爱》(*To Russia with Love*)共四部剧本,于1981年以《布鲁斯·梅森的独角剧》(*Bruce Mason Solo*)为书名一起出版。收集在这一本集子中的几部独角剧都不是直接反映新西兰社会的,有的写发生在海外的事,有的反映人的个性方面,作者明确无误地表达了对纯真的人际关系的渴望和对社会压迫的极端厌恶。

《手扶栏杆》和《羔羊的血》

《手扶栏杆》和《羔羊的血》(*Blood of the Lamb*, 1981)是布鲁斯·梅森最杰出的剧作。前者属于毛利主题,探讨的是文化冲突和由此产生的紧张的家庭关系。剧中父亲辛吉对毛利人的传统念念不忘;母亲米丽安希望按白人的规则办事;儿子兰吉进大城市寻找机会,一无所获,既对城市社会感到失望,又不愿返回到毛利生活中去,进退维谷。毛利人的吟唱诗是古老毛利文化的象征,而毕业文凭则是现代社会的通行证,剧作中的家庭冲突以这两个象征为代表:

> 母亲:兰吉正准备读个文凭……
>
> 父亲:我看这玩意儿没啥要紧。
>
> 母亲:比你那该死的诵经歌重要得多。叫什么来着?
>
> 父亲:吟唱诗。
>
> 母亲:吟唱诗有什么用?
>
> 父亲:他读的那些关于托玛斯·贝克特的东西又有什么用? 去坎特伯雷朝圣?
>
> 兰吉:爸! 妈! 你们别把我撕成两半了,行不行?!

兰吉是布鲁斯·梅森乐于塑造的那种与社会格格不入的人。他在两种文化的交锋中无所适从,最后不得不再次出走。一家三口人对现代社会的不同态度,最终导致了悲剧。在戏的末尾,辛吉终于找到了儿子兰吉,但为时已晚:兰吉跳海自杀了。辛吉带着孙子回到村寨,祖孙三人共同面对着一个不可测知的未来。

《羔羊的血》是布鲁斯·梅森的第 34 部、也是他创作生涯中的最后一部剧作。这部舞台长剧高度概括了梅森作为一个剧作家所取得的杰出成就。这是一则关于一对同性恋女子和一个孩子的故事。布鲁斯·梅森在这部戏里做了许多大胆的尝试。剧中除了对话,没有真正的剧情发展和舞台动作。但梅森在语言上下足功夫,以对话交待故事,以丰富多彩的语言牵动观众的心。整场演出丝丝入扣,毫不显得枯燥单调。

故事中的格拉蒂丝年轻时被附近一富有的农场主占有,怀上了女儿维多利亚,后又遭到遗弃,毛利人帮她生下孩子。心灵受伤的格拉蒂丝改用男名"亨利",以孩子"父亲"的身份与童年女友伊丽莎组成家庭。所有这些都是在回忆中叙述的。现在,女儿已成年,将带着未婚夫从悉尼回家举行婚礼。女儿要求"父"母讲清身世,勾起了格拉蒂丝的痛苦回忆:那个农场主在占有她前,魔鬼般地屠杀了一只受伤的羔羊,赤裸地站在血淋淋的动物尸体边上。这一令人毛骨悚然的图景深深印在她的脑中,无法抹去。她决定避开这个世界。她说:"他教会了我人是什么? 我们的国家是什么? 历史又是什么? 一个血淋淋的停尸间——我不想成为其中的任何一部分,永远不。"

梅森在这部戏里做了许多大胆的尝试。他巧妙地把毛利文化传统和白人文化传统结合在故事之中,并且一改自己过去剧目中主人公的典型形象,把长辈塑造成了反叛角色,而孩子却变成了保守势力的代表。该剧体现了梅森作为一名剧作家终身努力所达到的高超水平。《羔羊的血》揭露了新西兰社会生活中的某些阴暗面,但最终以女儿和"父亲"间互相理解而结束。布鲁斯·梅森一再说明,他写这出戏是出于对祖国的深爱——"无论怎样,我对她没有半点怨恨。"梅森的传记作家戴维·道林(David Dowling)在《布鲁斯·梅森评传》(*Introducing Bruce Mason*,1982)一书中说:"这出戏是一个场面宏大而精工细作的寓言。它为忍让、理解和宽容大声疾呼。"

梅森的主题和创作艺术

布鲁斯·梅森在他 1972 年出版的著作《新西兰戏剧:形式与历史的展示》(*New Zealand Drama: A Parade of Forms and a History*)中说:"这就是现代舞台的功效——让人们认清这个混乱的世界。活的舞台是一个自由论坛。它通过致力于永恒而毫不枯燥的探索,通过思想和事物间新的至关重要的对比中所发现的真理,来澄清混乱,制止灾难。"

可见,梅森非常重视戏剧的社会功能。他在大萧条期间成长起来,对周围的现实无法盲目乐观。他经常把自己的亲身经历进行艺术加工,搬上舞台,在剧作中讽刺那些毁灭他童年梦想的社会势力。梅森一贯强调,只有通过宽容和真诚——对各种信仰、态度、观点、准则和生活模式的宽容和对所有人赤诚相待——人们才能真正安居乐业。

戏剧评论家霍华德·麦克诺顿认为,梅森的剧作主题上有两种互相矛盾的倾向。他一方面强烈渴望社会安定,希望能为存在的社会问题找到满意的答案;但另一方面,他又偏爱无政府主义的主张,希望人人都能言所欲言,行所欲行。他对前苏联表现出的浓厚兴趣,就是这种矛盾心态的表现。他在《求爱的乌鸫》中否定了前苏联的国家政体,但仍被这种至少在理论上提出的解决社会根本问题的信念深深吸引。梅森的优秀剧作是艺术的统一体,各种力量和感情在一种平衡的状态下进行冲突。他让现实世界、道德观念融进作品之中,不告诉你如何接受它或怎样去思考它,而让你去品味它,体会它。他让作品自己说话,让作品在舞台上树起自己的旗帜。他希望在童年的理想中,在毛利族的优秀分子中,看到新西兰的明天。

布鲁斯·梅森是个致力于自己的事业、孜孜不倦地追求艺术完美的剧作家。戏剧艺术主要是语言的艺术。他虽有高超的驾驭英语的能力,但还是花大力气学习了拉丁语、西班牙语、德语、意大利语、汉语和毛利语。他对音乐也有相当深的造诣,为自己的不少剧作作曲配乐。正是由于这种忘我的投入和多方面的才能,他的作品才具有强大的艺术生命力和幽远的意境。戴维·道林描述梅森剧作时说:"他展开伊卡洛斯的翅膀,用美丽的语言表演空中文字芭蕾,而正当他的遐想似乎无法继续飞翔时,他又将它稳稳地降落到坚实的地面上。"

布鲁斯·梅森把一生献给了戏剧事业,对新西兰戏剧产生了长达半个世纪的影响。他是个杰出的剧作家,也当过催场员、演员、作曲家、导演、舞台监管、戏剧评论家,同时又是个忠实的观众。他喜欢舞台,因为他认为演出是一种众人通力协作的活动。他有很多崇拜者,但也受到无情的攻击。他的浪漫倾向尤其成了后来的青年剧作家和批评家的靶子。一旦受到攻击,他毫不犹豫地奋力反击,捍卫自己的立场和地位。但他不是个自命不凡的人,他说:"我并不认为自己是新西兰最了不起的剧作家,但我的确是最持之以恒的一个。这些年来,我同其他许多人一道创造了新西兰戏剧发展的大好气候。戏剧是我们的主要艺术,今后无疑会大放异彩。"

四

几名重要剧作家

布鲁斯·梅森等人为新西兰戏剧开创了大好局面。正如梅森所预料的,戏剧确实在近 30 余年中获得了长足发展。当今的舞台已不再是梅森一枝独秀的时代。年轻一代剧作家层出不穷。他们以前所未有的严肃态度进行剧本创作,以作品多、质量高、立意新的特点,使舞台面貌焕然一新。他们也许不像布鲁斯·梅森那样多才多艺,集写、演、导、编、评多种能力于一身,但他们是更加训练有素的专门家。更细的专业分工是现代戏剧必然的走势,也是戏剧成熟的标志。这一批当代剧作家中,特别值得一提的是默文·汤普森、罗伯特·洛德、罗杰·霍尔和女剧作家莱妮·泰勒。

默文·汤普森

默文·汤普森(Mervyn Thompson, 1935—1992)是剧作家,也是演员和导演。他出身于奥塔戈的一个工人阶级家庭,在南岛西海岸长大,15 岁离开学校开始谋生,在煤矿当了几年矿工。成年后重续学业,进入坎特伯雷大学,毕业后当过中学教师,再后重返坎特伯雷大学任英语系讲师。他在大学时参与业余演出,后来又成为学生剧团的导演。他曾在纳盖欧·马什(Ngaio Marsh)导演的话剧中演过角色,后来的导演风格受她的影响,导演的一些包括莎士比亚作品在内的传统剧,既注重表现力,又让人耳目一新。1977 年他受聘于奥克兰大学,担任戏剧高级讲师。

汤普森于 1971 年创作了自己的首个剧本《第一次回归》(First Return),但直到 1974 年才在剧院正式上演。首部作品体现了剧作家鲜明的特征：劳动阶级的主题和与众不同的表现风格。他用一种略带印象主义风格，同时混合了同情与讽刺的笔触，将主人公陷于困境的生活呈现在舞台上。《第一次回归》实际上为汤普森后来的大多作品定下了基调。他的剧作具有鲜明的新西兰地方特征，而且左派政治倾向明显。另一部同样写于 1971 年但在 1974 年正式上演的剧作，是他与学生们共同创作的音乐剧《啊！自律！》(O! Temperance!)，内容与 20 世纪初妇女争取选举权运动有关。

接下来的三部“歌曲剧”(song-plays)是自成风格的剧种，表现的仍然是工人阶级和政治主题。《献给斯科里姆叔叔的歌》(Songs to Uncle Scrim，1976)虽然将背景设在大萧条时期，但那些“歌曲”将观众引向与当前的联想。《赛马会之夜》(A Night at the Races，1977)用一种比较轻快的手法，表现赛马场的气氛，以及以赌马作为消遣以释放压力的工人生活的一个侧面。《献给法官们的歌》(Songs to the Judges，1980)是政治态度最为激烈的一部，其中一首首讽刺意味强烈的“歌曲”，表达的是抗议之声，谴责整整一个世纪以来新西兰社会对毛利人的欺压，呼吁社会公平与正义。

汤普森的首部独角剧，即全剧只由一个演员表演且在新西兰广受欢迎的剧种，是《煤城布鲁斯》(Coaltown Blues，1984)。作品既赞美劳动阶级家庭出生的优势，又对阶级地位给他们带来的不幸表示哀叹。但整个 80 年代是汤普森的多事之秋，他被指控性骚扰和强奸，以及模仿某个剧作的情节实施的绑架和酷刑。指控是匿名提供的，而且没有证据，但彻底打乱了剧作家的生活。直到进入 80 年代末，即他生命的最后三年，他才重新提笔写作。后来的回忆录《发牢骚》(Singing Blues，1991)中，他详述了这段痛苦的经历。

1989 年他创作了舞台剧《贫民的孩子》(Children of the Poor，1990)，改编自约翰·李的小说。另一部独角剧《经历》(Passing Through，1991)带有自传色彩，剧中也涉及了他在 80 年代经历的磨难。同年推出的两部剧作是关于爱和性迷恋的《情侣》(Lovebirds，1991)和《简和理查德》(Jean and Richard，1991)。这是汤普森创作的最后两个剧本，一年后都收入《经历与其他剧作》(Passing Through and Other Plays，1992)中。

《生活的多侧面》(All My Lives，1980)是汤普森的自传，为读者提供了当时新西兰戏剧界的很多生动情景。默文·汤普森将不长的生命奉献给了一生钟爱的舞台，为建立民族戏剧、培养年轻一代戏剧演出和创作人才孜孜不倦地工作。他本人的作品通过再现弱势群体的生活困境，为穷人、妇女和毛利人代言，表达了强烈的政治关注。

罗伯特·洛德

罗伯特·洛德(Robert Lord，1945—1992)被认为是青年剧作家中最敢于创新、最能充分挖掘利用舞台微妙效用的人。他是新西兰第一个职业剧作家,从一开始就普遍被看做是新西兰最有前途的剧作家,到 70 和 80 年代已是国际著名剧作家。他出生于鲁托鲁阿,曾在奥塔戈和维多利亚大学主修艺术专业,1969 年获得凯塞琳·曼斯菲尔德青年作家奖。自 1971 年至 1972 年底,洛德已创作了数部广播剧、电视剧和舞台剧。他 1974 年获新西兰艺术委员会资助去纽约,从此基本在美国定居。虽然他在纽约继续进行剧本创作,但众多作品中只有几个家庭喜剧在新西兰上演过。1974 年后的剧作中,只有《闪烁与吐焰》(*Glitter and Spit*,1975)和《伯特和梅茜》(*Bert and Maisy*,1988)两部剧本是在新西兰出版的。另一部《听不见我对你说的话?》(*Can't You Hear Me Talking to You?*,1978)是在澳大利亚昆士兰出版的。因此,洛德对新西兰舞台的影响主要是他的最早期作品。

洛德的头两部剧本是 1971 年创作的《不是板球》(*It Isn't Cricket*)和《友谊中心》(*Friendship Centre*)。他一开始就把自己的个人特点表现得十分明显,语言机智,善用双关,表现手法上不拘传统。此后这些特点贯穿于洛德的所有戏剧创作中。他的人物是从复杂的社会文化背景中分离出来的孤立的人,事件没有发生的确切时间和地点,剧情也不构成有始有终、条理清楚的故事。幕与幕之间虽按事件先后排列,但每幕之间经过多少时间却故意含混。每一幕集中表现一种行为,在行为激起的冲突中,某一种道德观念渐渐渗入人物的生活之中。

洛德早期最主要的作品是 1972 年的《约会地》(*Meeting Place*)。此剧比前两部作品走得更远,更带现代派的色彩。作品中,幕与幕的前后秩序也被打乱,人物的内心独白多于对白,记忆和想象成分占比重很大。人物间的关系不再简单地通过行为得到发展,作者启用了暗示、典故、造像等多种手法,创造出一种带有诗意的朦胧气氛。观众很难把握事件出现在哪一个水平上:是想象中,记忆里,还是真实生活中。作为实验性很强的剧作,《约会地》赢得了戏剧评论界的高度赏识,但却未能获得多少票房收入。

洛德决定从抽象中走出来,改变笔下的人物,使他们成为观众更易接受的各种社会价值的典型化的代表。黑色幽默剧《收支平衡》(*Balance of Payments*,1972)体现了这一转折。讽刺和幽默贯穿整部剧作,人物更接近现实生活,剧情更易于理解,因此也更为民众所喜闻乐见。同年的广播剧《心绪烦恼的星期二》(*Moody Tuesday*,1972)中的人物,更加近似通俗小说里的典型化人物。

经济原因迫使洛德在 1973 年将主要精力花在写通俗的侦探剧上。当年他共写了两部舞台剧和两部广播剧,题材和模式均是陈旧的:离奇的案情,悬念丛生的情节,无恶不作的歹徒,智勇超人的警探。这种大众的警匪剧在欧洲和新西兰一度都十分流行,直至 20 世纪 80 年代中期仍很有市场。洛德离开已经有了精彩开端的戏剧实验,迫于生活压力创作能够卖座的戏剧类型,一方面拓展自己的创作领域,另一方面也是暂时向商业需求妥协。

1974 年,洛德又努力恢复早期的创作特征。他的《吊起》(*Well Hung*)既有闹剧的色彩，又有黑色幽默，描写一个青年警官因对职业的厌恶而悬梁自尽的悲剧，直接表达对社会问题的关注。这部剧作的演出引起了不小的争议。同年的《英雄和蝴蝶》（*Heroes and Butterflies*，1974）又返回到了原先的抽象和朦胧。剧作表现一场噩梦般的内战，在战争中社会道德被抛弃。但遗憾的是，观众对实验创新、抽象深奥依然缺乏兴趣。《英雄和蝴蝶》只上演了两场。戏剧创作天赋极高的罗伯特·洛德收起行囊，到美国的纽约去寻找更大的舞台，更宽广的个人发展空间，最后成了具有国际影响力的著名剧作家。

此后他创作的许多作品在美国、澳大利亚，同时也在新西兰上演。这些作品包括《像风筝一样高飞》（*High as a Kite*，1978）、《不熟悉的脚步》（*Unfamiliar Steps*，1983）、《乡村警察》（*Country Cops*，1985）、《出轨》（*The Affair*，1987）、《中国战争》（*China Wars*，1987）、《光荣的废墟》（*Glorious Ruins*，1991）和影响甚大的最后一部作品《喜悦与欢欣》（*Joyful and Triumphant*，1992）。罗伯特·洛德虽然身居海外，但影响还在。

罗杰·霍尔

由于罗伯特·洛德的离开，罗杰·霍尔（Roger Hall，1939—　　）在20世纪70和80年代的成功就显得更加辉煌。霍尔出生在英国的埃克塞斯，家庭有热爱戏剧的传统。他在伦敦接受中等教育，然后跟随父亲从事保险业。1958年移民来新西兰，继续干老本行，同时参加业余剧团的演出。1960年他短期返回英国，于两年后回到新西兰，进入惠灵顿师范学院和维多利亚大学，在校期间他对戏剧演出兴趣不减。从1966年起，他进入一所小学任教，同时为孩子们创作一些小说和剧本。从此他写下并出版了数量众多的儿童文学作品。

从60年代开始，他也动手写电视剧，1969年由他与约瑟夫·默萨菲亚合作的新西兰首部电视连续喜剧《根据情况》（*In View of the Circumstances*）上演。次年他辞去学校的工作，成为自由职业作家。可是直到1976年，他的大多数作品仍是电视剧和儿童剧。这些作品虽很流行，但没为霍尔的剧作家声誉增添多少砝码。1975年成为转折的关键。那一年他获得新西兰艺术委员会的资助，到美国参加了尤金·奥尼尔戏剧工作室。回国后他开始转向舞台剧创作，到70年代末的短短几年时间里，他在艺术上和商业上均获得了巨大成功，为推动地方剧院持续稳定发展做出了重要的贡献。

回国后推出的首部作品《弹性工作时间》（*Glide Time*，1976），是罗杰·霍尔的破冰之作，从此奠定了他剧本创作的基本模式。这是一部描写政府部门公务员的讽刺喜剧，反映一些奴颜婢膝的小职员们企图通过一些无足轻重的姿态，可笑地证明自己并未丧失做人的尊严，仍具有独立的人格。这部优秀喜剧第一年上演了14场，不算多，但剧中的小人物个性鲜明，呼之欲出，似乎可以演绎出无穷无尽的人间喜剧。于是在该剧的基础上，那些小人物们不断登场，后来又发展派生出无数广播剧和电视系列剧,经久不衰,一直持续到 1985 年,受到了广泛的欢迎。

霍尔的下一部描写三对夫妇婚姻悲喜剧的《中年发福》(*Middle Age Spread*, 1977),也许是霍尔一生创作中最有影响力的作品。这个剧本也是在惠灵顿的彻尔卡剧院首演的,观众踊跃。后在全国各地上演时,戏票也都销售一空。该剧在伦敦连续上演 18 个月,被评为当年最佳喜剧。剧作又于 1979 年被拍成电影,是新西兰第一部拍成电影的舞台剧。霍尔 70 年代的后两部剧作不像前两部那样具有轰动效应。《话剧的处境》(*State of the Play*, 1978)是写戏剧界的戏剧,基调严肃。剧本描写由一个剧作家主持的编剧研讨会,研讨会在参加者的内心勾起了不同的反响。《母国英格兰的囚徒》(*Prisoners of Mother England*, 1979)反映八个英国移民努力使自己适应新西兰生活的故事,全剧由 59 个小片段组成,以喜剧形式表现移民主题。

霍尔在 80 年代十分多产,其中从连环画改编而来的音乐剧《烂根苗床》(*Footrot Flats*, 1983)非常成功。《多种选择》(*Multiple Choice*, 1984)是一部关于教育体制的主题严肃的剧作。《萨赛克斯草场之梦》(*Dreams of Sussex Down*, 1986)描写 50 年代流浪在惠灵顿的一批英国人的故事,很多内容参照了契诃夫的《三姐妹》。音乐剧《急切的爱》(*Love off the Shelf*, 1986)描写一个为搞文学研究而去写通俗爱情小说挣钱的知识分子,讽刺流行的罗曼司,表达的是关于真爱的传统主题。另一部分量较重的剧作是音乐剧《档案陈列》(*The Hansard Show*, 1986),通过议会档案来反映民族意识的演进。霍尔的其他作品还包括《平分秋色》(*Fifty Fifty*, 1982)、《热水》(*Hot Water*, 1982)、《分享俱乐部》(*The Share Club*, 1988)等。

霍尔 90 年代的作品仍然不少,以音乐剧为主,包括《大干一场》(*Making It Big*, 1991)、《肮脏的周末》(*Dirty Weekends*, 1998)等。其他舞台剧作品包括《市场力量》(*Market Forces*, 1995)、《读书会》(*The Book Club*, 1999)、《你没开玩笑吧》(*You Gotta Be Joking*, 1999)等。霍尔对女性的塑造,曾引起评论界的不满。作为回应,他创作了两部全是女性人物的作品,其一是关于四名女性接受高等教育经历的严肃剧《渐进》(*By Degrees*, 1992);另一是关于一群女教师被迫在一个小屋里一起度过三个夜晚的故事——《追逐社会地位的人》(*Social Climbers*, 1995)。

进入 21 世纪后霍尔的第一部作品是《在我身上赌一把》(*Take a Chance on Me*, 2001),表现急切寻找爱情和第二次机会的六个中年人。同年推出的《通行惯例》(*A Way of Life*, 2001)讲述一个农业家庭三代人的故事。《发福》(*Spreading out*)是《中年发福》的续篇,描述四个男人 27 年之后的生活。《愚蠢行为》(*Foolish Acts*)和《远游》(*Taking off*)都是 2004 年的作品。最近期的作品包括《谁想当丈夫?》(*Who Wants to Be a Husband?*, 2007)、《在意大利的四个呆滞白人》(*Four Flad Whites in Italy*, 2009)和《迪克·惠廷顿》(*Dick Wittington*, 2009)。霍尔近年对一些经典童话进行了戏仿式的重写，包括《灰姑娘》（*Cinderella*，2005）、《阿拉丁》（*Aladdin*，2006）、《小红帽》（*Red Riding Hood*，2008）等。《座椅上的浪子》（*Bums on Seats*，1998）是霍尔的自传。

罗杰·霍尔是除了布鲁斯·梅森之外新西兰最重要的剧作家，作品众多，主题涉及很多不同方面，影响深远。他以充满同情心的社会批评喜剧而著名，通过轻快的故事表达严肃的主题。著名文学研究者伊安·戈登甚至把霍尔的作品同莫里哀和谢立丹的剧作相提并论。他于 1977 年和 1978 年两次获得罗伯特·彭斯奖，1997 年获得曼斯菲尔德纪念奖，1998 年维多利亚大学授予他名誉文学博士学位。

莱妮·泰勒

莱妮·泰勒（Renée Taylor，1929—　　）是个女权主义剧作家和小说家，出生于纳皮尔，父亲在大萧条中难以承受家庭负担的压力而自杀。莱妮 12 岁辍学，在毛纺厂、印刷厂和奶制品商店打工。曾就读于梅西大学和奥克兰大学，50 岁那年才在奥克兰大学获得学士学位。与罗伯特·洛德和罗杰·霍尔不同，她表达的是妇女的声音。出版物上往往只署名"莱妮"，不带姓氏。她将自己描述为"抱有社会主义工人阶级理想的同性恋女权主义者"。

她年长洛德和霍尔十多岁，但较晚从事剧本创作。在地方剧院当了长达 20 年的导演后，莱妮年过半百才写下了自己的第一部广播剧《摆好餐具》（*Setting the Table*，1982），从此一发难收。《摆好餐具》后改成舞台剧，故事发生在为遭受强奸或家庭暴力的受害妇女开设的避难中心，直截了当地反映现实社会问题。场上半数男性人物或是麻木，或者粗暴，显示了社会对女性的不公。受害的妇女们出于无奈，准备以牙还牙，以暴制暴。

同年创作的还有《秘密》（*Secrets*，1982）和《突围》（*Breaking out*，1982）。前者由两个单人剧组成。在第一个单人剧中，一位中年妇女在厨房对着女儿的照片自言自语。她吞吞吐吐地道出的"秘密"原来是家庭中的性暴力。第二个单人剧的主人公是一个打扫剧场男厕所的妇女。她低三下四，提心吊胆，生怕丢了饭碗。但突然鸿运飞来，她彩票中奖，获得了翻身的机会。辞职前，她把垃圾撒得一地，发泄积怨，庆贺解脱。两个故事交待的都是妇女受男性压迫的主题。另一部反映社会问题的剧本《基础》（*Groundwork*，1985）也是莱妮最早写就的剧作之一，描写发生在警察拘留所的事，但作品直至 1985 年才在奥克兰上演。

从女性的视角探讨社会问题的作品还包括时俗讽刺剧《妈，你战时干了些什么？》（*What Did You Do in the War, Mummy?*，1982）和《自找麻烦》（*Asking for It*，1983）。在莱妮的剧作中，人物比较典型化，好人坏人，即受害者和压迫者，一目了然。但她的作品具有其他方面的很多特点，绝不是简单化、程式化或说教类的平庸之作。其他剧作还包括《生为清洁工》（*Born to Clean*，1987）、《阳光轻抚》

（*Touch of the Sun*，1990）、《传教士式》（*Missionary Position*，1990）和《形式》（*Form*，1993）。

莱妮最主要的作品是她的历史剧《下周三》（*Wednesday to Come*）三部曲，写的是在男人缺场情境中四代女人的故事。最先写成的是《下周三》（1984）本身。这是她最著名的剧作，在各地剧院和大学校园剧场屡屡上演，影响很大。由于此剧的成功，莱妮决定将它发展成三部曲，从三个历史时期反映一个工人家庭几代人面对的危机。《下周三》的故事发生在大萧条时期。唯一挣钱养家的男人因不堪重负而自杀，留下的老少四代全是女人。亲人的死亡在这些女人中激起了感情上的冲突，而一批激进分子为了他们的目的大肆宣传这一则家庭悲剧，鼓动人们参加饥饿游行。偏偏在此时，死者的情妇突然出现，使事情复杂化。于是，亲人的死亡、政治动机和私生活的传闻，都纠缠到了一起。但死者的家属必须面对的是如何生存的实际问题。

莱妮在《下周三》中采用的是自然主义的表现模式，而三部曲的第二部《继承》（*Pass It on*，1986）的表现手法和舞台艺术则完全不同。全场 30 幕展现的是各个不同生活片断，节奏快慢不一，错落有致；人物也不像前剧那样注重浓墨重彩的个性塑造。作者希望让一些普通人物的各种生活片段，自然地组成一个时俗讽刺剧。在艰难时世，女人们勇敢地挑起了生活的重担。《继承》继续涉及工人运动，主要背景是 1951 年的港区大罢工。前一剧中的孩子们珍妮和克里夫现都已长大成人，是这部剧作中的主要人物。剧作表现了他们各人对生活和对动荡社会的看法。

《珍妮·温斯》（*Jeanie Once*，1990）是三部曲中最后写成的一部剧本，但讲的是最早的故事，因此按故事发展顺序应该算作三部曲的第一部。剧本的背景是 19 世纪 70 年代的达尼丁，主人公是《下周三》中的老祖母珍妮·温斯，但当时她是这个工人家庭中的一个青年姑娘。在维多利亚时代的新西兰，妇女深受整个社会体制包括阶级和宗教信仰方面的压迫，反抗的结果是被送进疯人院。早期来到新西兰的移民们寻求想望之地的梦想，最终在现实面前被撞得粉碎。这部剧作的时俗讽刺十分犀利尖锐，更甚于前一部。

从 20 世纪 80 年代末开始，年近六旬的莱妮开始尝试小说创作。她的后期创作以小说为主。出版了短篇小说集《找到鲁思》（*Finding Ruth*，1987）后，她连续创作发表了三部长篇小说：《无可奈何》（*Willy Nilly*，1990）描写准备婚礼过程中家庭里出现的矛盾与感情危机；《雏菊和百合》（*Daisy and Lily*，1993）假借生平传记的形式，塑造了一个同性恋女作家戴茜；《这回你明白了吗？》（*Does This Make Sense to You?*，1995）写一个叫芙罗拉的女子在未婚母亲中心与被人收养的女儿见面的尴尬经历。长篇小说《骨架女人：一段罗曼司》（*The Skeleton Woman, a Romance*，2002）讲述一个女子在门外发现一个无主婴儿以及背后复杂而神秘的故事。《亲吻影子》（*Kissing Shadows*，2006）追述了一个家庭阴暗悲切的历史。这两部写于新世纪的小说，充分展示了莱妮高超的叙事技艺和素材把握能力。

　　莱妮是作为剧作家而在文学界立足的。不管是戏剧还是小说，她的大部分作品是现实主义的，十分关注女性面对的社会问题。戏剧评论家霍华德·麦克诺顿认为，从 20 世纪 80 年代开始，"戏剧观众的态度、口味已不同往常。新西兰舞台需要一种更激进的现实主义来适应这种变化。"莱妮的剧作代表了这种舞台的新趋向。她说她写剧本是出于政治动机，表达的是"妇女对世界的看法"。

　　新西兰舞台今非昔比，已取得了相当的繁荣。繁荣的标志之一是新建的剧团和剧场在全国各地纷纷出现；标志之二是专业青年剧作家大批涌现，他们的才华大有用武之地；标志之三是剧作内容深刻，主题多样，风格各异，呈现百花竞放的局面。由于霍华德·麦克诺顿等戏剧评论家的出色贡献，新西兰戏剧批评体系亦已形成。舞台的新发展赢得了观众，而观众对戏剧的兴趣又促进了戏剧创作，形成良性循环。谁也不能否认，戏剧已经成为新西兰文学中不可或缺的重要组成部分。

附 录

作家、作品名和其他专用名词英汉对照表[①]

A

Abominable Temper and Other Poems, An《坏脾气》, Allen Curnow 作

Access Road《通途》, Maurice Gee 作

Account《琐记》, John Savage 作

Ace of Diamonds Gang and Other Stories, The《钻石帮老大》, Owen Marshall 作

Act《演出》(杂志)

Adaptable Man, The《可塑人》, Janet Frame 作

Adcock, Fleur 芙勒・阿德科克(1934—　　)

Address to a King《对国王的演说》, Jean Watson 作

Adventure in New Zealand《新西兰历险》, Jerninham Wakefield 作

Adventures of George Washington Pratt, The《乔治・华盛顿・普拉特历险记》, Vincent Pyke 作

Adventures of Vela, The《威拉历险记》, Albert Wendt 作

Affair, The《出轨》, Robert Lord 作

Affair of Men, An《男人们的事》, Errol Brathwaite 作

"*Affairs of Heart, An*"《心事》, Frank Sargeson 作

After Anzac Day《登陆日之后》, Ian Cross 作

After Z-Hour《Z 时之后》, Elizabeth Knox 作

Age of Reason 理性时代

Aladdin《阿拉丁》, Roger Hall 作

Alcock, Peter 彼得・奥尔考克

Aldebaran《奥尔德巴伦》, Alan Mulgan 作

Alice Lauder《阿莉斯・劳德》, A. G. Wilson 作

All Cretans Are Liars《所有克里顿人都是谎子》, Anne French 作

All My Lives《生活的多侧面》, Mervyn Thompson 作

Arts Council Award, The 新西兰艺术委员会奖

Aryan 阿伊安族

As the Earth Turns Silver《地球变为银色时》,Alison Wong 作

Ashbery, John 约翰·阿什伯里

Ashton-Warner, Sylvia 西尔维娅·阿希顿-沃纳(1908—1984)

Ask the Post of the House《问屋中柱子》,Witi Ihimaera 作

Asking for It《自找麻烦》,Renée Taylor 作

Aspects of Poetry in New Zealand《新西兰诗歌杂论》,James Baxter 作

"At a Fishing Settlement"《在渔村》,Alistair Campbell 作

At Dead Low Water《海潮退落时》,Allen Curnow 作

"At the Bay"《在海湾》,Katherine Mansfield 作

At the End of Darwin Road《在达尔文路末端》,Fiona Kidman 作

Athenaeum, The《文学俱乐部》(杂志)

Atlantic Monthly, The《大西洋月刊》(杂志)

"Attempt at an Explanation, An"《寻求解答》,Frank Sargeson 作

Atua Wera《阿图瓦·韦拉》,Kendrick Smithyman 作

Auckland Star《奥克兰星报》(报刊)

Austen, Jane 简·奥斯丁

Ausubel, David 戴维·奥苏贝尔

Auto/biographies《自传与他传》,Kendrick Smithyman 作

Autobiography of a Maori, The《一个毛利人的自传》,Reweti Kohere 作

Autumn Testament《秋约全书》,James Baxter 作

A. W. Reed Award of Lifetime Achievement 里德终身成就奖

Awatea《阿瓦蒂》,Bruce Mason 作

Axe, The《斧》,Allen Curnow 作

Axe and the Oak Tree, The《斧与栎树》,J. A. S. Coppard 作

Aylmer, Isabella 伊莎贝拉·艾尔默

B

Baby No-eyes《无眼婴儿》,Patricia Grace 作

Backroads, Charting a Poet's Life《回头路,诗人一生的行踪》,Sam Hunt 作

Backward Sex, The《逆向性别》,Ian Cross 作

Baines, W. M. W. M. 贝恩斯(? —1912)

Baker, Pat 帕特·贝克

Balance of Payments《收支平衡》,Robert Lord 作

"Ballad of Grady's Dream, The"《格拉迪梦想谣曲》,James Baxter 作

Ballantyne, David 戴维・巴兰坦(1924—1986)

Band of Angels《天使帮》,Witi Ihimaera 作

Band Rotunda, The《演奏台》,James Baxter 作

Barker, George 乔治・巴克

Barker, Lady 巴克夫人

Barr, John 约翰・巴尔

Barry, W. J. W. J. 巴里(1819—1907)

Bartlett, Jean 琼・巴特利特

Bathgate, Alexander 亚历山大・巴思盖特(1848—1930)

Baughan, Blanche 布兰奇・鲍恩(1870—1958)

Baxter《巴克斯特评传》,Charles Doyle 作

Baxter, Archibald 阿奇博尔德・巴克斯特

Baxter, Jamas 詹姆斯,巴克斯特(1926—1972)

Baysting, Arthur 亚瑟・贝斯丁

"Beaches, The"《海滩》,Robin Hyde 作

Bearings《仪态》,Vincent O'Sullivan 作

Beauchamp, Arthur 亚瑟・博洽姆

Beauchamp, Harold 哈罗德・博洽姆

Beauchamp, Kathleen 凯思琳・博洽姆(凯塞琳・曼斯菲尔德的原名)

Beauty of New Zealand, The《美丽的新西兰》,Errol Brathwaite 作

Bedlam: A Mid-Century Satire《大混乱:世纪中期讽刺诗》,Basil Dowling 作

Beethoven's Ears: Eighteen New Zealand Short Stories《贝多芬的耳朵:18 篇
新西兰短篇小说》,Owen Marshall 主编

Beggar, The《乞丐》,R. A. K. Mason 作

"Beginning"《开初》,Bruce Mason 作

Behind the Tattooed Face《刺纹面孔的后面》,Pat Baker 作

Bell Call《钟声》,Sylvia Ashton-Warner 作

Below Loughrigg《里格湖下》,Fleur Adcock 作

Beneath the Thunder《雷电下》,Philip Wilson 作

Bennett, Jack 杰克・贝内特

"Ben's Land"《本家的土地》,Maurice Shadbolt 作

Bensemann, Leo 利奥・本斯曼

Benyon, Richard 理查德・贝尼昂

Bert and Maisy《伯特和梅茜》,Robert Lord 作

Beside the Dark Pool《暗潭旁边》,Fiona Kidman 作

Besieging City, The《城市的包围》,Jane Mander 作

Best New Zealand Fiction: 1, The《最佳新西兰小说,系列之一》,Fiona Kidman 编

Best New Zealand Fiction: 2, The《最佳新西兰小说,系列之二》,Fiona Kidman 编

Best of Fiona Kidman's Short Stories, The《菲奥娜·基德曼短篇小说精选》,
　　Fiona Kidman 作

Best of Owen Marshall's Short Stories, The《欧文·马歇尔最佳小说选》,Owen
　　Marshall 作

Best of Whim Wham, The《奇想集锦》,Allen Curnow 作

Bethell, Ursula 厄休拉·贝瑟尔(1874—1945)

Between《两者之间》,C. K. Stead 作

Beyond《超越》,Brian Turner 作

Beyond the Palisade《栅栏外》,James Baxter 作

Big Brass Key, The《大铜钥匙》,Ruth Park 作

Big Flood in the Bush, The《丛林里的大洪水》,Ruth Dallas 作

Big Season, The《大赛季》,Maurice Gee 作

Billie's Kiss《比利的吻》,Elizabeth Knox 作

Billing, Graham 格拉厄姆·比林

Billy《比利》,Vincent O'Sullivan 作

Biografi: An Albanian Quest《涂鸦传记:阿尔巴尼亚寻踪》,Lloyd Jones 作

Birds in the Wilderness《荒野之鸟》,Bruce Mason 作

Birth and Death of the Miracle Man, The《奇人的诞生与死亡》,Albert Wendt 作

"Birthday, The"《生日》,Louis Johnson 作

Bitter Harvest《收获苦果》,Alistair Campbell 作

"Bitter Verses"《痛苦的诗行》,R. A. K. Mason 作

Black Horse and Other Stories, The《黑马》,Ruth Dallas 作

Black Oxen《黑牛》,Elizabeth Knox 作

Black Rainbow《黑虹》,Albert Wendt 作

Black River, The《黑色河》,C. K. Stead 作

"Blacksmith's Wife, The"《铁匠之妻》,Eileen Guggan 作

Blackwood's《黑林》(杂志)

Blackwoods《布莱克伍兹》,Alfred Domett 作

Blame Vermeer《都怪弗美尔》,Vincent O'Sullivan 作

Bland, Peter 彼得·布兰德

Blank, Arapera 阿拉佩拉·布兰克

Blind Blonde with Candles in Her Hair, The《头上插蜡烛的金发盲女》,C. K.
　　Stead 作

Blind Mountains and Other Poems, The《盲山》,K. Smithyman 作

Brathwaite, Errol 埃罗尔·布拉思韦特(1924—2005)

Brave Company《勇敢的伙伴》,Guthrie Wilson 作

Bread and Pension: Selected Poems《面包和养老金》,Louis Johnson 作

Breaking out《突围》,Renee Taylor 作

Breathing Space《生存空间》,Dan Davin 作

Breed of Women, A《一类女人》,Fiona Kidman 作

Brides of Price《高价新娘》,Dan Davin 作

Bright Sea, The《闪亮的海》,Pat Wilson 作

Broken Book, The《残破之书》,Fiona Farrell 作

Broken October: New Zealand 1985《残破的十月：1985 年的新西兰》,Craig Harrison 作

Broom, Frederick Napier 弗雷德里克·内皮尔·布鲁姆

Brother Jonathan, Brother Kafka《乔纳桑兄弟，卡夫卡兄弟》,Vincent O'Sullivan 作

Brother-love Sister-love《兄弟爱，姐妹情》,Elizabeth Smither 作

Brougham, A. E. A. E. 布罗汉

Brown Bread from a Colonial Oven《殖民地烤炉的黑面包》,Blanche Baughan 作

Brown, James 詹姆斯·布朗

Brown Man's Burden《棕色人的负担》,Roderick Finlayson 作

Bruce Mason Playwriting Award 布鲁斯·梅森剧本创作奖

Bruce Mason Solo《布鲁斯·梅森独角剧》,Bruce Mason 作

Bruton, Alan 艾伦·布鲁顿

Buck, Peter 彼得·巴克

Bulibasha, King of Gypsies《吉卜赛国王布利巴沙》,Witi Ihimaera 作

Bulletin《公报》(报刊)

Bums on Seats《座椅上的浪子》,Roger Hall 作

Burke, Mark 马克·伯克

Burning Boats: Seventeen New Zealand Short Stories《燃烧的船：17 篇新西兰短篇小说》,Owen Marshall 主编

Burning Boy, The《火孩子》,Maurice Gee 作

"Bush Section"《丛林地带》,Blanche Baughan 作

"Bushfeller, The"《伐木者》,Eileen Duggan 作

"Bushwoman, The"《丛林女子》,Eileen Duggan 作

Butcher and Co.《屠夫公司》Vincent O'Sullivan 作

Butcher Papers, The《屠夫文告》Vincent O'Sullivan 作

Butcher Shop, The《屠场》,Jean Devanny 作

Children in the Bush，The《丛林里的孩子们》，Ruth Dallas 作

Children of the Poor《贫民的孩子》(小说)，John Lee 作

Children of the Poor《贫民的孩子》(舞台剧)，Mervyn Thompson 改编

China《中国》，R. A. K. Mason 作

China Wars《中国战争》，Robert Lord 作

Chinese Opera《中国戏》，Ian Wedde 作

Choo Woo《囚屋》，Lloyd Jones 作

Chook Chook《家禽》，Fiona Farrell 作

Chords and Other Poems《心弦》，Sam Hunt 作

Chosen Poems《巴克斯特自选诗选》，James Baxter 作

Christchurch Sun《克赖斯特彻奇太阳报》(报刊)

Christmas Cake，A《圣诞蛋糕》，Lady Barker 作

Christopher Columbus《哥伦布》，W. Hart-Smith 作

Cinderella《灰姑娘》，Roger Hall 作

Civilian into Soldiers《从平民到士兵》，John Lee 作

Clay《泥土》，Eric Bradwell 作

Cliff of Fall《失落崖》，Dan Davin 作

Closer to the Bone《深入骨肉》，Michael Morrissey 作

Closing Times《闭门时刻》，Dan Davin 作

Coal Flat《煤滩》，Bill Pearson 作

Coaltown Blues《煤城布鲁斯》，Mervyn Thompson 作

Cold Tongue《尖刻》，Denis Glover 作

Collected Letters of Katherine Mansfield，The《凯塞琳·曼斯菲尔德书信集》，
　Vincent O'Sullivan 等编

Collected Poems《贝瑟尔诗选》，Ursula Bethel 作

Collected Poems《鲁思·达拉斯诗集》，Ruth Dallas 作

Collected Poems，1933—1973《艾伦·柯诺 1933—1973 诗选》，Allen Curnow 作

Collected Poems：1947—1981《坎贝尔诗集：1947—1981》，Alistair Campbell 作

Collected Poems 1963—1980《1963—1980 年亨特诗集》，Sam Hunt 作

Collected Poems《比尔·曼哈尔诗选》，Bill Manhire 作

Collected Stories《莫里斯·吉短篇小说选》，Maurice Gee 作

Colonial Couplets《殖民地对句集》，William Reeves 和 G. P. Williams 作

"*Colonist in His Garden，A*"《花园里的殖民地人》，William Reeves 作

Come Here Beethoven《过来贝多芬》，Michael Morrissey 作

Come High Tide《海潮涨起》，Denis Glover 作

Come，Rain Hail《下吧，雨雹》，Hone Tuwhare 作

Cruise, Richard 理查德・克鲁斯

Crump, Barry 巴里・克伦普

Cunninghams, The《坎宁安一家》,David Ballantyne 作

Curnow, Allen 艾伦・柯诺(1911—2001)

Curnow, Wystan 威斯坦・柯诺

Cutting out《剪除》,Fiona Farrell 作

D

Daisy and Lily《雏菊和百合》,Renée Taylor 作

Dallas, Ruth 鲁思・达拉斯(真名 Ruth Mumford, 1919—2008)

Dandy Edison for Lunch and Other Stories《与丹迪・爱迪生共进午餐》,
　　Vincent O'Sulllvan 作

Danger Zone《险区》,Maurice Shadbolt 作

Dansey, Harry 哈里・丹西

D'Arcy Cresswell: His Life and Works《德阿西・克雷斯韦尔：生平与创作》,
　　Roderick Finlayson 作

Dark Lord of Savaiki, The《萨维基的黑暗之王》,Alistair Campbell 作

Daughter Buffalo《野牛女》,Janet Frame 作

"Daughters of the Late Colonel, The"《已故上校的女儿们》,K. Mansfield 作

Davidson, William 威廉・戴维逊

Davin, Dan 丹・戴文(1913—1990)

Davin, W. K. W. K. 戴文

Davis, Leigh 利・戴维斯

Dawn/Water《黎明/水》,Bill Manhire 作

Day and Night: Poems 1924—1934《昼与夜：1924—1934 诗选》,Ursula Bethel 作

Day Book: Poems of a Year《日记簿：一年的诗》,Ruth Dallas 作

Day Hemingway Died and Other Stories, The《海明威去世之日》,Owen Marshall
　　作

Day Planagan Died, The《弗拉那根的亡日》,James Baxter 作

Daylight《白昼》,Elizabeth Knox 作

Day's Journey, A《一日旅行》,Basil Dowling 作

de la Mare 德・拉・梅尔

Dead Shall Rise Again, The《死者还会再生》,Stanley Makuwe 作

"Dead Timber"《朽木》,Alan Mulgan 作

Dear Miss Mansfield: A Tribute to Katheleen Mansfield Beauchamp《亲爱的
　　曼斯菲尔德小姐：纪念凯思琳・曼斯菲尔德・博洽姆》,Witi Ihimaera 作

Death of the Body, The《肉体死亡》,C. K. Stead 作

Death of the Colonel, The《上校之死》,Alistair Campbell 作

Dedalus, Stephen 史蒂芬·德达勒斯

Deep River Talk《深河谈》,Hone Tuwhare 作

"Departure, The"《分离》,Maurice Duggan 作

"Deposition, The"《沉淀》,Maurice Duggan 作

Desire without Content《欲壑难填》,James Courage 作

Desolate Star and Other Poems, The《凄凉的星星》,Robin Hyde 作

Destiny Apart: New Zealand's Search for a National Identity, A《命运的两极：新西兰民族身份的探寻》,Keith Sinclair 作

Deutz Medal, The 道依茨小说奖章

Devanny, Jean 琼·戴万尼(1894—1962)

Devil and Mr. Mulcahy, The《魔鬼与莫尔凯先生》,James Baxter 作

Diary to a Woman《献给一位女士的日记》,Denis Glover 作

Dick Sedden's Great Dive《狄克·塞登的大跌落》,Ian Wedde 作

Dick Wittington《迪克·惠廷顿》,Roger Hall 作

Dictionary of New Zealand Biography《新西兰人物辞典》,W. H. Oliver 作

Dieffenbach, Ernest 欧内斯特·迪芬巴切

Different Kinds of Pleasure《不同的快乐》,Elizabeth Smither 作

Diggers, Hatters and Whores《挖沟人、制帽工和妓女》,Stevan Eldred-Grigg 作

Dirty Weekends《肮脏的周末》,Roger Hall 作

Disorderly Conduct《行为混乱》,Jean Watson 作

Disputed Ground, Poems 1939—1945《争议之地：1939—1945 年诗选》,Charles Brasch 作

Distances《距离》,Charles Doyle 作

Distant Homes《遥远的家乡》,Isabella Aylmer 作

Divided World: Selected Stories, The《分裂的世界》,Owen Marshall 作

Divine Need of the Rebel, The《逆者的神圣需要》,James Chapple 作

Doctor Pom《庞博士》,Allen Curnow 作

Does This Make Sense to You?《这回你明白了吗?》,Renée Taylor 作

Dog《狗》,C. K. Stead 作

Dogside Story《狗边故事》,Patricia Grace 作

"Doll's House, The"《娃娃屋》,Katherine Mansfield 作

Domett, Alfred 艾尔弗雷德·多迈特(1811—1887)

Dominion《自治领》(杂志)

Dominion《自治领》(长诗),A. R. D. Fairburn 作

Dos Passos, John 约翰·多斯·帕索斯

Doubtful Sounds《可疑的声音》,Bill Manhire 作

Doubtless《毋庸置疑》,Sam Hunt 作

Dove on the Waters《水面鸽影》,Maurice Shadbolt 作

Dove's Nest and Other Stories, The《鸽巢》,Katherine Mansfield 作

Dowling, Basil 巴西尔·道林(1910—2000)

Dowling, David 戴维·道林

Down the Backbone《沿脊椎而下》,Sam Hunt 作

Doyle, Charles 查尔斯·多尔(1928—　)

Dr. Strangelove's Prescription《奇爱博士的处方》,Michael Morrissey 作

Dragon Rampant《怒龙》,Robin Hyde 作

Dragon Talk《龙话》,Fleur Adcock 作

"Drayman, The"《马车夫》,Eileen Duggan 作

Dream Sleeper, The《梦睡人》,Patricia Grace 作

Dream Swimmer, The《梦泳者》,Witi Ihimaera 作

Dreamhunter《梦猎人》,Elizabeth Knox 作

Dreamquake《梦崩裂》,Elizabeth Knox 作

Dreams《梦》,Michael Morrissey 作

Dreams of Sussex Down《萨赛克斯草场之梦》,Roger Hall 作

Dreams, Yellow Lions《梦,黄色的狮》,Alistair Campbell 作

Drew, John 约翰·德鲁

Drinking Horn《角杯》,Alistair Campbell 作

Driving into the Storm: Selected Poems《冲进暴风雨》,Ian Wedde 作

Drummer《击鼓手》,Ian Wedde 作

Drums Go Bang!, The《鼓声响起》,Ruth Park 作

Drunkard's Garden《酒鬼的花园》,Sam Hunt 作

Drybread《干面包》,Owen Marshall 作

Dryland, Gorden 戈登·德赖兰

du Fresne, Yvonne 约妮·杜弗雷斯内

Duckworth, Marilyn 玛丽琳·达克沃思

Dudding, Robin 罗宾·达丁

Duff, Alan 艾伦·达夫(1950—　)

Duff, Oliver 奥利弗·达夫

Duggan, Eileen 艾琳·达根(1894—1972)

Duggan, Maurice 莫里斯·达根(1922—1974)

Duke's Miracle, The《公爵的奇迹》,Allen Curnow 作

Dwarf with a Billiard Cue, The《持台球杆的矮子》,Kendrick Smithyman 作

Dystopia 反面乌托邦

E

Earle, Augustus 奥古斯塔斯・厄尔

Ear of Dragon, An《龙耳》,Maurice Shadbolt 作

Earth Meditations《地球冥想》,Charles Doyle 作

Earthly: Sonnets to Carlos《人间：献给卡洛斯的十四行诗》,Ian Wedde 作

Earthquake Weather《地震气候》,K. Smithyman 作

Edge of the Alphabet, The《字母的边缘》,Janet Frame 作

Edingburg《爱丁堡》(杂志)

Edmond, Lauris 罗丽思・埃德蒙德(1924—2000)

Edmond, Murry 默里・埃德蒙德

Elaboration《详述》,Bill Manhire 作

Eldred-Grigg, Stevan 史蒂文・埃尔德雷德-格里格(1952—)

Electric City and Other Stories《电城》,Patricia Grace 作

Elixir of Life, The《长生药》,William Satchell 作

Ellie and the Shadow Man《艾丽与魅影人》,Maurice Gee 作

Ena Deena Dynamo《依娜・蒂娜・达那摩》,D'Arcy Cresswell 作

Ena, or the Ancient Maori《依娜，或古老的毛利人》,George H. Wilson 作

End of Day《一天的结束》,R. A. K. Mason 作

End of the Century at the End of the World, The《世界末日边沿的世纪末端》,
  C. K. Stead 作

End of the Golden Weather, The《黄金季节的结束》,Bruce Mason 作

Enemies《仇敌》,Allen Curnow 作

English Short Stories of Today: Second Series《当代英国短篇小说选辑：第二
  系列》,Dan Davin 编

"*English Woman Abroad, An*"《一个海外英国女子》,Frank Sargeson 作

Ensing, Riemke 里蒙克・恩辛

Enter without Knocking《不请自入》,Denis Glover 作

Envoy from Mirror City, The《镜城来使》,Janet Frame 作

Erewhon《乌有国》,Samuel Butler 作

Erewhon Revisited《重访乌有国》,Samuel Butler 作

Essays on New Zealand Literature《新西兰文学评论集》,Wystan Curnow 编

Essential New Zealand Short Stories《新西兰短篇小说精华》,Owen Marshall
  主编

Estate, The《地产》,Charles Brasch 编

"Estuary Change"《江海汇流之变迁》,Denis Glover 作

Evans, Charlotte 夏洛特·埃文斯

Evening News《新闻晚报》(报刊)

Evening Paper, The《晚报》,Bruce Mason 作

Evening Post《晚邮报》(报刊)

Evening Standard《晚间旗报》(报刊)

Everything You Need to Know about the World by Simon Eliot《西蒙·爱略特告诉你关于世界的一切》,Lloyd Jones 作

Evil Day, The《罪恶的一天》,Errol Brathwaite 作

Exorcisms《驱邪》,Michael Morrissey 作

Expressionism 表现主义

Eye of the Hurricane, The《飓风眼》,Fleur Adcock 作

F

Faber Book of 20th Century Women's Poetry《费伯文选：20 世纪妇女诗歌》,Fleur Adcock 编

Fabulous McFanes and Other Children's Stories, The《了不得的麦克芬斯及其他童话故事》,Maurice Duggan 作

Faces in Water《水中面影》,Janet Frame 作

Fairburn, A. R. D.　A. R. D. 费尔伯恩(1904—1957)

Falcon Mask, The《猎鹰面具》,Hubert Witheford 作

Falter Tom and the Water Boy《胆怯的汤姆与水娃》,Maurice Duggan 作

Fallen House, The《倒坍的房子》,James Baxter 作

Falling Debris《落下的瓦砾》,Sam Hunt & David Kilgour 作

Family Man, The《居家男》,Ian Cross 作

Fantasy with Witches《女巫幻想》,Alistair Campbell 作

Farjeon, B. L.　B. L. 法杰恩

Farmers' Advocate《农民导报》(报刊)

Farrell, Fiona 菲奥娜·法雷尔(1947—　)

Fat Lady and the Astronomer, The《胖女士和天文学家》,Michael Morrissey 作

Fear in the Night《黑夜中的恐惧》,Errol Brathwaite 作

Fence Around the Cuckoo, A《杜鹃鸟周围的篱笆》,Ruth Park 作

Fiction of Katherine Mansfield, The《凯塞琳·曼斯菲尔德的小说》,Marvin Magalaner 作

Fifth Child, The《第五个孩子》,James Courage 作

Fifty Fifty《平分秋色》,Roger Hall 作

Figures in Light《光中人影》,Maurice Shadbolt 作

"Final Cure, A"《最终的医治》,Frank Sargeson 作

Finding out《真相》(杂志)

Finding Ruth《找到鲁思》,Renée Taylor 作

Fingers up?《竖起手指?》,Brian Turner 作

Finlayson, Roderick 罗德里克·芬利森(1904—1992)

Fire and the Anvil: Notes on Recent Poetry, The《火与砧:当代诗歌杂感》,
　　James Baxter 作

Fire Raiser, The《纵火者》,Maurice Gee 作

Fire without Phoenix《没有凤凰的火》,W. H. Oliver 作

Fires in the Distance《远方之火》,James Courage 作

Firewheel Tree, The《火轮树》,Keith Sinclair 作

First Blood《第一滴血》,Elizabeth Smither 作

First Return《第一次回归》,Mervyn Thompson 作

First Wife, The《前妻》,James Baxter 作

First with the Sun《与太阳同起》,Alan Mulgan 作

First Year in Canterbury Settlement, A《坎特伯雷殖民区第一年》,Samuel
　　Butler 作

Fishing in the Styx《在斯迪克斯河上垂钓》,Ruth Park 作

Fitzgerald, James Edward 詹姆斯·爱德华特·菲茨杰拉德

Five Americans in China《生活在中国的五个美国人》,Rewi Alley 作

Five for the Symbol《第五是象征》,C. K. Stead 作

507 Poems and 12 Prose Pieces《507 首诗和 12 则故事》,Sir George Grey 编

Flamingo Anthology of New Zealand Short Stories, The《火烈鸟新西兰短篇
　　小说选》,Michael Morrissey 编

Fledgling《初出茅庐》,Margaret Sutherland 作

Flying Fish, The《飞鱼》,Errol Brathwaite 作

Flying Fox in a Freedom Tree《自由树上的飞狐》,Albert Wendt 作

Flying to Palmerston《飞往帕尔玛斯敦》,K. Smithyman 作

Folktales in Maori and English《毛利语——英语对照民间故事》,Margaret Orbell 编

Foolish Acts《愚蠢行为》,Roger Hall 作

Footfall《脚步》,Brian Turner 作

"Footnote"《脚注》,Fiona Farrell 作

Footrot Flats《烂根苗床》,Roger Hall 作

Footsteps in the Sea《海里的足迹》,Pat Booth 作

"For a Five Year Old"《为一个五岁孩子而写》,Fleur Adcock 作

For the Rest of Our Lives《为了今后的生活》,Dan Davin 作

Foreign Woman, The《外国女人》,Fiona Kidman 作

"Forerunner"《先行者》,Charles Brasch 作

Forest and Ice《森林与冰川》,Blanche Baughan 作

Forest, The《森林》,D'Arcy Cresswell 作

Form《形式》,Renée Taylor 作

Forster, George 乔治·福斯特

Fortunate Isles, The《幸运岛》,William Reeves 作

Four Flad Whites in Italy《在意大利的四个呆滞白人》,Roger Hall 作

Four Plays《剧本四则》,Allen Curnow 作

48 Songs《歌谣四十八首》,Sir George Grey 编

Fracture《断裂》,Maurice Gee 作

Fragments of Living Peking《真实北京即景》,Rewi Alley 作

Frame, Janet 珍妮特·弗雷姆(1924—2004)

France, Ruth 鲁思·弗兰斯(笔名 Paul Henderson)

Frank Melton's Luck《弗兰克·梅尔顿的运气》,Thos Cottle 作

Frank O'Connor Award 弗兰克·奥康纳国际短篇小说奖

Frank Sargeson《弗兰克·萨吉森评传》,Winston Rhodes 作

Fraser, Toa 托阿·弗雷泽

French, Anne 安妮·弗兰奇

Freshening Breeze, The《清新的微风》,Rewi Alley 作

Friend of the Family, A《家友》,David Ballantyne 作

Friendship Centre《友谊中心》,Robert Lord 作

Frigate Bird, The《军舰鸟》,Alistair Campbell 作

From a Garden in the Antipodes《写自新西兰庭园》,Ursula Bethell 作

From Bottle Creek: Selected Poems 1967—1969《来自波特尔溪:1967—1969 诗选》,Sam Hunt 作

From Manoa to a Ponsonby Garden《从马诺阿到蓬松贝花园》,Albert Wendt 作

From the Edge of the Sky《来自天边》,Maurice Shadbolt 作

From the Indian Funeral《来自印度葬礼》,Vincent O'Sullivan 作

From the Maori Sea《从毛利海来》,Jessie Mackay 作

From the Swimming Pool Question《起自泳池问题》,Michael Morrissey 作

Fruit Farm, The《果园》,Alistair Campbell 作

Further Conviction Pending: Poems 1999—2008《推迟定罪:1999—2008 诗选》,Vincent O'Sullivan 作

G

Gaddis, William 威廉·加迪斯

Gallipoli and Other Poems《加里波利》,Alistair Campbell 作

Game of Hide and Seek《捉迷藏》,Frank Sargeson 作

Games of Choice《选择游戏》,Maurice Gee 作

"Garden Party, The"《园会》(短篇小说),Katherine Mansfield 作

Garden Party and Other Stories, The《园会》(短篇小说集),Katherine Mansfield 作

Gardens of Fire《火的花园》,Stevan Eldred-Grigg 作

Gay Trapeze, The《快乐的高空秋千》,K. Smithyman 作

Gee, Maurice 莫里斯·吉(1931—　　)

Geographies《地理》,C. K. Stead 作

Georgican《乔治根》,Ian Wedde 作

Geranium, The《天竺葵花》,Patricia Grace 作

Gifkins, Michael 迈克尔·吉夫金斯

Gilbert, Ruth 鲁斯·吉尔伯特

Gillies, John 约翰·吉利斯

Gilmore's Dairy《吉尔默的奶牛场》,Lloyd Jones 作

Girls High《女子高中》,Barbara Anderson 作

Girl Who Proposed, The《求婚的姑娘》,Elizabeth Smither 作

Glad Returning and Other Poems, The《幸福的回转》,Ursula Bethell 作

Glamour and the Sea《魅力与海》,Elizabeth Knox 作

Glide Time《弹性工作时间》,Roger Hall 作

Glitter and Spit《闪烁与吐焰》,Robert Lord 作

Glorious Morning, Comrade, The《同志,早晨天真好》,Maurice Gee 作

Glorious Ruins《光荣的废墟》,Robert Lord 作

Glory and the Dream, The《荣耀与梦想》,Noel Hilliard 作

Glover, Denis 丹尼斯·格洛弗(1912—1980)

God Boy, The《圣子》,Ian Cross 作

"Gods Live in Woods"《生活在林中的诸神》,Frank Sargeson 作

Godwits Fly, The《飞翔的塍鹬》,Robin Hyde 作

Going to the Chathams《走向查塔姆群岛》,Fiona Kidman 作

Going West《西行记》,Maurice Gee 作

Golden Wedding《金色婚礼》,Alan Mulgan 作

Golden Years, The《黄金年月》,Roderick Finlayson 作

Golder, William 威廉·戈尔德

"Good Boy, A"《好孩子》,Frank Sargeson 作

Good-Looking Woman, The《漂亮女人》,Ruth Park 作

Good Looks《美貌》,Bill Manhire 作

"Good Samaritan"《乐施好善者》,Frank Sargeson 作

Gool《古尔》,Maurice Gee 作

Goose Bath, The《鹅戏水》,Janet Frame 作

Gorden, Ian 伊安・戈登

Gorilla/ Guerilla《大猩猩/游击队员》,Elizabeth Smither 作

Gorse Blooms Pale, The《苍白的荆豆花》,Dan Davin 作

Gorst, J. E. J. E. 戈斯特

Grace, A. A. 格雷斯

"Grandmother Speaks"《祖母的话》,Blache Baughan 作

Grace, Patricia 帕特里夏・格雷斯(1937—　)

"Great Day, A"《美妙的一天》,Frank Sargeson 作

Great Wrong War, The《伟大的错误战争》,Stevan Eldred-Grigg 作

Green Stone《绿石》,Silvia Ashton-Warner 作

Greenstone Door, The《翠石门》,William Satchell 作

Grey, Sir George 乔治・格雷爵士

Grossmann, Edith 伊迪丝・格罗斯曼(1863—1931)

Groundwork《基础》,Renée Taylor 作

Growing up Maori《毛利人的成长》,Witi Ihimaera 作

Gung Ho: Poems《工合》,Rewi Alley 作

Guru of Chai, The《查伊的大亨》,Jacob Rajan 作

Guyan, Alexander 亚历山大・盖彦

H

Habib, Rowley 洛莱・哈比

Haelbos, Henrick 亨利克・海尔伯斯

haka 毛利庆典仪式上带动作的呼喊

Haley, Russell 拉塞尔・海利

Halfman of O, The《奥国的半人》,Maurice Gee 作

Halfway Round the Harbour: An Autobiography《去海港的半途:自传》,
　Keith Sinclair 作

Hall, Roger 罗杰・霍尔(1939—　)

Hand Me Down World《把世界传给我》,Lloyd Jones 作

Hand on the Rail, The《手扶栏杆》,Bruce Mason 作

History of the War in the North《北方战史》,F. E. Maning 作

Hoamea 呼梅阿(毛利民间故事中的巫女)

Hodge, Merton 默顿·霍奇

Hodgkins, Frances 弗朗西丝·霍奇金斯

"Hole That Jack Dug, The"《杰克挖洞》,Frank Sargeson 作

Holiday Time in the Bush《丛林里的假日时光》,Ruth Dallas 作

Homage to Matisse《献给马蒂斯》,Ian Wedde 作

Home《家乡》,Alan Mulgan 作

Home Ground: Poems by Charles Brasch《家乡的土地：查尔斯·布拉希诗选》,
　　Alan Roddick 编

"Home Thoughts"《思乡》,Denis Glover 作

Homecoming, The《归乡》,Alistair Campbell 作

Homeplaces《故乡》,Keri Hulme 作

Honey and Bitters《蜂蜜与苦酒》,Fiona Kidman 作

Hongi《眼泪》,Bruce Mason 作

Hope《希望》,Blaunche Baughan 作

Hopeful Traveller, The《满怀希望的旅行者》,Fiona Farrell 作

Hormasji, Nariman 纳里曼·霍马斯基

Horse《霍斯》,James Baxter 作

Horse Playing the Accordion《拉手风琴的马》,Elizabeth Smither 作

Hostel Girl《招待所女孩》,Mauric Gee 作

Hot October《火辣十月》,Lauris Edmond 作

Hot Water《热水》,Roger Hall 作

Hot Water Sailer《热海行舟人》,Denis Glover 作

Hotspur: A Ballad《急性子：歌谣一首》,Fleur Adcock 作

"Houmea the Shag Woman"《女巫呼梅阿》(毛利民间故事)

House Guest, The《房客》,Barbara Anderson 作

House of Strife, The《冲突之舍》,Maurice Shadbolt 作

House within, The《内心的家舍》,Fiona Kidman 作

Houses by the Sea and the Later Poems《海滨庭院》,Robin Hyde 作

"Houses, The"《庭院》,Robin Hyde 作

How to Be Nowhere: Essays and Texts, 1971—1994《如何隐身》,Ian Wedde 作

"How to Legislate for the Natives of New Zealand"《如何为新西兰土人立法》,
　　Ernest Dieffenbach 作

How to Take off Your Clothes at the Picnic《野餐时如何脱衣服》,Bill Manhire 作

Howrah Bridge and Other Poems《荷拉桥及其他》,James Baxter 作

Hubert Church Memorial Award 休伯特·切奇纪念奖

Hallucinatory dramaturgy 舞台幻觉手法

Hulme, Keri 克里·休姆(1947—　)

Hunted, The《被追捕的人》,John Lee 作

Hunt, Sam 萨姆·亨特(1946—　)

"Hut Near Desolated Pines"《凄凉松林旁的小屋》,Alistair Campbell 作

Hyde, Robin 罗宾·海德(1906—1939)

I

I for One . . .《我亦如此》,Frank Sargeson 作

I Passed This Way《我走过的路》,Sylvia Ashton-Warner 作

I Saw in My Dream《我梦中所见》,Frank Sargeson 作

I Think We Should Go into the Jungle《我想我们该去丛林》,Barbara Anderson 作

Ihimaera, Witi 威蒂·伊希玛埃拉(1944—　)

I'll Soldier No More《我不再当兵》,M. K. Joseph 作

Imaginary Islands《幻想岛》,M. K. Joseph 作

Immanuel's Land《依马努尔的土地》,Maurice Duggan 作

Imperial Vistas Family Fictions《帝国前景家庭小说》,Kendrick Smithyman 作

In a Clear Light《光亮之下》,Fiona Kidman 作

In a German Pension《在德国公寓》,Katherine Mansfield 作

In Double Harness《两人诗集》,William Reeves 和 G. P. Williams 作

In Fires of No Return《地狱之火》,James Baxter 作

In Georgina's Shady Garden and Other Stories《在乔治娜荫蔽的花园里》,
　　Roderick Finlayson 作

In Middle Air《在半空中》,Lauris Edmond 作

In My Father's Den《在父亲的小屋里》,Maurice Gee 作

In Print《出版消息》(杂志)

In Revolt《反叛》,Edith Grossmann 作

In the Glass Case《玻璃箱中》,C. K. Stead 作

In the Manner of Men《以人的姿态》,R. A. K. Mason 作

"In the Midst of Life"《人生中》,Frank Sargeson 作

In the Spirit of Honghu《洪湖精神》,Rewi Alley 作

In View of the Circumstances《根据情况》,Roger Hall 作

Incense to Idols《偶像前进香》,Sylvia Ashton-Warner 作

Incident Book, The《事件手册》,Fleur Adcock 作

Incorrigible Music, An《不可救药的曲子》,Allen Curnow 作

Incorruptibles, The《清廉者》,Guthrie Wilson 作

Influence of the Thought of Mao Tse-tung, The《毛泽东思想的影响》,Rewi Alley 作

Inglewood, Kathleen 凯思琳·英格尔伍德

Inhabited Initial, The《拼图首字母》,Fiona Farrell 作

Inheritance《遗产》,Kendrick Smithyman 作

Inner Harbour, The《内港》,Fleur Adcock 作

Inscription on a Paper Dart: Selected Poems: 1945—1972《纸镖上的铭文：1945—1972 年诗选》,M. K. Joseph 作

Inside, Outside《里里外外》,Brian Turner 作

Inside Us the Dead: Poems 1961 to 1974《铭记逝者：1961—1974 诗集》,Albert Wendt 作

Intensive Care《特别护理》,Janet Frame 作

Into the Field of Play: New Zealand Writers on the Theme of Sport《透视体育：新西兰作家论体育》,Lloyd Jones 作

Into the World of Light: An Anthology of Maori Writing《踏入光明世界：毛利作品集》,Witi Inimaera 和 D. S. Long 编

Introducing Bruce Mason《布鲁斯·梅森评传》,David Bowling 作

Introducing Denis Glover《丹尼斯·格洛弗评传》,Gordon Ogilvie 作

Io 伊奥（毛利神话中的万神之主）

Ireland, Kevin 凯文·艾尔兰

Island, The《海岛》,Merton Hodge 作

Islands《海岛》(杂志)

Island and Time《海岛与时间》,Allen Curnow 作

Island to Island《从岛屿到岛屿》,Alistair Campbell 作

Isles of the South Pacific《南太平洋诸岛》,Maurice Shadbolt 作

It Isn't Cricket《不是板球》,Robert Lord 作

J

J. C. Reid Memorial Prize J. C. 雷德纪念奖

"Jack Kerouac Sat Down by the Wanganui River and Wept"《杰克·凯鲁亚克坐在旺嘎努依河畔哭泣》,Michael Morrissey 作

Jack Winter's Dream《冬日之梦》,James Baxter 作

Jack without Magic《没有魔法的杰克》,Allen Curnow 作

Jake's Long Shadow《杰克的影子》,Alan Duff 作

Jackson, MacDonald 麦克唐纳·杰克逊

James《詹姆斯》,Ruth Park 作

James K. Baxter《詹姆斯·巴克斯特》,Vincent O'Sullivan 作

Jameson, Frederic 弗雷德里克·詹明信

Je Ne Parle Pas Francais《我不会说法语》(短篇小说集),Katherine Mansfield 作

"Je Ne Parle Pas Francais"《我不会说法语》(短篇小说),Katherine Mansfield 作

Jean and Richard《简和理查德》,Mervyn Thompson 作

Jeanie Once《珍妮·温斯》,Renée Taylor 作

Jenner, Ted 泰德·詹纳

Jerusalem Blues《耶路撒冷蓝调》,James Baxter 作

Jerusalem Daybook《耶路撒冷日记》,James Baxter 作

Jerusalem Sonnets《耶路撒冷十四行诗》,James Baxter 作

Jessie Mackay Prize 杰西·麦凯奖

"Jim and Miri"《吉姆与米莉》,Roderick Finlayson 作

Johnson, Louis 路易斯·约翰逊(1924—1988)

Johnson, Mike 迈克·约翰逊

Jones and Jones《琼斯和琼斯》,Vincent O'Sullivan 作

Jones, Johnny 乔尼·琼斯

Jones, Laurence 劳伦斯·琼斯

Jones, Lloyd 利奥德·琼斯(1955—   )

Jones, Pei 佩·琼斯

Joseph, M. K. 麦考尔·约瑟夫(1914—1981)

Journal《曼斯菲尔德日记选》,Katherine Mansfield 作

Journal《理查德·克鲁斯日记》,Richard Cruise 作

Journal《西德尼·帕金森日记》,Sydney Parkinson 作

Journey to Outer Mongolia: Diary with Poems《外蒙古之行》,Rewi Alley 作

Joy of a Ming Vase, The《一尊明代花瓶的欢乐》,Ruth Dallas 作

Joyful and Triumphant《喜悦与欢欣》,Robert Lord 作

Joy of the Worm《虫的欢乐》,Frank Sargeson 作

Julian Ware《朱利安·威尔》,Guthrie Wilson 作

Jungle《丛林》,Upton Sinclair 作

Just This《仅此而已》,Brian Turner 作

"Just Tresspassing, Thanks"《打扰了,谢谢》,Frank Sargeson 作

K

Kafka, Franz 弗朗兹·卡夫卡

Kapiti: Selected Poems 1947—1971《卡皮堤：1947—1971 年诗选》，Alistair Campbell 作

Kaput!《完蛋!》，Stevan Eldred-Grigg 作

Kaspar's Journey《卡斯帕的旅程》，M. K. Joseph 作

Katherine Mansfield: An Appraisal《凯塞琳·曼斯菲尔德评传》，Nariman Hormasji 作

Katherine Mansfield in Her Letters《信函中的曼斯菲尔德》，Dan Davin 作

Katherine Mansfield Short Story Award 曼斯菲尔德短篇小说奖

Kavanagh, Ted 特德·卡瓦纳

Kereama, Matire 马蒂里·凯里阿玛

Kidman, Fiona 菲奥娜·基德曼(1940—　)

Kin of Place: 20 New Zealand Writers《本土亲属：论 20 位新西兰作家》，C. K. Stead 作

Kinds of Peace: Maori People after the Wars, 1870—1885《和平年代：战后毛利民族，1870—1885》，Keith Sinclair 作

King, Bruce 布鲁斯·金

King, Michael 迈克尔·金

King Potatau《波塔吐王》，Pei Jones 作

Kingsley, Charles 查尔斯·金斯莱

Kinnell, Galway 高尔威·金内尔

Kirk, Norman 诺曼·柯克

Kissing Shadows《亲吻影子》，Renée Taylor 作

Kiwi《新西兰人》(杂志)

Knox, Elizabeth 伊丽莎白·诺克斯(1959—　)

Knucklebones: Poems: 1962—2012《指关节：萨姆·亨特 50 年诗选》，Sam Hunt 作

Kohere, Reweti 莱怀蒂·柯海利

Kooti, Te 特·库蒂

Koteliansky, S. S. S. S. 柯特连斯基

Krishnan's Diary《克里希南的日记》，Jacob Rajan 作

Kuia and the Spider, The《库伊阿和蜘蛛》，Patricia Grace 作

Kupe 库佩(毛利传奇中最早发现新西兰的酋长)

L

Ladders of Rain《雨的阶梯》，Brian Turner 作

Lagoon, The《礁湖》，Janet Frame 作

Lali《拉历》，Albert Wendt 编

"Lament for Barney Flanagan"《悼巴尼·弗拉那根》,James Baxter 作

Land and the People, The《土地与人》,Charles Brasch 作

Land of the Morning《黎明之地》,Jessie Mackay 作

Land Like a Lizard: New Guinea Poems《像蜥蜴一样的土地：新几内亚诗选》,
　Louis Johnson 作

Land of the Lost, The《迷惘者之乡》,William Satchell 作

Land of the Morning, The《黎明之地》,Jessie Mackay 作

Landfall《陆地》(杂志)

Lapham, Henry 亨利·拉帕姆

Lark Quartet, The《百灵鸟四重唱》,Elizabeth Smither 作

Larnachs, The《拉纳奇家族》,Owen Marshall 作

"Last Adventure"《最后一次冒险》,Frank Sargeson 作

Last Pioneer, The《最后一位拓荒者》,David Ballantyne 作

Last Poems《最后的诗篇》,Louis Johnson 作

Last Saturday《上个星期六》,Lloyd Jones 作

"Last War, The"《上一次大战》,Frank Sargeson 作

Late Song《罗丽思·埃德蒙德后期诗歌》,Lauris Edmond 作

Lawlor, Patrick 帕特里克·劳勒

Lawlor, Ray 雷·劳勒

Leander: An Elegy《利安达：一首挽歌》,D'Arcy Cresswell 作

Leaves from a Sandan Notebook《山丹笔记之页》,Rewi Alley 作

Leaves of the Banyan Tree《榕树叶》,Albert Wendt 作

Lee, John 约翰·李(1891—1982)

Legend of Marcello Mastroianni's Wife, The《玛塞勒·马斯特罗安尼之妻的传
　说》,Elizabeth Smither 作

Let the River Stand《让河流站起来》,Vincent O'Sullivan 作

Letter from Heaven: Sixteen New Zealand Poets《天堂来信：16 位新西兰诗
　人》,Owen Marshall 主编

"Letter from Orpheus"《奥菲士的来信》,Vincent O'Sullivan 作

Letters and Art in New Zealand《新西兰的文学与艺术》,E. H. McCormick 作

Letters and Journals《书信与笔记》,Samuel Marsden 作

Letters and Journals of Katherine Mansfield: A Selection, The《凯塞琳·曼斯
　菲尔德书信日记选》,C. K. Stead 编

Letters to John Middleton Murry: 1913—1922《致约翰·默里的信：1913—
　1922》,Katherine Mansfield 作,John Murry 编

Liberal Government, 1891—1912: First Steps Towards a Welfare State, The

《自由政府，1891—1912：通向福利国家之前提》，Keith Sinclair 作

Licensed Victualler, The《特许粮店》，Bruce Mason 作

"Life of Ma Parker"《帕克大妈的一生》，Katherine Mansfield 作

Lifted《提升》，Bill Manhirer 作

Light Readings《轻松读物》，Fiona Farrell 作

Lightning Makes a Difference, The《闪电带来的变化》，Hubert Witheford 作

Lights and Shadows of Colonial Life《殖民地生活的光与影》，Sarah Courage 作

Lilian Ida Smith Award 利连·艾达·史密斯奖

Limestone《石灰岩》，Fiona Farrell 作

Limping Man, The《瘸腿的人》，Maurice Gee 作

Listener Short Stories《新西兰听众短篇小说集》，Bill Manhire 编

Listening to the Everly Brothers《听艾弗利兄弟说》，Elizabeth Smither 作

Listening to the River《聆听河流》，Brian Turner 作

Literary Cartoon《文学漫画》，Kevin Ireland 作

Literature and Authorship in New Zealand《新西兰文学与作者》，Alan Mulgan 作

Literatures of the British Commonwealth: Australia and New Zealand《英联邦文学：澳大利亚和新西兰》，G. A. Wilkes 和 J. C. Reid 作

Little Girl and Other Stories, The《小女孩》(短篇小说集)，Katherine Mansfield 作

"Little Girl, The"《小女孩》(短篇小说)，Katherine Mansfield 作

"Little Governess, The"《小保姆》，Katherine Mansfield 作

Little Masters《小主人》，Damien Wilkins 作

Live Bodies《活体》，Maurice Gee 作

Living as a Moon《像月亮一样生活》，Owen Marshall 作

Living Country, The《生机勃勃的乡村》，M. K. Joseph 作

Living in the Maniototo《生活在玛尼奥托托》，Janet Frame 作

Locating the Beloved《寻找心上人》，Bill Manhire 作

Lola《萝拉》，Elizabeth Smither 作

Loney, Alan 艾伦·洛尼

Long, D. S. 唐·朗

Long Hot Summer《炎炎夏日》，Barbara Anderson 作

Long Journey to the Border《走向边界的漫长旅程》(John Mulgan 传记)，Vincent O'Sullivan 作

Long Way Home《归途漫漫》，Errol Brathwaite 作

Looking Back《回首》，Fleur Adcock 作

Loop in Lone Kauri Road: Poems 1983—1985《独杉路环道：1983—1985 诗选》，Allen Curnow 作

Lord, Robert 罗伯特·洛德(1945—1992)

Lost Possessions《失去的财富》,Keri Hulme 作

Love and Legend: Some 20ᵗʰ Century New Zealanders《爱与传奇:一些 20 世纪的新西兰人》,Maurice Shadbolt 作

Love Contract, The《爱的契约》,Margaret Sutherland 作

Love off the Shelf《急切的爱》,Roger Hall 作

Love School, The《爱情学校》,Elizabeth Knox 作

Lovebirds《情侣》,Mervyn Thompson 作

"Lovers and the City, The"《情侣与城市》,M. K. Joseph 作

Lovelock Version《拉夫洛克纪事》,Maurice Shadbolt 作

Lowel, Robert 罗伯特·洛厄尔

Lucky Table《幸运桌》,Vincent O'Sullivan 作

Luminaries, The《发光体》,Eleanor Catton 作

Lutherford, Lord 卢瑟福勋爵

Lyttleton Harbour《里特尔顿港》,D'Arcy Cresswell 作

Lyttleton Times《里特尔顿时报》(报刊)

Lynx Hunter and Other Stories, The《捕猞猁的人》,Owen Marshall 作

M

Macaulay 麦考莱

Machine Song《机器歌》,J. A. S. Coppard 作

Mackay, Jessie 杰西·麦凯(1864—1938)

Mactier, Susan 苏珊·麦克蒂尔

Made over《重塑》,Ian Wedde 作

Magalaner, Marvin 马文·玛格拉那

"Magies, The"《喜鹊》,Denis Glover 作

Magsman Miscellany, The《讲故事人杂汇》,Maurice Duggan 作

Mahanga《孪生》,Vernice Wineera Pere 作

Mahuika 玛辉卡(毛利神话中火的女神)

Make Love in All the Rooms《在所有房间里做爱》,Michael Morrissey 作

Making a Fist of It: Poems and Short Stories《握拳:诗歌短篇小说集》,Hone Tuwhare 作

Making Ends Meet《收支平衡》,Ian Wedde 作

Making It Big《大干一场》,Roger Hall 作

Making of a New Zealander, The《一个新西兰人的成长》(自传),Alan Mulgan 作

"Making of a New Zealander, The"《一个新西兰人的成长》(短篇小说),Frank

Sargeson 作

Making Tracks《留下足迹》,Sam Hunt 作

Makuwe, Stanley 斯坦利・马库维

Malady《疾病》,Bill Manhire 作

Man Alone《孤独的人》,John Mulgan 作

Man and His Wife, A《男人和他的妻子》,Frank Sargeson 作

Man in the Shed, The《棚屋里的男人》,Lloyd Jones 作

Man of England Now《今日英格兰人》,Frank Sargeson 作

"Man of Good Will, A"《一个好心人》,Frank Sargeson 作

Man on the Horse, The《骑马人》,James Baxter 作

"Man without a Temperament, The"《没脾气的男人》,Katherine Mansfield 作

Mandarin Summer《中国之夏》,Fiona Kidman 作

Mander, Jane 简・曼德(1877—1949)

Mango's Kiss《芒果之吻》,Albert Wendt 作

Manhire at 60: A Book for Bill《曼哈尔 60 华诞:比尔之书》,Fergus Barrowman
    and Damien Wilkins 主编

Manhire, Bill 比尔・曼哈尔(1946—　　)

Maning, F. E. F. E. 梅宁(1811—1883)

Mansfield: A Novel《曼斯菲尔德:一部小说》,C. K. Stead 作

Mansfield, Katherine 凯塞琳・曼斯菲尔德(1888—1923)

Many Coated Man, A《层层包裹的人》,Owen Marshall 作

Maori《毛利人》,Witi Ihimaera 作

"Maori and Literature, 1938—1965, The"《毛利人和文学:1938—1965》,Bill
    Pearson 作

Maori Battalion: A Poetic Sequence《毛利军团:组诗》,Alistair Campbell 作

Maori Folktales《毛利民间故事》,Margaret Orbell 编

Maori Girl《毛利姑娘》,Neol Hilliard 作

Maori King, The《毛利王》,J. E. Gorst 作

Maori Maid, A《毛利女仆》,Harry Vogel 作

Maori Myths and Tribal Legends《毛利神话与部落传奇》,Antony Alpers 编

Maori Poetry: The Singing Word《毛利诗歌:吟唱的文字》,Barry Mitcalfe 编

Maori: Proverbs《毛利谚语》,A. Brougham 和 A. W. Reed 编

Maori Proverbs and Sayings《毛利谚语和格言》,Reweti Kohere 编

Maori Religion and Mythology《毛利宗教和神话》,Edward Shortland 作

"Maori:The Crisis and the Challenge"《毛利人:危机与挑战》,Alan Duff 作

Maori Woman, The《毛利妇女》,Noel Hilliard 作

Maoriland Stories《毛利国故事集》,A. A. Grace 作

Maorilander《毛利国人》(杂志)

Maoris of New Zealand, The《新西兰毛利人》,Joan Metge 作

Maoris of New Zealand, The《新西兰毛利人》,Roderick Finlayson 作

Market Forces《市场力量》,Roger Hall 作

Marryatt, Emmilla 伊米莉亚·马里亚特

Marsden, Samuel 塞缪尔·马斯登

Marshall, Heather 希瑟·马歇尔

Marshall, Owen 欧文·马歇尔(1941—　)

Martin, C. J. C. J. 马丁

Martin's Locals《马丁乡土诗集》,C. J. Martin 作

Mason, Bruce 布鲁斯·梅森(1921—1982)

Mason, R. A. K. R. A. K. 梅森(1905—1971)

Massey, William 威廉·梅西

Master of Big Jingles and Other Stories, The《叮当大师》,Owen Marshall 作

Mate《伙伴》(杂志)

Mathematics of Jane Austen, The《简·奥斯丁的数学》,Elizabeth Smither 作

Matriarch《女族长》,Witi Ihimaera 作

Matter of Timing, A《时机问题》,Lauris Edmond 作

Maui 玛乌伊(毛利神话中的英雄)

Mauri Ola: Contemporary Polynesian Poems in English《玛乌里·奥拉:当代波利尼西亚英语诗选》,Albert Wendt 等编

Maurice Gee《莫里斯·吉》,Billl Manhire 作

McAlpine, Rachel 雷恰尔·麦卡阿尔平

McCauley, Sue 苏·麦考利

McCormick, E. H. E. H. 麦考米克

McCullers, Carson 卡森·麦卡勒斯

McGregor, John 约翰·麦克格莱格

McNaughton, Howard 霍华德·麦克诺顿

McNeal, Bryan 布赖恩·麦克尼尔

McNeish, James 詹姆斯·麦克内什

Measure for Measure: A Case Book《针锋相对:个案汇编》,C. K. Stead 编

Meeting Place《约会地》,Robert Lord 作

Meeting the Comet《与彗星相遇》,Fleur Adcock 作

Meg《梅格》,Maurice Gee 作

Meikle, Phoebe 菲比·梅克尔

Memoirs of a Peon《一个劳工的回忆》，Frank Sargeson 作

Memoirs of My China Years《我的中国岁月》，Rewi Alley 作

"Memorial to a Missionary"《纪念一位传教士》，Keith Sinclair 作

Memory Gene Pool《记忆基因库》，Michael Morrissey 作

Men of God《上帝的子民》，Denis Glover 作

Merchant Campbell《商人坎贝尔》，Ruth Park 作

"Mercury Bay Eclogue"《墨丘利湾田园诗》，M. K. Joseph 作

Meridian Energy Katherine Mansfield Memorial Fellowship 梅瑞典能源凯塞
　琳·曼斯菲尔德纪念奖金

Messages for Herold《捎给哈罗德的口信》，Charles Doyle 作

Metamorphosis《变形记》，Franz Kafka 作

Metge, Joan 琼·米特格

Metro《都市》(杂志)

Middle Age Spread《中年发福》，Roger Hall 作

Middleton, Ian 伊安·米德尔顿

Middleton, O. E. O. E. 米德尔顿

Mihi: Collected Poems《米希》，Hone Tuwhare 作

Milky Way Bar《银河酒吧》，Bill Manhire 作

"Millie"《米莉》，Katherine Mansfield 作

Milner, Ian 伊安·米尔纳

Mine Eyes Dazzle: Poems 1947—1949《眼眩：1947—1949 年诗选》，Alistair
　Campbell 作

Miracle: A Romance《奇迹：一段浪漫史》，Vincent O'Sullivan 作

"Miss Briggs"《布里格斯小姐》，Frank Sargeson 作

"Miss Brill"《布里尔小姐》，Katherine Mansfield 作

Missionary Position《传教士式》，Renée Taylor 作

Mitcalfe, Barry 巴里·米特卡尔夫

Mitchel, David 戴维·米切尔

Monday's Warriors《星期一的斗士》，Maurice Shadbolt 作

Montana New Zealand Book Award 蒙大拿新西兰图书奖

Moody Tuesday《心绪烦恼的星期二》，Robert Lord 作

Moon Section《月区》，Allen Curnow 作

Moontalk: Poems New and Selected《月球谈话》，Keith Sinclair 作

More Poems《艾琳·达根诗歌续集》，Eileen Duggan 作

More Than Enough《绰绰有余》，Frank Sargeson 作

"Morgue, The"《停尸间》，James Baxter 作

Morris, Paula 波拉·莫里斯

Morrissey, Michael 迈克尔·莫里西(1942—)

Mortal Fire《致命的火》,Elizabeth Knox 作

mōteatea 莫泰阿泰阿(即毛利吟唱诗)

Motherstone《宝石王》,Maurice Gee 作

Mountain Mornings《山地早晨》,Ruth Dallas 作

Mr. Allbones' Ferrets《瘦骨先生的雪貂》,Fiona Farrell 作

Mr. O'Dwyer's Dancing Party《奥德韦尔先生的舞会》,James Baxter 作

Mr. Pip《皮普先生》,Lloyd Jones 作

Mrs Dixon and Friends《迪克松太太和朋友们》,Fiona Kidman 作

Muckrakers 揭丑作家

Muir, Robin 洛宾·米尔

Mulgan, Alan 艾伦·马尔根(1881—1962)

Mulgan, John 约翰·马尔根(1911—1945)

Multiple Choice《多种选择》,Roger Hall 作

Mum《妈妈》,Stevan Eldred-Grigg 作

Munford, Ruth 鲁思·蒙弗德(笔名 Ruth Dallas)

Murry, John 约翰·默里

Musaphia, Joseph 约瑟夫·穆萨菲亚

Musings in Maoriland《毛利国冥想》,Thomas Bracken 作

Mutuwhenua: The Moon Sleeps《穆图惠努阿：月亮睡了》,Patricia Grace 作

My Fish《我的鱼》,Elizabeth Smither 作

My History, I Think《是我的历史，我觉得》,Steven Eldred-Grigg 作

My Name Was Judas《我的名字叫犹大》,C. K. Stead 作

My Sunshine《我的阳光》,Bill Manhire 作

Mystery of Maata, The《玛塔之谜》,Katherine Mansfield 作

Mythology and Traditions of the New Zealander《新西兰人的神话与传统》,Sir
   George Grey 编

N

Naming the Gods《给神取名》,Sam Hunt 作

Napoleon and the Chicken Farmer《拿破仑与养鸡场农夫》,Lloyd Jones 作

Narrative《札记》,John Nicholas 作

Narrative of Edward Crewe, or Life in New Zealand, The《爱德华特·克鲁
   自述，或新西兰生活》,W. M. Baines 作

Narrative of Nine Months' Residence《九个月新西兰生活纪实》,Augustus Earle 作

Ned and Katina《奈德和卡蒂娜》,Patricia Grace 作

Needle in the Heart, A《心中刺》,Fiona Kidman 作

Needle's Eye, The《针眼》,Errol Brathwaite 作

Nemerov, Howard 霍华德·内美洛夫

Nest in a Falling Tree《倾倒的树上的鸟巢》,Joy Cowley 作

Neustadt Prize 纽斯达特国际文学奖

Never Enough!《永不知足》,Frank Sargeson 作

New Age, The《新时代》(杂志)

"New Dresses"《新衣》,Katherine Mansfield 作

New English Literatures — Cultural Nationalism in a Changing World《新英语文学——变化世界中的文化民族主义》,Bruce King 作

New Fiction, The《新小说》,Michael Morrisey 编

New Harvest, The《新收获》,Roderick Finlayson 作

New History of Canterbury, A《坎特伯雷新史》,Stevan Eldred-Grigg 作

New Net Goes Fishing, The《新网捕鱼》,Witi Ihimaera 作

New Poems《新诗选集》,Denis Glover 和 Ian Milner 编

New Poetic: Yeats to Eliot, The《新诗学：从叶芝到艾略特》,C. K. Stead 作

New Worlds for Old《世界的新旧更替》,Louis Johnson 作

New Zealand: A Book for Children《新西兰：给孩子们的书》,Alistair Campbell 作

New Zealand and Its People《新西兰与新西兰人》,Errol Brathwaite 作

New Zealand and Other Poems《新西兰诗章及其他》,William Reeves 作

New Zealand: Being a Narrative of Travels and Adventures《新西兰：旅行探险札录》,Joel Samuel Polack 作

New Zealand Bird Songs《新西兰鸟曲》,Eileen Duggan 作

New Zealand Book Award 新西兰图书奖

New Zealand Drama: A Parade of Forms and a History《新西兰戏剧：形式与历史的展示》,Bruce Mason 作

New Zealand Graphic《新西兰画报》(杂志)

New Zealand Heritage《新西兰遗产》(杂志)

New Zealand Jack《新西兰杰克》,Philip Wilson 作

New Zealand Journal of History《新西兰历史期刊》(杂志)

New Zealand Love Stories: An Oxford Anthology《牛津文集：新西兰爱情小说》,Fiona Kidman 编

New Zealand: Gift of the Sea《新西兰：大海的礼物》,Maurice Shadbolt 作

New Zealand Library Fund Award 新西兰图书基金奖

New Zealand Listener《新西兰听众》(杂志)

Night at Green River, A《绿河一夜》，Noel Hilliard 作

Night at the Races, A《赛马会之夜》，Mervyn Thompson 作

Night in the Gardens of Spain《西班牙花园中的夜晚》，Witi Ihimaera 作

Night of the Leopard《美洲豹之夜》，David Ballantyne 作

Night Shift: Poems on Aspects of Love《夜班：关于爱的方方面面的诗》，Louis
　　Johnson 和 James Baxter 等作

Nights at the Embassy《大使馆的夜晚》，Elizabeth Smither 作

No New Thing: Poems 1924—1929《老调重弹：1924—1929 年诗选》，R. A. K.
　　Mason 作

No Ordinary Sun《不是普通的太阳》，Hone Tuwhare 作

No Remittance《没有汇款》，Dan Davin 作

Nor the Years Condemn《岁月包容》，Robin Hyde 作

North Auckland Times《北奥克兰时报》（报刊）

Northern Advocate《北方导报》（报刊）

Not Christmas, But Guy Fawkes《不是圣诞节，是盖伊·福克斯节》，Bruce
　　Mason 作

Not Far off《并不遥远》，Charels Brasch 作

Not Here, Not Now《不在此地，不在此时》，Dan Davin 作

Not in Narrow Seas《驶出窄海》，Allen Curnow 作

Novels and Novelists《小说与小说家》，Katherine Mansfield 作

Nuanua《努阿努阿》，Albert Wendt 编

Nuki and the Sea Serpent《努吉与海蛇》，Ruth Park 作

Numbers《韵律》（杂志）

O

O! Temperance!《啊！自律！》，Mervyn Thompson 等作

Occasional: Fifty Poems《偶发之作：诗 50 首》，Owen Marshall 作

Octavio's Last Invention《奥塔维奥的最新发明》，Michael Morrissey 作

Ogilvie, Gordon 戈登·奥吉尔维

O'Hara, Frank 弗兰克·奥哈拉

Ola《欧拉》，Albert Wendt 作

Old Earth Closet: A Tribute to Regional Poetry, The《老泥屋：地方诗赞》，
　　James Baxter 作

Old Man's Example, The《老人的榜样》，Bill Manhire 作

"Old Man's Story"《老人的故事》，Frank Sargeson 作

Old New Zealand《过去的新西兰》，F. E. Maning 作

"Ole Underwood"《奥利·安德伍德》,Katherine Mansfield 作

O'Leary's Orchard and Other Stories《奥利里的果园》,Maurice Duggan 作

Oliver, W. H.　W. H. 奥利弗(1925—　)

On the Level《公正》,William Hart-Smith 作

On the Tightrope《走钢丝》,Fiona Kidman 作

Once Is Enough《只此一回》,Frank Sargeson 作

Once on Chunuk Bair《曾在乔鲁克拜尔》,Maurice Shadbolt 作

Once Were Warriors《曾经是斗士》,Alan Duff 作

One-a-Pecker, Two-a-Pecker《淘金潮》,Ruth Park 作,又名 *The Frost and the Fire*《霜与火》

One House《一幢房子》,James Courage 作

100 New Zealand Poems《新西兰诗歌 100 首》,Bill Manhire 编

One Night Out Stealing《一夜偷盗》,Alan Duff 作

One of Ben's: A New Zealand Medley《本家一员：新西兰杂烩》,Maurice Shadbolt 作

O'Neil, Eugene 尤金·奥尼尔

Onion《洋葱》,Louis Johnson 作

Ooooo……!!!《啊哦……!!!》,Hone Tuwhare 作

Or Hawk or Basilisk《或是鹰或是蛇怪》,Denis Glover 作

Oracles and Miracles《贤哲与奇迹》,Stevan Eldred-Grigg 作

Orbell, Margaret 玛格丽特·奥贝尔

Order of New Zealand 新西兰奖章

Ordinary Nights in Ward Ten《10 病房平凡的夜晚》,Vincen O'Sullivan 作

Oriflamme《旌旗》(杂志)

Origins of the Maori Wars《毛利战争溯源》,Keith Sinclair 作

Orsman, Chris 克里斯·沃斯曼

Otago Daily Time《奥塔戈日报》(报刊)

O'Sullivan, Vincent 文森特·奥苏立凡(1937—　)

Other Lovers《其他恋人》,Roderick Finlayson 作

Our Burning Time《燃烧的时光》,Vincent O'Sullivan 作

Our Life in This Land《我们生活在这片土地上》,Roderick Finlayson 作

Out of Season《落令》,W. H. Oliver 作

Out of the Mist and the Steam《走出迷雾》,Alan Duff 作

Outcasts, The《被遗弃的人》,Philip Wilson 作

Over the Hills and Far Away《山后遥远的地方》,Charlotte Evans 作

Overseas Expert, The《海外专家》,Allen Curnow 作

Owen Marshall: Selected Stories《欧文·马歇尔短篇小说选编》，Owen Marshall 作，Vincent O'Sullivan 选编

Owls Do Cry《猫头鹰在哀叫》，Janet Frame 作

Oxford Anthology of New Zealand Writing Since 1945, The《牛津文选：战后新西兰文学》，MacDonald Jackson 和 Vincent O'Sullivan 作

Oxford Book of Contemporary New Zealand Verse, The《牛津文选：当代新西兰诗歌》，Fleur Adcock 编

Oxford Book of New Zealand Short Stories《牛津版新西兰短篇小说》，Vincent O'Sullivan 编

Oxford Companion to New Zealand Literature, The《牛津新西兰文学手册》，Roger Robinson 和 Nelson Wattie 主编

Oxford Poetry《牛津诗刊》（杂志）

P

Pacific Flight《太平洋飞行》，Philip Wilson 作

Pacific Star《太平洋之星》，Philip Wilson 作

Paddy's Puzzle《帕迪的疑惑》，Fiona Kidman 作

Paint Your Wife《画你妻子》，Lloyd Jones 作

Palm Prints《掌印》，Fiona Kidman 作

Palms and Minarets: Selected Stories《棕榈与尖塔：短篇小说选》，Vincent O'Sullivan 作

Pao "鲍"歌（毛利歌谣的一种形式）

Papa 巴巴（毛利神话中的大地母亲）

"Parade"《游行》，Patricia Grace 作

Paradise to Come《未来天堂》，Michael Morrissey 作

Paremata《派里玛塔》，Elizabeth Knox 作

Parihaka Woman, The《巴里哈卡的女人》，Witi Ihimaera 作

Paris, a Poem《巴黎，一首诗》，C. K. Stead 作

Parkinson, Sydney 西德尼·帕金森

Park, Ruth 鲁思·帕克（1917—2010）

Pasley, Rhys 里斯·帕斯利

Pass It on《继承》，Renée Taylor 作

Passengers《乘客》，Fiona Farrell 作

Passing of the Forest and Other Verse, The《森林的消失及其他》，William Reeves 作

Passing Through《进程中》，David Ballantyne 作

Pigeon's Parliament，The《鸽子议会》，William Golder 作

Piggy-back Moon，The《猪背月亮》，Hone Tuwhare 作

Pilate Tapes，The《皮拉多音带》，Vincent O'Sullivan 作

Pilgrim's Way in New Zealand，A《朝圣者的新西兰之路》，Alan Mulgan 作

Pink Flannel《粉色法兰绒》，Ruth Park 作

Pins and Pinnacles《针尖与塔顶》，Jane Mander 作

Pleasures of the Flesh《肉欲之乐》，Stevan Eldred-Grigg 作

Plum《普伦姆》，Maurice Gee 作

Po 波（毛利神话中的冥府，黑暗世界）

Pocket Mirror，The《小镜子》，Janet Frame 作

Poems《多迈特诗集》，Alred Domett 作

Poems《克雷斯韦尔诗集》，D'Arcy Cresswell 作

Poems（1921）《艾琳·达根诗集》，Eileen Duggan 作

Poems（1937）《艾琳·达根诗集》，Eileen Duggan 作

Poems《曼斯菲尔德诗歌集》，Katherine Mansfield 作

Poems for the Eighties：New Poems《献给八十年代的新诗》，Sam Hunt 作

Poems，1949—1957《艾伦·柯诺 1949 至 1957 年诗选》，Allen Curnow 作

Poems 1929—1941《费尔伯恩诗选，1929 至 1941 年》，A. R. D. Fairburn 作

Poems 1960—2000《阿德科克 1960—2000 诗集》，Fleur Adcock 作

Poems and Songs《诗与歌》，John Barr 作

Poems for Aotea-roa《献给新西兰的诗》，Rewi Alley 作

Poems for Poppycock《胡言诗集》，D'Arcy Cresswell 作

"Poems for the Strontium Age"《锶的时代》，Louis Johnson 作

Poems from the Port Hills《波特山诗选》，Blanche Baughan 作

Poems of a Decade《十年诗钞》，C. K. Stead 作

Poems of Katherine Mansfield《凯塞琳·曼斯菲尔德诗歌选》，Vincent O'Sullivan 编

Poems Unpleasant《不愉快的诗》，James Baxter，Louis Johnson，Anton Yogt 作

Poetry and Cyprus《诗与塞浦路斯》，D'Arcy Cresswell 作

Poetry and Language《诗歌和语言》，Allen Curnow 作

Poetry Harbinger《诗歌先声》，Denis Glover 和 A. R. D. Fairburn 编

Poetry in New Zealand《新西兰诗歌》，W. H. Oliver 作

Poetry of Baxter，The《巴克斯特诗论》，J. E. Weir 作

Poetry of the Maori：Translations《毛利诗歌译丛》，Barry Mitcalfe 作

Poet's Progress，A《诗人的历程》，D'Arcy Cresswell 作

Pohutukawa Tree，The《桃金娘树》，Bruce Mason 作

Politician, The《政客》，John Lee 作

Polynesian Mythology and Ancient Traditional History of the New Zealand Race《波利尼西亚神话和新西兰族的古代传统历史》，Sir George Grey 编

Pomare《珀玛里》，Elizabeth Knox 作

Poole, Fiona 菲奥纳·普尔

Poor Man's Orange《穷人的桔子》，Ruth Park 作

Poor Richard《可怜的理查德》，W. H. Oliver 作

Popular Maori Songs《毛利流行歌谣》，John McGregor 编

Pop-up Book of Invasions, The《突然出现的侵略书》，Fiona Farrell 作

Portrait of New Zealand, A《新西兰风情录》，Errol Brathwaite 作

Portrait of the Artist as a Young Man, A《一个青年艺术家的画像》，James Joyce 作

Portrait of the Artist's Wife《艺术家之妻》，Barbara Anderson 作

Possible Order, A《可能的秩序》，Hubert Witheford 作

Postmodernism 后现代主义

Potiki《波蒂基》，Patricia Grace 作

Pouliuli《黑暗》，Albert Wendt 作

Pounamu, Pounamu《绿岩，绿岩》，Witi Ihimaera 作

Pound of Saffron, A《一磅藏红花》，M. K. Joseph 作

Pound, Yeats, Eliot and the Modernist Movement《庞德、叶芝、艾略特和现代主义运动》，C. K. Stead 作

Power of Joy《欢乐的力量》，Noel Hilliard 作

Power of Roses, The《玫瑰的力量》，Ruth Park 作

"Prelude"《序曲》，Katherine Mansfield 作

Presence of Music: Three Novellas, The《音乐声中：中篇小说三则》，Maurice Shadbolt 作

Present for Hitler and Other Verses, The《献给希特勒的礼物》，Allen Curnow 作

Present without Leave《不速之客》，D'Arcy Cresswell 作

Press, The《新闻报》（报刊）

Priests of Ferris, The《费里斯的传教士》，Maurice Gee 作

Prime Minister's Award for Literary Achievement 总理文学成就奖

Prisoners of Mother England《母国英格兰的囚徒》，Roger Hall 作

Private Garden: An Anthology of New Zealand Women Poets《私人花园：新西兰女诗人作品集》，Riemke Ensing 编

Private History《秘史》，James Courage 作

Professor Musgrove's Canary《马斯格罗夫教授的金丝雀》，Elizabeth Smither 作

Proprietor, The《业主》，Alistair Campbell 作

Proud Garments《骄傲的衣服》，Barbara Anderson 作

Prowlers《徘徊者》，Maurice Gee 作

Puhiwahina Maori Poetress《普希瓦希纳毛利女诗人》，Pei Jones 作

Puritan and the Waif, The《清教徒与流浪汉》，Helen Shaw 编

"Purple Chaos"《紫色的混沌》，Alistair Campbell 作

Pyke, Vincent 文森特·派克（1827—1894）

Pynchon, Thomas 托马斯·品钦

Q

Quesada: Poems 1972—1974《奎沙达：1972—1974 年诗选》，C. K. Stead 作

Question of Gravity, A《引力问题》，Elizabeth Smither 作

"Quick One in Summer"《夏日速写》，Allen Curnow 作

Quick World, The《瞬变的世界》，Lauris Edmond 作

R

"Rag Bag"《破包袋》，Fiona Farrell 作

Rainbirds, The《雷恩伯德一家》，Janet Frame 作

Rajan, Jacob 雅克布·拉加恩

Rakehelly Man and Other Verses, The《沾有流氓习气的人》，A. R. D. Fairburn 作

Rangi 兰吉（毛利神话中的天父）

Ranolf and Amohia《拉诺夫和奥莫西娅》，Alfred Domett 作

Rauparaha, Te 特·罗巴拉哈

Reader's Choice Award 读者评选奖

Rebel's Vision Splendid, A《叛逆者的美丽憧憬》，James Chapple 作

Recent Poems《艾伦·柯诺近期诗选》，Allen Curnow 作

Recent Poems《R. A. K. 梅森诗歌近作》，R. A. K. Mason 作

Recent Poetry in New Zealand《新西兰近期诗歌》，Charles Doyle 作

Recent Trends in New Zealand Poetry《新西兰诗歌新趋向》，James Baxter 作

Red Riding Hood《小红帽》，Roger Hall 作

Red Shoes, The《红鞋》，Elizabeth Smither 作

Reed, A. H. A. H. 里德

Reeves, William 威廉·里夫斯（1857—1932）

Reform and Experiment in New Zealand《新西兰之改革与实验》，William Reeves 作

Refugee《难民》，R. A. K. Mason 作

Rehearsal, The《彩排》，Eleanor Catton 作

Reid, J. C. J. C. 雷德

Reminiscences of Leonid Andreyev《里昂内德·安德列耶夫回忆录》,高尔基作, Katherine Mansfield 等译

Report on Experience《经历汇录》,John Mulgan 作

Reservoir and Other Stories, The《水库及其他》,Janet Frame 作

Reservoir: Stories and Sketches, The《水库:短篇小说和随笔集》,Janet Frame 作

Resident of Nowhere《无处为家》,Allen Curnow 作

Return of the Fugitives, The《逃亡者的归来》,Roderick Finlayson 作

"Return, The"《回归》,Alistair Campbell 作

Return, The《归来》,Witi Ihimaera 作

Reuben and Other Poems《鲁本》,Blanche Baughan 作

Revenants《归来游子》,Vincent O'Sullivan 作

Revenge《复仇》,John White 作

Rewi Alley: An Autobiography《艾黎·路易自传》,Rewi Alley 作

Rhodes, Winston 温斯顿·罗兹

Rhodes Scholarship 罗氏奖学金

Rhythm《节奏》(杂志)

Rice, Elmer 埃尔默·赖斯

Rich: A New Zealand History, The《富人:新西兰史》,Stevan Eldred-Grigg 作

Richards, Max 麦克思·理查兹

Richetts, Harry 哈里·瑞克兹

Ricochet Baby《反弹宝宝》,Fiona Kidman 作

Right Thing, The《正确的事》,C. K. Stead 作

"Riley's Handbook"《赖利的手册》,Maurice Duggan 作

Risk《赌注》,C. K. Stead 作

"Road Builders"《筑路工》,Denis Glover 作

Roads from Home《离乡之路》,Dan Davin 作

Roaring Forties《喧嚣的四十年代》,Sam Hunt 和 Gary McCormick 作

Robert Burns Fellowship 罗伯特·彭斯奖学金

Robinson, Roger 罗杰·罗宾逊

Rock Garden, The《岩石花园》,Fiona Farrell 作

Roddick, Allan 艾伦·罗迪克

Rongo 罗恩戈(毛利神话中的和平与农业之神)

Rope of Man, The《人的绳索》,Witi Ihimaera 作

Rose Ballroom and Other Poems, The《玫瑰舞厅》,Vincent O'Sullivan 作

Roughshod among the Lilies《百合丛中的铁蹄》,Louis Johnson 作

Rouse, J. T.　J. T. 劳斯

Running Scared《仓惶出逃》,Sam Hunt 作

S

Salinger, J. D.　J. D. 塞林格

Sailing or Drowning《航行或溺亡》,Allen Curnow 作

Salamander and the Fire: Collected War Stories, The《蝾螈与火：战争小说选》,Dan Davin 作

Salt《盐》,Maurice Gee 作

Salt from the North《来自北方的盐》,Lauris Edmond 作

Sanctuary of Spirits《精灵祭坛》,Alistair Campbell 作

Sapwood and Milk《边材和牛奶》,Hone Tuwhare 作

"Sara, the First Wife of the Rev. John Raven"《莎拉，约翰·雷文牧师的第一位妻子》,C. J. Martin 作

Sarah Train, The《萨拉列车》,Elizabeth Smither 作

Sargeson, Frank　弗兰克·萨吉森(1903—1982)

Satchell, William　威廉·萨切尔(1860—1942)

Sauna Bath Mysteries and Other Stories《桑拿浴奇案》,Russell Haley 作

Savage, John　约翰·萨维奇

Savage Life and Scenes《蛮人生活与风情》,George French Angas 作

Scenes from a Small City《小城掠影》,Lauris Edmond 作

Scenic Route, The《风景线》,Fleur Adcock 作

Scented Gardens for the Blind《盲人的芳香园》,Janet Frame 作

Schooner Came to Atia, The《纵帆船来到阿梯亚》,Roderick Finlayson 作

Schreiner, Oliver　奥立弗·施赖纳

Scornful Moon, The《轻蔑的月亮》,Maurice Gee 作

Scrapbook《剪贴簿》,Katherine Mansfield 作

Sea Between Us, The《我们之间的海》,Elizabeth Smither 作

Seal in the Dolphin Pool, The《海豚池里的海豹》,K. Smithyman 作

Search for Sister Blue《寻找布鲁修女》,Fiona Kidman 作

Season of the Jew《犹太人的季节》,Maurice Shadbolt 作

Seasons and Creatures《季节与生灵》,Lauris Edmond 作

Secret History of Modernism, The《现代主义秘史》,C. K. Stead 作

Secrets《秘密》,Renée Taylor 作

"Secular Litany"《凡俗祈祷》,M. K. Joseph 作

Seeing You Asked《看见有人问你》,Vincent O'Sullivan 作

Selected Poems《阿德科克诗选》(1983)，Fleur Adcock 作

Selected Poems《芙勒·阿德科克诗选》(1991)，Fleur Adcock 作

Selected Poems《罗丽思·埃德蒙德诗选》，Lauris Edmond 作

Selected Poems 1975—1994《罗丽思·埃德蒙德 1975—1994 诗选》，Lauris Edmond 作

Selected Poems《霍尼·图华里诗歌集》，Hone Tuwhare 作

Selected Poems《史密瑟曼诗选》，K. Smithyman 作

Selected Poems《路易斯·约翰逊诗选》，Louis Johnson 作

Selected Poems《亨特诗选》，Sam Hunt 作

Selected Poems 1940—1989《艾伦·柯诺 1940—1989 诗选》，Allen Curnow 作

Selected Stories《帕特里夏·格雷斯短篇小说选》，Patricia Grace 作

Selected Stories《希利亚德短篇小说选》，Noel Hilliard 作

Selected Stories by Katherine Mansfield《曼斯菲尔德小说选》，Dan Davin 编

Selection of Poetry, A《麦考尔·约瑟夫诗选》，M. K. Joseph 作

Send Someone Nice: Stories and Sketches《派个好人：小说随笔集》，Noel Hilliard 作

Sense of Place, A《地方意识》，Charles Doyle 作

Serpent's Delight《蛇之喜》，Ruth Park 作

Setting the Table《摆好餐具》，Renée Taylor 作

Seven《七》，Lauris Edmond 作

Seven Sonnets《十四行诗七则》，K. Smithyman 作

Seymour, Alan 艾伦·西摩

Shadbolt, Maurice 莫里斯·谢德博特(1932—2004)

Shadow of the Flame《火影》，Hubert Witheford 作

Shadow Show《皮影戏》，Ruth Dallas 作

Shadows on the Snow《雪地上的影子》，B. L. Farjeon 作

Shakespeare Virgins《莎士比亚处女》，Elizabeth Smither 作

Shaman of Visions《远见的萨满教僧》，Albert Wendt 作

Shanghai Boy《上海男孩》，Stevan Eldred-Grigg 作

Shape-Shifter《变形者》，Hone Tuwhare 作

Share Club, The《分享俱乐部》，Roger Hall 作

Sharp Edge Up《刀锋向上》，Denis Glover 作

She's Not the Child of Sylvia Plath《她不是西尔维亚·普拉斯的孩子》，Michael Morrissey 作

Sheet Music: Poems 1967—1982《乐谱：1967—1982 年诗选》，Bill Manhire 作

Shell Guide to New Zealand, The《谢尔新西兰指南》，Maurice Shadbolt 作

Shingle Short and Other Verses《辛格尔·肖特》，Blanche Baughan 作

Shining City, The《闪亮的城市》，Stevan Eldred-Grigg 作

Shining with the Shiner《与闪光体一起闪耀》，John Lee 作

Ship's Cat, The《船上的猫》，Ruth Park 作

Shirts Factory and Other Stories, The《衬衣厂》，Ian Wedde 作

Short Back and Sideways, Poems and Prose《略向后靠边：诗歌与散文选》，Hone Tuwhare 作

Shuriken《苏利肯》，Vincent O'Sullivan 作

Sidewinder《响尾蛇》，Alistair Campbell 作

Signature《标志》（杂志）

Signs and Wonders《信号与奇迹》，Basil Dowling 作

Silences Between, The《中间的沉默》，Keri Hulme 作

"Simon Peter's Shell"《西蒙·彼得的外壳》，Keri Hulme 作

Simpson, Helen 海伦·辛普森

Sinclair, Keith 凯斯·辛克莱(1922—1993)

Singing Blues《发牢骚》，Mervyn Thompson 作

Singing Whakapapa, The《歌唱的瓦卡帕帕》，C. K. Stead 作

Sings Harry《哈里的歌》，Denis Glover 作

Siren Celia, The《千娇百媚》，Stevan Eldred-Grigg 作

Sister Hollywood《好莱坞妹妹》，C. K. Stead 作

Sitter on the Rail, The《坐在栏杆上的人》，Jessie Mackay 作

Six by Six《六乘以六》，Bill Manhire 编

Six Clever Girls Who Became Famous Women《六个聪明女孩的成名史》，Fiona Farrell 作

Six Easy Ways of Dodging Debt Collectors《躲债六法》，Denis Glover 作

"Skeleton of the Great Moa in the Canterbury Museum, The"《坎特伯雷博物馆恐鸟骨架》，Allen Curnow 作

Skeleton Woman, a Romance, The《骨架女人：一段罗曼司》，Renée Taylor 作

Skinny Louie Book, The《瘦子路易传》，Fiona Farrell 作

Sky Dancer《天空舞者》，Witi Ihimaera 作

Sky People, The《天上的人们》，Patricia Grace 作

Sleepwalking in Antarctica and Other Poems《南极梦游》，Owen Marshall 作

Small Holes in the Silence《沉默中的小孔》，Patricia Grace 作

Small Room with Large Windows, A《大窗子小室》，Allen Curnow 作

Smither, Elizabeth 伊丽莎白·史密瑟(1941—)

Smith's Dream《史密斯之梦》，C. K. Stead 作，后改编为电影 *Sleeping Dogs*,《睡狗》

Southland Times, The《南方时报》

Speaking for Ourselves《我们自己的声音》，Frank Sargeson 作

Spear, Charles 查尔斯·斯皮尔

Special Flower, A《特别花》，Maurice Gee 作

Spells for Coming out《外出时间》，Ian Wedde 作

Spinster《老处女》，Sylvia Ashton-Warner 作

Spirit of the Rangatira, The《栾加提拉的精神》，Jessie Mackay 作

Splinter《碎片》，Lloyd Jones 作

Splinter of Glass, A《玻璃碎片》，Charles Doyle 作

Sport《娱乐》（杂志）

Spots of Leopard, The《豹斑》，James Baxter 作

Spreading out《发福》，Roger Hall 作

Sprint to the Bell《朝着钟声冲刺》，Pat Booth 作

Spur of Morning《早晨的策励》，Alan Mulgan 作

Squire Speaks《乡绅的话》，R. A. K. Mason 作

Stanley, Mary 玛丽·斯坦利(1919—1980)

Stanza and Scene: Poems《诗节与诗景》，Louis Johnson 作

Starveling Year《挨饿的年月》，Mary Stanley 作

State Experiments in Australia and New Zealand《澳大利亚和新西兰建国实
    验》，William Reeves 作

State of Play《话剧的处境》，Roger Hall 作

State of Siege, A《围困》，Janet Frame 作

State Ward《国家收容所》，Alan Duff 作

Staten Land 斯戴顿大陆

Station Amusements in New Zealand《新西兰牧场情趣》，Lady Barker 作

Station Life in New Zealand《新西兰牧场生活》，Lady Barker 作

Stead, C. K. C. K. 斯特德(1932—　　)

Steady Hand, A《沉稳》，Charles Doyle 作

Steps of the Sun: Poems《太阳的脚步》，Ruth Dallas 作

Stevens, Joan 琼·史蒂文斯

Stevens, Wallace 华莱士·史蒂文斯

Steward, Bruce 布鲁斯·斯图尔特

Stone Rain: The Polynesian Strain《石头雨：波利尼西亚血统》，Alistair Campbell 作

Stonedancer《石舞者》，Charles Doyle 作

Stonefish《石鱼》，Keri Hulme 作

Stoney, H. B. H. B. 斯托尼

Sweet Beulah Land《温馨的归宿地》，Roderick Finlayson 作

Sweet White Wine《香甜的白葡萄酒》，Guthrie Wilson 作

Swimming to Australia《游泳到澳大利亚》，Lloyd Jones 作

Swing Around, The《晃悠》，Barbara Anderson 作

"*Swing of the Pendulum, The*"《钟摆的晃动》，Katherine Mansfield 作

Swords and Crowns and Rings《剑和皇冠和戒指》，Ruth Park 作

Sydney Bridge Upside Down《颠倒的悉尼桥》，David Ballantyne 作

Sydney Morning Herald《悉尼晨报》（报刊）

Symmes Hole《赛姆斯洞》，Ian Wedde 作

Szabad《自由》，Alan Duff 作

T

Tahiti 塔西堤岛

Tail of the Fish: Maori Memories of the Far North《鱼尾：毛利人记忆中的北方》，Matire Kereama 作

Take a Chance on Me《在我身上赌一把》，Roger Hall 作

Taking in the View《尽收眼底》，Michael Morrissey 作

Taking off《起飞》，Brian Turner 作

Taking off《远游》，Roger Hall 作

Tales from Gotham City《来自愚人城的故事》，Ian Wedde 作

Tales of a Dying Race《一个弥留种族的故事》，A. A. Grace 作

Talkback Man, The《热线主持人》，David Ballantyne 作

Talking about O'Dwyer《话说奥德维尔》，C. K. Stead 作

Tamahori, Lee 李·塔玛霍利

Tamatoa, Nga 恩嘎·塔玛托阿

Taming the Tiger《驯虎记》，Michael Morrissey 作

Tane 塔尼（毛利神话中的树鸟之神，人类始祖）

Tangaroa 汤加罗阿（毛利神话中的海神）

Tangi《葬礼》，Witi Ihimaera 作

Taranaki: A Tale of the War《塔拉纳基：战争的故事》，H. B. Stoney 作

Tasman, Abel 艾贝尔·塔斯曼

Tasmania Pacific Fiction Prize 塔斯马尼亚太平洋小说奖

Tawa《塔瓦》，Elizabeth Knox 作

Taylor, Anthony 安东尼·泰勒

Taylor, Renée 莱妮·泰勒(1929—)

Teacher《教师》，Sylvia Ashton-Warner 作

Time-Zones《时区》，Fleur Adcock 作

"To a Friend in the Wilderness"《致荒原里的朋友》，A. R. D. Fairburn 作

To a Particular Woman《献给某女士》，Denis Glover 作

To Friends in Russia《献给俄国朋友们》，Denis Glover 作

Toi 托伊（毛利传奇中南下新西兰的酋长）

Toll of the Bush, The《丛林的索价》，William Satchell 作

Tomorrow《明日》（杂志）

Tomorrow We Save the Orphans《明天我们拯救孤儿》，Owen Marshall 作

To Russia with Love《献给俄罗斯的爱》，Bruce Mason 作

To Save Democracy《拯救民主》，R. A. K. Mason 作

To the Island《到海岛》，Janet Frame 作

Touch of Clay, A《一撮土》，Maurice Shadbolt 作

Touch of the Sun《阳光轻抚》，Renée Taylor 作

Toward Another Summer《向着另一个夏天》，Janet Frame 作

Towards Banks Peninsula《向着班克斯半岛》，Denis Glover 作

Traditions and Superstitions of the New Zealanders《新西兰人的传统与迷信》，Edward Shortland 作

Traveller's Litany《旅行者的连祷》，James Baxter 作

Travels in China《中国游记》，Rewi Alley 作

Travels in New Zealand《新西兰漫游》，Ernest Dieffenbach 作

Treasure《宝藏》，Elizabeth Knox 作

Treasury of Maori Folklore《毛利民间故事宝库》，A. W. Reed 编

Trees, Effigies, Moving Objects《树·人像·移动目标》，Allen Curnow 作

Trolley, The《无轨电车》，Patricia Grace 作

Tropic of Skorpeo《斯考比回归线》，Michael Morrissey 作

Trouble with Fire, The《火带来的麻烦》，Fiona Kidman 作

Trowennna Sea《特洛温纳海》，Witi Ihimaera 作

True Confessions of the Last Cannibal: New Poems《最后一名食人生番的实供：新诗选》，Louis Johnson 作

True Stars《真实的星》，Fiona Kidman 作

Tu 图（毛利神话中的战神）

Tu《图》，Patricia Grace 作

Tudor Style《都铎王朝风格》，Elizabeth Smither 作

Tuhunga 土亨嘎（即祭司）

Turner, Brian 布莱恩·特纳（1944—　）

Turning Wheel, The《转轮》，Ruth Dallas 作

"Virginia Lake"《弗吉尼亚湖》,James Baxter 作

Visit to Penmorten, A《彭摩顿访问记》,James Courage 作

Vogel, Harry 哈里·沃格尔

Vogel, Julius 朱利叶斯·沃格尔(1835—1899)

Vogt, Anton 安东·沃格特

Voices《声音》,C. K. Stead 作

Voices of Gallipoli《加利波利半岛之声》,Maurice Shadbolt 作

Voyage of Hurunui, The《乎鲁内远航》,D'Arcy Cresswell 作

Voyage Round the World《环球航行》,George Forster 作

"Voyage, The"《远航》(长诗),A. R. D. Fairburn 作

"Voyage, The"《旅程》(短篇小说),Katherine Mansfield 作

W

Waiariki《温泉》,Patricia Grace 作

Waiata-ā-ringa 怀阿塔-阿-林嘎(即舞蹈歌)

Wairau Incident, The《怀卢事件》,Alistair Campbell 作

Waitangi 怀唐依(怀唐依条约签署地)

Waitaruna《怀塔卢纳》,Alexander Bathgate 作

Waitoa, Henare 赫那莱·怀托阿

Wakefield, E. G. E. G. 韦克菲尔德

Wakefield, Jerninham 杰宁汉·韦克菲尔德

Wakeful Nights《不眠之夜》,Fiona Kidman 作

Walk the Black Path《走黑道》,Alistair Campbell 作

Walking on the Snow《雪地漫步》,Ruth Dallas 作

Walking Westward《西行》,C. K. Stead 作

Walter Nash《沃尔特·奈什》,Keith Sinclair 作

Watch of Gryphons and Other Stories《看守狮鹫兽》,Owen Marshall 作

Watercress Tuna and the Children of Champion Street《水田芥叶鳗鲡和冠军街的孩子们》, Patricia Grace 作

Waters of Silence, The《沉默的海》,Bruce Mason 作

Watson, Marriot 马里奥特·沃森

Watson, Jean 简·沃森

Wattie Book of the Year Award 瓦蒂图书奖

Wattie, Nelson 纳尔森·瓦蒂

Way of Life, A《通行惯例》,Roger Hall 作

Way of Love, The《爱的方式》,James Courage 作

Whitworth, R. P. R. P. 惠特沃思

Who Is the Enemy? 《谁是敌人?》,Rewi Alley 作

Who Sings for Lu? 《谁为卢歌唱?》,Alan Duff 作

Who Wants to Be a Husband? 《谁想当丈夫?》,Roger Hall 作

Wide Open Cage, The 《敞开的牢笼》,James Baxter 作

Wide White Page, The 《浩瀚的白书页》,Bill Manhire 编

Wild Boy in the Bush, The 《丛林里的野男孩》,Ruth Dallas 作

Wild Honey 《野花蜂蜜》,Alistair Campbell 作

Wild Will Enderby 《疯狂的威尔·恩德比》,Vincent Pyke 作

Wilkins, Damien 达米安·威尔金斯

Wilkinson, Iris Guiver 艾丽思·威尔金森(Robin Hyde 的真名)

William Pember Reeves: New Zealand Fabian 《新西兰费边主义者威廉·里夫斯传》,Keith Sinclair 作

Willy Nilly 《无可奈何》,Renée Taylor 作

Wilson, Anne Glenny 安妮·格伦妮·威尔逊

Wilson, George 乔治·威尔逊

Wilson, Guthrie 格思里·威尔逊

Wilson, Pat 帕特·威尔逊(1926—　)

Wilson, Philip 菲力浦·威尔逊

Wind and the Rain, The 《风和雨》,Merton Hodge 作

Wind and the Sand, The 《风与沙》,Denis Glover 作

Windeater: Te Kaihau, The 《喝风的人》,Keri Hulme 作

Windfalls and Other Poems 《落果》,Basil Dowling 作

Winter Apples 《冬天的苹果》,Louis Johnson 作

Witch's Thorn, The 《女巫的刺符》,Ruth Park 作

Witheford, Hubert 休伯特·威瑟福德(1921—2000)

Wit's End 《绞尽脑汁》,Bruce Mason 作

"Wits of Willie Graves, The" 《威利·格雷夫斯的智慧》,Maurice Duggan 作

"Woman at the Store, The" 《店里的女人》,Katherine Mansfield 作

Woman Far Walking 《一路走来的女人》,Witi Ihimaera 作

Women and the Sea 《女性与大海》,James Baxter 作

Wong, Alison 艾莉森·王

Word for Word 《逐字逐句》,Robin Muir 作

World Around the Corner, The 《天边海角的世界》,Maurice Gee 作

Wrestling with the Angel 《与天使角力》,Frank Sargeson 作

Wrestling with the Angel 《与天使角力》,Michael King 作

参 考 书 目

Adcock, Fleur, ed. *The Oxford Book of Contemporary New Zealand Poetry*. Auckland: Oxford University Press, 1982.

Alpers, Antony. *Katherine Mansfield*. London: Jonathan Cape Ltd. , 1954.

Ausubel, David P. *The Fern and the Tiki: An American View of New Zealand National Character, Social Attitudes, and Race Relations*. New York, Toronto and London: Holt, Rinehart and Winston, Inc. , 1965.

Berkman, Sylvia. *Katherine Mansfield: A Critical Study*. London: Oxford University Press, 1952.

Bertram, James. *Charles Brasch*. Wellington: Oxford University Press, 1976.

Burns, James A. S. *20th Century New Zealand Novels*. Auckland: Heinemann, 1967.

Chatterjee, Atul Chandra. *The Art of Katherine Mansfield*. Ram Nagar: S. Chand and Company Ltd. , 1980.

Copland, R. *Frank Sargeson*. Wellington: Oxford University Press, 1976.

Cunningham, Kevin. *The New Zealand Novel*. Wellington: School Publications Branch, Department of Education, 1980.

Curnow, Wystan, ed. *Essays on New Zealand Literature*. Auckland: Heinemann, 1973.

Day, Paul W. *John Mulgan*. New York: Twayne Publishers Inc. , 1968.

Dowling, David. *Introducing Bruce Mason*. Auckland: Longman Paul, 1982.

Downes, Peter. *Shadows on the Stage: Theatre in New Zealand — The First Seventy Years*. Dunedin: McIndoe, 1975.

Dudding, Robin, ed. *Frank Sargeson at 75*. Auckland: Islands, 1977.

Evans, Patrick. "Specular Babies: The Globalisation of New Zealand Fiction. " *World Literature Written in English* 38. 2 (2000).

Fullbrook, Kate. *Katherine Mansfield*. Brighton: The Harvester Press, 1986.

Gilderdale, Betty. *A Sea Change: 145 Years of New Zealand Junior Fiction*. Auckland: Longman Paul, 1982.

Gordon, Ian A. *Undiscovered Country: The New Zealand Stories of Katherine*

Mansfield. London: Longman, 1974.

Green, Roger C. *Adaptation and Change in Maori Culture*. Albany: Stockton House, 1977.

Grey, Sir George. *Polynesian Mythology and Ancient Traditional History of the Maori*. 1855; rept. , Christchurch: Whitcombe and Tombs, 1956.

Hankin, Cherry, ed. *Critical Essays on the New Zealand Novel*. Auckland: Heinemann, 1976.

Hanson, F. Allan and Louise Hanson. *Counterpoint in Maori Culture*. London, Boston, Melbourne and Henley: Routledge and Kegan Paul, 1983.

Harcourt, Peter. *A Dramatic Appearance: New Zealand Theatre 1920—1970*. Wellington: Methuen, 1978.

Hill, David. *The Seventies Connection: A New Zealand Anthology*. Dunedin: McIndoe, 1980.

Hormasji, Nariman. *Katherine Mansfield: An Appraisal*. London: Collins, 1967.

Ihimaera, Witi and D. S. Long, eds. *Into the World of Light: An Anthology of Maori Writing*. Auckland: Heinemann, 1982.

Jackson, Macdonald P. and Vincent O'Sullivan, eds. *The Oxford Book of New Zealand Writing Since 1945*. Auckland and Oxford: Oxford University Press, 1983.

Jones, Lawrence. *Barbed Wire and Mirrors: Essays on New Zealand Prose*. Dunedin: University of Otago Press, 1987.

Joseph, M. K. *The New Zealand Short Story*. Wellington: R. E. Owen, Government Printer, 1956.

Kewon, Michelle. *Pacific Islands Writing: The Postcolonial Literatures of Aotearoa/ New Zealand and Oceania*. New York: Oxford University Press, 2007.

King, Bruce. *Literatures of the World in English*. London: Routledge and Kegan Paul, 1974.

King, Bruce. *The New English Literatures — Cultural Nationalism in a Changing World*. London: The Macmillan Press, 1980.

Magalaner, Marvin. *The Fiction of Katherine Mansfield*. Carbondale and Edwardsville: Southern Illinois University Press, 1971.

Manhire, Bill, *Maurice Gee*. Auckland: Oxford University Press, 1986.

Maning, F. E. *Old New Zealand*. 1887; rept. Auckland: Golden Press, 1973.

Mason, Bruce. *New Zealand Drama: A Parade of Forms and a History*.

Wellington: Price Milburn, 1973.

McCormick, E. H. *New Zealand Literature: A Survey*. London: Oxford University Press, 1959.

Mckay, Frank. *Poetry in New Zealand*. Wellington: Pegasus Press, 1971.

McLintock, A. H. , ed. *An Encyclopaedia of New Zealand*. Wellington: Government Printer, 1966.

McNaughton, Howard. *Contemporary New Zealand Plays*. Wellington: Oxford University Press, 1974.

Mercer, Erin. "As Real as the Spice Girls: Representing Identity in Twenty-first Century New Zealand Literature. " *The Journal of New Zealand Studies* 9 (2010): 99 – 114.

Metge, Joan. *The Maoris of New Zealand*. London, Henley and Boston: Routledge and Kegan Paul, 1976.

Miller, Harold. *New Zealand*. London: Hutchinson University Library, 1957.

Mulgan, Alan. *Literature and Authorship in New Zealand*. London: George Allen and Unwin Ltd. , 1943.

"New Zealand. " *The Journal of Commonwealth Literature*.

Ogilvie, Gordon. *Introducing Denis Glover*. Auckland: Longman Paul, 1983.

Oliver, W. H. *The Story of New Zealand*. London: Faber and Faber, 1960.

Orbell, Margaret. *Maori Folktales*. Auckland: Longman Paul, 1968.

O'Sullivan, Vincent. *New Zealand Poetry in the Sixties*. Wellington: A. R. Shearer, Government Printer, 1973.

Pirie, Mark. *New Zealand Writing: The Next Wave*. Dunedin: University of Otago Press, 1998.

Reed, A. H. *The Story of New Zealand*. Wellington, Auckland and Sydney: A. H. and A. W. Reed, 1965.

Reed, A. W. *Treasury of Maori Folklore*. Wellington: A. H. and A. W. Reed, 1963.

Reid, J. C. *Literatures of Australia and New Zealand*. University Park and London: The Pennsylvania State University Press, 1970.

Rhodes, H. Winston. *Frank Sargeson*. New York: Twayne Publishers, 1969.

Robinson, Roger and Nelson Wattie, ed. *The Oxford Companion to New Zealand Literature*. Oxford and New York: Oxford University Press, 1998.

Ross, Jack and Jan Kemp, eds. *New New Zealand Poets in Performance*. Auckland: Auckland University Press, 2008.

Shaw, Helen, ed. *The Puritan and the Waif — A Symposium of Critical*

Essays on the Work of Frank Sargeson. Auckland: H. L. Hofmann, 1954.

Simmons, D. R. *The Great New Zealand Myth*. Wellington: A. H. and A. W. Reed, 1979.

Sinclair, Keith. *A History of New Zealand*. London: Penguin Books, 1960.

Stead, C. K. *In the Glass Case — Essays on New Zealand Literature*. Auckland: Auckland University Press, 1981.

Stevens, Joan. *The New Zealand Novel 1860—1960*. Wellington: A. H. and A. W. Reed, 1961.

Sturm, Terry, ed. *The Oxford History of New Zealand Literature*. Auckland: Oxford University Press, 1991.

Thomson, John. *New Zealand Literature to 1977: A Guide to Information Sources*. Detroit: Gale, 1980.

Vinson, James, ed. *Commonwealth Literature*. London: The Macmillan Press, 1979.

Walsh, William. *Commonwealth Literature*. London: Oxford University Press, 1973.

Watson, J. L. , ed. *The Universal Dance: A Selection from the Critical Prose Writings of Charles Brasch*. Dunedin: University of Otago Press, 1981.

Wedde, Ian and Harvey McQueen, eds. *The Penguin Book of New Zealand Verse*. Auckland: Penguin Books, 1985.

Wilkes, G. A. and J. C. Reid. *The Literatures of the British Commonwealth: Australia and New Zealand*. The University Park and London: The Pennsylvania State University Press, 1970.

Williams, Mark. *Leaving the Highway: Six Contemporary New Zealand Novelists*. Auckland: Auckland University Press, 1990.

Wright, Harrison M. *New Zealand 1768—1840: Early Years of Western Contact*. Cambridge, Mass. : Harvard University Press, 1959.

马祖毅主编,《大洋洲文学丛刊》1981 年第 1 期。

任荣珍,"毛利口头文字",载于《淮北煤炭师范学院学报》1987 年第 4 期。